Sarah Dreher

Solitaire und Brahms

Sarah Dreher

Solitaire und Brahms

Roman

Aus dem Amerikanischen übersetzt
von
Ruth Scheithauer

Originaltitel:

Solitaire and Brahms

édition el!es

Internet: www.elles.de

E-Mail: info@elles.de

Umschlaggestaltung und Satz: graphik.text Antje Küchler, Ferrette

Druck: Bookstation GmbH, Gottmadingen

ISBN 3-932499-31-X

Für Liz, Fayal, Jeannette, Alice
und Pat – die Frauen,
die mich am Leben erhalten haben

Kapitel 1

Eines hatte Shelby Camden immer schon über sich gewußt, nämlich daß es da etwas gab, das sie *nicht* wußte. Manchmal glaubte sie, daß sie es früher einmal gewußt, aber dann vergessen hatte. Und manchmal glaubte sie, daß sie es noch nie gewußt hatte, aber immer kurz davor stand, es zu wissen. Manchmal fühlte es sich an wie ein fremdes, furchterregendes Tier, das im Tageslicht noch größer und stärker werden würde und das darum im Dunkeln gehalten werden mußte. Manchmal fühlte es sich an wie etwas Angenehmes, womöglich eine verborgene Begabung oder Fertigkeit, die ihr viel Freude machen würde. Die meiste Zeit war es ein geheimes Kästchen, das vielleicht eines Tages geöffnet werden würde – wenn sie es fertigbrächte, wenn sie sich entschlösse, wenn sie es wagte, in ihre Tasche zu fassen und den Schlüssel hervorzuholen. Aber bis dahin . . .

Sie lehnte sich auf dem selleriegrünen Kunstledersofa zurück und sah einem kleinen grauschwarzen Vogel zu, der an einer fest geschlossenen Ahornblüte pickte. Ein Goldfink, noch in seinem Winterkleid. Der Tag war genauso grau wie dieser Fink. Im März waren die Tage immer grau. Der März in New England war das spiegelverkehrte Abbild des November. Er versprach bessere Aussichten als der November, aber er dauerte doppelt so lange. Der Himmel triefte – es war kein richtiger Nebel, kein richtiger Regen, es war eine feuchtschwere, gerinnende Luft, die sich auf allem, was sie berührte, zu Wasser verdichtete. Auf der großen Fensterscheibe suchte sich ein einzelner Tropfen seinen Weg.

In der Redaktion der *Zeitschrift für die Frau* klopften und dröhnten die Heizkörper, doch gegen die schleichende Feuchtigkeit, die einem in die Knochen kroch, kamen sie nicht an. Shelby wandte ihre Aufmerksamkeit vom Fenster ab und blickte über den Sofatisch hinweg auf den kümmernden Gummibaum in der anderen Ecke des Vorzimmers. Sie fand Gummibäume immer schrecklich künstlich, mit ihren dunkelgrünen glänzenden Blättern und den wie die Glieder einer Schaufensterpuppe gebogenen Zweigen. Soviel sie wußte, blühten sie nie, und sie hatte noch nie einen neuen Trieb oder eine Knospe gesehen. Sie verloren niemals wirklich all ihr Laub, nur ab und zu ein erbärmliches trockenes Blatt, das aber nie abfiel, wenn man hinsah, sondern einen mit Vorliebe am Morgen in seinem ganzen toten Gummibaumblattelend begrüßte. Das geschah gerade oft genug, daß man dachte, man mache etwas falsch und müsse den Baum weniger gießen oder öfter düngen oder vielleicht schneiden. Unternahm man jedoch etwas, sah er am nächsten Tag ganz genauso aus wie am Abend vorher. Und hatte genau ein Blatt verloren.

Gummibäume waren sehr beliebt, und Shelby konnte sie nicht ausstehen.

Mein Gott, dachte sie angewidert, wie hört sich das bloß an. Sie wurde nächste Woche fünfundzwanzig. Sie hatte ihren Magisterabschluß in Publizistik, genau wie sie es immer geplant hatte, und eine eigene Wohnung in einem großen, alten, ein wenig gespenstischen Haus in einer ruhigen Allee, genau wie sie es sich immer erhofft hatte. Sie hatte Freunde, und sie arbeitete bei einer beliebten und angesehenen Zeitschrift, die nicht im Gemischtwarenladen, sondern an Zeitungsständen verkauft wurde und in den meisten Bibliotheken zu finden war, und innerhalb der nächsten sechs Monate würde sie vermutlich zur Cheflektorin befördert werden. Und hier saß sie und fühlte sich von einem Gummibaum gekränkt.

Sie schaute quer durch den Raum auf die Tür zu David Spurls Büro, wo die Privatsekretärin des Chefredakteurs wie ein aus Beton gegossener chinesischer Drache Wache hielt und auf ihrer Schreibmaschine vor sich hinklapperte. Miss Myers war ihnen allen ein Rätsel. Falls sie ein Leben außerhalb der Redaktion hatte, einen

Vornamen, eine Familie, ein Haustier, irgendwelche Vorlieben, so hatte es bisher noch niemand herausgefunden. Falls sie jemals jung und übermütig gewesen war, so gab es niemanden, der dabei gewesen wäre. Sie nahm niemals auch nur einen Tag frei, und sie war nie krank. Keine Fotos von geliebten Angehörigen oder Angebeteten standen auf ihrem Schreibtisch oder klemmten in einer Ecke ihrer Schreibtischunterlage. Sie aß in der Kantine zu Mittag, aber sie saß immer allein, las in ihrem Taschenbuch, nippte ihren Tee und aß mit vornehmen Bewegungen Häppchen von grünem Salat mit Thunfisch. Niemand hatte je einen Blick auf das Taschenbuch erhascht.

Einmal hatte Shelby sie eingeladen, sich zu ihnen zu setzen, weil sie ihr leid tat. Miss Myers hatte nur kurz aufgeschaut und ein »Danke, nein« gemurmelt. Dann hatte sie den Kopf weggedreht, und Shelby war entlassen gewesen.

Miss Myers war da, wenn sie am Morgen kamen, und sie war noch immer da, wenn die Büros am Abend geschlossen wurden. Womöglich war sie hinter ihrem Schreibtisch eingepflanzt wie der Gummibaum, in den vorüberziehenden Nachtstunden in ein Koma gleitend, das graugesträhnte Haar immer graugesträhnt, stets dasselbe bescheidene, dezent geblümte Kleid, nur ein Schimmer Lippenstift, ein Hauch Puder, kein Rouge, die Hände jederzeit einsatzbereit über den Tasten der Schreibmaschine schwebend, die Finger leicht gekrümmt, die Nägel perfekt gefeilt und poliert . . .

Oder vielleicht schlich sich Spurl nach Feierabend in die Redaktion zurück, wo Miss Myers in schwarzen Spitzenhöschen und Strumpfgürtel auf ihn wartete, und sie fielen in wilder und ungezügelter Leidenschaft übereinander her, während der Gummibaum sein einsames Blatt fallen ließ.

Hinter ihrem Schreibtisch sitzend, sah Miss Myers zu ihr hoch und zeigte ihr ein kurzes Lächeln. Na ja, sie lächelte nicht wirklich. Lächeln war etwas Gewolltes. Bei Miss Myers war ein Lächeln zufällig und nicht gezielt, eine Herbstwolke, die vor dem Mond entlangglitt.

Das Lächeln geschieht bei ihr einfach, dachte Shelby.

Sie stellte fest, daß sie die Frau irgendwie beneidete. Ein Lächeln, das einfach geschah, erforderte keine Entscheidung, keine Anstrengung, weder Planung noch Absicht. Es geschah einfach, ob erwartet oder unerwartet. An manchen Tagen meinte Shelby die Energie, die ein Lächeln erforderte, nicht aufbringen zu können.

Lächeln war Pflicht in Shelbys Welt.

Die Tasten von Miss Myers' Schreibmaschine hoben und senkten sich in perfektem Takt wie eine wohltrainierte Armee. Der Wagen bewegte sich mit gleichmäßiger Geschwindigkeit. Auf die Abstände zwischen den Anschlägen hätte man sicher einen Motor eichen können. Bisweilen hielt Miss Myers inne, um das Geschriebene zu überfliegen. Dann schnitt sie den Wörtern Grimassen, wie um zu sagen: Wehe euch, wenn ihr nicht makellos seid! Fand sie einen Fehler – Shelby hatte das einmal beobachtet und voller Entsetzen zugeschaut –, zerrte sie das Blatt aus der Schreibmaschine, riß es in Fetzen und ließ den Übeltäter in den Papierkorb fallen. Faule Kompromisse ließ Miss Myers nicht gelten, o nein. Miss Myers war offensichtlich der Ansicht, daß Tipp-Ex und andere moderne Erfindungen, die einem das Leben erleichtern sollten, moralisch minderwertig seien und der Privilegien und Verantwortlichkeiten höherer menschlicher Wesen unwürdig. Manchmal schaute Miss Myers plötzlich hoch, und ihre Augen streiften mit einem durchdringenden, aufmerksamen Blick durch den Raum, als suchten sie Unordnung. Wenn sie keine rebellierenden toten Gegenstände fand – kein lebendiges Wesen würde es jemals wagen, gegen Miss Myers zu rebellieren –, nickte sie zufrieden und setzte ihre Arbeit fort. Niemals gerieten ihre Finger aus dem Rhythmus.

Shelbys Blick fiel wieder auf den Gummibaum. Sie schnitt ihm eine Grimasse. Schade, daß dieses Monstrum nicht das Mißfallen von Miss Myers erregte. Denn dann würde es das gleiche Schicksal ereilen wie verirrte Kommas und verunglückte Großbuchstaben.

Sie waren so selbstzufrieden, diese Gummibäume. Und sie waren überall. Genauso wie die wachsverkrusteten Chiantiflaschen, die sie im College alle gehabt hatten. Mit hohem Hals, grün, rundbäuchig und in diese ach so hübschen kleinen Körbe gekleidet. Sogar sie selbst hatte nach einem Pizzaabend eine aufgehoben – »*jeder* macht das«, hatte ihre Mitbewohnerin mit Nachdruck gesagt –, obwohl sie ihr auf die Nerven gingen.

Manchmal, wenn sie irgend etwas ohne Grund nicht leiden konnte – eine Weile waren es Papierservietten gewesen, ein anderes Mal gefüllte Sellerie –, hatte sie am Ende Mitleid mit ihrem armen Opfer, denn es hatte sich ja eigentlich nichts zuschulden kommen lassen. Aber die Chiantiflaschen waren einfach zu penetrant beliebt gewesen. Und bei den Gummibäumen war das bisher auch noch nicht eingetreten.

Miss Myers klapperte und klingelte weiter und brachte Ordnung in Briefe, Wörter und Satzzeichen. Sie verkörperte das Leben, das Shelbys Mutter für Shelby prophezeit hatte, als sie erfahren hatte, daß Shelby nach dem College weiterstudieren wollte. In ihrer Naivität hatte Shelby gehofft, daß Libby, die doch stets nach gesellschaftlichem Aufstieg strebte, sich vom Prestige der Universität von Columbia beeindrucken lassen würde. Fehlanzeige.

Eine Zeitlang hatte Libby getobt, und im Hause Camden hatte es einige recht unangenehme, schweigsame Abendessen gegeben, aber schließlich hatte sie sich beruhigt. Beruhigt, aber keinesfalls bekehren lassen. Bekehren lassen würde sie sich wohl nie. Karriere zu machen führte in Libbys Augen ohne Umwege in die SACKGASSE, was die HEIRATSAUSSICHTEN betraf, und die waren das einzige, was in diesem Leben zählte. Publizistik war nicht ganz so KATASTROPHAL wie – möge der HIMMEL davor sein – NATURWISSENSCHAFTEN, vorausgesetzt, daß sie nichts UNWEIBLICHES wie die Berichterstattung über KRIEGE, VERBRECHEN oder JUGENDKRIMINALITÄT zur Folge hatte. Aber sie war SCHLIMM GENUG.

Libby liebte Großbuchstaben. Shelby konnte sie hören, wenn ihre Mutter sprach. In ihren regelmäßigen Briefen waren manchmal ganze Passagen in Großbuchstaben. Meist Ratschläge, gefolgt von »JA NICHT VERGESSEN« – das bezog sich in der Regel auf Dankschreiben oder Geburtstagskarten an Verwandte, vor allem auf väterlicher Seite. Was etwas merkwürdig war, denn schließlich waren Libby und Thomas schon seit Jahren glücklich geschieden.

Es war still geworden. Miss Myers hatte ihre Schreibmaschine im Stich gelassen und stand am Aktenschrank. Shelby mußte unbedingt ihrer Kantinenclique erzählen, daß sie tatsächlich Zeugin geworden war, wie Miss Myers während der Arbeitszeit ihren Schreibtisch verlassen hatte. Das zu erleben wurde einem nur mit ganz großem Glück zuteil. Bei Shelby und den anderen Lektoren galt es als Omen, als sicheres Zeichen dafür, daß einem eine große Zukunft bestimmt war.

Shelby fühlte sich nicht für eine große Zukunft bestimmt. Sie fühlte sich dafür bestimmt, für alle Zeiten auf Kunstledersofas in Vorzimmern zu sitzen und wie ein Idiot jeden anzugrinsen, der vorbeikam. Denn für Leute wie sie – beinahe vor dem Durchbruch stehende aufstrebende junge Frauen – gehörte sich das so.

Über Selbstmord nachzudenken, das gehörte sich für Leute wie Shelby Camden jedenfalls nicht.

Schon wieder einer von diesen Gedanken, die ihr ohne Vorwarnung oder Erlaubnis in den Kopf kamen. Das geschah in letzter Zeit immer öfter – Worte, die unaufgefordert und unerwartet auftauchten, so unvermittelt wie Schlangen.

Vielleicht entwickle ich eine multiple Persönlichkeit, dachte Shelby.

Aber wenn sie sich in eine Ein-Frau-Gruppe aufspalten würde, hätte das jemand gemerkt und etwas gesagt. Darauf konnte sie sich verlassen. In Shelby Camdens Leben merkten die Leute etwas und sagten es.

Sie wurde sich bewußt, daß sie an ihrer Lippe kaute. Großartig. Wahrscheinlich hatte sie ihren Lippenstift abgekaut. Sie atmete tief durch und wappnete sich innerlich. »Entschuldigung«, sagte sie zu der furchteinflößenden Miss Myers und hoffte, daß ihre Stimme selbstbewußt klang, »ich weiß, daß ich ein bißchen zu früh bin. Meinen Sie, ich habe noch Zeit, mich frisch zu machen?«

Miss Myers hielt inne, die Hände über der Aktenschublade schwebend. Sie schien etwas im Kopf zu überschlagen. Ein kurzes Nicken. »Sie haben Zeit, wenn Sie nicht trödeln.«

Sie hatte nicht mehr getrödelt, seit sie fünf Jahre alt gewesen war, und wahrscheinlich nicht einmal dann. Nie hatte jemand Shelby Camden vorgeworfen, daß sie trödelte. Nicht einmal auf dem Weg zum Zahnarzt, was zweifellos ein passender Anlaß zum Trödeln war. Wenn man eines über Shelby Camden sagen konnte, dann, daß Shelby Camden *nicht* trödelte.

Zügigen Schrittes ging sie den Korridor hinunter zur Damentoilette.

Die Redaktionsräume der *Zeitschrift für die Frau* lagen in einem alten, ächzenden und verwitterten Ziegelsteingebäude, das von einem erstaunlich widerstandsfähigen wilden Wein allmählich erstickt wurde. Zuletzt hatte das Haus eine Buchbinderei beherbergt. Davor war es eine Privatschule gewesen und noch weiter zurück eine Molkerei. Mit jeder neuen Inkarnation war das Innere umgebaut worden; wie Narben waren hier und dort Bruchstücke seiner früheren Identitäten übriggeblieben. Mit der jüngsten Renovierung hatten die Kunstledersofas in die Räume mit Publikumsverkehr Einzug gehalten, und in die Ziegel und den wilden Wein waren große Fenster geschlagen worden, die von der Straße aus wie Fremdkörper wirkten. Die Redaktionsbüros hatten hohe Decken und waren mit dunklen Bücherregalen und gepolsterten Lederstühlen möbliert. Maskulin. Das große Lektoratsbüro ähnelte einer Schulbibliothek; es war ein großer Saal, in dem die schweren Holzschreibtische gerade weit genug auseinander standen, um eine gewisse Privatsphäre zu bieten. Der Fußboden bestand aus schmalen Hartholzleisten, die sich an den Rändern hochzuwölben begannen und erbärmlich quietschten, wenn jemand darüber ging. Die Kantine war hell; sie roch nach braunem Linoleum und alter Eiskrem.

Die Damentoilette war anders. Sie hatte den Charakter einer schulischen Anstalt behalten, mit dem gefliesten Fußboden, den grauen Wänden und den grünen Metalltüren vor den Kabinen. Als wenn die Damentoilette bei der Planung des übrigen Gebäudes aus Versehen oder mit Absicht vergessen worden wäre.

Shelby mochte die Damentoilette. Sie vermutete, daß sie die einzige war, der dieser Raum jemals gefallen hatte oder in absehbarer Zeit gefallen würde. Seine muffige Sterilität erinnerte sie an den Gemeinschaftswaschraum damals im College, wo man einen Warnschrei loslassen mußte, bevor man die Toilettenspülung betätigte, damit sich nicht jemand, der gerade in der Dusche war, zu Tode verbrühte, und wo Pru Richey, die Stipendiatin aus Appalachia, bis spät in die Nacht hinein saß und auf ihrem Hackbrett spielte.

Sie wühlte in ihrer Handtasche nach ihrem Lippenstift und warf einen Blick auf ihr Spiegelbild. Das trübe, leicht flackernde, fluoreszierende Licht gab ihr ein abgespanntes Aussehen. Das braune Haar wirkte unscheinbar, und die haselnußbraunen Augen waren ohne Glanz. Ihre Haut, ohnehin blaß nach einem typischen New-England-Winter, erschien blaugräulich.

Ich sehe aus wie tot, dachte sie.

Sie spürte einen heftigen Druck hinter den Augen.

O Gott, nicht schon wieder Kopfschmerzen. Nicht jetzt. Nicht wenn ich zu Spurl gehen und mit ihm über ... worüber auch immer reden muß.

Worüber wollte er überhaupt mit ihr reden?

Dein Chef, dein Freund und Helfer.

Sie ließ die letzte Woche an sich vorüberziehen. Ihr fiel nichts ein, was sie falsch gemacht oder übersehen hätte. Sie war weder zu forsch noch zu schüchtern gewesen. Sie hatte ihren Beitrag zur Unterhaltung in der Kantine geleistet. Sie hatte keine Autoren kontaktiert, ohne vorher die Zustimmung ihres Cheflektors einzuholen. Sie war in keine nennenswerten gesellschaftlichen Fettnäpfchen getreten. Ihre Mutter wäre zufrieden mit ihr.

In der Damentoilette roch es nach alten Duschen und nasser Wolle.

Sie berührte die glänzende Metalleiste, die um den Spiegel herumlief, und vermied es, sich in die Augen zu sehen. Sie wußte, daß sie die Besprechung hinausschob, daß sie ein wenig nervös war. Aber sie trödelte nicht. Sie war immer ein wenig nervös, wenn sie mit ›Autoritätsfiguren‹ zu tun hatte, wie sie es damals im Soziologie-Einführungskurs genannt hatten.

Der gute alte Soziologiekurs bei Professor Jannings mit seinem schütteren Haar und den ausgebeulten Pullovern mit Lederflicken an den Ellbogen. Professor Jannings rauchte Pfeife. Er rauchte Pfeife, und wenn er einem tiefschürfenden Gedanken auf der Spur war, hielt er inne, um sie wieder anzuzünden. Professor Jannings hatte etwas von einem Spinner; er sah sich als Gestalt in einem britischen Roman und wähnte sich gern als Held seiner Studenten. Aber Professor Jannings hatte die Macht, einen bestehen oder durchfallen zu lassen, und daher war es egal, was er für ein Spinner war, er war eine Autoritätsfigur.

Du bist hier nicht im College, ermahnte sie sich energisch. Hier gab es keine Zensuren oder Hausarbeiten oder Bonuspunkte für die Beteiligung am Unterricht. Dies war das RICHTIGE LEBEN, ob nun in Libbys Großbuchstaben oder nicht. Es fühlte sich nur an wie im College.

Shelby fuhr sich mit den Händen durchs Haar und strich sich die weichen, braunen Wellen aus dem Gesicht. Dann seufzte sie und verließ den Toilettenraum.

Die Tür schloß sich mit lautem Geräusch hinter ihr.

Miss Myers war zu ihrer Festung zurückgekehrt und tippte vor sich hin, steif und ausdruckslos. Shelby schlich sich zu dem ihr angewiesenen Platz auf dem Sofa und starrte aus dem Fenster. Es hatte zu regnen begonnen. Der Vogel war verschwunden.

Sie hörte die Schreibmaschine verstummen und blickte auf. Miss Myers nickte ihr kurz zu, um ihr zu bedeuten, daß sie jetzt hineingehen könne. Shelby fragte sich, wie sie das wußte; sie hatte weder die Gegensprechanlage noch das Öffnen einer Tür noch irgendein Rufen aus dem Inneren Heiligtum gehört. Vielleicht waren Miss Myers und Spurl spirituell miteinander verbunden, siamesische Zwillinge, die ihre Gedanken teilten, bei der Geburt voneinander getrennt.

Sie atmete tief durch und stand auf. Ihre Fingerspitzen kribbelten vor Anspannung.

Als sie sich anschickte, in das Büro zu gehen, fühlte sie eine leichte Berührung an ihrem Arm. Sie sah hinunter.

Miss Myers lächelte zu ihr herauf. Ein wohlgesetztes, kein zufälliges Lächeln, einschließlich Augenkontakt. »Ich glaube, Sie werden sich freuen«, sagte sie.

»Du hast es *geschafft*«, quietschte Connie. Connie quietschte immer, wenn sie aufgeregt war. Darum zögerte Shelby manchmal, bevor sie ihr aufregende Neuigkeiten erzählte.

»Ich weiß nicht, Con. Er hat nicht gesagt . . .«

»Das *brauchte* er gar nicht. Mannequin Myers ist geradezu überschwenglich zu dir, das ist der Durchbruch!«

»Sie hat doch nur gelächelt . . .«, begann Shelby.

»Lächeln die Rocky Mountains etwa? Lächelt die Freiheitsstatue? Was ich dir sage, zwei Wochen, höchstens ein Monat, und du bist Cheflektorin.« Sie sah über den Tisch hinweg zu Jean, Zustimmung heischend.

Jean warf einen entschuldigenden Blick zurück.

Shelby wäre am liebsten nach Hause gegangen.

Diesen Gedanken würde Connie nicht gutheißen. Auf keinen Fall.

Connie Thurmond war sehr begeisterungsfähig und hatte große, ganz weiße Zähne. Filmstarzähne. Connie fand, sie sehe ein wenig aus wie Gloria DeHaven. Es spielte keine Rolle, daß Gloria DeHaven größere Augen, eine kleinere Nase, vollere Lippen und nicht blondes, sondern braunes Haar hatte, Connie sah die Ähnlichkeit, und alles andere war ihr egal. Connie hatte einen festen, unverrückbaren Glauben an ihre eigene Sicht der Dinge. Der ganze Rest der Welt, einschließlich der vier Milliarden Chinesen oder was auch immer, konnte anderer Meinung sein. Der ganze Rest der Welt hatte unrecht.

Shelby knabberte lustlos an ihrem Sandwich mit Geflügelsalat und überlegte, wie sie das Thema wechseln könnte. Wahrscheinlich hatte Connie recht, sie war auf dem Weg nach oben, aber sie wollte nicht daran denken. Es war zu ... zu ... na ja, zuviel eben. »Vielleicht.«

»Was hat Spurl denn eigentlich gesagt?« fragte Lisa. Lisa Marconi – der Connie natürlich gleich den Spitznamen ›Makkaroni‹ verpaßt hatte – war dünn, eckig, tolpatschig und ständig in Bewegung. Sie lehnte sich eifrig nach vorn, wobei ihr Schal mit einer Ecke in die Mayonnaise geriet, die auf ihrem Salat mit Dosenbirnen und Lemon Jello, dem allgegenwärtigen Zitronenpudding, -thronte.

»Ich soll eine neue Lektoratsassistentin einarbeiten.«

»Da habt ihr's!« Connie schnippte mit den Fingern und schaute triumphierend in die Runde. »Was habe ich gesagt?«

»Das muß nichts heißen.« Shelbys Kopfweh war in die Mitte ihrer Stirn gewandert.

Connie rollte mit den Augen und seufzte vernehmlich. »Es *heißt*«, sagte sie betont müde und geduldig, »daß du kurz vor einer Beförderung stehst und die Neue deinen Job übernimmt.«

»Ich vermute, es heißt, daß ich unter Beobachtung stehe.«

»Mein Gott, Camden ...«

Laß sie, sagte Shelby sich, wenn du nicht den Rest deiner Mittagspause mit Streiten zubringen willst.

Denn gerade solche Auseinandersetzungen liebte Connie besonders. Streitgespräche, die hitzig und verbissen werden konnten und deren Themen für niemanden von Bedeutung waren.

»Wahrscheinlich hast du recht«, sagte sie liebenswürdig und verdarb damit Connie die Mittagspause.

Plötzlich wurde ihr klar, weshalb sie noch immer so oft ans College dachte. Es hatte sich gar nichts verändert. Die Leute, mit denen sie arbeitete, zu Mittag aß und am Wochenende herumhing, waren fast genau die gleichen, mit denen sie damals gelernt, zusammengewohnt und gegessen hatte. Eine Connie hatte es auch gegeben, nur daß sie damals Suzanne geheißen hatte, genannt Sukie, und sie hatte sogar die gleichen großen Zähne gehabt (›reiche Philadelphia-Zähne‹ nannte Shelby sie). Die Lisa von damals hatte Maggie geheißen, war aus Oklahoma gewesen und hatte nicht gemerkt, daß die Sukies auf sie herabschauten, hinter ihrem Rücken über sie lachten und ihre großen Philadelphia-Zähne und ihren zahnpastagefärbten Gaumen zeigten. Und die Jean jener Tage hatte den Namen Nancy getragen; sie hatte sich immer am Rande gehalten und stets einen ruhigen Ernst ausgestrahlt.

»Du liebe Güte, Sheffield!« stöhnte Connie laut. Sie starrte auf Jeans Mittagessen. »Was ist das denn für ein Zeug?«

»Es heißt Tabuleh«, sagte Jean und wurde ein wenig rot. »Ich habe das Rezept in einem Kochbuch gefunden. Es ist sehr lecker. Möchtest du es probieren?«

»Das sieht ja geradezu eklig aus. Wie aus irgendeinem Slum in Indien.«

»Auch nicht schlimmer als unser Jello-Zeug«, bemerkte Shelby.

»Dann kann sie auch genauso gut das gleiche essen wie wir.«

Jean hatte ihre Gabel zur Seite gelegt und schaute auf ihre Hände.

Herrje, Jean, behaupte dich.

Manchmal hätte sie Jean bei den Schultern packen und schütteln mögen. Sie war zu nachgiebig, zu weich. Leute wie Connie konnten mit ihr machen, was sie wollten. Nicht aus Grausamkeit – sie konnte sich nicht vorstellen, daß Connie absichtlich grausam sein würde –, aber Connie war von Natur aus unsensibel und mußte ab und zu an die Grenzen erinnert werden.

Shelby mochte Jean. Dabei kannte sie sie nicht einmal sehr gut, obwohl sie jetzt seit zwei Monaten bei der Zeitschrift arbeitete und jeden Tag mit ihnen zu Mittag aß. Jean verschwand im Hintergrund, was nicht schwierig war, wenn Connie und Lisa da waren. Aber sie schien dazuzupassen. Am Rande.

Sie erinnerte sich an den Tag, an dem sie Jean kennengelernt hatte. Damals hatte sie das Geld fürs Mittagessen vergessen und ging zurück, um es aus ihrem Schreibtisch zu holen. Das große Lektoratsbüro war still und leer; nur die Staubkörnchen tanzten auf einem Wintersonnenstrahl. Und da saß Jean an ihrem Schreibtisch – wie schon den ganzen Vormittag, nur hatte sich niemand die Zeit genommen, sie zu bemerken.

Sie hatte eine Papierserviette vor sich ausgebreitet und aß eine komische gelbliche, klumpige, haferschleimähnliche Masse aus einem Quarkbecher. Als sie in ihre braune Papiertüte griff, um eine Flasche Orangensaft herauszuholen, schaute sie auf. Ihre Augen begegneten Shelbys. Sie senkte den Blick.

»Oh, hallo«, sagte Shelby und hoffte, daß das nicht so schuldbewußt klang, wie sie sich fühlte. »Willst du nicht mitkommen?« wollte sie gerade sagen, aber dann merkte sie, daß sich das anhören würde, als wollte sie Jean die Schuld geben und nicht sich selbst. Ihnen allen, genauer gesagt, denn alle fünfzehn Kollegen im Lektoratsbüro waren aufgesprungen, sobald eine entfernte Glocke das Zeichen gegeben hatte, daß die Kantine geöffnet war, und waren die Treppe hinuntergetrampelt wie eine Horde Vieh, ohne einen Gedanken an die neue Lektoratsassistentin zu verschwenden. Sie könnte sagen: »Es tut mir leid, ich habe dich völlig vergessen, weil ich mit den Gedanken ganz bei diesem außerordentlich spannenden Manuskript war . . .«, oder sie könnte geradeheraus sagen: »Ich bin ein unsensibler Trampel, bitte nimm es nicht persönlich«, was am zutreffendsten war . . .

»Ist etwas?« fragte die Frau.

»Nein, ich, äh . . .« Sie streckte die Hand aus. »Ich bin Shelby Camden.«

Jean ergriff die Hand und schüttelte sie. »Jean Sheffield. Wir sind uns schon vorgestellt worden. Heute morgen.«

»Ja, richtig«, sagte Shelby fröhlich und fühlte sich nun nicht mehr nur schuldbewußt, sondern auch noch dämlich. »Hör zu, möchtest du lieber alleine essen, oder . . .«

Jetzt sah Jean so nervös aus, wie Shelby zumute war. »Eigentlich nicht . . . aber . . .«

Ihrer beider Verlegenheit hielt an, bis Shelby lachen mußte. »Das ist doch albern. Ich bin ein Idiot, bitte entschuldige . . . jetzt komm mit, und was ist das, was du da ißt?«

»Polenta«, sagte Jean, während sie Serviette und Löffel in der braunen Papiertüte verstaute. »Ich habe das Rezept irgendwo gefunden, ich weiß nicht mehr, im Bus oder so. Möchtest du probieren?«

Shelby sah in den Quarkbecher und verlor den Mut. »Vielleicht nachher.« Es roch nach Mais und war durchzogen von Streifen, die wie Ketchup aussahen. Es erinnerte sie an Trappistenkäse. Sie nahm ihr Portemonnaie aus der Schreibtischschublade.

Später stellte sich heraus, daß Jean Bridge spielte, und damit war sie eine willkommene Bereicherung der Kantinenclique, denn ihre frühere vierte Frau hatte geheiratet und war weggegangen. Damit war Jean auch an den Feierabend- und Wochenendunternehmungen beteiligt. Shelby war froh über ihre Gesellschaft. Connie plapperte und lachte ständig, weil sie die Aufmerksamkeit brauchte. Lisa plapperte und kreischte ständig, weil es ihre Art war. Shelby plapperte ständig, weil es von ihr erwartet wurde. Die ruhige Jean war da wie ein Schutzengel. Wenn alles zuviel wurde, konnte Shelby verständnisinnige Blicke mit ihr tauschen.

Freitags gingen sie manchmal auf einen raschen Feierabenddrink zu Jean, denn sie wohnte in West Sayer, nur ein paar Blocks von der Redaktion entfernt. Aber ihre Wohnung war klein, dunkel und voller alter Möbel, und Connie behauptete, davon bekäme sie Platzangst. Shelby gefiel es.

»Also«, sagte Connie jetzt, »wir sollten eine Party veranstalten.«

»Eine Party?« fragte Shelby.

»Um zu feiern.«

»Feiern?«

»Dich!«

Shelby lachte. »Wenn du könntest, würdest du eine Party geben, um zu feiern, daß du am Morgen aufgewacht bist.«

»Na und?«

»Wenn du eine Party feiern willst, tu das. Aber benutz mich nicht als Ausrede. Ich will den Druck nicht.«

Connie verdrehte die Augen. »Camden ...«

»Es ist mir ernst.« Sie war überrascht, wie verärgert ihre Stimme klang.

»Du weißt ganz genau, daß du diese Beförderung bekommst.«

»Nein, weiß ich nicht, also hör damit auf, okay?«

»Lieber Himmel«, murmelte Connie, sich wieder ihrem Teller

zuwendend, »was bist du für ein Miesepeter.«

Na, das hatte sie ja prima hingekriegt. Am Ende würde sie der blöden Party wahrscheinlich nicht nur zustimmen, sondern sie auch noch in ihrer eigenen Wohnung feiern, nur um zu beweisen, daß sie keine Spielverderberin war. Sie hatte genug von Partys. Sie hatte genug von Freizeitaktivitäten. An jedem Wochenende war irgend etwas los – ein Konzert, ein Film, ein Theaterstück. Ein aktives, ausgefülltes Privatleben, wie es in den Zeitschriften hieß. Die aufstrebende junge Frau von heute hatte ein aktives, ausgefülltes Privatleben.

Bloß daß die aufstrebende junge Frau von heute nichts anderes wollte als ins Bett kriechen und sich für ungefähr hundert Jahre die Decke über den Kopf ziehen.

»Hat Ray dieses Wochenende Dienst?« fragte Lisa.

»Ich glaube nicht«, sagte Shelby, »wenn nicht etwas Unvorhergesehenes passiert.«

»Hoffentlich freut er sich nicht auf ein schönes Wochenende«, knurrte Connie. »Bei deiner Stimmung . . .«

Sie merkte, wie sie die Beherrschung verlor. »Connie . . .«

Plötzlich lehnte sich Jean dazwischen und deutete mit einem schüchternen Lächeln auf den Salzstreuer. »Darf ich?«

Shelby reichte ihn ihr.

»Danke. Du siehst blaß aus. Hast du Kopfweh?«

Das hatte sie allerdings. Inzwischen fühlte sich ihr Kopf an wie in einem Schraubstock. Sie nickte.

Jean kramte in der College-Büchertasche herum, die sie immer als Handtasche bei sich trug, und holte ein Fläschchen Aspirin hervor. Sie gab es Shelby.

»Hast du wieder Kopfschmerzen?« fragte Connie, jetzt ganz besorgt. »Kein Wunder, daß du so schlecht gelaunt bist.«

Sie fühlte die Wut in sich aufsteigen und wollte gerade eine patzige Antwort geben, als ihr Jean sacht auf den Fuß trat. Sie ließ sich zurücksinken. »Ja, wahrscheinlich.«

»Du solltest wirklich zum Arzt gehen«, sagte Lisa und kratzte die Überreste des Gelatinepuddings von ihrem Salatblatt. »Du hast das ein paarmal die Woche, oder?«

»Sie ist mit einem Arzt verlobt«, sagte Connie.

»Er ist noch kein Arzt, und wir sind noch nicht verlobt.«

»Beides nur eine Frage der Zeit.« Lisa leckte ihre Gabel ab. »Was sagt er denn dazu?«

»Nicht viel.« Sie würde ihnen nicht auf die Nase binden, daß sie ihm nichts davon erzählt hatte. Sie hatte keine Ahnung, warum sie nichts gesagt hatte, und es würde ihr mit Sicherheit als Verrat ausgelegt werden.

Connie lehnte sich auf ihrem Stuhl zurück und warf die Serviette auf den Teller. »So. Noch eine Runde Bridge, bevor wir wieder in die Tretmühle müssen?«

Shelby schüttelte den Kopf. »Tut mir leid, ich muß diesen Stapel Manuskripte vom Tisch bekommen.«

»Das kannst du doch morgen machen.«

»Morgen kommt die Neue.«

Lisa und Connie wechselten einen Blick. »Vielleicht können wir nach Feierabend einen trinken gehen . . .« Connie schaute Shelby vielsagend an. ». . . wenn du nicht zu beschäftigt und zu wichtig bist, um mit deinen alten Freundinnen auszugehen.«

Shelby holte tief Luft.

Connie hob die Hand. »Es sollte ein Witz sein!« Sie nahm ihr Tablett. »Bis nachher.«

Dann marschierte sie ab; Lisa trottete neben ihr her.

»Sie ist ja heute selten gut drauf«, sagte Jean, während sie ihnen nachschaute.

»Hast du das absichtlich gemacht? Das mit dem Salz?«

Jean lächelte. »Das verrate ich nicht.«

»Jedenfalls hast du mir das Leben gerettet.«

»Was hat sie überhaupt?« fragte Jean. »Ist sie neidisch?«

Shelby war überrascht. »Connie? Sie ist einfach Connie.«

»Normalerweise ist sie etwas subtiler.«

»Hmm.« Sie rieb sich die Stirn, gerade oberhalb der Nase, wo sich der Druck immer mehr verstärkte.

Jean schaute sie ernst und besorgt an, die Augenwinkel gekräuselt. »Diese Kopfschmerzen sind schlimm, oder?«

Shelby ging unwillkürlich in Abwehrstellung. »Manchmal. Nicht oft. Es ist nur Anspannung.«

»Anspannung?«

»Und die Nebenhöhlen«, sagte Shelby rasch. »Nichts Ernstes. Wenn man in New England lebt, hat man Probleme mit den Nebenhöhlen. Das ist nun mal so.«

»Mit anderen Worten«, sagte Jean freundlich, »halt dich da raus.«

»Entschuldige. So habe ich es nicht gemeint.«

»Doch, doch. Du findest diese ganze Aufmerksamkeit schrecklich.«

»Ja, wahrscheinlich hast du recht. Ich weiß auch nicht, wieso.«

»Bestimmt irgend etwas zutiefst Neurotisches.«

Shelby lächelte. »Neurotisch und unheilbar.«

»Ohne Zweifel«, sagte Jean. Sie bearbeitete ihr Tabuleh mit der Gabel. »Das mit Shelby Camden ist wirklich ein Jammer. Sie war immer so nett, aber dann kamen die Probleme.«

»Du weißt ja, wie es ist«, sagte Shelby, »wenn die Probleme erst einmal da sind . . .«

». . . gehen sie gar nicht mehr weg.«

Shelby lachte. »Was ist eigentlich heute mit dir los?«

»Du meinst, weil ich nicht stumm dasitze, die Hände gefaltet und die Knie zusammen?« Jean schaute sich um. »Können die Nonnen uns sehen?«

»Du bist katholisch?«

»Nur meine Eltern. Ich bin abtrünnig geworden – wobei bei mir allerdings nie viel war, von dem ich abtrünnig hätte werden können. Der einzige bleibende Einfluß, den die Nonnen auf mich hatten, war die Büchertasche. Wenn es ums Tragen geht, kennen sie sich wirklich aus.«

»Sie tragen schließlich auch die Sünden und die Sorgen der Welt.«

Jean zog eine Grimasse. »Nimmst du nun das Aspirin, oder habe ich deine Aufmerksamkeit ganz umsonst erregt?«

»Doch, klar.« Shelby schüttelte ein paar Tabletten aus dem Fläschchen und spülte sie herunter. Sie sah die Frau an, die neben ihr saß. Jean sagte beim Mittagessen selten mehr als »Reichst du mir bitte . . .« und »Danke.« Bei ihren regelmäßigen Bridgepartien beschränkten sich ihre Gesprächsbeiträge auf spielrelevante Dinge wie »drei ohne Trumpf« und »gut gespielt, Partner« oder »minus eins, Kontra und Rekontra«. Während einer besonders cleveren und raffinierten Finesse, als sie Lisas Trumpfkönig geschnappt hatte, hatte sie einmal gesagt: »Jetzt hab ich dich, du kleiner Teufel.«

Shelby hatte es sich gemerkt, weil es so ungewöhnlich war. Und sie brachte fast nie jemanden zum Lachen.

»Du guckst mich so komisch an«, sagte Jean.

»Ich bin es nicht gewohnt, daß du . . . na ja . . .«

Jean runzelte mit gespieltem Ernst die Stirn. »Ich bin nicht auf Drogen, falls du dich das fragst. Jedenfalls nicht, daß ich wüßte.«

»Daran habe ich gar nicht gedacht.«

»Ich habe mal eine Weile etwas genommen. Dexamyl. Damals im College. Der Vater von meiner Mitbewohnerin hat es uns besorgt. Ich weiß nicht, wo, wir haben nicht gefragt. Wir haben es genommen, um für die Prüfung zu lernen. Mit dem Zeug bringst du dich wirklich in Hochform. Bloß kommst du danach nicht mehr runter.«

»Mir geht es so, wenn ich müde bin«, sagte Shelby. »Vor allem beim Autofahren. Ich schlafe fast am Steuer ein, aber ich kann nicht anhalten. Eines Tages werde ich noch direkt in den Atlantik fahren.«

»Ja, aber es macht einen nicht müde. Man fühlt sich großartig, wie wenn man unendlich viel Energie hätte. Entschuldigung, ›als‹ wenn man unendlich viel Energie hätte. Aber meine Freundin ist durchgedreht. Sie war völlig high, und dann ist sie plötzlich in ein tiefes Loch gefallen. Sie wurde ganz depressiv, aber sie konnte sich nicht beruhigen. Wir mußten sie zur Krankenschwester bringen. Wir hatten Angst, daß sie sich etwas antut. Danach waren alle ihr gegenüber irgendwie verlegen. Sie ging noch vor Semesterende ab.« Jean trank einen Schluck Wasser. »Das hat ihr für die Prüfungen viel genützt, was? Kaum zu glauben, daß ich noch vor drei Jahren so dumm war.«

Shelby zögerte. »Hast du . . . ich meine, warst du ihr gegenüber auch verlegen?«

»Eigentlich nicht. Ein bißchen vielleicht. Ich bin nicht sehr stolz darauf. Aber sie war in der Zeit auch etwas merkwürdig geworden. Sie wollte nicht, daß jemand über das redete, was passiert war. Nicht einmal ich. Ich habe es versucht, aber sie wechselte immer gleich das Thema. Das hat mich wohl gekränkt.«

»Das kann ich mir vorstellen«, sagte Shelby.

»Den meisten Leuten war es ganz recht, nicht darüber zu reden, außer hinter ihrem Rücken. Sie dachten wahrscheinlich, es wäre ansteckend.«

»Vielleicht ist es das auch. Bist du sicher, daß du nicht auf Drogen bist?«

Jean knüllte ihre Serviette zusammen und warf sie nach ihr. »Nein, ich bin nicht auf Drogen. Wenn ich hier wie ein Idiot weiterplappere, liegt es einfach daran, daß man mit dir gut reden kann.«

Shelby fühlte Verlegenheit in sich aufsteigen. »Darum habe ich das nicht gesagt.«

»Das weiß ich«, sagte Jean, »aber es stimmt. Und, komisch, dies ist das erste Mal in zwei Monaten, daß Lisa und Connie uns in Ruhe lassen.«

»Ich habe Connie auf die Palme gebracht«, sagte Shelby.

»Das solltest du öfter probieren.«

Shelby nippte an ihrem Kaffee. »Hast du ...« Sie versuchte, die richtigen Worte zu finden. »Magst du Connie nicht?«

»Doch, klar mag ich sie. Sie ist ja nicht hinterhältig oder unangenehm ... na ja, etwas unangenehm ab und zu vielleicht schon, aber wer ist das nicht? Sie ist nur manchmal ein bißchen viel, wenn du weißt, was ich meine.«

Shelby wußte genau, was sie meinte.

»Ich glaube, sie hat das Herz am rechten Fleck«, fuhr Jean fort. »Und ich glaube, sie würde zu dir halten ...«

»Meinst du?«

Jean nickte. »Sie mag dich. Sie ist wie eine Glucke, und du und Lisa, ihr seid ihre Küken.« Sie lachte ein wenig. »Ich schaffe das auch noch. Gib mir noch ein paar Monate. Sie versucht immer noch, mir auf den Grund zu kommen.«

»Um die Wahrheit zu sagen«, sagte Shelby, »ich auch.«

»Ich auch«, sagte Jean seufzend. »Ich werde wahrscheinlich den Rest meines Lebens versuchen, mir auf den Grund zu kommen. Eine ganz schön deprimierende Vorstellung.«

»Das Schlimme am Leben ist, daß man keine Gebrauchsanweisung mitgeliefert bekommt.«

»Wenn, dann wäre sie unverständlich und eine schlechte Übersetzung aus dem Japanischen.«

Nach der großen, runden, praktischen braunweißen Schuluhr mit den auffälligen schwarzen römischen Ziffern an der Wand über der Essensausgabe war es Zeit, wieder an die Arbeit zu gehen. Shelby fand das schade. Denn sie unterhielt sich gerade sehr gut. Es war das erste Mal seit Wochen, Monaten ... womöglich seit Jahren, daß sie sich gut unterhalten hatte. Aber auf sie warteten all diese Manuskripte.

Jean räumte ihre Essensutensilien zusammen und legte Gabel und Löffel auf das Tablett, das für die Spülküche bestimmt war. Bevor sie den Quarkbecher verschloß, zögerte sie und hielt dann Shelby das Tabuleh hin. »Deine letzte Chance.«

»Danke«, sagte Shelby und schauderte unwillkürlich. »Ich glaube, ich passe.«

»Ich kann's dir nicht verdenken«, sagte Jean. Sie verschloß den Becher, verstaute ihn in ihrer braunen Papiertüte und rollte die Tüte oben fest zusammen.

Fast alle waren gegangen. Die Kantinenangestellten, graue Damen mit grauem Haar, das in schweißnassen Locken an ihren Wangen klebte, räumten die Reste weg. »Morgen gibt es das Spezialmenü«, sagte Shelby und nickte in Richtung Essensausgabe. »Ich verstehe allmählich, wieso du dir dein Mittagessen selbst mitbringst.«

»Um auf mich aufmerksam zu machen«, sagte Jean, ohne einen Augenblick zu zögern. »Und um Connie zu ärgern.«

Jean hatte tiefbraune Augen mit kleinen Goldsprenkeln um die Pupille. Das war Shelby noch nie aufgefallen.

»Du bist ein Phänomen«, sagte sie und lachte.

»Na, ich weiß nicht. Also, glaubst du, daß es dieses Wochenende eine Party gibt?«

Shelby schüttelte den Kopf. »Ich weiß es nicht. Ich habe überhaupt keine Lust, aber Connie ...«

»Was Connie will, das kriegt sie auch«, sagte Jean. »Tschüß dann.« Sie schob ihren Stuhl zurück und wandte sich zur Tür. »Wir sehen uns auf dem Campus.« Sie drehte sich noch einmal um. »Übrigens noch mal herzlichen Glückwunsch. Du freust dich bestimmt.«

Sie wollte sagen: »Eigentlich nicht.« Aber man erwartete von ihr, daß sie sich freute. Alle erwarteten das. Sogar Jean.

»Klar«, sagte sie.

Sie versuchte sich zu konzentrieren, aber ihre Gedanken schweiften immer wieder ab. Die Manuskripte auf ihrem Schreibtisch waren ziemlich schlecht. Sie mußte lächeln, als sie daran dachte, wie sie einst geglaubt hatte, daß sie in diesem Beruf Gelegenheit haben würde, Hunderte wohlformulierter, interessanter literarischer Beinahe-Meisterwerke zu lesen. Es hatte genau eine Woche gedauert, bis sie gemerkt hatte, daß das ein Irrtum gewesen war. Gut, ab und zu fand sich die berühmte Nadel tief unten im Heuhaufen. Aber das meiste war grauenvoll, unbeholfen, banal, gestelzt, langweilig ... Das Traurigste war das, was mit so großer Hoffnung, fast mit einem Gebet, eingereicht wurde. Das Ärgerlichste waren die schrecklichen Versuche, deren Autoren einem mit ihrem alles überdeckenden, selbstgerechten Ego von den Seiten entgegensprangen. Die abzulehnen genoß sie besonders. Mit einem Formbrief ohne eine persönliche Bemerkung.

Wenn sie tatsächlich Cheflektorin wurde, dann würde sie vermutlich nicht mehr allzu viele richtig schlechte Manuskripte zu lesen bekommen, denn die würden schon vorher aussortiert. Sie würde sie vermissen. ›Richtig schlechte Manuskripte von meinem Schreibtisch‹ war immer ein nützlicher Gesprächsfüller.

Vielleicht würde wirklich alles anders werden. Vielleicht hatte Connie recht. Vielleicht würden sie nicht mehr soviel gemeinsam haben.

Der Heimweg nach Bass Falls führte an sieben Meilen Maisfeldern vorbei. Natürlich wuchs dort jetzt kein Mais. Jetzt waren dort sieben Meilen dunkler, nasser Erde, gesprenkelt mit den verrottenden Stoppeln vom letzten Jahr. Im Westen war noch ein Stückchen blaßblauen Himmels zu erkennen; Shelby konnte es im Rückspiegel sehen. Die Tage wurden länger. Bald würde sie bei Tageslicht nach Hause fahren, selbst wenn sie nach Feierabend noch auf einen Drink in West Sayer blieb. Bald würden die Felder im moosgrünen Kleid darauf warten, von den Pflugscharen aufgebrochen zu werden, und dann würde der reiche braune Geruch reifer, feuchter Erde schwer in der Luft hängen. Dann würde es ihr besser gehen, wie immer, wenn die Tage länger waren und sie die Erde riechen konnte.

Bei Zgrodniks Markt hielt sie an, um sich etwas zum Abendessen mitzunehmen. »Du solltest dir einen Hund zulegen«, sagte Jeff, als er ihren Hamburger in ein rotweißkariertes Pappschiffchen legte.

Shelby lehnte sich gegen den Tresen und studierte die Packungen mit Kuchenteigmischungen im nächsten Gang. »Wie kommst du darauf?«

»Na ja, zum einen könnte er dir Gesellschaft leisten. Zum anderen ...« Er riß ein Stück Fleischerpapier von der schweren Rolle und wickelte ihr Fleisch darin ein. »... brauche ich mehr Abnehmer für diese Knochen.«

Sie schaute um sich, und er deutete hinter sich auf dem Fußboden auf einen Karton aus Wellpappe. Er war bis obenhin voll mit abgeschabten Knochen, an denen blutige und fettige Fetzen glänzten.

»Die Ausbeute von einem Tag«, sagte er bedauernd. Er gab ihr das Päckchen Fleisch.

Shelby nahm es mit einem Lachen entgegen und wandte sich zum Gehen.

»Sag mal«, rief er sie zurück, »ist die leere Wohnung in deinem Haus schon vermietet?«

»Noch nicht.«

Er schüttelte besorgt den Kopf. »Das gefällt mir nicht.«

»Es ist vollkommen ungefährlich, Jeff.«

»Du bist da im Erdgeschoß ganz allein.«

Seine Besorgnis rührte sie. »Es sind doch noch drei andere Wohnungen da«, sagte sie, um ihn zu beruhigen.

»Nicht im Erdgeschoß.«

»Und die Gespenster. Vergiß die Gespenster nicht.«

»Paß bloß auf«, sagte er, »wir nehmen unsere Gespenster hier ernst. Von denen bei dir drüben habe ich zwar noch nichts Schlechtes gehört, aber man weiß nie, wann ihnen etwas gegen den Strich gehen könnte.«

»Bisher habe ich sie weder piep sagen noch stöhnen gehört.«

»Und sie werden dich auch nicht beschützen, wenn ein Einbrecher kommt. Darum brauchst du einen Hund.«

»Ich *brauche* keinen Hund. Du lieber Himmel.«

Jeff zuckte mit den Schultern. »Dickköpfig, genau wie deine ganze Generation.«

Vielleicht sollte ich mir doch einen Hund zulegen, dachte sie. Mit einem Arm jonglierte sie ihre Einkäufe und ihre Post und mühte sich, ihre Wohnungstür aufzuschließen.

Stille begrüßte sie. An manchen Tagen war sie froh über die Stille. An anderen Tagen, so wie heute, kam mit dem Alleinsein die Einsamkeit. Heute fühlte sich die Einsamkeit irgendwie grau an. Wie ein schwerer Nebel. Vor ihr lag ein nutzloser Abend. Sie würde ruhelos für ein paar Minuten fernsehen, zu lesen versuchen, wieder fernsehen, jemanden anrufen wollen, niemanden wissen, mit dem sie wirklich sprechen wollte . . . die Zeit verplempern, bis die Elfuhrnachrichten begannen und sie wieder einen Tag verabschieden konnte.

Vielleicht wäre es schön, einen Hund zu haben. Er würde sie schwanzwedelnd an der Tür begrüßen, und sein liebender Blick würde fragen: »Was hast du mir mitgebracht?« Vielleicht würde er sogar an den Möbeln nagen, wenn sie nicht da war, ein paar Zimmerpflanzen umwerfen oder einen Teppich zerzausen. Wenigstens sähe die Wohnung, wenn sie nach Hause käme, nicht mehr ganz genauso aus wie morgens, als sie sie verlassen hatte. Sie könnte mit dem Hund spazierengehen. Er würde Spaziergänge lieben. An Tagen wie heute, wenn sie nichts mit sich anzufangen wußte, könnte sie mehrmals mit ihm spazierengehen.

Aber es ist nicht fair, sich einen Hund zuzulegen, der einen liebt, dachte Shelby, wenn man sich umbringen will.

Kapitel 2

Shelby schleuderte ihre Schlüssel auf das Telefontischchen, schloß mit dem Fuß die Wohnungstür und kämpfte sich mit den Einkäufen in die Küche vor. Sie stellte die Tüte auf der Theke ab, warf den Mantel über einen Stuhl und öffnete den Kühlschrank. Dem Gefrierfach wuchs ein dicker Reifbart; es war an der Zeit, es wieder einmal abzutauen. Sie zog einen Eiswürfelbehälter heraus und schob mit der Hüfte die Tür zu. Mit einer ruckartigen Bewegung am Griff des Eiswürfelmessers spaltete sie die Eiswürfel in dolchähnliche Kristalle, die an ihren Fingerspitzen festfroren, als sie sie in ein Glas gleiten ließ. Dann drehte sie den Temperaturregler am Gefrierfach herunter und stellte den Behälter wieder zurück, das Messer noch darin. Ihre Mutter würde einen Anfall bekommen. Libby hielt nichts davon, halbleere Eiswürfelbehälter wieder ins Gefrierfach zu stellen, schon gar nicht mit dem Messer darin. Libby hielt überhaupt nichts von schlampiger Hausarbeit. Was vermutlich der Grund dafür war, daß Libby eine Vollzeit-Haushaltshilfe hatte.

Scotch auf Eis war kein Drink für eine Dame, aber es gab keine Zeugen. Shelby nahm ihr Glas mit ins Wohnzimmer, schaltete den Fernseher ein und warf sich auf die Couch. Meistens zog sie abends zuerst eine Hose und eine bequeme Bluse an, aber heute hatte sie dazu keine Energie mehr. Heute würde sie den unbequemen engen Rock und den Strumpfgürtel noch eine halbe Stunde länger ertragen.

Die beiden Nachrichtensprecher schauten mit ernstem Gesicht aus dem Bildschirm. Vielleicht waren die Russen einmarschiert. Shelby nippte an ihrem Drink. Junge aufstrebende Karrierefrau ruht sich nach einem vollen und befriedigenden Arbeitstag zu Hause aus.

Kein Einmarsch. Auch sonst geschah kaum irgendwo etwas Wichtiges, wenn man NBC Glauben schenken wollte. Die Kennedys gaben Einladungen – das war nicht gerade neu. Spekulationen, ob Jackie ihre Führung durch das Weiße Haus wiederholen würde. Weitere Spekulationen darüber, was Verteidigungsminister McNamara letzte Woche gemeint hatte, als er zugegeben hatte, daß US-Piloten nicht nur Kampfeinsätze über Vietnam flogen, sondern es auch einen ›Feueraustausch‹ zwischen ›einigen‹ Bodentruppen und dem Vietcong gegeben habe. Wiederholtes Murren von Zigarrenrauchern und -händlern über Kennedys Embargo auf alle kubanischen Erzeugnisse einschließlich Zigarren. Dr. Martin Luther King Jr. hatte in einer kleinen Kirche in Alabama gesprochen; danach hatte es gewisse Störungen gegeben. Nichts Überraschendes, nichts, das mehr als 15 Sekunden verdient hätte.

Kaum echte Nachrichten, statt dessen viel »Was wäre, wenn«. Nach der Berichterstattung in den Medien zu urteilen, lebte die menschliche Rasse am liebsten von Hoffnung und – vor allem –

von Angst, mindestens vierundzwanzig Stunden im voraus. Wenn die Reporter nur über das berichten dürften, was tatsächlich stattgefunden hatte, würde es überhaupt keine Nachrichten geben.

Apropos vierundzwanzig Stunden im voraus – sie sollte sich wohl Gedanken über den morgigen Tag und über die Neue machen, wenn schon nicht darüber, was das für ihre steile Karriere (welch ein guter Witz!) bedeutete. Sehr nervös war sie nicht. Sie hatte eine ziemlich klare Vorstellung davon, was sie tun und sagen wollte; sie selbst hatte vor gar nicht langer Zeit das gleiche mitgemacht. Die Kleine würde entweder eine Freude oder ein Horror sein. Sie fragte sich, was sie selbst in ihrer ersten Zeit gewesen sein mochte. Wahrscheinlich keines von beiden, wahrscheinlich einfach ein gewöhnlicher wissenshungriger Neuling . . .

Jetzt war auf dem Bildschirm eine endlos lange Zigarettenwerbung zu sehen. Irgendein Pseudo-Arzt in weißem Kittel, der geschmackliche Vorzüge pries. Sie überlegte, ob sie aufstehen und umschalten sollte, aber sie war zu bequem. Sie griff nach ihrer Post – Zeitschriften, ein Katalog, ein Brief von ihrer Zimmergenossin aus dem Graduiertenstudium, das sie nach dem Collegeabschluß noch absolviert hatte, Reklame, Spendenaufrufe. Eine typische Dienstagsladung, lauter Kram, der übers Wochenende liegengeblieben und am Montag noch nicht sortiert gewesen war. Sie legte Helens Brief beiseite, um ihn später zu lesen. Helen hatte gleich nach dem Abschluß geheiratet, Kinder bekommen und ihr Interesse auf ihre Wohnzimmergardinen verlagert. Sie hatten nicht mehr viel gemeinsam.

Sie vermißte die gute alte Zeit mit Helen, als sie miteinander gegen das sichere, wohlbehütete – Helen nannte es ›selbstgefällige‹ – Umfeld rebelliert hatten, in dem sie aufgewachsen waren. Die Rebellion bestand darin, sich ganz in Schwarz gekleidet zu den Coffeehouses im Greenwich Village zu schleichen, wo die Poeten der Beat-Generation zum Klang von Bongo-Trommeln und zum Geruch von Marihuana ihre weitgehend unverständlichen Werke lasen. In den Unterrichtsveranstaltungen taten sie gelangweilt und ›cool‹. Identitätskrisen waren große Mode, und sie verbrachten endlose Stunden damit, das »Wer bin ich?« zu diskutieren. Inspiriert von J.D. Salinger, hatten sie eine Zeitlang sogar erwogen, das Studium abzubrechen, um sich selbst zu finden, aber dann hatte sie der Mut verlassen.

Komisch, wie zwei kurze Jahre und unterschiedliche Lebensstile sie auseinandergebracht hatten. Aber wenn Shelby erst einmal verheiratet wäre und selbst ein Kind hätte, könnten sie sich vielleicht wieder näherkommen. Sie konnte sich vorstellen, wie Helen mit ihrem schlagfertigen, trockenen Humor die Klippen des Mutterseins beschreiben würde. Zuerst waren ihre Briefe voller ungeheuerlicher Beobachtungen und sarkastischer Anekdoten gewesen, aber in letzter Zeit wirkte sie müde und abgestumpft, und alles, worüber sie sich früher lustig gemacht hatten, war für sie bitterer Ernst geworden.

War das immer so, wenn man heiratete?

Die Nachrichten waren fast vorbei. Widerwillig pellte Shelby sich von der Couch, leerte den letzten Schluck von geschmolzenem Eis und schwachem Scotch aus ihrem Glas und schaltete den Fernseher aus.

Sie stellte sich Ray vor in seinem winzigen, sterilen Appartement in Cambridge mit den uralten Tee- und Kaffeeflecken in dem abgestoßenen Porzellanspülbecken, dem Riß, der quer über die Wohnzimmerwand verlief, dem Geruch von altem Staub und Heizkörpern. Jetzt würde er sich nach vorn lehnen, um sein Fernsehgerät abzuschalten. Aufstehen. Sich mit der Hand durch sein lockiges rotblondes Haar fahren. Die Aluverpackung seines Fertiggerichts, das sein Abendessen gewesen war, von dem aus Ziegelsteinen und Brettern bestehenden Couchtisch nehmen. In die Küche gehen, die Gabel in die Spüle werfen, die Aluverpackung in die Mülltüte im Treteimer. Sich in ein altes Marmeladenglas – wahrscheinlich das mit dem Tom-und-Jerry-Design – Wasser einlaufen lassen und sich einen Moment lang zufrieden gegen die Spüle lehnen. Zurück ins Wohnzimmer gehen, auf seine Armbanduhr schauen. Den Telefonhörer abheben. Wählen.

Shelby zählte bis acht – sieben Sekunden für die Telefonnummer, eine für die Ferngesprächverbindung. Ihre Hand schwebte über dem Telefon.

Es klingelte.

»Hallo, Schatz. Was macht die Kunst?«

Shelby biß die Zähne zusammen. Konnte er sich nicht einmal, nur ein einziges Mal, etwas anderes zur Begrüßung einfallen lassen? »Mir geht es gut, und dir?«

Eine kurze, abwartende Pause. »Ist irgend etwas?« fragte er schließlich.

»Nein, nein. Wieso?« Sie wußte, wieso. Sie hatte nicht gesagt: »Alles klar, und selbst?« Ihre Codewörter.

Sie sah ihn vor sich, wie er zögerte und dann achselzuckend beschloß, darüber hinwegzugehen. »Nur so. Du hörst dich müde an.«

»Ja, ich bin wohl ein bißchen erschöpft. Ich hatte einen langen Tag. Wie war deiner?«

Im Hintergrund raschelte es. Jetzt streckte er sich gerade auf dem Sofa aus, streifte die Schuhe ab und machte es sich für einen langen Schwatz bequem. Sein Kopf ruhte auf der hölzernen Armlehne der billigen, gebraucht gekauften Couch (›Motel Modern‹ nannte er sie; Shelby hatte sie ›Schwiegermuttermodell‹ getauft), und seine großen Füße baumelten über dem anderen Ende.

»Lang genug.«

Kurz angebunden. Er gestattete es sich, ein wenig zu schmollen. Shelby seufzte im stillen. »Irgendwas Neues bei den exotischen Krankheiten?«

»Nichts. Irgendwas Neues in der Welt der Wörter?«

»Nein. Na ja, doch. Ich muß morgen eine Neue einarbeiten.«

»Ist das gut oder schlecht?«

»Gut, nehme ich an. Ich werde wahrscheinlich eine Stufe höher klettern. Einen neuen Lektoratsassistenten einzuarbeiten ist normalerweise der letzte Schritt vor dem Cheflektor.«

»Hey!« Sie hörte das Sofa ächzen, als er sich ausstreckte. »Gut gemacht, Mädchen! Wann weißt du es sicher?«

»Wenn Spurl es beschlossen hat, so er es denn beschließt. Drück mir die Daumen.«

»Das ist keine Frage von Glück«, sagte Ray. »Du hast es auf jeden Fall verdient.«

»Danke.«

»Es ist die Wahrheit.«

Shelby mußte lächeln. Ray war ihr größter Fan. »Dieses Wochenende soll vielleicht eine Party steigen. Um es zu feiern. Ich versuche sie dazu zu bringen, statt dessen eine Willkommensparty für die Neue zu schmeißen.«

»Wen dazu zu bringen?«

»Die Kantinenclique. Du weißt schon. Connie, Lisa, Jean.«

»An welchem Tag?«

»Samstag.«

»Oh, Mist ...« Er fuhr sich mit der Hand übers Kinn. Die Morgenrasur war zu lange her. Am Telefon war ein leises Kratzen zu hören. »Ich habe mich gerade von Paul überreden lassen, seinen Dienst in der Notfallstation zu übernehmen. Vielleicht kann ich zurücktauschen. Aber er ist ziemlich fertig. Hier war die ganze Woche die Hölle los, mit all diesen Drogengeschichten ...«

»Brauchst du nicht. Wir machen einen Weiberabend draus.«

»Macht es dir wirklich nichts aus?«

»Überhaupt nichts.« Sie war ein wenig überrascht, wie wenig es ihr tatsächlich ausmachte. »Ist für die Neue wahrscheinlich sowieso angenehmer.«

»Klar«, knurrte er und lachte ein wenig. »Wir Männer sind verdammt einschüchternd.«

»Das seid ihr in der Tat, Herr Dr. Raymond Curtis Beeman.«

Eine kurze Pause. »Du, Shel?«

»Hier bin ich.«

»Hast du jemals ... na ja, Zweifel an mir oder an uns?«

Was sollte das heißen? Sie fühlte einen kleinen Stich. »Ich weiß nicht, was du meinst«, sagte sie vorsichtig.

»Ich habe unmögliche Arbeitszeiten. Wir können nie im voraus planen, weil ich nicht weiß, ob ich nicht vielleicht Dienst habe ... das ist alles nicht besonders lustig.«

»Wir werden noch viel Zeit haben, lustig zu sein. Und zu planen. Es sei denn, du verschweigst mir etwas.«

»Was denn?«

»Du willst dich nicht mehr auf Endokrinologie spezialisieren, sondern auf Geburtshilfe.«

»Ach, zu dumm«, witzelte er, »du hast es herausgefunden.« Es raschelte wieder. Er setzte sich auf. Das hieß, er würde sie bald in Ruhe lassen ... sie korrigierte sich ... er würde bald auflegen. »Keine Panik, Schatz. Ich bin vielleicht müde, aber nicht verrückt.«

»Na, du mußt es ja wissen, Doc.«

Wieder Rascheln. Jetzt war er aufgestanden. Gleich würde seine

Stimme diesen distanzierten Ton annehmen, der ihr sagte, daß er mit den Gedanken bei seinem Studium war. »Weißt du was, Shel?«

»Nein, was denn, Ray?«

»Ich glaube, ich heirate dich.«

»Da mußt du mich zuerst fragen.«

»Ich frage dich ja.«

»Nicht am Telefon, das geht nicht.«

Er lachte in sich hinein. »Du bist ganz schön hart, Shelby Camden.«

»Ach, hör auf, jetzt geh und lerne.«

»Halt dir den Freitagabend frei, ja?«

»Ich dachte, da mußt du arbeiten.«

»Nein, nur am Samstag. Ich rufe dich morgen an.« Das war keine Frage, sondern eine Feststellung. Aus irgendeinem Grunde ärgerte sie sich darüber.

»Shel?«

Rasch wandte sie ihre Aufmerksamkeit wieder dem Telefon zu. »Ja, gut, morgen.«

»Ich liebe dich.«

»Ich liebe dich auch.« Die Leitung verstummte, als er einhängte.

Shelby legte den Hörer wieder auf die Gabel und schenkte sich noch einen Drink ein.

Heute war die Einsamkeit wie der Nebel. Grau, feucht, kalt. Sie klang wie leere Tunnel. Shelby stand am Fenster und sah über den breiten Hof auf die Pleasant Street hinaus. Eine Straßenlaterne warf ein nasses, glänzendes Licht, das auf dem dicken Stamm des Ahornbaums an der Backsteinmauer glitzerte. Ein Auto kroch vorbei, die Reifen spieen Wasser und Splitt.

Sie dachte an all die Dinge, die sie mit ihrem Abend anfangen könnte – die Fernsehsendungen, die sie anschauen, die Bücher, die sie lesen könnte. Sie könnte sogar an einer der Kurzgeschichten arbeiten, die sie zu schreiben begonnen hatte und unbedingt irgendwann zu Ende bringen wollte. Aber sie blieb stehen und schaute hinaus in die Nacht.

Es war nicht gut, sich so in die Einsamkeit zurückzuziehen. Sie müßte etwas tun, um Licht und Wärme in die Wohnung zu bringen. Ein Feuer im Kamin?

Sie sah auf die Holzkiste hinunter. Sie war fast leer. Kein Holz zum Feueranmachen, kein Brennholz, nur die beiden ungespaltenen Blöcke, die sie als primitive Kaminböcke verwenden wollte. Sie würde nach draußen zum Schuppen gehen müssen. Bequeme Sachen und feste Schuhe anziehen, einen Mantel nehmen und sich aufmachen.

Sie konnte sich nicht dazu aufraffen.

Wenigstens hatte sie es geschafft, ein Manuskript zu lesen und zu kritisieren, bevor es Zeit zum Schlafengehen war. Sie legte Manuskript und Notizen auf den Nachttisch, knipste das Licht aus und vergrub sich unter der schweren Bettdecke. Kalte Feuchtigkeit und ein ölig silbriggelbes Licht drangen durch das nicht ganz geschlossene Fenster. Die hohe Decke reflektierte die Stille im Raum und vertiefte sie, indem sie sie auf sich selbst zurückwarf. Shelby schob die Bettdecke zurück, um ihren Kopf vom Geräusch ihres eigenen Atems und von dem langsamen Pochen des in ihren Adern pulsierenden Blutes zu befreien. Draußen hatten sich Blätter in der Dachrinne gesammelt und verstopften das Abflußrohr. Nebel durchdrang die triefende verrottende Masse. Tropfen fielen so gleichmäßig wie eine tickende Uhr.

Sie merkte, daß sie die Collegestudenten vermißte, die eine Zeitlang die Wohnung am anderen Ende des Hausflurs gemietet hatten. Sie waren recht anständige Nachbarn gewesen, höflich und hilfsbereit. Sie hatten am Fachbereich Naturwissenschaft und Maschinenbau studiert. Shelby war für sie eine ›ältere Frau‹ gewesen, so daß sie nicht befürchten mußte, in die Kategorie ›sexuelle Beute‹ zu fallen. Außer gelegentlichen Ausschweifungen am Wochenende hatten sie die meiste Zeit mit Lernen verbracht. Dann, kurz nach den Weihnachtsferien, veränderte sich etwas. Die Stereoanlage plärrte Tag und Nacht. Fast jeden Tag fanden sich Bierdosen im Müll, nicht nur an Wochenenden. Schließlich traf sie bei den Mülleimern Dan, wie er mit einer gerissenen Papiertüte kämpfte, aus der Flaschen und leere Chipstüten quollen. Als sie ihm zu Hilfe kam, erzählte er ihr, daß sie den Notendurchschnitt nicht geschafft hatten, den sie brauchten, um zum zweiten Semester zugelassen zu werden, also wohnten sie nur noch ihre dreißig Tage Kündigungsfrist ab. Wahrscheinlich würden sie zum Militär gehen. Am 1. März waren sie weg, sang- und klanglos in den schneeschweren Nebel des ausklingenden Winters verschwunden.

Das Wasser tropfte. Die Stille hallte wider. Shelbys Atemzüge kamen und gingen wie Wellen, die sich langsam und rhythmisch brachen. Sie veränderte ihre Lage und hörte die Laken rascheln. Das Geräusch kratzte an ihren Nerven.

Es würde eine lange Nacht werden.

Um elf Uhr am nächsten Morgen wurde sie gerufen. Das Summen der Gegensprechanlage zersprengte einen Gedanken, den sie beinahe gefaßt hatte. Sie hatte an diesem Morgen noch nicht sehr viele Gedanken gehabt, und jetzt, gerade als es fast soweit gewesen wäre ...

Sie war nervös. Wider Willen.

Eines Tages würde sie erwachsen werden müssen.

Mit einem raschen Griff richtete Shelby ihr Haar und versuchte sicheren und lässigen Schrittes zur Tür zu gehen. Lisa zwinkerte ihr zu, als sie an ihrem Schreibtisch vorbeikam. Connie zeigte ihr das Okay-Zeichen, Daumen und Zeigefinger zu einem Kreis zusammengefügt. Jean verdrehte die Augen zu einem mitfühlenden Lächeln.

Das Treppenhaus war grau und roch feucht. Als sie nach oben stieg, hörte Shelby ihre gleichmäßigen Schritte auf dem Beton. Ein stetiges, nimmermüdes Klong, Klong, Klong. Wie ein Marschschritt auf Wasserrohren. Oder das Zuknallen von Zellentüren im Gefängnis.

Ich müßte mich doch freuen, dachte sie. Wieso kann ich mich nicht freuen?

Die Brandschutztür fiel stöhnend hinter ihr ins Schloß. Vor ihr lag ein langer, leerer Korridor. Braunes Linoleum, hier und da etwas grüner Splitt, das sandähnliche Material, das der Hausmeister ausstreute, um den Staub zu binden. Schulterhohe weiße Wände mit Glasscheiben darüber. Hinter den Glasscheiben die Geräusche von Telefonen und Schreibmaschinen. Namen in ordentlichen Buchstaben an den Türen: Ressortchef Kunst, Ressortchef Belletristik, Ressortchef Anzeigen, Ressortchef Essen und Heim.

An der letzten Tür stand »Chefredakteur«. Hinter dem pockigen

Milchglas warteten David Spurl, Miss Myers und die Neue. Shelby ergriff den Türknauf, spürte das fleckige Messing, das vom Griff vieler Hände glänzte. Sie drehte den Knauf und zuckte zusammen, als sie das Geräusch von Metall auf Holz hörte. Sie atmete tief durch und ging hinein.

»Ah«, sagte Spurl, als sie in das Büro kam. »Shelby Camden, Penny Altieri. Penny, dies ist Miss Camden.«

Shelby streckte ihre Finger aus, um dem Mädchen die Hand zu schütteln, und hielt auf halbem Wege überrascht inne. Natürlich hatte sie erwartet, daß die Neue jünger sein würde als sie, jedenfalls zwei Jahre, doch Penny Altieri war fast noch ein Kind.

Aber vielleicht lag es auch nur daran, wie sie ihr blauschwarzes Haar trug, lang und zu einem lockeren Pferdeschwanz zusammengebunden. Oder an ihrem Gesicht, klein und ohne Kanten wie das eines Babys. Nein, es mußten die Augen sein. Penny Altieri hatte die größten, rundesten, tiefsten braunen Augen, die Shelby je an einem Menschen gesehen hatte. Sie gaben ihr ein ängstliches und zugleich vertrauensvolles Aussehen.

»Miss Camden wird Ihnen alles zeigen«, sagte David Spurl in einem abweisenden Ton, als hätte er etwas sehr Wichtiges zu tun. Da Mittwoch war, wußte Shelby, was er wirklich zu tun hatte, nämlich sich mit seinen Kumpeln von der Lokalzeitung zum Mittagessen und auf ein paar Drinks im Downtown Grill zu treffen. Er hielt ihr eine beigefarbene Mappe mit Manuskripten hin. »Gehen Sie ein paar von diesen mit ihr durch. Miss Myers soll Sie beide morgen vormittag für eine Stunde mit mir eintragen.«

»Morgen vormittag?« Shelby blätterte die Mappe durch und zog eine Augenbraue hoch. »Sollen wir die Nacht durchmachen?«

»Sagen wir am späten Vormittag. Ist das recht?«

Shelby schüttelte leicht den Kopf und murmelte: »Sklaventreiber.«

Das gefiel ihm, wie üblich. »Ich habe vollkommenes Vertrauen in Sie.« Er griff hinter sich nach seinem Jackett, bis er merkte, daß er es anhatte, und er grinste verlegen. Shelby hatte David seit ihrem ersten Tag hier nicht mehr im Jackett gesehen. Er trug lieber auf lässige, aber nach harter Arbeit aussehende Art die Krawatte gelockert und die Hemdsärmel aufgekrempelt. Neue Lektoratsassistenten zu begrüßen war eine seiner wenigen offiziellen, formellen Aufgaben.

»Morgen am späten Vormittag, großartig«, murmelte Shelby zu Penny.

Spurl stopfte Papiere in seine Aktentasche und schaute auf seine Armbanduhr. Er ließ die Tasche zuschnappen und hievte sie vom Schreibtisch.

Shelby wollte die Tür öffnen. David Spurl reckte sich an ihr vorbei, um ihr zuvorzukommen, und das Ergebnis war Verwirrung, ein Durcheinander von schlurfenden Füßen und ein vielfaches »Oh, Entschuldigung«. So machte Shelby das immer; stets streckte sie die Hand aus, ohne auf den Mann zu warten. Das mußte daran liegen, daß sie vier Jahre in einem reinen Frauencollege zugebracht hatte. In Mount Holyoke hatte sich jeder seine Türen selbst zu öffnen.

Stolpernd drängten alle ins Vorzimmer und stießen dabei gegen Miss Myers' Schreibtisch. Der Bürodrache warf ihnen einen bissigen Blick zu, als hätten sie in der Kirche einen Fluch ausgestoßen. Selbst David Spurl war eingeschüchtert. Er brummelte etwas von »wichtiger Sitzung«, schwang seine Aktentasche über die Köpfe hinweg und stürzte zur Tür.

»Mister Spurl!« tönte Miss Myers laut. »Es sind noch Telefongespräche zu erledigen, bevor Sie gehen.«

»Miss Camden, Miss Altieri, morgen früh um elf«, sagte er durch den enger werdenden Spalt der zufallenden Tür. Die Ledersohlen seiner Cordovan-Schuhe klapperten über das Linoleum.

Miss Myers schnaubte verächtlich.

Penny fing Shelbys Blick auf und bekreuzigte sich.

»Morgen um elf«, bestätigte Shelby, sich ein gefährliches Lachen verkneifend, und schob Penny vor sich her durch die Tür.

Penny lehnte sich gegen das Waschbecken und sah angestrengt in den Spiegel; das dunkle Haar fiel ihr lose um die Schultern.

Shelby spritzte sich Wasser ins Gesicht. Sie schaute auf. Penny beobachtete sie. »Ist irgend etwas?«

Das Mädchen schüttelte den Kopf und kämmte sich das Haar. »Nein, ich habe mich nur gefragt . . .«

»Was denn?« Shelby griff nach einem Papierhandtuch.

»Ob wir miteinander auskommen werden.«

»Da sehe ich kein Problem. Es sei denn, du hast irgendein dunkles Geheimnis ... du bist eine russische Spionin oder so.«

Penny lächelte gequält. »Nein, ich bin keine russische Spionin.« Sie zögerte; sie hatte ganz offensichtlich noch mehr zu sagen.

»Nun red schon«, sagte Shelby sanft. »Es ist in Ordnung, ich beiße nicht.«

»Ach, es ist eigentlich blöd, aber ...«

»Na gut.«

»Aber ... oh, Mist, ich fühle mich einfach so fremd.«

Shelby drückte ihre Schulter. »Du *bist* fremd. Du hast heute deinen ersten Tag. Ich habe mich mindestens sechs Monate lang fremd gefühlt.«

»Ich fühle mich *immer* fremd.« Penny gab ein unglückliches kleines Lachen von sich. »Ich weiß, es klingt albern. Aber ich kenne nie so richtig die Regeln.«

»Die Regeln?«

»Etikette. Norm. Was man tut und was nicht.«

Shelby wurde sich bewußt, daß sie mit einem einfältigen, verblüfften Gesichtsausdruck und einem nassen Papierhandtuch in der Hand dastand. Das Tuch roch nach alten Zeitungen und Sägespänen. Sie knüllte es zusammen und warf es in den Abfalleimer. »Ich weiß nicht«, sagte sie, »jeder macht doch ab und zu Fehler. Hier bei uns ist die Grammatik wichtiger als die Etikette.«

»Manchmal ist das wirklich schlimm.« Penny war noch nicht beruhigt. Sie langte in ihre Handtasche und zog einen Lippenstift hervor. »Es gibt Dinge, wenn man da etwas falsch macht, kann man in der Klapsmühle landen.« Sie beugte sich nach vorn, um sich zu schminken, und blickte zur Seite auf Shelbys Spiegelbild. »Zum Beispiel, ob man sich die Beine rasiert.«

»Ob man sich die Beine rasiert«, wiederholte Shelby.

»In Frankreich rasiert sich niemand die Beine. Aber wenn du hier zum Psychiater gehst und du hast deine Beine nicht rasiert, halten sie dich für schizophren.« Sie schwenkte ihren Lippenstift. »Und das hier. In amerikanischen Restaurants ziehen die Frauen dauernd am Tisch ihre Lippen nach. Wenn du das in Europa machst, sperren sie dich ein.«

»Das muß ich mir merken«, sagte Shelby. »Hast du darüber eine

Untersuchung gemacht?«

»Mir blieb gar nichts anderes übrig. Ich habe bestimmt schon an tausend verschiedenen Orten gewohnt. Ehe man sich versieht, hat man in völliger Harmlosigkeit irgend etwas getan, woran sich die gesamte Bevölkerung stößt.« Penny verschloß ihren Lippenstift, ließ ihn wieder in die Handtasche fallen und tupfte sich an einem Stück Papierhandtuch die Lippen ab. Sie drehte sich um und grinste. »Du hältst mich für völlig bekloppt, oder?«

Shelby war ehrlich gesagt kurz davor gewesen. Sie log und sagte: »Nein, gar nicht.«

»Gar nicht?«

»Na ja, das war vielleicht ein bißchen übertrieben.«

»Mein Vater ist beim Staat«, sagte Penny. Sie zog eine Bürste hervor und machte sich daran, ihren Pferdeschwanz zu bearbeiten. »Im diplomatischen Corps. Wir waren immer für ein Jahr in irgendeinem Land, dann wurde er in ein anderes Land versetzt, und wir mußten alle Regeln wieder von vorn lernen.«

»Das war bestimmt schwierig«, sagte Shelby.

»Am schlimmsten war es im Nahen Osten. Da habe ich überhaupt nichts begriffen, und dabei enden Fehler dort am ehesten tödlich. Sie massakrieren dich aus allen möglichen Gründen, vor allem, wenn du eine Frau bist. Afrika hat mir gefallen, aber da braut sich gerade etwas zusammen. Manchmal suchen sie jetzt Leute ohne Familie, die dorthin gehen. Oder die Familien bleiben zu Hause, aber das sehen sie nicht so gern. Sie brauchen die Frauen für das Gesellschaftliche, also versuchen sie sie dorthin zu schikken, wo noch Gesellschaftliches stattfindet. Aber nicht nach Afrika.«

Shelby lehnte sich gegen die Wand und verschränkte die Arme vor der Brust. »Hört sich an, als hättest du schon viel erlebt.«

»Du liebe Güte, ja.« Penny zupfte lose Haare aus ihrer Bürste und ließ sie in den Abfalleimer fallen. »Es hatte sein Gutes und sein Schlechtes.« Mit großen, traurigen Augen sah sie Shelby an. »Das Schlimme ist, daß man nie jemanden wirklich kennenlernt. Zumindest lernt man, niemanden kennenzulernen, denn man könnte ihn ja mögen, und ehe man sich versieht, wird man versetzt und sieht ihn nie wieder. Das war jedesmal schrecklich. Ich habe gebetet, daß mein Vater den Übergang von der Eisenhower-Regierung zu Kennedy nicht schafft, damit wir alle zurückkommen und uns hier etwas aufbauen konnten, aber er wurde auf die Philippinen geschickt. Meine Mutter ist mitgegangen, aber ich wollte nicht.«

Shelby nickte. »So ein Leben kann hart sein.«

»Ich kenne es ja nicht anders. An einem einzigen Ort aufzuwachsen, wo man die Leute lange Zeit kennt und sie dich auch, vielleicht dein ganzes Leben lang ... das kann einem bestimmt auch Angst machen.«

Was du nicht sagst, dachte Shelby. »Wenn wir uns beeilen«, sagte sie, »kann ich dich vor dem Mittagessen noch herumführen. Dann kannst du die Leute einen nach dem anderen kennenlernen und wirst nicht in der Kantine von einer Menschenmenge überrollt.«

»Prima«, sagte Penny. Sie drehte ihr Haar wieder zum Pferdeschwanz und befestigte es mit einem Gummiband. »Obwohl es etwas Neues für mich wäre, in einer Kantine von einer Menschenmenge überrollt zu werden. Mir ist das schon in Zügen passiert, in Bussen und sogar auf Marktplätzen, aber noch nie in einer Kantine.« Sie warf die Haarbürste in ihre Handtasche und ließ dann die Tasche entschlossen zuschnappen. »Nach dir.« Sie zog die Tür auf, bevor Shelby sie erreichen konnte, dann trat sie einen Schritt zurück, um sie durchgehen zu lassen.

Genau wie wir es im Internat für die Lehrer tun mußten, dachte Shelby. Nur daß diesmal ihr die Tür aufgehalten wurde. Es fühlte sich komisch an, ganz so, als hätte sich ihr Platz in der Welt plötzlich, ohne Vorwarnung oder Vorbereitung, geändert. Von der Studentin zur Lehrerin, vom Kind zur Erwachsenen, von ...

Sie war sich nicht sicher, ob sie all dieser Verantwortung gewachsen war.

Penny machte alles richtig. Sie zeigte bei Connie Begeisterung und schaute Jean beim Händeschütteln in die Augen. Sie scherzte ein wenig mit Lisa und schaffte es beim Mittagessen – zufällig? –, den Salzstreuer umzuwerfen. Shelby fragte sich, ob ihr dieses Geschick angeboren war oder ob ihre Jahre als Diplomatentochter sie so geschult hatten, daß sie genau erspürte, was den Leuten am meisten gefallen würde, ohne auch nur darüber nachzudenken.

Als sie sagte, daß sie Bridge spiele, suchte Jean Shelbys Blick, und ihre Lippen formten sich zu einem lautlosen Jubel. Shelby verstand ganz genau, was sie meinte. Bei fünf Spielern würde eine von ihnen ab und zu eine Mittagspause frei haben. Und Connie würde niemals eine Partie auslassen. Das bedeutete, daß vier von ihnen reihum drei Plätze besetzen mußten. Mit etwas Glück hätten sie in manchen Wochen sogar zwei freie Tage.

Als der Nachmittag halb herum war, fühlte Shelby sich, als sei ihr Gehirn gewaschen, gespült, geschleudert und gemangelt worden. Zu allem, was sie sah, und zu jedem, den sie kennenlernte, hatte Penny etwas zu fragen.

Saßen bestimmte Gruppen von Leuten beim Mittagessen immer zusammen und warum?

Manche hatten gleichzeitig bei der Zeitschrift angefangen. Manche hatten die gleichen Heirats- und/oder Karriereambitionen.

Hatten sich alle Frauen bei der Zeitschrift schon zwischen Ehe und Karriere entschieden?

Die meisten.

Wurde das verlangt?

Wahrscheinlich nicht.

Wenn man heiraten wollte, war man dann karrieremäßig auf dem Abstellgleis?

Nicht unbedingt.

Wahrscheinlich?

Wahrscheinlich.

Wie hatten Shelby, Jean, Connie und Lisa sich gefunden?

Shelby, Lisa und Connie hatten zur selben Zeit bei der Redaktion angefangen, und Jean spielte Bridge.

Wer von ihnen spielte am besten?

Kam drauf an. Connie ging die meisten Risiken ein, auf Jeans Reizen war Verlaß, Lisa war im Gegenspiel am stärksten – auch wenn sie manchmal nicht die Karte abwarf, die sie eigentlich abwerfen wollte, sondern die daneben.

Und du?

Solide. Nicht spektakulär, aber meistens kam sie mit ihrem Gebot durch. Manchmal versuchte sie eine Finesse, wenn sie sich sicher genug fühlte.

Kann Miss Myers dich gut leiden?

Miss Myers kann niemanden gut leiden.

Als sie endlich wirklich zum Arbeiten kamen, war der Tag schon fast vorüber. Das Licht im Fenster verblaßte. Schreibtischlampen gingen an, dann wieder aus, als die Kollegen Feierabend machten und das Büro verließen. Ein Schreibtisch nach dem anderen verwaiste. Das Echo ihrer eigenen Stimmen wurde in dem sich leerenden Raum schärfer. Connie wollte mit ihnen etwas trinken gehen, und Penny schien schon einwilligen zu wollen, aber Shelby setzte sich durch. »Wir müssen weiterkommen«, sagte sie fest. »Zeit zum Kennenlernen haben wir später noch genug.«

Connie murrte und ging.

»Wärst du gern mitgegangen?« fragte Shelby, ihrer Sache nicht mehr so sicher und mit einem etwas schlechten Gewissen, weil sie so energisch gewesen war.

»Um Himmels willen, nein«, sagte Penny. Sie ließ die Hände über ihren Schreibtisch gleiten, der ganz ihr gehörte und sehr ordentlich aussah, und spielte mit den Rändern des wachsenden Stapels gelesener und ausgewerteter Manuskripte. »Laß uns dranbleiben. Wie viele noch?«

Shelby zählte. »Vier. Bei unserem Tempo noch eine Stunde.«

Pennys Blick wanderte durch den beinahe verlassenen Raum. »Mir wird hier unheimlich. Sollen wir in meine Wohnung gehen? Es sind nur ein paar Blocks.«

Shelby überlegte. Hier war es ruhig. Sie wären sicher schneller fertig. Und sie hatte sich abends, wenn alle gegangen waren, im Lektoratsbüro immer wohlgefühlt. Wenn der Heizkörper zischte und die Dunkelheit schwarz gegen die Fenster drückte. Dann saß sie gern an ihrem Schreibtisch, in ihrem Zelt von Licht, und dachte nach oder träumte vor sich hin. Manchmal arbeitete sie ein paar Stunden an ihren eigenen Texten.

Aber vielleicht war heute nicht der richtige Abend zum Hierbleiben. Vielleicht war heute der richtige Abend, um einander kennenzulernen, und wenn es Penny hier nicht geheuer war ... Außerdem war sie neugierig auf Pennys Wohnung. Nach diesem einen Tag zu urteilen, war Penny eine junge Frau, die dem Stichwort anderer folgte, die sich wie Wasser ständig veränderte, um sich den Konturen des Behälters anzupassen, in dem sie sich gerade befand. Wenn niemand da war, um ihr Signale zu geben, welchen Behälter würde sie dann für sich selbst schaffen? Mit was für Dingen umgab sie sich? Wessen Bilder waren an den Wänden und auf der Kommode? Wenn man ein Leben ohne Wurzeln führte, nahm man seine Wurzeln sicher immer mit, so wie ein Vertreter im Außendienst Fotos von seiner Frau und seinen Kindern bei sich trug.

Aber es würde mindestens eine Stunde länger dauern, so daß sie nicht zu Hause sein würde, wenn Ray anrief.

Nun, schließlich war sie noch nicht mit ihm verheiratet. Sollte er sich doch ausnahmsweise Gedanken machen.

»Okay«, sagte sie. Sie klappte ihr Notizbuch zu, schloß ihren Füllfederhalter und stopfte die ungelesenen Manuskripte in ihre Aktentasche. »Wir müssen uns versprechen, daß wir diese fertig machen. Kein Herumalbern, bis die Arbeit getan ist. Einverstanden?«

»Ja, Mutter«, sagte Penny und lachte.

Shelby war von der Wohnung überrascht. Sie wußte nicht genau, was sie erwartet hatte – kleine, exotische Objekte vielleicht, Erinnerungsstücke aus den Ländern, in denen Penny gelebt hatte. Ein paar Gemälde. Wandbehänge oder ein kleiner Teppich. Getöpfertes, Figurinen. Wenigstens Poster. Aber da war nichts. Pennys Wohnung verkörperte den Begriff ›spartanisch‹.

Es war nicht einmal eine richtige Wohnung. Ein großer Raum, in Abschnitte aufgeteilt. Ein Wohnbereich mit einer Schlafgalerie. Eine halbe Wand grenzte diesen Teil von einem breiten Flur ab, der als Eßzimmer und Eingangsbereich diente. Ein Herd, eine Spüle und ein Kühlschrank drängten sich in einer Art begehbarem Wandschrank. Die einzige Tür innerhalb der Wohnung führte zu einem winzigen Badezimmer; darin befanden sich eine alte Badewanne mit Kugel- und Klauenfüßen, ein Waschbecken mit Rostflecken und ein WC mit einem Riß im Spülkastendeckel.

Penny nahm Shelby den Mantel ab und hängte ihn in eine Nische unterhalb der Schlafgalerie. Dann bot sie ihr Wein an, und Shelby akzeptierte. Wären sie in ihre Wohnung gegangen, so merkte sie, hätte sie sich gezwungen gefühlt, Witze darüber zu machen, sich für die ›vornehme Armseligkeit‹ zu entschuldigen oder sonstwie Verlegenheit zu zeigen. Aber Penny entschuldigte sich nicht und war sich der Wirkung ihrer Umgebung offensichtlich gar nicht bewußt.

Shelby machte es sich in einer Ecke des Sofas bequem, das mit seinen durchhängenden Sprungfedern und der harten, fadenscheinigen Polsterung nach Heilsarmee aussah. Auch Bilder gab es keine. Oder Zeitschriften. Oder achtlos auf den Couchtisch geworfene Reklame. Die gardinenbehängten Fenster gingen auf die drei Stockwerke tiefer liegende Hauptstraße von West Sayer hinaus. Der Bürgersteig war beinahe verlassen. Die wenigen Menschen, die noch unterwegs waren, hatten die Schultern bis zu den Ohren hochgezogen. Obwohl der Himmel klar und schwarz war, hing über dem Boden ein grauer Dunst. Der Straßenbelag glitzerte.

»Was ist?« fragte Penny und reichte ihr ein Weinglas mit hohem Stiel.

»Nichts.« Shelby spürte, daß sie vor Unbeholfenheit rot wurde. »Ich fragte mich nur gerade, seit wann du hier wohnst?«

»Seit einer Woche. Ich wollte alles fertig haben, bevor ich anfing zu arbeiten. Damit es nicht so hektisch sein würde.«

Also *war* sie schon fertig eingerichtet. »Ach so«, sagte Shelby.

»Du hast etwas, das merke ich doch.«

»Nein, nein. Es ist nur . . . na ja, deine Wohnung ist so . . . irgendwie unbewohnt.« Rasch fügte sie hinzu: »Ich meine, sie ist sehr schön . . . aber ich bin eben neugierig geworden.«

Penny stellte ein Plastiktablett mit Käse und Crackern auf den Couchtisch und sah sich um, ein wenig überrascht, als sei es ihr vorher gar nicht aufgefallen. »Das stimmt eigentlich. Ich müßte mehr Sachen haben, oder?«

»Vielleicht ein paar Bilder, ein paar Gegenstände. Du weißt schon, damit es wie ein Zuhause aussieht. Damit es nach dir aussieht.«

»Gegenstände. Klar, ich könnte bestimmt ein paar Gegenstände finden.«

Shelby merkte, was sie da tat. »O Gott«, sagte sie entsetzt, »ich höre mich an wie meine Mutter. Dafür bin ich doch viel zu jung.«

Penny lachte ein wenig unsicher.

Shelby beeilte sich das Thema zu wechseln und fragte: »Bist du hier in Amerika aufs College gegangen?«

»Nur die letzten drei Semester. Meistens war ich auf amerikanischen Universitäten im Ausland – Beirut, Istanbul, wo wir gerade waren. Die meisten Scheine wurden mir angerechnet. Das war schon praktisch, aber manchmal wünschte ich, meine Eltern wären nicht ganz so vorsichtig. Sie hatten Angst, daß mir in den normalen Universitäten dort im Ausland etwas Schreckliches passieren könnte.«

»War es gefährlich für eine junge Frau? Dort, wo ihr gelebt habt?«

»Damals dachte ich das«, sagte Penny und bot Shelby eine Zigarette an.

Shelby lehnte ab.

»Aber jetzt frage ich mich«, fuhr Penny fort, während sie sich eine Zigarette anzündete und das abgebrannte Streichholz in eine Thunfischdose warf, die auf dem Fußboden stand, »ob ich nicht einfach so gedacht habe wie meine Familie.«

Shelby nickte und suchte nach einem Platz für ihr Weinglas. Keine Beistelltischchen, und das Tablett mit den Snacks nahm den ganzen kleinen Couchtisch in Anspruch. Sie entschied sich für den mottenzerfressenen Teppich.

»Die Möbel gehören zur Wohnung«, sagte Penny. »*Dafür* kann ich nichts.«

»Das habe ich mir schon gedacht. Genauso wie bei mir.« Ihre Mutter war dagegen gewesen, daß Shelby eine möblierte Wohnung mietete, aber Shelby hatte ihr erklärt, daß es schwierig sei, überhaupt eine Wohnung zu finden, und daß sie von Glück reden könne, diese bekommen zu haben. Nach und nach ersetzte Libby die Möbel jetzt durch Tische, Stühle und Lampen, die sie für ›angemessener‹ hielt, aber ganz verschwunden waren die alten Sachen noch nicht.

»Weißt du, was ich glaube?« fragte Penny, während sie es sich in der anderen Ecke des Sofas bequem machte und an ihrem Wein nippte. »Ich wette, daß es irgendwo riesengroße geheime Einkaufszentren gibt, wo Vermieter ihre Möbel einkaufen.«

»Ja, sicher«, sagte Shelby. »Die städtischen Müllkippen.« Sie nahm einen Cracker. »In Bass Falls ist es eine bewährte Sonntagsbeschäftigung, im Müll nach brauchbarem Zeug zu suchen.«

Penny hob eine Augenbraue. »In Bass Falls? Nach dem, was ich von Bass Falls gehört habe, ist das keine Stadt, wo im Müll herumgewühlt wird.«

»Es gehört einfach dazu. Man trifft sich bei der Müllkippe. Wenn du dich in den Stadtrat oder in die Stadtversammlung wählen lassen willst, kannst du es gleich vergessen, wenn du nicht mindestens einmal sonntags beim Müllwühlen mitgemacht hast.«

»Die Bräuche in Amerika«, erklärte Penny kopfschüttelnd, »sind so was von verrückt.«

Sie lachten beide, und dann saßen sie einen Augenblick in entspanntem Schweigen.

»Wir haben heute gute Arbeit geleistet«, sagte Shelby. »Nein, das nehme ich zurück. *Du* hast gute Arbeit geleistet.«

Penny sah sie mit ihren großen Augen an. »Ehrlich?«

»Bei deiner Auffassungsgabe wirst du in kürzester Zeit Lektorin.«

Penny nippte an ihrem Wein. »Ich soll deine Stelle übernehmen, oder?«

»Wie kommst du darauf?«

»Connie hat aus Versehen so was fallenlassen.«

»Connie läßt nie aus Versehen so was fallen. Sie hat es mit Absicht gesagt.«

»Warum sollte sie das tun? Um Ärger zu stiften?«

Shelby dachte darüber nach und verwarf es. »Sie wollte dir bestimmt nur zu verstehen geben, daß sie diejenige ist, die für Klatsch und Informationen zuständig ist.«

»Macht es dir etwas aus?«

»Was soll mir etwas ausmachen?«

»Daß ich womöglich deine Stelle übernehmen könnte.«

Shelby lachte. »Ich nehme an, daß ich aufsteigen soll und nicht aussteigen.« Sie sah auf die mit Heftzwecken festgemachte Deckenleuchte in der Mitte des Zimmers.

Penny folgte ihrem Blick. »Wenn ich mich nicht irre, habe ich diese Lampe erst vor kurzem irgendwo gesehen. Ich glaube, es war im Katalog mit den Rabattmarkenprämien.« Sie stieß einen kleinen Seufzer aus. »Ich will meinen Job unbedingt gut machen.«

»Du schaffst es«, sagte Shelby. »Das weiß ich.«

»Es wäre schön, einmal irgendwo lange genug zu bleiben, um Rabattmarken zu sammeln.«

»Was würdest du denn als Prämie nehmen?«

»Geschirr. Ich esse die ganze Zeit von Papptellern. Und ich will einen Treteimer für den Müll.«

»Wenn du mich als etablierte alte Dame fragst«, sagte Shelby, einen Arm auf der Rückenlehne des Sofas ausstreckend, »will ich dir einen Rat geben. Treteimer sind nicht so wundervoll, wie viele meinen.«

»Das ist mir egal, ich will trotzdem einen. Nichts macht aus einem Ort so sehr ein Zuhause wie ein Platz für den Müll.«

»Das klingt wie eine Metapher für irgend etwas.«

»Ja, nicht wahr?« Penny senkte ihren Kopf auf die Rückenlehne. Er blieb auf Shelbys Hand liegen. Das schien sie nicht zu stören. »Kann ich dich etwas fragen?«

»Klar.«

»Du brauchst nicht zu antworten, wenn du nicht willst.«

»In Ordnung.«

»Also ...« Penny zögerte. »Kann ich dich das wirklich fragen?«

Shelby zupfte sie am Haar. »Woher zum Teufel soll ich das wissen? Frag schon.«

»Okay. Meinst du ... meinst du, sie werden mich mögen?« Sie wurde ein wenig rot.

»Natürlich werden sie dich mögen.«

»Bist du sicher?«

»Mehr als sicher. Ich weiß es.«

Penny sah sie an. »Woher?«

»Connie hat es gesagt, als du gerade nicht aufgepaßt hast.«

Ein Grinsen breitete sich auf Pennys Gesicht aus. »Ehrlich?«

»Ehrlich. Du kannst also aufhören, dir Sorgen zu machen.«

»Ich habe mir keine Sorgen gemacht«, sagte Penny. Dann biß sie sich auf die Lippe. »Du glaubst nicht, daß jemand neidisch wäre, oder?«

»Ich kann es mir nicht vorstellen.«

»Ich fände es schrecklich, wenn jemand neidisch würde, weil ihr mich alle gut leiden könnt.«

Shelby lachte. »Penny, gibt es etwas, irgend etwas auf der Welt, um das du dir keine Sorgen machst?«

Penny sah zu ihr, und ihre Augen funkelten. »Über das Wetter mache ich mir nicht allzu viele Gedanken.«

»Du lebst jetzt in New England. Über das Wetter *solltest* du dir Gedanken machen.«

»Hast du Hunger?«

»Bis wir mit diesen Manuskripten durch sind, ja.«

»Versprochen?«

»Versprochen.«

»Ich kann uns nichts kochen. Ich habe im Moment nur einen einzigen Topf.«

»Du bist unmöglich.« Shelby zog ihre Hand zurück und nahm die Mappe auf. »Du kritisierst, ich mache Notizen.«

Als sie fertig waren, im Imbiß gegenüber gegessen hatten und Shelby Bass Falls erreicht hatte, war es fast Zeit zum Schlafengehen. Sie war nicht müde, aber es war zu spät, um Ray anzurufen. Zu spät für alles außer den Fernsehnachrichten, und die Elfuhrnachrichten waren meistens eine endlose Aneinanderreihung von Berichten über Schulamtssitzungen und über Pensionierungen oder Einsetzungen von Priestern und Bischöfen in der Gegend. Dazu Wettervorhersagen, die um diese Jahreszeit keine Neuigkeiten bereithielten, und Reportagen über das Frühjahrstraining der Red Sox, gefolgt von den dummen Talkshow-Sprüchen von Jack Paar. Sie überlegte, ob sie noch lesen sollte, und konnte es dann nicht ertragen, auch nur noch ein einziges gedrucktes Wort zu sehen.

Blieben noch Bad und Bett. Das würde sie hinkriegen. Sie ließ das Wasser laufen, bis es heiß war, und fügte ein Lavendelschaumbad hinzu, um den Geruch von fettigem Essen zu überdecken, der einen immer wie eine Aura umgab, wenn man im Imbiß gegessen hatte. In das dampfende Wasser gleitend, spürte sie, wie sich ihre Muskeln entspannten, und zum ersten Mal merkte sie, daß sie erschöpft war. Erschöpft von der Anspannung und von der Anstrengung, dafür zu sorgen, daß der Tag gut ablief und alle sich wohlfühlten, zu erklären, wie das Büro funktionierte, wie man ein Manuskript kritisierte, was die Redakteure wollten und . . .

Sie ging im Kopf noch einmal alles durch. Abgesehen von Momenten der Verlegenheit, die ohne Bedeutung waren, hatte es ziemlich gut geklappt. Wenn es eines gab, worin Shelby Camden gut war, dann war es, dafür zu sorgen, daß alles klappte.

Kapitel 3

Die Beförderung wurde am letzten Tag im März bekanntgegeben. Es war ein Freitag, und es regnete.

Über den üblichen Geräuschpegel in der Kantine hinweg hörte Shelby ihren Namen, und dann wirbelte Lisa auf sie zu wie ein vom Winde verwehter Strohhalm, wie eine sturmgepeitschte Weide, alle Knochen in unaufhaltsamer Bewegung. Ihre Ellbogen schrammten an Stuhllehnen entlang. Ihre Hüften streiften Tischplatten. Ihre schwarzen Locken hüpften und flogen.

»Shelby!« quietschte sie und umfing Shelby in einer ruckartigen, marionettenähnlichen Umarmung. »Das ist ja *fantastisch*!«

Shelby zwang sich zu lächeln. »Danke.«

»Wir wollen *alles* wissen, was Spurl gesagt hat. Bis ins kleinste.« Lisa warf ein Lachen an die Decke. Dort platzte es, und wie es durch den Raum herabklimperte, wirbelte sie zurück an ihren Tisch.

Shelby sah ihr nach, gerührt. Lisa kannte keinen echten Neid. Triumphe anderer entzückten sie; Siege ihrer Mitmenschen brachten sie zum Jubeln. Sie würde sich vorbehaltlos und ehrlich für Shelby freuen, denn sie mochte ihre Freundin und gönnte ihr den Erfolg.

Als Shelby sich dem Tisch näherte, sprang Connie auf und nahm ihr Tablett. »Also ißt du doch noch mit deinen alten Freundinnen zu Mittag«, sagte sie mit einem Unterton in der Stimme.

Shelby sah sie scharf an und fühlte ihre wohlbekannte instinktive Vorsicht aufsteigen. »Das Thema hatten wir doch abgehakt, oder?«

Connie lachte, den Bruchteil einer Sekunde zu langsam, eine Spur zu leicht. So schien es jedenfalls. »Du kennst mich ja«, sagte sie abwinkend.

Shelby ließ ihre Teller auf den Tisch gleiten und legte ihr Tablett auf einem Gestell in der Nähe ab. Sie hob ihre perfekt quadratisch geformte Portion fest zusammenklebender, erstarrter Käsemakkaroni an und beäugte sie von der Seite. »Jetzt weiß ich, warum ich immer meine, daß ich noch im College bin. Es ist das Anstaltsessen.«

»Essen«, sagte Connie, »ist optimistisch ausgedrückt.«

»Warst du nicht völlig *außer dir?*« quietschte Lisa.

»Doch, doch.«

»Tatsächlich?« Connie hob eine Augenbraue in Lisas Richtung. »Wir haben es kommen sehen. Was David Spurl von Shelby Camden hält, war nie ein Geheimnis.«

Schon wieder so eine unterschwellige Andeutung. Oder nicht? Shelby sah sie fragend an. »Was er von ihr hält?«

»Die beste Erfindung seit der Druckerpresse.« Connie lachte gutmütig in sich hinein. »Und immer bescheiden.« Sie wandte sich mit einem herablassenden Lächeln zu Jean hin. »Willst du ihr nicht gratulieren?«

Jean errötete. »Doch, ich ...«

»Sie hat mir schon gratuliert«, sagte Shelby. Es stimmte nicht, aber Connie würde sich darüber ärgern. Shelby war normalerweise bemüht, Connie nicht zu provozieren, denn dann schwirrte die Luft im Raum wie von Nadelspitzen. Aber heute konnte sie nicht widerstehen. »Ich habe es ihr vorhin schon erzählt.«

»Ach?« sagte Connie knapp. Sie wandte sich zu Jean. »Wieso hast du nichts gesagt?«

»Sie hat mich darum gebeten«, sagte Jean.

Connie sah zwischen den beiden hin und her.

Jetzt redete Lisa, der Untertöne nicht gewahr. »Das muß gefeiert werden.«

Schon wieder eine Party. O Gott, schon wieder eine Party. Das nahm ja Ausmaße an wie der Feiertagsmarathon von Thanksgiving bis Silvester. Und diese Party würde noch schlimmer werden als die meisten anderen. Connie würde das gesamte Büro einladen, zumindest alle von den Redakteuren bis zum Hausmeister. Wahrscheinlich sogar Miss Myers. Wahrscheinlich würde sie die American Legion Hall mieten und alle einladen, die Shelby jemals gekannt hatte. Ihre gesamte Abschlußklasse von der High School. Und alle ihre Verwandten. Alle, deren Namen Shelby jemals erwähnt hatte, ob Shelby sie mochte oder nicht. Connie war seit Wochen auf eine richtige Sause aus, seit Shelbys Geburtstag auf einen Wochentag gefallen war und sie die anderen überredet hatte, keine große Sache daraus zu machen. Man sah es in ihren Augen. Sie war rastlos und leicht überdreht, wie eine Alkoholikerin, die kurz vor einem Rückfall stand.

»Kommt morgen abend zu mir«, sagte Shelby rasch und mit fester Stimme, die, wie sie hoffte, so klang, als ob sie keinen Widerspruch duldete. »Ray hat an diesem Wochenende keinen Bereitschaftsdienst.«

Connie schüttelte den Kopf. Sie wußte, wenn die Party in Shelbys kleiner Wohnung stattfinden würde, wäre die Gästeliste begrenzt. »Nein, das geht nicht. *Wir* müssen etwas für *dich* machen.«

»Das tut ihr doch. Ich brauche nicht zu fahren.«

»Gut«, sagte Lisa, »ich komme früher, und dann helfe ich dir.«

Shelby erschauderte innerlich. Vom Regen in die Traufe.

»Schließ dein gutes Porzellan weg«, sagte Connie. »Hurrikan Makkaroni ist im Anzug.«

Lisa sah gekränkt aus, versuchte aber mit einem Lächeln darüber hinwegzugehen.

Wenigstens hatte Connie sich nicht angeboten. Aber Connie würde sich nicht anbieten. Für eine wichtige Veranstaltung wie die Amtseinführung des Präsidenten würde Connie sich ein Bein ausreißen. Aber, wie sie selbst sagte, mit dem Kleinkram hatte sie es nicht so. Und das war ganz gut so. Wenn Connie etwas erst richtig anpackte, konnte Kleinkram sehr rasch zu etwas Großem werden.

»Das kann ich doch machen«, sagte Jean. »Ich muß sowieso nach Bass Falls.«

»Hört sich vernünftig an.« Wieder gerettet. »Lisa, kommst du auch?«

»Danke, ich überlasse euch das Feld.«

»Gleich früh am Nachmittag?« fragte Shelby Jean. »Dann hätten wir Zeit zum Einkaufen.«

»Abgemacht.«

Connie und Lisa tauschten einen Blick, der offensichtlich als rasch, aber bedeutungsvoll zu verstehen war, und nickten einander kurz zu.

Jean schien es nicht zu merken.

»Zum Abendessen?« fragte Lisa. »Oder danach?«

Wenn sie zum Essen kommen würden, hieß das mehr Arbeit. Es hieß auch, daß sie früher wieder gehen würden. »Abendessen.«

Jean schob ihren Stuhl nach hinten. »Ich muß gehen. Termin bei meinem Lektor.« Sie stapelte ihr Geschirr aufeinander, stand auf und sah auf unverbindliche Weise zu Shelby. »Sprechen wir uns nachher noch?«

»Ja, sicher.«

Jean zögerte. »Ich freue mich wirklich für dich, weißt du.«

»Ich weiß. Das hast du ja schon gesagt.«

Das Tablett auf einem Arm balancierend, schwang Jean sich ihre Büchertasche über die andere Schulter und suchte sich ihren Weg durch die Menge in der Kantine.

Lisa beobachtete sie neidisch. »Meint ihr, sie war früher Kellnerin?«

»Wenn ja«, erklärte Connie, »hat sie sicher kein Trinkgeld für ihr Auftreten gekriegt.«

Shelby wurde wütend. »Was hast du gegen sie?«

»Ich habe gar nichts gegen sie«, sagte Connie. »Sie ist nur sehr still. Oder nicht?«

»Ja, sie ist still.«

»Ich habe kein Urteil über sie abgegeben. Ich habe nur gesagt, was Tatsache ist.«

Laß es, sagte sich Shelby. »Wo ist Penny?« fragte sie, um das Gespräch in eine harmlosere Richtung zu steuern.

»Beim Workshop in Boston, das weißt du doch.« Connie schaffte es, sogar diesen kurzen Aussetzer wie ein moralisches Vergehen aussehen zu lassen.

»Ich dachte, das wäre nächste Woche.«

»Nein, ist es nicht«, sagte Connie kühl. »Sie hat über nichts anderes geredet. Ihr erster Workshop. So etwas wie ein Initiationsritual.« Sie lächelte. »Aber du hattest viel um die Ohren.«

»Stimmt«, sagte Shelby. Sie würde sich etwas für Penny ausdenken müssen, um den Anlaß zu begehen. Sie wußte noch, wie aufgeregt sie bei all diesen ersten Malen gewesen war. Erstes Gehalt, erstes gedrucktes Manuskript, das sie weitergeleitet hatte, erster Workshop, erste Konferenz. Plötzlich war ihr ihre Arbeit beinahe real erschienen. Und das Erwachsenwerden auch.

»Und«, fragte Lisa und lehnte sich gespannt nach vorn, »bekommst du ein eigenes Büro?«

»Na ja, kein ganzes. Einen Schreibtisch. Aber es ist besser als im großen Saal. Ich teile das Büro mit Charlotte May.«

»Oje«, sagte Lisa. »Mode. Da wirst du aufpassen müssen, wie du dich anziehst.«

»Noch besser«, sagte Connie, »paß auf, wie *sie* sich anzieht, und erstatte Bericht.«

Shelby grinste, froh darüber, festen Boden unter den Füßen zu haben, froh, daß sie alle wieder in dieselbe Richtung schauten, wie es sich für Freundinnen gehörte. »Wollt ihr irgend etwas Spezielles wissen?«

»Der Hüfthalter«, sagte Lisa. »Finde heraus, ob sie zu ihrer Nylonstrumpfhose einen Hüfthalter trägt. Ich sage nein.«

»Ich sage ja«, sagte Connie. »Aber nicht fragen«, fügte sie an Shelby gerichtet hinzu. »Womöglich sagt sie dir nicht die Wahrheit. Persönliche Beobachtung, möglichst mit Fotos als Beleg.«

»Wie soll ich das denn machen? Ihr auf der Toilette nachspionieren? Sie ist wohl kaum der Typ, der die Füße auf den Schreibtisch legt, damit ich ihr unters Kleid schielen kann.«

»Dir fällt schon etwas ein«, sagte Connie. »Ich habe großes Vertrauen in dich.« Sie wandte sich zu Lisa. »Fünf Dollar?«

»Ich halte dagegen«, sagte Lisa.

Sie streckten die Hände über dem Tisch aus und schlugen ein.

»Großartig«, sagte Shelby lachend. »Wer mir jetzt das beste Schmiergeld anbietet, hat gewonnen.«

Connie sah sie ehrlich überrascht an. »Du? Schmiergeld?«

»Niemals«, sagte Lisa.

»Was?« sagte Shelby in gespielter Entrüstung. »Ich habe den Ruf, daß ich ehrlich bin? Kein Wunder, daß ich ständig Ärger kriege.« Sie aß eine Gabelvoll Käsemakkaroni, dann stocherte sie auf ihrem Teller herum. »Mit diesem Essen könnte man Sofakissen füllen.«

»Bist du nervös? Wegen der Stelle?« fragte Lisa.

Shelbys Kiefer waren einen Moment lang mit den Makkaroni beschäftigt. »Hmm, ein bißchen schon.«

»Wieso?« fragte Connie. »Wenn eine sich auskennt, dann wohl du.«

»Danke für das Vertrauensvotum.«

»Stimmt doch.«

Vielleicht. Aber es ging um mehr. Sie würde Entscheidungen treffen. Am Anfang noch keine endgültigen Entscheidungen, aber ihre Meinungen würden größeres Gewicht haben, und früher oder später ... Entscheidungen darüber, wessen Arbeit veröffentlicht wurde. Entscheidungen darüber, wer ›gut genug‹ war für die *Zeitschrift für die Frau*.

»Natürlich«, sagte Lisa gerade, »du hast den richtigen Riecher.«

Wenn sie doch bloß aufhören würden. Genug Aufmerksamkeit. Sie wollte so tun, als sei nichts geschehen, als sei alles wie immer, und gleich würde Connie ihre Serviette zusammenknüllen, auf ihren Teller werfen und sagen: »Okay, eine Partie Bridge?«

Statt dessen sagte Connie: »Komm, Camden, du weißt doch, daß du was drauf hast.«

»Habe ich gar nicht, Connie. Es ist nur ...« Es ist nur, daß ich weiß, daß zum Vorwärtskommen mehr gehört als Bridge und Partys, dachte sie.

»Was ist los?« fragte Lisa jetzt.

»Wieso?«

»Du siehst aus, als fühltest du dich nicht wohl.«

Shelby zwang sich zu lachen. »Ich wußte einen Moment nicht mehr, wo ich war, und habe aus Versehen das Essen probiert. Keine gute Idee.«

»Es besteht wohl keine Gefahr, daß du uns am Samstagabend Käsemakkaroni servierst«, sagte Connie.

»Die Gefahr besteht zu keiner Zeit.«

»Hör zu«, sagte Connie mit gesenkter Stimme, obwohl niemand in ihrer Nähe auch nur das geringste Interesse an ihrer Unterhaltung zeigte, »wegen Samstag. Daß Jean zu dir kommt ... das ist hervorragend. Die ideale Gelegenheit, ein bißchen mit ihr zu plaudern.«

Shelby war irritiert. »Plaudern?« Es gefiel ihr nicht, wenn Connie von ›Plaudern‹ sprach, denn das bedeutete meistens großen Ärger.

»Über ihr ...« Connie hielt vielsagend inne. »... Problem.«

»Jean hat ein Problem? Was denn? Ist sie schwanger?«

Lisa schaltete sich ein, verschwörerisch über den Tisch gelehnt. »Sie ist wirklich sehr nett, aber so *zurückhaltend*.«

»Ja«, sagte Shelby. »Manchmal.«

»Jedenfalls müssen wir etwas dagegen unternehmen.«

»Ach ja?«

»Es ist offensichtlich, daß sie unglücklich ist«, erklärte Connie. »Sie hat sicher das Gefühl, daß sie nicht zu uns paßt. Das stimmt natürlich auch, aber trotzdem . . . Mit dir redet sie. Du könntest sie dazu bewegen, daß sie sich mehr anstrengt.«

»Ich weiß nicht recht«, sagte Shelby. »Woher wollen wir denn wissen, daß sie unglücklich ist?«

Connie breitete die Hände aus.

»Du könntest dir Mühe geben, besser zuzuhören«, schlug Shelby vor.

»Ach, hör doch auf«, sagte Connie.

Shelby seufzte.

»Sie muß es lernen«, beharrte Connie. »Es ist nicht so, daß sich die ganze Welt auf ihre Schüchternheit einstellen wird.«

»Ich könnte es versuchen«, sagte Shelby.

Connie faltete ihre Serviette zusammen und legte sie sorgfältig neben den Teller. Ein schlechtes Zeichen. Ihr Gesicht nahm einen resignierten, entschlossenen Ausdruck an. »Na gut, wenn du nicht willst, dann tue ich es eben.«

Das wäre das Schlimmste, was passieren könnte. Jean mochte sich in ihrer Haut ganz wohlfühlen, aber Kritik war Kritik, und sie zu hören tat nie gut. Außerdem ahnte Shelby in Jean eine große Verwundbarkeit. Es würde Connie ähnlich sehen, mit den besten Absichten vorzustürmen und ein Trümmerfeld zu hinterlassen.

»Nein, nein«, sagte Shelby. »Ich werde mal mit ihr reden.« Sie blickte in die Runde und zählte die Köpfe. Glück gehabt. Nur sie drei. »Kein Bridge heute, was?«

Am Samstag war es kalt. Eine deprimierte Stimmung durchzog ihre Wahrnehmung wie zäher Nebel. Jeden Augenblick würde sie Kopfweh bekommen. Das Thermometer verharrte knapp über dem Gefrierpunkt, aber von Osten her blies ein feuchter Wind, der sich mit eisigen Fingern Ritzen und Türspalten suchte. Shelby kannte das Frösteln tief unter der Haut, wußte, daß ihr erst wieder warm werden würde, wenn der Wind nachließ. Draußen wandelte sich das leichte Nieseln ab und zu in Schneeflocken, dann wieder in Regen. Die Äste von Bäumen, die sich karg vor dem dumpfen grauen Himmel abhoben, erschienen im Dunstschleier weicher und tropften. Die Bäume sahen aus wie schwarze Skelette, die sich erbarmungswürdig an die Erde klammerten.

Sie wandte sich vom Fenster ab und blickte gleichmütig im

Wohnzimmer umher. An Tagen wie heute lockte sie stets der Gedanke an kleine dunkle Räume mit schweren Vorhängen und alten Sesseln, die nach einem zu greifen und einen in ihre Weichheit einzuhüllen schienen. Dazu würde ein loderndes Feuer gehören, ein Glas Sherry und ein leichter Duft von Äpfeln. Im Flur müßte eine tickende Uhr zu hören sein, und vor dem Feuer müßte sich seufzend ein Hund ausstrecken.

Dieses Haus hatte einst solche Räume gehabt. Ein massives Gebäude aus verwittertem rotem Backstein, das hinter seinem spitzen Eisenzaun hundertfünfzig Jahre ausgehalten hatte und wahrscheinlich noch einmal hundertfünfzig Jahre aushalten würde. Riesige Ahornbäume warfen Schatten auf die Veranda, und tief in den Winkeln des Hauses waren in versteckten Gängen und Wandschränken und hinter geschnitzten Eichenvertäfelungen Geheimnisse verborgen.

Ihre Wohnung umfaßte das frühere Wohn- und Eßzimmer, aber davon waren nur der Kamin und die hohen Decken übriggeblieben. Die Eigentümer hatten Wände herausgehauen und neue gesetzt, Wasserleitungen installiert, glänzendes Holz abgekratzt und frisch lackiert und auf alten Dielen Teppichboden verlegt. Shelby hatte die Wände in ungebrochenem Kalkweiß gestrichen und ein paar abstrakte Gemälde aufgehängt. Ihre Mutter war dabei, den eklektischen Geschmack des Vermieters nach und nach durch einen modernen skandinavischen Wohnstil zu ersetzen. Sie wußte, daß ihre Freundinnen ihre Wohnung mochten und sich dort wohlfühlten. Sie selbst betrachtete sie mit Gleichgültigkeit und dachte manchmal, an Tagen wie heute, an kleine dunkle Räume und weiche, abgewetzte Sofas.

Wenigstens konnte sie den Kamin anzünden. Das Holz war feucht, aber es fing Feuer und brannte qualmend; während sie sich anzog, hörte sie das sanfte Zischen und Platzen der dampfenden Scheite. Als Jean kam und es sah, wurden ihre Augen weit vor Freude. »Oh«, sagte sie schlicht. »Ein Feuer.«

Shelby lächelte. Jeans Haar war naß und klebte in durchweichten Klumpen an ihrem Kopf. Ihre Augen waren haselnußbraun und tief; sie glänzten in dem schwachen Licht. Jean war groß, aber nicht zu dünn, und wie sie dort stand, Regen von ihrem Mantel tropfend, eine Papiertüte umklammernd, unbefangen und fasziniert in die Flammen schauend, wirkte sie zart wie ein Faun.

Auf einmal kam sie zu sich und zog verlegen den Kopf ein. »Entschuldige«, sagte sie und streckte das Paket aus. »Hier.«

»Was ist das?«

»Ach, nur ein paar selbstgebackene Plätzchen.« Jean zuckte mit den Schultern. »Du weißt schon . . . nicht für heute abend . . . für dich.«

Shelby war gerührt. »Danke«, sagte sie und kam sich ganz unbeholfen vor. »Das war lieb von dir.«

Jean machte verlegene Bewegungen. »Sag mir, was ich tun soll.«

Sie schloß die Tür. »Setz dich. Werde erst einmal trocken. Wir haben noch viel Zeit.«

»Weißt du, was ich heute gemacht hätte, wenn ich du wäre?« fragte Jean. »Ich hätte angerufen und allen gesagt, ich hätte Grippe. Und dann hätte ich mich einfach mit einer Gespenstergeschichte vor dem Kamin zusammengekuschelt.«

»Daran habe ich auch gedacht.« Es war ein friedlicher Nachmittag, das Feuer strahlte Wärme und Geborgenheit aus. Aber in wenigen Stunden würde die Luft im Zimmer schwer von Smalltalk und Zigarettenrauch sein, und alle würden krampfhaft witzig und clever sein, bis sie soviel getrunken hatten, daß sie sich ohnehin für witzig und clever hielten. Das Feuer würde unbemerkt ausgehen, und wenn alles vorbei war, würde sie vermutlich mit Ray auf einen Kaffee oder einen Drink gehen, während sie die Wohnung lüftete. Dann würde sie nach Hause kommen und ins Bett fallen, zu müde, um ihre Sachen aufzuhängen oder die Gläser zu spülen, und wenn sie morgen aufwachte, würde der Geruch und Geschmack von schalem Alkohol auf sie warten.

»Du, wenn du kneifen willst, gehe ich wieder.« Jean begann aufzustehen. »Ich verrate es keinem. Und ich kann mir Krankheiten ausdenken, da wird dir schon vom Zuhören schlecht.«

Shelby berührte ihre Hand. »Ich habe das nur so gesagt. Bis ich alle angerufen hätte, wäre der Tag sowieso vorbei.«

»Das könnte ich doch machen. Ich sage einfach, du bist zu krank.«

»Ich weiß das Angebot zu schätzen, Jean«, sagte Shelby mit einem Lächeln. »Aber in Wirklichkeit will ich ja gar nicht alles abblasen.«

»Ich weiß nicht recht, ich habe den Eindruck, du fühlst dich zu dieser Party nur verpflichtet.«

Shelby streckte die Hand nach Jeans Mantel aus. »Da könntest du recht haben.«

»Warum machst du es dann?«

Sie wandte sich rasch ab und hängte den Mantel vor dem Kamin über eine Stuhllehne. »Ich will es ja, ehrlich. Ich bin nur etwas komisch gelaunt.«

»Was kann ich . . .?«

»Nichts«, sagte sie. »Ich ziehe es vor zu leiden.«

Jean hob die Hände. »Ich mische mich grundsätzlich niemals ein, wenn andere leiden.« Sie setzte sich auf der Couch bequemer zurecht und zog die Beine unter sich.

So furchtbar war es alles gar nicht. Im Gegenteil. »Wie sieht es aus, Kaffee oder Tee?«

»Kaffee. Aber müssen wir nicht einkaufen oder so was?«

»Das dauert nicht lange.« Sie ging in die Küche und schaltete die Kaffeemaschine ein. »Ich habe die Liste schon fertig«, rief sie in das andere Zimmer hinüber. »Wir müssen die Sachen nur noch besorgen.«

»Mein Gott, bist du selbständig«, sagte Jean.

»Findest du?« Sie griff nach Tassen, dann überlegte sie es sich anders und entschied sich für die Kaffeebecher, die aus alten Studienzeiten übriggeblieben waren.

»Ich bin gekommen, um dir zu helfen, und du hast alles Schwierige schon erledigt.«

»Welches Schwierige?«

»Die Listen aufstellen.«

Der Kaffee blubberte und zischte; er roch wundervoll. Shelby lehnte sich in Richtung des Korridors und schaute ins Wohnzimmer. »Wahrscheinlich wird man selbständig, wenn man allein lebt.«

»Ich glaube eher, es ist eine Charaktereigenschaft«, sagte Jean. Sie fuhr sich mit den Händen durchs Haar, so daß die Regentröpfchen flogen. »Ich versuche es zu lernen, aber ich weiß gar nicht, ob das so gut ist.«

Shelby lächelte. »Kommt Barry heute abend?«

»Ich hoffe nicht. Wir haben uns getrennt.«

»Was? Wann denn?«

»Letztes Wochenende.«

»Wessen Idee war das?«

»Es war gegenseitig. Glaube ich.« Jean zuckte die Achseln. »Es ist einfach irgendwie abgeflaut. Ein bißchen hat es mir zu schaffen gemacht, aber nicht so sehr, wie ich dachte.«

»Warum hast du nichts gesagt?«

»Der Kantinenclique? Nein, danke.«

»Mir.«

Jean kämmte sich das Haar mit den Fingern glatt. »Dazu war ja fast keine Gelegenheit. Du warst ziemlich beschäftigt.«

»So beschäftigt nun auch wieder nicht. Du hättest im Büro mit mir reden oder mich hier anrufen können ...«

»Das habe ich versucht, aber deine Leitung war besetzt.«

»Hast du denn nur einmal angerufen?«

»Ich habe es mindestens dreimal probiert, mit bestimmt einer halben Stunde dazwischen.«

Shelby runzelte die Stirn. »Wann war das?«

»Am Dienstag, glaube ich.«

Dienstag. Natürlich. Am Dienstagabend war ihre Mutter von der Frühlingskreuzfahrt auf die Bermudas zurückgekommen und hatte sie ewig am Telefon festgehalten mit Geschichten von allen Bordveranstaltungen, allen Leuten, die sie kennengelernt hatte, allen ...

Wenn Shelby sich recht erinnerte, hatte sie höflich zugehört, bei laufendem Fernseher und abgestelltem Ton, und mindestens zwei Scotch mit Soda getrunken.

»Das war Libby«, sagte sie.

»So etwas dachte ich mir. Egal, es war nicht so wichtig.« Sie sah sie an. »Ehrlich, Shelby, es macht nichts.« Jean zögerte. »Kann ich dich etwas Persönliches fragen?«

»Sicher«, sagte sie mit mehr Begeisterung, als sie verspürte.

»Manchmal sieht es so aus, als ... na ja, als würdest du dich über die Beförderung gar nicht freuen.«

Shelby wich unwillkürlich zurück. »Doch, doch, ich freue mich sehr.«

»Wirklich?«

Sie wollte die Wahrheit sagen, aber die Wahrheit war, daß Jean recht hatte. Gut, irgendwie war sie schon froh. Aber nicht so, wie sie es erwartet hatte. Der Gedanke daran ermüdete sie manchmal.

Aber das konnte man doch niemandem erzählen. Es war verrückt.

»Es ist eine große Verantwortung«, sagte sie, »das macht einem Angst.«

Jean nickte. »Man hängt sich aus dem Fenster.«

»Genau. Und man weiß nie, was draußen herumfliegt.«

Der Kaffee war fertig. Sie stieß sich von der Wand ab, schenkte ein und tat einen Teelöffel Zucker in Jeans Becher.

Also gut, die Gelegenheit war da. Sie hatten Zeit, und die Stimmung war locker. Nicht, daß es dadurch leichter wurde. Nicht, daß sie es überhaupt tun wollte.

Sie nahm einen Teller heraus, brachte die Kaffeebecher ins Wohnzimmer, stellte sie hin und griff nach den Plätzchen. »Ich muß mit dir über etwas reden«, sagte sie, während sie die Plätzchen auf dem Teller arrangierte.

Auf einmal war die Stille im Raum ganz kalt.

Shelby schaute auf. »Komm, Jean, ich werde dich nicht fressen.«

»Okay«, sagte Jean steif.

»Wir sind doch Freundinnen, oder?«

»Hmm.«

»Also hab keine Angst vor mir.«

»Es ist nicht wegen dir«, sagte Jean. »Es ist dieses ›Über etwas reden müssen‹. Es kommt mir nur allzu bekannt vor, und es bedeutet nie etwas Gutes.«

Shelby hatte ein Plätzchen genommen. Sie legte es wieder hin. »Du darfst das jetzt nicht überbewerten, aber ... Ich meine, es soll keine Kritik sein ...« Die Wörter fühlten sich in ihrem Hals an wie Steine. »Hilf mir doch.«

»Nun rede schon«, sagte Jean ruhig und knapp. »Du bist dran.«

Sie holte tief und leicht verzweifelt Atem. »Also gut, es geht darum, daß du so still bist, wenn wir alle zusammen sind.«

»Ich dachte, das macht dir nichts aus.«

»Tut es eigentlich auch nicht. Ich wünschte nur ... na ja, können wir es dir irgendwie leichter machen?«

Jean hob mit einem ironischen Lächeln die Schultern. »Ich habe mir schon gedacht, daß das früher oder später kommen würde.«

»Bitte«, sagte Shelby, »sei nicht so.«

»Ich habe einfach nichts zu sagen.«

»Hast du doch. Wenn wir allein sind, können wir so gut reden. Du bist klug und witzig.« Mein Gott, das klang so herablassend. »Ich rede gern mit dir.«

»Danke«, sagte Jean knapp.

»Jean . . .«

»Bis ich in Gesellschaft etwas zu sagen habe, hat das Gesprächsthema schon wieder gewechselt.«

»Dann wechselst du es eben noch einmal. Das tun alle anderen auch. Du brauchst ja gar nicht gleich zu glänzen.«

Jean schaute sie an, gekränkt und wütend. »Das ist nicht fair, Shelby.«

»Das weiß ich . . .«

»Ich dachte, du würdest mich in Ruhe lassen.«

»Tue ich auch. Es war nicht meine Idee.«

»Was, jetzt erledigst du für Connie die Drecksarbeit?«

Shelby hatte genug. Sie hätte sich nie darauf einlassen dürfen. Hier wurde ernsthafter Schaden angerichtet, und sie hatte die Sache nicht gut im Griff. Sie hätte Connie sagen müssen, daß sie sich um ihren eigenen Kram kümmern solle, daß sie sich ihre Besorgnis sonstwohin stecken könne, daß . . .

»Du hast doch gerade gesagt, es macht dir nichts aus, wie ich bin.«

»Ach, Jean, das tut es doch auch nicht. Wirklich nicht. Ich habe nur gedacht, du wärst unglücklich.«

»Sicher bin ich manchmal unglücklich. Aber ich habe versucht, mich zu ändern. Ich kann es einfach nicht. Irgend etwas fehlt mir da.«

»Konversation zu machen ist nur ein Trick«, hörte Shelby sich sagen, und sie war überrascht, wie zornig ihre Stimme klang. »Es kann dir völlig wurscht sein, was die Leute denken. Sie denken es sowieso, egal was du machst. Es spielt keine Rolle, wer du bist oder was du tust, sie sehen nur sich selbst. Wenn sie sagen, daß du zu still bist, dann bedeutet das nur, daß sie mehr Aufmerksamkeit von dir wollen. Wenn du Geräusche von dir gibst und ihnen ab und zu Gelegenheit läßt, selbst auch Geräusche von sich zu geben, dann finden sie dich wunderbar.«

»Shelby«, sagte Jean.

»Konversation zu machen ist einfach. Mach dich einfach über irgend etwas oder irgend jemanden lustig.« Ihre Stimme klang bitter. »Sei kritisch. Das beeindruckt sie immer. Dann stehst du gut da.«

»Shelby«, sagte Jean wieder.

Sie hielt inne, denn sie merkte, daß sie kurz vor einem Wutausbruch stand, und sie war sich nicht ganz sicher, wohin er führen würde.

Sie versuchte zu lächeln. »Du hast recht, ich mache Connies Drecksarbeit. Ich finde es schön, daß du still bist. Ich mag dich, und es ist mir ganz egal, wie du dich in der Öffentlichkeit verhältst. Es tut mir leid. Ich hätte den Mund halten sollen.«

Jean sah auf ihre Hände herunter und runzelte ein wenig die Stirn.

»Was denkst du?«

»Ich habe nicht gewußt«, sagte Jean und schaute ihr jetzt direkt in die Augen, »daß du auch Angst vor ihr hast.«

Shelby war verblüfft. »Na ja«, sagte sie mit unsicherer Stimme, »du mußt zugeben, daß sie nicht ganz ohne ist.«

Jean lachte ein wenig, und an der Oberfläche war alles wieder gut. Doch Shelby wurde das Gefühl nicht los, daß sie Jean verraten hatte und daß das einen Keil zwischen sie getrieben hatte.

Als Ray das Auto einparkte, den Motor abstellte und den Schlüssel im Zündschloß stecken ließ, wußte sie, daß er reden wollte. O Gott, dachte sie. Nicht heute, bitte nicht heute.

Die Party war gut über die Bühne gegangen. Lisa, Connie, Penny und ihre jeweiligen Freunde waren gemeinsam angekommen. Dann Ray. Dann Libby, wieder einmal zu spät, nachdem sie wie üblich erklärt hatte, daß sie es möglicherweise nicht schaffen würde, so daß Shelby ihre Enttäuschung zum Ausdruck gebracht und gebettelt hatte, wie sie es immer tat. Dann hatte Libby erklärt, daß sie für Shelbys Freunde zu alt war und sie bestimmt langweilte. Woraufhin Shelby zu sagen hatte: »Nein, sie mögen dich wirklich, ohne dich wäre es nicht das gleiche.« Was stimmte. Es war nicht das gleiche, und sie mochten sie tatsächlich, und das zu sagen half immer. Libby konnte charmant und etwas frivol sein, so wie es die

Leute an einer Mutter mochten. Sie war stets daran interessiert, was ›die Kinder‹ so trieben, stellte viele Fragen, hörte aufmerksam zu und vergewaltigte auf liebenswerte Weise den aktuellen Slang.

Libby kam in ihrem leichten Davidow-Wollkostüm und mit der aufgetürmten Jackie-Kennedy-Frisur, die zu jugendlich für sie war, aber jeder sagte ihr, wie wunderbar sie aussehe. Auf dem Gesicht trug sie ein Strahlen und in den Händen ihre berühmte silberne Karaffe voll Whisky mit Zitrone.

Zum Abendessen gab es Pilze und Hummerschwänze und Erbsen in Lattichblättern gegart mit einem Hauch Muskat. Das Rezept für die Erbsen hatte sie aus dem Kochbuch, aber sie bezweifelte, daß es jemand kennen würde. Ihre Freundinnen tendierten in ihren kulinarischen Bemühungen zu Fertiggerichten und exotischeren Rezepten. Shelby kochte eher traditionell.

Nach dem Essen saßen sie zusammen, während Libby Kreuzfahrtgeschichten erzählte, dieselben Kreuzfahrtgeschichten, die Shelby schon gehört hatte. Nicht daß ihr das etwas ausmachte. So konnte sie sich entspannen, konnte sich von der unermüdlichen Aufmerksamkeit erholen, die ihr beim Essen zugekommen war, und von der unermüdlichen Aufmerksamkeit, die sie allen anderen hatte schenken müssen, und konnte sich ganz dem Kopfweh des heutigen Abends widmen. Insgesamt lief alles ziemlich gut, und sie hätte sich beinahe wohlgefühlt, wenn nur Jean jemals in ihre Richtung gesehen hätte.

Ray war jetzt im Auto ganz aufgedreht und redete ohne Unterbrechung über sein Lieblingsthema, das Übel des Drogenkonsums unter den ›Beatniks‹, wie er sie nannte. Ray war gegen die neue Drogenkultur. Wenn Leute unter Drogen standen, wurden sie fahrig und unordentlich, und es war schwer, mit ihnen umzugehen. Und es wurde immer schlimmer, sagte er. Sogar Erwachsene, die es eigentlich besser wissen sollten, zogen sich sogenanntes LSD rein und behaupteten, in einem Regentropfen die Bedeutung des Lebens zu finden.

Mystische Erfahrungen. Er lachte kurz und verächtlich. Es klang, als spuckte er aus.

Shelby dachte bei sich, daß sie nichts dagegen hätte, eine mystische Erfahrung zu machen. Je früher, desto besser.

Er würde es nicht merken, wenn ihre Gedanken abschweiften.

Alles, was er von ihr wollte, war ein Publikum. Aber ihre Augen brannten, ihr Gesicht war heiß, ihre Haut so empfindlich, daß sogar ihr weiches Baumwollkleid wie Sandpapier kratzte. Halb ihr zugewandt, legte Ray einen Arm lässig über das Lenkrad und den anderen um ihren Nacken. Im Schein der Straßenlaterne wirkten seine eckigen Gesichtszüge weicher, und die Fältchen, die von seinen Mundwinkeln diagonal in beide Richtungen verliefen, verschwanden im Schatten der Dunkelheit. Sein Haar und seine Augen, die im Tageslicht so lebendig waren, schienen mit den Schatten zu verschmelzen. Shelby fühlte, wie seine Hand vor und zurück, vor und zurück über ihre Schulter strich. Es störte sie, aber sie merkte, daß er sich der Geste gar nicht bewußt war.

Die Uhr am Armaturenbrett tickte. Durch die gelben Lichtkreise, die hinter der feuchten Windschutzscheibe in der Nacht hingen, fiel feiner Nebel. Im Auto war es kühl geworden, und Shelby schauderte, während Rays Stimme immer und immer weiterlief, in ihren Ohren rumpelte; ihr Kopfweh pochte im Takt seiner Worte.

»Also, Schatz, was sagst du?« fragte er.

Sie hatte nicht zugehört. Sie wußte nicht, wovon er sprach. »Ich habe eigentlich gar keine Meinung«, sagte sie. »Was sagst *du* denn?«

»Ich bitte dich, mich zu heiraten, und du hast keine Meinung?«

O Gott. »Ich meine«, sagte sie schnell, »ich habe gerade diese Beförderung bekommen, und du hast deine Prüfungen noch nicht abgeschlossen. Es erscheint mir irgendwie . . . na ja, verfrüht.«

Jetzt war er ärgerlich. »Ich sage ja nicht, daß wir nächste Woche heiraten müssen. Aber wir könnten doch die Verlobung bekanntgeben, oder nicht?«

»Was ist, wenn es Krieg gibt?«

Er sah sie an, als sei sie nicht ganz richtig im Kopf. »Es wird keinen Krieg geben. Was ist denn heute abend mit dir los?«

»Ich glaube, mir geht es nicht so gut.«

»Zuviel getrunken?«

»Nein, ich fühle mich einfach nicht wohl.«

Er schwieg einen Augenblick. Sie spürte seine Enttäuschung. »Dann willst du wohl nicht übers Heiraten reden.«

»Doch, ich will darüber reden, Ray. Nur nicht heute abend.«

»Auch gut.« Er schwieg wieder.

Sie hatte seine Gefühle verletzt. Das hatte sie nicht gewollt.

Sie nahm seine Hand und strich damit über ihre Wange. »Es tut mir leid. Ich weiß, daß ich schlecht gelaunt bin. Aber den ganzen Abend haben Leute auf mich eingeredet. Ich bin müde.«

Er drückte ihre Hand. »Schon gut, Shel. Das habe ich nicht gemerkt.« Er legte seinen Arm um ihre Schulter und zog sie an sich.

Zögernd ließ sie ihren Kopf gegen seinen Hals sinken. Er hielt sie fest.

Nach einer Weile begann sie sich etwas besser zu fühlen. Wenn sie nur eine Zeitlang so sitzen bleiben könnten ... Ray war stark, er beschützte sie. Vorerst war sie sicher, auch wenn sie nicht wußte, wovor. »Wir sollten das öfter machen«, sagte sie.

Er küßte ihren Scheitel, dann hob er ihr Gesicht an und küßte ihren Mund.

Sie zwang sich, den Kuß zu erwidern.

Er merkte nicht einmal, daß es ihr nicht ernst war.

Natürlich war es ihr ernst. Sie liebte Ray. Sie fühlte im Moment nur gerade nichts.

Es gab viele Momente, in denen sie gerade nichts fühlte.

Er küßte sie erneut. Fester.

Sie folgte seinem Beispiel. Wie eine Schauspielerin.

Er begann flach und schnell zu atmen.

Shelby wäre am liebsten weggelaufen. Sie zwang sich, bei ihm zu bleiben.

»Verzeih mir«, flüsterte er, »ich bin ein Trottel.«

»Was?«

»Ich hätte merken müssen, daß du in Wirklichkeit das hier wolltest.«

Sie fühlte Tränen in sich aufsteigen. Ich will es doch gar nicht. Herrje, kannst du das denn nicht sehen?

Nein, er konnte es nicht sehen. Nicht, wenn sie es ihm nicht sagte.

Aber sie konnte es ihm nicht sagen.

Jetzt faßte er an ihre Brust, fummelte an den Knöpfen ihres Kleides herum.

Ihr Körper drohte schlaff zu werden. Leblos. Das konnte sie nicht zulassen.

Du schaffst es, sagte sie sich. Du hast es schon hundertmal geschafft.

Eine Welle der Einsamkeit erfaßte sie, die so schrecklich war, daß sie am liebsten gestorben wäre.

»Ich liebe dich«, flüsterte er und ließ seine Hand unter ihren Rock gleiten.

»Ich liebe dich auch.«

Es bedeutete nichts. Jedenfalls wußte sie nicht, was es bedeutete. Aber es wurde von ihr erwartet, daß sie es sagte. Sie haßte sich dafür, daß sie es tat.

Haßte sich selbst.

Aber wenn er es sagte, bedeutete es vielleicht auch nicht viel mehr, als wenn sie es sagte.

Vielleicht.

Sonst würde er sie nicht begrapschen. Oder sie würde ihn begrapschen. Oder nicht?

Sie zog ihm das Hemd aus dem Gürtel. Als könnte sie nicht rasch genug an seine Haut gelangen.

Ray seufzte und schauderte, als sie seine Brustwarze berührte. »Oh, Shel . . .«

Sie drückte sich fester an ihn und spürte, wie sein Körper hart wurde. Etwas seltsam Warmes lief ihr übers Gesicht, und sie stellte fest, daß sie weinte.

Er bemerkte es nicht.

»O Gott, ich liebe dich, Schatz«, sagte er wieder.

Nein. Du liebst mich nicht. Ich sitze hier und weine, tue so, als wenn ich dich begehre, und fühle überhaupt nichts. Wenn du mich liebtest, wüßtest du das.

»Also, weißt du«, hörte sie die Stimme ihrer Mutter in ihrem Kopf, »irgendein Haar in der Suppe findest du doch immer.«

Es wird nicht immer so sein, sagte sie sich. Wenn wir erst verheiratet sind. Wenn wir einander richtig kennengelernt haben. Wenn wir uns ein gemeinsames Leben aufgebaut haben, nicht nur dieses zufällige Miteinander. Dann werde ich ihn lieben. Ganz sicher.

Dann wird er mich auch besser kennen. Wenn wir erst einmal eine Weile zusammen sind. Dann wird er es wissen, wenn ich weine und wenn ich ihm etwas vorspiele. Dann wird alles gut.

Dann wird es nicht so einsam sein.

Er war jetzt erregt. Sein Körper fühlte sich schwerer an, stärker. Er zerrte an ihren Sachen, versuchte Shelby überall gleichzeitig zu berühren.

Sie mußte aus dem Auto herauskommen.

»Ray«, sagte sie leise, »nicht hier.«

Er wurde einen Augenblick schlaff, dann richtete er sich auf. »Was?«

»Wir sind hier mitten auf der Straße.«

»Nein, sind wir nicht. Wir sitzen in meinem Auto.«

Sie versuchte, ihrer Stimme weiterhin einen leichten Ton zu geben. »Jemand könnte uns sehen.«

»Es ist mitten in der Nacht ... Wer fährt um diese Zeit noch hier herum?«

»Wir ja auch.«

Er seufzte schwer. »Gut, gehen wir ins Haus.«

»Du mußt morgen arbeiten. Du wirst fix und fertig sein. Bestimmt machst du einen schlimmen Fehler, und das Krankenhaus wird verklagt.«

Er schwieg.

»Komm, Ray. Wir können es doch ... auf ein andermal verschieben.« Einmal aussetzen, wie beim Würfeln. Später spielen wir eine Doppelrunde.

Jetzt war ihr richtiggehend schlecht. »Ich muß rein.«

Selbst in dem schwachen Licht konnte sie seinen gekränkten Gesichtsausdruck erkennen.

»Na gut«, sagte er stumpf, »wenn es denn wirklich sein muß.«

Er wartete darauf, daß sie verneinte, aber sie öffnete die Tür und stieg aus. Sie lehnte sich durch das Fenster zu ihm und gab ihm einen raschen, schwesterlichen Kuß. »Rufst du mich morgen an?«

»Ja, gut.«

Sie begann den Weg hinaufzugehen. Für den Bruchteil einer Sekunde war die Straße still. Dann hörte sie den Motor des Wagens aufheulen und wußte, daß Rays Verwirrung in Wut umgeschlagen war. Es war ihr egal. Sie wollte nur allein sein.

Er würde nicht bis morgen warten. Das wußte sie. In anderthalb, höchstens zwei Stunden würde das Telefon klingeln.

Sie sah auf die Uhr. Nach Mitternacht.

Das Feuer war heruntergebrannt bis auf ein paar harte, verkohlte Überreste, die nicht brennen würden. Die Holzkiste war leer. In der Wohnung war es kalt und feucht. Shelby dachte daran, den Rauchabzug zu schließen, aber die Asche schwelte und schuf die verschiedensten Möglichkeiten für Tod durch Ersticken.

Verlockend, aber nicht gut genug durchdacht.

Sie stellte den Funkenschutz vor den Kamin, zog ihren Schlafanzug an und holte eine Papiertüte, um die Aschenbecher zu leeren. Sie spülte das schmutzigste Geschirr weg. Dann war es ein Uhr fünfzehn. Im Fernsehen kamen nur noch Testbilder.

Ein Uhr zwanzig. Sie erwog, eine Schallplatte aufzulegen, und schaute einige Alben durch. Aber womöglich würde er die Musik im Hintergrund hören und denken, daß sie sich ohne ihn amüsierte, und dann wäre er gekränkt. Das wollte sie nicht. Ray war ein guter Mann, einer der besten, die sie je kennengelernt hatte. Er konnte nichts dafür, daß sie reizbar und seltsam war.

Das Telefon klingelte um ein Uhr zweiundzwanzig. Sie hob beim ersten Läuten ab. »Liebling, es tut mir leid«, sagte sie.

»Mir auch. Es war ein schlechter Zeitpunkt.«

»Es ist nicht deine Schuld.«

»Doch, ist es. Dies war dein Abend. Ich hätte dich nicht mit dieser Heiratsgeschichte bedrängen sollen.«

Sie hockte sich auf die Rückenlehne des Sofas. »Das war es nicht. Mir ging es einfach nicht gut.«

»Shel, hättest du das doch früher gesagt.«

»Es war albern. Nur wieder dieses Kopfweh.«

Kurze Pause. »Welches Kopfweh?«

Mist. Sie hatte es ihm nicht sagen wollen. »Ich habe hin und wieder Kopfschmerzen. Es ist nichts. Wahrscheinlich das Wetter.«

»Meine Güte, Schatz, woher soll man denn wissen, was du hast, wenn du nie etwas sagst?«

Wunderbar. Das zweite Mal an diesem Tag, daß man mir vorwirft, ich sei zu selbständig. »Es ist nichts Schlimmes«, sagte sie. »Wenn ich nicht darauf achte, verschwindet es.«

»So ähnlich wie ich«, sagte Ray ironisch.

»Wie bitte?«

»Das war ein Witz, okay?«
»Okay.«
»Also, wie wäre es, wenn *du* den Termin bestimmst, wann ich dir einen Antrag mache?«
Shelby ließ müde die Augen zufallen. »Ich glaube nicht, daß ich im Moment so eine Entscheidung treffen kann, Ray. Es geht mir soviel im Kopf herum. An diesen neuen Job werde ich mich zuerst sehr gewöhnen müssen.«
»Shel ...«
»Es ist mir ernst. Ich will ihn wirklich gut machen.«
»Das spielt auf die Dauer doch sowieso keine Rolle. Sobald wir verheiratet sind ...«
Nein. Auf diese Diskussion würde sie sich heute abend nicht einlassen. Weder heute abend noch morgen abend noch irgendwann sonst in absehbarer Zeit.
»Liebling, es ist spät, und ich kann nicht mehr geradeaus denken. Können wir nicht bitte ein andermal darüber reden?«
Sie hörte, wie er sich eine Zigarette anzündete. »Du hast recht. Willst du nicht am Dienstag zu mir kommen? Wir könnten richtig schön essen gehen. Und danach vielleicht noch hierher zurückkommen.«
Sie wollte nicht, wollte nicht, nein ... »Ja, gut. Dienstag.«
»Soll ich dich an der Bushaltestelle abholen?«
»Okay.«
»Träum süß, Schatz.«

Ihr Traum war nicht süß. Irgend etwas war draußen vor dem Fenster. Sie konnte den Schatten sehen, einen großen, zotteligen und wolkenähnlichen Haufen, der vom Mondlicht auf die gegenüberliegende Wand geworfen wurde. Vielleicht ein Busch. Aber für einen Busch war es zu dicht, vor allem jetzt, da die Sträucher keine Blätter hatten. Sie überlegte, ob sie aufstehen sollte, um es sich näher anzusehen. Aber irgendeine Ahnung, irgendeine Warnung in ihrem Kopf befahl ihr, sich still zu verhalten und sich klein zu machen. Sie beobachtete, was geschah.
Der Gegenstand – oder was es sonst war – schwoll an. Ein Anhängsel der Dunkelheit sog sich aus ihm heraus und streckte sich zum Fenster hin. Es kratzte an der Scheibe.

Wie gelähmt starrte Shelby auf den Schatten. Der dunkle Haufen fing an, sich zu verändern, begann sich in etwas Menschenähnliches zu verwandeln. Er gab ein schnaubendes Geräusch von sich, als schnüffelte er nach einem Eingang. Sie sah zum Fenster. Die Scheibe wölbte sich. Das Mondlicht wurde heller, es schien durch einen schmalen Schlitz herein, der länger und länger wurde . . .

Shelby öffnete die Augen, ihr Herz hämmerte wie Hagel auf einem Blechdach. Ein Traum. Es war nur ein Traum gewesen. Aber noch immer war sie von Furcht erfüllt. Sie tastete nach der Nachttischlampe, drückte auf den Schalter . . .

Und fand sich erneut in der Dunkelheit wieder, der Mondlichtschatten des Wesens jetzt noch größer und näher.

Dies ist ein Traum, rief sie sich zu und zwang sich, aufzuwachen. Der Schatten war verschwunden. Von dem Kraftaufwand erschöpft, schwitzend vor Furcht und Anstrengung, lag sie still und hörte dem Schweigen zu. Sie atmete tief durch und entspannte sich.

Da war der Schatten wieder. Und jetzt öffnete sich das Fenster, langsam, vorsichtig, als hoffte das Wesen sie im Schlaf zu überraschen.

Ein Traum, ein Traum, es ist nur ein Traum. Sie langte nach der Lampe. Licht durchflutete das Zimmer. Sie spürte ihr Herz förmlich klopfen. Sie durfte nicht wieder einschlafen. Sie würde aufstehen und ins Bad gehen, sich Wasser ins Gesicht spritzen, vielleicht das Radio einschalten, umhergehen. Wenn sie nur wach blieb.

Mit einem lauten Reißen teilte das Schattenwesen die Fensterscheibe und glitt ins Zimmer. Es bewegte sich in einem fließenden, zähen Strom an der Wand hinunter, den Fußboden entlang. Sie versuchte aus dem Bett zu steigen und wegzulaufen, aber sie konnte sich nicht bewegen. Am Fußende des Bettes hielt es inne, fügte sich wieder zu einer festen Form zusammen, diesmal mit Gesichtszügen – einer platten Nase, buschigen Augenbrauen, einem klaffenden abgrundtiefen Maul, glitzernden roten Augen . . .

Shelby schrie.

Es kam mehr wie ein Grunzen als wie ein Schreien heraus, aber es weckte sie auf. Um sie herum war es dunkel. Sie packte die Lampe, knipste sie an. Jetzt war sie richtig wach. Das Zimmer war so wie immer, das Fenster links neben dem Fußende des Bettes.

Die Fensterscheibe war heil, das Fenster geschlossen. Keine Schatten an der gegenüberliegenden Wand, nur Kommode und Spiegel. Der Nachttisch mit der Manuskriptmappe und ihrem blauen Bleistift. Max Lerners *Amerika – Wesen und Werden einer Kultur*, ihre garantierte Einschlaflektüre seit dem Graduiertenstudium, lag geöffnet am Boden.

Überzeugt, daß sie gleich wieder in den Traum zurückgeworfen werden würde, schälte sie sich vorsichtig aus dem Bett und ging auf Zehenspitzen ins Bad. Sie schaltete das Licht ein. Keine bösen Kobolde in der Dusche oder in der Badewanne. Nichts Außergewöhnliches in der Hausapotheke. Shelby sah sich im Spiegel an. »Du siehst aus wie der lebendige Zorn Gottes«, sagte sie zu ihrem Spiegelbild, ließ kaltes Wasser laufen und vergrub das Gesicht in dem kühlen, nassen Waschlappen.

»So«, sagte sie, »das war das letzte Mal, daß ich Hummerschwänze und Erbsen in Lattichblättern koche.« Und mußte plötzlich an *Oliver Twist* denken, wo Scrooge einen Geist als unverdautes Rindfleisch abzutun versuchte.

Shelby schielte nach der Uhr oben auf dem Ofen. Drei Uhr morgens. Wunderbar, gerade noch Zeit genug, um endlich wieder einzuschlafen, bevor sie aufstehen mußte.

Dann fiel ihr ein, daß morgen Sonntag war und sie nichts vorhatte.

Sie suchte in der Hausapotheke nach etwas zum Einschlafen, zum Entspannen. Mit Aspirin war es so eine Sache. Manchmal wirkte es, manchmal nicht. Aber dort lag eine Packung Dramamin. Wenn es sie so schläfrig machte, daß sie beinahe Flüge verpaßte, dann müßte es sie auch jetzt in den Schlaf wiegen. Sie schluckte eine Tablette und nahm sicherheitshalber eine zweite zusammen mit einem Glas Wasser mit ans Bett.

Kapitel 4

Wann war eigentlich alles so kompliziert geworden? Shelby ließ das Feuilleton des *Boston Sunday Globe* auf den Fußboden gleiten und trank ihren Kaffee. In der Wohnung herrschte immer noch ein heilloses Durcheinander. Alle Möbel waren verstellt, an überraschenden Orten lauerten übersehene Teller, und abgestandene Gläser bildeten Ringe auf dem Couchtisch, auf dem Fernseher, auf dem Telefontischchen. Es war ihr egal.

Als sie angefangen hatten, miteinander auszugehen – Ray war damals noch an der Uni gewesen –, hatte es Spaß gemacht. Sie hatten beide auch noch Verabredungen mit anderen gehabt, und wenn sie zusammen gewesen waren, hatten sie sich einfach gut verstanden. Allmählich waren dann nur noch sie beide übriggeblieben. Irgendwann hatten ihre Freunde begonnen, sie als Paar zu sehen; sie wußte nicht einmal genau, wann. Inzwischen wurde bei Einladungen automatisch davon ausgegangen, daß Shelby und Ray gemeinsam kamen.

Vielleicht lag da das Problem. Vielleicht waren sie beide zu sehr in das Leben des anderen hineingeraten, ohne darüber nachzudenken, denn in letzter Zeit schien es, als zogen sie immer in entgegengesetzte Richtungen.

Sie waren zusammengeworfen worden, ohne daß weder er noch sie sich bewußt dafür entschieden hatten, wie Zweige, die sich bei einer Überschwemmung ineinander verkeilt hatten.

Jetzt wollte Ray eine Entscheidung.

Nur, daß er nicht nach dem ›Ob‹, sondern nach dem ›Wann‹ fragte. Aber er mußte doch darüber nachgedacht haben. Er mußte sich doch hingesetzt und sich gefragt haben, ob Shelby Camden die Frau war, die er heiraten wollte.

Sie hätte gern gewußt, ob es so eindeutig gewesen war. Ganz einfach ja oder nein, schwarz oder weiß. Oder waren Bedingungen daran geknüpft gewesen – *wenn* sie sich die Haare wachsen läßt oder wenn sie verspricht, daß sie sich nie die Haare wachsen läßt, *wenn* sie damit einverstanden ist, in den nächsten fünf Jahren zwei Kinder zu bekommen, *wenn* sie ihre Stelle aufgibt?

Und was ist mit dir, fragte sie sich. Willst du Frau Dr. Raymond Curtis Beeman werden?

»Klar, warum nicht?« hörte sie sich sagen.

Warum nicht? Weil ›Warum nicht?‹ ein lausiger Grund zum Heiraten ist, darum nicht. Natürlich willst du heiraten, sagte sie sich energisch. Und zwar Ray. Ray ist, wie Connie es ausdrückt, ›perfekt‹.

Liebst du ihn?

Sie ging in die Küche und schenkte sich noch eine Tasse Kaffee von gestern abend ein.

Ich muß ihn lieben, dachte sie, während sie die bittere Flüssigkeit schlürfte. Er ist ein guter Mensch. Ich fühle mich bei ihm geborgen. Wir geben ein schönes Paar ab. Wir kommen sehr gut miteinander aus. Ich kann mir vorstellen, daß wir zusammen alt werden.

Wir *sind* schon zusammen alt geworden. Wir sind bequem. Wie ein Paar liebgewonnene, abgetragene Pantoffeln.

Mein Gott, ich bin fünfundzwanzig, und ich denke, als wäre ich achtzig.

Aber wo ist die Spannung? Die Vorfreude? Die Leidenschaft?

Im Film war es immer spannend. Und romantisch. Ray hatte anscheinend romantische Gefühle.

Shelby kannte keine romantischen Gefühle.

So etwas gab es doch nur im Film. Niemand wußte, wie es wirklich war. Vielleicht drückte Ray nur das aus, was er glaubte, fühlen zu müssen, so wie sie es im Film zeigten.

Es mußte schön sein, wenn es einem so ging wie denen im Film. Wenn es denen wirklich so ging. Wenn es das überhaupt gab.

Aber es mußte es doch geben. Irgend jemand dachte sich doch all das aus, was sie im Film zeigten. Das mußten sie schließlich irgendwoher haben.

Es hatte keinen Sinn, über so etwas nachzudenken. Es war morbid, und wahrscheinlich war sie einfach noch verkatert.

Sie dachte immer zuviel über alles nach. Das sagten alle. Manchmal sagten sie es nicht einmal, sondern starrten sie nur an, als wollten sie sagen: »Auf was für Gedanken du immer kommst.«

Steh auf. Beweg dich. *Tu* etwas.

Wenn sie doch mit jemandem reden könnte. Mit jemandem, der all dies verstünde und der es ihr verständlich machen könnte.

Kein Psychiater. Sie stellte sich einen kleinen, bebrillten Mann mittleren Alters mit schütteren Haaren vor, der sich Notizen machen und ab und zu »hmm« sagen würde. Er würde nicht begreifen, wovon sie sprach.

Oder er würde sie in eine Anstalt für hoffnungslos geistig Minderbemittelte einweisen.

Und dann konnten sie Libby auch gleich in die Klapsmühle stekken. Libby würde völlig verrückt spielen.

Libby müßte es ja nicht erfahren.

Libby erfuhr früher oder später alles.

Es müßte jemand sein, dem es genauso ergangen war, eine Schwester, jemand, der verstand, was mit ihr los war. Jemand, der erklären, helfen oder wenigstens lieb zu ihr sein konnte. Wieder kamen ihr die Tränen und drückten von hinten gegen ihre Augen.

Und sie spürte etwas, das sich ihr langsam und von fern näherte wie ein hungriger Hai.

Angst.

Nein, dachte sie. Ich sitze jetzt nicht herum und werde sentimental.

Sie stellte ihre Kaffeetasse in die Spüle und machte sich auf die Suche nach übriggebliebenen Partyspuren.

Im Wohnzimmer hing immer noch ein schaler Geruch nach Zigaretten. Sie hatte die Fenster geöffnet, aber die Luft draußen war so schwer, daß sie sich nicht bewegte. Durchzug würde helfen. Wenn sie Feuer machte, würde es Durchzug geben.

Das ist nützlich zu wissen, Frau Dr. Raymond Curtis Beeman. Eine gute Hausfrau muß sich mit wichtigen Dingen auskennen, zum Beispiel damit, wie man einen Raum vom Zigarettenrauch befreit.

Die Holzkiste war natürlich leer. Und gestern hatte sie festgestellt, daß im Schuppen keine Holzscheite mehr waren. Bestimmt hatte niemand Holz gehackt. Seit dem Auszug der Studenten waren die Holzhacker im Haus knapp geworden.

Keine Sorge. Frau Dr. Raymond Curtis Beeman war die beste Holzhackerin der modernen Vorstadt.

Im Schuppen roch es angenehm und sauber nach geschlagenem Holz. Ihre alten Jeans, die sie beinahe schuldbewußt hinten im Kleiderschrank versteckt hielt, rieben sich weich an ihren Beinen. Mit einem befriedigenden *Donk* schlug Metall auf Holz. Wenn die Blöcke auseinanderbrachen, rissen die Holzfasern mit einem Knirschen, und aus dem Sägemehl stieg der Duft von Kiefern und getrocknetem Kirschholz hoch.

Es tat gut, so zu arbeiten, das Gewicht der Axt in ihren Händen zu fühlen, die Kraft in ihren Armen zu spüren, wenn sie über dem Kopf ausholte und zuschlug. Und beim Holzhacken gab es kein Nachdenken. Sich sammeln und konzentrieren. Den Holzblock zurechtlegen. Ausholen. Zuschlagen. Die beiden Hälften trennen, die durch ihre faserigen Fäden zusammengehalten wurden. Die gespaltenen Hälften aufstapeln.

Und dann im Takt. Zurechtlegen ... ausholen ... zuschlagen ... trennen ... stapeln.

Zurechtlegen ... ausholen ... zuschlagen ... trennen ... stapeln.

Zurechtlegen ... ausholen ... zuschlagen ... trennen ... stapeln.

Frau ... Dr. ... Raymond ... Curtis ... Beeman.

Sie schlug daneben und traf den Block an seinem äußeren Rand. Er fiel um. »Mist«, murmelte sie und bückte sich, um ihn wieder zurechtzurücken.

»Kann ich helfen?«

Shelby fuhr zusammen und sah hoch. Dort stand jemand im Eingang, gegen den Türrahmen gelehnt. Eine Frau, eine Silhouette vor dem nebelgrauen Licht.

Wie sie dort lehnt, dachte Shelby. So lässig und bequem wie jemand, der schon seit einer Weile dort steht und zuschaut.

Sie spürte die Hitze in ihrem Gesicht aufsteigen. Sie konnte sich ziemlich gut vorstellen, wie sie aussah, das Haar in den Augen und Holzspäne an ihrem Pullover klebend wie Unkrautsamen. Die Schuhe – o Gott, die abgewetzten Schuhe – und die zerrissenen Jeans ... Verlegen wollte sie die Hände in die Hosentaschen stopfen und vergaß, daß sie die Axt hielt. Mit dumpfem Schlag fiel das Werkzeug zu Boden.

»Es tut mir leid«, sagte die Frau, »ich wollte Sie nicht erschrecken.« Sie lachte ein wenig. Sie hatte ein nettes Lachen. »Ehrlich gesagt habe ich zugeschaut, das ist natürlich unhöflich. Aber ich konnte nicht anders.« Mit einer Bewegung ihres Handgelenks deutete sie auf den Holzhaufen. »Sie machen das sehr gut.«

»Danke.« Shelby fuhr sich beiläufig mit der Hand durchs Haar, in der Hoffnung, ihr Äußeres ein wenig richten zu können, ohne daß es auffiel. Ein paar Holzspäne wanderten in ihr Haar.

Die Frau trat von der Tür weg ins Innere des Schuppens. Sie

nahm die Axt auf. »Soll ich weitermachen?«

»Schon gut, ich bin fertig, aber vielen Dank.« Sie wünschte, die Frau würde sich zum Licht drehen, so daß sie sie sehen könnte. Sie konnte nicht einmal erkennen, wie alt sie war.

»Ich helfe Ihnen beim Tragen.« Die Frau bückte sich und hob eine Armvoll Holzscheite auf. »Ich nehme an, Sie wollen sie mit hineinnehmen und verbrennen, oder wollten Sie sich nur abreagieren?«

»Es ist nicht nötig, wirklich.« Shelby faßte nach einem Holzscheit und spürte, wie sich ein Splitter in ihren Handballen bohrte.

»Das ist doch das wenigste, was ich tun kann«, sagte die Fremde, während sie das Holz in ihrer Armbeuge aufschichtete, »nachdem ich Ihnen so einen Schrecken eingejagt habe.«

Shelby zog sich den Splitter aus der Hand. »Sie haben mir keinen Schrecken eingejagt«, sagte sie mit fester Stimme.

Die Frau schaute sie von der Seite an. Shelby sah dem schemenhaften Schatten möglichst unverbindlich entgegen. Die Frau schüttelte den Kopf und fuhr fort, Holz aufzusammeln. »Schlechter Anfang«, murmelte sie. »Ganz schlechter Anfang.«

»Wer sind Sie überhaupt?« hörte Shelby sich unverblümt fragen.

»Entschuldigung. Fran Jarvis. Und Sie?«

»Shelby Camden.«

»Das dachte ich mir.« Fran machte eine Bewegung, als wolle sie Shelbys Hand schütteln, merkte, daß sie die Arme voller Holz hatte, und begnügte sich mit einem Schulterzucken. »Ich bin gerade eingezogen. Im Erdgeschoß.«

»Ach so!« sagte Shelby, eine Spur zu überschwenglich. »Ich wohne gegenüber. Die Wohnung hat wochenlang leergestanden.«

»Oh, hat man mir etwas verschwiegen? Vielleicht Ratten in den Mauern? Oder ist hier ein grausiger Mord passiert und die Leiche wurde nie gefunden, aber hinter der Badezimmerwand kommt so ein komischer Geruch hervor?«

Shelby grinste. »Ich glaube nicht. Im ganzen Haus spukt es irgendwie, aber es ist nichts Persönliches.«

»Na«, sagte Fran, »das ist ja immerhin etwas.« Sie neigte den Kopf zur Seite. »Gehst du wieder rein, oder hast du hier draußen noch mehr vor?«

Obwohl sie einander gerade erst kennengelernt hatten, erschien

Shelby das vertraute Du ganz natürlich. »Ich gehe wieder rein.« Sie hob das restliche Holz auf, wischte ein letztes Mal an den Holzspänen in ihrem Haar herum und setzte die Axt in den Hauklotz.

Nach dem Dämmerlicht des Schuppens war das Licht draußen grell. Erst als sie schon halb über den Hof waren, konnte Shelby richtig sehen. Fran ging ein paar Schritte vor ihr her. Sie war ungefähr so groß wie Shelby; ihr hellbraunes Haar war kurzgeschnitten und leicht gewellt. Sie trug eine braune wollene Hose, einen karamelfarbenen Blazer und Halbschuhe. Was man in New England gegen Ende des Winters so trug. Es ließ keine großen Rückschlüsse auf die Persönlichkeit zu.

Ihr Gesicht hatte Shelby immer noch nicht gesehen.

Der Schlamm spritzte unter ihren Schuhen hervor. Er roch nach verwesenden Regenwürmern. Das Gras war spröde und sah aus, als würde es nie wieder grün werden. Kahle Wurzeln, knorrig vom Frost, drangen unter den Ahornbäumen aus dem Boden.

»Als ich aus Washington wegging, war Frühling«, sagte Fran über ihre Schulter hinweg, während sie über den matschigen Hof stapfte. »Irgendwo im Norden von New Jersey war er dann verschwunden. Auf dem Garden State Parkway, glaube ich.«

»Kommst du von dort? Washington D.C.?« Shelby wollte schneller gehen, um sie einzuholen. Aber der Boden war tückisch. Sie wußte, daß sie aus dem Gleichgewicht geraten und mit dem Gesicht nach unten in dem wurmstinkenden Schlamm landen würde.

»Ich war zu Besuch dort. Ich komme aus Texas. Und du?«

»Ich wohne seit ungefähr drei Jahren in Bass Falls. Seit ich mit dem Studium fertig bin. Aber ich bin hier in der Gegend aufgewachsen. In Andover. Bei Boston.«

»Ein richtiger Yankee?«

»Kann man wohl so sagen.«

Sie waren beim Haus angekommen. Fran zog mit zwei Fingern die hölzerne Windfangtür auf, und dann stellte sie sich dagegen, um sie mit ihrem Körper aufzuhalten.

»Danke«, sagte Shelby und stapfte die Stufen herauf. Sie sah hinauf in Frans Gesicht.

Sie war ungefähr so alt wie sie selbst, vielleicht ein Jahr jünger oder älter; es war schwer zu schätzen. Weiche Gesichtszüge, hohe

Wangenknochen und die unglaublichsten Augen, die Shelby je gesehen hatte. Blau, aber nicht hellblau wie die meisten blauen Augen. Fran hatte tiefblaue Augen, die zur Iris hin dunkler wurden und in Indigoblau übergingen, Augen innerhalb der Augen.

Kornblumenblau, dachte Shelby.

Und stolperte beinahe über die Schwelle.

»Vorsichtig«, sagte Fran.

Shelby riß sich zusammen, ging rückwärts durch die zweite Eingangstür und hielt sie für Fran offen. »Dort wohne ich«, sagte sie und nickte zu ihrer geöffneten Wohnungstür.

»Das habe ich mir gedacht«, sagte Fran.

»Wirklich?«

»Auf diesem Stock sind nur zwei Wohnungen. Die andere ist meine.«

Jetzt kam sich Shelby gänzlich wie ein Dummkopf vor. »Du glaubst mir vielleicht nicht«, sagte sie, »aber man munkelt, ich hätte einen dreistelligen IQ.«

»Ich glaube dir.«

»Ich darf sogar ohne Aufsicht hier wohnen.«

»Das dürfte ich eigentlich nicht«, sagte Fran und schaute an sich herunter auf ihre schlammverkrusteten Schuhe und die Spuren, die sie auf dem Teppich im Hausflur hinterlassen hatte. Sie streifte ihre Schuhe ab und schob sie mit dem Fuß auf die Seite.

»Mach dir darüber keine Gedanken. Man kann es mit dem Staubsauger wegsaugen, wenn es trocken ist.«

»Vorausgesetzt, man hat einen Staubsauger.«

»Ich habe einen.« Shelby ging voraus in ihre Wohnung und warf ihre Scheite in die Holzkiste. »Was hast du da draußen überhaupt gemacht? Erkundungsgänge?«

»Ich war neugierig.« Fran ließ ihr Holz an den Kamin sinken. »Ich war es leid, nur mich selbst als Gesellschaft zu haben, und deine Tür stand offen. Also wußte ich, daß du hier irgendwo sein mußtest, und ich habe mich auf die Suche gemacht.« Sie bürstete das Sägemehl von ihren Händen in den Kamin. »Ich habe zuerst hier hereingeschaut – ich bin nicht hineingegangen, ich wollte mich nur bemerkbar machen.« Sie sah sich um. »Eine schöne Wohnung hast du.«

»We like it«, zitierte Shelby. »Uns gefällt's.«

»Das ist aus einem Album von Gordon Jenkins. *Seven Dreams*.«

»*Manhattan Tower*, glaube ich. Vielleicht aber auch *Seven Dreams*. Ich bringe sie immer durcheinander. Möchtest du einen Kaffee?«

»Wenn es nicht zu viele Umstände macht.«

»Überhaupt keine Umstände. Schieb den Papierstapel zur Seite und setz dich.«

Als Shelby das Tablett mit Kaffee, Milch, Zucker und den Plätzchen, die Jean mitgebracht hatte, ins Zimmer trug, hatte Fran ihre Jacke ausgezogen und kniete vor dem Kamin, die ersten winzigen Flammen schürend.

Shelby beobachtete sie einen Moment. Es gefiel ihr, wie sich Frans Hände bewegten, sicher und entschlossen, wie die einer Künstlerin.

»Du starrst«, sagte Fran mit dem Rücken zu ihr. »Ich kann es spüren.«

»Du hast mich ja auch angestarrt.«

»Stimmt.« Sie warf ein paar kleine Holzstücke ins Feuer.

»Du machst das sehr gut«, wiederholte Shelby Frans Worte von vorher.

Fran lachte. »Ich habe das schon öfter gemacht.«

»In Texas?«

Fran drehte sich um und schaute sie mit diesen unglaublichen Augen an. »Texas?«

»Du sagtest doch, du bist aus Texas.«

»Ich war eine Weile in Texas. Eigentlich komme ich aus Kalifornien.«

»Niemand kommt aus Kalifornien«, sagte Shelby und reichte ihr einen Becher Kaffee. »Hier bei uns sagt man, daß die ersten richtigen Frühlingsboten die Nummernschilder aus Kalifornien sind. Ausgewanderte auf Heimaturlaub.«

Fran lachte wieder. Ihr Lachen erinnerte Shelby an ein Cello. »Hier spricht die echte Oststaatlerin.« Sie stellte ihren Kaffee zur Seite und legte ein paar größere Zweige nach.

Shelby beobachtete sie.

»Worauf *starrst* du denn so?«

»Deine Hände«, hörte Shelby sich sagen. »Wie du sie gebrauchst. Fast wie ein Künstler oder ein Automechaniker.«

»Mein Gott«, sagte Fran, hob ihre Hände und betrachtete sie.

»Das soll keine Kritik sein. Ist dir jemals aufgefallen, wie gute Automechaniker ihre Hände gebrauchen? Das hat fast etwas Heiliges.«

»So habe ich das noch nie gesehen, aber ich weiß, was du meinst.« Fran steckte die Hände in ihre Gesäßtaschen. »Jetzt, wo du mich darauf aufmerksam gemacht hast, werde ich meine Hände leider nie wieder in der Öffentlichkeit benutzen können.«

»Das tut mir leid«, sagte Shelby.

»Ich könnte versuchen, in eine Steckdose zu fassen. Vielleicht wirkt das so ähnlich wie eine Elektroschocktherapie, und ich vergesse, daß du das je gesagt hast.«

Shelby lachte. Dann ging sie zu Fran, zog ihr die Hände aus den Taschen und drückte sie zwischen ihren eigenen zusammen. »Jetzt reicht's. Du machst mir ein ganz schlechtes Gewissen.«

Fran schaute hinüber zum Feuer. »Ich lege lieber ein Stück Holz drauf«, sagte sie und zog sanft ihre Hände zurück. »Ich will ja nicht, daß all meine Fertigkeiten und Künste in Rauch aufgehen.«

Shelby verdrehte die Augen. Dann machte sie es sich auf dem Sofa bequem. »Bist du sicher, daß es nicht *Manhattan Tower* ist? Die Szene mit der Cocktailparty? Oder war es die Cocktailparty in *Seven Dreams*? Irgendeine Cocktailparty jedenfalls.«

»Ehrlich gesagt, nein, ich bin mir nicht sicher.« Sie warf noch mehr kleine Zweige ins Feuer und ließ ein paar Holzscheite folgen. »Ich habe die Schallplatte ... nein, vergiß es. Wenn sie in meiner Wohnung ist, finde ich sie nie mehr wieder.«

»Soll ich dir beim Auspacken helfen?«

»Ein andermal, danke. Ich habe die letzten vier Tage mit dem ganzen Zeug in einem Mietwagen verbracht. Im Moment will ich nichts mehr damit zu tun haben.«

»Bist du selbst hergefahren?«

»Ja, klar.« Fran nahm sich ein Plätzchen.

»War es anstrengend?«

»Nicht so anstrengend, wie das Auspacken sein wird. Unfaßbar, wieviel *Zeug* ich aufgehoben hatte.«

»Wenn deine Wohnung ein Chaos ist und du nichts damit zu tun haben willst«, sagte Shelby, »könnte ich dir das Bett oder die Couch anbieten. Die Wohnung riecht zwar nach toter Party, aber ...«

»Es ist schon okay. Ein Bett werde ich wohl finden. In der Wohnung sind zwei.«

»Ich könnte dir Bettwäsche leihen.«

»Ich bin die harte Tour gewöhnt, aber danke.«

Shelby lachte. »Und *mir* werfen sie vor, ich wäre zu selbständig.«

»Tatsächlich?« fragte Fran und sah sie mit ihren Kornblumenaugen direkt an. »Dir auch?«

»Ständig.«

»Regt dich das nicht auch auf?«

»Ja, allerdings.«

»Vielleicht könnten wir einen Club für selbständige Frauen gründen«, sagte Fran.

Shelby schüttelte den Kopf. »Zu selbständig für Clubs.«

Fran setzte sich ihr gegenüber an den Kamin und schlang die Arme um die Knie. »Geburtstag?«

»Was?«

»Die Party. Hattest du Geburtstag?«

»Nein, es war ...« Sie merkte, wie sie wieder verlegen wurde. »Eigentlich haben wir gefeiert, weil ... na ja, ich bin befördert worden.«

»Herzlichen Glückwunsch«, sagte Fran. Sie legte den Kopf schief. »Du scheinst darüber nicht sehr begeistert zu sein.«

»Na ja, ich freue mich natürlich.« Shelby überlegte. »Ich glaube, ich habe gemischte Gefühle deswegen. Ich meine, ich freue mich, aber nicht so sehr, wie ich erwartet hätte.« Sie runzelte die Stirn. »Das ergibt keinen Sinn, oder?«

»Doch, doch«, beteuerte Fran, aber sie sah dabei merkwürdig drein. Halb verlegen irgendwie. So wie Leute dreinschauen, wenn sie aus Höflichkeit lügen.

Shelby lachte. »Ich hoffe, in deinem Job mußt du nicht schauspielern. Das kannst du nämlich nicht sehr gut.«

»Ich weiß«, sagte Fran mit einem tiefen Seufzer. »Es schränkt meine Chancen ein. Also, warum gemischte Gefühle?«

»Ach ... es ist nicht, daß ich es nicht will. Überhaupt nicht. Es ist ... ich habe mir wohl vorgestellt, es wäre ein größerer Unterschied.«

»Ach so«, sagte Fran. »So ähnlich wie Weihnachten.«

»Weihnachten?«

»Es fühlt sich nie ganz so an, wie man vorher dachte. An der Oberfläche ist vielleicht sogar alles in Ordnung, aber irgend etwas ist immer ein bißchen schal.« Fran zuckte die Achseln. »Wahrscheinlich wird zuviel Trara darum gemacht.« Plötzlich sah sie Shelby unsicher an. »Entschuldige. Ich hoffe, ich bin dir nicht zu nahe getreten.«

»Zu nahe getreten?«

»Weil ich so über Weihnachten rede.«

Shelby lachte. »Du hast es genau richtig beschrieben.«

»Weihnachten war bei uns zu Hause heilig«, sagte Fran. »Sogar der Name. Einmal hat meine Mutter gedroht, mich rauszuschmeißen, weil ich gesagt habe, um Weihnachten würde zuviel Trara gemacht.«

»Das würde meine auch tun. Hat sie es je wahrgemacht?«

»Mich rausgeschmissen? Nicht ganz.«

»Fast?«

Fran nickte. »Fast. Ich wollte mein eigener Herr sein. So ist das manchmal. Was machst du denn beruflich?«

»Ich bin bei der *Zeitschrift für die Frau*. Ich bin Lektorin.« Sie korrigierte sich. »Ich *war*. Jetzt bin ich Cheflektorin. Wir entscheiden, welche von den Artikeln und Manuskripten, die die Lektoren an uns weitergeben, in die Zeitschrift kommen. Die endgültigen Entscheidungen treffen aber die Redakteure. Ich bin in der Belletristik.«

»Da mußt du bestimmt sehr auf deine Sprache achten.«

»Müßte ich«, sagte Shelby. »Aber manchmal habe ich nach Feierabend ein überwältigendes Bedürfnis, mich auch mal schlampig auszudrücken.«

»Das passiert mir selten. Davon habe ich beim Militär genug gehört.«

Shelby sah sie an. »Du warst beim Militär?«

»Niemand kann sich vorstellen, daß eine Frau freiwillig zum Militär geht«, sagte Fran mit einem Seufzer. »Nicht mal die Leute im Militär selbst.«

Shelby hätte sie gern gefragt, wie es war, aber es erschien ihr irgendwie banal. »Meinst du, es gibt Krieg?«

»Wir stehen doch *immer* kurz vor einem Krieg, oder?« sagte

Fran. Sie warf ein kleines Stück Holz aufs Feuer. »Dies ist ein blutrünstiges Land, aber den nächsten Krieg wird es ohne mich kämpfen müssen.«

»Ich habe den Eindruck, daß du vom Militär nicht allzu begeistert warst.«

Fran winkte ab. »Teilweise war es ganz okay. Teilweise war es toll. Teilweise war es schrecklich.«

»Ich glaube nicht, daß ich es aushalten würde«, sagte Shelby. »Es erscheint mir so ... kontrolliert.«

»Ist es auch, aber daran gewöhnt man sich. Nach einer Weile ist es sogar ganz angenehm, daß man nicht nachdenken und nichts entscheiden muß. Bis man zum Militär geht, ist man sich gar nicht bewußt, wie viele Entscheidungen man im Zivilleben treffen muß.«

»Mir ist es durchaus bewußt, glaube ich. Wann man aufsteht, was man anzieht, ob man gleich tanken soll oder erst nach Feierabend und welche Folgen das eine oder das andere hätte. Was man ißt, was man sagt, ob man heiraten soll ...«

»Genau«, sagte Fran. »Ich hoffe, ich kann mich umgewöhnen. Wahrscheinlich werde ich nur auf der Bettkante sitzen und darauf warten, daß jemand mir sagt, was ich tun soll.«

»Wenn ich dich ein paar Tage nicht sehe, komme ich vorbei und befehle dir aufzustehen.«

»Danke.«

»Du, sag mir, wenn dir das zu persönlich ist, aber ... na ja, warum *bist* du zum Militär gegangen?«

»Das fragen die meisten – mit unterschiedlichem Grad an Entsetzen. Sogar beim Militär wollten sie das wissen. Man sollte meinen, sie wären zufrieden gewesen, mich zu kriegen, findest du nicht?«

»Warum also?«

»Das wechselt. Ich glaube, ich weiß es selber nicht ganz. Wegen der Erfahrung. Weil ich eine Ausbildungsförderung kriegen konnte. Der Abwechslung halber. Vor allem wollte ich wohl weg von zu Hause.«

»Wegen deiner Einstellung zu Weihnachten?«

»So ähnlich. Meine Familie und ich passen im Grunde nicht zusammen. Ich habe den Verdacht, daß mich Eindringlinge vom

Mars auf ihrer Türschwelle abgelegt haben.«

»Du Glückliche. Für mich ist völlig klar, daß ich in meine Familie hineingeboren wurde. Kein Entrinnen möglich.«

»Geh zum Militär«, sagte Fran und lächelte plötzlich. »Du würdest dich wundern, wie viele Leute danach nichts mehr mit dir zu tun haben wollen.«

Shelby lachte. Langsam trank sie ihren Kaffee. »Warum bist du wieder weggegangen?«

Fran ließ sich einen langen, gedankenvollen Moment Zeit, bis sie antwortete. »Es war an der Zeit«, sagte sie dann. »Sie wollten, daß ich ...«

Shelby suchte nach dem richtigen Wort. Sie kannte das Militär nur aus dem Film.

»Daß du noch weiter ins Manöver ziehst?«

Fran schaute sie überrascht an. »Ins Manöver ziehst?«

Shelby fühlte, wie sie rot wurde. »Herrje, das hört sich ja vielleicht blöd an. Es sollte cool sein.«

»Es war sehr cool«, sagte Fran und versuchte, sich das Lachen zu verkneifen, doch es gelang ihr nicht. »Wieso solltest du cool sein wollen?«

»Um dich zu beeindrucken«, begann sie und wußte sofort, daß sie es damit nur noch schlimmer gemacht hatte. »Das mache ich immer so. Eine Angewohnheit von mir.«

»Na ja«, sagte Fran, »dann will ich versuchen, es nicht persönlich zu nehmen.«

Shelby vergrub das Gesicht in den Händen. »Das kann doch nicht wahr sein.«

»Was denn?«

»Wie ich mich hier blamiere. Wenn dies deine Wohnung wäre, würde ich mich in Schande davonmachen und nie mehr wiederkommen.«

»Dann bin ich froh, daß es deine ist.«

Shelby sah sie an.

»Im Ernst«, sagte Fran.

Shelby merkte, wie sie verlegen wurde. »Danke. Also ... äh ... was machst du in New England?«

»College.« Fran nahm noch ein Plätzchen. »Mir fehlen noch ungefähr zwei Jahre. Ich hatte angefangen, Medizin zu studieren –

echt erstaunlich, daß ich ins Sanitätskorps kam, denn normalerweise lassen sie einen das machen, was einen am wenigsten interessiert und wofür man am wenigsten qualifiziert ist. Wohl damit man auf dem Teppich bleibt. Aber jetzt weiß ich nicht, ob ich weitermachen soll. Ich werde mich wohl ein bißchen umschauen. Die Zukunft ist schließlich unsere große Chance, nicht wahr?«

»So ist es«, sagte Shelby.

»Darum bin ich früher gekommen. Um mir einen Job zu suchen und mich an der Uni umzusehen. Dann kann ich herausfinden, was mich interessiert, was ich nachholen muß und was sie mir vielleicht erlassen.«

»Dann wirst du in den nächsten Monaten ganz schön beschäftigt sein.«

»Daran bin ich gewöhnt.« Sie sah sich in der Wohnung um. »Sag mal, soll ich dir beim Küchendienst helfen? Ich will ja nicht unhöflich sein, aber es sieht so aus, als könntest du Unterstützung gebrauchen.«

»Das kann ich später machen. Du bist bestimmt müde.«

Fran stand auf. »Ich bin es nur müde, herumzusitzen.« Sie hielt Shelby die Hand hin. »Los. Schauen wir mal, ob ich mich in einer Zivilistenküche noch zurechtfinde.«

Erst als sie das Klingeln des Telefons hörte, wurde ihr bewußt, wie spät es war. Sie hatten die Überreste der Party beseitigt – Shelby hatte sich immer wieder dafür entschuldigt, bis Fran sagte, Shelby könne nicht wissen, was ›Chaos‹ sei, solange sie keinen Rekrutenaufenthaltsraum von innen gesehen hätte. Sie hatten überlegt, essen zu gehen, aber dann hatten sie im Kühlschrank gestöbert und beschlossen, daß noch genügend Reste da waren.

Fran erzählte von ihrer Militärzeit. Shelby war zugleich fasziniert und entsetzt, aber vor allem konnte sie sich nicht vorstellen, daß jemand so mutig sein konnte, überhaupt zum Militär zu gehen. Sie hörte schon genau, was ihre Eltern dazu sagen würden.

»Wenn sie so sind wie meine«, sagte Fran, »dann würden sie einen neuen Weltrekord an Scheußlichkeit aufstellen.«

Shelby faltete ihr Geschirrtuch zusammen. »Wie haben deine denn reagiert?«

»Na ja, ich wußte schon ungefähr, wozu sie fähig waren, und so habe ich dafür gesorgt, daß ich schon in der Kaserne war, bevor ich sie anrief und es ihnen sagte. Sie versuchten mich rauszuholen, aber ich war volljährig, und so kamen sie nicht an mich heran. Im wesentlichen mußten sie sich auf Drohungen und Flüche beschränken. Aber damit war ich aufgewachsen, und im Militär war ich sicher. Glaub mir, wenn da jemand zu dir will, auch nur am Telefon, kann dazu ein Kongreßbeschluß notwendig sein.«

»Werden sie versuchen, dich zu finden, jetzt wo du wieder draußen bist?«

Fran schüttelte den Kopf. »Sie haben mich so ziemlich aufgegeben. Wir schreiben uns nicht einmal Weihnachtskarten. Ich vermute, sie sind einfach froh, daß ich aus ihrem Leben verschwunden bin.«

»Macht dir das zu schaffen?«

»Nur an Feiertagen.« Sie lächelte nachdenklich. »Aber ich vermisse ja eigentlich nicht meine richtige Familie, sondern irgendein Familienideal aus dem Film, das ich in Wirklichkeit nie hatte. Ich meine, wie kann man Leute vermissen, vor denen man von zu Hause geflüchtet ist?«

»Warum bist du weggegangen ...« begann Shelby zu fragen, und da klingelte das Telefon. »Mist«, sagte sie. »Das ist Ray.« Sie wandte sich zum Wohnzimmer.

»Wer ist Ray?«

»Mein ... äh ... Freund.« Sie schaute zurück. »Verlobter, beinahe. Oder so.«

Fran hob nur fragend eine Augenbraue.

»Hallo, Schatz«, sagte Ray.

»Hallo«, antwortete Shelby.

»Was gibt's Neues?«

Seit gestern? »Nichts. Und bei dir?«

»Auch nicht viel. Du, das war eine tolle Party, fandest du nicht?«

»Doch.«

»Aber nicht so toll, wie es am Dienstag werden wird.«

Dienstag? O Gott, Dienstag. Am Dienstag würden sie über die Verlobung sprechen. Oder sich verloben. Oder so ähnlich. Sie hoffte, er würde keine Party daraus machen. Alles, aber keine Party. »Ray, du planst doch nicht irgend etwas Feudales für Dienstag, oder?«

»Nichts Feudales, nur etwas Besonderes. Cocktails im *Carousel*, Essen im *Copley*. Hört sich das gut an?«

»Es hört sich wundervoll an«, zwang sie sich zu sagen. »Aber es darf nicht zu spät werden. Ich muß am Mittwoch arbeiten.«

»Ich weiß. Es sei denn ...« Er lachte bedeutungsvoll. »... du willst über Nacht hierbleiben und dich dann von hier aus krank melden.«

»Ja, klar.« Shelby legte soviel Neckerei in ihre Stimme, wie sie konnte. »Denken Sie eigentlich an meinen guten Ruf, Herr Dr. Raymond Curtis Beeman?«

»Wenn ich dich erst in meiner Macht habe, mein Liebes«, sagte er, und sie sah ihn beinahe seinen imaginären Schnurrbart zwirbeln, »ist es mit deinem guten Ruf vorbei.«

»Du«, sagte sie rasch, »ich bin gerade nicht allein, und ...«

»Du hast jemanden bei dir?«

»Die neue Mieterin von gegenüber. Ich helfe ihr beim Einräumen ...«

»Ach so.«

»Darum muß ich jetzt weitermachen. Ich nehme den Bus, und wir treffen uns im Park Square. Oder meinst du, ich soll mit dem Auto kommen?«

»Nimm den Bus«, sagte Ray. »Wenn du nachts den letzten verpaßt, kann ich dich nach Hause fahren.«

»Gut. Um sieben dann. Ich liebe dich.«

»Ich liebe dich auch, Schatz.«

Sie hängte ein.

»Ist etwas passiert?« fragte Fran, als Shelby in die Küche kam.

»Nein, wieso?«

»Als ich das letzte Mal so ein Gesicht gemacht habe, hatte ich eine Wurzelbehandlung vor mir.«

Shelby schenkte sich noch einen Kaffee ein. »Ich soll am Dienstag nach Boston kommen.«

»Ist das ein Problem?«

»Er will übers Heiraten reden.«

»Das ist in der Tat ein Problem.«

Shelby häufte sich Zucker in ihren Kaffee.

»Nimm nicht soviel von dem Zeug«, sagte Fran, »sonst kannst du heute nacht kein Auge zutun.«

Shelby warf ihren Löffel in die Spüle. »Ich kann sowieso nie ein Auge zutun.«

»Warum nicht?«

Weil ich zu beschäftigt bin, auf meinen Herzschlag zu hören. Zu beschäftigt damit, an Selbstmord zu denken. Zu beschäftigt, deprimiert zu sein oder wütend oder . . .

»Weißt du«, sagte Fran, »es geht mich wahrscheinlich nichts an, aber . . . na ja, wenn sich ein Mädchen verlobt, dann gehört dazu doch meistens eine ganze Menge Gequietsche und Gekreische vor Freude?«

»Noch sind wir nicht verlobt«, erklärte Shelby.

»Ich habe viele Frauen gesehen, die kurz vor der Verlobung standen, und ich kann mich des Eindrucks nicht erwehren, daß du von der Sache nicht ganz überzeugt bist.«

Shelby rieb sich das Gesicht. »Ich bin nur müde.«

»Ist das mein Stichwort zum Gehen?«

Sie wollte nicht, daß sie ging. »Nein, bitte.« Shelby trank einen Schluck Kaffee und suchte nach etwas, das ihre Laune erklären würde. »Ich glaube, ich fühle mich unter Druck gesetzt. In letzter Zeit hat sich vieles verändert. Die Beförderung . . .« Die ihm wahrscheinlich überhaupt nicht paßte. »Einen ganz neuen Job lernen . . .« Den sie wahrscheinlich nicht behalten durfte. »Ich habe das Gefühl, ich brauche mehr Raum zum Atmen.«

Fran berührte mit der Fingerspitze ihren Handrücken. »Wenn du mal Dampf ablassen mußt, ich bin gleich gegenüber.«

»Danke«, sagte Shelby. Sie lächelte ein wenig. »Du weißt doch, wie Männer sind. Wenn sie sich etwas in den Kopf gesetzt haben, legen sie den Schnellgang ein und stürmen los.«

»Ich weiß«, sagte Fran.

»Und ich bin der Typ, der sich gern zuerst mit etwas vertraut macht und sich daran gewöhnt, bevor es sich wieder ändert.« Sie zuckte mit den Achseln. »Wir werden bestimmt gut füreinander sein.«

»Oder euch gegenseitig umbringen«, sagte Fran.

Shelby lachte. Es tat ihr gut, darüber lachen zu können. Es tat gut, darüber zu reden. »Was mich wirklich verrückt macht, ist, daß er so präzise ist. Er ruft mich jeden Abend an. Immer um genau dieselbe Zeit. Ich kann meine Uhr danach stellen. Ich *habe* meine Uhr danach gestellt. Ich weiß nicht, ob er mich heiraten will, weil er mich liebt oder weil wir schon seit zwei Jahren zusammen sind und allmählich anfangen sollten, Pläne zu machen.«

»Was ist er von Beruf?«

»Er ist Arzt. Na ja, fast. Er absolviert gerade das letzte Jahr seiner Assistenzzeit.«

»Bei einem Arzt ist Präzision bestimmt gut. Bei einem Steuerberater auch. Ist es das, was du dir bei einem Ehemann wünschst?«

»Ich weiß es nicht«, sagte Shelby. »Ich habe nie richtig darüber nachgedacht.«

Fran schaute sie wieder mit ihrem fragenden Blick an.

»Ich weiß. Müßte ich. Irgendwann.«

»Das wäre sicher nicht schlecht«, sagte Fran.

»Vielleicht bin ich zu jung zum Heiraten.«

»Vielleicht. Wie alt bist du denn?«

»Fünfundzwanzig.«

Fran nickte. »Auf jeden Fall zu jung.«

»Was meinst du, wie alt sollte man sein, bevor man heiratet?«

»Neunzig«, sagte Fran.

Shelby lachte. »Gehe ich recht in der Annahme, daß du nicht viel vom Heiraten hältst?«

»Es ist schon in Ordnung, wenn man der Typ dafür ist.«

»Bist du der Typ dafür?«

Fran schien zu zögern. »Im Moment nicht. Aber ich stehe auch nicht kurz vor der Verlobung.«

»Stimmt.« Shelby nahm einen Schluck Kaffee und starrte in ihren Becher. »Wenn ich bloß wüßte, was ich machen soll.«

»Nun«, sagte Fran, »mach's wie die Pioniere: Achte darauf, daß du auf dem richtigen Weg bist, und dann los.«

Shelby mußte unwillkürlich lachen.

»Entschuldige«, sagte Fran, sich das Gesicht reibend, »ich habe zuviel Zeit im Wilden Westen verbracht. Sag mal, gibt es eigentlich etwas, bei dem du keine gemischten Gefühle hast?«

»Nicht viel. Wie ist das bei dir?«

Fran räkelte sich. »Eigentlich ist für mich immer alles schrecklich klar. Viel zu klar. Ich wäre froh über ein paar Zweifel.«

»Ich kann dir gern ein paar abgeben.« Shelby fühlte sich allmählich deprimiert. »Können wir nicht das Thema wechseln?«

»Wenn ich ganz offen sein soll«, sagte Fran, »mich ergreift allmählich das Auspackfieber. Da du mir diesen herrlichen Koffeinstoß versetzt hast, sollte ich jetzt gehen und meine Sachen einräumen.«

Shelby schob ihren Sessel zurück. »Ich helfe dir.«

»Danke, aber ich kenne dich noch nicht lange genug, um mich dir im Fieber zu zeigen.« Sie schaute zu Shelby hoch und lächelte. »Nimm es nicht persönlich, aber ich möchte dabei wirklich lieber allein sein. Es muß mein eigenes Reich werden, und das wird es nur, wenn ich es selbst einrichte.«

»Das verstehe ich«, sagte Shelby. Sie brachte sie zur Tür. »Ich helfe dir ein andermal, okay?«

»Auf jeden Fall.« Fran hängte sich ihren Blazer über die Schulter. »War schön bei dir.«

»Danke für die Hilfe.«

»Danke für das Abendessen. Und für die Gesellschaft.«

Shelby lächelte. »Ehrlich gesagt, als ich merkte, daß du mich beobachtetest, da draußen im Schuppen ... also, das war mir im ersten Augenblick ziemlich peinlich.«

Fran legte den Kopf schief.

»Daß du mich so gesehen hast«, sagte Shelby. »Man hat mir beigebracht, daß anständige Mädchen kein Holz hacken.«

»Und was machen anständige Mädchen«, fragte Fran, »wenn sie sich in der Wildnis verirrt haben? Erfrieren?«

»Anständige Mädchen gehen nicht in die Wildnis, ohne daß anständige Jungs dabei sind.«

»Arme anständige Mädchen.« Sie griff nach dem Türknauf. »Dann muß ich mir wohl keine Gedanken machen, daß du zu anständig sein könntest.«

»Kaum«, sagte Shelby. »Und du bist schließlich auch nicht zu anständig, mit deiner Militärlaufbahn und so.«

»Richtig.« Fran öffnete die Tür. »Danke noch mal, und wenn du etwas brauchst, weißt du ja, wo du mich findest.«

»Und du mich.« Sie lachte. »Weißt du was, wir beide sind womöglich die beiden hilfsbereitesten Menschen auf der Welt.«

Fran streckte ihre Hand aus und legte sie auf Shelbys Arm. »Könnte schon sein. Gute Nacht, Shelby.« Die Tür fiel hinter ihr ins Schloß.

»Also«, sagte Connie am Montagmorgen beim Kaffee, »bei dir muß es ja noch hoch hergegangen sein, als wir am Samstag weg waren.«

Shelby tat sich Milch in den Kaffee. »Was?«

»Du *strahlst* geradezu.«

»Ach ja?«

»Allerdings.«

Unwillkürlich stieg ihr die Farbe ins Gesicht.

Connie bemerkte es. »Ha!« sagte sie und griff nach Shelbys linker Hand. Sie schaute hinab, dann wieder hinauf, und Verwirrung glitt über ihr Gesicht. »Wo ist der Ring?«

»Es gibt keinen Ring«, sagte Shelby und zog Connie die Hand weg.

»Dann«, sagte Connie und versetzte Lisa mit dem Ellbogen einen Stoß in die Rippen, »muß dieses Strahlen einen anderen Grund haben.« Sie grinste beinahe anzüglich. »Los, Shel. Erzähl schon. In allen Einzelheiten.«

»Da gibt es nichts zu erzählen«, sagte Shelby fest. »Ray ist noch ein bißchen geblieben, als ihr wegwart, wir haben uns unterhalten, und dann ist er nach Hause gefahren.«

»Aha«, sagte Connie und rollte mit den Augen. »Ihr habt euch *unterhalten*.« Mit Blicken forderte sie Lisa, Penny und Jean auf, sie in ihrer Neckerei zu unterstützen.

Penny und Lisa grinsten. Jean sah zu Boden.

»Wir haben uns gestritten.«

»O nein«, sagte Lisa.

»Es war ein Streit. Nicht das Ende der Welt.«

»Habt ihr euch wieder versöhnt?«

»Ja, Lisa, wir haben uns wieder versöhnt.« Deine Träume sind nicht in Gefahr, dachte sie. Das Leben ist genauso wundervoll, romantisch und bilderbuchmäßig, wie du es dir wünschst. Die Welt der *Zeitschrift für die Frau*.

»Hört mal«, sagte Connie, »gehen wir heute abend ins Kino?«

Shelby schüttelte den Kopf. »Ihr werdet ohne mich gehen müssen. Ich habe meiner neuen Nachbarin versprochen, daß ich ihr beim Einrichten helfe.« Das war nicht *völlig* gelogen. Sie hatte *sich selbst* geschworen, daß sie Fran helfen würde.

»Dann ist die Wohnung endlich vermietet?« fragte Lisa. »An

wen?«

»Eine Frau, ungefähr so alt wie wir. Ich habe sie nur ganz kurz gesehen.«

»Was macht sie hier?« wollte Connie wissen.

»Ihren Collegeabschluß.«

»Woher kommt sie?« fragte Penny.

Sie stellte fest, daß sie nicht darüber sprechen wollte. Als ob sie Fran vor ihnen schützen wollte. »Das hat sie nicht gesagt.«

»Aber was *hat* sie denn gesagt?« verlangte Connie zu erfahren.

»›Hallo‹.«

Jean nahm einen großen Schluck aus ihrem Kaffeebecher, aber Shelby hatte schon gesehen, wie ein Lächeln über ihr Gesicht glitt.

Rasch sah Shelby von ihr weg. Wenn sie jetzt Jeans Blick begegnete, könnte das einen schwerwiegenden Anfall verschwörerischen Kicherns zur Folge haben.

»Und sonst«, fuhr Connie unbeirrt fort, »was hat sie sonst noch gesagt?«

»Eigentlich gar nichts. Wir haben übers Wetter gesprochen, ich habe ihr Hilfe beim Auspacken angeboten, sie hat abgelehnt. Sie hat mir Hilfe beim Aufräumen angeboten, ich habe angenommen. Das war alles.« Sie wandte sich zu Jean. »Ich muß etwas mit dir besprechen. Wegen des letzten Manuskripts, das du weitergegeben hast. Okay?«

»Kein Problem«, sagte Jean. »Jetzt gleich?«

»Ich komme mit«, mischte sich Penny ein. »Ich kann bestimmt etwas dabei lernen.«

Penny zeigte weiterhin großen Eifer. In den Wochen, seit sie bei der Zeitschrift angefangen hatte, war sie Shelby hart auf den Fersen geblieben, hatte Fragen gestellt, war dem Wieso und Warum jeder redaktionellen Entscheidung Shelbys nachgegangen. Wenn Shelby zuviel zu tun hatte oder Anzeichen von Gereiztheit zu zeigen begann, wandte sie ihre Aufmerksamkeit einem anderen Mitglied der Kantinenclique zu. Wie ein geistiger Straßenkehrer saugte sie jedes Körnchen Information auf, das sie finden konnte.
»Diesmal nicht«, sagte Shelby. »Dies ist reine Routinesache.«

»Wir können an meinem Schreibtisch arbeiten«, bot Jean an, als sie aufstanden.

»Ich habe alle Sachen in meinem Büro. Dort geht es schneller.«

So gut sie konnte, ignorierte Shelby die angespannte Stimmung, die sie eben verursacht hatte, und lächelte den anderen kurz zu. »Bis zum Mittagessen.«

Sie betätigte den Schalter für die Neonleuchte an der Decke. Charlotte, ihre Bürokollegin, die älter war als sie und sich lebhaft an die Rationierungen im Zweiten Weltkrieg erinnerte, hatte einen Tick, was das Lichtausschalten betraf. Als Shelby die Leuchte das erste Mal hatte brennen lassen, hatte Charlotte sich dermaßen darüber aufgeregt, daß Shelby es für leichter befunden hatte, dieselbe Manie zu entwickeln, als ihr Leben sowie Charlottes geistige Gesundheit zu riskieren.

Das Büro war klein, aber gemütlich. Die Schreibtische standen einander gegenüber, eine Handbreit voneinander entfernt. Charlottes Schreibtisch stand direkt am Fenster und war mit Zeichnungen, Fotos und Layouts bedeckt. Am Wandbrett hinter ihrem Drehstuhl waren Skizzen der neuen Herbstmode der eher konservativen Häuser befestigt. Die *Zeitschrift für die Frau* hielt sich vom Unkonventionellen und Exotischen fern. »Was unsere Konsumenten von uns erwarten«, sagte Charlotte oft, »sind Eleganz und guter Geschmack.«

Charlotte bezeichnete ihre Leser gern als ›Konsumenten‹. Shelby stellte sich vor, wie im ganzen Land Hausfrauen der oberen Mittelschicht in ihrer sonnigen Frühstücksecke saßen und in seliger Gemütsruhe die *Zeitschrift für die Frau* kleinschnitten und verzehrten.

Ihr eigener Schreibtisch stand etwas mehr im Schatten und war hochgetürmt mit Manuskripten. Ihr Telefon stand genau auf einer Ecke des Tisches. Bleistifte lagen in perfekten Reihen unter der Leselampe. Ihre Schreibtischunterlage war leer, und ihre Notizen waren sorgfältig in Mappen verstaut.

»Es ist so *ordentlich*«, sagte Jean. »Wie auf einem Operationstisch.«

Shelby lachte ein wenig verlegen. »Im Gegensatz zu meiner Wohnung. Ich versuche, mich nicht allzu breit zu machen. Wenn wir uns erst besser kennen, werde ich Charlotte mein wahres Ich sehen lassen.«

»Wie ist sie denn so?« Jean wanderte hinüber zum Wandbrett und studierte die Skizzen.

»Das weiß ich noch gar nicht so genau. Sie ist sehr oft weg. Sehr zielstrebig. Ich weiß nicht viel über ihre Arbeit, und sie weiß nicht viel über meine. Ich glaube, sie toleriert mich.«

»Du brauchst ein Wandbrett«, sagte Jean.

»Was soll ich denn darauf anbringen?«

»Zeitungsausschnitte über Serienmörder. Magst du sie?«

»Charlotte?« Shelby zuckte mit den Schultern. »Klar, sie ist in Ordnung. Ich meine, sie ist nicht hinterhältig oder so.«

Jean hatte ihre Besichtigung des Büros abgeschlossen und hockte sich aufs Fensterbrett. »Was habe ich angestellt, Chefin?«

»Nichts. Ich wollte nur mit dir reden ...« Sie hob rasch die Hand. »Nicht so wie neulich. Ich muß mich dafür unbedingt noch einmal entschuldigen. Es war feige und gemein, und ich habe ein ganz schlechtes Gewissen deswegen.«

»Es ist schon gut«, sagte Jean.

»Ich glaube, dadurch ist eine Mauer zwischen uns entstanden. Zumindest hatte ich bei der Party den Eindruck. Das will ich nicht.«

»Ach, ich bin darüber hinweg. Ich hätte es an deiner Stelle wahrscheinlich genauso gemacht. Connie kann einen ganz schön einschüchtern, wenn sie sich etwas in den Kopf gesetzt hat.«

»Sie meint es nicht so«, sagte Shelby. »Sie ist nur sehr geradeheraus.«

»Es sind nicht ihre Beweggründe, die verletzend sind, sondern ihre Methoden.«

»Ich weiß«, sagte Shelby. »Es tut mir leid.«

»Bitte hör auf, dich zu entschuldigen. Wahrscheinlich bist du nur eine Vollstreckerin ihres Karma.«

»Ihres was?«

»Schicksal, Vorhersehung. Es ist ein Begriff aus der östlichen Religion.«

Shelby lachte. »Du kennst dich mit den merkwürdigsten Sachen aus.«

»Essen und Religion. Viel merkwürdiger wird es nicht.« Jean sah aus dem Fenster. »Tage wie heute sind trügerisch. Die Sonne kommt heraus, und man meint, es ist warm, aber das stimmt gar nicht. Man sieht der Luft die Kälte förmlich an.«

Neugierig geworden, ging Shelby zum Fenster und schaute hinaus. Die Luft hatte etwas Kristallklares, in dem das Sonnenlicht zitronengelb aussah. Die Bäume auf der anderen Straßenseite, die Häuserecken und Fenster, sogar die vorbeifahrenden Autos schienen wie von einem detailverliebten Künstler mit nadelspitzem Bleistift gezeichnet. »Stimmt«, sagte sie. »Das ist mir noch nie aufgefallen.«

»Mein Problem ist«, sagte Jean und warf ihr einen Blick zu, »mir fällt alles auf. Es macht mich wahnsinnig.«

»Das kann ich mir vorstellen.«

»Bei der Party auch. So wie Ray kam, warst du angespannt. Kein Wunder, daß ihr euch gestritten habt.«

Shelby spürte den wohlbekannten Impuls, sich zu verstecken. Sie kämpfte dagegen an. »Er will heiraten«, sagte sie. »Ich weiß nicht genau, ob ich schon soweit bin. Ich fühle mich irgendwie ... na ja, bedrängt. Ich meine, ich will ihn ja heiraten, irgendwann. Aber im Moment ist einfach alles zu neu.«

»Das versteht er doch, oder?«

Sie nickte, dann lachte sie ein wenig. »Aber du kennst ja Ray.«

»Liebst du ihn?«

»Natürlich.«

»Dann ist es doch egal, ob du ihn dieses oder nächstes oder übernächstes Jahr heiratest, oder?«

»Ja, wahrscheinlich hast du recht.« Shelby lehnte sich gegen die Wand und spürte das erste tiefe Brummen eines Kopfwehs. »Aber er sieht das anders. Wir treffen uns morgen abend, und ich weiß, daß er auf eine Verlobung drängen wird.«

»Laß ihn doch. Du kannst nein sagen, oder du kannst die längste Verlobungszeit der Menschheit haben.«

»Hmm.« Shelby massierte sich den Nacken. »Aber du weißt, was es bedeutet, wenn wir uns morgen abend verloben.«

Jean grinste. »Ja, sicher. Schon wieder so eine blöde ...«

»*Party*«, sagten sie gemeinsam.

»Ich habe die Nase gestrichen voll von Partys«, sagte Shelby.

»Ich auch. Du amüsierst dich ja wenigstens noch manchmal. Für mich ist es die Hölle.«

»Immer?«

»Fast immer. Wenn deine Mutter da ist, ist es leichter. Dann muß man keine Angst haben, daß einem der Gesprächsstoff ausgeht.«

»Das stimmt«, sagte Shelby mit einem Lachen. »Wenn Libby erst einmal loslegt, kriegt man kein Wort mehr dazwischen.«

Jean sprang vom Fensterbrett herunter. »Ich gehe jetzt wohl besser wieder an die Arbeit. Bis heute mittag.«

Sie stieß beinahe mit Charlotte May zusammen, die in einem gepflegten leichten Wollkostüm, Handschuhen und Hut durch die Tür hereinwirbelte. Charlotte war eine kleine, gedrungene, energische Frau Ende vierzig. Im Büro ging der treffende Spruch herum, daß Charlotte May genau zwei Gänge hatte: Wirbeln und Sitzen. Sie setzte sich.

»Guten Morgen«, sagte Shelby, während sie zu ihrem Schreibtisch zurückging. »Sie sehen heute aber sehr festlich aus.«

Charlotte pflückte ihren Hut ab und warf ihn auf den Schreibtisch. Sie zog sich die Handschuhe von den Händen. »Nicht aus freien Stücken, das können Sie mir glauben. Was für ein Tag! Frühstückssitzung, Sie können sich gar nicht vorstellen, wie das Essen war – und das soll keine Empfehlung sein. Wenn Ihnen Ihr Leben lieb ist, nehmen Sie sich vor dem *Breadstone* in acht.«

»Ich werde es mir merken.« Shelby blätterte durch den Mappenstapel und beschloß, Pennys Auswahl zu lesen. »Scheint in Hartford die Sonne?«

»Nein.« Charlotte griff in ihre Schreibtischschublade und zog eine Schachtel mit einem Paar neuer weißer Handschuhe hervor. Sie legte sie unter ihren Hut. »Und ich muß heute nachmittag noch einmal hin, zu einer Modenschau bei *Jordan*. Mit einem Fotografen im Schlepptau. Fragen Sie mich nicht, warum, ich weiß es nicht. Ich hoffe, sie geben mir nicht wieder dieses ungehörige Kind mit . . . wie heißt er noch . . . Jerry.« Sie lächelte Shelby rasch zu. »Wie sieht es bei Ihnen heute aus?«

»Wie immer.« Sie wählte ein Manuskript aus, las einige Absätze, legte es weg. »Charlotte, sagen Sie, Sie waren doch verheiratet . . .«

»Jung und oft«, sagte Charlotte.

»Glauben Sie, es ist gut oder schlecht für die Karriere?«

»Für einen Mann das Beste, für eine Frau das Schlechteste.« Charlotte sah von ihren Notizen auf. »Warum? Denken Sie daran, in den Hafen der Ehe einzulaufen?«

»Vielleicht.«

»Dann können Sie Ihre Aufstiegschancen vergessen. Hier ist man überzeugt, daß eine verheiratete Frau jeden Moment abspringt, um Kinder zu bekommen. Egal, was Sie ihnen versprechen, sie werden Ihnen nicht glauben. Damit werden Sie zu einer Last.« Sie klopfte auf den Schreibtisch. »Dies ist die Endstation, Kindchen.«

Shelby runzelte die Stirn. »Aber Sie haben es zur Redakteurin gebracht.«

»Weil ich ein Tyrann bin. Sie sind ein anständiger Mensch, Shelby, und anständige Menschen müssen doppelt so schnell laufen, nur um stehen zu bleiben.«

»Ist das nicht etwas zynisch?«

»Nein, Schätzchen, das beruht allein auf Erfahrung.« Sie stand auf, öffnete das Fenster, und zündete sich mit ihrem silbernen Feuerzeug eine Tareyton an. »Ich habe hier in der Redaktion gute Frauen kommen und gehen sehen. Talentierte, kluge Frauen. Und sobald sie anfangen, von Hochzeit zu reden . . .« Sie stach mit ihrer Zigarette in die Luft. ». . . ist es vorbei. Schauen Sie sich doch um. Wie viele verheiratete Frauen gibt es hier bei uns? Wenn man die Lektoren, Volontäre und Hilfskräfte nicht mitzählt. Frauen mit ein bißchen Macht und Verantwortung.«

»Ich weiß es nicht«, sagte Shelby. »Sie. Und Harriet Palmer in der Kunstredaktion . . .«

»Witwe«, korrigierte Charlotte sie.

»Mary Birnbaum in der Anzeigenabteilung.«

»Geschieden.«

Shelby dachte nach. »Mehr fallen mir nicht ein.«

»Das sind auch so ziemlich alle.« Von der Spitze der Zigarette fiel ein wenig Asche auf Charlottes Bluse. Sie wischte ärgerlich daran herum. »Na ja, da ist diese spatzenhirnige Rothaarige im Vertrieb, aber sie ist die Tochter des Verlegers und spioniert wahrscheinlich für *Redbook.*« Sie blieb stehen, hörte auf zu gestikulieren und sah Shelby mit einem festen Blick aus ihren grauen Augen an. »Ich will damit nicht sagen, daß Ihr Schicksal besiegelt ist. Nach dem, was ich von Ihrer Arbeit gesehen habe, können Sie durchaus doppelt so schnell laufen. Ich will Ihnen nur raten, es sich lange und sorgfältig zu überlegen. Wenn Sie sich im tiefsten Herzen wünschen zu heiraten, dann tun Sie es und überlassen Sie alles andere dem Schoß der Götter. Aber wenn Sie in diesem Geschäft möglichst weit vorankommen wollen – und meiner Meinung nach können Sie es ganz schön weit bringen –, dann schauen Sie sich das Ganze um Himmels willen lange, gründlich und realistisch an, bevor Sie sich entscheiden.« Sie drückte ihre Zigarette aus und setzte sich hin. »Und damit ist die Predigt von Mutter May für heute beendet.«

Shelby mußte lächeln. Sie kannte niemanden, der weniger mütterlich wirkte als Charlotte May. »Vielen Dank für den guten Rat. Ich werde es mir bestimmt genau überlegen.« Sie wollte ihr auch für das Kompliment danken, aber dann würde Charlotte bestimmt denken, daß Shelby es nicht ernst nahm. »Danke« als Antwort auf ein Kompliment klang immer ein bißchen wie »Ich weiß, daß es nicht stimmt, aber vielen Dank, daß Sie versuchen, mich darüber hinwegzutrösten«.

Statt dessen versteckte sie es wie ein Eichhörnchen seinen Wintervorrat, um es später wieder hervorzuholen und sich daran zu freuen.

Es war ein Wunder, daß sie es an diesem Abend bis nach Hause schaffte. Nach dem Mittagessen war das Kopfweh immer schlimmer geworden, und als sie das Büro verließ, begann sie sich zu fragen, ob sie überhaupt Auto fahren konnte. Noch dazu war die zweispurige Brücke über den Mashantucket River, der West Sayer von Bass Falls trennte, völlig verstopft. Benzin- und Dieseldünste hingen über der Straße. Wenigstens wurde nicht gehupt. In dieser Gegend hupte niemand. Schließlich war hier New England.

Shelby fluchte, als sich ein Bus vor sie drängelte und sie in den Gestank seiner Abgase einhüllte. An der nächsten roten Ampel fischte sie ihre Handtasche vom Rücksitz und durchwühlte sie nach Aspirin. Sie hätte es sogar ohne Wasser gekaut, wenn es sein mußte. Dies war ein Notfall.

Ihre Handtasche brachte keinen Erfolg. Das Handschuhfach und die Heckablage ebenso wenig. Sie suchte den Boden ab, so gut sie es konnte, ohne die Kontrolle über das Fahrzeug zu verlieren – nicht, daß das eine Rolle spielte, denn alles stand praktisch still. Auch nichts. »Ich bin einfach zu ordentlich«, murmelte sie.

Sie überlegte, ob sie in eine Nebenstraße abbiegen, eine Schlaufe drehen und dann in den Supermarktparkplatz einbiegen sollte. Aber bis sie dort wäre, könnte sie auch schon zu Hause sein. Seufzend schaltete sie das Radio ein und lehnte sich resigniert zurück.

Es dauerte noch einmal eine halbe Stunde, bis sie ihre Wohnung erreichte. In ihrem Kopf hämmerten rostige Nägel. Vor ihren Augen explodierten Lichtblitze. Sie ging hinein, warf Handtasche und Jacke in Richtung Sofa, schleuderte die Schuhe von den Füßen und ging zur Hausapotheke.

Kein Aspirin. Auch nichts anderes, was sie nehmen könnte.

Shelby knirschte mit den Zähnen.

Vielleicht würde ein Drink helfen. Oder er würde es noch schlimmer machen. Und sie bekämpfte Kopfschmerzen nicht gern mit Alkohol. So oft wie sie Kopfschmerzen hatte, wäre sie süchtig, noch bevor es Sommer würde.

Sie mußte nach draußen zum Laden gehen. Bei dem Gedanken wurde ihr schlecht. Sich überhaupt zu bewegen erschien beinahe unmöglich. Wenn sie still stand, war es ein wenig besser, aber nur schon ein Drehen des Kopfes löste Wellen pochenden Schmerzes aus.

Fran. Fran hatte bestimmt Aspirin.

Ohne Schuhe anzuziehen, schlich sie den Hausflur hinunter.

»Hallo«, sagte Fran fröhlich. »Komm rein. Ich würde mich für die Unordnung entschuldigen, aber ich will nicht deine Aufmerksamkeit darauf lenken.« Sie sah Shelby durchdringend an. »Ist alles in Ordnung? Du siehst aus, als hätte dich jemand geschlagen.«

»Nur Kopfschmerzen«, sagte Shelby mit einem gequälten Lächeln. »Ich habe kein Aspirin mehr. Hast du ...«

»Ja, sicher.« Fran ging quer durchs Zimmer zu einem alten Sofa aus Korbgeflecht, das von Kartons, Büchern und undefinierbaren Dingen bedeckt war. Sie nahm alles hoch und legte es auf die Bank vor dem Fenster. »Setz dich. Leg dich hin. Ich bin gleich wieder da. Stirb mir nicht.«

Shelby ließ sich behutsam auf das Sofa sinken und vergrub den Kopf in den Händen. Konzentriere dich, dachte sie. Konzentriere dich darauf, dich so ruhig zu verhalten, wie du kannst. Sie hörte die Tür des Apothekenschränkchens zuschlagen, dann in der Spüle Wasser laufen. Dann Schritte. Dann Frans Stimme.

»Wie viele willst du?«

Sie schaute auf und zuckte zusammen, als das Deckenlicht in ihre Augen stach. »Drei.«

Fran gab sie ihr, reichte ihr das Wasser und schaltete das Licht aus. Sie nahm ihr das Glas wieder ab und stellte es auf einen niedrigen Sofatisch. »Komm, leg dich hin.«

»Mir geht's gleich wieder gut.« Shelby winkte ab.

»Keine Widerworte«, sagte Fran. Sie drückte sie sanft nach unten und stopfte ihr ein Kissen unter den Kopf. Sie hob Shelbys Beine aufs Sofa und breitete eine Decke über sie.

»Es tut mir so leid«, sagte Shelby.

»Mach die Augen zu. Schlaf, wenn du willst. Ich habe noch jede Menge im Schlafzimmer zu tun. Wenn ich zuviel Lärm mache, wirf einfach das Glas nach mir.«

Als sie aufwachte, war es draußen beinahe dunkel. Einen Augenblick lang war sie verwirrt – die Fenster waren am falschen Ort, das Sofa fühlte sich nicht richtig an, die Tür gegenüber führte nicht in ihre Küche, sondern in ein Schlafzimmer, in dem Licht brannte. Dann erinnerte sie sich, wo sie war und warum. Sie blieb einen Moment liegen, denn sie hatte Angst, daß jede Bewegung den Schmerz zurückbringen würde. Fran ging im Schlafzimmer leise hin und her, raschelte mit Papier und machte Schubladen sacht auf und zu.

Shelby drehte ihren Kopf erst zur einen Seite, dann zur anderen. Die Kopfschmerzen schienen zumindest vorerst vorüber zu sein. Aber sie wollte es nicht riskieren, sich zu schnell aufzusetzen. Sie schloß die Augen, sich hineinlehnend in die Dunkelheit und Wärme und in die Geborgenheit, die sie empfand, als sie Fran leise herumkramen hörte. Wenn sie nur so liegen bleiben könnte, für ein paar Stunden, ein paar Tage ... Aber nach dem Licht draußen zu urteilen, mußte es bald sieben Uhr sein. Zeit für Rays Anruf.

Sie öffnete die Augen und stemmte sich auf die Ellbogen. So weit, so gut. Sie schwang die Beine auf den Fußboden und setzte sich auf. Nichts. Okay, die letzte große Herausforderung. Aufstehen.

Es ging.

Sie legte die Decke zusammen und brachte sie ins Schlafzimmer.

Fran schaute von einer Schachtel mit Fotografien hoch und lächelte. »Schön, daß du wieder da bist.«

Shelby massierte sich mit einer Hand das Gesicht. »Wie lange habe ich geschlafen?«

»Ungefähr eine Stunde. Geht es dir besser?«

»Viel besser. Kannst du mir sagen, wie spät es ist?«

Fran warf einen Blick auf die Uhr, die auf dem Nachttisch stand. »Zehn vor sieben.«

»Ich gehe jetzt lieber.«

»Das war wirklich ein schlimmes Kopfweh, nicht wahr?«

Shelby versuchte abzuwinken. »Ja, es ging.«

»Hast du das oft?«

»Ziemlich.«

»Es geht mich ja nichts an«, sagte Fran, faltete einen Pullover zusammen und trug ihn zu ihrer Kommode, »aber ich finde, du solltest es untersuchen lassen.«

»Ja, das werde ich machen.«

Fran lachte. »Wirst du nicht. Das merke ich doch daran, wie du es sagst. Was ist mit Ray? Er ist schließlich Arzt, was sagt er denn dazu?«

»Ich habe ihm noch nichts davon erzählt.«

Fran schaute sie an. »Du bist wirklich sehr kompliziert. Mir, einer beinahe Fremden, vertraust du dich an, aber dem Mann, den du womöglich heiraten willst ...«

»Ich habe nie behauptet, daß ich ein rational denkender Mensch sei«, sagte Shelby rasch. Sie legte die Decke aufs Bett. »Vielen Dank für ...«

»Bedank dich nicht. Wir beide *sind* einfach die hilfsbereitesten Menschen auf der ganzen Welt, nicht wahr?«

»Allerdings.« Sie kehrte sich zum Gehen und wandte sich noch einmal um. »Fran?«

»So heiße ich.«

»Ray ruft um sieben Uhr an, aber es dauert bestimmt nicht lange. Hast du danach Lust, essen zu gehen?«

»Ich dachte schon, du würdest nie fragen.« Sie schaute von ihren Fotos auf. »Aber ich muß dich warnen, mir ist nach etwas ganz Schrecklichem. Gibt es hier in der Stadt ein McDonald's?«

Shelby lachte. »Leider nicht.«

»Dairy Queen? Burger King? Hot Dog Prince?«

»Fehlanzeige.«

»Banausen.«

»Wir haben allerdings unsere eigene Fast-Food-Variante. Ein einziger verräucherter Raum, Hängepflanzen aus Plastik, ein Gestank von Fritieröl und Fisch, und die Polsterung in den Sitzecken ist überall aufgerissen.«

»Wunderbar«, sagte Fran.

Kapitel 5

Der Frühling ließ sich viel Zeit. Es war Mitte April, und noch blühten nur die Krokusse und Osterglocken. Die Tulpenknospen waren kaum zu sehen und noch fest geschlossen. Die Goldfinken begannen gerade erst, ihr graues Winterkleid abzuwerfen. Und die alten Ahornbäume vor dem Haus hatten noch nicht einmal angefangen, ihre winzigen mahagonifarbenen Blüten aufzusetzen.

Gestern abend war es ganz gut gegangen. Zuerst ein paar Martinis, dann Abendessen und Wein, gefolgt von Tanz. Ray war mit dem Auto gekommen, und so fuhren sie danach zu einem abgelegenen Ort, den sie in ihrer Anfangszeit entdeckt hatten. Von dort konnten sie Cambridge sehen und die Scheinwerfer der Autos auf dem Memorial Drive beobachten, wie sie sich auf dem Charles River spiegelten. Sie waren beide still und ein wenig in Gedanken, und Shelby war beinahe eingeschlafen, den Kopf auf Rays Schulter gelehnt, als er das Thema der Verlobung anschnitt.

Für einen Augenblick geriet sie in Panik, aber sie zwang sich, ruhig zu werden und ihm zuzuhören. Er entschuldigte sich, daß er sie bedrängt hatte und daß am Samstag eine solche Spannung zwischen ihnen entstanden war. Sie arbeiteten beide hart, sagte er. Er wisse, daß sie in ihrer neuen Stelle unter großem Druck stehe, und für ihn sei das Leben auf der Notfallstation eine endlose Kette schlimmer Erfahrungen. »In unserem Leben wird es noch öfter so verrückt zugehen«, sagte er. »Es ist gut, wenn wir jetzt lernen, wie wir darauf reagieren. Dann wissen wir in Zukunft damit umzugehen.«

Sie hätte erleichtert sein müssen.

»Ich habe mir überlegt«, fuhr er fort, »daß wir diese Heirat ja nicht übers Knie zu brechen brauchen. In einem Jahr habe ich meine Assistenzzeit abgeschlossen. Warum sollen wir es uns schwerer machen als nötig?«

Sie konnte es nicht fassen. Sie hatte erwartet, daß er darauf bestehen würde, die Hochzeit noch für dieses Jahr anzusetzen, und jetzt schlug er vor zu warten . . .

»Du hast völlig recht«, sagte sie.

Ray nahm ihre Hand und küßte ihre Fingerspitzen. »Was ich aber möchte, ist, daß wir dieses Jahr im Juni unsere Verlobung bekanntgeben und dann die Hochzeit in einem Jahr anvisieren.« Er lehnte sich nach vorn und schaute ihr in die Augen. »Was meinst du dazu?«

»Bekanntgeben? Ich dachte, wir tun es einfach.«

»Ich finde, wir sollten eine Party veranstalten – wenigstens ein Abendessen, danach vielleicht Tanz. Im Country Club.«

Auf einmal wurde ihr vieles klar. »Hier hat doch Libby ihre Hand im Spiel«, sagte sie.

»Wir haben darüber gesprochen«, sagte er, als sei es das Natürlichste auf der Welt.

»Ich weiß nicht, Ray. Können wir das nicht allein machen?«

Er legte einen Arm um sie und zog sie an sich. »Ach komm, Schatz. Wir werden eine ganze Ehe für uns allein haben. Die Hochzeit ist ohnehin hauptsächlich eine Sache für die Mütter, das weißt du doch. Gönn Libby den Spaß.« Er liebkoste ihr Ohr und rieb seine Wange gegen die ihre. Seine Bartstoppeln kratzten auf ihrer Haut. »Wenn unsere Tochter heiratet, kannst *du* alles organisieren, und dann kannst du dich so anstellen und so anspruchsvoll sein, wie du willst.«

»Wahrscheinlich hast du recht«, sagte sie. Wenigstens hatte sie auf diese Weise noch ein Jahr.

Sie küßte ihn leicht auf die Wange. »Gut. Machen wir es so.«

Er preßte seine Lippen auf die ihren, so daß die Haut zwischen ihren und seinen Zähnen eingequetscht wurde. »Liebling«, sagte er, »ich glaube, ich bin der glücklichste Mann der Welt.«

»Ich auch«, sagte sie. »Die glücklichste Frau.«

Und das war alles. Im Bus auf dem Rückweg nach Bass Falls spürte sie das sanfte Vibrieren der Reifen auf der Straße, sah auf ihr verschwommenes doppeltes Spiegelbild in der schwarzen Fensterscheibe. Wie eine Gewehrkugel bewegte sich der Bus leise und stetig durch die Nacht. So mußte sich ein Astronaut fühlen, der weit draußen im Weltraum den Planeten umkreiste. Dieses Gefühl von Vollständigkeit, von ruhiger Einsamkeit, von Zeitlosigkeit.

Ein Jahr, dachte sie. Ein ganzes Jahr.

»Aber ehrlich«, sagte Connie ärgerlich, sobald Penny außer Hörweite war, »was ist denn nur in sie gefahren?«

»In wen?« Shelby schaute auf die Karten, die Penny niedergelegt hatte, und zählte nach, wieviel Pik sie hatten. Sie konnten den Kontrakt erfüllen, aber dafür mußte sie eine Finesse auf die Dame schaffen.

»Penny. Sie starrt dich immer nur mit diesen Kuhaugen an.«

Shelby war nichts aufgefallen. Sie zuckte die Achseln und übernahm Lisas Karo-Vier mit einer Acht. Lisa mußte viele Karos haben, jedenfalls mindestens drei. Mit einer Vier würde sie kein »Double hoch-niedrig« markieren. Ein Single? Vielleicht.

»Penny ist in dich verknallt, Shelby«, sagte Lisa.

»Sie ist eine erwachsene Frau«, sagte Connie und warf den Karo-Buben ab. »Und sie benimmt sich wie auf der High School.«

»Das bildest du dir ein«, sagte Shelby zu Lisa, während sie den Buben mit der Dame schnappte. Hätte Connie das As gehabt, hätte sie es gespielt, um den Stich zu sichern. Lisa mußte unter dem As ausgespielt haben. Sie tat das manchmal, verstieß gegen die Regeln, weil es ungewöhnlich war und bisweilen die Gegner verwirrte. Das hieß, daß sie noch ein oder zwei Karos hatte. Zwei auf dem Tisch. Shelby hatte drei. Und Connie mußte auch zwei oder drei haben. Verflixte kleine Teufel. Shelby sammelte den Stich ein. Sie tat besser daran, die Hände von Karo zu lassen, jedenfalls bis sie Trumpf gespielt hatte. Sie verglich ihr Blatt mit den Karten auf dem Tisch. Drei fehlende Pik und der Bube auf dem Talon. Mist. Wenn Connie die Dame nicht hatte, hieß es minus eins für sie.

Lisa schüttelte heftig den Kopf. »Es ist keine Einbildung. Schau dir doch an, wie sie dir überallhin folgt. Und immer erledigt sie

Sachen für dich. Für keinen von uns anderen hat sie etwas aus Boston mitgebracht.«

»Ich hatte sie gebeten, nach dem Buch zu schauen.« Sie konnte mit einem Cœur zum Tisch kommen, aber so früh im Spiel war das riskant.

»Und ich wette, sie ist durch die ganze Stadt gelaufen, um es zu finden«, warf Connie ein.

Treff. Penny hatte As-Bube zu sechst. Shelby hatte vier mit dem König. Sie spielte die Sieben und betete, daß beide bedienen würden.

»Jedenfalls finde ich es peinlich«, sagte Connie.

»Ich finde es süß«, entgegnete Lisa. »Zweite Hand klein.« Sie legte die Fünf.

Gut. Wenn Lisa von ihrer Dame weggespielt hatte, würde der Bube den Stich holen. Aber wenn Connie sie hatte ... Sie warf einen Blick hinüber auf Connie, deren Gesicht völlig ausdruckslos war. Connie war dafür bekannt, daß sie beim Bridge das beste Pokerface der ganzen Kantinenclique hatte.

Irgend etwas befahl Shelby, das As zu spielen. Connie verzog das Gesicht und schleuderte die Dame auf den Tisch.

»Mein Gott, Camden«, sagte Connie, »du hast aber eine doppelte Portion abgekriegt.«

»Wovon?«

»Glück.«

»Das ist kein Glück«, sagte Shelby neckend. »Das ist Können.«

Als sie die Hand beendet hatten, war Penny zurück. Sie rutschte wieder auf ihren Platz und fragte: »Wie lief's, Partner?«

»Genau erfüllt. Kontra und Rekontra.«

Penny strahlte. »Ich wußte es.«

»Es wäre nicht soweit gekommen«, erinnerte Connie sie, »wenn ich nicht diese völlig ungedeckte Treff-Dame gehabt hätte.«

»Hattest du aber, oder?« sagte Shelby mit freundlichem Lächeln. Sie nahm die Karten, gab sie Penny zum Mischen und griff dann wieder nach dem Spiel. »Ich gebe. Noch einen Robber?«

»Warst du gestern abend mit Ray aus?« fragte Connie, während sie ihre Hand ordnete.

»Hmm.«

»Ich habe ein paarmal angerufen. In der Universität war ein

Konzert, und ich dachte, du hättest vielleicht Lust. Du bist nicht rangegangen.«

»Das tut mir leid«, sagte Shelby. »Es hätte mir Spaß gemacht.«

Connie lachte. »Bestimmt nicht soviel Spaß wie ein Date mit Dr. Ray. Was habt ihr gemacht?«

»Abendessen und Tanz im *Copley*. Dann mit dem Bus zurück. Ich bin erst nach zwei ins Bett gekommen.«

»Oh«, sagte Lisa, »du Glückliche.« Sie paßte.

»Zwei ohne Trumpf«, sagte Penny.

Connie zog eine Grimasse. »Drei Cœur.«

Shelby paßte.

Lisa paßte.

Penny wählte drei ohne Trumpf. Sie paßten alle. Connie spielte ein hohes Treff. Shelby legte ihre jämmerliche Hand mit dem obligatorischen »Tut mir leid, Partner« nieder.

Pennys Gesichtsausdruck verriet ihr, daß sie wünschte, sie hätte es riskiert und sie zum Schlemm gezwungen.

»Hat er dich gefragt, ob du ihn heiraten willst?« fragte Connie.

»So ähnlich.«

»Hast du ja gesagt?«

»Ja.«

Lisa quietschte so, daß sich die wenigen anderen noch verbliebenen Mittagsgäste umschauten, wo es wohl brannte. »Und wann ist die Hochzeit?«

»Nächstes Jahr im Juni«, sagte Shelby.

»Warum denn erst dann?«

»Es gibt eine Menge zu tun. Wie ich Libby kenne, wird dies eine größere Sache als die Krönung von Elisabeth II.«

»Es wird sensationell werden«, sagte Connie und hüpfte ein wenig in ihrem Sitz. »Presbyterianisch oder Episkopalkirche?«

»Das haben wir uns noch nicht überlegt.«

»Ich bin für Episkopalkirche. Die presbyterianischen Kirchen sind immer trist und nüchtern.« Connie nahm einen Schluck Kaffee. »Episkopalkirchen haben so etwas Prachtvolles.«

»Ich werde es mir merken«, sagte Shelby.

Penny sammelte in stetigem Tempo Stiche.

»Kaum zu glauben, daß ihr es jetzt nach all der Zeit wirklich tut«, sagte Lisa.

Shelby sah sie an. »Nach all der Zeit? Wir sind doch erst seit zwei Jahren zusammen.«

»Aber kommt dir das nicht vor wie eine Ewigkeit?«

»Eigentlich nicht.« Doch, ein bißchen schon. Weil sie einander so gut kannten, weil ihr Zusammensein so . . . na ja, so zur Routine geworden war.

»Ray ist einfach perfekt«, sagte Connie.

»Ja, schon.« Es stimmte. Vielleicht nicht gerade *perfekt*, obwohl sie noch keinen Mann kennengelernt hatte, den sie lieber mochte. Ray war intelligent und rücksichtsvoll und würde sie nie schlecht behandeln. Er verstand sich gut mit ihren Freundinnen, bezauberte ihre Mutter und würde bestimmt auch ihrem Vater Paroli bieten können, wenn es sein mußte. Schlechte Angewohnheiten hatte er keine.

Um wen geht es hier, fragte sie sich, einen Mann oder einen Hund?

»Natürlich«, sagte Connie beiläufig, »gibt es auch Leute, die dich nicht gern verheiratet sehen werden.« Sie warf einen raschen, bedeutungsvollen Blick in Pennys Richtung.

Penny bemerkte es nicht.

»Wen meinst du?« forderte Shelby sie mit einem bewußt provozierenden Blick heraus.

Connie lächelte. »Leute eben.«

Penny lehnte sich zurück und spielte ihre letzte Karte. »Kleinschlemm.«

»Sehr gut«, sagte Shelby.

»Hat sich von allein gespielt.«

Connie nickte. Sie sammelte die Karten ein. »Makkaroni gibt.«

Shelby hielt es nicht mehr aus. Sie stand auf. »Mir fällt gerade ein, daß ich bis halb zwei noch dieses Dingsbums für Spurl fertigmachen muß.«

»Dingsbums?«

»Arbeit.«

»Wenn jemand in einem Manuskript ›Dingsbums‹ schreiben würde«, sagte Lisa gutmütig, »würdest du es zurückschicken.«

»Ich bin heute eben bequem. Dreh mir keinen Strick daraus.«

»Es war deine Idee, noch einen Robber zu spielen«, erinnerte Connie sie.

»Ich habe es vergessen. Okay? Vergessen.« Sie wandte sich ab.

»Herrje«, hörte sie Connie hinter sich sagen. »Sie kriegt bestimmt ihre Tage.«

Je mehr sie darüber nachdachte, um so mehr ärgerte sie sich über Connies Verhalten. Connie mußte alles aufbauschen, aus einer Mücke einen Elefanten machen, nur damit ihr Leben spannender wurde. Ständig stöberte sie unter Betten und in Kellern nach Skandalschnipseln.

Wie ein neugieriges Wiesel. Ja, manchmal erinnerte sie Shelby an ein Wiesel. Mit den kugeligen Wieselaugen und der zuckenden Wieselnase und den wachsamen Wieselschnurrhaaren. In dunklen Ecken lauernd und an Orten herumschleichend, die zu klein waren, als daß jemand anders sich hätte hineinzwängen können. Zugegeben, sie trug nie Klatsch aus ihrem Kreis heraus, und ihre ausgeschmückten Geschichten konnten recht unterhaltsam sein. Manchmal war es sogar kurzweilig, sie zu beobachten, wie sie eifrig die heiße Spur eines Gerüchts verfolgte. Aber irgendwann würde sie jemandem dabei sehr wehtun, und Shelby hatte allmählich genug.

Auf ihrem Weg zurück zu ihrem Schreibtisch ging sie beim Lektoratsbüro vorbei. Jean schaute auf. »Wie war Bridge?«

»Wie Bridge so ist.« Sie setzte sich auf Jeans Schreibtischkante. »Manchmal bringt Connie mich zur Weißglut.«

»Worum ging es denn heute?«

»Penny.«

»Und ihre berühmte Schwärmerei für Shelby Camden?«

»Hat sie schon allen davon erzählt?«

»Ohne Ende. Als wenn es irgend jemanden interessierte.«

»Penny ist *jung*, um Himmels willen«, sagte Shelby. »Und emotional wahrscheinlich etwas unreif. Und unsicher. Sie wird sich an jeden hängen, der sie an die Hand nimmt und ihr den Weg zeigt.«

Jean nickte zustimmend. »Außerdem mag sie dich. Geht sie dir auf die Nerven?«

»Natürlich nicht. Wer mir auf die Nerven geht, ist Connie.«

»Ich vermute, sie ist einfach mal wieder typisch Connie.«

»Vielleicht sollte sie ab und zu mal versuchen, jemand anders zu sein. Warum regt sie sich eigentlich so auf?«

»Keine Ahnung.« Jean zuckte die Achseln. »Sie steckt ihre Nase nun mal gern in anderer Leute Angelegenheiten.«

»Das kann man wohl sagen«, sagte Shelby.

»Sie kann nichts dafür, sie ist im Jahr der Ratte geboren. Du dagegen bist ein Büffel, selbstbewußt, vorausschauend und zum Führen geboren.«

Shelby lachte. »Schon wieder ein Häppchen deines grenzenlosen Vorrats an esoterischem Wissen.«

»Mein Kopf ist wie ein Gartenschuppen, voll von wertlosem Kram, der irgendwann nützlich werden könnte.«

»Übrigens«, sagte Shelby, »Ray und ich haben gestern vereinbart, daß wir uns verloben wollen.«

»›Übrigens‹? So etwas fällt unter ›übrigens‹?«

Shelby wurde rot. »Irgendwie schon. Ich meine, wir reden schon so lange darüber, daß es kaum noch eine Neuigkeit ist.«

Jean sah sie mißtrauisch an. »Trotzdem, man erwartet doch ein bißchen Begeisterung, oder nicht?«

»Du hörst dich an wie Fran«, sagte Shelby und stellte überrascht fest, daß es ihr gefiel, ihren Namen zu sagen.

»Fran?«

»Fran Jarvis. Sie ist bei mir auf dem Stockwerk eingezogen. In die leere Wohnung im Hausflur gegenüber.«

»Und wie ist sie?«

»So alt wie wir. Interessant, glaube ich. Ich kenne sie noch nicht richtig.«

»Ich würde sie gern irgendwann kennenlernen«, sagte Jean. »Sofern sie sich nicht als unheimlich entpuppt.«

»Wirst du«, sagte Shelby lachend. »Wahrscheinlich selbst *wenn* sie sich als unheimlich entpuppt.«

Jean lehnte sich zurück und trank grünen Tee aus einem Pappbehälter. »Wann ist die Hochzeit?«

»Nächstes Jahr im Juni. Connie findet, wir sollten episkopalisch heiraten, weil die Kirchen pompöser sind.«

Jean lachte. »Typisch Connie. *Ihre* Prioritäten stehen jedenfalls fest.«

»Ich möchte gern, daß du Brautjungfer wirst. Sofern du dich nicht als unheimlich entpuppst.«

»Es wäre mir eine Ehre«, sagte Jean. »Sofern du nicht einen entsetzlichen Geschmack hast, was die Brautjungfernkleider betrifft.«

Plötzlich tat sich die erste spektakuläre Hürde vor Shelby auf. Die Brautführerin. Sie würde jemanden von der Kantinenclique nehmen müssen. Connie würde erwarten, daß die Wahl auf sie fiel, denn Shelby kannte sie am längsten, sie waren am häufigsten im Doppelpack mit ihren jeweiligen Freunden ausgegangen und verbrachten am meisten Zeit außerhalb des Büros zusammen, in der Regel auf Connies Initiative. Darauf angesprochen, würde Connie einem versichern, sie sei Shelbys »beste Freundin«. Aber jetzt hätte sie lieber Jean gehabt, die bestimmt nicht erwartete, daß sie gefragt würde. Sie wünschte, sie hätte eine Schwester oder eine gute Freundin oder Zimmergenossin aus der Collegezeit, der das Amt wie selbstverständlich zufallen würde, aber ihre Freundinnen waren weit verstreut, zu ihrer Zimmergenossin hatte sie kein besonders enges Verhältnis gehabt, und die eine Freundin, mit der sie sich wirklich gut verstanden hatte, war ihr gegenüber irgendwann plötzlich so komisch geworden. Dann war da noch Helen aus dem Graduiertenstudium, aber sie waren sich mittlerweile irgendwie fremd ...

Shelby war immer überzeugt gewesen, daß sie und ihre Freundinnen einander nahe waren, aber jetzt, da es um so etwas ging, merkte sie, daß das gar nicht stimmte. Der Gedanke traf sie unvorbereitet. Sie spürte, wie sich ein Kopfweh zusammenbraute.

»Was hast du?« fragte Jean.

Shelby zwang sich zu lächeln. »Ich wurde plötzlich von den Komplikationen überwältigt.«

»Mach dir keine Sorgen«, sagte Jean. »Wenn alles erst einmal ins Rollen gekommen ist, kriegt es von selbst Schwung. Wie eine Achterbahn.«

»Genau davor habe ich ja Angst«, sagte Shelby.

»Deine Mutter wird sich schon um alles kümmern.«

»Davor habe ich auch Angst.«

Jean grinste, und wieder fiel Shelby auf, daß Jean die einzige Freundin war, gegenüber der sie so offen sein konnte. Penny würde sie nur mit großen Augen anschauen, und Lisa wäre schockiert. Und Connie ...

»Jean, meinst du ...« Sie zögerte, es auszusprechen, aber sie mußte wissen, wie jemand anders darüber dachte. »Meinst du,

Connie ist womöglich . . . na ja . . . neidisch auf mich?«

»Natürlich ist sie das.«

»Woher weißt du das so genau?«

Jean sah sie nur an, als sei Shelby zu naiv für diese Welt.

»Warum sollte sie neidisch sein?«

»Na, erstens habt ihr beide ungefähr gleichzeitig hier angefangen, und du machst Karriere, während sie immer noch auf einem Platz sitzt, den sie für unter ihrer Würde hält. Und zweitens bist du jetzt so gut wie verlobt mit einem Mann, der für sie der größte F. . . nein, Entschuldigung, der größte *Fang* des Jahrhunderts ist. Reicht das?«

Shelby zuckte zusammen. »Denken alle so?«

»Connie folgt ihren eigenen Gesetzen. Mach dir keine Sorgen deswegen. Du kannst nichts dafür.«

Das hoffte Shelby auch. Der Gedanke, sie könnte etwas getan oder gesagt haben, was Connie – oder sonst jemanden – neidisch machte, gefiel ihr gar nicht. Neidische Menschen konnten gefährlich werden. Und außerdem bereitete es Shelby wahrlich kein Vergnügen, andere Menschen unglücklich zu machen. Vielleicht sollte sie netter zu Connie sein, sie einmal zum Essen einladen oder so. Ihr das Gefühl geben, daß sie wichtig war . . .

Mein Gott, dachte sie, das klingt so geringschätzig.

»Was gibt's, Chefin?« fragte Jean.

»Connie. Ich weiß nicht, was ich machen soll.«

»Sie amüsiert sich«, sagte Jean. »Verdirb ihr nicht den Spaß.«

»Vielleicht, aber es ist nicht . . .«

Vom Korridor her kam ein Räuspern. »Entschuldigen Sie, Miss Camden!« Miss Myers stand im Türrahmen und schaute vielsagend auf ihre Armbanduhr. »Mr. Spurl wartet auf Ihre Kritiken.«

»Hoppla«, murmelte Shelby. Sie stand auf.

Jean wedelte mit dem Manuskript, an dem sie gearbeitet hatte. »Danke für deine Hilfe«, sagte sie, bestrebt, Shelby ein Alibi zu verschaffen. »Du hast mir das Leben gerettet.«

Charlotte war heute nicht da, sie war bei der Eröffnung von irgend etwas in Boston. Shelby war froh, das Büro für sich allein zu haben. Auch wenn Charlotte weder verlangte noch erwartete, daß sie sich mit ihr unterhielt, konnte sie doch leichter nachdenken, wenn sie allein war.

Sie rief die Redakteurin zurück, die sie vor dem Mittagessen zu erreichen versucht hatte. Janet sagte, Spurl rege sich wegen der fehlenden Kritiken fürchterlich auf. Shelby erklärte ihr, sie habe sie gerade vor ein paar Minuten persönlich in Miss Myers' liebende Hände gelegt. »Nun«, sagte Janet, »da hast du dein Trauma für heute wohl gehabt.«

Sie ging ein paar Manuskripte durch, schickte eines mit wohldurchdachten Kommentaren an eine Lektorin zurück und legte das andere zur Seite, um es später nochmals zu lesen.

Der Tag heute hatte wunderschön angefangen, mit pastellblauem Himmel, pastellfarbenen Bäumen und unerwarteten Farbtupfern entlang der Straßen. Die Saison von Löwenzahn und Ackersenf war vorbei; jetzt standen Veilchen, Storchenschnabel und Flieder in voller Blüte. Mitten am Vormittag hatte sich der Himmel zugezogen, und es war grau, feucht und kühl geworden. Bestimmt würde es bis zum Abend noch Regen geben.

Manchmal wünschte sie, das Leben wäre wie eine Kurzgeschichte. Geordnet, klar und knapp. Man nehme ein Problem, löse es innerhalb von zwanzig Minuten, und alle sind – hoffentlich – ein wenig daran gewachsen. Aber das richtige Leben war kompliziert, in den seltensten Fällen klar und ganz sicher nicht geordnet. Das richtige Leben war voller Schlamm, Nebel und Verwicklungen.

Was zum Teufel sollte sie wegen der Brautführerin machen? Und das war erst der Anfang. Irgendeine würde mit Sicherheit etwas gegen die Brautjungfernkleider einzuwenden haben, nicht in die Schuhe passen oder befürchten, daß ihr die Farbe, die Shelby ausgesucht hatte, nicht stehen würde. Ray würde mehr Trauzeugen anschleppen, als sie Brautjungfern hatte. Dann müßten sie in aller Hektik noch eine auftreiben, die sie gar nicht richtig kannte und die dann ein unmögliches Benehmen an den Tag legen würde, das man ihr bis dahin gar nicht zugetraut hatte. Shelby würde irgend jemanden vergessen einzuladen und ihn damit zu Tode kränken, und fünfundzwanzig andere Leute würde sie sonstwie unglücklich machen. Sie würde sicher wochenlang nicht schlafen können und sich auf dem Weg zum Altar übergeben müssen. Ray würde sich am Abend vorher betrinken und vergessen, zur Hochzeit zu erscheinen. Ihr alberner Cousin zweiten Grades würde versuchen, Ray und sie im Country Club in den Swimmingpool zu werfen. Die Fotos würden schrecklich aussehen – wenn sie überhaupt etwas wurden –, und von dem Krabbencocktail würden alle eine Salmonellenvergiftung bekommen. Und irgendwie wäre Shelby an allem schuld.

Ihr Magen drehte sich um, wenn sie nur daran dachte. Sie wollte weglaufen, ihren Namen ändern und den Rest ihres Lebens irgendwo tief im Wald verbringen, wo niemand sie je finden würde.

Die Ehe wird ein Kinderspiel, dachte sie, wenn ich nur die Hochzeit überstehe.

Es führte kein Weg daran vorbei, sie mußte ihre Mutter anrufen. Zweifellos wußte Libby schon von der Verlobung, da sie zu einem großen Teil offensichtlich selbst dahintersteckte. Aber es würde sehr seltsam aussehen, wenn Shelby mehr als vierundzwanzig Stunden wartete, um Mutti die gute Nachricht zu überbringen. Ihr war nicht wohl dabei. Libby würde diese Hochzeit an sich reißen und darüber herfallen wie ein Fuchs über die Hennen im Hühnerhof. Und wenn Shelby nicht die nächsten zwölf Monate mit ihrer Mutter herumstreiten wollte, blieb ihr nichts anderes übrig, als sich darauf einzulassen.

Der Gedanke daran gab ihrem schmerzenden Kopf den Rest. Sie scherte aus dem Verkehr aus und fuhr die Maple Avenue zum Supermarkt hinunter. Das wenigste, was sie für sich tun konnte, war, ihren Aspirinvorrat aufzustocken.

Während sie durch die Gänge wanderte, nach etwas zum Abendessen Ausschau haltend, dachte sie zurück an den Montagabend, als sie sich mit ihrem Kopfweh zu Fran hinübergeschleppt hatte. Sie erinnerte sich an das Empfinden von Ruhe und Geborgenheit, das beruhigende Gefühl, jemanden im Zimmer nebenan zu hören, und die tröstende Gewißheit, daß niemand sie dort finden konnte. Es schien sehr lange her zu sein. Seufzend nahm sie eine Fertigpackung Bratkartoffeln aus dem Regal. Wenn sie das Telefongespräch mit ihrer Mutter und dann das mit Ray überlebt hatte, würde sie vielleicht Fran beim Auspacken helfen. Wenn es nicht unverschämt spät war. Es würde nicht spät werden, sofern sie sich nicht auf einen Streit einließ. Aber wenn sie allem Streit aus dem Wege ging, würde sie bestimmt letzten Endes in irgend etwas einwilligen, was ihr überhaupt nicht paßte.

Sie fragte sich, was passieren würde, wenn sie die Stadt verließe.

»Nun«, sagte Libby, »ich gratuliere. Es wurde ja auch allmählich Zeit.«

Shelbys Hand krampfte sich um den Telefonhörer. »Vielen Dank«, sagte sie betont gelassen. »Daß du mir immerhin gratulierst, weiß ich zu schätzen.«

»Aber sicher, meine Liebe. Ich gratuliere dir, daß du einsichtig geworden bist, bevor es dem Mann zu dumm wurde und er dich verlassen hätte.«

»Sieht ganz so aus«, sagte sie. »Er ist schließlich noch da.«

Libbys Stimme schaltete von eisig auf zuckersüß. »Ich freue mich so für dich, Shelby. Dein Vater wird auch sehr glücklich sein.«

Das war eines der großen Rätsel in Shelbys Leben: Aus Gründen, die ihr nie jemand erklärt hatte, hatte sich ihre Mutter vor fünf Jahren von ihrem Vater scheiden lassen – und damit einen erheblichen gesellschaftlichen Abstieg riskiert –, aber sie sorgte sich noch immer darum, was er wohl denken würde. Zwar hatte er durchaus etwas Angsteinflößendes an sich, aber seit Libby nicht mehr mit ihm zusammen war, konnte er sie schließlich nicht mehr mit seinem kalten, mißbilligenden Blick an die Wand nageln. Vielleicht konnten sie einander jetzt auch einfach besser leiden als während ihrer Ehe. Sie hatten nicht mehr dieselben Freunde und begleiteten einander nicht mehr zu den jeweiligen Familientreffen – das Vergnügen blieb Shelby vorbehalten –, aber sie telefonierten oft miteinander, und manchmal gingen sie zusammen essen. Und wenn es um Shelby ging, waren sie grundsätzlich immer einer Meinung.

Manchmal fragte Shelby sich, ob sie zusammengehalten wurden durch ihrer beider Angst, daß sie etwas tun würde, das NICHT GUT AUSSAH. SCHLAGZEILEN MACHEN. EINE ALTE JUNGFER WERDEN. Oder vergessen, sich für ein Geschenk zu bedanken.

»Ray will eine Verlobungsfeier«, sagte Shelby. »Im Country Club.«

»Wirklich?« Shelby kannte außer Libby niemanden, der am Telefon versuchen konnte, unschuldig große Augen zu machen.

»Ja.« Sie zog die Telefonschnur lang, soweit es ging. Sie konnte knapp den Scotch erreichen.

»Das ist eine *wundervolle* Idee.«

Ihr fiel auf, daß ihre Mutter sie nicht fragte, ob *sie* es wollte. Sie sah sich nach einem Glas um. »Darum sollten wir drei uns wohl einmal zusammensetzen und planen.«

»Ja, unbedingt. Wann soll die Feier denn sein?«

»Im Juni.«

»Ach je, Juni«, sagte Libby. »Im Juni ist der Club normalerweise völlig ausgebucht. Hochzeiten, weißt du.«

»Ach so«, sagte Shelby und versuchte so zu klingen, als mache sie ebenfalls unschuldige Augen. »Daran habe ich gar nicht gedacht.« Sie fand eines, ein schmutziges von gestern abend. Es schien Wasser darin gewesen zu sein, keine Milch, aber sie konnte es nicht genau erkennen. Na ja, in der Not trinkt der Teufel aus einem schmutzigen Glas. Sie schenkte sich einen Drink ein.

Am anderen Ende der Leitung hörte sie Libby übers Papier kratzen und sich Notizen machen. »Wir sollten wohl von 150-200 Gästen ausgehen.«

»Nein, Moment mal«, sagte Shelby. »Die meisten von meinen Collegefreundinnen sind ziemlich weit weg, und Rays auch. Wir kommen bestimmt nicht einmal auf fünfzehn Leute.«

»Typisch«, sagte Libby, und ihr Kopfschütteln war deutlich zu hören. »Was ist mit meinen Freunden? Den Freunden deines Vaters? Und du hast auch noch ein paar Verwandte, falls du das vergessen haben solltest.«

Sie hatte es nicht vergessen. Sie hatte niemals Gelegenheit, ihre Verwandten zu vergessen. »Es ist doch nur eine Verlobungsfeier«, wandte sie ein. »Kein Hochzeitsempfang. Wir müssen nicht alle und jeden einladen.«

»Dann bin ich gespannt auf dein wundersames Geheimnis, wie du die Gästeliste kürzen willst.«

Sie trank einen Schluck warmen, wahrscheinlich nicht ganz lupenreinen Scotch. »Ich wußte nicht, daß es schon eine Gästeliste gibt.«

Ihre Mutter seufzte. »Ich sehe schon, das wird mit dir ein einziger Kampf werden.« Sie senkte die Stimme, um Dringlichkeit und Ernst zum Ausdruck zu bringen. »Shelby, dies ist eines der wichtigsten Ereignisse in deinem Leben. Noch in vielen Jahren wirst du dich an deinen Hochzeitstag und alles, was ihm vorausgegangen ist, als an den absoluten HÖHEPUNKT deines Lebens erinnern. Diese Zeit wird dir FÜR IMMER IM GEDÄCHTNIS BLEIBEN. BITTE, BITTE, versuch es zu einer angenehmen Erfahrung zu machen.«

In gewisser Weise hatte ihre Mutter recht. Zumindest war es einer der Höhepunkte in *Libbys* Leben. Wie sehr sie sich auch darüber ärgerte, sie konnte ihrer Mutter dies nicht verderben. Nicht wenn sie es praktisch von Shelbys Geburt an geplant hatte. Selbst ihre Abschlußfeier am College war nicht so wichtig gewesen wie dies hier. Und der Magisterabschluß war sowieso ein Tiefpunkt gewesen. Libby war sicher, daß das Shelbys Hochzeitschancen gründlich und für alle Zeiten ruiniert hatte. Es war erstaunlich, daß sie keinen Trauerkranz an die Tür gehängt hatte. »Du hast recht, Libby. Es tut mir leid.«

»Überlaß alles mir, Schatz«, sagte Libby fröhlich.

»Gut. Sag mir einfach, was ich tun soll. Weißt du, die Feier muß ja nicht an einem Wochenende sein«, fuhr Shelby fort. »Vielleicht könnte uns der Club an einem Donnerstag unterbringen oder so.«

»Nein, dies muß etwas ganz Besonderes werden. Ein Donnerstag ist nichts Besonderes. Außer natürlich an Thanksgiving. Schätzchen, ich muß anfangen, mich um alles zu kümmern – heute abend kann ich wohl nichts mehr tun, aber gleich morgen früh rufe ich dich im Büro an.«

»Das brauchst du nicht«, sagte Shelby. »Ich melde mich morgen abend.«

»Ich bin viel zu aufgeregt, um zu warten«, sagte Libby. »Mach's gut, Liebling. Küßchen.« Sie hängte ein.

Sie sollte wohl ihren Vater anrufen, solange sie noch in Telefonierstimmung war. Libby hatte ihm zwar sicher schon Bescheid gesagt, aber man würde von ihr erwarten, daß sie so tat, als wisse sie das nicht.

Sie ging zum Kühlschrank und tat ein paar Eiswürfel in ihren Drink. Sie hatte keine Lust, ihn anzurufen. Sie wußte schon nie, wie sie ihn anreden sollte. Als Kind hatte sie ihn »Daddy« genannt. Das kam ihr jetzt babyhaft vor. »Vater« klang arrogant und förmlich. Als »Dad« oder »Pop« konnte sie ihn sich nicht vorstellen und als »Papa« erst recht nicht. Libby ließ sich gern beim Vornamen nennen – sie kam sich »cool« dabei vor –, aber bei ihrem Vater war eine solche Vertrautheit undenkbar. Die meisten nannten ihn »Thomas«. »Thomas Camden«. Es fehlte nur noch ein »Sir«. »Tom« müßte sie ihn nennen. »Tom Camden« klang forsch und etwas verderbt. »Tom Camden, der stadtbekannte Säufer.«

Nur daß Sir Thomas Camden alles andere war als ein stadtbekannter Säufer. Sir Thomas Camden war Anwalt mit Harvard-Abschluß und vertrat von seinem Büro in Philadelphia aus derzeit mindestens drei große Unternehmen, die viele Millionen Dollar schwer waren. Er war spezialisiert auf Patent- und Urheberrechtsverstöße, aber wenn das Geschäft schleppender lief, verteidigte er die Unternehmen auch in Prozessen gegen Verbraucher, die Verletzungen durch Produkte erlitten hatten, von denen die Unternehmen ganz genau wußten, daß sie nicht sicher waren.

Komm, laß gut sein, befahl sie sich grob. Du mit deiner selbstgerechten Entrüstung, würde Libby sagen.

Vielleicht war er gar nicht zu Hause. Vielleicht würde sie drei- oder viermal vergeblich versuchen, ihn zu erreichen, und dann konnte sie ihrer Mutter sagen, daß sie ihre Pflicht erfüllt hatte, ohne mit ihm sprechen zu müssen.

»Hallo«, sagte er. Die meisten hoben bei »Hallo« die Stimme wie bei einer Frage. Thomas Camden sagte »Hallo«, als sei das Thema damit abgeschlossen.

»Hier ist Shelby«, sagte sie. »Schön, daß du zu Hause bist.«

»In meinem Alter tanze ich nicht mehr bis zum Morgengrauen Cha-Cha-Cha«, sagte er und lachte vor sich hin. Woraus sie schließen konnte, daß seine neueste Freundin in Hörweite war. »Was gibt's? Brauchst du Geld?«

»Nein, ich wollte dir nur sagen ... ich habe mich verlobt.«

»Ach, wirklich?« Sein Tonfall verriet, daß er es schon wußte. »Kenne ich ihn?«

»Ray«, sagte sie. »Ray Beeman. Ich bin seit zwei Jahren mit ihm zusammen.«

Auch das wußte er, obwohl sie es ihm nicht gesagt hatte. Er interessierte sich nicht sonderlich für ihr tägliches Leben; er begnügte sich mit den Höhepunkten, über die Libby ihn auf dem laufenden hielt, ob er wollte oder nicht. Hochzeit, beziehungsweise die Aussicht auf eine Hochzeit, war ein solcher Höhepunkt.

»Er ist Arzt«, fügte sie hinzu.

»Beeman. Ist das ein jüdischer Name?«

»Nein.« Sie wünschte, er wäre es. Er würde vermutlich sein Testament ändern.

»Was macht seine Familie?«

»Sie wohnen in Seattle. Sein Vater ist irgendwie in der Wirtschaft tätig.«

»Unternehmer?«

Shelby hätte schreien mögen. »Er hat in Princeton studiert«, sagte sie statt dessen.

»Gut, gut.«

»Mit der Hochzeit wollen wir noch ein Jahr warten, aber im Juni feiern wir im Club eine Verlobungsparty.«

»Na«, sagte er jovial, »die will ich auf keinen Fall verpassen. Oder wolltest du deinen alten Dad nicht einladen?«

Sie fragte sich, wie seine neue Freundin wohl sein mochte. In Gegenwart der letzten war er förmlicher und weniger aufgeräumt gewesen.

»Du weißt doch, daß du eingeladen bist«, sagte sie. Sie hörte, wie sich die neue Freundin im Hintergrund eine Zigarette anzündete. »Kannst du mir eine Liste mit den Verwandten schicken, die ich einladen soll? Oder du schickst sie an Mutter.«

»Aber sicher«, sagte er noch jovialer. Die Neue hatte es anscheinend tatsächlich gern fröhlich. »Kann ich sonst noch etwas für dich tun? Brauchst du wirklich kein Geld?«

»Ich brauche kein Geld.« Zum Teufel, sie war keine Collegestudentin mehr. Sie war eine erwachsene Frau. Die arbeitete. »Aber danke für das Angebot. Bis dann.«

Als sie auflegte, hätte sie am liebsten irgend etwas geworfen. Ob aus Enttäuschung, Verzweiflung oder Wut, sie wußte es nicht. Es war einfach alles so ... so ... irgendwie. Sie trank ihr Glas aus, brachte es zur Spüle und wusch es aus. Dann spülte sie den Rest des Geschirrs. Sie überlegte, ob sie den Kühlschrank abtauen sollte. Oder arbeiten. Oder fernsehen. Sie schluckte noch ein paar Aspirin. Sie lehnte sich gegen die Spüle und dachte darüber nach, mit dem Rauchen anzufangen.

Das Telefon klingelte. Es war Ray. Seine Sünden hatten ihn eingeholt, sagte er, und er mußte drei verschiedenen Assistenzärzten als Gegenleistung den Wochenenddienst abnehmen. Er hoffte, es machte ihr nichts aus, aber sie hätten schließlich ein ganzes Leben voller Wochenenden vor sich, nicht wahr? Es machte ihr nichts aus. Sie sagten alberne, kitschige Sachen zueinander, und dann legten sie auf.

Shelby fragte sich, ob ihr schlecht werden würde, wenn sie noch ein paar Aspirin nahm.

Es klopfte an der Tür. Sie öffnete.

»Hallo«, sagte Fran. »Ich will dich nicht stören, wenn du beschäftigt bist, aber ich wollte dir erzählen, daß ich eine ...« Sie brach ab, starrte Shelby an. »Du siehst aus wie der leibhaftige Zorn Gottes. Was ist los?«

Shelby trat zurück und winkte sie herein. »Meine Eltern treiben mich zum Wahnsinn.«

»Ich glaube, dafür sind Eltern da.«

»Ich habe mich gestern abend verlobt«, sagte sie und ließ sich in einen Sessel sinken. »Wir haben beschlossen, uns zu verloben, meine ich. Und jetzt kommen die Schrecken aus allen Ritzen hervor.«

»Entschuldige vielmals«, sagte Fran, während sie es sich auf der Couch bequem machte. »Aber bist du sicher, es sind Schrecken? Ich dachte immer, aus den Ritzen kämen Mäuse oder Termiten oder unangenehme Menschen.«

»Es *sind* ja unangenehme Menschen. Ich bin zufällig mit ihnen verwandt. Möchtest du etwas zu trinken?«

Fran schüttelte den Kopf. »Nein, danke. Was haben deine Schrecken denn angestellt?«

»Ray und ich haben beschlossen, nächsten Monat unsere Verlobung bekanntzugeben. Jetzt organisiert meine Mutter eine riesengroße, förmliche, peinliche Feier im Country Club, und ich habe ein schlechtes Gewissen, weil ich das nicht will. Mein Vater versucht seine neue Freundin zu beeindrucken, indem er sich unbarmherzig fröhlich gibt und den Herrn Papa spielt. Und glaub mir, der Mann ist kein Herr Papa.«

»Da sind Profis am Werk«, sagte Fran.

»Und das Schlimmste ist, ich bin nicht sicher, ob ich die Frau, die eigentlich meine Brautführerin werden müßte, überhaupt mag.«

»Ein Alptraum«, sagte Fran.

»All das macht mir enorme Kopfschmerzen – im übertragenen und im wörtlichen Sinne.«

»Ja, so siehst du auch aus.«

»Ich sollte sie alle zum Teufel schicken. Mein Gott, Eltern. Wie schaffen sie das nur, daß wir so nach ihrer Pfeife tanzen?«

»Sie kriegen uns, wenn wir klein sind.«

»Allerdings.« Shelby fuhr sich mit der Hand durchs Haar. »Genug von meinem aufregenden Leben. Was gibt es bei dir Neues?«

»Ich habe eine Stelle gefunden. Als Arzthelferin.«

»Das ist ja fantastisch!«

»Na ja«, sagte Fran, »es ist fantastisch und auch wieder nicht. Es ist fantastisch, daß ich die Stelle gekriegt habe, und sie wird gut bezahlt, aber sie ist beim studentischen Gesundheitsdienst, und es ist genau die gleiche Arbeit, die ich in den letzten vier Jahren gemacht habe.«

»Aber jedenfalls hast du etwas Sicheres, während du dich umschaust.«

»Das schon. Shelby, hast du überhaupt gegessen?«

»Doch, doch.«

»Was denn?«

»Bratkartoffeln.«

»Sonst nichts?«

Shelby merkte, wie sie in die Defensive ging. »Ich mußte all diese Telefongespräche erledigen, und es ging mir nicht so gut.« Sie zuckte die Achseln. »Wahrscheinlich die Aufregung.«

»Ich glaube, du solltest etwas essen.«

»Ich habe keinen Hunger.«

»Spielt keine Rolle«, sagte Fran. Sie stand auf und ging zur Küche. »Ich mache dir etwas.«

»Du brauchst doch nicht . . .«

»Ach, sei still. Zieh dir deine Bürokluft aus. Ich schaffe das schon allein.«

Es gab nur Dosensuppe mit Brot, aber es half. Das Kopfweh ließ nach. Doch vielleicht lag es gar nicht am Essen. Vielleicht lag es daran, daß sie eine vernünftige Unterhaltung mit einem vernünftigen Menschen führte. Fran erzählte wieder vom Militär. Shelby sagte, es klinge schrecklich, der Zeitplan, das Stehen in Reih und Glied, die Leute, die einen die ganze Zeit anschrien, das Marschieren im Regen und das Übernachten im Schlamm.

Fran sagte, es sei nur die ersten paar Wochen schlimm. Danach konnte man nicht mehr denken, und es war einem egal, was mit einem passierte.

Dann wechselte sie das Thema. »Weißt du«, sagte sie, »es geht mich ja nichts an, aber ich mache mir Sorgen wegen deiner Kopfschmerzen.«

»Das ist nur Anspannung«, sagte Shelby schnell. »Und Erschöpfung. Ich schlafe nicht sehr gut. Seit Monaten schon nicht. Seit Jahren. Wahrscheinlich bin ich einfach so.«

»Hast du irgendwelche Wahrnehmungsstörungen? Spürst du ein Kribbeln, siehst Dinge, die nicht da sind, oder riechst komische Gerüche?«

Shelby schüttelte den Kopf.

»Ist dir übel?«

»Manchmal.«

»Und du hast dieses Kopfweh ein paarmal die Woche?«

»Mindestens.«

»Zu irgendeiner bestimmten Tageszeit?«

»Nein«, sagte Shelby und lachte.

»Wie lange dauert es normalerweise?«

»Eine Zeitlang. Kommt darauf an.«

»Hilft es, wenn du Alkohol trinkst?«

»Manchmal. Es ist wirklich nur Anspannung.«

»Vielleicht, vielleicht aber auch nicht. Ich würde mir keine großen Sorgen machen, wenn du dich nicht so elend dabei fühlen würdest. Es könnte etwas Ernstes sein. Das Frühstadium von Migräne oder sogar von etwas Schlimmerem.«

Sie wollte abwinken, doch ihre Hände zitterten. Sie faltete sie, aber Fran hatte es bestimmt gemerkt. »Ja, ich weiß«, sagte sie.

»Ich wundere mich, daß Ray dir nicht deswegen zusetzt.«

»Ich habe ihm nichts davon erzählt«, sagte sie und wurde sich erst dann bewußt, wie sich das anhören mußte. Sie wollte nicht mehr darüber reden. Ab sofort. Jedesmal, wenn sie sich damit befassen mußte, jedesmal, wenn sie über Aspirin und Anspannung hinausdachte, wollte sie davonlaufen.

Fran schloß ihre Hände um Shelbys. »Hast du mit irgend jemandem darüber gesprochen? Mit jemandem, der dir sagen könnte,

was los ist?«
Shelby schüttelte den Kopf.
»Warum nicht?«
Shelby zuckte die Achseln.
»Hast du Angst, was dabei herauskommen könnte?«
»Wahrscheinlich.« Sei ehrlich, befahl sie sich. Sie meint es gut. »Ja.«
»Das dachte ich mir«, sagte Fran sanft. »Aber, Shelby, im schlimmsten Fall bestätigt sich das, was du befürchtest. Womöglich stellt sich aber auch heraus, daß du dir gar keine Sorgen zu machen brauchst. Jetzt lebst du mit dem schlimmsten Fall.«
»Du bist sehr vernünftig.«
»Und wahrscheinlich kein bißchen einfühlsam. Wenn ich du wäre, dann würde ich nicht wollen, daß ich vernünftig bin. Ich würde wollen, daß ich im Kreis herumlaufe und hysterisch schreie.«
Shelby lächelte. »Lieber nicht. Die Leute oben haben ein zwei Monate altes Baby. Ich kann dir nur raten, es nicht zu wecken.«
»Also, was meinst du?« Fran drückte ihre Hände.
»Mich schreckt einfach der Gedanke, daß es alle wissen und darüber reden und immer Fragen stellen . . .«
»Es muß niemand davon erfahren. Du besorgst dir einen Termin bei einem Neurologen. Du findest heraus, was es herauszufinden gibt, und dann machst du mit dieser Information, was du willst.«
Sie spürte, wie die Angst in ihr hochkroch.
»Kennst du einen Neurologen?«
Shelby schüttelte den Kopf. Ihr Gesicht fühlte sich innen ganz spröde an.
»Das ist kein Problem«, sagte Fran. »Ich kann mich bei der Arbeit nach ein paar Namen erkundigen . . .«
»Ich weiß nicht recht, Fran. Ich glaube, ich schaffe das jetzt nicht, Termine besorgen, das Ganze über mich ergehen lassen, bei allem, was sowieso schon los ist. Ich glaube, es ist zuviel.«
»Ich besorge dir den Termin, und ich komme mit, wenn du willst. Du brauchst gar nichts zu tun.« Sie ließ ihre Hände los. »Wenn du dich entschieden hast, sag mir einfach Bescheid. Ich verspreche dir, es nicht mehr zu erwähnen.«
»Ja, aber jedesmal, wenn ich dich sehe, werde ich daran denken.«

»Also, ich nicht. Das Thema ist abgeschlossen.« Fran stand auf und begann den Tisch abzuräumen. »Hast du Samstag und Sonntag etwas vor?«

Shelby brachte Teller zur Spüle. »Nein, Ray muß arbeiten.«

»Warst du schon mal zelten?«

»Ich war im Sommercamp. Aber das war ziemlich komfortabel. Hütten mit Wasserleitung, Musikunterricht. Es gab nicht mal Mücken. Kein Zelt, kein Kochen über dem Lagerfeuer, keine Tiere im Unterholz.«

»Hättest du Lust?« Fran ließ heißes Wasser in die Spüle laufen.

Solange sie denken konnte, hatte sie sich gewünscht, zelten zu gehen. Richtig zelten. »Auf jeden Fall.«

»Das ist gut. Dann kann ich damit angeben, was ich im Militär gelernt habe.«

»Wirklich? Du willst mit mir zelten gehen?«

»Wir fahren am Samstagmorgen. Wir können am Sonntagabend zurückkommen.«

»Ich werde mich bestimmt sehr dumm anstellen.«

Fran lachte. »Anfänger sind beim Zelten hervorragend zu gebrauchen.«

»Wieso?«

»Sie erledigen all die langweiligen Dinge, ohne zu merken, daß sie langweilig sind.«

Shelby nahm den sauber gespülten Teller, den Fran ihr reichte, und griff nach dem Geschirrtuch. »Was muß ich mitbringen?«

»Nur dich selber. Ich habe alles, was wir brauchen, dank dem Militär.« Sie musterte Shelby prüfend. »Hast du irgendwelche alten Sachen zum Anziehen, oder siehst du immer so aus, als ob du gleich vor die Öffentlichkeit trittst?«

»Als du mich kennengelernt hast, hatte ich alte Sachen an.«

»Stimmt. Das fand ich gleich sympathisch. Nimm für alle Fälle einen Regenschutz mit. Ich habe keinen Wetterbericht gehört, aber darauf würde ich mich sowieso nicht verlassen. In West Sayer ist ein guter Militärladen, den habe ich mir schon einmal angesehen.«

»Ich weiß wo.«

»Pack einfach bequeme Sachen ein. Vor allem bequeme Schuhe. Wenn du Wanderstiefel hast, gut. Aber keine neuen. Glaub mir, abgesehen vom Militär ist Camping die schlechteste Gelegenheit, um neue Stiefel einzulaufen.«

Shelby lächelte. Sie war sehr froh, daß sie diese Frau kannte.

»Zelten?« fragte Connie und runzelte verblüfft die Stirn.

Shelby lachte. »Wieso, meinst du, ich bin eine Mimose? Glaubst du, ich halte nichts aus?«

»Doch, bestimmt«, sagte Connie. »Du hast nur bisher nie Interesse am Camping geäußert.«

»Ich war im Sommercamp. Das habe ich euch doch erzählt, oder?«

»Ja«, sagte Lisa. »Aber du hast gesagt, es war wie im Internat und du hattest die ganze Zeit Heimweh.«

»Ja, stimmt. Aber das war anders, und ich war damals nur ein Kind.« Und zwar ein unglückliches Kind, das nicht wußte, wohin es gehörte. Es wußte nur, daß sein Platz nicht bei vierhundert vergnügten, wohlangepaßten Mädchen war, die keine Angst vor Pferden hatten, schon von vornherein wie Olympiasiegerinnen tauchen konnten und ständig herumliefen und Kammermusikensembles organisierten. Sogar die Kleinsten waren mehr an ihren Geigen und Querflöten interessiert als an ihren Taschenmessern. Eines der anderen Mädchen, das sie nicht einmal kannte und das jünger war als sie, ertappte sie einmal dabei, wie sie hinter dem Speisesaal saß und weinte, und hielt ihr einen Vortrag darüber, wie froh sie sein sollte, daß ihre Eltern ihr so etwas ermöglichten, statt wie ein Baby zu heulen. Nur ein einziges Mädchen im Camp schien sie zu mögen, aber sie war älter, und Shelby konnte sich nicht an ihren Namen erinnern.

»Du gehst also mit einer ganzen Gruppe, oder wie?« fragte Lisa.

»Nur Fran und ich.«

Lisa schaute sie entsetzt an. »Was ist, wenn etwas passiert?«

Shelby mußte lächeln. Lisa glaubte fest daran, bei Naturkatastrophen, Bürgerkrieg oder höherer Gewalt inmitten einer Menschenmenge am sichersten zu sein.

»Wir werden wohl damit fertig werden«, sagte Shelby, »oder sterben.«

»Du mußt mich unbedingt sofort anrufen, wenn du zurück bist«, sagte Lisa. »Auch wenn es mitten in der Nacht ist.«

Sie merkte, daß Lisa wirklich Angst hatte, und es rührte sie. »Mache ich. Versprochen.«

»Ich werde das ganze Wochenende keine Ruhe haben.«

»Wir fahren erst am Samstag«, sagte Shelby.

»Es wird alles gutgehen«, sagte Jean zu Lisa. »Ich war schon öfter zelten. Es kann höchstens sehr unbequem werden.«

»Es ist sicher nicht gefährlicher, als während der Mau-Mau-Aufstände als weißes Mädchen in Kenia zu leben«, sagte Penny.

Shelby sah zu ihr. »Hast du das?«

»Ein paar Wochen lang, dann wurden wir zurückgerufen und nach Europa versetzt.«

»Das muß schrecklich gewesen sein«, sagte Connie und lehnte sich eifrig nach vorn. Sie liebte Gruselgeschichten. »Hattest du nicht furchtbare Angst?«

»Ich war zu klein, um zu kapieren, was tatsächlich los war. Eines Nachts verschwand unsere Köchin. Meine Mutter sagte, sie sei in ihr Dorf zurückgegangen. Und einer der Chauffeure wurde geköpft.«

Lisa schnappte nach Luft.

»Ich habe es nicht gesehen, ich habe nur davon gehört. Aber danach war ich froh, dort wegzukommen.«

Mit einem leichten Schuldgefühl stellte Shelby fest, wieviel es gab, das sie über Penny nicht wußte. Sie hatte vorgehabt, außerhalb des Büros mehr Zeit mit ihr zu verbringen, und nun, seit Connie diese lächerliche Meinung über sie hatte . . . Aber die Zeit war ihr davongelaufen. Wie Libby zu sagen pflegte, der Weg zur Hölle war mit Shelbys guten Vorsätzen gepflastert.

»Was macht man denn da eigentlich?« fragte Lisa mit leichtem Schaudern, »beim Zelten?«

»Ich weiß es nicht«, sagte Shelby. »Lesen, wandern und überm Lagerfeuer kochen, nehme ich an.«

»Und was ist, wenn es regnet?« warf Connie ein.

»Fran hat gesagt, sie will mir Rommé mit Zehn beibringen.«

»Dann sitzt ihr in einem Zelt, auf der Erde . . .«

»Auf Schlafsäcken«, sagte Shelby.

»Und spielt Rommé mit Zehn?«

»Das hat sie gesagt.«

Lisa quietschte auf und zog sich am Haar. »Ich werde *niemals*«, sagte sie, »eine so abscheuliche Sünde begehen, daß ich zur Buße zelten gehen muß.«

Shelby lachte. »Lisa, du bist wirklich einmalig.«

»Allein der Gedanke ist für meine extrovertierte Seele die reinste Horrorvorstellung.«

»Na ja«, sagte Shelby, »ich muß zugeben, daß ich ein bißchen nervös bin. Ich will mich nicht blamieren.«

»Dich *blamieren*! Du hast Glück, wenn du da lebendig wieder rauskommst, geschweige denn in Würde. Die Blamage ist sowieso vorprogrammiert.«

»Oh, hör auf«, sagte Jean lachend. »Sie gehen *zelten*. Das ist doch nichts so Außergewöhnliches.«

»Ich mag den Wald in der Nacht nicht«, sagte Lisa.

»Was hast du denn?« fragte Connie. »Hast du etwa Angst, daß dir jemand entgegenspringt?«

Lisa nickte heftig, und alle lachten. »Lisa ist ein Stadtkind«, erklärte Connie, an Penny gewandt. »Sie ist in New York aufgewachsen. Als sie hierherkam, konnte sie nicht einmal Auto fahren.«

»Ich kann es immer noch nicht sehr gut«, sagte Lisa.

»Ich bringe ja viele Dinge mit New York in Verbindung«, sagte Connie neckend, »aber Untertreibung war nie eins davon.« Sie schob ihren Stuhl zurück. »Soll ich jemandem noch etwas mitbringen?«

»Mir nicht«, sagte Shelby und sah hinab auf ihren noch halbvollen Teller, den welkenden Salat, die zu lange gekochten Dosenerbsen und das graubraune Fleisch unbekannten Ursprungs. »Ich habe mein Verdauungssystem für heute genügend bestraft.« Sie stach mit der Gabel in die Ecke einer Fleischscheibe und betrachtete sie von unten. »Hat jemand von euch in letzter Zeit Zeitung gelesen?«

»Nein«, sagte Connie. »Warum?«

Sie ließ das Fleisch auf den Teller zurückschnappen. »Ich dachte nur, ob vielleicht hier in der Gegend ein Massenmörder herumläuft.«

Wieder quietschte Lisa auf und stieß mit dem Ellbogen ihr Wasserglas um.

»Wißt ihr«, sagte Jean, während sie ihre braune Papiertüte hochnahm und die Pfütze auftupfte, »wenn je bekannt wird, wie bei der *Zeitschrift für die Frau* gekocht wird, ist unsere Glaubwürdigkeit dahin.«

»Vielleicht sollten sie den Kochredakteur feuern und dich einstellen«, sagte Connie mit einem Augenzwinkern.

Jean schüttelte den Kopf. »Ich will nur die Küche übernehmen. Und euch Sklavinnen alle zwingen, *mein* Essen zu essen.«

»Dann würde die Zeitschrift ein Vermögen am Essen sparen«, sagte Penny. »Jeder würde sich selbst etwas mitbringen.«

Sie stellten ihre Teller auf Tabletts, um Platz für Bridge zu haben. Shelby berührte Penny am Arm. »Du, ich muß nach Feierabend hier noch einkaufen gehen. Hast du Lust auf einen Drink?«

Penny errötete tief. »Ja, natürlich. Willst du zu mir kommen? Ich mache uns etwas zu essen.«

»Das wäre toll.« Penny konnte schon mit dem Kochen anfangen, während sie einkaufen ging. Sie wollte niemanden dabei haben, wenn sie zum Militärladen ging. Sie wollte allein sein, alles auf sich wirken lassen und genießen, ohne beobachtet zu werden.

Ihre Freundinnen wären bestimmt schockiert. Sie freute sich auf die Fahrt zu einem Campingladen mehr als ein Kind auf Weihnachten.

Connie kehrte an den Tisch zurück, die Karten in der Hand. »Bridge-Zeit«, sagte sie. »Machst du mit?«

»Ja, klar. Ich muß nur eben meine Sachen wegräumen.« Sie stellte ihre Teller zusammen. »Wer setzt aus?«

»Lisa. Sie hat angeboten, beim Aufräumen des Büromaterialschranks zu helfen.«

»Das geht nicht gut.«

»Mit Sicherheit nicht«, sagte Connie und drehte die Augen zum Himmel. »Sie ist so ein . . . ein . . .«

»Tolpatsch?« half Shelby ihr.

»Tolpatsch. Manchmal mache ich mir Sorgen um sie.«

»Du machst dir Sorgen um alle, Con. Dein Mutterinstinkt steht in keinem Verhältnis.«

»Na, Hauptsache, du vergißt nicht«, sagte Connie, »daß bald Muttertag ist. Mach dir nicht zu viele Umstände. Etwas Extravagantes tut es auch.«

»Herrje, was schenke ich bloß Libby?«

»Für Libby findet man doch leicht etwas.«

»Ich nicht. Ich kaufe ihr immer das Falsche.«

»Sag mir, wieviel du ausgeben willst. Ich besorge dir etwas.«

»Das würdest du machen? Wirklich?«

»Kinderspiel«, sagte Connie und schnippte mit den Fingern. »Also denk nicht mehr daran.«

»Ich habe sowieso nicht daran gedacht.«

»Etwas auf gut Glück vergessen, das ist nicht klug. Jemand anderen beauftragen und *dann* vergessen, das ist klug.«

»Ja, Mutter.«

»Respekt und Gehorsam«, sagte Connie anerkennend. »Hervorragende Eigenschaften.«

»Ernsthaft«, sagte Shelby, »ich bin dir wirklich dankbar.«

»Weiß ich.« Connie streichelte ihren Arm. »Wenn es um deine Mutter geht, sinkt dein IQ um 50 Punkte.« Sie seufzte. »Das nächste Mal, wenn ich die Welt erschaffe, werde ich das mit der Kindererziehung anders regeln. Wenn es Zeit für die Fortpflanzung ist, werden wir an einer Quelle Eier legen und dann in die Wüste gehen.« Sie lehnte sich vertraulich zu Shelby hinüber. »Übrigens, das mit Jean machst du wunderbar.« Sie mischte die Karten. »Jetzt bring deine Teller weg und mach dich darauf gefaßt, daß du weggeputzt wirst.«

Mit Ausnahme des Verkäufers, dessen Stimme die Richter-Skala zum Ausschlagen bringen würde, war der Militärladen genauso, wie Shelby es sich erhofft hatte. Schuhstapel halb bis zur Decke. Kartons, aus denen olivgrüne Gürtel in die Gänge quollen. Metallene Feldflaschen und Kochgeschirre. Kompasse und Rucksäcke. Munitionskisten. Topographische Karten. Halstücher. Schnürsenkel. Kocher. Wollsocken. Gasmasken. Getragene Militärjacken, manche noch mit Namen darauf. Sprühdosen zur Segeltuchimprägnierung. Faltbare Trinkbecher aus Aluminium. Wasserreinigungssets. Umhängekordeln und Pfeifen. Fest verschließbare Metallbehälter mit wasserfesten Streichhölzern. Erste-Hilfe-Sets in rotweißen Metallkästen. Windsichere Feuerzeuge. Ordensbänder. Handbücher fürs Überleben in der Wildnis. Militärschuhe und hohe schwarze Fallschirmjägerstiefel. Schützengrabenschaufeln, Beile, Äxte. Marineblaue Kapuzenmützen. Macheten. Feldbetten aus Holz und Segeltuch. Alles sah solide, sauber und nützlich aus und roch auch so.

Gut, daß sie mit Penny verabredet war. Sonst wäre sie womöglich versucht, für immer hierzubleiben. Einfach nur hier zu sein, von verbotenen Schätzen umgeben, hatte eine beruhigende Wirkung auf sie. Ihre Mutter wäre entsetzt. Vielleicht konnte sie hier eine Kleinigkeit für Libby finden. Eine olivgrüne Taschenlampe zum Anklemmen an den Gürtel wäre doch ein nettes Accessoire. Sie könnte sie zum Country Club tragen. Oder wie wäre es mit einem Besteckset aus rostfreiem Stahl in einem olivgrünen Kasten? Immer geschmackvoll. Oder ein olivgrüner Arbeitsschlapphut mit angenähtem Moskitonetz? Oder eine sehr hübsche getragene olivgrüne Hose; sie hatte einst einem Soldaten gehört, der wahrscheinlich auf Guadalcanal gefallen war.

Sie hatte sich nicht mehr im Griff, und das war keine gute Idee, wenn Libby im Spiel war. Libby verstand manchmal einfach keinen Spaß. Vor allem dann nicht, wenn ihre Tochter irgend etwas Maskulines, Derbes oder »Undamenhaftes« tat oder besaß. Dieser ganze Campingausflug würde bei Libby sowieso nicht gut ankommen.

Sie ließ ihren Finger an der scharfen Klinge eines Bowie-Messers entlanggleiten. Mit diesem Messer konnte man ernsthaften Schaden anrichten. Einem Kaninchen das Fell abziehen, Zweige von Bäumen schneiden, Fleisch tranchieren, Pulsadern aufschlitzen ...

Sie legte das Messer zurück, fand die Regencapes und wählte ein olivgrünes. Sie nahm das Cape und einen Rucksack mit zum Tresen und bezahlte. Sich einredend, daß ihr das gerade erst eingefallen war, erstand sie außerdem ein Schweizer Armeemesser. Mit einem Taschenmesser würde sie wenigstens nicht ganz wie eine blutige Anfängerin aussehen.

Kapitel 6

Wo bist du mit deinen Einkäufen geblieben?« fragte Penny, als sie die Tür öffnete.

»Ich habe sie im Auto gelassen.«

»Willst du sie mir nicht zeigen? Connie will immer alles vorführen, was sie sich gekauft hat, und Lisa auch. Jean nicht, aber ich glaube, Jean kauft sich sowieso nichts. Sie macht alles selbst.«

Shelby ging zum Sofa und streifte die Schuhe ab. »Ich habe mir nichts Besonderes gekauft. Nur ein paar Regensachen.«

»Für den Campingausflug?« Penny schenkte Shelby einen Whisky Sour ein und reichte ihn ihr.

»Ja. Danke.« Sie nahm einen Schluck. »Schmeckt sehr gut.«

»Es ist das Rezept von deiner Mutter.«

»Meine Mutter, die Cocktailkönigin.«

Penny schenkte sich ebenfalls einen Drink ein und machte es sich neben ihr bequem. »Hoffentlich habt ihr dieses Wochenende schönes Wetter. Ich habe gar keine Vorhersagen gehört.«

»So lange im voraus legen sie sich nie fest. Wie läuft es so im großen Saal?«

»Soweit ganz okay.« Penny legte die Füße auf den Couchtisch und sah tiefsinnig in ihren Drink. »Außer daß du mir dort fehlst.«

»Hey«, sagte Shelby und lachte ein wenig. »Ich bin nicht aus der Welt. Meine Tür ist immer offen.«

Penny sah scheu zu ihr. »Nicht nur wegen der Arbeit.«

»Egal, worum es geht. Ich freue mich immer, dich zu sehen.«

»Verflixt.« Penny trat gegen den Tisch; dann sprang sie auf und eilte in die Küche. »So meine ich das nicht.« Hätte die Küche eine Tür gehabt, hätte sie sie zugeknallt.

Shelby wollte schon aufstehen, doch dann überlegte sie es sich anders. Die Küche war winzig. Sie wollte nicht, daß Penny sich in die Enge getrieben fühlte. In einer solchen Situation taten die Menschen oft Dinge, die ihnen gar nicht ähnlich sahen und für die sie sich den Rest ihres Lebens schämen würden.

»Du fehlst mir einfach«, sagte Penny und kam mit großen Augen und einem Zwiebeldip ins Wohnzimmer zurück.

»Ich finde es auch schade, daß ich dich nicht mehr so oft sehe. Es ist einfach zu hektisch.« Shelby drehte das Glas in den Händen. »Die Zeit rennt einem davon.«

Penny sah auf den Zwiebeldip hinunter. »Ich weiß gar nicht, warum ich das hier gemacht habe. Wenn wir nicht bald zu Abend essen, ist Mitternacht.«

»Möchtest du essen gehen?«

»Nein! Ich habe mich den ganzen Abend mit warmem Hackbraten herumgequält.«

»Ich liebe Hackbraten.«

»Ja, das hast du gesagt«, sagte Penny mit zufriedenem Grinsen.

»Äh ... dafür hast du dir aber nicht Libbys Rezept besorgt, oder?«

»Nein.« Penny kehrte in die Küche zurück. »Ich habe wohl gehört, was du über den Hackbraten gesagt hast, den deine Mutter macht.«

»Meine Mutter hat ein mutiertes Kochgen. Zum Glück kann sie sich eine Haushaltshilfe leisten.«

Sie sah sich in Pennys Dachwohnung um. Es hatte sich nichts verändert, seit sie das erste Mal hier gewesen war. Noch immer keine Bilder, kein Krimskrams, keine Zeitschriften oder angefangene Briefe, nichts Persönliches. Sie mußte an ein frisch geputztes Motelzimmer denken. »Ich sehe, du bist immer noch nicht mit dem Auspacken fertig«, sagte sie und hoffte, daß es taktvoll klang. »Soll ich dir helfen?«

Penny steckte ihren Kopf ins Zimmer. »Doch, ich bin fertig, aber trotzdem vielen Dank.«

Na gut. Vielleicht gefiel es Penny so besser. Vielleicht fühlte sie sich wohler in einer Wohnung, die sie bei einem Mau-Mau-Aufstand mit minimalem Aufwand verlassen konnte. Es gab kein Gesetz, wonach man allem, was man berührte, seinen persönlichen Stempel aufdrücken mußte.

Trotzdem kam es ihr seltsam vor.

»Und«, rief Penny über das Klappern von Geschirr hinweg, »wann lernen wir diese Frau kennen?«

»Fran? Bestimmt bald. Wir müssen mal alle zusammen etwas unternehmen.«

»Schön. Wenn auch vage.« Penny brachte Besteck herbei und deckte den Couchtisch.

Shelby spürte ein Stechen in der Magengegend, als sie den Hauch von Sarkasmus in Pennys Stimme hörte. »Was?«

Penny drehte sich zu ihr um und lächelte. »Ich kann es nicht erwarten, sie kennenzulernen, das ist alles. Du scheinst eine Menge von ihr zu halten.«

»Ich kenne sie noch kaum.«

»Gut genug, um mit ihr zelten zu gehen«, sagte Penny und lächelte wieder.

Diesmal ließ sie sich von dem Lächeln nicht täuschen – Penny war eifersüchtig. Shelby hatte Mitleid mit ihr. Eifersucht war so ein bohrendes, schmerzendes Gefühl. »Das ist keine große Sache«, sagte sie. »Ich war noch nie zelten, und ich bin neugierig, das ist alles. Ich werde mich bestimmt gründlich blamieren und dann das nächste Jahr damit zubringen, ihr vor lauter Scham und Verlegenheit aus dem Wege zu gehen.«

»Du doch nicht«, sagte Penny. Sie stellte die Teller hin und ging zurück in die Küche, um die Servierschüsseln zu holen.

Zum Hackbraten gab es Kartoffelauflauf – hausgemacht, nicht aus der Packung – und Salat. »Wie hast du das alles geschafft«, fragte Shelby, »in dieser winzigen Küche?«

»In Etappen. Heute abend mußte ich eigentlich nur noch den Salat machen und alles andere auftauen und aufwärmen. Was möchtest du trinken?«

»Wasser, bitte. Du bist also eine Pfadfinderin, allzeit bereit. Tiefgefrorene Mahlzeiten auf Abruf, falls zufällig zwölf Leute zu Besuch kommen.«

»Nicht ganz.« Penny reichte ihr ein Glas Eiswasser und öffnete für sich selbst ein Ginger Ale. »Ich habe wochenlang gekocht. Na ja, nicht viele Wochen. Vielleicht zwei. Ich wußte, daß ich dich früher oder später zum Essen einladen würde. Ich wollte vorbereitet sein für den Fall, daß es eine spontane Sache werden würde.«

»Ich fühle mich geschmeichelt«, sagte Shelby.

»Gut«, sagte Penny. »Ich will, daß du dich als etwas Besonderes fühlst.«

Shelby verschlug es die Sprache. »Das ist dir gelungen« erschien ihr zu persönlich, beinahe verführerisch. »Ich weiß ohnehin, daß ich etwas Besonderes bin« war nicht nur gelogen, sondern einfach . . . na ja, nicht akzeptabel. Sie entschied sich für das zweideutige »Danke«.

»Greif zu«, sagte Penny. »Bis zum Herbst ist es noch lange hin. Das sagt mein Vater immer. Ich habe keine Ahnung, was es bedeutet. Wahrscheinlich irgend etwas Landwirtschaftliches. Sein Großvater war Farmer, und alle Kinder mußten auf der Farm mitarbeiten. Im Herbst blieben sie wegen der Ernte von der Schule weg, im Frühjahr zum Pflanzen. Deshalb brauchte er für die Grundschule ein Jahr länger.«

Jetzt war Penny in ihrem Element. Zwei Stunden lang sprach sie über ihre Familie, wo sie gelebt hatte, was dort geschehen war. Um elf Uhr machte das Café im Erdgeschoß zu. Das laute Krachen von Mülleimerdeckeln erinnerte Shelby daran, daß sie noch die Heimfahrt mit dem Auto vor sich hatte, daß Ray auf ihren Anruf wartete – sie müßte auch noch ihre Mutter anrufen, aber daran mochte sie heute abend nicht mehr denken – und daß sie genügend Schlaf brauchte, um am Morgen wie ein Mensch zu funktionieren.

Sie wünschten einander rasch gute Nacht. Penny lehnte ihr Angebot, beim Spülen zu helfen, ab. »Es war ein schöner Abend«, sagte Shelby. »Das müssen wir mal wieder machen.«

Penny strahlte.

Dunst hing über den Maisfeldern, sanft erhellt vom dreiviertelvollen Mond. Die Bäume standen in krassem Schwarz vor einem schwachgrauen Himmel. Ein paar Sterne durchdrangen flimmernd die Feuchtigkeit. Durch den Schein der Straßenlampen wanderten gelbe Nebelfetzen.

Shelby drehte das Radio aus und hörte dem Wind zu, wie er durchs Autofenster hereinblies. Sie war erschöpft, doch es war tatsächlich ein schöner Abend gewesen. Es war nicht nur Höflichkeit gewesen, als sie gesagt hatte, sie würde ihn gern wiederholen.

Eines gab ihr jedoch zu denken – Penny hatte zwar den ganzen Abend über sich selbst geredet, aber Shelby hatte nicht das Gefühl, sie jetzt auch nur einen Deut besser zu kennen als vorher.

Sie wartete auf dem schmalen Weg hinter dem Haus, als Fran auftauchte, am Steuer eines ein Jahr alten taubenblauen Chevy Super Sport mit offenem Dach.

»Hey«, sagte Shelby, »seit wann hast du den denn?«

Fran nahm den Gang heraus und stieg aus; der Motor lief.

»Seit Mittwoch. Gefällt er dir?«

»Und wie!«

»Darauf habe ich die ganze Zeit im Militär gespart.« Sie nahm Shelbys Rucksack und warf ihn zu der übrigen Campingausrüstung hinten ins Auto.

Shelby öffnete die Beifahrertür und schlüpfte hinein. »Damit siehst du aus wie Nancy Drew. Hast du früher auch diese Detektivgeschichten gelesen?«

Fran nickte. »So wie sie wollte ich immer sein.« Sie setzte sich hinters Steuer und warf Shelby eine Straßenkarte zu. »Meinst du, du kannst die Karte lesen?«

»Schon, sofern ich weiß, wo wir hinfahren.«

»Dieser rote Punkt«, sagte Fran, sich hinüberlehnend und auf die Karte deutend, »ist Bass Falls. Und dieser grüne ist der Staatsforst. Wir müssen von A nach B.«

»Das kriege ich hin«, sagte Shelby.

Fran legte einen Gang ein. »Meine Freundin Anna und ich haben uns als Kinder immer über Nancy Drew und Judy Bolton gestritten. Sie behauptete, Judy Bolton wäre die bessere Detektivin, weil Nancy Drew immer Hilfe von all diesen Typen bekam und einen Vater hatte, der alles wußte. Aber ich glaube, es war nur, weil Judy Bolton dieselbe Haarfarbe hatte wie Anna.«

»Wenn du mich fragst«, sagte Shelby, die Karte studierend, »ich finde, Nancy Drew war besser geschrieben. Bei Judy Bolton hatte die Handlung so große Löcher, daß man mit einem Lkw hätte hindurchfahren können. Jetzt nach rechts auf die Route 8 abbiegen.«

»Nach rechts? Bist du sicher?«

»Ganz sicher.«

Fran fuhr rechts heran und hielt. »Laß mal sehen.«

Shelby versteckte die Karte. »Vertraust du mir nun oder nicht?«

»Doch, klar, na gut«, sagte Fran mit einem nervösen Lachen. »Es tut mir leid. Ich will einfach nicht, daß irgend etwas schiefgeht.«

»Es wird nichts schiefgehen.« In der Vertiefung zwischen den Sitzen lag eine Baseballkappe. Shelby setzte sie Fran auf. »Jedenfalls nicht beim Kartenlesen.«

Fran zog sich die Kappe auf dem Kopf zurecht, rückte den Stirnteil gerade und fädelte sich in den Verkehr ein. Sie blinkte links.

»*Rechts*«, sagte Shelby. »*Rechts* abbiegen.«

»Hoppla.« Fran riß das Lenkrad herum und steuerte scharf in Uhrzeigerrichtung. Ein Hinterreifen touchierte die Bordsteinkante. Sie warf einen Blick zu Shelby. »Gurt.«

»Was?«

»Schnall dich bitte an. Ich will nicht, daß du in die Bäume fliegst, wenn ich ein Schlagloch erwische.«

Shelby ließ die Schnalle einrasten und zog den Sicherheitsgurt fest. »Wir werden das hier nicht lebend überstehen, oder?«

»Wahrscheinlich nicht«, sagte Fran. »Es sei denn, ich kriege mich in die Gewalt.«

»Fahr rechts ran.«

Fran gehorchte. »Und jetzt?«

»Was ist mit dir los?«

»Ich will, daß alles ganz perfekt ist.«

Shelby schüttelte den Kopf. »Es muß nicht alles ganz perfekt sein. Aber es wird außerordentlich wenig perfekt sein, wenn du uns umbringst, bevor wir überhaupt da sind. Autounfälle finde ich nicht sehr lustig.«

»Oje«, sagte Fran.

»Beruhigst du dich also jetzt?«

»Einen Moment.« Sie legte die Hände aufs Lenkrad, lehnte den Kopf darauf und atmete ein paarmal tief durch. »Gut. Ich kriege das hin.«

Shelby lachte. »Ich hoffe es. Wenn du nämlich zu nervös bist, um ein Zelt aufzubauen, stecken wir ernsthaft in der Tinte.«

»Zelte«, schnaubte Fran verächtlich, »die esse ich zum Frühstück.«

»Einschließlich Heringen, oder wie?«

Fran rollte mit den Augen. »Oh, Mann.«

»Unsere gesamte Zivilisation steht und fällt mit der Angemessenheit unserer Ausdrucksweise.«

»Muß ich das aufschreiben?«

»Erst wenn das Auto steht.«

»Nancy Drew ist also besser geschrieben, ja?« sagte Fran. »Ist das deine professionelle Meinung?«

Shelby nickte.

»Das muß ich Anna erzählen.«

»Ist es nicht ein bißchen zu spät, den Streit zu schlichten?«

»Er ist noch nicht beigelegt.«

Es war ein warmer Tag, die Luft war mild. Solch helle, trockene Tage gab es sonst im Mai selten, eher im Juni oder August. Sie waren jetzt auf dem Land. Fran trat aufs Gaspedal. Shelby beobachtete sie. Einen Ellbogen auf das Fenstersims abgestützt, hielt Fran das Lenkrad sicher und leicht mit beiden Händen fest. Sie fuhr ruhig, mit einem instinktiven Gefühl für das Fahrzeug. Shelby mußte an den Tag denken, als Fran das Feuer gemacht hatte. Wieder war sie von ihren Händen fasziniert. Diese Hände würden nie rauh, schwach oder unbeholfen sein. Was sie taten, taten sie perfekt; was sie hielten, hielten sie sicher.

»Ich glaube, der Zeltplatz wird dir gefallen«, sagte Fran. »Na ja, vielleicht auch nicht, aber wenn du gern zeltest, dann sollte er dir gefallen.«

Shelby wandte sich in ihrem Sitz zur Seite, so daß sie Fran anschauen konnte. »Wieso kennst du dich hier so gut aus, wo du doch gerade erst hergezogen bist?«

»Ich bin ein bißchen herumgefahren, seit ich das Auto habe.« Sie zögerte. »Das stimmt nicht ganz. Ich habe ihn mir angeschaut. Ich wollte sicher sein, daß der Platz in Ordnung ist und nicht das hintere Ende von einer Müllkippe.« Sie warf einen Blick zu Shelby. »Perfekt eben, weißt du. Mein Gott, ich bin so ein Idiot.«

»Soll ich dir was sagen, du Idiot? Ich hatte Angst, du würdest über meinen Rucksack lachen.«

»Warum sollte ich?«

»Weil er neu ist.«

»Na und?«

»Und ich wollte, daß du denkst, ich bin abgeklärt und erfahren.«

»Du hast mir doch schon gesagt, daß du noch nie gezeltet hast.«

»Na ja, vielleicht wollte ich, daß du denkst, ich habe Erfahrung darin, Dinge zu tun, die ich noch nie vorher gemacht habe.«

Fran grinste. »Ich glaube, es ist Zeit, wieder mal auf die Karte zu schauen.«

»Rechts auf die 23«, sagte sie nach einem Blick nach unten. »Wie lange brauchen wir bis dorthin?«

»Ungefähr eine Stunde, es sei denn, du willst unterwegs noch Eis essen gehen.«

»Du denn?« fragte Shelby.

»Ist mir egal. Und du?«

Shelby überlegte. »Nein. Dies ist ein Campingausflug. Da paßt Eisessen nicht.«

Fran grinste erneut. »Die Antwort ist korrekt.«

»War das ein Test?«

»Soll vorkommen«, sagte Fran. Sie griff hinüber und tätschelte Shelbys Knie. »Mach dir keine Sorgen. Kommt vielleicht erst wieder in fünf Jahren vor.«

Fünf Jahre. In fünf Jahren wäre sie eine gestandene verheiratete Matrone, wahrscheinlich mit Kindern. Bestimmt würde sie nicht mehr arbeiten. Sie würde sich um die Kinder kümmern und darauf warten, daß Ray aus der Praxis nach Hause käme. Sie würde im Krankenhaus aushelfen, Freiwilligenarbeit und bunte Süßigkeiten organisieren. Was zum Teufel würde sie den Rest der Zeit mit sich anfangen? Das Wohnzimmer umdekorieren? Es interessierte sie nicht, wie Wohnzimmer aussahen, solange man es darin bequem hatte. In Zeitschriften blättern? Im Country Club am Swimmingpool liegen und Cocktails trinken?

»Was ist los?« fragte Fran.

»Ich habe nur nachgedacht.«

»Sieht nicht aus, als hätte es Spaß gemacht.«

»Ich habe an die Zukunft gedacht. Ich kann sie mir nicht vorstellen.«

»Wer sich die Zukunft nicht vorstellen kann«, sagte Fran, »ist dazu verdammt, sie immer zu wiederholen.«

»Willst du früh heiraten, oder willst du es zuerst im Beruf zu etwas bringen?«

»Ich warte noch auf eine Eingebung.«

»Das war wahrscheinlich eine ziemlich blöde Bemerkung von mir«, sagte Shelby. »Wie soll man das wissen, wenn man im luftleeren Raum ist? Bist du mit jemandem zusammen?«

»Im Moment nicht.«

»Macht dir das etwas aus?«

»Nicht die Bohne.«

Um Frans Mund lag ein harter Zug. Ich bin ins Fettnäpfchen getreten, dachte Shelby. Sie ist bestimmt zum Militär gegangen, um dem traurigen Ende einer herzzerreißenden Liebesaffäre zu entkommen. Gut gemacht, Camden. »Fran?«

Sie sah herüber. »Ja?«

»Es tut mir leid.«

»Was tut dir leid?«

»Was ich da eben gesagt habe . . . ich glaube, ich habe dir wehgetan.«

Fran lachte. »Mir wehgetan? Sei nicht albern.«

»Ich . . .«

»Wenn du mir wirklich wehgetan hättest, würde ich jetzt verzweifelt an dem Radioknopf dort herumdrehen und Brahms suchen.«

»Brahms?«

»So mache ich das immer, wenn ich wütend oder deprimiert bin. Ich lege Patiencen – meistens spiele ich Solitaire – und höre Brahms.«

»Warum Brahms?«

»Er versucht nicht, dir seine Gefühle aufzuzwingen. Nicht so wie Tschaikowsky. Wehe dir, wenn du dich nicht mit in seine Angstzustände hineinziehen läßt. Mozart ist zu süß. Debussy ist unverständlich.« Sie zuckte die Achseln. »Ich schätze, Brahms gefällt mir einfach. Was machst du denn, wenn du deprimiert bist?«

»Alkohol trinken, schätze ich.«

»Damit sei lieber vorsichtig. An das Zeug kann man sich gewöhnen.« Sie schaute hinüber und lächelte. »An Brahms übrigens auch.«

»So deprimiert bist du schon gewesen?«

»Ich bin seit fünfundzwanzig Jahren auf dieser Erde«, sagte Fran. »Natürlich bin ich schon so deprimiert gewesen.«

»Was war das Deprimierteste?«

»Zwei Symphonien, fünf Konzerte, Haydn-Variationen und eine doppelte Tragische Ouvertüre. Und du?«

»Einen halben Liter billiger Wodka direkt aus der Flasche.«

Fran schauderte. »Das ist ja eine ausgewachsene Depression. Was war der Grund?«

»Liebe. Und bei dir?«

»Liebe.«

Sie lachten gemeinsam.

»Was ich nie herausgefunden habe«, sagte Fran, »ist der Unterschied zwischen Liebe und Angst. Beides fühlt sich ungefähr gleich an.«

Auf beiden Seiten der Straße erstreckten sich jetzt Felder, bedeckt mit dem hellgrünen Flaum der ersten frischen Grashalme. Es waren schon Blätter an den Bäumen, aber sie hatten noch keine kräftige Farbe. Ein stechender Geruch von Erde lag in der Luft.

Für etliche Meilen würden sie nun nicht mehr abbiegen müssen. Shelby lehnte sich in ihrem Sitz zurück und ließ die Gedanken wandern.

Sechsunddreißig Stunden, und nur das tun, was gerade nötig war und was sie wollte. Sich nicht um Hochzeiten, Verlobungspartys, Gästelisten oder die Gefühle von anderen kümmern. Kein Telefon, kein elektrischer Strom. Ihre Mutter dachte, sie sei bei Ray. Ray dachte, sie mache Überstunden im Büro, um Rückstände aufzuarbeiten. Sie hoffte, daß die beiden sich nicht treffen und über sie reden würden.

Jetzt, da sie daran dachte, begann die Angst plötzlich in ihr zu wühlen, und sie wurde nervös. »O Gott«, sagte sie laut.

»Was denn?«

»Ich habe über unseren Ausflug gelogen. Meine Freundinnen wissen, wo ich bin, aber meine Mutter und Ray . . .«

»Ist es wahrscheinlich, daß einer von den beiden deine Freundinnen trifft?«

»Nein.«

»Dann ist es doch kein Problem.«

»Womöglich rufen sie sich gegenseitig an«, sagte Shelby. »Ich habe ihnen nicht das gleiche erzählt.«

Fran schüttelte lächelnd den Kopf. »Was ist so schlimm daran, wenn deine Mutter es erfährt? Würde sie mitkommen wollen?«

Shelby mußte beinahe lachen. »Nie im Leben. Sie würde nur finden, daß man so etwas nicht tut. Höchstens im Notfall.«

»Sag ihr, dies war ein Notfall. Du scheinst mir ziemlich in Not zu sein.«

»Das ist nicht komisch. Es könnte ernsthaften Ärger geben«, sagte Shelby, und ihre Angst wuchs noch.

»Sag einfach allen, du hast ihnen die Wahrheit erzählt, wie du sie in dem Moment wußtest, und dann laß sie sich ihren eigenen Reim machen.«

»Vielleicht . . .«

»Solange du kein Drama daraus machst, werden sie es auch nicht tun. Du mußt doch nicht jedesmal deiner Mutter Bescheid sagen, wenn du deine Pläne änderst, oder?«

»Aber Jean, Lisa, Connie und Penny, sie wissen, daß ich mich die ganze Woche aufs Zelten gefreut habe.«

Fran schaute zu ihr herüber. »Stimmt das? Hast du das wirklich?«

»Natürlich. Ich wollte es immer schon einmal ausprobieren.«

»Paß auf«, sagte Fran, »ich mache dir einen Vorschlag. Verstau die Panik in der untersten Schublade, und auf dem Heimweg besprechen wir alles, was irgendwie schiefgehen könnte, und was wir dagegen machen können.«

»Ich könnte sie anrufen und ihnen die Wahrheit sagen. Ich könnte meinen Freundinnen das Versprechen abnehmen, nichts zu erzählen.«

Fran lachte. »*Shelby*. Es ist *dein* Leben. Du gehst für eine Nacht zelten. Das ist keine Todsünde.«

Shelby zupfte sich nervös am Ohr. »Das ist ziemlich albern von mir, oder?«

»Ein bißchen, ja. Aber du hast bestimmt einen sehr guten Grund dafür.«

»Ich bezweifle es.«

»Aha. Du steigerst dich in Angstzustände hinein, weil es dir eben Spaß macht.«

»Natürlich«, sagte Shelby, »es fühlt sich an wie Liebe.«

Der Campingplatz lag versteckt ganz tief hinten im Staatsforst. Hemlocktannen, Birken, Kiefern und wilder Lorbeer bildeten einen Windschutz um freigeschlagene Lichtungen. Bei jedem Platz gab es eine steinerne Feuerstelle und Mülleimer aus Metall, deren Deckel mit einer Kette und S-förmigen Haken befestigt waren. Auf der anderen Seite der unbefestigten Straße glitzerte das Sonnenlicht auf einem See. Ein sanfter Wind trug den Geruch von Erde, Kiefer und Staub heran. Ein Backenhörnchen stieß mit einem Quietschen eine Warnung oder einen Willkommensgruß aus und verschwand zwischen den Überresten einer alten Steinmauer.

Fran bremste und hielt an. Der Staub holte sie ein und sank um sie herum nieder. »Gefällt es dir?« fragte sie.

»Es ist wundervoll.«

»Es gibt ein paar Haken. Zum Wasserholen und zur Toilette müssen wir zum Strand hinuntergehen.«

»Das ist kein Haken«, sagte Shelby. »Besser als eine Quelle zu suchen und ein Loch zu graben.«

»Zweiter Haken – der Platz ist noch nicht offiziell geöffnet, und deswegen gibt es noch kein Feuerholz. Wir müssen selbst welches sammeln.«

»Mit Holz kenne ich mich aus.«

»Ich weiß, aber Zweigesammeln ist keine sehr glanzvolle Beschäftigung.«

Shelby lachte. »Wenn ich auf Glanz aus wäre, hätte ich das Wochenende mit meiner Mutter verbracht. Hör auf, dir Sorgen zu machen.«

»Okay«, sagte Fran, als sie aus dem Auto stieg. »Du hast es so gewollt.« Sie zeigte auf eine große Segeltuchplane. »Fang mit dem Ausladen an.«

Das Zelt war luftig und warm und roch wie der Militärladen. Shelby zog sich die Schuhe aus, um das Segeltuch nicht zu beschädigen, und da konnte sie die kleinen Dellen und Steinchen unter dem Zeltboden spüren. »Dies hier ist Wirklichkeit, oder?« sagte sie.

»Es ist Wirklichkeit.« Fran ging wieder zum Auto und kam mit zwei Schlafsäcken und zwei Schaumgummirollen zurück. »Dein Bett«, sagte sie und warf einen Satz links von sich auf den Boden. »Mein Bett.« Der andere Satz landete zu ihrer Rechten.

Shelby entrollte die Schaumgummimatten und legte sie nebeneinander.

»Wenn es kalt wird«, sagte Fran, während sie die Schlafsäcke auslegte, »kann man sie an den Reißverschlüssen verbinden. Dann können wir uns gegenseitig wärmen. Aber dann müßte es schon unter null Grad kalt sein, und das kann ich mir nicht vorstellen. Hast du dir ein Kopfkissen mitgebracht?«

»Habe ich vergessen.«

»Du kannst deine Kleider nehmen.« Sie lief zum Auto und kam mit den Rucksäcken zurück. Ihr eigener war verschossen und aus der Form geraten und trug den Aufdruck »Jarvis«.

»Hast du den noch vom Militär?« fragte Shelby.

»Jawohl. Wenn du willst, markiere ich deinen mit deinem Namen, wenn wir wieder zu Hause sind.« Sie sah Shelby an und grinste. »Das heißt, wenn wir das Wochenende lebend überstehen.«

»Wir werden es lebend überstehen. Daran habe ich keinen Zweifel.« Das Ganze hatte weniger als eine Stunde gedauert, und

Fran hatte das Auto so gepackt, daß jedes Stück der Ausrüstung erreichbar war, als sie es brauchten. »Ich glaube, du bist das größte Organisationstalent, das ich je gesehen habe.«

»Nein, ich habe auch schon mehr Fehler als genug gemacht.« Sie setzte sich auf ihren Schlafsack. »Los, probeliegen.«

Shelby streckte sich auf dem Schlafsack aus. Es war hart, aber nicht so hart, wie sie erwartet hatte.

»Wenn wir länger bleiben würden«, sagte Fran, »hätte ich dafür gesorgt, daß wir uns unter dem Zeltboden Hüftlöcher graben. Aber für eine Nacht ist es nicht so schlimm, wenn es ein bißchen unbequem ist.«

»Überhaupt nicht«, sagte Shelby. Sie schaute nach oben auf das dreieckige Fenster, das mit einem Moskitonetz bedeckt war. Sie konnte den Himmel sehen, die Wolken und einen zarten Kiefernzweig. »Es ist, als würde man in den Bäumen wohnen.«

»Ja, stimmt.« Fran schaute sie mit einem unbeschwerten, liebevollen Blick an. »Es gefällt dir doch tatsächlich, oder?«

»Es ist herrlich.« Sie stand auf. »Komm, wir packen zu Ende aus, und dann gehen wir auf Erkundungstour.«

Sie holten die Sturmlaterne hervor und hängten sie im Zelt auf. Die Küchenausrüstung war in einer Segeltuchtasche verstaut. Fran setzte die Axt in einen Baumstumpf und fand einen schattigen Ort für den Wasserbehälter.

»Ich glaube«, sagte Shelby, als Fran erklärte, daß sie fertig seien, »du hast etwas vergessen.«

Fran sah sich um. »Was denn?«

»Na ja, du weißt schon .... Lebensmittel?«

»Die sind im Kofferraum. Danach zu urteilen, wie die Mülleimerdeckel festgemacht sind, gibt es hier vermutlich Bären. Zumindest Waschbären.«

»Glaubst du wirklich, hier könnten Bären sein?«

»Wenn ja, werden wir es merken. Sie sind tolpatschig, und sie stinken zum Himmel. Aber sie reißen eine Essenskiste schneller auf, als du hinschauen kannst.«

»Fändest du es dumm von mir, wenn ich sagen würde, hoffentlich bekommen wir einen zu sehen?«

Fran lächelte. »Ich würde auch gern einen sehen. Aber bitte aus der Entfernung.«

Sie suchten sich einen Trampelpfad, der nicht zu matschig war, füllten an der Pumpe am See eine Feldflasche und stapften dann im Gänsemarsch in den Lorbeer. Shelby hielt die Augen auf den Pfad gerichtet. Sie wollte nicht über Baumwurzeln stolpern oder von glatten Steinen abrutschen und sich ernsthaft die Knöchel vertreten. Es ging steil aufwärts. Ihre Halbschuhe fühlten sich nicht sehr vertrauenswürdig an und gaben ihr keinerlei Halt. Sie beneidete Fran um ihre abgewetzten, robusten Stiefel mit Kreppsohlen, die ihre Knöchel umschlossen, ihr auf den Steinen einen festen Tritt verliehen und insgesamt Unheil von ihr fernhielten. Bevor sie das nächste Mal zelten gingen, würde sie sich Wanderschuhe kaufen. Gleich am Montag nach Feierabend. Und sie mindestens eine Stunde täglich einlaufen. Das konnte sie machen, während sie mit Ray telefonierte. Vielleicht sollte sie sich eine längere Telefonschnur besorgen. Eine sehr lange Telefonschnur. Dann konnte sie umhergehen, Geschirr spülen und alle möglichen nützlichen Dinge tun.

Sie bemerkte nicht, daß Fran vor ihr stehengeblieben war, und stieß gegen sie.

»Hoppla!« sagte Fran. »Hast du geträumt?«

»So ähnlich.« Shelby war verlegen. Und jetzt, als sie stand, merkte sie, daß ihr Atem schwer ging.

Fran öffnete die Feldflasche und reichte sie ihr. »Meine Schuld. Ich tue, als sei dies ein Gewaltmarsch. Wir ruhen uns einen Moment aus, und dann gehst du voran. Ich werde versuchen, dir nicht in die Hacken zu treten.«

»Ich bin einfach nicht in Form.«

»Und ich fühle mich noch in Uniform.«

Shelby sah sich um und merkte, daß sie von einem Schwall Sonnenlicht umgeben waren. Hohes Gras wuchs auf der Lichtung, und hier und da stand ein Wacholderstrauch. Butterblumen glitzerten in der Sonne, und wilde Veilchen bildeten eine weiß-violette Grenze zwischen der Lichtung und dem dahinterliegenden Wald. »Irgend jemand muß hier oben Landwirtschaft betrieben haben«, sagte sie. »Und dies ist alles, was davon übriggeblieben ist. Ist das nicht wahnsinnig? Ein ganzes Leben, Menschen mit Plänen, Ideen und Ängsten. Familien. Worüber sie wohl an Winterabenden geredet haben?«

»Meinst du, wir finden das alte Kellerloch?«

»Wir können es ja mal versuchen.« Am Waldrand sah Shelby etwas, das wie eine eingestürzte Steinmauer aussah. »Hier drüben«, sagte sie und stapfte über die freie Fläche.

Fran trottete hinter ihr her. »Was hast du gesehen?«

»Die Mauer.«

»Das ist eine Mauer?« Fran sah hinab auf den Haufen von großen grauen und weißen Steinen, Flechten, verrotteten Blättern und Kriechpflanzen.

»Es war eine. In Kalifornien habt ihr wahrscheinlich keine Steinmauern.«

»Nicht solche.« Sie kniete sich hin, um sie näher zu betrachten. »Ist es das, was Robert Frost in diesem Gedicht beschrieben hat?«

»Vermutlich. Früher wurden um alle Farmen herum solche Steinzäune gebaut.«

»Wußten die Leute nichts Besseres mit ihrer Zeit anzufangen?«

»Sie wußten nichts Besseres mit ihren Steinen anzufangen. Das Land hier wurde größtenteils von Gletschern hinterlassen. Wenn man gräbt, kommt man ziemlich bald auf Grundgestein. Die Farmer behaupten, daß die Steine im Winter wie Kartoffeln wachsen und mit dem Tauwetter im Frühling an die Oberfläche kommen.«

»Was sind das für Steine?«

»Vor allem Granit und Basalt. Vielleicht auch Schiefer.« Sie kniete sich neben Fran und hob einen großen milchigen, leicht durchsichtigen Stein hoch. »Dies ist Quarz. Davon gibt es hier eine Menge.«

Fran nahm den Stein und drehte ihn in ihren Händen hin und her. »Er ist sehr schön.« Sie sah sich um. »Was meinst du, wie alt ist diese Farm?«

»Mit Sicherheit über hundert Jahre.« Shelby betrachtete prüfend die Bäume. »Die Wälder bestehen hauptsächlich aus Kiefern, Hemlocktannen und ein paar Ahornbäumen und Birken. So sehen sie aus, wenn sie hundert oder hundertfünfzig Jahre in Ruhe gelassen werden.« Sie fuhr sich mit der Hand durchs Haar. »Erdkundeunterricht in der High School. Kaum zu fassen, daß ich das noch weiß.«

»Wie es wohl war«, fragte Fran, immer noch den Stein in den Händen, »hier draußen zu leben? Wie haben die Menschen überlebt?«

»Es war nicht so einfach. Du müßtest einmal einen alten Friedhof sehen. Die meisten Kinder haben es nicht bis ins Teenageralter geschafft, und die Frauen waren mit 35 Jahren verbraucht.«

»Und die Männer?«

»Die meisten haben drei oder vier Frauen verschlissen.«

»Irgendwie überrascht mich das nicht«, sagte Fran. Ihr Blick wanderte von dem Stein in den tiefen Wald, dann wieder zu dem Stein in ihrer Hand. Nachdenklich, fragend.

Shelby spürte plötzlich einen Ruck, als wäre alles in ihr zum Stillstand gekommen. Als hätte ihr jemand einen Stoß in die Magengrube versetzt und ihr den Atem genommen.

Sie sah Frans Gesicht im Profil. Das Sonnenlicht vergoldete die Spitzen ihrer Wimpern. In ihrem kurzgeschnittenen Haar fing sich der sanfte Wind wie in winzigen Federn. Ihre Haut begann bereits zu bräunen. Ihre Züge waren weich und doch klar gezeichnet. Sie hatte ihre Aufmerksamkeit nach innen gerichtet, als versuchte sie auf die Stimmen der Steine zu lauschen. Aber ihr Gesicht war voller Leben. Shelby hatte noch niemals jemanden so völlig präsent gesehen.

Sie hätte sie den ganzen Tag anschauen mögen. Sie wünschte, die Zeit würde stehenbleiben. Sie wollte jeden Zug auf Frans Gesicht studieren und sich für immer im Gedächtnis einprägen.

Sie ist wunderschön, dachte sie.

Fran drehte sich um und sah zu ihr hoch, durchbrach die Stille, und die Zeit setzte wieder ein. Ihre Augen waren tief und meeresblau. »Ist irgend etwas?« fragte sie.

Shelby schüttelte den Kopf.

»Ich dachte, womöglich kriecht irgend etwas Ekliges auf mir herum.«

»Nein, ich war . . . wohl nur gerade in Gedanken.«

Fran stand auf. »Sollen wir das Kellerloch suchen?«

»Okay.«

»Bist du sicher, daß alles in Ordnung ist?«

»Ganz sicher. Dieser Ort hier . . . hat mich nur gefangengenommen. Geh schon vor. Ich will mir die Wildblumen anschauen. Ich hole dich wieder ein.«

Fran ging los, den Überresten der Steinmauer folgend.

In dem hohen Gras blühten Porzellansternchen, die winzigen hellblauen Blüten nach der Sonne ausgerichtet. Und Gauklerblumen. Die Maiblumen begannen sich zu öffnen. Eines Nachts würden sie alle gleichzeitig aufblühen und den Wald mit ihrem süßen Duft füllen. Shelby hatte das nur ein einziges Mal erlebt. Sie hatte es nie vergessen.

Sie war noch immer verunsichert. Sie mußte darüber nachdenken, was gerade geschehen war. Nicht daß Fran hübsch war. Nach herkömmlichen Maßstäben war sie das nicht. Aber ihr Gesicht hatte irgend etwas Mitreißendes ... es zeugte von einer inneren Stärke ... Klarheit.

Das war es. Die meisten Menschen, die Shelby kannte, hatten aus Angst, Kränkung, Scham oder einfach aus dem Wunsch nach Privatsphäre heraus Schranken um sich herum errichtet. Manche waren undurchdringlich wie Backstein, andere transparent wie Plexiglas, wieder andere zart wie Gaze. Aber alle erfüllten sie den gleichen Zweck: etwas zurückzuhalten. Keine Geheimnisse. Geheimnisse waren abgegrenzte Einheiten, und man bestimmte, mit wem man sie teilen wollte, genau wie man ein Lieblingsspielzeug mit jemandem teilte oder nicht. War der andere unbeholfen und tolpatschig und würde es vielleicht kaputtmachen, teilte man es nicht. Wußte man, daß der andere behutsam und respektvoll damit umgehen würde, teilte man es. Geheimnisse waren es nicht, die die Menschen hinter diesen Barrikaden verbargen. Sondern die Wahrheit.

In diesem Augenblick im Sonnenlicht hatte Fran keine Barrikaden um sich herum.

Es war ein beunruhigender Anblick. Shelby hätte ihr am liebsten gesagt, sie solle aufpassen, sich schützen, denn die Welt war erbarmungslos, und man konnte sich doch nicht so öffnen.

Fran hätte sie bestimmt für verrückt gehalten.

Eines wußte Shelby ganz sicher, sie wollte ihre eigenen Barrikaden ebenfalls ablegen. Nicht nur deshalb, weil die einzige moralisch richtige Entgegnung auf Offenheit ebenfalls Offenheit war. Sondern weil sie, wenn auch nur für einen Augenblick, genauso sein wollte.

Es war der erschreckendste Gedanke, den sie je gehabt hatte.

Sie hörte Fran in den Blättern vom letzten Herbst rascheln. Jetzt konnte sie ihr nachgehen. Ihr Atem war wieder normal. Ihr Kopf funktionierte wieder . . . jedenfalls so ungefähr.

Sie hob einen Kieselstein auf, der sie an diesen Tag erinnern sollte.

Fran schickte sie los, um trockene Zweige und Holz zum Feueranmachen zu sammeln, am liebsten Kiefer und nicht zu knorrig. Es dauerte nicht lange. Der Wald war voller abgebrochener Äste und umgestürzter Bäume, Überbleibsel von den Eisstürmen des letzten Winters. Beladen mit einem Armvoll Holz, so hoch, daß sie nichts mehr sehen konnte, kam Shelby zum Lagerplatz zurückgestolpert.

»Vorsicht«, sagte Fran lachend, als sie ihr das Bündel abnahm. »Übertreib's nicht, sonst stichst du dir noch ein Auge aus.«

Shelby rieb sich die Erde von den Händen. »Wenn du anfängst, hier wie eine Mutter herumzunörgeln, fahre ich nach Hause.«

»Tut mir leid. Mir ist schon klar, daß du eine Mutter hast, die sehr gut selbst herumnörgeln kann.« Sie legte die Zweige auf die Erde und begann sie in kleinere Teile zu brechen. Beim Anblick des Stapels runzelte sie die Stirn. »Ist dir bewußt, daß du sie der Größe nach gesammelt hast?«

»Natürlich.« Shelby nahm die Axt auf und schwang sie ein paarmal in Richtung des Klotzes, den Fran bearbeitet hatte, um ihn auf Lagerfeuergröße zu reduzieren.

»Findest du nicht, das hat etwas Zwanghaftes?«

Holzsplitter flogen herum, als die Axt zuschlug. »Erzähl du mir nichts über Zwanghandlungen. Ich habe gesehen, wie du packst.«

Fran begann, auf einem sandigen Stück Boden, das sie freigemacht hatte, eine Pyramide von Zweigen fürs Lagerfeuer aufzuschichten.

Der Holzklotz splitterte entzwei. Shelby stellte ihn auf und teilte ihn der Länge nach, dann ließ sie noch ein paar Scheite folgen. Schließlich hielt sie inne, um Atem zu holen. »Soll ich losgehen und Zweige für Hot Dogs schneiden?« fragte sie, als sie nach dem Wasserkrug griff.

»Hot Dogs sind morgen dran. Heute gibt es etwas Besonderes. Büffelsteaks.«

»Büffel?!«

»So nennen wir sie immer. In Wirklichkeit sind es ganz normale

Steaks, in der Glut gegart. Sehr campingmäßig.«

»Und Marshmallows?«

»Was ist damit?«

»Es gibt doch auch Marshmallows, oder?«

Fran schaute sie an. »Willst du etwa quengeln?«

»Dies ist ein Campingausflug«, sagte Shelby. »Es *muß* Marshmallows geben.«

»Es gibt Marshmallows.«

»Marshmallows vom Lagerfeuer? Die aus den kleinen Schachteln in Wachspapier?«

»Und Schokoriegel«, sagte Fran. »Und Graham-Cracker. Die legen wir aufeinander, und dann haben wir S'mores.«

»Das ist klasse.« Shelby freute sich wie ein Kind. »Ich habe noch nie S'mores gegessen.«

»Noch nie?«

Shelby schüttelte den Kopf. »Ich hatte eine überprivilegierte Kindheit.«

»Das sieht mir auch so aus.« Fran stand auf und rückte ein paar Holzscheite zurecht. »So, hier wäre unser erstes Feuer der Saison.« Sie warf Shelby die Streichhölzer zu. »Willst du es offiziell eröffnen?«

Beim Licht der Sturmlaterne zog Shelby ihren Schlafanzug an. Der Abend war kühl und feucht geworden, aber es war noch angenehm. Es hätte ihr auch nichts ausgemacht, wenn es ungemütlich gewesen wäre. Es war ein perfekter Tag gewesen. Sie hatten sich vollgestopft mit Steak, gebackenen Kartoffeln, ebenfalls in der Glut gegart, und Marshmallows mit verkohlter Oberfläche. Sie waren zum See hinuntergegangen und hatten gelauscht, wie die Fische zum Jagen die Wasseroberfläche durchstießen. Von einem der Privathäuser am gegenüberliegenden Ufer schien ein schwaches Licht herüber, das sich im Wasser spiegelte. Am östlichen Ende des Sees kroch ein fast voller Mond über die Baumwipfel. Als sie zu ihrem Lagerplatz zurückkamen, stand er über ihnen und warf Schatten.

Sie wollte sich gerade ein Sweatshirt über ihre Schlafanzugjacke ziehen, als ihr einfiel, daß es am Feuer erheblich wärmer sein würde. Es war inzwischen heruntergebrannt, aber die Glut war heiß.

Sie schlang sich das Sweatshirt um die Hüften und ging nach draußen.

Fran saß vor dem Zelt auf dem Boden und starrte ins Feuer. »Ist etwas?« fragte Shelby.

Fran sah zu ihr auf. »Ich höre nur den Geräuschen der Nacht zu und meditiere über meine Sünden.«

»Willst du reden? Beichten soll gut für die Seele sein.«

»Nein, danke.«

»Es heißt, ich könne gut zuhören. Ich weiß mehr darüber, was in den Menschen vorgeht, als ich jemals wollte.«

Fran lachte. »Ein andermal.«

»Jederzeit«, sagte Shelby und legte Fran die Hand auf die Schulter. Sie fühlte, wie Fran sich verkrampfte. »Tut mir leid«, sagte sie und zog ihre Hand zurück.

»Du hast mich erschreckt.«

»Ist es dir unangenehm, wenn jemand dich anfaßt?«

»Überhaupt nicht«, sagte Fran. »Aber was man im Militär erlebt, macht einen nervös. Dort sind sie sehr empfindlich, was Berührungen betrifft. Von Menschen des gleichen Geschlechts, meine ich.«

»Davon habe ich gehört«, sagte Shelby und setzte sich neben ihr auf die Erde.

»Drei- oder viermal im Jahr werfen sie ihre Netze aus, um das Standquartier zu säubern, und es ist ihnen ziemlich egal, wen sie fangen. Sie brauchen nicht einmal Beweise. Jemand hat etwas gegen dich, setzt ein Gerücht in die Welt, und bevor du weißt, wie dir geschieht, bist du draußen.«

»Kennst du jemanden, dem das passiert ist?«

»Niemanden, den ich näher kannte.« Sie schwieg einen Augenblick. »Am schlimmsten war, daß du sie am besten loswurdest, indem du sie auf jemand anderen hetztest. Also haben sich die Frauen gegenseitig angeschwärzt, um ihre eigene Haut zu retten.«

»Warum wird denn so ein Theater deswegen gemacht?« fragte Shelby.

Fran zuckte die Achseln. »Sie müssen wohl etwas zu tun haben, wenn es keinen Krieg zu kämpfen gibt.«

Shelby warf einen Zweig in die Glut und sah zu, wie er aufflammte. »Wenn es einem beim Militär nicht gefällt, scheint mir das ein guter Weg zu sein, um rauszukommen.«

»O nein, glaub mir. Es kommt in deine Akte. Wenn du Glück hast, wirst du ›aus medizinischen Gründen‹ entlassen. Aber es ist trotzdem nicht leicht, es potentiellen Arbeitgebern zu erklären.«

»Die Menschen sind so komisch«, sagte Shelby. »Manchmal ist mir das richtig unheimlich.«

»Ja, mir auch.«

Sie warf noch einen Zweig hinein. »Bei uns in der Redaktion ist dieses Mädchen ... na ja, eigentlich kein Mädchen, eine junge Frau ... doch, ein Mädchen. Gefühlsmäßig ist sie noch ein Mädchen. Sie arbeitet für mich. Sie kennt das Zeitschriftengeschäft noch nicht sehr gut, und sie ist mit unserer Kultur nicht so vertraut, weil ihre Familie überall auf der Welt gelebt hat, und jetzt verläßt sie sich irgendwie auf mich. Verständlicherweise. Aber Connie ... Connie ist eine von denen, die immer alles aufbauschen müssen.«

»Solche Leute kenne ich auch.«

»Also findet Connie, daß Penny in mich verknallt ist. Damit rückt alles auf eine ganz andere Ebene, verstehst du, was ich meine?«

»Allerdings.«

»So was kann ich überhaupt nicht leiden.«

»Und wenn es stimmt?« fragte Fran. Sie streute ein paar Kiefernnadeln ins Feuer und schaute zu, wie sie Feuer fingen und sich aufrollten.

»Was?«

»Daß sie in dich verknallt ist.«

»Es stimmt möglicherweise tatsächlich. Ich versuche, mehr Zeit mit ihr zu verbringen. Damit ich nicht so überlebensgroß auf sie wirke.«

»Ich muß sagen«, sagte Fran, »du hast eine einmalige Art, die Dinge zu betrachten. Die meisten Menschen würden sich ganz schnell zurückziehen.«

»Das wäre grausam. Wenn ich ihr so wichtig bin und ich lehne sie ab, würde sie sich schrecklich fühlen.«

»Ich weiß nicht recht, Shelby. Ich glaube, deine Freundin Penny ist nicht die einzige, die mit unserer Kultur nicht so vertraut ist.«

Shelby seufzte. »Ja, ich weiß. Manchmal erscheint mir die ganze

Welt wie ein großes Rätsel. Ich meine, ich kenne die Regeln, und ich weiß, wie man die richtigen Tanzschritte macht. Aber manchmal ergibt es einfach keinen Sinn.«

»Hmm.« Fran lehnte sich zurück, auf die Ellbogen gestützt. »Ich dachte immer, ich wäre die einzige, die so denkt. Aber wenn es dir genauso geht, dann haben wir vielleicht doch recht.«

»Ja, vielleicht.«

»Es ist besser, wenn wir nichts davon sagen. Wer das durchschaut, dem tun sie Fürchterliches an.«

»Stimmt.« Sie schwieg einen Moment. »Haben sie dir Fürchterliches angetan?«

»Manche.«

»Ich bringe sie um«, sagte Shelby.

Ein Stückchen Holz flammte auf. Im roten Licht war das Grinsen auf Frans Gesicht zu erkennen.

»Sag mir ihre Namen.«

»Diese Menschen«, sagte Fran, »sind es nicht wert, daß du den Rest deines Lebens im Knast verbringst.«

»Ich will es trotzdem wissen. Namen, Daten und Taten.«

»Ein andermal, okay? Ich möchte heute abend nicht darüber nachdenken.«

»Versprochen?« fragte Shelby.

»Versprochen.« Das Feuer war beinahe aus. »Ich wünschte ...«

»Was?«

»Nichts.« Fran stand auf. »Los, wer ist zuerst bei den Toiletten?«

Die Nacht war ruhig. Der Mond warf schwache Schatten auf das Zelt. Über ihrem Kopf konnte Shelby eine Wolke steigen und fallen sehen, rollend wie die weißen Schaumkronen auf dem Meer. Gegen den kobaltfarbenen Himmel zeichnete sich ein Planet ab. In ihrem Haar lag der Duft des Holzrauchs, ihre Arme rochen nach Sonne. Um sie herum hing der staubige, modrige Geruch des Segeltuchs. Sie war müde, wunderbar körperlich müde. Aber sie wollte nicht schlafen, denn der Schlaf würde ihr die Stunden stehlen. Sie wollte jede Minute fühlen und sich daran erinnern.

»Shelby?« hörte sie Fran flüstern.

»Ich bin wach.«

»Was glaubst du, was du in fünf Jahren wirklich machst?«

»Ich weiß es nicht«, sagte Shelby. »Wahrscheinlich werde ich nicht mehr arbeiten. Wahrscheinlich werde ich Kinder haben.«

»Gefällt dir der Gedanke?«

»Welcher Gedanke?«

»Kinder. Nicht mehr arbeiten.«

»Bis vor kurzem habe ich nicht viel darüber nachgedacht. Über Kinder, meine ich. Leute, die ernsthaft Kinder wollen, denken viel daran, oder?«

»Dem Vernehmen nach ja.«

»Aber es wird von einem erwartet.«

»Wer erwartet es? Ray?«

»Er hat davon gesprochen. Aber eher allgemein. Nicht, daß er einen Sohn will, der seine Praxis übernimmt, so daß ich ein Kind nach dem anderen liefern muß, bis er einen hat, oder so was. Aber meine Mutter wird hinter mir her sein. Ich weiß, daß sie sich irgendwo einen Termin gesetzt hat. Und mein Vater – ich bin ein Einzelkind und somit seine einzige Chance, Enkelkinder zu haben . . .«

»Das hört sich an, als wärst du eine Zuchtstute.«

»Ja, nicht wahr?«

»Kein sehr überzeugender Grund, Kinder zu haben, aus der Sicht der Kinder betrachtet. Und aus deiner auch nicht.«

»Nein.«

»Wirst du tun, was sie wollen?«

Shelby lächelte ironisch. »Ich tue immer, was sie wollen.« Sie zögerte, aber in der Dunkelheit fühlte sie sich sicher genug, um weiterzureden. »Ich bin nicht sehr stark.«

»Das glaube ich doch«, sagte Fran. Ein Vogel raschelte auf dem Waldboden. »Aber innen drin bist du auch irgendwie traurig, oder?«

Etwas wie ein sanfter elektrischer Strom floß durch sie hindurch. Sie zwang sich zu lachen. »Ich hoffe nicht. Ich will keine Langweilerin sein.«

Fran rollte sich auf ihre Seite herüber und stützte sich auf den Ellbogen. Ihr Gesicht sah im Mondschein ganz weich aus. »So meine ich das nicht. So was wie . . .« Sie war einen Moment still, suchte nach Worten. »So was wie Einsamkeit.«

Shelby spürte das scharfe Stechen unerwarteter Tränen hinter ihren Augen. Dahinter stürzte Furcht auf sie ein. Ein Dutzend witzelnde, abwehrende Antworten kamen in ihren Kopf getanzt. Sie kämpfte sie nieder.

»Shelby?«

»Ich habe nur nachgedacht«, sagte sie. »Du hast wahrscheinlich recht, aber ich weiß nicht, woher sie kommt.«

An den Spitzen der Tannennadeln formte sich der Nebel zu Tröpfchen, die wie langsamer Regen auf das Zeltdach fielen.

Sie schaute Fran an. »Ich weiß es ehrlich nicht.«

»Hmm«, sagte Fran sacht. Sie griff hinüber und berührte Shelbys Haar. »Ich kenne das.«

Shelby spürte, wie eine einsame warme Träne aus ihrem Augenwinkel entschlüpfte und ihre Wange herunterglitt. Sie spürte, wie Fran sie berührte und abwischte. Sie schloß die Augen.

Frans Schlafsack raschelte, als sie sich wieder hinlegte. Sie streckte ihre Finger aus und hielt Shelbys Hand fest.

Es war beinahe nicht zu ertragen. Shelby wollte eine Freundschaft mit dieser Frau. Nicht die Art Freundschaft, die sie mit anderen hatte, halb ehrlich, halb verstellt. In Frans Gegenwart fühlte sie sich wohl, entspannt, wie sie es nie zuvor erlebt hatte.

Es war, als hätte sie zum ersten Mal im Leben jemanden gefunden, der wirklich ihre Sprache sprach. Ihre Herzen berührten sich auf so zerbrechliche Weise wie gläserner Christbaumschmuck. Ein einziges oberflächliches, unehrliches Wort konnte das zerstören. Der Gedanke, sich zu öffnen, machte ihr schreckliche Angst. Aber sie wußte, wenn sie es bei dieser Frau nicht konnte, dann würde sie es niemals können.

»Fran«, sagte sie sacht.

»Ja?«

»Passiert es dir jemals, daß du . . . nicht gerade lügst, aber anders redest, je nachdem, mit wem du gerade sprichst?«

»Die ganze Zeit.«

»Hat es jemals jemanden gegeben, bei dem du das nicht brauchtest? Du weißt schon, jemanden, dem du wirklich alles anvertrauen konntest?«

»Nein. Nicht ganz und gar.«

Shelby zögerte, dann zwang sie sich, es zu sagen. »Ich möchte . . . gern versuchen, dir so eine Freundin zu sein. Ich weiß nicht, ob ich es kann, aber ich möchte es versuchen.«

Fran schwieg lange. »Danke«, sagte sie dann und drückte Shelbys Hand. »Schlaf jetzt, Shelby.«

Kapitel 7

Am nächsten Morgen weckte sie der Duft von Kaffee und gebratenem Speck. Sie war noch nie von Gerüchen aufgewacht. Eine sanfte Art, auf die Erde zurückzukommen, dachte sie, als sie in ihrem Schlafsack lag und zusah, wie verschwommene Schatten von Tannenzweigen an der Seite des Zeltes spielten. Durch das Segeltuch fiel gedämpftes Licht herein. Ein leichter Wind hob und senkte die Zeltwände mit einem leise schlagenden Geräusch, als ob das Zelt atmete. Die Stille war warm und staubig. Shelby lehnte den Kopf zurück und schaute durch das Netzfenster in den Himmel jenseits der Kiefernzweige. Er war von einem hohen, harten Blau.

Sie schloß die Augen wieder und ließ sich in eine sacht wiegende, schläfrige Sanftheit sinken. Wie sie vor sich hin döste, wanderten ihre Gedanken zu dem anderen Camp damals. Viel zu klein war sie gewesen, um so weit von zu Hause weg zu sein. Neun Jahre alt, zum ersten Mal fort und das für zwei Monate, während ihre Eltern sich weigerten, sie zu besuchen, damit sie lernte, selbständig zu sein. Sie erinnerte sich, wie sie Tag für Tag beim Büro herumgehangen hatte, auf einen Brief wartend. Die Briefe ihrer Mutter waren kurz, in Eile geschrieben und oberflächlich. Ihr Vater schrieb überhaupt nicht. Leer und schmerzend vor Einsamkeit, redete sie sich eine Zeitlang ein, daß ihre Mutter kommen würde, wenn sie nur fest genug daran glaubte. Am dritten Sonntag im Juli sollte es soweit sein, und sie hatte ihrer Mutter geschrieben, daß sie sie an diesem Tag erwarten würde. Dann setzte sie sich hin, strich die Tage auf ihrem Kalender ab und wartete auf ihre Eltern.

Sie kamen natürlich nicht. Den ganzen Tag kauerte sie auf den Stufen der größten Hütte, sah andere Eltern mit Geschenken und Picknickkörben eintreffen, glücklich, ihre Kinder zu sehen, ihre

Töchter an der Hand haltend, wie sie über die breite Wiese zum See gingen. Die Mädchen führten vor, wie sie schwimmen und vom Sprungbrett springen konnten. Die Eltern applaudierten ihren eigenen Töchtern und denen der anderen. Bis zum Abendessen kannte jeder jeden. Beim gemeinsamen Grillen mit Hähnchen und Kartoffelsalat unten am Lagerfeuer ging es zu wie bei einem Familienpicknick.

Sie zwang sich, während des Essens die ganze Zeit zu lächeln, damit niemand sich wunderte und Fragen stellte. Aber niemand stellte Fragen. Ihr stellte nie jemand Fragen.

Als sie endlich Zeit für sich hatten, ging sie tief in den Wald. Von ferne hörte sie die hellen Kinderstimmen am Feuer das Lagerlied singen. Der Himmel wurde kobaltblau. Die Sterne kamen heraus. Funken schwebten wie Glühwürmchen vom Feuer hinaus in die Nacht.

Sie hätte am liebsten geweint. Sie war zum Weinen hier nach draußen gekommen, wo man sie nicht sehen, ihr einen Vortrag halten und hinter ihrem Rücken lachen würde. Aber in ihr war alles ganz hart und zerbrochen wie Glas, und die Tränen kamen nicht.

Als der Mond aufging, fuhren die Eltern wieder ab. Shelby beobachtete sie beim Abschied, hörte die Autotüren zuschlagen, sah im Scheinwerferlicht den Staub aufwirbeln.

Das war lange her, ermahnte sie sich. Statt dessen dachte sie an gestern abend zurück. Das ersterbende Feuer und das Klappern der Gabeln aus rostfreiem Stahl auf den Aluminiumtellern. Das schwindende und schließlich erlöschende Licht. Ein Vogel, der piepste und flatterte, von seiner eigenen Fantasie erschreckt. Sie hatten das Feuer wieder aufgeschichtet und eine Zeremonie zur Verehrung der Waldgötter erfunden, alberne Lieder gesungen, dumme Witze erzählt und geredet, und manchmal hatten sie nur schweigend beim knisternden Feuer gesessen. Und als sie ins Bett gingen, war Shelby eingeschlafen, ohne sich allein zu fühlen.

Tief im Wald sang ein Vogel mit einem glatten, flötenden Ton. Eine Einsiedlerdrossel, erinnerte sie sich. Oder war es eine Walddrossel?

Draußen hörte sie Fran im Feuer stochern und mit Töpfen und Pfannen hantieren.

»Wald oder Einsiedler?« rief sie.

»Einsiedler.« Fran steckte den Kopf durch die Zeltöffnung. »Guten Morgen.«

»Ja, nicht wahr?« Sie zog an ihrer Zudecke. Nichts passierte. Der Schlafsack hatte sie wie ein Kokon eingehüllt. Sie kämpfte damit. »Hey.«

Fran kam ins Zelt herein und hockte sich neben sie. »Ich habe ihn heute nacht zugezogen«, sagte sie, den Reißverschluß öffnend. »Es wurde kühl. Du bist nicht einmal wach geworden.«

Sie erinnerte sich noch an etwas anderes, das mit dem Einschlafen gestern abend zu tun hatte. Sie hatten über ... wichtige Dinge gesprochen. Fran war ... »Ich bin nicht wach geworden?« sagte sie rasch, plötzlich scheu, ohne ganz zu wissen, warum. »Ich muß fix und fertig gewesen sein.«

»Allerdings.« Fran setzte sich auf ihren eigenen Schlafsack. »Außer im Militär habe ich noch nie jemanden so schnell einschlafen sehen.«

»Für mich ist es auch neu.« Sie reckte sich. »Normalerweise verbringe ich eine Dreiviertelstunde mit Denken und Grübeln. Das passiert dir bestimmt nicht.«

»Wie kommst du darauf?«

»Weil du anscheinend weißt, was du willst und in welche Richtung du gehst.«

Fran stand auf und reichte ihr die Hand, um ihr aufzuhelfen. »Shelby«, sagte sie lachend, »du bist eine ganz schlechte Menschenkennerin.«

»Stimmt gar nicht.« Sie fand ihre Zahnbürste und ihren Kamm und trat in den hellen Morgen hinaus. »Muß ich mir die Haare waschen?«

»Wenn du mich fragst, nicht«, sagte Fran und sah sie prüfend an. Sie berührte eine verirrte Haarsträhne über Shelbys Ohr. »Hier sind wir etwas aus der Fassung geraten, aber wir wollen mal keinen Punktabzug vornehmen.«

»Gibt es beim Militär Punktabzug für aus der Fassung geratenes Haar?« Shelby legte ihr T-Shirt zu einem Topfhandschuh zusammen und hob den Kaffeetopf vom Feuerrost.

»Nein, sie hängen einen einfach auf. Gieß den Kaffee noch nicht ein. Er ist noch nicht fertig.«

Shelby schnupperte an dem Kaffee. »Spinnst du? Er riecht, als wäre er stark genug zum Reifenflicken.«

»Werd nicht unverschämt. Dies ist Cowboykaffee – gekocht, nicht gefiltert.« Fran griff nach ein paar Eierschalen, die sie beiseitegelegt hatte, zerkrümelte sie und warf sie in den Topf.

»Du willst uns umbringen.«

»Die Eierschalen binden den Kaffeesatz.« Sie schwang den Topf auf und ab; dann nahm sie den Deckel ab und beäugte den Inhalt. »So sagt man zumindest. Ich weiß nicht, wer ›man‹ ist, und ich habe auch nie einen Unterschied festgestellt.« Sie goß Kaffee in eine Blechtasse und reichte ihn Shelby. »Sei vorsichtig, er ist heiß.« Dann schenkte sie sich selbst ein und fügte hinzu: »Die andere Methode besteht darin, einen kleinen brennenden Zweig in den Kaffee zu werfen. Das schmecke ich. Es gibt dem Kaffee dieses Aroma von Hickoryrauch. Damit hat man auch schon erfolgreich Vampire vertrieben.« Fran nahm einen Schluck Kaffee und schüttelte sich.

Shelby probierte ebenfalls. Kaffee war es durchaus, das mußte sie zugeben. Und es weckte einen auf. »Wie lange bleibt dieses Zeug im Körper?«

»Ich glaube, die Halbwertzeit beträgt zwanzig Jahre.« Sie nahm Shelby die Tasse ab. »Laß das etwas abkühlen. Geh dich waschen, und überleg dir, was du heute machen willst.«

Shelby salutierte. »Jawohl, Sir.«

Fran starrte sie an und schüttelte den Kopf. »Wenn du nicht aufhörst, so verdammt zerknautscht und süß auszusehen«, murmelte sie, »kann ich für nichts garantieren.«

»Soll das eine Drohung sein?«

Fran schaute sie an, mit überraschtem Gesicht, als hätte sie nicht vorgehabt, das laut zu sagen. Dann riß sie sich zusammen. »Eine ernsthafte Drohung«, sagte sie, hinterhältig lachend. Mit ausgestrecktem Finger tat sie einen Schritt auf Shelby zu. »Dies ist ein Kitzelangriff!«

Shelby machte kehrt und rannte den Weg hinunter zu den Toiletten.

Später, als in Schichten von lila und grau die Nacht hereinbrach, sagte Shelby: »Ich will nicht nach Hause fahren. Ich will für immer hierbleiben.«

»Das geht nicht.« Fran ließ Teller, Tassen und Stahlbesteck ins Waschbecken fallen und goß heißes Wasser aus dem über dem Feuer hängenden Eimer darüber.

»Warum nicht?«

»Du hast alle Marshmallows aufgegessen.«

»Wir kaufen neue.«

»Du wirst deine Stelle verlieren«, sagte Fran. »Ich werde meine Stelle verlieren. Wir werden kein Geld mehr haben. Und woher kriegen wir dann Marshmallows?«

»Wir überfallen Tankstellen.«

»Jetzt mag es wie das Paradies aussehen«, sagte Fran. »Aber warte bis Juli. Dann ist der Strand mit Sicherheit gerammelt voll von schlechtgelaunten Muttis, schwangeren Frauen und kreischenden Kindern mit Sand im Badeanzug.«

Sie streckten beide gleichzeitig die Hände nach dem kalten Wasser aus und stießen mit den Köpfen aneinander. »Entschuldigung«, sagte Shelby. Sie sah einen kleinen verschmierten Aschefleck auf Frans Wange und wischte ihn mit dem Handrücken ab.

Fran drehte sich rasch zur Seite.

»Habe ich etwas falsch gemacht?«

»Natürlich nicht.« Sie hob die Geschirrseife hoch. »Willst du das hier? Oder sollen wir zum Strand runtergehen und unsere Töpfe im Sand waschen?«

»Seife reicht«, sagte Shelby und nahm sie. Bald würden sie abfahren. Fran hatte darauf bestanden, daß sie das Zelt abbauten und es zusammen mit ihren Kleidern und Schlafsäcken im Auto verstauten, bevor sich der Abendtau darauf niederlassen konnte. Alles, was von ihrem Lager übrigblieb – das schmutzige Geschirr, das fast heruntergebrannte Feuer, die Waschgelegenheit, die Fran und sie gebaut hatten, indem sie Zweige an Baumstämme gebunden hatten ... Ihr Hals schnürte sich zu. In zwei Stunden würden sie zu Hause sein. Sie mußte Ray, Lisa und ihre Mutter anrufen ... Na ja, ihre Mutter vielleicht nicht. Vielleicht würde sie das diesmal einfach nicht tun. Vielleicht ...

Im Feuer knackte ein Zweig. Shelby sah sich um. Fran trocknete das Geschirr ab und packte es in eine feste Stofftasche. Der Lagerplatz war beinahe leer. Er sah nackt aus, schlimmer als ein verlassenes Haus. Ein Haus war wenigstens noch ein Haus, auch wenn es leer war, aber ein leerer Lagerplatz war einfach nur leer.

Fran fing im Zwielicht ihren Blick auf. Sie legte ihr Geschirrtuch hin. »Wir werden wieder zurückkommen, Shelby.«

»Ja, sicher.« Es war absurd. Ihr kamen beinahe die Tränen. Kopfweh begann sich bemerkbar zu machen.

»Komm«, sagte Fran, nahm ihre Hand und führte sie zu dem Baumstamm am Feuer, den sie als Sitz benutzten. »Setz dich hin.« Sie legte einen Arm um ihre Schultern. »Jetzt rede.«

Shelby starrte in das fast heruntergebrannte Feuer. »Ich will einfach nicht zurück. Zu meinem Leben.« Sie räusperte sich verlegen. »Es ist albern.«

»Nein, gar nicht.«

»Ich meine, es ist doch *mein* Leben, oder? Wenn es mir nicht gefällt, sollte ich herausfinden, woran das liegt, und es ändern, oder nicht?«

»Wahrscheinlich«, sagte Fran.

Shelby stützte die Ellbogen auf die Knie, faltete die Hände und lehnte die Stirn auf ihre verschränkten Finger. »Ich glaube wirklich, daß ich zu jung bin.«

Fran schob eine von Shelbys Haarsträhnen zur Seite. »Wofür?«

»Für meine Arbeit, fürs Heiraten . . .«

»Ach je«, sagte Fran sanft, »wir sind alle zu jung zum Arbeiten und zum Heiraten. Wahrscheinlich werden wir immer zu jung dafür sein. Aber woher kriegen wir sonst unsere Marshmallows?«

Shelby seufzte. »Ich weiß, ich stelle mich an wie ein Baby.«

»Nein, nein. Shelby, wenn du Ray nicht wirklich heiraten willst . . .«

»Ich will ja. Es ist bestimmt nur Lampenfieber, meinst du nicht?«

»Ich weiß es nicht«, sagte Fran. »Aber wenn jemand dich in einen rasenden Zug schubsen würde, der in die falsche Richtung fährt, dann würdest du doch die Notbremse ziehen, oder?«

»Ich hoffe es.«

»Shelby . . .«

Sie schüttelte sich ein wenig. »Es tut mir leid. Wir sitzen an diesem wunderschönen Ort, es gefällt mir so gut hier, und ich werde immer wieder trübsinnig. Ich weiß auch nicht, was ich habe.«

»Vielleicht hast du zu Hause nicht genug Zeit zum Nachdenken.«

»Immer, wenn ich versuche nachzudenken, wird mein Gehirn matschig.« Sie lachte. »Alle sagen mir, ich denke zuviel.«

»Mir sagen sie, ich fühle zuviel.«

Shelby sah sie von der Seite an. »Ich hoffe, das Fühlen funktioniert bei dir besser als bei mir das Denken. Ich bin immer nur verwirrt und wie gelähmt.«

»Ich auch.«

Sie fand einen Zweig und warf ihn ins Feuer. Er glomm einen Moment, dann ging er in Flammen auf. »Fran?«

»Ja?«

»Dies hier war etwas ganz Besonderes.«

Fran legte ihre Arme auf die Knie und starrte in die Glut. »Für mich auch.«

Es war beinahe dunkel. Zeit zur Abfahrt. Shelby warf noch einen Zweig ins Feuer. »Auf welchem College warst du?«

»Mills.«

»Auf einem Frauencollege. Ich auch. Mount Holyoke. Hat es dir dort gefallen?«

»Sehr«, erwiderte Fran. »Und dir?«

»Ja. Unter anderem deshalb, weil wir tatsächlich gelernt haben. Wir hatten nicht die ganze Zeit nur Jungs im Kopf. Und weil keine auf dem Campus waren . . . na ja, es kam einem mehr wie eine Familie vor.«

»So war es in Mills auch. Ich wünschte, ich hätte die ganzen vier Jahre bleiben können.«

»Fehlt dir das College?«

»Manchmal ganz schrecklich. Dir auch?«

Shelby rieb sich das Gesicht. »Ich glaube wohl. Es war nicht perfekt, aber wo ist es das schon? Es war sehr schön. Es hatte so eine Atmosphäre von Zeit und Geschichte. Friedlich. Nur ein paar von den anderen Studentinnen waren etwas merkwürdig. Aber größtenteils war es gut.«

»Was war denn merkwürdig an ihnen?«

»Na ja, wahrscheinlich nicht richtig merkwürdig. Ich hatte eine Freundin, ich dachte, wir wären uns wirklich nahe, und eines Tages begann sie einfach mir aus dem Weg zu gehen. Ich habe nie begriffen, warum. Einmal habe ich sie gefragt, aber sie sagte nur, sie hätte sehr viel zu tun. Ich glaube nicht, daß das die Wahrheit war.«

»Hmm«, sagte Fran. »Hat dir das zu schaffen gemacht?«
»Ja, ich war ziemlich durcheinander.«
»Und jetzt?«
»Ich wünschte, ich wüßte, was damals los war.«
Fran schwieg.
»Ich muß irgend etwas getan haben.«
»Nicht unbedingt«, sagte Fran. »Vielleicht war es etwas, was sie dir nicht sagen konnte.«
»Aber warum denn nicht? Ich war ihre beste Freundin und sie meine.«
»Manche Dinge kann man niemandem sagen, auch nicht seiner besten Freundin. Manche Dinge kann man nicht einmal sich selbst sagen.«
»Wahrscheinlich«, gab Shelby zu. »Aber es tat weh.«
»Das glaube ich.« Fran warf einen Zweig in die Glut. »Das Leben ist manchmal ganz schön hart.«
»Allerdings.«
»Und deswegen«, sagte Fran, ihre Hand auf Shelbys Knie gelegt, »geht man zelten.«

Jean fing sie ab, als sie am Montagmorgen in den Aufenthaltsraum kam. »Und wie war's?«
»Toll.« Sie schüttelte den kalten Regen von ihrem Schirm. »Es war fantastisch.«
»Du hast dich nicht blamiert?«
»Sie hat mir einen Schlafsack geschenkt.«
»Ist das so was wie ein Verdienstabzeichen?«
»Ich glaube schon.« Sie hängte ihren Mantel auf. »Es war so ruhig. Du kannst es dir nicht vorstellen.«
Jean hängte ihren Mantel neben Shelbys. »Was habt ihr gemacht?«
»Geredet, hauptsächlich. Gewandert. Und gegessen.«
»Lisa hat angerufen, nachdem sie mit dir gesprochen hatte. Damit wir wußten, daß du es lebend überstanden hast.«
»Sie ist eine Marke, findest du nicht?« Shelby kramte ihren Kamm aus der Handtasche und versuchte ihr feuchtes Haar zu bändigen. »Ich glaube wirklich, sie war überzeugt, ich würde sterben.«

»Sie sagte immer wieder, Zelten sei etwas Unnatürliches.«

»Klingt genau wie Libby.« Sie gab auf und steckte den Kamm wieder in die Handtasche. »Außer daß es Libby im Moment egal zu sein scheint, was ich mache, so sehr ist sie mit dieser Party beschäftigt. Als ich ihr davon erzählt habe, kriegte ich nur ein ›Wie schön, Liebling‹ zur Antwort.«

Jean reichte ihr einen Styroporbecher mit Kaffee. »Ist doch prima. Vielleicht solltest du ihre gute Laune ausnutzen.«

»Hmm.« Sie hockte sich auf die Rückenlehne eines abgewetzten Kunstledersessels und schlürfte ihren Kaffee. »Aber du kennst doch Libby. Ihre Launen kommen und gehen wie der Nebel. Im Ernst, was muß man denn für eine Verlobungsfeier alles ›planen‹? Wenn der Country Club das Ganze organisiert?«

»Irrsinnig viel«, sagte Jean. »Du kannst es dir gar nicht vorstellen.«

Shelby wollte weder über die Party noch über die Hochzeit reden. Wenn es erst soweit war, würde sie gar nicht mehr wissen, wie man über irgend etwas anderes redete. »Was hast du dieses Wochenende gemacht?«

Jetzt machte sich Jean am Spiegel zu schaffen. »Blind Date. Mit einem Freund von Connies Charlie.« Sie zuckte die Achseln. »War ganz in Ordnung. Wir werden wieder mal zusammen ausgehen.«

»Du klingst aber nicht sehr begeistert.«

»Doch, es war gut«, sagte Jean. »Ich bin es nur leid. Vielleicht ist das mit Barry noch nicht lange genug her, um wieder anzufangen.« Im Spiegel fing sie Shelbys Blick auf. »Wie mache ich mich?«

»Wie machst du dich womit?«

»Mit dem Reden.«

Darauf war sie nicht gefaßt. »Gut. Okay. Schätze ich. Weiß ich nicht. Ich dachte, es wäre echt. Ich meine ... ich dachte, du fühltest dich einfach wohler.«

Jean wandte sich abrupt zu ihr. »Wie zum Teufel soll ich mich wohlfühlen, wenn ich weiß, daß alle mich beobachten und beurteilen? Würdest du dich dabei wohlfühlen?«

»Nein«, sagte Shelby.

»Also vergiß das mit dem Wohlfühlen, okay? Ich will nur wissen, ob ich schon durchgehen kann.« Sie warf ihren Kamm in die Handtasche. »Aber ich muß wohl annehmen, daß ich mich leidlich schlage, da Königin Constance mich für ausreichend befunden hat, mit dem Freund des Prinzen Charles auszugehen.«

Der Zorn in Jeans Stimme erschreckte Shelby. Sie streckte ihr die Hand entgegen. »Jean ...«

Jean schob sie weg. »Bemühe dich nicht so um mich. Es ist zu demütigend.«

»Jean, du weißt doch, was ich von dieser Sache halte. Es tut mir wirklich so leid ...«

»Ich weiß.« Jean lächelte gequält. »Keine Ahnung, was heute mit mir los ist. Wahrscheinlich bekomme ich meine Tage.«

»Nein. Ich glaube, mit dem, was ich getan habe, habe ich dich verletzt. Dir geschadet und unserer Freundschaft geschadet. Das finde ich ganz schlimm, und ich wünschte, ich hätte es nie getan, aber ich habe es getan, und jetzt weiß ich nicht, wie ich es wieder gutmachen soll.«

Jean schaute einen Augenblick zu Boden, dann sah sie auf. »Es ist blöd von mir«, sagte sie entschuldigend. »Ich bin wütend auf Connie, und ich lasse es an dir aus.«

»Du kannst es gern an mir auslassen«, sagte Shelby. »Solange du nicht wirklich glaubst, daß ich es bin, auf die du wütend bist.«

»Dieses Date für mich zu arrangieren. Als wollte sie mir eine Medaille dafür verleihen, daß ich normal bin.« Sie hob resignierend die Hände. »Versteh mich nicht falsch. Greg scheint ein netter Kerl zu sein, er kann nichts dafür. Mit ihm hat das nichts zu tun. Es fühlt sich alles nur ... irgendwie nicht koscher an.« Sie schaute Shelby gerade ins Gesicht. »Und erzähl mir nicht, daß das albern ist, denn so empfinde ich es.«

»Hey«, sagte Shelby und hielt wie schützend die Hand hoch. »Ich lache nicht darüber. Es ist nicht komisch, und ich finde, du hast recht.«

»Ehrlich?«

»Ja, sicher. Sie glaubt, daß sie dir einen Gefallen tut. Sie hat sich wahrscheinlich gedacht, Jean gibt sich soviel Mühe, wir sollten ihr etwas Gutes tun, und sie dachte, das wäre ihr gelungen. Wenn du Greg magst, geh alleine mit ihm aus. Ihr müßt ja nicht zusammen mit Connie und Charlie gehen.«

»Nächsten Samstag, ja. Es ist schon ausgemacht. Ich weiß nicht, wo wir hingehen, aber jedenfalls gehen wir zusammen.«

Shelby hatte eine Idee. »Hör zu, ich wollte euch sowieso alle zum ersten traditionellen Grillabend der Saison einladen. Oder zu einem Picknick im Wohnzimmer, falls es zu kalt ist. Du sollst Fran kennenlernen. Und Ray hast du auch schon eine Ewigkeit nicht mehr gesehen. Er hat nach dir gefragt. Libby werde ich nicht einladen, damit auch mal jemand anders zu Wort kommt. Das machen wir am Samstag. Dann trefft ihr euch mit einer ganzen Meute und nicht nur mit zwei Pärchen.«

»Das brauchst du nicht für mich zu tun.«

Shelby winkte ab. »Ich würde es früher oder später sowieso tun. Also warum nicht diesen Samstag. Los, sag schon ja. Bitte. Bitte, bitte.«

Jean lachte. »Na gut. Wenn du bettelst, kann ich nicht widerstehen.«

»Ich kann das sehr gut.«

»Ich habe es so satt, daß die Leute mich ändern wollen«, seufzte Jean. »Genausogut könnte ich wieder zu meiner Familie ziehen.«

»Das geht nicht«, sagte Shelby. »Das wäre Verrat an unserer ganzen Generation.«

Jean lächelte ihr grimmig zu.

»Wir sollen uns schließlich selbst finden, nicht wahr?«

»Ich habe mich noch nie verirrt«, sagte Jean.

»Du Glückliche.«

Ihre Freundin sah sie an. »Du hast dich verirrt?«

Shelby strich sich das Haar aus der Stirn. »Na ja, vielleicht auch nicht. Aber ehrlich gesagt nimmt mich diese Geschichte mit der Hochzeit ziemlich mit.«

»Ja?«

»Ich will es ja«, sagte sie rasch. »Versteh mich nicht falsch. Ich meine, ich liebe Ray und so, und es gibt keinen anderen Mann, mit dem ich mein Leben verbringen will, aber . . .«

Jean legte den Kopf schräg. »Aber?«

»Ein Teil von mir – wirklich nur ein ganz kleiner Teil – fühlt sich irgendwie . . . in die Enge getrieben.«

»Lampenfieber«, sagte Jean. »Genauer gesagt, Hochzeitsfieber. Damit kenne ich mich aus. Als meine Schwester geheiratet hat, mußten wir sie förmlich betäuben, um sie vor den Altar zu kriegen.«

Shelby atmete tief aus. Ganz einfach Lampenfieber. Das ergab Sinn. Alle hatten vor der Hochzeit Lampenfieber.

»Es ist nur«, sagte Jean, »daß sie seitdem ständig betäubt ist.«

»Wie bitte?« Ihre Stimme ließ sie im Stich.

Jean lachte. »War nicht ernst gemeint. Sie ist rundum glücklich.«

Shelby drückte ihren leeren Styroporbecher zusammen und warf ihn nach ihr.

»Oh, danke«, sagte Jean und fing ihn auf. »Welch ein aufmerksames Geschenk. Sollen wir heute abend essen gehen?«

»Geht nicht. Ich speise mit Ihrer Hoheit meiner Mutter. Im Country Club. Sie hat irgendwas gesagt, wir müßten das Thema und die Farbpalette aussuchen.«

»Ach so, das.«

»Was meinst du mit ›Ach so, das‹?«

»Die Farbpalette. Du mußt entscheiden, welche Farbe dein Kleid haben soll, damit sie die passenden Blumen bestellen kann.«

»Mein Gott!« Shelby seufzte. »Ich werde mir so blöd vorkommen.«

»Das ist erst der Anfang.« Sie lächelte Shelby zu. »Wenn du aussteigen willst, tu es lieber, bevor die Achterbahn auf Touren kommt.«

Shelby glitt in ihren Sessel hinunter. »Vielleicht kann ich Ray noch überreden, mit mir durchzubrennen.«

»Ich dachte, ihm gefällt diese Hochzeitsgeschichte.«

»Tut sie auch.«

»Also stehst du allein gegen den Rest der Welt da.«

»Hmm.«

»Verlaß die Stadt«, sagte Jean.

Shelby lachte. »Du hältst nicht viel vom Heiraten, stimmt's?«

»Gegen das Heiraten habe ich nichts, ich mag nur keine Hochzeiten.« Jean grinste über den Rand ihres Kaffeebechers hinweg. »In Wirklichkeit versuche ich darum herumzukommen, ein Brautjungfernkleid anzuziehen. Ich werde furchtbar aussehen.«

»Du wirst nicht furchtbar aussehen«, sagte Shelby. »Ich verspreche dir, daß du nichts anziehen mußt, worin du furchtbar aussiehst oder dir so vorkommst.«

Jean stand auf, um sich nachzuschenken und Shelby einen neuen

Becher zu holen. »Hast du schon entschieden, wer deine Brautführerin sein soll?«

»Nein.«

»Was ist mit Connie?«

Shelby rutschte unruhig hin und her. »Das läge wohl am nächsten, aber ...«

»Aber?« Jean reichte ihr den Kaffee.

»Aber die, der ich mich am nächsten fühle, bist du.«

»Kommt nicht in Frage«, sagte Jean entsetzt. »Auf keinen Fall schiebst du mir das zu.«

»Du willst nicht?«

»Erstens will ich es nicht. Das hat nichts mit dir zu tun, ich mag dich sehr, und wenn ich jemals im Leben Brautführerin sein wollte, dann deine.« Sie schüttelte den Kopf. »Danke, aber ich passe.« Sie lehnte sich gegen den Tisch und sah Shelby an. »Und zweitens, wenn Connie findet, daß sie deine Brautführerin werden sollte – und ich bin ziemlich sicher, daß dem so ist –, dann will ich *nicht* diejenige sein, die ihr im Wege steht.«

»Wenn sie jemandem die Schuld gibt«, sagte Shelby, »dann mir.«

»Ich könnte zwischen die Fronten geraten.«

Shelby nippte an ihrem Kaffee. »Versuchst du es mir leichter zu machen?«

»Ich versuche uns beiden die Haut zu retten. Aber du solltest sowieso jemanden nehmen, dem das mehr liegt. Ich würde dich bei jeglichem Aufbegehren gegen die Regeln unterstützen, und es würde eine Katastrophe geben. Connie wird dafür sorgen, daß du in der Spur bleibst.«

»Mit dir würde es mehr Spaß machen.«

Jean sah sie überrascht an. »Spaß? Mit mir?«

»Ja, mit dir.«

Jean schüttelte den Kopf. »Das habe ich ja noch nie gehört. Aber ernsthaft, Shel ... wenn du darüber dächtest wie die meisten Leute, dann würde ich mit Klauen und Zähnen dafür kämpfen, deine Brautführerin zu werden, wenn du es wolltest. Aber wir finden doch beide, daß Hochzeiten eher ein unnötiges und teures Theater sind, und darum ersparen wir uns das besser.«

»Du bist wirklich eine tolle Frau, Jean.«

»Ich werde eine tolle arbeitslose Frau sein, wenn ich da jetzt nicht reingehe. Wir sehen uns beim Mittagessen.«

Shelby zog ihre Pumps aus und schleuderte sie hinten in den Schrank. Sie wußte beim besten Willen nicht, was diese Scharade sollte. Libby hatte genaue Vorstellungen, wie diese Hochzeit auszusehen hatte, von der Verlobungsfeier bis zum letzten zu werfenden Reiskorn, und sie war entschlossen, ihren Willen durchzusetzen. Darüber zu diskutieren war Zeitverschwendung. Wenn Shelby etwas einfiel, was Libby bereits beschlossen hatte, wurde es als hervorragende Idee gepriesen. Hatte Libby es für sich selber verworfen, hatte Shelby einen Geschmack wie eine Kuh. War Libby noch gar nicht darauf gekommen, verzog sie nur angewidert das Gesicht und verdrehte in langgeprüfter Ungeduld die Augen.

Langgeprüfte Ungeduld. War das nicht ein Widerspruch in sich? Wie *deine* Idee und *deine* Hochzeit? Wie Mutterliebe?

Sie schlüpfte aus ihrem Kleid und warf es in den Wäschekorb. »Gemeinsam planen.« Libby hatte beschlossen, daß sie jetzt jeden Montagabend zusammen essen gehen würden, bis alle Pläne feststünden. Wundervoll.

Sie wünschte, sie könnte zu Fran hinübergehen, an ihre Tür hämmern, um sie aufzuwecken, und dann mit ihr für eine Stunde zusammensitzen und nach Herzenslust lästern. Aber es war spät. Sie wollte sich ihr nicht aufdrängen, schon gar nicht mit ihrer miesen Laune. Außerdem mußte sie früh aufstehen, und sie wußte, daß sie heute nacht ohnehin keinen Schlaf finden würde. Eigentlich sollte sie einfach duschen, sich umziehen und sich bis zur Morgendämmerung eine sinnvolle Beschäftigung suchen.

Aber das ging nicht. Auf keinen Fall. Der Form mußte Genüge getan werden. Nachthemd anziehen, Zähneputzen, Licht aus, Augen zu ...

Und sie schlief schließlich doch. Zumindest genug, um zu träumen. Sie träumte, daß ihre Eltern stritten, wie sie es immer getan hatten. Sie konnte nicht verstehen, was sie sagten, sie erkannte nur den zornigen Unterton in ihren Stimmen. Nach einer Weile hörte sie ihre Mutter nicht mehr, und übrig blieb nur die Stimme ihres Vaters mit ihrem rumpelnden, metallischen, endlosen, erbarmungslosen, nervtötenden Klang wie ein leerer Güterzug, belehrend, belehrend, belehrend. Bis sie zu einem Gesang, einer Litanei wurde.

Das kann nicht so weitergehen, dachte sie, als sie am nächsten Morgen ihr müdes, übernächtigtes Gesicht im Spiegel betrachtete. Mein Leben besteht zu einem Viertel aus Schuldgefühlen, einem Viertel aus Angst, einem Viertel aus Depressionen und einem Viertel aus Mischmasch. Das zumindest wird nach der Hochzeit vorbei sein.

Der Samstag war ein perfekter Tag zum Grillen. Warm, aber nicht heiß. Heiter. Dem Wetterbericht zufolge würde es bis nach Sonnenuntergang warm bleiben. Bis dahin wären sie mit dem Abendessen fertig und konnten nach drinnen umziehen oder noch etwas anderes unternehmen. Sie lud das junge Paar mit dem kleinen Baby ein, die über ihr wohnten, und die beiden Miss Young, die ältlichen Jungfern, die in dem ehemaligen Kutschhaus eine Erdgeschoßwohnung hatten. So würde Fran sich nicht zu sehr wie eine Außenseiterin vorkommen und hätte Leute, mit denen sie sich unterhalten konnte, falls ihre Kolleginnen zu sehr die Clique herauskehrten. Lisa wollte Wayne mitbringen und Penny ihre jüngste Eroberung, wer das auch sein mochte. »So viele Männer, so wenig Zeit« war Pennys Motto geworden, aber so schnell, wie sie die Männer verschliß – wie ein Heranwachsender bei einem Freßanfall –, fragte Shelby sich manchmal, was eigentlich dahintersteckte. Fran sagte, sie käme allein. Sie sagte nicht, warum. Shelby nahm an, daß sie noch niemanden Interessantes kennengelernt hatte. Sie hatte angeboten, daß Ray jemanden für sie mitbringen könnte, aber Fran hatte abgelehnt. Solche Dinge, hatte sie mit Nachdruck gesagt, könnten Freundschaften ruinieren, und Shelbys Freundschaft sei ihr viel zu wertvoll, als daß sie sie für ein Blind Date aufs Spiel setzen würde. Shelby fand den Gedanken durchaus nachvollziehbar und mußte zu ihrer eigenen Überraschung zustimmend grinsen.

Wenn ein paar Fremde dabei wären, würden Connie und Charlie ihr Turteln vielleicht ein wenig einschränken. Sie fragte sich, weshalb sie die erste war, die vor dem Traualtar landete, und nicht Connie. Connie und Charlie schienen sehr verliebt ineinander zu sein – oder jedenfalls heiß aufeinander. Vielleicht wollten sie sich dieses erste, selige, sorglose Verzücken so lange wie möglich bewahren.

»Ich weiß sowieso nicht, was am Heiraten so toll ist«, sagte Fran, als sie zusammen den Grill aus dem Keller nach oben schleppten. »Man sollte einfach zusammenleben, dann wäre es nicht so eine große Sache. Mist!« Sie stolperte gegen die Wand und verschrammte sich die Fingerknöchel. »Ich meine, man kriegt dieses Stück Papier, auf dem der Staat einem seinen Segen gibt, und plötzlich vergißt man seine guten Manieren und verändert sich völlig.« Sie stellte den Grill auf dem Rasen ab und saugte an ihren aufgeschürften Knöcheln. »Meistens zum Schlechteren. Vor allem die Männer. Mein eigener Bruder wurde einen Tag nach seiner Hochzeit zu einem besessenen Tyrann.«

Shelby wischte sich die Hände an den Jeans ab. »Wahrscheinlich weil du nicht mehr da warst, um ihn zu verprügeln. Zeig mal.« Sie streckte die Hand nach Frans Fingern aus.

»Schon gut«, sagte Fran, sie ihr hinhaltend. »Es blutet nicht mal. Wo hast du die Holzkohle hingetan?«

Shelby deutete zur hinteren Veranda.

Würde es ihr und Ray auch so gehen? Würde er sich in einen Tyrann verwandeln? Würde sie wie alle anderen gutsituierten mittelständischen Ehefrauen von Tranquilizern abhängig werden? Sie konnte sich kaum vorstellen, daß Ray sich verändern würde, beständig, wie er war. Und sie ...

»Ich glaube, das war's«, sagte Fran. »Es sei denn, dir fällt noch etwas ein, wobei ich dir helfen kann.«

Shelby ließ das, was sie bis jetzt erledigt hatten, Revue passieren. »Ich glaube nicht.« Sie schaute auf die Uhr. »In den nächsten anderthalb Stunden kommt noch niemand.«

»Gut. Ich gehe dann mal.«

Sie fand, daß Fran angespannt aussah. »Bist du nervös?«

»Du liebe Güte, natürlich bin ich nervös. Schließlich lerne ich deine Freundinnen und deinen Verlobten kennen. Zivilisten. Normale Menschen. Eine mit Gefahren gespickte Situation.«

Shelby lachte. »Mach dir keine Sorgen. Du bist interessanter als sie alle zusammen.«

Den Kopf zur Seite gelegt, die Hände auf den Hüften, sah Fran sie an. »Weißt du was, Shelby, du bist ein bißchen merkwürdig.«

»Bin ich das?« Sie fragte sich, was sie davon halten sollte.
Fran nickte. »Merkwürdig. Was ich dir sage. Bis später.«

Sie hätte ein ganzes Monatsgehalt darauf verwettet, daß Fran und Jean sich auf Anhieb blendend verstehen würden, und sie sollte recht haben. Vom ersten Moment an hatten sie sich miteinander unterhalten, miteinander wachspapierbedeckte Tabletts mit Frikadellen aus dem Haus geholt, miteinander Salatblätter auseinandergezupft. Fast tat ihr Greg leid, der auf der Seite stand, eine Bierflasche in der Hand drehend, und sie beobachtete.

Connie beobachtete sie auch. Wenn sie nicht um Charlies Hals hing, flüsternd, kichernd und an seinem Ohrläppchen knabbernd. Ab und zu sah sie zu Jean und Fran hinüber, und ihr Gesicht nahm einen verwirrten, nachdenklichen Ausdruck an, als sehe sie etwas, das sonst niemand sah und das ihr nicht ganz gefiel. Den beiden Miss Young dagegen gefiel nicht ganz, was Connie und Charlie da machten. Shelby begegnete Miss Carries Blick, lächelte und schob sich zu ihr hinüber. »Meine Freunde sind ein bißchen offenherzig«, sagte sie.

Miss Carrie seufzte. »In unserem Alter kann man es sich nicht leisten, jemanden zu verurteilen. Aber manchmal kann ich mich nicht dagegen wehren.«

»Achten Sie nicht auf sie«, sagte Miss Margaret zu Shelby. »Sie ist ein richtiger Voyeur. Ich wundere mich, daß sie noch nicht verhaftet worden ist.« Sie nickte mit dem Kopf in Frans Richtung. »Die Neue dort ist ein nettes Mädchen. Neulich hat sie unsere Spüle repariert und wollte keinen Cent dafür haben. Geschickt wie ein Mann.«

»Geschickter«, sagte Miss Carrie. »Und sie hat ordentlich wieder aufgeräumt. Die jungen Leute heutzutage, ich sage Ihnen, sie wollen einem helfen, und dann hinterlassen sie alles in größerer Unordnung als vorher.«

»Das war schon immer so«, sagte Miss Margaret. »Das weißt du bloß nicht mehr.«

Und schon führten sie eines ihrer üblichen Wortgefechte. Sie hatten ständig kleine, bedeutungslose Streitereien. Wie in einer Boulevardkomödie. Ob alle Achtzigjährigen so waren? Oder ob sich die beiden Miss Young hinter dem Klischee der »älteren Dame« versteckten, weil sie in all den Jahren schreckliche Dinge erlebt hatten, mit denen sie den jungen Leuten keine Angst machen wollten?

Shelby ließ ihre Aufmerksamkeit abschweifen, und ihr Blick glitt über den Hof.

Lisa hatte gesehen, daß Greg dastand wie das fünfte Rad am Wagen, und war mit Wayne zu ihm hinübergegangen, um ihn in ihre Unterhaltung einzubeziehen. Shelby wurde warm ums Herz. Ihre Freundinnen mochten ihr ja manchmal auf die Nerven gehen, aber sie waren einfühlsame, rücksichtsvolle Menschen.

Jetzt klappte die Tür zum Garten, und Ray kam die Stufen von der hinteren Veranda heruntergestapft. In seinem karierten Hemd, Jeans-Shorts und sportlichen Halbschuhen wirkte er jungenhaft und athletisch. Er sah sie, ging zu ihr hinüber und hob sie in einer Riesenumarmung vom Boden hoch.

»Ray«, sagte sie, halb witzelnd, »die Leute gucken.«

»Ehrlich gesagt, mein Schatz«, raunte er, »ist mir das völlig wurscht.« Und er küßte sie fest und lange.

»Ray, bitte«, flüsterte sie und wand sich ein wenig.

»Wenn du mich ganz lieb bittest.«

Alle beobachteten sie. Sie kam sich unmöglich vor.

Er begann mit Shelby in den Armen über die Terrasse zu tanzen, sich in raschen Kreisen drehend und summend: »You make me feel so young . . .«

»Ich meine es ernst, Ray.«

Er tanzte nur noch schneller. Sie fühlte sich hilflos, gefangen wie in einem ihrer Alpträume, in denen sie sich nur langsam und schwach bewegen konnte, als sei sie unter Wasser.

»Mir wird gleich schlecht, und du bekommst alles ab.«

Daraufhin wurde er ein wenig langsamer. »Ich liebe dich«, sagte er und verteilte Küßchen über ihr ganzes Gesicht. »Ich liebe dich, liebe dich, liebe dich.«

Gut und schön, aber ihr wäre es lieber gewesen, er würde sie absetzen. Dieser männliche Überschwang mochte für ihn ein Zeichen der Zuneigung sein, aber Shelby erinnerte er lediglich daran, daß er ihr körperlich so überlegen war, daß er mit ihr machen konnte, was er wollte.

»Hey, Höhlenmensch«, hörte sie jemanden sagen, »bist du oft

hier?«

Er hielt an und schaute nach unten.

»Das ist also Ray«, sagte Fran mit einem warmen, freundlichen Lächeln. Sie streckte die Hand aus.

Er ließ sie herunter und schüttelte Frans Hand. »Ich kenne dich nicht«, sagte er jovial, »also mußt du Fran Jarvis sein.«

»Ich sehe, mein Ruf eilt mir voraus. Ich bin die, die ich sein muß, wenn ich die einzige bin, die du nicht kennst.«

Ray hob gutmütig einlenkend die Hände. »Ganz wie Sie wünschen, Soldat. Ich streite mich nie mit unseren Jungs – oder Mädchen – in Uniform.«

»Ganz schön groß, nicht wahr?« sagte Fran zu Shelby. Sie zwinkerte Ray neckend zu.

Sie lachten beide.

Shelby lächelte gequält. Sie hörte Untertöne heraus, und dabei war ihr nicht ganz wohl.

»Im Ernst«, sagte Fran, jetzt ohne Geplänkel, »ich freue mich wirklich, dich kennenzulernen.«

»Ganz meinerseits«, sagte Ray. »Ich habe gehört, wir arbeiten in derselben Branche.«

»Nicht ganz auf derselben Stufe der Hackordnung.«

»Trinkst du ein Bier mit?«

Fran nickte. »Ja, gern.«

Er griff in die verzinkte Wanne, in der das Bier auf Eis lagerte. »Willst du denn mit der Medizin weitermachen?«

»Ich weiß es nicht.« Sie nahm die geöffnete Bierflasche und nickte ihm ein Dankeschön zu. »Im Moment möchte ich mich bei dem Gedanken am liebsten in einer Ecke verkriechen, aber vielleicht brauche ich auch nur Urlaub. Du kennst das bestimmt, du bist ja schon ganz schön lange dabei.«

Shelby ließ sie allein. Fran hatte anscheinend gemerkt, daß sie es nicht gerade genoß, wie ein Postsack herumgeworfen zu werfen, und hatte sie absichtlich gestört. Sie war ihr dankbar. Leider wußte Fran nicht, worauf sie sich einließ, wenn sie Ray zum Fachsimpeln aufforderte.

»Ray ist heute ziemlich obenauf, oder?« sagte Connie.

»Allerdings.« Sie tat so, als sei sie von seinem Verhalten entzückt. »Er ist schon die ganze Zeit so, seit wir beschlossen haben, uns zu verloben. Wenn wir erst heiraten, wird er völlig aus dem Häuschen sein. Ich werde ihn an der kurzen Leine halten müssen, damit er mir nicht auf die Straße läuft.« Sie konnte nicht fassen, was sie sich da sagen hörte. Sie benahm sich schon wie eine typische gutsituierte amerikanische Hausfrau.

»Deine Nachbarin macht einen interessanten Eindruck«, sagte Connie.

Shelby spürte, wie eine Mauer der Vorsicht in ihr wuchs. »Ja, durchaus.«

»Sie und Jean sind schon dicke Freundinnen.« Sie lachte. »Komisch, daß diese ruhigen Typen sich immer soviel zu sagen zu haben.«

Gut beobachtet, dachte Shelby. Fragen wir uns jetzt einmal, woran das liegen könnte.

Connie blickte hinüber zu Jean und Greg. »Was meinst du? Passen sie zusammen?«

»Soweit ich es beurteilen kann, schon.«

»Charlie Brown hat ihn ausgesucht.« Sie hängte sich an seinen Arm. »Er hat einen guten Geschmack.«

Shelby sah zu Charlie hinauf, dem das ganze Gespräch unangenehm zu sein schien. Sie lächelte ihm zu. »Charles, ich habe immer schon gesagt, daß du bei Männern einen guten Geschmack hast.« Sie trat einen Schritt zurück und betrachtete ihn. Sein Polohemd war ordentlich gebügelt. Die karierten Bermuda-Shorts waren ein wenig ausgebeult. Er trug Halbschuhe und weiße Socken. Er sah aus wie das, was er war, ein Elektroingenieur.

»Bei Männern und Frauen ja, aber nicht bei Kleidern«, klagte Connie. »Ich kann ihn so schick anziehen, wie ich will, aber er sieht immer noch aus wie ein Idiot.« Sie küßte ihn sanft. »Nicht wahr, mein Liebling?«

»Wie's beliebt, Ma'am«, sagte Charlie. Aber Shelby sah etwas über sein Gesicht huschen, und es war kein jungenhafter Übermut. Sie hatte ihn gekränkt, und eines Tages würde sie das Faß zum Überlaufen bringen, und dann würde er explodieren. Sie hoffte, daß Connie dann nicht mit ihm allein sein würde, aber sie wollte auch nicht diejenige sein, die dabei war. Er wandte sich ihr zu. »Soll ich mich um die Holzkohle kümmern? Ich glaube, das schaffe ich.«

»Das wäre nett«, sagte Shelby.

Er ließ sie mit Connie allein.

»Er ist so ein Schatz«, sagte Connie. »Ein absoluter Schatz.«

»Er ist ein netter Kerl«, stimmte Shelby zu. »Du, Con, es geht mich ja nichts an, aber ich glaube, er hat es nicht so gern, wenn du ihn Charlie Brown nennst. Das hört sich an, als wäre er ein Verlierertyp.«

»Nein, nein, das macht ihm nichts aus. Er weiß, daß ich ihn nur aufziehen will.«

Sie beschloß, nicht darauf herumzureiten. Rasch verschaffte sie sich einen Überblick über ihre Gäste. Alle waren angekommen. Die beiden Miss Young spielten mit dem Baby von oben und plauderten mit den Eltern. Penny, Lisa, Wayne und Pennys bisher noch namenloser geheimnisvoller Freund hatten sich um die Bierwanne versammelt. Penny und Lisa waren in das verstrickt, was sie einen halbitalienischen Streit nannten, mit viel Armwedeln und Stimmeheben über ein Thema, das niemanden wirklich interessierte. Meistens endete es damit, daß sie sich vor Lachen krümmten.

Fran und Ray tauschten Horrorgeschichten aus der Medizin aus, und Jean und Greg hörten zu.

Soweit alles unter Kontrolle. Alle waren mit Getränken versorgt. Teller und Besteck standen auf dem Tisch bereit. Salz, Pfeffer, Ketchup, Sauce, geschnittene Zwiebeln, kalte Tassen für den Eistee, Zitronenscheiben, Zucker, Salatdressing, gefüllter Eiseimer – alles da. Brötchen für die Hamburger. Butter. Die Ofenkartoffeln brutzelten noch drinnen im Haus. Für den Salat war es noch zu früh; er sollte ja nicht welk werden. Sie holte sich ein Bier und ging hinüber zum Grill.

»Hallo, großer Bruder«, sagte sie zu Charlie und hockte sich auf das Mäuerchen, das die eine Wand der Terrasse abgrenzte. Der Name hatte nichts zu bedeuten. Sie hatten ihn eines Abends aus irgendeinem Grund, an den sich keiner mehr erinnerte, eingeführt, und er war hängengeblieben.

»Hallo, kleine Schwester.« Er warf einen prüfenden Blick auf die rauchende Holzkohle und fügte einen Spritzer Grillanzünder hinzu. »Wie läuft's?«

»Wie es halt so läuft. Und bei dir?«

»Ganz gut, für einen Idioten.«

»Sie meint das nicht so, Charlie.«

Er wischte sich an einem gebügelten weißen Taschentuch die Hände ab. »Ich weiß, sie meint nie irgend etwas irgendwie.«

Darauf wußte Shelby nichts zu sagen.

Charlie sagte: »Also hat Ray endlich beschlossen, aus dir eine anständige Frau zu machen.«

»Ich habe wohl eher beschlossen, aus ihm einen anständigen Mann zu machen.« Sie schwang die Bierflasche zwischen ihren Knien hin und her.

»Jedenfalls ist das eine gute Nachricht. Ihr beide seid ein tolles Paar.«

Sie sah hinüber zu Fran und Ray, die gerade miteinander lachten. »Hmm.«

Sein Blick folgte dem ihren. »Deine Freundin mag ich auch.«

»Danke.«

Charlie faßte sie an der Schulter. »Bedrückt dich irgend etwas, Shel?«

»Nein, überhaupt nichts.« Was nicht ganz stimmte. Hinter ihrer Stirn, genau über der Nasenwurzel, spürte sie den diffusen Druck, mit dem sich das Kopfweh ankündigte.

Kapitel 8

Als sie mit dem Essen fertig waren, hatte sie Angst, es nicht mehr verbergen zu können. Es war, als schlüge ihr jemand immer wieder eine Axt in den Kopf. Sie sah alles nur noch verschwommen, und ihr Magen begann sich zu drehen. Sie versteckte ihre Hände unter dem Tisch, riß eine Papierserviette in kleine Stücke und versuchte sich verzweifelt auf eines der Gespräche um sie herum zu konzentrieren.

Sie wollte nicht, daß ihr Kopfweh in den Mittelpunkt der Aufmerksamkeit rückte. Sie wollte überhaupt nicht im Mittelpunkt der Aufmerksamkeit stehen. Die Zähne zusammenbeißend, kämpfte sie gegen die stechenden Tränen an, die ihr vor Schmerzen in die Augen stiegen.

Jemand berührte sie am Hinterkopf. Sie wandte sich um und schaute hoch. Der Picknicktisch, die Bank, der Hof und sogar der Himmel drehten sich. Schnell griff sie nach der Kante der Bank, um sich festzuhalten.

»Ich brauche deine Hilfe«, sagte Fran, faßte Shelby am Handgelenk und zog sie hoch, bevor sie antworten konnte. »Entschuldige die Störung«, sagte sie zu Ray. »Ich kenne mich in Shelbys Küche nicht aus, und ihre Ordnung entbehrt jeglicher Logik.«

»Das ist nichts Neues«, sagte Ray. »Schatz, bringst du mir bitte meine Zigaretten mit, wenn du zurückkommst? Ich habe sie auf der Spüle liegengelassen.«

Fran führte sie ins Haus.

»Wo brennt's?« fragte Shelby.

»Das frage ich dich.« Fran drückte sie sanft auf einen Küchenstuhl. »Du hast Kopfweh, stimmt's?«

Sie nickte. »Wie ein Erdbeben.«

»Ich kenne da einen Trick. Vielleicht hilft er.« Fran wusch sich am Spülbecken die Hände und trocknete sie am Geschirrtuch ab. Dann drückte sie ihre linke Hand fest gegen Shelbys Stirn und die rechte dorthin, wo Kopf und Nacken ineinander übergingen. »Mach die Augen zu. Atme ein paarmal tief durch und entspann dich.«

Shelby gehorchte. Die Dunkelheit wirkte beruhigend. Sie ließ sich in den Augenblick hineindriften. Minuten vergingen. Der Schmerz begann nachzulassen.

»Besser?« fragte Fran schließlich.

»Es ist nur noch ein tiefes Grummeln.«

»Mehr schaffen wir im Augenblick vermutlich nicht.« Sie ließ die Hände auf Shelbys Schultern sinken und begann sie zu massieren.

Shelby holte noch einmal tief Atem und ließ sich wieder in die Dunkelheit sinken. Noch nie hatte sich etwas so gut angefühlt. Sie lehnte ihren Kopf gegen Frans Körper. »Fran?«

»Ja?«

»Ich mache mir Sorgen. Wegen dieser Kopfschmerzen.«

»Ich mir auch«, sagte Fran.

Sie hielt einen Moment den Atem an. »Ich glaube, du solltest mir diesen Termin besorgen.«

Das leichte Zögern zeigte ihr, daß Fran überrascht war. »Da bin ich froh.«

»Egal wann, nur nicht mittwochs. Mittwochs haben wir Redaktionssitzung.«

»In Ordnung.«

Sie hätte es gern dabei belassen. So tun, als sei sie cool und abgeklärt. Keine große Sache. Aber sie erinnerte sich daran, was sie sich selbst versprochen hatte. »Ich habe Angst«, sagte sie.

Fran lehnte sich über sie, schlang ihre Arme um Shelbys Brust, legte ihren Kopf auf Shelbys. »Ja, ich weiß. Soll ich mitkommen?«

Sie drückte Frans Arm ganz fest. »Ja, bitte.«

»Gut.«

»Sag niemandem etwas davon, okay?«

»Wenn du es so willst. Nicht einmal Ray?«

»Nicht einmal Ray.«

Fran gab einen erstickten Laut von sich. »Du machst mich verrückt.«

Shelby versuchte sich umzudrehen und sie anzuschauen. Fran griff fester zu und ließ nicht zu, daß sie sich bewegte. »Was meinst du damit?«

»Dieses ›Sag Ray nichts davon‹«.

»In einem Jahr sind wir verheiratet. Ich will meine Privatsphäre behalten, solange es geht.«

»Shelby«, sagte Fran seufzend, »ich mag dich wirklich sehr, aber bei manchem, was du sagst, könnte ich schreien.«

»Wieso?«

»Willst du diesen Mann heiraten?«

»Natürlich.«

»Also, vielleicht habe ich ja zu lange gedient, aber ich würde meinen, wenn eine Frau einen Mann heiraten will, sollte sie die Tage zählen. Aber *nicht* die Tage, die sie noch in Freiheit leben kann.«

»Warum nicht? Die Männer tun das doch auch.«

»Frauen und Männer sind nicht das gleiche«, sagte Fran und begann wieder, ihre Schultern zu massieren. »Wie wäre dir zumute, wenn du denken würdest, daß Ray eifersüchtig über seine Tage der Freiheit wacht?«

»Tut er bestimmt.«

»Würdest du dann nicht anfangen, manches ... irgendwie in Frage zu stellen?«

»Das ist nur Hochzeitsfieber«, sagte Shelby entschuldigend. »Das geht allen so.«

»Du bist nicht alle, Shelby.« Frans Stimme klang tief, leise und ein wenig traurig.

»Hey, Shel!« rief Lisa hinter der Tür zum Garten hervor. »Es ist kein Eis mehr da. Hast ...« Sie blieb abrupt am Eingang stehen.

Fran ließ Shelby mit einem plötzlichen Stoß los und fuhr zurück.

»Ja, klar«, sagte Shelby. »Im Gefrierfach.«

Sie schaute zu Fran. Deren Gesicht war kalkweiß.

»Was ist los?« fragte Lisa, während sie ein Eiswürfeltablett in den Whiskykühler leerte.

»Ich stand kurz vor so einem mörderischen Kopfwehanfall«, sagte Shelby. »Fran hat mich gerettet.«

Lisa wandte sich zu ihnen um. »Ehrlich? Wie denn?«

»Kannst du es ihr zeigen?« fragte Shelby Fran.

Fran trat bewußt einen Schritt von Shelby weg. »Ja, natürlich.« Sie deutete auf einen leeren Stuhl. »Setz dich.«

Auf dem Weg zum Kühlschrank ging Shelby an ihnen vorbei. »Reg dich nicht auf«, sagte sie leise zu Fran. »Wir sind hier nicht beim Militär.«

»Das Militär«, murmelte Fran, »kann immer und überall sein.«

»Wow«, sprudelte es aus Lisa heraus, als Fran fertig war, »das ist ja fantastisch. Wo hast du das gelernt?«

»Im Sanitätskorps«, sagte Fran. Ihre Stimme krächzte ein wenig, als hätte sie sie lange nicht mehr benutzt. »Beim Militär. Es ist irgend so ein ... Kniff.«

»Jedenfalls ist es wunderbar. Danke. Ich hatte nicht mal Kopfweh, und ich fühle mich jetzt viel besser.« Sie nahm den Kühler.

»Laß mich das tragen«, sagte Fran. Sie griff nach dem Kühler und rannte förmlich aus der Wohnung.

Shelby winkte, bis Rays Auto um die Kurve in die Pleasant Street eingebogen war und die Rücklichter in der Dunkelheit verschwunden waren. Während sie an ihrem Schloß herumfummelte, schaute sie zu Frans Tür hinüber und sah den schmalen Lichtstrahl darunter. Sie ging den Hausflur hinunter und klopfte leise an. »Ich bin's.«

Fran öffnete. Sie trug ihren hellblau-weiß karierten Schlafanzug mit der kurzen Hose. »Ich hätte nicht gedacht, daß du vor dem Morgengrauen zurückkommst.« Sie berührte Shelbys Kinn. »Bartspuren. Ich weiß, was du gemacht hast.«

»Du, ich möchte mich entschuldigen.«

»Wofür?«

»Daß ich mich wegen der Hochzeit so angestellt habe. Und überhaupt.«

Fran lächelte. »So bist du eben manchmal. Willst du reinkommen?«

»Für einen Augenblick.« Als sie eintrat, sah sie die ausgebreiteten Spielkarten auf dem Tisch. »Solitaire?«

»Aber kein Brahms.« Fran sammelte die Karten ein. »Ich habe nur versucht, meinen Kopf ins Koma zu versetzen, damit ich nicht mehr denken muß und einschlafen kann.«

»Du hast Ray geradezu eingewickelt.«

»Na ja, wir können über die Arbeit reden. Das macht die Unterhaltung einfach.« Sie räumte neben sich auf dem Flechtsofa einen Platz für Shelby frei. »Möchtest du etwas zu essen oder zu trinken?«

Shelby lachte. »Soll das ein Witz sein? Du hast doch meine Küche gesehen.«

»Stimmt.«

»Komm morgen rüber, dann teilen wir alles auf.«

»Ja, gut.«

»Wenn du bis mittags noch nichts von mir gehört hast, komm rüber und sieh nach, ob ich noch lebe.«

Fran streckte sich und glitt mit dem Arm an der Sofalehne entlang. »Deine Freundinnen sind übrigens nett.« Sie grinste verlegen. »Das war jetzt Quatsch. Ich kenne sie nicht einmal richtig. Ich habe sie zum ersten Mal getroffen, das ist alles.«

»Der erste Eindruck ist entscheidend.« Ob sie ihren Kopf zurücklehnen konnte, in Frans Hand? »Wie fandest du sie denn?«

»Na ja ...« Fran biß sich auf die Unterlippe. »Jean mag ich natürlich am liebsten. Sie hat übrigens immer noch Angst, daß sie doch deine Brautführerin werden soll, weil du Connie noch nicht gefragt hast.«

Shelby sah sie an. »Ihr habt über mich geredet?«

»Ja, wir haben über dich geredet.« Sie verwuschelte Shelbys Haar. »Es war ein Thema, das wir gemeinsam hatten. Keine Sorge, wir haben beide nur Nettes über dich gesagt.«

Shelby merkte, wie sie rot wurde, und knurrte unverbindlich.

»Lisa ... na ja, Lisa ist ziemlich lebhaft. Ein gutes Herz, keinerlei motorisches Feingefühl.«

»Ja, das ist Lisa, wie sie leibt und lebt.«

»Connie könnte Probleme machen, aber sie ist nicht hinterhältig. Wenn man sie ärgert, versucht sie es einem heimzuzahlen, aber man sieht es immer kommen. Und gerade dann, wenn man sie umbringen könnte, sagt oder tut sie etwas Freundliches und Aufmerksames.«

»Unglaublich«, sagte Shelby. »Und Penny?«

Frans Stirn legte sich in Falten. »Sie ist irgendwie wie Rauch. Ich konnte sie nicht zu fassen kriegen.«

Shelby erzählte ihr von Pennys Wohnung mit der leeren, unpersönlichen Atmosphäre.

»Hm«, sagte Fran, »das kann ich mir vorstellen. Sie ist es, die für dich schwärmt, oder?«

»Angeblich.«

»Sie beobachtet dich wie ein Welpe im Tierheim. Wenn du zu ihr hinschaust, versucht sie sich etwas Nettes für dich einfallen zu lassen, damit du sie mit nach Hause nimmst.«

Shelby begann sich unbehaglich zu fühlen. »Sie ist noch ein Kind.«

»Hm«, sagte Fran langsam und schwieg nachdenklich.

»Was denn?«

»Ich weiß nicht. Irgend etwas ist komisch, aber ich kann es nicht festmachen. Ich will dir immer wieder sagen, du sollst vorsichtig sein.«

»Hat es mit Penny zu tun?«

»Nicht richtig. Mit euch beiden vielleicht.« Fran lachte und rieb sich die Augen. »Ich weiß nicht mal, wovon ich rede.«

»Bist du müde?«

»Allmählich ja. Es war ein spannender Abend.«

»Wie fandest du die Männer?«

»Die Männer? Groß.«

»Mehr Eindruck haben sie auf dich nicht gemacht?«

»Wenn du dich nach hinten lehnen mußt, um jemandem ins Gesicht sehen zu können, ist das durchaus ein Eindruck. Beim Militär stünden solche Leute immer in der hintersten Reihe.«

Sie wartete, ob Fran noch etwas sagen würde, aber es kam nichts. »Das ist alles?« fragte sie. »Auch über Ray? Daß er groß ist?«

Fran schoß hoch. »Was macht es schon für einen Unterschied, was ich von ihm halte? Ich will ihn ja nicht heiraten, sondern du. Was erwartest du denn von mir, soll ich vor Begeisterung sabbern? Was hältst *du* denn von ihm?«

Shelby erschrak über ihren Ausbruch. »Fran, es tut mir leid. Ich weiß nicht, womit ich dich gekränkt habe, aber ... du brauchst nicht gleich wütend zu werden.«

»Nicht?« Fran wirbelte zu ihr herum. »Vielleicht *muß* ich wütend werden, hast du dir das mal überlegt?«

»Ich habe nur gefragt, weil er dich wirklich sympathisch fand.«

»Na, ich bin froh, das zu hören«, knurrte Fran.

Shelby stand auf und ging auf sie zu. »Fran, was hast du?«

»Nichts.« Fran fuhr sich mit den Händen übers Gesicht. »Ich bin müde, das ist alles. Ich sollte ins Bett gehen.«

»Möchtest du darüber reden?«

»Es ist nichts«, sagte Fran und ging zum Kamin, Shelby den Rücken zudrehend. »Entschuldige, daß ich dich so angefahren habe. Ich kriege bestimmt meine Tage.«

»Das hast du letzte Woche schon gesagt.«

»Ich kriege oft meine Tage.«

Sie sah einsam aus, wie sie dort am Kamin stand. Einsam und verlassen und zu klein für das Zimmer. Shelby ging zu ihr und legte ihre Arme um sie. »Hey«, sagte sie.

Fran machte sich steif. Shelby glaubte, sie werde sie wegstoßen, aber dann entspannte sie sich und lehnte sich mit der Stirn gegen den Kaminsims.

Shelby drückte ihr Gesicht gegen Frans Rücken. »Komm schon, erzähl mir, was dich bedrückt.«

»Solche Gesellschaften machen mich nervös«, sagte Fran.

»Ich hatte das Gefühl, du schlägst dich ganz gut.«

»Aber ich bin so angespannt wie eine verrostete Uhr. Ich überstehe so etwas nur, indem ich einen Gang zulege und mich von der Panik lenken lasse.«

»Wenn ich das bloß gewußt hätte. Du hättest doch nicht zu kommen brauchen.«

»Ich wollte deine Freundinnen kennenlernen.«

»Du hättest sie ja auch einzeln kennenlernen können.«

Fran wand sich langsam aus Shelbys Armen. »Ich stelle mich so albern an«, sagte sie. »Morgen früh bin ich wieder in Ordnung.«

»Soll ich dir einen Drink machen oder irgendwas?«

»Nein. In einem solchen Moment zu trinken ist der beste Weg, zur Alkoholikerin zu werden.«

»Hast du solche Momente oft?«

Fran schaute sie an. »Ziemlich.«

»Ich nehme an«, sagte Shelby lächelnd, »der nächste Schritt wäre Brahms.«

»Kann sein.« Fran schüttelte den Kopf. »Es ist wirklich absurd.«

»Ich muß dir leider sagen, daß du eine Einladung zur Verlobungsfeier kriegst. Du brauchst nicht zu kommen.«

»Ach, zum Teufel«, sagte Fran, »wer weiß, wie es mir bis dahin geht?«

Sie sah so müde aus und hatte dunkle Schatten unter den Augen. »Geh ins Bett«, sagte Shelby und begann, die Wohnzimmerlampen auszuschalten. »Soll ich dich zudecken?«

Fran starrte sie an. »Nein, du sollst mich nicht zudecken.«

Shelby zuckte die Achseln und grinste. »Wie du willst. Aber so ein Angebot kriegst du nicht jeden Tag.«

»Allerdings nicht.«

»Wir sehen uns morgen«, sagte Shelby auf dem Weg zur Tür, »zum Müllwühlen.« Sie zögerte, dann griff sie nach dem Wandschalter, um das letzte Licht zu löschen. »Bist du sicher, daß du klarkommst?«

»Ich komme klar.« Fran ging in Richtung Schlafzimmer. »Gute Nacht, Shelby.«

Sie kam mit Verspätung in die Kantine, nach einem chaotischen und frustrierenden Vormittag. Zwei Manuskripte waren ohne Absenderadresse eingetroffen, bei einem dritten hatte eine Seite gefehlt. Penny hatte eines der schlimmsten Geschreibsel heraufgeschickt, die sie jemals gesehen hatte, begleitet von einer enthusiastischen Empfehlung. Charlotte hatte eine Besprechung und Planungssitzung nach der anderen gehabt, so daß es ihr vorgekommen war, als sei in ihrem Büro heute Tag der offenen Tür.

Wenn sie ganz ehrlich sein sollte, machte sie sich Sorgen. Zwar hatten sie gestern nicht darüber gesprochen, aber sie war sicher, daß Fran einen Neurologen für sie ausfindig machen würde und wahrscheinlich schon gefunden hatte. Sie war offensichtlich so ein höchst zwanghafter, effizienter, nüchterner, militaristischer Typ, der sich um die Gefühle anderer nicht scherte, solange die Arbeit getan wurde.

Sie nahm ein Tablett und griff nach dem Tagesmenü, einem undefinierbaren Hackbraten. Sie hätte eine Tüte mit Picknickresten mitbringen sollen. Alte Brötchen, angebrannte Kanten ausgetrockneter Frikadellen, welke Salatblätter – irgendwie, dachte sie, als sie einen kleinen Teller mit grünem Salat und geriebenen Möhren auf ihr Tablett schob, hatte der Salat, der zwei Stunden in der Sonne gestanden hatte, sogar besser ausgesehen als der hier.

Sie warf einen Blick zu ihrem angestammten Tisch und sah, daß Lisa fehlte. Wundervoll. Das bedeutete, daß Shelby als Vierte für Bridge gebraucht wurde, und sie war spät dran und in Eile. Sie wappnete sich für die unvermeidliche Rückblende auf den Grillabend. Connie machte den Anfang, indem sie dem Fest das Connie-Thurmond-Genehmigungssiegel verlieh. »Einfach perfekt«, sagte sie. Jean stimmte zu, und Penny nickte. »Kommt, wir spielen.«

»Ich kann nicht«, sagte Shelby. »Ich bin mit allem im Rückstand.«

»Das darf ja wohl nicht wahr sein«, sagte Connie. »Wir haben auf dich gewartet!«

»Es tut mir leid«, erwiderte sie.

Penny schleuderte ihre Papierserviette auf ihr Tablett. »Na, typisch. Verdammt.« Bevor jemand antworten konnte, hatte sie ihr schmutziges Geschirr genommen und war von dannen marschiert.

Jean starrte ihr nach. »Was ist denn in die gefahren?«

»Keine Ahnung.« Connie zuckte mit den Achseln. »Sie hatte schon den ganzen Morgen schlechte Laune.«

Shelby war versucht, ihnen von dem Manuskript zu erzählen,

das Penny empfohlen hatte, um zu sehen, ob jemand Licht in die Sache bringen konnte. Sie entschied sich dagegen.

»Hast du keinen Hunger?« fragte Jean.

Shelby stocherte in ihrem Essen herum. »Auf das hier?«

»Iß lieber«, sagte Connie. »Du mußt bei Kräften bleiben.«

Wofür? Wußte Connie Bescheid wegen der Kopfschmerzen? Hatte Fran ihr etwas erzählt? Das würde Fran nicht tun. Niemals.

Vielleicht hatte sie Jean davon erzählt, und die hatte es Connie erzählt. Unsinn, Jean mochte Connie nicht einmal besonders, geschweige denn, daß sie ihr traute. Sie würde ihr nichts weitertratschen. Oder doch?

»Hallo?« sagte Connie und klopfte gegen Shelbys Kopf. »Jemand zu Hause?«

»Entschuldige. Ich habe überlegt, was du damit meinst. Bei Kräften bleiben. Du weißt schon.«

»Wenn mich mein Gedächtnis nicht täuscht, geht in neun Tagen die August-Ausgabe in Druck. Der große Streß fängt an.«

Shelby lachte erleichtert. »Stimmt. Das hatte ich verdrängt.«

O Gott, was war, wenn Fran ihr einen Termin besorgte und sie konnte nicht freinehmen? Oder sie bekam keinen Termin? Oder ...?

»Erzähl mal«, sagte Connie, »ist es bei euch dann auch so wahnsinnig hektisch wie im Lektoratsbüro?«

»Noch hektischer, fürchte ich. Ihr müßt Ende dieser Woche fertig sein, aber für uns fängt das Chaos dann erst richtig an. Ich werde wahrscheinlich die Nächte durchmachen müssen.«

Jean schüttelte den Kopf. »Ich beneide dich nicht.«

»Ich schon«, sagte Connie. »Wenn wir schon durch die Hölle gehen müssen, täte ich es lieber für dein Gehalt.«

»Nun«, sagte Shelby und sah bedeutungsvoll auf ihre Armbanduhr, »für mein Gehalt muß ich manchmal auch auf dieses köstliche Essen verzichten.«

»Was willst du uns damit sagen?« fragte Connie. »Daß wir wie brave kleine Mädchen ganz leise spielen und dich in Ruhe lassen sollen?«

»Das wäre nett.«

»Okay«, sagte Connie und zog die Karten aus ihrer Handtasche. »Drei Spieler, wechselnder Dummy, keine Reizung. Ich fange an.«

Das Telefon auf ihrem Schreibtisch klingelte. Sie hob ab. »Shelby Camden.«

»Hallo. Hier ist Fran Jarvis.«

Sie spürte einen Stich in der Magengrube. »Hallo.«

»Ich wollte dir sagen, daß ich dir einen Termin besorgt habe. Bei einem Dr. . . . Kinecki . . . am Donnerstagmorgen.«

Shelby fror innerlich. »Diesen Donnerstag?« Ihre Stimme klang plötzlich heiser.

»Ich weiß, es ist sehr kurzfristig, aber ich glaube, je schneller wir es hinter uns bringen, um so besser.«

»Ja, wahrscheinlich.«

Sie sah hoch, denn jetzt stand Charlotte von ihrem Schreibtisch auf und griff nach Handtasche und Aktenmappe. »Albany«, sagten ihre Lippen.

Shelby winkte ihr nach. »Viel Glück.«

»Hast du etwas gesagt?« fragte Fran.

Die Tür schloß sich hinter Charlotte. »Meine Bürokollegin ist für heute gegangen. Ich habe ihr nur viel Glück gewünscht. Sie muß über irgendeine Veranstaltung in der Villa des Gouverneurs von New York berichten. Ich weiß nicht, was es ist.«

»Hör mal«, sagte Fran, »wenn du meinst, daß du mehr Zeit brauchst, kann ich den Termin verschieben. Ich will nicht, daß du dich unter Druck gesetzt fühlst.«

»Nein, du hast ja recht.« Sie zögerte. »Kannst du . . . mitkommen?«

»Ich habe schon jemanden gefunden, der mich am Donnerstag vertritt.«

»Okay.« Sie wollte nicht auflegen, wollte nicht mit ihrer Angst allein sein. Aber es war alles gesagt. »Ja dann, danke . . .«

»Shelby.«

»Was?«

»Rede mit mir.«

»Mir geht es gut.«

»Dir geht es nicht gut«, sagte Fran. »Deine Stimme klingt nicht gut.«

Sie holte tief Luft. »Ich habe nur ein bißchen Angst.«

»Angst? Oder Panik?«

»Irgendwo dazwischen«, räumte sie ein.

»Paß auf«, sagte Fran. »Ich habe auch Angst. Aber wir müssen das mit Vernunft angehen. Mit großer Wahrscheinlichkeit hast du gar nichts. Und wenn doch, dann gibt es hundert Dinge, die es sein könnten, und die meisten davon sind nicht schlimm.«

»Ich weiß.«

»Am Donnerstag geht es um Informationen. Wir brauchen mehr Informationen, das ist alles. Und die werden wir bekommen.«

»Ich weiß«, wiederholte Shelby. Sie fühlte sich wie gelähmt und unfähig zu denken. In ihrem Kopf summte es wie Bienen.

»Danach werden wir einen Schritt nach dem anderen tun. Aber ich habe wirklich kein schlechtes Gefühl.«

»Gut.«

»Wenn du heute abend nach Hause kommst, sprechen wir alles genau durch, damit du weißt, was auf dich zukommt. Es tut kein bißchen weh, es ist nur langweilig.«

»Gut.«

»Jetzt blendest du mich aus. Das merke ich doch.«

»Tut mir leid.«

»Nein, hör damit auf. Es nützt nichts, und du fühlst dich nachher nur allein.«

Ihr wurde bewußt, daß sie allein *war*. Noch niemals in ihrem Leben hatte sie sich mehr allein gefühlt. Sie zwang sich, Fran zu fragen: »Und was ist, wenn es ein Gehirntumor ist?«

»Das bezweifle ich ganz, ganz stark. Dir ist nicht schwindlig, du hast keine Gleichgewichtsstörungen, du halluzinierst nicht den Geruch brennender Lumpen. Aber wenn doch, dann tun wir, was getan werden muß.« Und mit leiser, fester Stimme sagte sie: »Shelby, was auch immer dabei herauskommt, ich bin bei dir. Egal, was dich erwartet und wie lange es dauert, ich lasse dich damit nicht allein.«

Erleichterung und Dankbarkeit durchfluteten sie. »Danke.« Sie lachte ein wenig. »Ich glaube, ich bin ganz schön verkorkst.«

»Das weiß ich doch schon längst.«

»Hey«, sagte Shelby, »du brauchst nicht frech zu werden.«

»Du klingst, als ginge es dir besser.«

»Ein bißchen.« Sie schaute aus dem Fenster zu den Zweigen des Ahornbaums, der vor dem Eingang des Gebäudes stand. Ein Rotkehlchen war mit dem Nestbau beschäftigt. »Ich sollte wieder an die Arbeit gehen.«

»Ich auch. Ich will nicht, daß während meiner Schicht jemand verblutet. Macht sich nicht gut auf dem Lebenslauf. Bis heute abend.«

»Ich gehe mit meiner Mutter essen.«

»Egal, auch wenn es spät wird. Du kannst jederzeit noch vorbeikommen.«

»Okay.«

»Mach's gut, Shelby.«

»Du auch.«

Es ging ihr wirklich besser. Das Reden hatte ihr geholfen, zu sich selbst zurückzufinden.

Als sie aufgelegt hatte, lehnte sie sich in ihrem Schreibtischstuhl zurück und sah ein Weilchen zu, wie das Rotkehlchennest vorankam. Das Weibchen blieb bei dem halbfertigen Nest, während das Männchen winzige Zweige und trockene Gräser herbeibrachte. Es ließ sie dem Weibchen vor die Füße fallen und versuchte sofort, es zu besteigen. Die Rotkehlchendame schüttelte ihren Gemahl ab, prüfte das von ihm herangeschaffte Baumaterial und erklärte es für unzureichend. Er wußte, daß er nicht bekommen würde, was er wollte, bis sie hatte, was sie wollte, und so flog er weg, um es noch einmal zu versuchen.

Wenn Shelby über ihre Freundschaft mit Fran nachdachte – und sie stellte fest, daß sie das ziemlich oft tat –, empfand sie sie als seltsam und möglicherweise etwas irritierend, aber nicht auf unangenehme Weise. Sie kannten sich jetzt seit drei Monaten, aber sie gingen so zwanglos und selbstverständlich miteinander um, als kennten sie sich schon viel länger. Obwohl sie unbedingt gewollt hatte, daß Fran ihre anderen Freundinnen kennenlernte, und alle sich gut verstanden hatten, merkte sie jetzt, daß ihre Freundschaft mit Fran etwas war, das mit ihrem Alltagsleben nichts zu tun hatte. Es würde ihr wirklich nichts ausmachen, wenn Fran nicht zu ihrer Verlobungsparty kam. Es wäre ihr eigentlich sogar egal, wenn sie die Hochzeit ausließe. Partys und Rituale waren oberflächliche Banalitäten, die in ihrer Freundschaft keine Bedeutung hatten. Ihre anderen Freundinnen hätte sie nicht gebeten, ihr zu helfen, dem Kopfweh auf die Spur zu kommen. Nicht einmal Jean. So sehr sie sie mochte, bei Jean konnte sie nicht verrückt spielen und anfangen zu schreien. Und sie hatte das Gefühl, daß das ohne weiteres passieren konnte.

Was wäre, wenn sie ins Krankenhaus müßte? Das würde sie auf keinen Fall geheim halten können. Und wenn es erst einmal bekannt war, würde jeder – Libby, Ray, Connie ... o Gott, Connie – eine Meinung dazu haben; jeder würde ihr und ihrem Arzt sagen, was sie zu tun hatten, und zwar sofort, bevor man darüber nachdenken konnte, und ihr Leben würde ihr völlig aus der Hand genommen.

Sie schüttelte sich. Eins nach dem anderen. Zumindest auf die Dinge, die unmittelbar vor ihr lagen, hatte sie einen gewissen Einfluß. Sie griff nach dem Telefon und wählte Pennys Nummer.

»Heute ist alles schiefgegangen, was ich angefaßt habe«, sagte Shelby.

Fran reichte ihr ein Sodawasser. »Wieso?« Sie deutete auf den Platz neben Shelby auf der Couch. »Mach dich lang, wenn du willst. Dies ist schließlich eine Schlafanzugparty.«

Shelby schwang die Füße hoch. Fran saß in dem Sessel auf der anderen Seite des Couchtisches.

»Ich hatte eine Besprechung mit meinem Redakteur, die länger gedauert hat, darum kam ich zu spät zum Mittagessen; also konnten sie nicht Bridge spielen, denn Lisa war heute nicht da – wahrscheinlich hatte sie einen Kater –, und sie hatten keinen Ersatzmann für mich, und ich war ja zu spät, also gab es jede Menge Aufruhr bei den wahrhaft Bridgesüchtigen, das heißt bei Connie ...« Sie hielt inne, um Atem zu holen. »Dann am Nachmittag mußte ich mich mit Penny zusammensetzen, weil sie ein Manuskript empfohlen hatte, das einfach fürchterlich war – ehrlich, es würde bei einem Wettbewerb der schlechtesten Kurzgeschichten der Saison 1962/63, nein, des ganzen Jahrzehnts ohne Diskussion den ersten Preis gewinnen. Ich habe mir eingeredet, daß es ein Witz sein sollte, weil ich mir nicht vorstellen konnte, daß Penny das Manuskript wirklich gefallen könnte, aber sollte es nicht. Es gefiel ihr, meine ich. Und da saßen wir dann, mit entgegengesetzten Ansichten, und versuchten, auf einen gemeinsamen Nenner zu kommen, aber es war unmöglich, weil wir ausgerechnet heute beide nicht bereit waren nachzugeben. Am Ende mußte ich auf meine Autorität pochen und das Manuskript ablehnen. Dafür werde ich schließlich bezahlt. Und jetzt glaubt Penny, ich bin gemein und dumm, und ich zweifle an meinem eigenen Urteil – nicht unbedingt über das Manuskript, aber über Penny –, und ich finde diese unbequemen Streitereien, in die wir geraten, einfach furchtbar.«

»Die Neuigkeit, mit der ich dich gleich nach dem Mittagessen überfallen habe, hat alles bestimmt nicht gerade leichter gemacht.«

Sie nippte an ihrem Glas. »Ja, vermutlich war ich ein bißchen nervös.«

»Sehr wahrscheinlich«, sagte Fran, und ihr Lächeln hieß: »Ich weiß, daß du untertreibst, aber ich tue so, als ließe ich dich damit durch.«

»Und dann mußte ich heute abend mit meiner Mutter essen gehen und die Hochzeit planen.« Sie seufzte. »Die große Hochzeit. Man könnte meinen, es wäre die Amtseinführung des Präsidenten.«

»Ich nehme an, ihr habt euch immer noch nicht geeinigt.«

Shelby stieß ein höhnisches Lachen aus. »Geeinigt? Ich verstehe ja überhaupt nichts davon. So ziemlich das einzige, worüber wir uns einig sind, ist, daß sie alles weiß und ich nichts.«

Fran zog eine Augenbraue hoch. »Ich wette, übers Zelten weißt du mehr als sie.«

»Was Libby nicht weiß, ist des Wissens nicht wert.«

»Das meint *sie*.« Sie lächelte Shelby mitfühlend zu. »Du hast schlechte Laune.«

»Wahrscheinlich. Ich weiß, daß es albern ist, aber sie bringt es fertig, daß ich mir ganz dumm vorkomme.«

»Shelby ...«

»Als wäre ich der einzige Mensch auf der ganzen Welt, der sich mit so etwas nicht auskennt.«

»Würden sich alle damit auskennen, würde niemand all diese Brautzeitschriften kaufen.«

Shelby drehte sich auf der Couch um und stützte sich auf einen Ellbogen, um Fran anzuschauen. »Sitzt du dahinten und machst dir Notizen?«

»Zahlst du mir vierzig Dollar die Stunde?«

»Müßte ich eigentlich.« Sie ließ sich wieder zurückfallen und starrte an die Decke. »Alles, was ich bei dir tue, ist, Dampf abzulassen.«

»Ach«, sagte Fran, »ich dachte, dafür wären Freunde da. Und dabei hätte ich die ganze Zeit reich werden können.«

»Du bist sicher so ein Mensch, dem sich alle anvertrauen.«

»Nicht ganz.«

»Doch, bestimmt. Wahrscheinlich schließt du abends deine Tür ab, damit du Ruhe vor all den Leuten hast, die bei dir Dampf ablassen wollen. Sicher ist das der Grund, weshalb du keinen Fernseher hast.«

»Ich habe deshalb keinen Fernseher, weil ich gerade vier Jahre damit verbracht habe, auf die Mattscheibe zu starren, wenn ich keinen Dienst hatte. Ich wollte wieder lesen lernen.« Sie stand auf, nahm Shelbys Glas, schenkte nach und gab es ihr zurück. »Was ist wirklich los, Shelby?«

Sie zog die Knie hoch, so daß Fran sich neben sie setzen konnte. »Ich weiß einfach nicht, wie das geht«, hörte sie sich sagen.

»Wie was geht?«

»Das Leben.«

Fran rührte mit einem Finger die Eiswürfel in ihrem Glas um. »Das ist ganz einfach. Du mußt nur die richtige Verteidigungsstrategie haben.«

»Leichter gesagt als getan.« Sie war froh, daß Fran sich so hingesetzt hatte, daß sie sie sehen konnte. Irgendwie fühlte sie sich dann weniger verwirrt. »Es gibt Regeln. Millionen von Regeln. Die Hälfte davon kann ich mir nicht merken, und die andere Hälfte kann ich nicht einhalten.«

»Vergiß nicht, daß die Regeln nur von Menschen gemacht wurden, nicht von Gott.«

»Und die Menschen bestehen darauf, daß man sich daran hält.« Sie rollte das kalte Glas über ihre Stirn. »Ich bin so durcheinander wegen dieser Hochzeit ... es gibt tausend Dinge, die schiefgehen können.«

»Ist das wirklich so wichtig?«

Shelby sah zu ihr. Fran sah völlig ernst aus. »Wenn man Libby als Mutter hat, dann ja.«

»Ich danke Gott jeden Morgen, daß ich Libby nicht als Mutter habe. Na ja, vielleicht nicht jeden Morgen. Aber alles, was du über sie sagst, erinnert mich an einen besonders gemeinen Leutnant, den wir in Fort Sam hatten. Er zwang dich, Dreck zu fressen und dann aus Dankbarkeit seine Füße zu küssen, weil er dir die Chance dazu gegeben hatte.«

Shelby lächelte grimmig.

»Es war das Militär. Man erwartete nichts anderes. Es hatte nichts mit einem persönlich zu tun. Eine Mutter ist ein bißchen persönlicher als das Militär.«

»Ein bißchen, ja.« Shelby rieb sich den Nacken. »Himmel, ich will nichts mehr davon hören. Es gibt doch noch mehr im Leben als Kopfschmerzen und Hochzeiten.«

»Das wußte ich gar nicht«, sagte Fran. »Was denn?«

»Zelten.«

»Sollen wir wieder einmal gehen?«

»Ja.«

»Dieses Wochenende?«

Shelby schüttelte den Kopf. »Ich bin am Samstagabend verabredet.«

»Wir fahren am Freitag und kommen am Samstagabend zurück.«

Zeit zum Zelten finden, ja. Aber Zelten nach Zeit? »Sobald wir es einrichten können, okay?«

»Sehr okay.«

Shelby wollte aufstehen. »Zeit fürs Bett.«

»Einen Moment.« Fran faßte sie am Handgelenk. »Wir besprechen noch, was dich am Donnerstag erwartet.«

Sie setzte sich wieder. »Muß das sein?«

»Ja, es muß sein. Weil ich weiß, daß du es dir viel schrecklicher ausmalst, als es wirklich ist, und das lasse ich nicht zu.«

Ich will das nicht, dachte Shelby und starrte auf den reglosen Schatten des Ahorns an der Schlafzimmerwand. Den Donnerstag konnte sie bewältigen. Kein Problem. Ein paar einfache Tests, ein EEG, und es würde nicht wehtun. Aber Angst hatte sie nicht wegen der Schmerzen. Angst hatte sie vor dem, was danach kommen mochte. Da gab es ein paar ziemlich furchterregende Möglichkeiten, zum Beispiel Tumore und Aneurysmen – obwohl, so hatte Fran ihr rasch versichert, wenn sie ein Aneurysma hätte, wäre sie wahrscheinlich schon tot, was beruhigend war – oder Epilepsie oder sonst etwas Entsetzliches, das sie zwingen würde, ihr bisheriges Leben aufzugeben und ganz von vorn anzufangen. Aber selbst wenn es nur Anspannung war ... *nur* Anspannung, als wäre sie nur *ein bißchen* schwanger ... sie wußte nur zu gut, daß es nicht verschwinden würde, wenn sie nicht einige Änderungen in ihrem Leben vornahm.

Änderungen. Was für Änderungen? Ihr Leben funktionierte doch, lief so, wie es sollte, wie sie es immer geplant hatte. Wo gab es denn Spannungen? Die Hochzeit? Die Kopfschmerzen hatte sie schon gehabt, als sie noch lange nicht vom Heiraten gesprochen hatten. Ihre Arbeit? Sicher, sie hatte Angst, einen Fehler zu machen, aber sie hatte ihr ganzes Leben lang Angst gehabt, Fehler zu machen, das war nichts Neues.

Es war nicht gerecht. Sie hatte es endlich geschafft, war endlich dort angekommen, wo sie immer hingewollt hatte, wofür sie sich angestrengt hatte, seit sie klein war, und was war der Lohn? Kopfweh und Schlaflosigkeit. Wenn das witzig sein sollte, war es ein ziemlich schlechter Witz.

Eins nach dem anderen, würde Fran sagen.

Ja, und was sollte sie sonst tun in den tiefen gestaltlosen Stunden der Dunkelheit zwischen Mitternacht und Morgen? Vor allem in der Zeit zwischen drei und vier Uhr. Die war am schlimmsten. Wenn die Gänsehaut einen jemals packte, dann zu dieser Zeit. Wenn man sich fragte, wie spät es war, ob es jemals wieder hell werden würde. Wenn man sich fragte, wo man eigentlich war und manchmal sogar, wer.

Fran hatte gesagt, vielleicht würden sie ein Schlaf-EEG machen wollen, was bedeutete, daß sie die Nacht davor fast die ganze Zeit aufbleiben mußte. Kein Problem. Wie es aussah, würde sie sämtliche drei Nächte davor wach bleiben, rund um die Uhr, ab jetzt.

Dies war Todesangst. Reine Todesangst. Und Depression. Genau, vergessen wir die Depression nicht. Panik? Oder ist das nur eine leichtere Form der Todesangst? Nein, bei der Todesangst geht es um den Augenblick. Bei der Panik geht es um die Zukunft. Oder ist das Sorge? Sorgen, was für ein Witz. Im Vergleich zu diesen Panikzuständen, vergleichbar mit Mehrfachbrüchen und gequetschten Rippen, sind Sorgen wie ein aufgeschürfter Ellbogen.

Sie setzte sich auf und schaltete das Licht ein. Genausogut konnte sie lesen. Genausogut konnte sie mit all diesen zusätzlichen Stunden, die sie zur Verfügung hatte, etwas Vernünftiges anfangen.

Vielleicht war Fran noch wach. Vielleicht konnten sie reden oder so.

Shelby schlüpfte aus dem Bett und schlich sich in den Hausflur. Kein Licht unter Frans Tür.

Na ja, auch gut. Sie konnte ohnehin nicht mit jedem kleinen Problem zu Fran laufen.

Sie machte ihre Tür zu und schloß ab. Wenn sie doch nur die nächsten Tage und Nächte auf diese Weise aussperren könnte. Sie überlegte, ob sie sich einen Drink machen sollte, aber irgend etwas riet ihr davon ab. Sich in den Schlaf zu trinken konnte Nebenwirkungen haben.

Vielleicht war das der Grund für ihre Kopfschmerzen. Vielleicht trank sie zuviel. Vielleicht holten ihre Sünden sie jetzt ein ...

Ach was. Getrunken, so richtig über den Durst, hatte sie während ihrer Collegezeit vielleicht zehnmal. Einmal im zweiten Jahr überreichlich, als sie mit ein paar Bekannten zu einer verbotenen Saufparty in den Staatspark gegangen war. Sie hatte schreckliche Angst gehabt, erwischt und ins Gefängnis geworfen zu werden, war sentimental geworden wegen der Freundin, die nicht mehr ihre Freundin war, und am nächsten Tag war ihr hundeelend gewesen. Eine aus ihrem Wohnheim hatte sie zu Bett gebracht, die ganze Nacht bei ihr gesessen und sich geweigert, ihr jemals zu erzählen, was sie in besoffenem Zustand gebrabbelt hatte.

Im Graduiertenstudium hatten sie Wein getrunken, aber nicht viel. Sie hatte keine Watte im Kopf haben und etwas Wichtiges verpassen wollen, vor allem jetzt, da alles, was sie lernte, von Bedeutung war.

Jetzt trank sie natürlich mehr. Das taten alle. So war das bei Karrierefrauen, die zum ersten Mal tun und lassen konnten, was sie wollten. Als könnte sie das wirklich, wo doch Libby zweimal die Woche nach dem Rechten sah und jeden ihrer Schritte wachsam verfolgte. Und Ray und ihre Freundinnen ... ihnen allen war sie Rechenschaft schuldig. So war das, wenn anderen an einem gelegen war. Man nahm Rücksicht auf ihre Gefühle, und wenn man auf die Gefühle von anderen Rücksicht nehmen mußte, konnte man mitnichten tun und lassen, was man wollte.

Was auch nicht das Schlechteste war, dachte sie, als sie sich zwang, wieder ins Bett zu gehen und das Licht auszumachen. Besser, als ganz allein auf der Welt zu sein.

Fran war ganz allein auf der Welt, jedenfalls im Moment. In einer neuen Stadt, entfremdet von ihrer Familie, getrennt von ihren Freunden. Sie würde sich bald wieder ein Leben aufbauen, aber bis dahin ... Wie fühlte sich das an? Gefiel es ihr? War sie einsam? Vielleicht fühlte sie sich frei. Vielleicht war das die Einsamkeit wert. Shelby wurde sich bewußt, daß sie Fran nie danach gefragt hatte. Das war unhöflich, als sei es ihr egal. Und es war ihr überhaupt nicht egal. Es war nur, daß man bei Fran immer den Eindruck hatte, es gehe ihr gut damit, wo sie war und was sie tat. Sie mußte sich unbedingt erkundigen.

Ein Vogel zwitscherte; es klang wie ein Flöten. Rotkehlchen. Als nächstes würden die Spatzen kommen, zusammen mit dem zinnfarbenen Himmel vor der Morgendämmerung. Wurde es erst hell, wäre sie endgültig wach und müßte den ganzen Tag herumlaufen mit diesem sandig-metallischen Gefühl, halb Übelkeit, halb Benommenheit, nach einer Nacht ohne Schlaf. Sie drehte sich auf die eine Seite, dann auf die andere, dann wieder auf den Rücken. Die Schatten an der Wand wurden blasser. Die Fensterscheibe färbte sich grau.

»Ach, verdammt«, sagte Shelby.

Sie stand auf, badete, zog sich an und ging zu ihrem Auto. Die Stadt war auf unheimliche Weise still, in den Läden brannten trübe Sicherheitslampen, die Landschaft war von Grau überzogen. Dunst hing über den Feldern und zog sich an den Bächen entlang. Gelegentlich brannte auf einer Farm Licht in der Küche, aber es war niemand zu sehen. Alles war leblos und hohl, hielt den Atem an, wartete.

Sie fuhr durch die Gegend, bis es Zeit fürs Büro war.

Kapitel 9

Fran saß auf einem der orangefarbenen Plastikstühle im Wartezimmer, in eine Elternzeitschrift vertieft. Shelby ging zu ihr und hielt ihr ein Rezept entgegen. »Bringt mich das hier um?« fragte sie.

Fran zuckte überrascht zusammen. Sie nahm das Rezept und schaute darauf. »Nur wenn du sehr viele auf einmal nimmst. Es sind einfache Schlaftabletten.«

»Na«, sagte Shelby, »dann wirst du es wohl noch eine Weile mit mir aushalten müssen.«

Fran stand auf. »Es ist alles in Ordnung?«

»Ich bin überarbeitet, übermüdet und angespannt. Im Gegensatz zu unreif, unsicher und frustriert, wie es im Internat immer hieß.« Shelby mußte grinsen. »Ansonsten bin ich ›organisch gesund‹. Ich wünschte, meine Eltern wären genauso leicht zufriedenzustellen.« Sie nahm ihren Mantel vom Garderobenhaken. Das mit dem »organisch gesund« hatte natürlich noch eine andere Seite, aber darum würde sie sich später kümmern. Vorerst reichte es, das vorübergehende Hochgefühl zu spüren, das sich einstellte, wenn man einer Sache knapp entkommen war.

Als sie sich umdrehte, sah sie, daß Fran sich mit einem Ärmel über die Augen wischte. »Sag mal, weinst du?«

»Draußen«, sagte Fran mit einem Blick in Richtung der Assistentin am Empfangstresen.

»Bis gleich.« Shelby ging zum Tresen, um die Versicherung zu regeln.

Fran stand auf dem Parkplatz, gegen das Auto gelehnt. Der morgendliche Nieselregen hatte einem grauen Himmel und einem für die Jahreszeit ungewöhnlichen feuchten, scharfen Wind Platz gemacht, der sich anfühlte und roch, als sei er über tausend Meilen Eis herübergeweht. Er zerzauste Frans Haarspitzen, die wie Tau in einem schrägen Strahl wäßriger Sonne glitzerten. Fetzen wächsernen Einwickelpapiers trieben über den Parkplatz. Streusalz und Splitt vom letzten Winter, vom Wind aufgescheucht, wirbelten hoch und fielen herunter, die geparkten Autos streifend.

»Du meine Güte«, sagte Shelby, »der Montreal Express. Steig

ein, bevor du erfrierst.«

Fran glitt auf den Beifahrersitz. Shelby ließ den Motor an und schaltete die Heizung ein. »Dir ist doch klar«, sagte sie, »daß wir nirgends hinfahren, bevor du mir nicht sagst, warum du geweint hast.«

»Ich bin nur erleichtert.« Fran stopfte die Hände in die Jackentaschen. »Ich hatte Angst, sie würden irgend etwas Schlimmes finden.«

»Ich habe gar nicht gemerkt, daß du dir Sorgen gemacht hast.«

»Du hattest doch genügend Angst für uns beide.«

Shelby schüttelte den Kopf. »Versprich mir, daß du das nie wieder tust. Wenn ich denke, daß du womöglich irgend etwas vor mir verbirgst – aus welchem Grund auch immer –, werde ich dir nie vertrauen können. Es ist so wichtig für mich, dir zu vertrauen.«

»Es tut mir leid.«

»Ich meine es ernst, Fran. Ich brauche jemanden, der mir immer die Wahrheit sagt.«

Fran sah sie an. »Das hast du mir nie gesagt.«

»Ich weiß.« Sie fuhr sich mit der Hand durchs Haar. Ihr war sehr ernst zumute, obwohl sie nicht wußte, warum dies plötzlich solche Bedeutung hatte. »Wir kennen uns ja noch nicht sehr lange, aber es fühlt sich sehr lange an. Ich meine, es fühlt sich an, als hätte ich dich schon immer gekannt.« Sie lachte. »Was rede ich, ich weiß ja nicht einmal, ob du mich magst.«

»Ich mag dich«, sagte Fran.

»Es ist leicht, ehrlich zu dir zu sein. Das bedeutet mir sehr viel. Aber ich muß mich darauf verlassen können, daß du genauso empfindest. Bitte. Ich brauche eine Freundin wie dich.«

Fran drückte ihre Hand. »Ich glaube, darüber brauchst du dir keine Gedanken zu machen.«

Shelby merkte, daß sie rot wurde. »Ich komme mir albern vor. Solche Sachen sagt man doch nicht.«

»Na, dann hat ›man‹ eben Pech gehabt. Hör zu, Shelby, ich brauche auch eine ehrliche Freundin. Aber wenn ich zurückdenke, wo ich manchmal war und wen ich manchmal kennengelernt habe – es war nicht immer ungefährlich, offen zu sein, das ist alles. Ich werde mein Bestes tun. Aber alte Gewohnheiten sitzen tief.«

»Vor allem *dumme* alte Gewohnheiten?«

»Vor allem die.«

Shelby legte einen Gang ein. Sie war durcheinander. Sie hatte all das nicht sagen wollen. Sie hatte nicht einmal gewußt, daß sie so fühlte. Irgend etwas schien aus dem Ruder zu laufen.

Als sie zu Fran hinüberschaute, faßte sie sich wieder. Fran ruhte in sich selbst. Sie hatte ihre Erfahrungen gemacht – Erfahrungen, die Shelby sich wahrscheinlich nicht einmal im Traum vorstellen konnte, das Leben jedes einzelnen war so überraschend und verschieden –, aber sie hatte ihre Offenheit nicht verloren. Fran wußte vielleicht nicht immer, wer sie war, dachte Shelby, aber sie war immer sie selbst.

»Wo warst du denn alles?« fragte sie.

»Ich bin aufgewachsen«, sagte Fran. »Ich bin aufs College gegangen. Ich mußte das College aufgeben. Ich war sechs Jahre beim Militär. Die ganze Zeit habe ich schließlich gelebt. Also muß ich doch einiges gesehen und erfahren haben. Du nicht?«

Shelby zuckte die Achseln. »Eigentlich nicht. Ich meine, ich war auf dem College und dann im Graduiertenstudium, aber aufregend ist meine Lebensgeschichte gerade nicht.«

»Na ja«, sagte Fran, »dann hast du Glück. Obwohl, wenn man bedenkt, daß du mörderische Kopfschmerzen ohne organische Ursache hast und entweder nicht schläfst oder Alpträume hast – dann glaube ich, daß dein Leben möglicherweise ein kleines bißchen interessanter ist, als du dir einreden willst.«

Darauf wußte Shelby nichts zu sagen.

Fran lächelte. »Du wolltest, daß ich dir sage, was ich denke.«

»Ja«, sagte Shelby. »Ich habe ein Monster in die Welt gesetzt.«

Statt rechts abzubiegen, dorthin, woher sie gekommen waren, fuhr sie nach links vom Parkplatz hinunter.

»Wohin fahren wir?«

»Wir machen blau. In East Sayer gibt es ein Dairy Queen. Sonst gibt es dort nicht viel, aber es gibt ein Dairy Queen. Ich spendiere dir den größten Brazier Burger mit Pommes frites, den wir kriegen können.«

Fran seufzte. »Das kann ich nie wieder gutmachen.«

»Ich habe bei dir auch etwas gutzumachen«, sagte Shelby ernst.

»There's no business like show business ...« Das Lied ging ihr durch den Kopf, während sie wartete, bis Ray um das Auto herumgegangen war und ihr die Tür öffnete.

Es war tatsächlich wie bei einer Show. Mit dem Country Club als Bühne und ihrer Abendgarderobe als Kostüm. Ihr schulterfreies Cocktailkleid leuchtete fliederfarben, beinahe violett, passend zu den Iris, die Libby hundertweise bestellt und auf jeder geraden Oberfläche im Raum plaziert hatte. Im Country Club würde es aussehen wie im Beerdigungsinstitut.

»Wie?« sagte Ray, als er das offene Autofenster erreichte.

Sie hatte laut gesprochen. »Ich habe nur Selbstgespräche geführt.« Sie lächelte ihm zu. »Das kommt davon, wenn man allein lebt.«

Er öffnete die Tür und half ihr beim Aussteigen, ihre Reifröcke über seinen Arm drapierend, damit sie nicht gedrückt wurden. »In einem Jahr wirst du mich zum Reden haben«, sagte er. »Für immer und ewig.« Als sie ausgestiegen war, faßte er sie am Ellbogen und führte sie zum Club.

Shelby zögerte.

Jetzt war er da, der große Augenblick. Der Zeitpunkt, sich vor Zeugen hinzustellen und zu sagen: »Hört her, das habe ich vor.« An die Öffentlichkeit gehen. Nicht gerade eine Zeitungsannonce aufgeben, aber Libby hatte dafür gesorgt, daß die Verlobung im *Globe* und in der *Times* vermerkt wurde. Es gab kein Zurück mehr.

Sie müßte freudig erregt sein. Sie müßte strahlend elegant aussehen. Das war nicht der Fall. Es war, als gehörten ihre Kleider jemand anderem, irgendeinem süßen, kessen Mädchen im Film, das sich wie eine Dame benehmen konnte, wenn es sein mußte. Sie dachte an Doris Day, June Allyson, Debbie Reynolds ...

Sie selbst kam sich zugleich pummelig und schlaksig vor. Nichts saß richtig. Die Schuhe waren zu klein, der BH war zu eng, die Taille zu lose. Ihr Mieder drohte sich selbständig zu machen.

Sie fühlte sich wie fünfzehn, viel zu jung für all das.

»Was ist?« fragte Ray.

»Gib mir noch einen Moment.« Sie atmete tief durch, um ihre Fassung wiederzugewinnen, und nestelte an ihrem Miederverschluß.

Ray grinste. »Kalte Füße?«

Sie nickte. »Ein bißchen. Dieser ganze Zirkus. Wir haben schließlich nicht den Nobelpreis bekommen oder so was. Findest du das nicht alles lächerlich?«

»Doch, klar. Es muß lächerlich sein. Das gehört zum Heiraten dazu.«

»Ich glaube, du genießt es.« Sie rückte seine Fliege zurecht.

Er umfaßte mit beiden Händen ihre Schultern. »Ich genieße es nicht, Shelby. Ich finde es genauso schrecklich wie du.«

»Unmöglich. Ein Mann könnte dies niemals so schrecklich finden wie eine Frau.«

»Wieso nicht?«

»Ihr braucht keine Hüfthalter und keine langen BHs mit Bügeln zu tragen.«

Ray errötete leicht. »Nein, das nicht. Aber Krawatten sind auch nicht gerade ein reines Vergnügen.«

»Was ist mit harten Netzstolen?« Sie rieb ihre Stola gegen sein Gesicht. »Und Stöckelschuhen?«

Er schauderte. »Wollene Anzüge?«

»Hüte und Handschuhe?«

»Männer tragen auch Hüte.«

»Nicht solche wie wir. Mit Hutnadel und Schleier, und dann ständig die Angst, daß er herunterfällt. Männer gucken beim Anziehen auf die Bequemlichkeit, Frauen ... ich weiß nicht genau, worauf wir gucken, aber jedenfalls nicht darauf, ob etwas bequem ist.«

»Ich dachte, ihr guckt auf die Männer«, sagte Ray.

»Und ist das vielleicht gerecht? Ziehen sich die Männer für die Frauen an? Nein, sie wollen andere Männer beeindrucken. Paß auf, wir machen einen Deal. Du trägst einen Tag lang meine Sachen und ich deine, und abends sehen wir dann, wer mehr leidet.«

Er sah zum Clubhaus hoch, dann zu ihr hinunter, und er grinste. »Ja, komm, das machen wir. Gleich heute abend.«

»Was?«

»Wir schleichen uns in die Umkleideräume und tauschen. Das ist doch ein interessanter Anfang für den Abend.«

Sie versuchte, sich ihn in ihrem Abendkleid vorzustellen. Knubbelige Knie, die unter dem Rock hervorlugten. Große, blasse Füße in hochhackige Schuhe gezwängt. Seine breite, muskulöse Brust in ein Merry-Widow-Mieder gestopft. Er würde aussehen wie ein Würstchen. Sie konnte sich das Lachen nicht verkneifen.

»Was ist daran so lustig?«

»Ich habe mir dich gerade vorgestellt. Jetzt weiß ich, weshalb Männer keine Kleider tragen.«

»Manche schon.« Er nahm wieder ihren Arm und führte sie in Richtung des Clubhauses. »Ich habe einmal im College ein Kleid angezogen. Wir haben eine satirische Revue veranstaltet.«

»Hat es dir Spaß gemacht?«

»Es war schrecklich. *Ich* war schrecklich.«

»Hast du Bilder davon?«

Ray schaute zu ihr hinunter. »Es gibt Bilder, aber die wirst du niemals zu Gesicht bekommen.«

»Ach, komm schon.«

»Niemals. Ich werde sie vernichten.«

»Es gibt bestimmt Abzüge davon. Ich wette, sie sind irgendwo in Harvard bei den Akten. Harvard wirft nie etwas weg.«

»Mount Holyoke auch nicht. Die Fotos, auf denen du nackt posiert hast, gibt es bestimmt noch.«

»Du würdest es nicht wagen!«

»Oh, doch!«

Lachend betraten sie das Clubhaus, einander umfassend. Das glückliche Paar, nun war es offiziell.

Alle waren sie dort, über hundert Menschen. Ihr Vater, ohne seine neueste Freundin, wofür sie ihm dankbar war. Ihre Mutter, wie eine Königin über alles regierend. Die Freunde und Geschäftsfreunde ihres Vaters, die Freunde ihrer Mutter und, in einem Jugendghetto zusammengedrängt, Rays Freunde und ihre. Alle, nur Fran nicht und Rays Eltern nicht, die beschlossen hatten, erst zur Hochzeit den weiten Weg von Seattle herüberzufliegen. Fran hatte sich entschuldigt, weil sie Nachtschicht hatte. Shelby vermutete, daß sich Fran, die niemanden hier sehr gut kannte, in einer solchen Umgebung einfach nicht wohlfühlte – und wer bitteschön tat das? – und aus Höflichkeit gelogen hatte. Wenn sie ganz ehrlich sein sollte, war sie insgeheim froh, daß sie nicht da war. Aus Gründen, die sie selbst nicht ganz verstand, spürte sie, daß sie sich unbehaglich fühlen würde, wenn Fran sie hier sehen würde. Wahrscheinlich, weil sie heute abend massiv schauspielern mußte und ahnte, daß Fran sie durchschauen würde. Sie bräuchte nur hinüberzugucken und diese kornblumenblauen Augen und das wissende halbe Lächeln zu sehen, und sie könnte genausogut das Handtuch werfen. Bühnenkarrieren waren schon an niedrigeren Hürden gescheitert.

Oben an der Treppe zum kombinierten Speise-/Tanzsaal blieben sie stehen. Lisa entdeckte sie und stieß einen Schrei aus: »Sie sind da!« Alles drängte sich um sie. Shelby holte tief Luft, wappnete sich innerlich. Sei freundlich, lächle, schüttle Hände, danke ihnen fürs Kommen, und laß sie nicht merken, daß du keinen blassen Schimmer hast, wer sie alle sind. Hände und Gesichter zogen vorbei wie am Fließband.

»Wundervolle Party«, sagte Connie. »Einfach perfekt.« Und zerrte Charlie hinter sich her auf die Tanzfläche.

Jean umarmte sie. »Hol mich hier raus«, flüsterte Shelby ihr zu.

»Soll ich Feueralarm auslösen?«

»Nein, dann verhaften sie dich und sperren dich ein.«

»Dann müßte ich in der Mittagspause kein Bridge mehr spielen«, sagte Jean.

Nun kam Penny, voller »Oh!« und »Ah!« und vor Begeisterung sprudelnd. Shelby war erleichtert. Seit dem abgelehnten Manuskript war ihr Verhältnis angespannt gewesen, aber jetzt hatte Penny anscheinend endlich beschlossen, das Kriegsbeil zu begraben. »Ich freue mich so für dich«, sagte Penny.

»Danke.« Sie schaute Penny in die Augen und sah einen kühlen Schimmer. Also hatte sie es doch noch nicht ganz überwunden. Aber es war ein Anfang. Shelby wollte versuchen, noch einen Schritt weiter auf sie zuzugehen. »Ich hatte Angst, daß du noch sauer auf mich bist. Du weißt schon, wegen . . .«

Penny schüttelte den Kopf. »Sei nicht albern. Wenn unsere Freundschaft keine kleine Unstimmigkeit überstehen kann . . .«

»Du hast recht.« Sie beugte sich vor. »Wer ist der Neue?«

»Jeff. Nein, Mike. Oje, ich muß wirklich aufpassen. Eines Tages passiert mir so ein Ausrutscher noch zu einem ganz blöden Zeitpunkt.« Sie sah sich im Raum um. »Wo ist deine Nachbarin?«

»Sie muß arbeiten.«

Andere Leute drängten nach, um sie zu begrüßen. »Ich gehe mal lieber«, sagte Penny. »Ich will ja nicht, daß Dingsbums sich vernachlässigt fühlt.«

Sie verschwand in der Menge.

Zwischen Suppe und Vorspeise lehnte Ray sich zu ihrem Ohr. »Wie hat Libby es geschafft, den Country Club so kurzfristig zu buchen?«

Shelby zuckte die Achseln. Ihre Kleidungsstücke machten sich auf unangenehme Weise bemerkbar. Die Stola kratzte. Der lange Bügel-BH drückte auf ihre Rippen. Es tat weh und machte sie nervös. »Keine Ahnung. Wahrscheinlich hat sie ihn einfach überrollt, so wie sie es mit allen macht.«

Er legte seinen Arm um ihre Rückenlehne. »Na ja, dich wird sie jedenfalls bald nicht mehr überrollen.«

Das müßte ihr ein Gefühl der Geborgenheit geben. Ihr eigener Sir Galahad, der den Drachen von ihrer Tür fernhielt. Manche Frauen heirateten allein dafür. Manche bekamen nicht einmal das. Aber Shelby ärgerte sich darüber. Sie fühlte sich nicht beschützt, sie fühlte sich verkrüppelt. Sie stocherte in ihren Erbsen, den sautierten Champignons und dem Kalbsirgendwas herum. Es ertrank in einer komisch aussehenden Sauce, die einen Beigeschmack hatte, als sei mindestens eine der Zutaten schlecht gewesen. Sie aß eine Gabelvoll und spülte sie mit Wein hinunter.

»Alles in Ordnung, Shel?« fragte Ray.

»Ja, klar.«

»Du siehst etwas unglücklich aus.«

»Wegen des Essens«, sagte sie rasch. »Findest du, daß es schmeckt?«

Ray lachte. »Schatz, ich kann es nur mit der Krankenhauskantine vergleichen. Da schmeckt alles gut.«

In einem Jahr, dachte sie, werden alle deine Mahlzeiten liebevoll von deinem kleinen Frauchen zubereitet werden.

Bis der Nachtisch serviert wurde, hatte sie genügend Wein getrunken, um sich zu entspannen. Ray war schon mehr als entspannt. Er war aufgedreht. Shelby war froh darüber. Wenn Ray in dieser Stimmung war, brauchte sie sich nur noch zurückzulehnen und die Show zu genießen.

Jetzt wurden Trinksprüche ausgebracht. Die besten Wünsche für das Brautpaar in spe. Erinnerungen und peinliche Geschichten aus Shelbys Kindheit. Der Sekt floß in Strömen. Rays Freunde erzählten obskure und leicht anrüchige Geschichten über Ray und seine Aktivitäten im Pathologielabor. Ray trank auf das »Mädchen seiner Träume«, Shelby auf »den bald nicht mehr zu habenden begehrtesten Junggesellen der Ostküste«. Sie taten so, als stritten sie darüber, wie und wo sie sich kennengelernt hatten.

Wie es sich gehört, dachte Shelby, und sie merkte, daß sie ein wenig beschwipst war.

Sie stand auf und trank auf ihre Mutter, »ohne die . . . ihr wißt schon«. Niemand wußte, wie recht sie damit hatte. Nicht nur die Party, sondern die ganze Verlobung-Hochzeit-Ehe . . .

Ihre Gedanken verloren sich.

»Paß auf, daß ich nichts mehr trinke«, flüsterte sie Ray ins Ohr.

Er tätschelte unter dem Tisch ihr Knie.

Libby erklärte das Essen für beendet. Die Band kam in den Raum zurück. Tische wurden zur Seite geschoben.

Shelby sah Penny zur Treppe gehen. Ihr Gesicht war angespannt. Irgend etwas stimmte nicht. »Tanz mit Libby«, sagte sie zu Ray und wollte Penny folgen.

»Hey.« Er hielt sie am Arm fest. »Wo gehst du hin, Braut in spe?«

»Zur Toilette.«

Er ließ sie los und trat zurück. Sie sah ihre Mutter auf sich zueilen, und Libbys Gesichtsausdruck sagte, daß Shelby eine Übertretung begangen hatte. Ob groß oder klein, konnte sie nicht abschätzen. Und es war auch egal. Libby würde sich große Mühe geben, ganz genau aufzuzeigen und zu erklären, was Shelby falsch gemacht hatte. Ob sie schwere Körperverletzung begangen oder die verkehrte Gabel benutzt hatte. Wenn Libby sie erst einmal eingeholt hatte . . .

»Bitte tanz mit ihr«, flüsterte sie Ray tonlos zu. Er ging seiner Schwiegermutter entgegen.

Zuerst dachte sie, Penny sei nicht auf der Damentoilette. Der Raum fühlte sich hohl an und roch nach feuchtem Beton und alten Schuhen. Ein tropfender Wasserhahn hinterließ einen Rostring um den Abfluß im Waschbecken. Aus einer der Kabinen hörte sie ein schniefendes Geräusch. »Penny?«

»Geh weg«, sagte Penny.

»Ich bin's, Shelby. Ist etwas nicht in Ordnung?«

»Mir geht's gut. Mir geht es immer gut. Laß mich in Ruhe.«

Shelby setzte sich auf einen Stuhl. »Dir geht es nicht gut.« Sie wünschte, ihr Kopf würde aufhören, sich zu drehen. »Jetzt rede schon.«

»Nein.«

»Na gut. Ich gehe aber nicht weg, solange du mir nicht gesagt hast, was los ist. Es wird eine lange Nacht, und ich sitze bequemer als du.«

»Na und?«

Eine lange Stille folgte. Shelby schauderte ein wenig in der feuchten Luft und fragte sich, ob es ein Fehler gewesen war, Penny so herauszufordern. Wenn sie nicht in einer Viertelstunde wieder im Tanzsaal war, würde Libby sich auf die Suche nach ihr machen.

»So geht das nicht, Penny«, sagte sie. »Ich muß wieder nach oben.«

»Dann geh doch.«

Shelby stand auf und strich sich die Falten hinten aus dem Rock. »Ich weiß, daß du durcheinander bist. Ich glaube, es ist wegen mir, und ich weiß nicht, warum. Aber du bist mir sehr wichtig, und unsere Freundschaft bedeutet mir viel. Darum hoffe ich, daß du dich dazu durchringen kannst, mir zu sagen, was du hast, denn ich möchte tun, was ich kann, um dir zu helfen.«

Das Schloß an der Toilettentür klirrte und öffnete sich. Penny kam heraus, beschämt. »Es tut mir leid.«

»Was denn?«

»Du kannst nichts dafür.«

»Vielleicht doch.« Sie berührte Penny an der Schulter. »Wenn du es mir doch sagen würdest.«

Penny streckte die Arme nach ihr aus und umarmte sie. »Es ist schrecklich, wenn du mir so fern bist.« Sie begann zu weinen.

Shelby strich ihr übers Haar. »Es ist ein scheußliches Gefühl, das finde ich auch.«

»Ja?« Penny klammerte sich an ihr fest.

»Natürlich«, sagte Shelby. Es war definitiv ein Fehler, dieses Gespräch unter dem Einfluß von Sekt zu führen. Sie hatte den Faden verloren.

Wieder eine lange Stille, dann ließ Penny los. »Ich bin so froh, daß du mir das gesagt hast«, sagte sie. »Ich hatte solche Angst ...«

»Du brauchst keine Angst zu haben, Penny. Es ist alles in Ordnung.«

Penny drehte sich um und betrachtete prüfend ihr Gesicht im Spiegel über dem Kosmetiktisch. »Mein Gott, ich sehe fürchterlich aus. Dingsbums wird nie wieder mit mir ausgehen.« Sie sah Shelby im Spiegel an. »Geh du lieber und spiel Gastgeberin.« Sie tupfte an einem Rinnsal verlaufener Wimperntusche. »Ich komme, sobald ich die Spuren der Verwüstung beseitigt habe.«

»Kommst du wirklich zurecht?«

»Ich komme zurecht«, sagte Penny und nahm ihren Lippenstift aus dem Abendtäschchen. »Ich komme hervorragend zurecht. Ehrlich. Wir sehen uns oben.«

Shelby zog die Tür leise hinter sich zu und begann die Treppe hinaufzugehen. Also war alles wieder eingerenkt. Sie war froh darüber. Das Schlimme war nur, sie verstand nicht, was gerade geschehen war, wie es so rasch behoben werden konnte und was sie überhaupt getan hatte, daß Penny so durcheinander gewesen war.

Kapitel 10

Sie hatte Fran schon tagelang nicht gesehen – wochenlang eigentlich, wenn man von den kurzen Unterhaltungen im Hausflur absah. Fran erkundigte sich, wie es ihr gehe, sie sagte, es gehe ihr gut. Sie erkundigte sich, wie es Fran gehe, Fran sagte, es gehe ihr gut. Fran fragte nach der Hochzeit. Shelby seufzte und verdrehte die Augen. Fran lachte. Fran hatte Nachtschicht im Gesundheitsdienst – sie war sich sicher, daß sie damit Buße für irgendeine uralte, längst vergessene Sünde tat. Shelby versuchte die Sprache der Hochzeiten zu lernen, und Fremdsprachen waren nie ihre Stärke gewesen. Sie versicherten sich gegenseitig ihres Mitgefühls. Sie versprachen einander, zum Zelten zu fahren, sobald Fran keinen Wochenenddienst mehr hatte. Sie vereinbarten, zusammen zu Abend zu essen. Bald.

Das Problem war, daß Shelby sie vermißte. Und je länger sie sie nicht sah, um so mehr vermißte sie sie. So beschloß sie eines Samstagnachmittags, als sie wußte, daß Fran nicht arbeitete, ein Versprechen einzulösen, das sie sich selbst gegeben hatte, und ging zu ihr hinüber.

Sie klopfte an der Tür. Sie glaubte, von drinnen eine schwache Antwort zu hören, aber sie war sich nicht sicher. Vielleicht war Fran in der Küche oder im Schlafzimmer. Sie probierte die Tür. Sie war nicht abgeschlossen. »Hallo«, sagte sie, während sie sie öffnete und hineinschaute. »Ich bin's nur. Was ist denn? Versteckst du dich . . .«

Im Vergleich zum Hausflur war der Raum dunkel. Die Sonne war bereits nach Westen gewandert. Das durch die Ostfenster hereinfallende Licht war blaß und hatte den schwachgrünen Schein junger Blätter. Die Luft roch abgestanden.

Fran lag zusammengerollt auf der Couch, eine Decke eng um sich gewickelt. Ihr Gesicht war aschfahl, die Lippen waren schieferblau. Ihre Augen glänzten. Sie zitterte vor Kälte.

Offensichtlich hatte im Kamin ein Feuer gebrannt, aber es war ausgegangen. Verkohltes Papier und halbverbrannte Zweige lagen durcheinander auf der Feuerstelle. Und im Zimmer war es so warm, wie es Ende Juni nur sein konnte, sicherlich nicht so kalt, daß ein Feuer nötig war.

»Was ist denn mit dir los?« fragte Shelby und ging zu ihr.

Fran zog ihre Decke fester um sich. »Mir ist so kalt«, sagte sie.

Von nahem war klar, daß es ihr sehr schlecht ging. Ihre Haut war trocken und spröde. Shelby fühlte ihre Stirn. »Du bist ganz heiß«, sagte sie.

»Nein. Kalt.«

»Kalt *und* heiß. Das ist gar nicht gut.«

»Was du nicht sagst.«

Shelby streckte die Hand nach ihr aus. »Komm. Du gehst ins Bett. Sofort.« Sie nahm ihre Hand und versuchte ihr aufzuhelfen. Fran war schlaff wie eine Stoffpuppe. Shelby beugte sich hinunter, schob ihr einen Arm unter die Achseln und half ihr, sich aufzusetzen.

»Gut, daß du da bist«, murmelte Fran.

»Wie lange geht das schon so?«

»Seit gestern abend. Glaube ich.«

»Mit dem Frösteln und dem Fieber?«

Fran nickte.

Shelby wollte mit ihr schimpfen, weil sie sie nicht gerufen hatte, aber das wäre grausam gewesen. Fran hatte offensichtlich Schmerzen und war sehr empfindlich. Den Arm stützend um ihre Schultern gelegt, führte sie sie ins Schlafzimmer.

»Toilette«, sagte Fran und scherte in Richtung Badezimmer aus.

Shelby wandte ihre Aufmerksamkeit dem Schlafzimmer zu. Hier herrschte ein einziges Durcheinander. Die Hälfte der Kommodenschubladen stand offen; Strümpfe, Hemden und Schlafanzüge quollen heraus. Frans Sachen waren über den Fußboden verteilt, als hätte sie sie fallengelassen, wo sie sie gerade abgestreift hatte. Das Bett war zerwühlt wie ein Rattennest. Das sah Fran nicht ähnlich. In ihrer Wohnung herrschte immer noch eine militärische Reinlichkeit und Ordnung; alles war jederzeit sauber und aufgeräumt. Was sie auch hatte, es mußte sie plötzlich überfallen haben. Und da konnte sich Shelby ziemlich genau vorstellen, was es war. Vor allem, weil fast alle, die sie kannte, sie selbst eingeschlossen, es im letzten Winter gehabt hatten. Sie hatten es die »Killergrippe« genannt, und das war kein Kosewort gewesen. Shelby selbst war mitten im Supermarkt niedergestreckt worden. Plötzlich hatte sie sich schwach und schwindlig gefühlt und wie in Trance einen Einkaufswagen mit Fertiggerichten vollgestopft. Sie hatte es kaum bis nach Hause geschafft, und dort hatte sie gerade Zeit gehabt, alles im Gefrierfach zu verstauen, bis der eigentliche Horror begann. Jetzt hob sie Frans Sachen auf, machte das Bett zurecht, schob die Schubladen zu und schloß die Schranktür.

Die Küche und das Bad gingen vom Schlafzimmer ab, eine Merkwürdigkeit, die entstanden war, als die Eigentümer das Haus aufgeteilt und zusätzliche Leitungen installiert hatten. Von der Küche aus würde sie sehen können, wenn Fran aus dem Bad kam. Sie sah in den Schränken nach, ob dort irgend etwas war, was in dieser Notlage von Nutzen sein konnte.

Sie fand nichts. Sie fand überhaupt nicht viel, weder Nützliches noch Eitles. Fran wollte wohl gerade einkaufen gehen, als das Virus sie erwischte. Shelby entschied, daß sie zumindest fürs erste das Nötige aus ihrer eigenen Wohnung holen konnte.

Fran kam aus dem Bad und stolperte zum Bett. Shelby half ihr hinein und deckte sie sorgfältig zu. Frans Zähne klapperten. Shelby fand im Wandschrank eine Steppdecke und breitete sie über sie.

»Es tut mir so leid«, sagte Fran.

»Davon will ich nichts hören. Hättest du mir doch Bescheid gesagt.«

»Ich wollte dich nicht belästigen.« Ihr Atem ging schwer.

»Das ist doch albern.« Sie ging ins Badezimmer und warf einen Blick ins Apothekenschränkchen. Nicht viel brauchbarer als die Küche. »Ehrlich«, sagte sie, »für jemanden, der in der Medizin arbeitet, hast du die armseligste Hausapotheke der Welt.«

»Schieß auf mich«, murmelte Fran. »Mit Schußwunden kann ich umgehen.«

»Ich gehe rüber zu mir und hole ein paar Sachen. Bin gleich wieder da.«

Als sie zurückkam, saß Fran aufrecht im Bett und hustete. Shelby erkannte den Husten nur zu gut, dieses erstickende, knochenzermürbende, muskelzerfetzende, halszerreißende Keuchen. Im Liegen war es noch schlimmer, und nach ein paar Hustenanfällen war man zu geschwächt, um sich aufzusetzen. »Ich bin gleich bei dir«, sagte sie. Sie füllte den Teekessel und setzte ihn zum Kochen auf; dann goß sie ein Glas Wasser ein.

Sie setzte sich auf die Bettkante. »Eklig, nicht wahr?«

Fran nickte. Sie wollte etwas sagen, und dann wurde sie von einem neuen Hustenanfall überwältigt. Es klang, als ob trockenes Holz explodierte. Ihr Gesicht wurde rot, dann wieder weiß, dann erneut rot. Tränen stiegen ihr in die Augen. Sie versuchte sich zu beruhigen, doch je mehr sie sich bemühte, um so mehr erstickte die Anstrengung sie. Shelby erinnerte sich, erinnerte sich an Erstickungsanfälle, bis sie nicht mehr atmen konnte, erinnerte sich an die schmerzhaften Messerstiche in den Lungen. Erinnerte sich an Alleinsein und Angst. Sie nahm Fran in die Arme und drückte ihren Kopf gegen ihre Schulter. »Lehn dich an mich«, sagte sie. »Versuch dich zu entspannen.«

Allmählich hörte Fran auf zu kämpfen. Der Husten ließ nach, bis sie schließlich ein paarmal tief durchatmen konnte. »Danke«, sagte sie und wollte sich von Shelby lösen.

Shelby hielt sie fest. »Beweg dich nicht. Ruh dich einen Moment aus. Das hilft. Hinlegen macht es nur noch schlimmer.« Es tat gut, Frans Kopf auf ihrer Schulter, Frans Rücken unter ihren Händen zu spüren. Sie fühlte sich stark und beschützerisch und ...

... sie suchte nach dem Wort, doch als es ihr einfiel, konnte sie es nicht einordnen ...

... ganz.

Sie hielt sehr still und hörte zu, wie sich ihrer beider Atemzüge aufeinander einschwangen, bis sie zu einem einzigen Atem wurden.

»Steck dich bloß nicht an«, murmelte Fran.

»Ich hatte es schon im Februar. Ich bin immun.«

Sie strich Fran beruhigend über den Rücken. »Nicht reden.« Fran zitterte noch immer vor Kälte. Ihr Bademantel lag am Fußende des Bettes. Shelby lehnte sich zurück und griff danach, und dann legte sie ihn Fran um die Schultern. »Ich kann dir aus Erfahrung sagen«, sagte sie, »daß es vorübergehen wird. Es ist gräßlich, solange du es hast, und du wirst dadurch nicht unbedingt ein besserer Mensch, aber es geht wirklich vorüber.«

Fran hustete ein wenig, nicht gerade amüsiert, und dann verkrampfte sie sich in Erwartung der nächsten Attacke.

»Ganz ruhig«, sagte Shelby. »Laß es durch dich hindurchfließen.« Sie lockerte ihren Griff ein wenig, um Fran mehr Raum zum Atmen zu geben. »Und hab keine Angst. Ich weiß, was zu tun ist. Dies geht noch ein paar Tage so weiter ...«

»Das halte ich nicht durch.«

Shelby lächelte. »Das hältst du durch. Hämmern dir schon glühende Speere im Kopf und in den Gliedern?«

Fran nickte.

»Die Augen tun weh?«

Wieder ein Nicken.

»Schwindlig?«

»Ja.«

»Wie ist es mit Brechen?«

»Nein, danke.«

»Mußtest du brechen?«

Fran nickte. Sie entspannte sich ein wenig. Anscheinend war dieser Hustenanfall an ihr vorübergegangen und hatte sich ein lohnenswerteres Opfer gesucht.

»Hast du viel gespuckt?«

»Geht dich nichts an«, sagte Fran.

»Ihr Mediziner«, sagte Shelby. »Von uns erwartet ihr, daß wir euch alles sagen, aber bei euch selbst . . .«

»Ich hasse dich.«

»Das steht dir im Moment nicht zu. Außerdem habe ich mich bei unserem Campingausflug von dir herumkommandieren lassen. Jetzt tust du, was *ich* sage.«

»Ich habe ein Verdienstabzeichen im Camping.«

»Und ich«, sagte Shelby, »eins im Elendfühlen.«

»Ja, ich habe viel gespuckt. Es war nicht besonders schön. Bist du jetzt glücklich?«

»Aha«, sagte sie, »Mißmut. Also weilst du noch unter den Lebenden.«

»Wenn nicht, dann bin ich jedenfalls nicht im Himmel gelandet.« Fran schwieg einen Augenblick, dann sagte sie leise: »Danke.«

»Dank mir nicht. Du wirst meinen Anblick nicht mehr ertragen können. Ich werde dich zwingen, zu tun, was du nicht tun willst, und zu essen, was du nicht essen willst, und mich allgemein sehr unbeliebt machen.«

Fran hob schwach den Arm und berührte dankbar Shelbys Rükken. Ihre Hand fiel aufs Bett zurück.

»Wenn man das Schlimmste hinter sich hat, ist man völlig erledigt«, erinnerte sich Shelby. »Der Kopf ist okay, aber der Körper fühlt sich an, als schleppte man Bleigewichte mit sich herum. Dann darfst du dich auf keinen Fall übernehmen. Ich habe mich eines Abends gezwungen auszugehen, und dann hatte ich einen Rückfall, der mich noch einmal zwei Wochen flachgelegt hat. Wenn du es aushältst, leg dich einfach auf die Couch und guck Seifenopern.«

»Ich habe keinen Fernseher«, sagte Fran.

»Bei mir drüben. Ein Tapetenwechsel wird dir gut tun.«

Das Wasser begann zu zischen. »Zeit zum Hinlegen«, sagte Shelby. »Ich lasse dich einen Moment allein.« Sie packte Fran die Kissen in den Rücken und half ihr, sich dagegenzulehnen. Dann steckte sie ihr das Thermometer in den Mund. Fran schloß die Augen.

»Also«, sagte Shelby, ihr das Haar aus dem Gesicht streichend, »jetzt mache ich dir etwas zu trinken. Schmecken wird es dir wahrscheinlich nicht.« Sie zog ihr die Bettdecke ein Stück höher.

Sie öffnete die Schachtel mit Lemon Jello und schüttete das Gelatinepulver in eine Schüssel. Sie fügte eine Tasse kochendes Wasser hinzu und dann genügend kaltes Wasser, um es trinkbar zu machen. Als sie etwas davon in einen Becher goß, merkte sie, daß ihre Hände zitterten. Diese Grippe jagte einem ganz schön Angst ein. Für die Leute drum herum war es fast so schlimm wie für die Kranken selbst. Man fühlte sich hilflos und war manchmal gerade deshalb wütend. Shelby war froh, daß sie es selbst gehabt hatte, denn sie würde wissen, was sie tun und lassen mußte, sie konnte tun, was zu tun war, und so konnte sie es Fran etwas leichter machen.

Nicht daß bei diesem Monster irgend etwas »leicht« war, dachte sie, als sie Fran den Becher reichte und ihr das Thermometer abnahm. Es war recht hoch geklettert. Nicht gerade lebensbedrohlich, aber doch beunruhigend.

»Knapp 39,5 Grad«, sagte sie. »Wenn es nicht höher geht, sind wir in Ordnung.«

»Du vielleicht«, murmelte Fran.

»Ansonsten müssen wir vielleicht ein paar Entscheidungen treffen.«

»Mich in den Müll werfen.«

Shelby lächelte. »Ich dachte eher daran, einen Arzt zu rufen.«

Fran blickte auf ihren Becher hinab. »Was ist das?«

»Lemon Jello.«

»Du bist ja verrückt.«

»Eiweiß, Traubenzucker und Wasser«, sagte Shelby. »Genau das, was du jetzt brauchst. Trink.« Es war offensichtlich, daß Fran geschwächt war und nichts wollte als schlafen, aber ihr Körper trocknete aus. Das Fieber, das in ihr festsaß, mußte zum Durchbruch gebracht werden, und das ging nur, wenn sie Flüssigkeit zu sich nahm. Shelby griff nach dem Becher, setzte sich ans Bett und hielt ihn Fran an die Lippen, sie mit ihrem freien Arm stützend. »Komm schon, Fran. So schlimm ist es wirklich nicht. Laß dich nicht so bitten.«

Sie trank. »Schmeckt wie heißer Zitronensprudel.«

»Ziemlich genauso, stimmt. Wenn du ausgetrunken hast, lasse ich dich schlafen.«

»Immer diese Versprechungen.«

Schließlich stellte Shelby den Becher weg. Fran müßte wohl noch einen trinken, aber sie brachte es nicht übers Herz, sie jetzt dazu zu zwingen. Später, wenn sie sich ausgeruht hatte. Wahrscheinlich hatte sie ohnehin nur ein paar Minuten, bis sich in ihrer Brust wieder alles stauen würde. Shelby half ihr, sich hinzulegen. Fran schlief schon fast, noch bevor Shelby ihre Decke glattgestrichen hatte.

»Shelby«, sagte Fran, als sie den Raum verließ.

»Ich bin hier.«

»Es ist so schrecklich.«

Shelby drehte sich um, ging zu ihr und legte ihr die Hand auf die Wange. »Schlaf jetzt.«

Der Husten explodierte wie ein Gewehrschuß. Shelby legte ihr Buch hin und lief ins Schlafzimmer. Es war schlimmer als beim letzten Mal. Viel schlimmer. Fran litt am gesamten Körper Qualen. Ihr Gesicht war fast purpurrot.

Ich hätte einen Arzt holen sollen, dachte Shelby. Ich hätte es nicht soweit kommen lassen dürfen.

Fran kämpfte um jeden Atemzug, kämpfte gegen den Brechreiz an. Shelby saß bei ihr. »Denk dran, nicht verkrampfen«, sagte sie und hoffte, daß ihre Stimme ruhig und sachlich klang und ihre panische Angst nicht zu hören war. »Es wird alles gut.«

Aber erst nach mehreren hilflosen Minuten hatte Fran den Hustenkrampf unter Kontrolle. Tränen liefen ihr übers Gesicht. Shelby nahm ein Papiertuch aus der Schachtel neben dem Bett und wischte sie ihr ab. »Soll ich einen Arzt rufen?«

»Liege ich im Sterben?«

»Natürlich nicht. Ich dachte nur, du würdest dich . . . na ja, sicherer fühlen.«

»Glaubst du, ich traue dir nicht?«

»Ich hätte Verständnis dafür. Ich würde es nicht persönlich nehmen.«

»Tue ich aber.« Fran atmete tief und schnitt eine Grimasse. »Verdammt, das tut weh.«

»Ja, ich weiß. Ich werde versuchen, es dir bequemer zu machen.«

Fran ließ sich zurück in die Kissen sinken. »Glaubst du vielleicht, du bist Gott?«

»Wenn du den Rest von dem Lemon Jello trinkst ... sofern es sich nicht gesetzt hat ...«

»Sprich es aus«, sagte Fran, die Stimme schleppend vor Erschöpfung. »Du meinst geronnen. Es ist ekelhaft.« Sie holte noch einmal tief Luft und stöhnte.

»Wenn du es trinkst, gebe ich dir ein paar Aspirin. Ich wollte zuerst sicher sein, daß du sie bei dir behalten kannst.«

»Ach, hab ich's gut.«

»Wenn du nicht aufhörst«, sagte Shelby mit fester Stimme, »gehe ich und überlasse dich deinem Schicksal.«

Fran antwortete nicht.

»Nein«, sagte Shelby. »Das würde ich nicht tun.«

»Könntest du aber.«

»Mache ich aber nicht.«

Geronnen war das Lemon Jello nicht, aber etwas eingedickt. Na gut, schleimig. Shelby erhitzte das Wasser und goß etwas davon in den Becher. »Wenn dies funktioniert«, sagte sie, als sie Fran beim Trinken half, »gehen wir zu Ginger Ale und Bouillon über. Dann vielleicht Toast oder Makkaroni. Das Wichtigste ist, daß du nicht zuviel Flüssigkeit verlierst und deinen Körper nicht zu sehr belastest.«

Fran bewegte ihre Schultern und zuckte zusammen. »Der ist schon belastet. Ich muß unter ein Feuerwehrauto gekommen sein.«

»Darum werden wir uns auch kümmern. Eins nach dem anderen.«

»Shelby, es tut mir wirklich leid.«

»Meinetwegen braucht es das nicht«, sagte Shelby. Sie öffnete das Aspirinfläschchen und schüttelte zwei Tabletten heraus. »Nimm die hier. Wenn sie dir bekommen, kannst du noch eins haben.«

Fran schluckte das Aspirin zusammen mit dem Rest Lemon Jello. Dann gab sie Shelby den Becher zurück. »Gut, daß das vorbei ist.«

»Wir werden sehen. Willst du jetzt wieder schlafen?«

Fran nickte.

»Okay, rutsch tiefer.« Sie ordnete die Kissen so, daß Fran liegen konnte. »Ich reibe dir die Brust ein. Dann kannst du besser atmen.« Sie öffnete den obersten Knopf von Frans Schlafanzug und schob sanft den Stoff zur Seite. »Es wird dir gut tun.« Sie schraubte das Wick-Glas auf und nahm zwei Fingervoll Gel heraus. »Riecht etwas sonderbar«, sagte sie, während sie das Gel auf Frans Brust verteilte, »aber es ist besser als die alten Senfpflaster. Hast du die mal gehabt?«

»Hm.« Fran schloß die Augen.

»Ich hatte als Kind eine sehr empfindliche Haut.« Shelby verrieb das Gel mit der flachen Hand, so daß es einziehen konnte. »Aber niemand hat mir geglaubt, daß mich diese Dinger wirklich brannten. Meine Mutter meinte, ich stellte mich nur an. Na ja, und einmal . . . ich glaube, es war, als ich Keuchhusten hatte . . . hat sie eins zu lange draufgelassen, und ich bekam Blasen.« Shelby lachte. »Sie war so entsetzt und schuldbewußt, daß ich dachte, sie geht für den Rest des Lebens in die Kirche und tut Buße. Nur waren wir nicht katholisch. Bist du katholisch?«

Fran schüttelte den Kopf.

»Die Familie meiner Mutter war katholisch«, fuhr Shelby fort, langsam die Muskeln in Frans Brust massierend und wärmend. »Aber meine Mutter ist aus der Kirche ausgetreten, sobald sie konnte. Sie ist überzeugt, daß es ihrem gesellschaftlichen Aufstieg schaden würde, wenn sie katholisch wäre.«

Frans Atem wurde tiefer. Gut, sie schlief allmählich ein. »Die Familie meiner Mutter stammte aus dem französischsprachigen Teil von Kanada«, sagte Shelby. Sie sprach jetzt so leise, daß ihre Stimme nur noch ein rhythmisches Summen war. »Ich habe nie verstanden, warum sie sich dafür schämte. Es waren ehrliche Arbeiter, und vor langer Zeit sind sogar ein paar unserer Vorfahren als Fallensteller in den Westen gegangen. Einige von ihnen haben Indianerinnen geheiratet. Natürlich wollten sie alle reich werden, und natürlich sind sie es nicht geworden. Aber sie haben das Leben genossen. Als Kind habe ich einmal einen Sohn von ihnen kennengelernt. Er kannte wundervolle Geschichten über diese Zeit, über Dinge, die er selbst erlebt hatte oder von denen sein Vater und seine Onkel ihm erzählt hatten. Er hatte sogar einmal Calamity Jane getroffen. Meine Mutter behauptete, er sei ein Träumer und ein Lügner wie alle anderen auch. Aber mir war das egal. Wenn eine Geschichte gut ist, was macht es, ob sie wahr ist oder nicht?«

Fran atmete tief ein und vorsichtig wieder aus. Die Fältchen der Anspannung in ihrem Gesicht schmolzen. Shelby massierte schweigend weiter.

Es war erst später Nachmittag. Die Sonne schien von der Vorderseite des Hauses in spitzem Winkel über den Rasen. Die Luft, die durchs Fenster hereinkam, war frisch und sauber. Ein Auto fuhr in langsamem Tempo vorbei. Spatzen zwitscherten behäbig in der Wärme des Frühsommers. Es tat gut, sich so um ihre Freundin zu kümmern. Es fühlte sich gut und richtig an, und Shelby konnte sich nichts Wichtigeres vorstellen.

Sie verlangsamte ihre Bewegungen. Fran schien beinahe eingeschlafen zu sein, aber ihre Stirn war noch von kleinen Falten gezeichnet. Shelby strich sie glatt. »Wofür sind die?«

Fran öffnete halb die Augen, schaute aber zur Seite.

»Komm schon«, sagte Shelby.

»Ich habe ... ein bißchen Angst. Könntest du vielleicht heute nacht hierbleiben?«

»Ich habe meinen Schlafsack und meine Sachen schon geholt. Ich kann auf deinem Gästebett schlafen – oder auf dem Wohnzimmersofa, wenn du lieber allein sein willst.«

»Gästebett. Und du brauchst nicht im Schlafsack zu schlafen.«

»Es ist mein Schlafsack«, sagte Shelby, »und ich schlafe darin, wann es mir paßt.«

Fran lächelte. »Du Spinner.« Ihr fielen die Augen zu.

»Wenn du eingeschlafen bist, muß ich kurz zu mir hinübergehen und telefonieren«, sagte Shelby. »Ich lasse die Türen offen, damit ich dich hören kann, wenn du mich brauchst.«

Fran antwortete nicht.

Shelby blieb noch eine Weile bei ihr sitzen, dann stand sie vorsichtig auf und schlüpfte aus der Wohnung. Sie rief Jean an. »Du, ich komme am Montag nicht zur Arbeit.«

»Ist alles in Ordnung?«

»Mit mir ja. Aber Fran hat sich dieses ekelhafte Virus eingefangen, das wir letzten Winter alle hatten.«

»O Gott, das war furchtbar. Kann ich irgendwie helfen?«

»Ich glaube nicht. Aber ich muß bei ihr bleiben. Sagst du bitte den anderen Bescheid?«

»Ja, sicher. Wenn du irgend etwas brauchst, ruf mich an. Ich kann es euch vorbeibringen.«

»Danke. Aber warte mal, du hast diese Grippe nicht gehabt.«

»Ich hatte genug damit zu tun, weißt du nicht mehr? Bei euch allen. Gleichzeitig. Ich kam mir vor wie eine umherziehende jiddische Mamme.«

Shelby erinnerte sich nur zu gut. Jean war als einzige gesund geblieben; sie war von einer Wohnung zur anderen gependelt, hatte Aufmunterungen, Aspirin und Hühnerbrühe verteilt. »Ich verstehe nicht, daß du dich nicht angesteckt hast.«

»Ich ernähre mich richtig«, sagte Jean.

Shelby lachte. »Dazu sage ich lieber nichts. Jedenfalls war es beruhigend zu wissen, daß du die Runde machtest. Es hat mir sehr geholfen. Ehrlich.«

»Dafür sind Freunde schließlich da.«

»Das war mehr als Freundschaft, das war lebensrettend.«

»Ach, komm, Shelby, du machst mich ganz verlegen.«

»Ich werde mich krankmelden, Magenkrämpfe oder so. Hilfst du mir, damit durchzukommen?«

»Weißt du was«, sagte Jean, »sag doch, daß du Migräne hast. Alle wissen, daß du so oft Kopfschmerzen hast, sie werden es dir sofort glauben. Und vielleicht mußt du ja noch einen zweiten Tag herausschlagen.«

»Sehr gute Idee.«

»Okay, ich sage es weiter. Du fühlst dich wie gegessen und ausgespuckt.«

»Danke, Jean. Vielen Dank.«

»Also ruf mich an, wenn ihr irgend etwas braucht. Ich kann zum Lebensmittelladen oder zur Drogerie gehen und die Sachen bei dir vorbeibringen.«

»Mache ich.« Sie hörte Husten aus Frans Zimmer. »Ich gehe jetzt lieber wieder zurück.«

Diesmal konnte sie nicht viel tun; sie konnte Fran nur stützen, ihr Ginger Ale zu trinken geben und es ihr bequemer zu machen versuchen. Aber die Gliederknacker hatten eindeutig Besitz von ihr ergriffen. Fran konnte nicht stilliegen, einmal drehte und streckte sie sich, dann wieder rollte sie sich zusammen, und ihr war immer noch kalt. Shelby bot ihr an, ihr ein heißes Bad einzulassen, aber Fran war zu schwach. Sie versuchte ihr vorzulesen, aber Fran konnte sich gar nicht konzentrieren. Schließlich sah Shelby ein, daß sie mit ihren Bemühungen alles nur noch schlimmer machte. Sie gab Fran noch zwei Aspirin und deckte sie zu, und dann nahm sie ihre Hand.

Eine Weile saß sie ruhig da. Die Stille im Raum und auf der Straße war zu brüchig, zu spannungsgeladen. Sie wurde nervös. Sie schaltete das Radio auf Frans Kommode ein, fand den UKW-Lokalsender mit klassischer Musik und drehte ihn leiser. »Geht es so?« fragte sie.

Fran nickte.

»Versuch zu schlafen.« Sie müßte sich wohl etwas zu essen machen. Es war schon nach sieben, und sie hatte kein Mittagessen gehabt. Aber sie hatte keinen Hunger, und ihr fiel nichts ein, das sie brauchte. Oder wollte.

Sie hörte ihr Telefon klingeln und sah auf die Uhr. Acht Uhr. Das würde Ray sein. Sie legte ihr Buch zur Seite, schlüpfte in ihre Schuhe und ging rasch über den Hausflur.

»Hallo, Schatz.«

»Hallo, du.«

»Wie geht's?«

»Gut. Wie ist es in der Notfallstation?«

»Ich habe es jetzt begriffen«, sagte Ray. »Bei dieser Assistenzzeit im Krankenhaus geht es nicht darum, etwas zu lernen oder dich auf den Umgang mit einer Krise vorzubereiten. Es geht darum, deine Motivation auf die Probe zu stellen. Wenn du so scharf darauf bist, daß du dir ein Jahr Hölle und Demütigung gefallen läßt, dann nehmen sie dich in den Club auf.« Er rief von einem Münzfernsprecher im Krankenhaus aus an. Sie hörte das Knistern der Sprechanlage, das Murmeln von Stimmen, ein Klappern und Quietschen und undefinierbare Krankenhausgeräusche. »Und jetzt frage ich dich ganz neidisch, wie du dein Wochenende verbringst?«

»Eigentlich sehr ähnlich wie du deins. Erinnerst du dich an Fran? Die Frau von gegenüber? Mit der ich zelten war?«

»Ich weiß, wen du meinst«, sagte er.

»Sie hat Grippe . . .«

»Um diese Jahreszeit?«

»Sie arbeitet drüben beim studentischen Gesundheitsdienst und ist allem ausgesetzt, was zur Tür hereinkommt. Jedenfalls geht es ihr ziemlich elend. Ich tue, was ich kann.«

Er schaltete auf seinen professionellen Tonfall um. »Symptome?«

»Temperatur 39,4 Grad. Schwindel, Frieren, Erschöpfung. Gliederschmerzen. Trockener Husten.«

»Schwitzt sie?«

»Nein, sie ist knochentrocken.«

»Das ist nicht gut«, sagte Ray. »Behalte das Fieber im Auge. Wenn ihr es nicht in den Griff kriegt, wenn es noch viel höher geht oder wenn sie nicht anfängt zu schwitzen, könnte es problematisch werden.«

»Ich weiß. Vielleicht werde ich zu extremen Mitteln greifen müssen.«

»Du meinst die Radikalkur?«

»Bei mir hat es funktioniert. Soviel Spaß habe ich seitdem nie mehr gehabt.«

Ray lachte. »Du solltest manche von meinen Drogenabhängigen sehen. Die haben wirklich Spaß. Sie nimmt keine Medikamente wie Schlaftabletten oder Antihistamine, oder?«

»Nur Aspirin. In der Hausapotheke ist nichts.«

»Frag sie zuerst.«

»Mache ich. Jetzt gehe ich lieber wieder zu ihr.«

»Okay«, sagte Ray. »Wenn es schlimmer wird oder wenn du nervös wirst, laß mich ausrufen. Ich bin die ganze Nacht hier. Morgen vormittag kannst du mich zu Hause erreichen.«

»Danke, Ray.« Sie war erleichtert. »Ich melde mich dann wieder.«

»Warte nicht zu lange«, sagte er. »Dieses verdammte Fieber steckt in ihr fest. Ich liebe dich, Schatz.«

»Ich liebe dich auch.«

Um Mitternacht entschied sie, daß es reichte. Von selbst wurde es nicht besser, sondern schlimmer. Das Fieber war nicht gefallen, sondern auf über 39,5 Grad gestiegen. »Wir müssen etwas unternehmen«, sagte sie, als sie das Quecksilber im Fieberthermometer zurückschüttelte. »Es geht nicht von selbst weg.«

»Ich will schlafen.«

»Ich weiß. Kannst du auch, sobald wir das hier geregelt haben.«

»Erwarte nicht, daß ich dir helfe.«

Fran lag auf dem Rücken, die Augen geschlossen; ihr Körper war schlaff vor Erschöpfung. Sie sah aus wie in die Bettwäsche gebügelt.

»Ich mache dir etwas zu trinken«, sagte Shelby. »Es ist gut für dich.«

»Das sagen sie immer, bevor sie dir irgend etwas Schreckliches antun.«

Shelby berührte mit der Rückseite ihrer Finger Frans Gesicht. »Selbst wenn du tot bist und sie dich in die Erde runterlassen, wirst du noch einmal aufstehen und einen letzten dummen Spruch loslassen.«

»Und du wirst versuchen, ihn zu übertrumpfen.«

Shelby ging in die Küche und setzte Wasser auf. Sie öffnete eine Dose mit Zitronenkonzentrat und gab zwei Löffel davon in eine Tasse. Als der Teekessel pfiff, goß sie Wasser und dann einen Schuß Bourbon hinzu. Sie stellte die Tasse auf den Nachttisch, faßte Fran unter die Achseln und half ihr, sich gegen ihre Schulter zu lehnen. »Nimmst du irgend etwas ein, das sich mit Alkohol nicht verträgt?«

Fran schüttelte den Kopf und blickte in die dampfende Tasse. »Was ist das denn Widerliches?«

»Heiße Zitrone mit Bourbon. Ein altes Hausmittel. Hilft gegen hartnäckiges Fieber, Regelschmerzen, Schlaflosigkeit, Erkältung und Schreibblockaden. Ich habe es bei einer Freundin im College kennengelernt. Sie war aus Tennessee. Die so komisch geworden ist, du weißt schon.«

»Muß ich das wirklich trinken?«

»Jawohl.«

»Warum?«

»Wenn wir nichts gegen das Fieber tun, steigt es auf über 40 Grad, und dann kriegst du Schüttelfrost und dauerhafte Hirnschäden.«

»Du kannst einen unheimlich gut trösten«, sagte Fran. Sie nippte an der Flüssigkeit, dann trank sie und schauderte.

»Los, so schlimm ist es auch wieder nicht.«

»Doch.«

»Mein Gott, du bist ja noch dickköpfiger als ich.« Shelby hielt Fran die Tasse an die Lippen. »Je schneller du es hinter dich bringst, um so eher lasse ich dich in Ruhe.«

»Was macht es mit mir?«

»Wenn wir Glück haben, bringt es dich zum Schwitzen. Und dann tun dir deine Glieder nicht mehr so weh. Wenn es nicht funktioniert, kriegst du noch eine Tasse, und dann ist es dir sowieso egal, ob deine Glieder schmerzen oder nicht.« Sie hielt ihr die Tasse wieder hin. Fran zog eine Grimasse. »Fran, diese Schlacht werde ich gewinnen«, sagte sie sanft. »So oder so.«

Fran griff nach der Tasse und trank sie aus. »Kann ich jetzt schlafen?«

Shelby stellte die Tasse weg und half ihr, sich hinzulegen. »Selbstverständlich.«

»Muß ich nichts mehr essen?«

»Nein.«

»Trinken?«

»Nein.«

»Bist du sicher?«

»Ganz sicher.«

»Mußt du noch irgend etwas messen?«

»Alles in Ordnung.« Sie deckte sie sorgfältig zu. »Bis morgen früh.«

Sie breitete ihren Schlafsack auf dem Gästebett aus, löschte das Licht im Schlafzimmer, ging in die Küche, spülte das Geschirr und schaltete auch hier das Licht aus. Dann tastete sie sich in ihren Schlafanzug.

»Shelby?« flüsterte Fran in die Dunkelheit hinein.

»So heiße ich.«

»Wenn ich mich so anstelle ... ich meine das nicht so. Ich bin wirklich froh ...«

»Ich weiß.«

»Du tust soviel für mich.«

»Ich tue es gern«, sagte Shelby, und überrascht stellte sie fest, daß es stimmte.

Langer, bellender Husten klang gedämpft an ihr Ohr und weckte sie. Unter der Badezimmertür war ein Lichtschein zu sehen. »Alles in Ordnung?« fragte sie.

»Nein«, sagte Fran, als sie ins Schlafzimmer zurückkam. »Ich sterbe.«

Shelby stand auf und ging zu ihr. Frans Schlafanzug war klatschnaß. Ihr Gesicht glänzte vor Schweiß. Ihr Haar war naß und verfilzt. »Hey«, sagte Shelby, »es hat funktioniert.«

»Ich weiß gar nicht, was du hier so verdammt toll findest.« Fran stolperte zum Bett.

»Nicht hinlegen. Wo hast du deine sauberen Schlafanzüge?«

Fran deutete in Richtung Kommode. »Untere Schublade. Kann ich mich jetzt hinlegen?«

»Nein.« Sie fand einen frischen Schlafanzug. »Setz dich hin.«

Sie knöpfte Frans Jacke auf, schälte Fran aus den feuchten Sachen und trocknete sie mit einem Handtuch ab. »In diesen nassen Sachen erkältest du dich.«

»Soll das ein Witz sein?«

»Nein.« Sie half Fran, sich die durchnäßte Hose aus- und eine saubere anzuziehen. »Du hast Grippe, keine Erkältung. Aber was nicht ist, kann noch werden.«

Fran stöhnte und begann zwischen die Laken zu kriechen.

»Leg dich in das andere Bett.« Sie nahm ihren Schlafsack herunter, zog die Tagesdecke weg und schob Fran darauf zu. »Deins ist ja tropfnaß.«

Fran wollte ganz offensichtlich widersprechen, hatte aber keine Kraft dazu. Sie sackte auf das Gästebett. Shelby deckte sie zu, dann ging sie in die Küche und fand in einer Schublade ein sauberes altes, weiches Geschirrtuch. Sie nahm es mit ins Schlafzimmer und wischte Fran sanft den Schweiß vom Gesicht.

Fran atmete tief durch. In ihrer Lunge blubberte es wie kochendes Wasser. Shelby fand das Wick-Gel und massierte es sacht in Frans Brust.

»Shelby«, sagte Fran.

»Ja?«

»Tut mir leid, daß ich in so einem fürchterlichen Zustand bin.«

»Es wird wieder gut, Fran«, sagte sie mit weicher Stimme. »Du fühlst dich jetzt schrecklich, aber es ist alles unter Kontrolle. Du brauchst keine Angst zu haben.«

»Wie kann ich am Leben bleiben, wenn es mir so schlecht geht?«

Shelby lächelte und streichelte sie. »Das wird wieder.« Sie löschte das Licht und blieb eine Zeitlang bei ihr sitzen. Die Uhr auf der Kommode zeigte kurz nach zwei. Also hatte Fran vor dem Hustenanfall fast eine Stunde geschlafen. Noch nicht genug, aber immerhin.

Als Frans Atem leise und gleichmäßig geworden war, stand Shelby auf, zog die feuchten Laken vom Bett ab und ließ sie in eine Ecke fallen. Am Morgen würde sie das Bett frisch beziehen. Sie warf ihren Schlafsack auf das Bett und legte sich hin. Während sie in den Schlaf glitt, fragte sie sich, warum sie so glücklich war.

Am Sonntagmorgen ging es Fran eindeutig besser, auch wenn ihr Gesicht noch immer fleckig vom Fieber war und sie nur langsam und flach atmete. Halsschmerzen, dachte Shelby. Vor allem beim Atmen. Zu hoch hinten im Rachen, als daß man irgend etwas dagegen tun konnte. Ganz besonders ekelhaft. Aber wenigstens schlief Fran noch. Sie würde in den nächsten Tagen viel schlafen, daran erinnerte Shelby sich sehr gut. Nichts Böses ahnend, hatte sie in einem Buch gelesen oder völlig harmlos und unbeschwert mit jemandem telefoniert, und plötzlich hatte der Schlaf wie aus dem Erdboden gestampft nach ihr gegriffen und sie an den Fußgelenken auf die nächstgelegene waagerechte Oberfläche gezerrt. Diese Schlafanfälle hatte sie sogar noch gehabt, als sie schon wieder arbeitete. Connie hatte sich über ihre »Schlafkrankheit« lustig gemacht, Lisa war ganz besorgt gewesen, und Jean hatte geschworen, daß sich das geben würde.

Sie brachte die feuchte Bettwäsche und den Schlafanzug in die Waschküche im Keller und schaltete die Waschmaschine ein. Sie überlegte, ob sie Frans schmutzige Kleidung aus der Wäschetruhe im Bad holen sollte, aber sie hatte Angst, daß Fran das als Eingriff in ihre Privatsphäre empfinden würde. So war es nun einmal, dachte sie, während sie zusah, wie das Wasser in die Trommel einlief. Man wußte nie, wann man gegen den unsichtbaren Plastikschutzschild stoßen würde, den die Menschen heutzutage vor sich hertrugen.

Sie gab das Waschpulver hinzu. Wenn sie erst einmal eine verheiratete Frau war, die ihren Haushalt fest im Griff hatte, würde sie sich bestimmt eine Meinung über die verschiedenen Waschpulvermarken bilden. Die perfekte Hausfrau, mit allen Wassern und Waschpulvern gewaschen, die Bescheid wußte über Silberputzmittel, Geschirrspülmittel, Scheuerpulver, Fensterputzmittel, Toilettenreiniger, Weichspüler, Aufheller, Bleichmittel – soviel zu lernen, so viele weltbewegende Entscheidungen zu treffen.

Wir werden die Wäsche außer Haus geben, sagte sie sich. Von Waschpulver will ich nichts hören. Grundbedingung für den Ehevertrag. Ich darf die Wäsche außer Haus geben. Und wenn ich arbeiten gehen muß, um dafür bezahlen zu können ...

Arbeiten gehen. Sie würde ihre Stelle kündigen müssen. Früher oder später würde Ray dorthin gehen müssen, wo seine Arbeit war. Wahrscheinlich in eine größere Stadt. Bestimmt nicht Bass Falls oder West Sayer. Vielleicht Seattle. Das würde seinem Vater gefallen. Und ihr? Sie wußte überhaupt nichts über Seattle, nur daß an den wenigen Sonnenscheintagen im Jahr die Zeitung gratis war.

Sie wollte nicht ihr Leben aufgeben, es vom Leben eines anderen Menschen abhängig machen. Libby hatte recht, sie hätte mit dem Heiraten nicht so lange warten sollen. Sie hatte sich zu sehr an ihr eigenes Leben gewöhnt, ihre altjüngferlichen Eigenarten entwikkelt, genau wie die beiden Miss Young. Verheiratet zu sein würde ihr gut tun. Sie würde flexibler bleiben. Sie würde ...

Morgen ist auch ein Tag, Scarlett, denk morgen darüber nach. Denk heute erst einmal an das, was heute wichtig ist, zum Beispiel Leben und Tod oben in der Wohnung.

Als sie zurückkehrte, wachte Fran gerade auf. Sie setzte sich auf, schwang ihre Beine über die Bettkante und starrte auf den Boden.

»Ist dir schwindlig?«

Fran nickte.

»Ich weiß, daß du Halsweh hast, also zeig mir einfach, wo du deine saubere Bettwäsche hast.«

Fran deutete auf den Wandschrank im Bad. »Woher wußtest du das?«

»Ich weiß alles. Weg da.« Fran schlurfte zum Badezimmer. Shelby zog die feuchte Bettwäsche ab.

»Was kommt nach dem Halsweh?«

»Beton in den Nebenhöhlen, glaube ich. Ziemlich unangenehm.« Sie nahm einen frischen Schlafanzug aus der Kommode und warf ihn in Frans Richtung. »Zieh den hier an.« Jetzt erst sah sie Fran genauer an. Es schien ihr tatsächlich besser zu gehen. Sie war nicht mehr blaß und blaulippig, und sie wirkte etwas lebhafter. Aber sie war naß, zusammengesunken und zerknautscht. Shelby lächelte. »Du siehst aus wie ein halbertrunkenes junges Kätzchen.«

»Deine Schuld«, krächzte Fran.

»Ist dir noch kalt?«

»Spinnst du? Guck mich doch an.« Die Haare klebten ihr am Kopf. Schweißperlen liefen ihr übers Gesicht. »Ich fühle mich ekelhaft. Ich werde versuchen zu duschen.«

»Laß die Tür einen Spalt offen.« Shelby nahm trockene Bettwäsche und begann das andere Bett zu beziehen. »Damit ich dich auf dem Boden aufschlagen höre, wenn du ohnmächtig wirst.«

»Du magst mich nicht besonders, oder?«

Shelby schaute sie an. »Ich mag dich sogar sehr. Miß erst Fieber, bevor du duschen gehst.«

Das Fieber war gesunken. Nicht viel, es war immer noch über 39 Grad, aber es bewegte sich in die richtige Richtung. Shelby rollte ihren Schlafsack auf und ging die Küche inspizieren. Makkaroni mit Käse würden zum Mittagessen reichen. Das würde Fran vermutlich auch vertragen. Sie selbst hatte immer noch keinen Hunger, aber sie wußte, daß sie etwas essen mußte. Sie schrieb eine Einkaufsliste. Es war besser, wenn sie Jean anrief. Sie mochte Fran noch nicht allein lassen, und das einzige Geschäft, das am Sonntag offen hatte, war der Supermarkt.

»Wie sieht's aus?« fragte Jean.

Shelby horchte nach verdächtigen Geräuschen aus dem Badezimmer. Das Wasser lief und spritzte, als bewegte sich ein lebendiger Mensch darunter.

»Sie hatte eine schlechte Nacht, aber heute ist es etwas besser.«

»Nur eine einzige schlechte Nacht? Die Frau hat einen Schutzengel.«

»Bis jetzt jedenfalls. Es war schlimm genug. Kannst du uns ein paar Sachen besorgen?«

»Kein Problem. Was braucht ihr?«

Shelby diktierte ihr die Liste.

»Nur aus Neugier, ist Fran eine bessere Kranke als du?«

»Ich war doch ganz okay«, sagte Shelby.

»O nein, das warst du nicht. Hast du deinen Lieblingssatz vergessen? ›Ich komme schon allein zurecht.‹ Du warst unmöglich. Deswegen hattest du auch einen Rückfall!«

»Warum schreist du mich jetzt so an?«

»Weil du damals zu krank zum Anschreien warst.«

Shelby lachte. »Jetzt brauchst du es auch nicht mehr nachzuholen. Nein, sie ist nicht besser als ich.«

»Geschieht dir recht«, sagte Jean. »Bis heute nachmittag.«

»Ich glaube, du hast den falschen Beruf«, sagte Jean. »Du solltest Krankenschwester werden.«

»Wie kommst du darauf?« fragte Shelby, als sie ihr die Tüte mit den Lebensmitteln abnahm.

»Es steht dir. Du glühst geradezu.«

»Wahrscheinlich Fieber aus Solidarität.« Sie brachte die Lebensmittel in Frans Küche und warf im Vorübergehen einen raschen Blick ins Schlafzimmer. Fran schlief immer noch, jetzt schon seit ungefähr zwei Stunden.

»Komm mit zu mir herüber«, sagte sie leise zu Jean. »Sie schläft.«

Sie gab Jean das Geld für die Einkäufe. »Ich bin dir wirklich sehr, sehr dankbar.«

»Sei nicht albern«, sagte Jean. »Wie geht es ihr denn?«

»Das Mittagessen hat sie bei sich behalten. Sie ist jetzt in der Halswehphase.«

Jean schnitt eine Grimasse. »Nicht angenehm.«

Es war komisch, plötzlich jemanden dort zu haben. Komisch und etwas irritierend, wie die helle Nachmittagssonne nach einem Kinofilm.

»Was ist?« fragte Jean.

»Oh, entschuldige. Ich war nur in Gedanken. Es ist so ungewohnt, mit einem echten, lebendigen, gesunden Menschen zu sprechen. Wir kommunizieren im Moment meistens mit Grunzen und Nicken.«

»Das kann ich mir vorstellen.« Sie berührte Shelbys Gesicht.

»Du siehst auch nicht so gut aus.«

»Ich denke, ich glühe.«

»Du glühst, aber man sieht dir die Erschöpfung an. Wieviel hast du geschlafen?«

»Genug.«

»Mach ein Nickerchen.« Jean schulterte ihre Tasche. »Soll ich in der Redaktion von deiner Migräne erzählen?«

»Das kann ich doch auch selbst.«

»Ja, aber du spielst es herunter. Wie immer. Wenn *ich* es sage, bleibt kein Auge trocken.«

»Na gut.« Ein warmer Schauer lief durch ihren Körper. »Du bist ehrlich eine gute Freundin, Jean.«

»Mach mich nicht verlegen.«

»Vielleicht hätte ich dich überreden sollen, meine Brautführerin zu werden.«

Jean tat, als werde sie stranguliert. »Ich merke, du kannst mich nicht leiden.«

Bevor Shelby wußte, was sie tat, hatte sie Jean gepackt und ganz fest umarmt.

»Oh«, sagte Jean, »wofür war das denn?«

Shelby war von ihrem eigenen Verhalten überrascht. »Ich war einfach plötzlich überwältigt, was es für ein Glück ist, daß ich dich kenne.«

Jean lächelte und schüttelte den Kopf. »Jetzt fängst du schon wieder an. Ich weiß gar nichts darauf zu sagen.« Sie machte sich auf den Weg zur Tür.

»Danke für alles!« rief Shelby ihr nach. »Bis dann.«

Wenn sie an Frans Stelle wäre, würde sie sich mittlerweile hassen. Sie hatte das Gefühl, daß sie in jedem wachen Augenblick hinter ihr her war, sie drängte, zu essen, zu trinken, Aspirin zu schlukken, ihre Brust mit Wick massierte, wenn der Husten zu schlimm wurde. Bis zum Abend hatten sie Makkaroni mit Käse hinter sich gebracht und hatten auch Hühnchen und mindestens anderthalb Liter Ginger Ale bewältigt. Frans Temperatur war weiter gefallen. Die Lage besserte sich. Aber Fran hatte Schmerzen. Ihre Nebenhöhlen saßen zu und taten weh. Ihr Hals schmerzte, wenn sie atmete. Brust und Rücken ächzten vom Husten, die Glieder vom

Fieber. Gegen acht hielt Shelby es nicht mehr aus. Sie brachte es nicht fertig, in ihrem Buch zu lesen und jedesmal beim Hochschauen Fran zu sehen, wie sie sich drehte und wand, nach einer bequemen Stellung suchend und immer mehr von Schmerzen geplagt. Sie konnte nicht einfach wie ein hilfloser Dummkopf dasitzen.

»Also gut«, sagte sie, als sie ihr ein Glas Eiswasser auf den Nachttisch stellte. »Ich weiß nicht, ob es hilft, aber ein Versuch kann nicht schaden. Dreh dich um, ich werde dir den Rücken massieren.«

»Das brauchst du nicht«, sagte Fran rasch. »Du hast schon genug getan.«

»Ich kann das nicht mit ansehen. Ich muß irgend etwas unternehmen.«

»Geh nach nebenan.«

»Fran . . .«, sagte sie in leicht drohendem Tonfall.

»Schon gut, schon gut.«

Shelby knöpfte Frans Schlafanzugjacke auf und zog sie ihr aus; dann half sie Fran, sich auf den Bauch zu drehen. »Du bist viel zu schwach für einen Nahkampf«, sagte sie, als sie ihr ein Kissen unter die Hüften und eins unter die Brust schob.

Fran antwortete nicht. Sie wirkte angespannt, als warte sie darauf, daß etwas Schreckliches passierte.

»Ich werde dir nicht weh tun«, sagte Shelby. »Sonst sag es einfach. Ich nehme es nicht persönlich.«

Sie legte ihre Hand zwischen Frans Schulterblätter. Fran zuckte zusammen.

»Entschuldige. Was habe ich getan?«

»Kalte Hände«, sagte Fran.

Shelby hielt ihre andere Hand an ihr eigenes Gesicht. Sie war warm. »Sie sind gar nicht kalt«, sagte sie. »Das muß vom Fieber kommen.«

»Hm.«

Sie setzte sich ans Bett und faßte Fran an beiden Schultern, dann fuhr sie mit den Händen ihren Rücken herab. Ihre Haut war samtig und glatt, die Muskeln darunter waren hart wie Stahl. »Entweder machst du dreimal am Tag Sport, oder du bist total verspannt.«

»Du wärst auch verspannt«, sagte Fran.

Shelby lächelte. »Ja, vermutlich.« Sie massierte eine Weile schweigend. »Ich wünschte, ich hätte Sportsalbe oder so was, das wäre noch besser.«

»Hier riecht es doch sowieso schon wie in einem Umkleideraum.«

»Quatsch«, sagte Shelby, die Muskeln um Frans Schulterblätter knetend. Sie spürte die Hitze in ihren Händen und nahm ganz bewußt Frans warme Haut unter ihnen wahr. Und ein ungewohntes Kribbeln in ihren Fingerspitzen. »Wird es schlimmer?« fragte sie nach einer Weile.

Fran schüttelte den Kopf. »Besser.«

Als nächstes nahm sie sich Nacken und Schultern vor, sanft massierend und mit wachsendem Druck, so daß Frans Haut stärker durchblutet wurde und einen rosigen Schimmer bekam. Sie massierte ihre Arme und ihre Hände, nacheinander, ganz langsam. Ihre Fingerglieder. Fran begann sich etwas zu entspannen. Shelby strich ihr über den Rücken, behutsam, sacht, liebevoll.

In ihren Ohren summte es, und das Zimmer um sie herum kam ihr sehr klein, warm und persönlich vor. Sie waren gemeinsam in einem dunklen, behaglichen Raum geborgen. Niemand sonst existierte. Die Zeit hatte ihre Bedeutung verloren, es gab nur einen einzigen langen Augenblick, der nicht mehr aufhörte. Es kam Shelby vor, als sei ihr ganzer Körper zu einer Einheit geworden, als bestehe er nicht aus einzelnen Muskeln, Knochen und Organen, sondern sei ein Ganzes, das nur diesem einzigen Zweck diente. Sie war sanft und stark zugleich. Verletzlich und stabil. Sie lebte nur für diese eine kleine Aufgabe, es Fran bequemer zu machen.

Fran wurde von einem Hustenanfall gepackt. Shelby gab ihr Freiraum, ließ aber die Hand auf ihrem Rücken liegen, gerade genügend Druck ausübend, daß Fran wußte, daß sie da war. »Wasser?«

»Nein . . .« Fran räusperte sich. Es klang trocken.

»Doch, doch.« Sie drehte Fran um und reichte ihr das Eiswasser.

Fran vermied es, sie anzuschauen. Sie hatte die Arme an den Körper gepreßt, als hielte sie etwas Lebendiges fest, das jeden Moment entwischen konnte.

»Du bist wunderschön«, sagte Shelby.

»Ich sehe erbärmlich aus.«

Shelby knipste die Nachttischlampe aus und fuhr fort, über Frans Körper zu streichen.

»Ich mache es dir ganz schön schwer, was?« sagte Fran in ihr Kissen hinein.

»Ich habe schon Schlimmeres erlebt.« Sie ließ ihre Hand durch Frans Haar gleiten. »Ich *war* schlimmer.«

»Es fällt mir schwer, damit umzugehen, daß jemand für mich sorgt.«

»Das habe ich gemerkt.«

»Es tut mir leid.«

»Ich kann es verstehen, Fran. Ich bin genauso. Man hat das Gefühl, wenn man zuläßt, daß jemand sich um einen kümmert oder einen tröstet, stürzt man in eine ganz tiefe Sehnsucht, aus der man nicht wieder herauskommt.« Sie hatte keine Ahnung gehabt, daß sie das wußte, bis sie es sich selbst sagen hörte.

»Hm.«

»Schlaf jetzt.« Sie merkte, daß Fran wegdöste. Im Zimmer war es still und ruhig. Sie blieb noch eine Weile sitzen, ohne zu denken, nur den Rücken ihrer Freundin unter den Händen spürend. Dann stand sie langsam auf, breitete Fran die Schlafanzugjacke über Rücken und Schultern und deckte sie zu. Einen Augenblick lang sah sie auf sie herab, dann beugte sie sich herunter und küßte sie zwischen die Schulterblätter.

Unterdrücktes Weinen weckte sie. Sie setzte sich auf. »Fran?«

Fran gab einen tiefen, erstickten Laut von sich.

»Kämpf nicht dagegen an«, sagte Shelby. »Das macht es nur noch schlimmer.« Sie ging zu ihr hinüber.

Fran hatte ihr Gesicht unter dem Kissen vergraben. Shelby zog es behutsam weg.

»Sag mir doch, was du hast.«

»Geh weg«, schluchzte Fran.

»Nein.«

Shelby überlegte, ob sie Licht machen sollte, aber dann ließ sie es bleiben. Was immer hier geschah, es war zu persönlich, um ans Licht gezerrt zu werden. Sie nahm Fran in die Arme und hielt sie fest.

Das war kein gewöhnliches Weinen. Harte Tränen, verzweifelte, eiserne, hilflose Tränen. Sie schienen von ganz tief drinnen zu kommen, von einer alten Wunde, die nicht zuheilen wollte, die Frans Herz einen ständigen Schmerz zufügen mußte.

Shelby suchte nach tröstenden Worten. Es erschien ihr falsch, angesichts dieser schrecklichen Traurigkeit zu schweigen. Aber die üblichen Redensarten – »es wird alles wieder gut«, »es ist schon in Ordnung« – klangen fehl am Platz. Denn sie wußte nicht, ob alles wieder gut werden würde, und es war ganz sicher nicht in Ordnung. Es fühlte sich an, als würde es niemals in Ordnung kommen.

Sie konnte nur das aussprechen, was sie in ihrem Herzen fühlte. »Hoffentlich kannst du mir sagen, was du hast«, sagte sie leise und sanft. »Hoffentlich können wir zusammen etwas dagegen tun. Ich weiß nicht, wer es war, der dir so wehgetan hat, aber ich würde ihn gern umbringen, wenn du nichts dagegen hast.«

Fran klammerte sich an sie. Unter ihren Tränen war eine Leere, die Shelby an verlassene Bahnsteige erinnerte, an Flugzeuge, die sich lautlos von der Startbahn hoben. An einen Abschiedsgruß. Mehr als Kummer, mehr als Schmerz. Es war Trauer. Um Dinge, die für immer verloren waren. Sie fühlte auch in sich selbst eine schreckliche, hoffnungslose Traurigkeit aufsteigen. Es machte ihr angst. Große Angst. Ihr Herz begann zu klopfen, ihr Kopf drehte sich. Fran so zu sehen war intimer als Sex. Sie wollte, daß es aufhörte, wollte davonlaufen, aber sie wußte, daß das nicht ging. Halte durch, sagte sie sich. Nicht loslassen. Und sie drückte Fran fester.

»Ich bin hier«, sagte sie und streichelte Frans Haar. Sie wiegte sie ein wenig. »Ich lasse dich nicht allein.«

Fran bebte, von heftigen, gewaltsamen Schluchzern geschüttelt.

Shelby fragte sich, ob es je Morgen werden würde. Die Nacht stand schwarz und still hinter den Fenstern. Auf der Frisierkommode glänzte grün das Zifferblatt des Weckers. Shelby versuchte, durch Frans Weinen hindurch auf das Ticken zu hören, aber es gelang ihr nicht. Sie kehrt ihr Innerstes zuäußerst, dachte sie. Es mußte doch etwas geben, womit sie ihren Schmerz lindern konnte. Aber instinktiv wußte sie, daß hier zu sitzen und sie zu halten das Beste war, was sie tun konnte. Laß sie. Laß sie sich ausweinen. Gib ihr Geborgenheit. Spende ihr mit deinen Armen Kraft, Schutz und Trost. Versuch den Schmerz auf dich selbst zu lenken, ihn ihr abzunehmen.

Das Schlimmste war die Leere. Die hohle, schwarze Leere, durch die der Wind stöhnend hindurchblies. Es war kalt. So kalt.

Mein Gott, dachte Shelby. Diese Kälte die ganze Zeit in sich zu tragen.

Sie küßte Frans Scheitel. »Ich hab dich lieb«, sagte sie leise. Sie fragte sich, ob Fran sie überhaupt hörte, ob sie überhaupt wußte, daß Shelby da war.

Aber sie waren noch immer wie mit einem Faden verbunden. Shelby konnte ihn fühlen. Nicht loslassen, nicht loslassen. Sie konzentrierte ihre Aufmerksamkeit auf diesen Faden. Er durfte nicht reißen. Wenn er riß, würde etwas Schreckliches passieren.

Wenn ich sie noch fester drücke, ersticke ich sie.

Sie versuchte ein wenig loszulassen, aber dann spürte sie, wie das furchtbare Weinen sie beide schüttelte, und ihre Arme zogen Fran automatisch näher. Sie wollte Fran in sich aufnehmen, damit sie es warm hatte, damit sie nicht allein war. »Ich hab dich lieb«, sagte sie immer und immer wieder, mit ihren Worten, ihren Armen, ihren Händen, ihrem Herzen. Sie hörte nicht auf, sie zu wiegen.

Nach einer Weile wurde Frans Schluchzen leiser. Shelby griff nach den Papiertüchern und gab ihr eine Handvoll.

»Du bist ganz naß geworden«, sagte Fran.

»Ich werde es überleben. Ich klaue mir ein T-Shirt von dir.« Sie strich Fran das Haar aus der Stirn. »Möchtest du darüber reden?«

Fran schüttelte den Kopf. Sie sah so erschöpft aus, aber sie hielt sich immer noch mit einem Arm an Shelby fest.

Shelby stützte sie. »Ich lasse dich nicht allein«, wiederholte sie und hielt sie fest, bis sie merkte, daß Fran sich zu lockern begann. Sie half ihr, sich hinzulegen. Fran griff nach ihrer Hand. Shelby fuhr mit dem Daumen über Frans Fingerknöchel und drückte ihre Hand fest.

Sie zog ihre nasse Schlafanzugjacke aus und schlüpfte in ein T-Shirt. Es war weich, und es roch nach gebügelter Baumwolle und nach Fran. Das Wasser im Glas war noch kalt. Sie gab Fran zu trinken. »Besser?«

»Wacklig«, sagte Fran.

Bald würde es hell werden. Man merkte es an der Stille; sie war wie der Moment der Ruhe vor einem Donnerschlag.

Fran lag auf der Seite, von ihr weggedreht. Shelby zögerte nur einen Augenblick, dann schlüpfte sie zu ihr ins Bett, legte einen Arm unter Frans Nacken und den anderen um ihren Körper. Sie zog sie nah zu sich heran.

»Shelby«, murmelte Fran.

»So heiße ich.«

»Ich will nie irgend etwas tun, das zur Folge hat, daß wir keine Freundinnen mehr sind.«

»Das kann ich mir auch nicht vorstellen.«

Shelby konnte die Umrisse der Möbel und die weiße Vertäfelung erkennen. Sie schloß die Augen.

Es war ihr egal, ob sie schlief oder nicht.

Fran regte sich. Shelby legte das Manuskript weg, an dem sie gerade arbeitete, und setzte sich auf die Bettkante.

»Hey«, sagte sie und legte Fran die Hand auf die Stirn. Sie fühlte sich kühler an.

Nach Shelbys Fingern tastend, streckte Fran die Hand unter der Decke hervor. Shelby umschloß sie. »Hey«, sagte sie noch einmal leise, »kleine Schlafmütze.«

Frans Augenlider öffneten sich langsam. Die Augen waren rotumrandet, geschwollen und entzündet. Fran runzelte die Stirn und versuchte wach zu werden.

Als hätte sie in etwas Scharfes gefaßt, zuckte ihre Hand plötzlich zurück.

Shelby drückte sie fester. »Es ist schon gut«, sagte sie und strich Fran übers Haar.

Fran kniff die Augen zusammen und schüttelte den Kopf. »Laß das.«

»Entschuldige.« Sie rückte ein Stückchen ab. Sie wußte, wie es war, wenn man Fieber hatte. Manchmal war die Haut so empfindlich, als hätte man sich verbrannt. »Möchtest du ein bißchen Wasser?«

»Okay«, sagte Fran, die Augen noch immer geschlossen, den Kopf zur Seite gedreht.

Das Wasser in ihrem Glas war warm geworden. Shelby ging in die Küche, um frisches zu holen. Als sie an der Kommode vorbeiging, sah sie das Bett und Fran im Spiegel. Fran versuchte sich aufzusetzen. »Einen Augenblick«, sagte sie. »Ich helfe dir gleich.«

Als sie das Glas füllte, merkte sie, daß ihre Hände wieder zu zittern begonnen hatten.

Fran hatte es geschafft, sich allein aufzurichten, und saß im Bett, die Beine angezogen, den Kopf auf die Knie gelehnt. Shelby setzte sich zu ihr und legte einen Arm um sie. »Hier«, sagte sie und hielt ihr das Wasser hin.

Fran nahm es und trank, ohne Shelby anzuschauen. »Letzte Nacht ...«, begann sie.

»Hm.«

»Können wir das bitte vergessen?«

Shelby legte Fran die Hand auf die Wange und drehte ihr Gesicht zu sich hin. »Fran.«

Fran zog den Kopf weg. »Bitte. Es lag am Fieber.«

Shelby wußte, daß das nicht stimmte. Sie wußte, daß Fran es auch wußte. »Du warst letzte Nacht ganz durcheinander. Ich glaube, wir sollten darüber reden.«

»Ich muß zur Toilette«, sagte Fran und kämpfte sich aus dem Bett.

Shelby wartete, bis sie zurückkam, und dann deckte sie sie wieder zu. »Fran.«

»Bitte«, sagte Fran, »laß es vorerst gut sein.«

»Na gut.« Sie fühlte sich hilflos. »Was möchtest du zum Frühstück?«

»Ich habe keinen Hunger.«

»Das tut nichts zur Sache.«

»Ich kann für mich selber sorgen. Wirklich.«

Es ging ihr eindeutig besser. Aber sie war noch längst nicht über den Berg.

»Aha«, sagte Shelby ironisch. »Du kannst für dich selber sorgen, aber du hast keinen Hunger. Wann wolltest du denn etwas essen?«

Fran sah zu ihr. »Ich will dich nicht so mit hineinziehen.«

»Ich gedenke mit dir zu leiden«, sagte Shelby, während sie aufstand und zum Badezimmer ging. »Jeden Zentimeter des Weges.«

»Du bist verrückt.«

»Einsame Leute machen das so ...« Sie ließ kaltes Wasser laufen, tränkte einen Waschlappen und drückte ihn aus. »... mit anderen einsamen Leuten. Sie leiden gemeinsam.« Sie kam zurück und legte den Lappen über Frans Augen, fest gegen ihre Augenlider und Schläfen gedrückt. »So. Jetzt brauchst du den Kopf nicht mehr wegzudrehen. Jetzt kannst du mich nicht sehen.«

»Entschuldige.«

»Ist schon in Ordnung.« Es war wirklich in Ordnung. Was Fran auch sagen oder nicht sagen wollte, es war in Ordnung. Sie fühlte sich entspannt und frei.

Eine Weile saß sie da und schaute auf den Fußboden, auf das fadenscheinige Muster des Teppichs. Zwischen ihnen beiden geschah irgend etwas, war etwas geschehen. Als würden sie auf einem Floß den Fluß hinuntergerissen. Shelby wußte nicht, wohin die Reise ging, wie lange sie dauern würde und was am anderen Ende auf sie wartete. Ihr Kopf befahl ihr, jetzt auszusteigen, zum Ufer zu waten oder zu schwimmen, wenn es sein mußte, solange sie nur vom Fluß herunterkam. Ihr Herz befahl ihr, sich treiben zu lassen.

Sie ließ sich treiben.

»Du brauchst nicht bei mir sitzen zu bleiben«, sagte Fran. Ihre Stimme war zittrig. »Mir geht's gut.«

»Mitnichten. Du bist, wie du es letzte Nacht so treffend gesagt hast, in einem fürchterlichen Zustand.«

»Es ist mein eigener Zustand. Wenn du etwas zu tun hast . . .«

»Ich tue das, was ich zu tun habe«, sagte Shelby.

»Du mußt doch zur Arbeit.«

»Muß ich nicht. Ich habe mich krank gemeldet.«

»Ich komme wirklich allein zurecht.«

»Im Moment vielleicht«, sagte Shelby. »Aber es kommt und geht in Schüben. Du könntest plötzlich auf dem Linoleum ohnmächtig werden, und das wäre ziemlich unbequem.«

»Für mich nicht.«

»Hör zu, ich weiß, daß du mich loswerden willst, damit du deine Privatsphäre wiederhast . . .«

»Will ich ja gar nicht«, sagte Fran rasch.

». . . aber du schadest dir selbst, wenn du jetzt irgend etwas zu tun versuchst. Heute kümmere ich mich noch um dich, und dann sehen wir weiter.«

Fran schwieg. »Ich wollte das ehrlich nicht«, sagte sie schließlich.

»Was?«

»Letzte Nacht.«

»Es ist nichts passiert, was irgend jemandem leid tun müßte.«

»Ich weiß nicht, was los war. Die Grippegeister müssen sich meiner Gefühle bemächtigt haben.«

»Das hatte nichts mit Geistern zu tun«, sagte Shelby und nahm ihre Hand.

Die Hand war schlaff.

»Du hast geweint, weil dich irgend etwas verletzt hat. Das wissen wir beide.«

Fran antwortete nicht.

»Bitte, Fran. Du mußt ja nicht darüber reden. Aber sag einfach, daß du nicht reden willst. Oder kannst. Verlang nicht von mir, daß ich deine Lügen schlucke.«

»Du hast es gut. Du kannst wenigstens schlucken.« Sie zögerte. »Es tut mir leid. Es war nicht nur das Fieber, es waren ... alte Geschichten. Ganz alte Geschichten.«

»Ich wünschte, du könntest mir davon erzählen.«

»Nicht jetzt.«

»Wann auch immer.«

»Ich kann nicht darüber ... ich will ja ... aber ... ich meine, es hört sich albern an, aber ... es tut im Moment einfach zu weh.«

»Das habe ich letzte Nacht gemerkt«, sagte Shelby sanft.

»Es ist mir wirklich peinlich.«

»Es muß dir nicht peinlich sein.« Sie stand auf und ging ins Bad, um den Waschlappen zu kühlen. Sie wischte Fran das Gesicht ab und legte ihr den Lappen wieder über die Augen.

»Danke«, sagte Fran.

»Ich weiß nicht, was du meinst, aber es ist gern geschehen.«

»Für das, was du getan hast. Für dein Verständnis.«

»Ich bin nicht sicher, ob ich tatsächlich irgend etwas verstehe, aber das macht nichts.« Sie zupfte an den Decken herum. »Ruh dich jetzt aus. Und mach dir keine Sorgen mehr.«

»Ich fühle mich wie ausgespuckt.«

»Ich weiß.«

Fran sah zart und klein und verletzlich aus. Die Leere war noch immer da, lauerte hinter ihrem Gesicht wie ein hungriges Gespenst.

Es tat ihr weh, Fran so gebrochen zu sehen und zu wissen, daß sie ihr nicht helfen konnte. Zu wissen, daß diese Frau, diese Freundin, die ihr soviel bedeutete, tief verletzt worden war und sie nichts tun konnte als stark und geduldig zu sein und zu versuchen, ihr nicht noch mehr wehzutun.

Shelby fühlte einen Schmerz in ihrer Brust, ein Gefühl, das zu groß war, um es auszuhalten, und zu kostbar, es loszulassen.

Letzte Nacht war auch mit ihr irgend etwas geschehen. Als habe sie eine unsichtbare Grenze überschritten, und nichts würde je mehr so sein wie vorher.

Kapitel 11

Am Eingang zum Aufenthaltsraum blieb Shelby wie angewurzelt stehen. Ein Reh im Scheinwerferlicht des Wilderers.

Alle waren sie dort. Die gesamte Kantinenclique, Charlotte und drei Frauen aus der Anzeigenabteilung, die sie nur vom Sehen kannte. Der Medizinreporter mit seinen Kumpeln vom Layout. Sogar der Reiseredakteur war dort, auf einem seiner seltenen Besuche in der heimischen Redaktion.

Frauenstimmen schrill wie die Schreie brünstiger Katzen. Männer polternd wie leere Güterzüge auf Behelfsbrücken. Zuviel Bewegung. Gestalten gingen hin und her durch den Raum, beschäftigten sich an der Kaffeemaschine, schüttelten Zeitungen gerade, räumten im Garderobenschrank herum, wanderten ziellos umher. Bewegung verschwamm zu Lärm und schließlich Licht, und alles verschmolz in Verwirrung. Durch die Fenster fiel greller Sonnenschein herein. Die orangefarbenen Vinylsofas glänzten. Die schwarzen und weißen Karos des gemusterten Linoleumbodens schienen sich zu heben und zu senken.

Connie entdeckte sie zuerst und ließ einen Jubelschrei los. Shelby schreckte zusammen.

Wäre sie bloß nicht hier hereingekommen. Sie wünschte, sie wäre direkt zu ihrem Büro gegangen. Gehen Sie nicht über Los, ziehen Sie nicht zweihundert Dollar ein. Aber dann würden Augenbrauen gehoben, Fragen gestellt werden. Die Leute könnten den Eindruck bekommen, sie wollte ihnen aus dem Weg gehen.

Vielleicht wollte sie das ja auch.

Nein, eigentlich nicht. Sie wollte eigentlich niemandem aus dem Weg gehen. Sie wollte nur *langsam* zurückkehren. Wie beim Tauchen aus großer Tiefe.

Statt dessen setzte sie ein Lächeln auf und ging zu ihren Freundinnen, um sie zu begrüßen.

»Was macht das Kopfweh?« fragte Jean.

»Es kommt und geht.«

»Ich habe gehört, daß du diese Woche weniger Stunden arbeitest«, sagte Penny. »Weil du Arzttermine hast.«

Jean hatte gute Arbeit geleistet. Sie hatte ihr sogar eine Möglichkeit geschaffen, vorzeitig Feierabend zu machen. »Du hast ungeahnte Talente«, raunte Shelby ihr zu.

»Sieht ganz so aus.«

»Womöglich bist du eine geborene Psychopathin.«

Jean lachte. »Wäre ich eine Psychopathin, wäre ich inzwischen reich.«

Connie kam näher. »Wie geht es dir wirklich?«

Eine Art Schuldgefühl durchflutete sie. »Noch wacklig. Es war grauenvoll.«

Miss Myers war hereingekommen und schenkte sich eine Tasse Kaffee ein. Nicht in einem Plastikbecher, Miss Myers doch nicht. Miss Myers hatte sich ihren eigenen Steingutbecher mit aufgemalten Margeriten mitgebracht, den sie zweifellos jedesmal nach Gebrauch abspülte.

Miss Myers schaute hoch und ertappte sie, wie sie in ihre Richtung sahen.

Penny löste sich von der Gruppe und trottete hinüber zur Kaffeemaschine. Neben Miss Myers blieb sie stehen, um ein »Guten Morgen« und ein rasches Lächeln auszutauschen.

»Penny weiß, wie man sich einschmeichelt«, sagte Connie. »Ich wette, sie wird in Rekordgeschwindigkeit Cheflektorin.«

»Nur wenn jemand stirbt oder heiratet und kündigt«, sagte Lisa. Verschmitzt sah sie Shelby an. »Meinst du, das könnte passieren?«

»Sterben werde ich vielleicht«, sagte Shelby. »Aber im Moment habe ich nicht vor zu kündigen.«

»Auch nicht wenn du verheiratet bist?« fragte Lisa.
»Auch dann nicht.«
»Du bist ja verrückt.«
»Eigentlich nicht«, sagte Shelby. Aber es würde nicht mehr lange dauern. Das Gespräch begann ihr auf die Nerven zu gehen. Es war seicht und gekünstelt, und es langweilte sie. Sie wünschte, sie könnte sich hinlegen.

Vielleicht war sie zu früh ins Büro zurückgekehrt. Vielleicht war sie dem noch nicht gewachsen. Fran ging es jetzt ganz gut; das Fieber war gesunken, und sie erholte sich mit einem Krug Limonade vor Shelbys Fernseher und las *Die Clique*. Sie hatte versprochen, sich erwachsen und verantwortungsbewußt zu benehmen, zu schlafen, wenn es nötig war, die Limonade und möglichst viel Wasser zu trinken und sich die Gemüsesuppe aus der Dose aufzuwärmen, die Shelby ihr hingestellt hatte.

Fran ging es gut, Shelby dagegen weniger.

Die letzten drei Tage waren einfach und problemlos gewesen. Tun, was zu tun ist. Spontan sein. Auf das innere Gefühl achten und seinem Urteil vertrauen. Aus A folgt B folgt C. Was sich richtig anfühlt, ist auf wundersame Weise auch das Richtige. Jetzt war sie ins Reich des Obskuren, Subtilen, Doppelzüngigen zurückgekehrt. Jetzt zählte nicht mehr, wie sich etwas anfühlte, sondern wonach es aussah. Und damit konnte sie nicht umgehen.

»Du bist wirklich ganz woanders«, bemerkte Connie.

Shelby zwang sich zur Konzentration. »Ich bin nur müde. Ich habe nicht viel geschlafen. Ich gehe lieber an die Arbeit, bevor ich völlig nutzlos werde.« Sie nahm ihre Handtasche und wandte sich zur Tür.

»Heb dir genügend Energie für Bridge auf«, rief Connie ihr nach.

Am Eingang zum Aufenthaltsraum hielt Miss Myers sie auf. »Miss Camden!«

Sie blieb stehen.

»Hoffentlich geht es Ihnen besser«, sagte Miss Myers.

Shelby war überrascht. »Es geht, danke.«

Miss Myers klopfte ihr auf den Arm. »Werden Sie jetzt nicht leichtsinnig. Lassen Sie sich soviel Zeit, wie Sie brauchen, um sich zu erholen.« Und sie schritt in Richtung ihres Büros von dannen.

Shelby sah zu ihren Freundinnen hinüber. Die starrten sie mit offenem Mund an. Sie zuckte die Achseln und hob die Hände, wie um zu sagen: »Keine Ahnung.« Miss Myers war für vieles bekannt, aber nicht für ihr Mitgefühl.

Bevor sie mit der Arbeit begann, rief sie bei sich zu Hause an. Fran hob nach dem ersten Klingeln ab.

»Hallo«, sagte Shelby. »Wie geht's?«

»Ganz gut. Und dir?«

»Mir geht's gut, aber ich war ja auch nicht krank.«

»Stimmt«, sagte Fran. »Ich wollte gerade die Suppe aufwärmen, die du mir dagelassen hast.«

»Jetzt schon?«

»Hunger tut weh.«

»Kommst du zurecht?«

»Ich denke schon.«

»Im Schrank ist noch mehr, wenn du willst. Ich mache um drei Uhr Feierabend«, sagte Shelby. »So gegen halb vier bin ich dann zu Hause.«

»Sehr gut. Dann können wir *Young Doctor Malone* gucken.«

An der Oberfläche schien alles ganz normal zu sein, aber in Frans Stimme schwang ein steifer, förmlicher Unterton mit, der irgendwie unnatürlich klang.

Sei nicht albern, sagte sich Shelby. Fran ist noch krank. Dies ist ihre Telefonstimme. Ihre *kranke* Telefonstimme. »Laß das Geschirr stehen«, sagte sie, bemüht, selbst nicht auch steif und förmlich zu klingen. »Ruh dich aus. Damit du keinen Rückfall kriegst.«

Fran lachte ein wenig. »Ich krieg schon keinen Rückfall.«

»Ich hatte einen. Und dabei bin ich nur ein paar Stunden mit Ray ausgegangen.«

»Nun, daß ich mit Ray ausgehe, ist nicht sehr wahrscheinlich. Nicht einmal für ein paar Stunden. Du warst wahrscheinlich zu aufgeregt.«

»Also reg du dich nicht zu sehr auf.«

»Bei Gameshows? Kaum. Dabei schlägt mein Herz nicht schneller.«

Shelby überlegte, was sie sonst noch sagen konnte. Smalltalk, Neuigkeiten vom Tage oder sogar Klatsch und Tratsch. »Wenn du wieder gesund bist, gehen wir mal ins Kino, ja?«

»Solange ich mich nicht zu sehr dabei aufrege«, sagte Fran.

Shelby mußte lächeln. Das klang nach Fran. »Also gut. Leg dich jetzt hin.«

»Ich bin kein Hund, und ich liege schon.«

»Dann leg dich flacher hin. Ich ...« Sie brach ab und merkte, daß sie beinahe »Ich vermisse dich« gesagt hätte. Das hätte sich lächerlich angehört. »... ich sehe dich dann später.« Sie wollte auflegen.

»Eis!« sagte Fran.

»Was?«

»Bring Eis mit.«

»In Ordnung. Welche Sorte?«

»Egal, solange es nicht zu aufregend ist.«

Shelby schüttelte seufzend den Kopf. »Ist gut, Fran.«

»Entschuldigung.«

»Es ist offensichtlich«, sagte Shelby, »daß es dir besser geht. Tschüß.«

Sie legte auf und fragte sich, weshalb sie einen kleinen Stich der Enttäuschung verspürte, dann zuckte sie die Achseln und nahm sich die am nächsten liegende Mappe vor.

Am Ende der Mittagspause wünschte sie wirklich, sie wäre nicht zur Arbeit gekommen. Nicht daß der Tag besonders schlimm gewesen wäre oder daß jemand Fragen gestellt hätte, die sie nicht beantworten konnte. Nein, alle hatten sich ganz normal verhalten, und genau das war das Problem. Shelby fühlte sich nicht normal. Sie war in sich gekehrt, als existierte die Außenwelt nur als Echo. Sie mußte sich zum Zuhören zwingen. Das kleinste Gespräch erschöpfte sie. Sie sah immer wieder auf die Uhr und fragte sich, wie es Fran zu Hause wohl gehen mochte. Beim Bridge nach dem Mittagessen vertat sie sich dreimal hintereinander beim Reizen und stieg schließlich ganz aus dem Spiel aus, Müdigkeit vorschiebend. Die Kantinenclique machte einen Wirbel um sie wie eine Brut besorgter Glucken. Es gab Zeiten, da hätte sie diese Art Aufmerksamkeit insgeheim genossen. Heute nicht. Heute ärgerte es sie, sie fühlte sich in die Enge getrieben, unwohl und ... einmal mehr ... schuldig.

Wenigstens war Libby wieder einmal nicht in der Stadt. In der kühleren Jahreszeit kam das sogar fast zweimal im Monat vor. Libby war stolz auf ihre stets frische »nur ganz leichte Bräune«, und in den Herbst- und Wintermonaten ging sie überallhin, wo sie sie finden konnte. Puerto Rico, Kuba vor Castro, Jamaika, Jungferninseln. »Ich bin gar nicht mehr braun«, pflegte sie zu seufzen, und bevor man bis zwanzig zählen konnte, war sie auf dem Weg nach Süden. Dann konnte Shelby sich entspannen, weil sie wußte, daß sie für mindestens eine Woche ihre Ruhe haben würde. Libby war in der Regel netter, wenn sie im Ausland war. Statt der üblichen immer gleichen Briefe voller Beschwerden und Ermahnungen, zugeklebt mit Tesafilm, damit niemand sie öffnete, schickte sie fröhliche Postkarten. Wenn Shelby etwas tat, mit dem Libby nicht einverstanden war, würde es niemals auf einer Postkarte stehen, die JEDER LESEN KONNTE. Nämlich der POSTBOTE. Libby hielt alle POSTBOTEN für VOYEURE und PERVERSE, die gezielt in den Privatangelegenheiten der Leute herumschnüffelten und unverzüglich Meldung an diese entsetzlichen Schundzeitschriften erstatteten, die in den Supermärkten an IGNORANTEN verkauft wurden. Und dafür bekamen die POSTBOTEN zweifellos unanständig viel GELD.

Wenn sie es am Montag mit Libby zu tun gehabt hätte, wenn sie sich hätte entscheiden müssen, entweder Fran am Abend allein zu lassen oder das Risiko einzugehen, das Abendessen mit Libby abzusagen …

Sie fragte sich, was sie wohl getan hätte.

Verdammt, konzentrier dich, befahl sie sich grob. Sie schaute auf die Uhr. Noch eine Stunde, und dann konnte sie zu ihrem angeblichen Arzttermin gehen. Sie sollte lieber ein bißchen arbeiten.

Leicht gesagt.

Sie knallte eine Mappe auf den Tisch. Es war eine Sache, einen Stapel eingereichter Manuskripte zu durchpflügen, als sie noch Lektorin gewesen war. Damals hatte sie nur das offensichtlich Schlechte vom offensichtlich Guten zu trennen brauchen und konnte die Grauschattierungen den Cheflektoren überlassen. Und jetzt war sie eine von denen, die die Grautöne sortierten. Wenn sie es je zur Fachredakteurin bringen sollte, würde sie ein Mikroskop nehmen müssen, um die feinen Schattierungen unterscheiden und die Spreu vom Weizen trennen zu können.

Wem versuchte sie hier eigentlich etwas vorzumachen? Sie würde es nie zur Fachredakteurin bringen. Jedenfalls nicht bei der *Zeitschrift für die Frau*. Denn entweder wäre sie a) verheiratet und müßte kündigen, um ihrem Mann dorthin zu folgen, wo immer er auch landen würde, oder sie wäre b) verheiratet, und man würde erwarten, daß sie jeden Moment kündigen würde, um ... und so weiter. Es war nicht fair. Nur weil sie eine Frau war, konnte sie in diesem Beruf nicht vorankommen. Höchstens wenn sie bereit war, so wie Miss Myers zu werden und überhaupt kein Privatleben zu haben.

Wenn Miss Myers denn wirklich kein Privatleben hatte. Woher wollten sie das wissen? Niemand bekam sie je außerhalb des Büros zu sehen, also ging sie anscheinend weder essen oder im Lebensmittel- oder Spirituosenladen einkaufen noch ins Kino – nicht einmal in ausländische Filme oder andere obskure kulturelle Veranstaltungen. Auch in einer Kirche war sie noch nicht gesehen worden. Also war Miss Myers entweder Heidin oder Angehörige einer Naturreligion oder aber das Produkt ihrer aller Einbildung. Sie stand im Telefonbuch und hatte eine Wohnung im Zentrum von West Sayer. Das war jedenfalls die Adresse. Ob dort tatsächlich jemand wohnte, stand nicht fest. Einmal, als sie alle etwas zuviel getrunken hatten und auf das Niveau kichernder Zehnjähriger gesunken waren, hatte Connie ihre Telefonnummer gewählt. Aber das Telefon hatte ins Leere geklingelt, und sie waren genauso schlau gewesen wie vorher.

Es war ihr peinlich, als sie daran dachte, wie kindisch sie an dem Abend gewesen waren. Irgendwann hatten sie sich gar alle in Lisas Auto gezwängt und waren die Straße auf und ab gefahren, an dem Gebäude vorbei, in der Hoffnung, einen Blick auf Miss Myers zu erhaschen. Die Rolläden waren heruntergelassen, ein gelber Lichtschein war dahinter zu sehen gewesen. Keine Schatten, kein Zeichen von Bewegung. Nach ein paar Runden um den Block hatten sie es aufgegeben und waren nach Hause gefahren.

Das war nicht nur unreif, sondern grausam gewesen. Miss Myers hatte ihnen nie irgend etwas getan, was ihr Kichern gerechtfertigt hätte. Miss Myers' einziges Vergehen war, daß sie anders war.

Plötzlich mußte sie daran denken, wie sie selbst in der Grundschule gewesen war: immer freundlich zu den Mädchen, die nicht gut angezogen waren, komische Zähne hatten, die Tafel nicht sehen konnten oder »langsamer« waren. Damals hatte sie nicht, wie die meisten anderen, über Menschen gelacht, die anders waren. Die anderen Kinder hatten sie gehänselt, wenn sie ihre Bücher genommen und sich neben die Ausgestoßenen gesetzt hatte. Ihre Mutter hatte sie den »Gnadenengel« genannt, Sarkasmus und Abscheu in der Stimme. Libby hatte sich sehr bemüht, für Shelby an den Wochenenden Ausflüge mit den »richtigen« Leuten zu organisieren. Aber sie hatte keinen Einfluß darauf gehabt, neben wem Shelby im Unterricht saß.

Shelby fragte sich, wann und warum sie sich geändert hatte. Es war, als sei etwas mit ihr geschehen, als sie nicht aufgepaßt hatte. Sie war doch vorher nicht so gewesen. Denn warum sollte sie über Miss Myers urteilen? Miss Myers war vermutlich einsam; sie hatte nur ihre Arbeit, und sie wußte, daß sie nicht weiter aufsteigen würde. Während Shelby auf dem besten Wege dazu war, im Leben Erfolg zu haben. Sie konnte es sich leisten, etwas großzügiger zu sein.

Sie zuckte zusammen. Das klang schrecklich – selbstgerecht und herablassend. So empfand sie gar nicht. Eigentlich fand sie, daß sie Miss Myers um Verzeihung bitten müßte. Aber sie konnte nicht einfach zu ihr gehen und sagen: »Es tut mir leid, daß ich mich über Sie lustig gemacht habe.« Das war auch nicht gerade sensibel.

Nun, wenn man Libby glauben wollte, dann war genau das Shelbys Problem – sie war zu sensibel. Für Libby stand fest, daß man in dieser Welt früher oder später Kränkungen erlitt, und je früher Shelby aufhörte, sich alles so zu Herzen zu nehmen, desto besser. Und bei der Gelegenheit konnte sie auch gleich fünf Pfund abnehmen, irgend etwas mit ihrem HAAR machen und versuchen, ein STILGEFÜHL zu entwickeln, denn: »Du könntest sehr hübsch aussehen, Shelby, wenn du nur ...«

Von »Wenn du nur« gab es viele Varianten. Sie vermehrten sich exponentiell, und die Hochzeit hatte eine regelrechte Plage von »Wenn du nur«-Variationen heraufbeschworen.

Halb drei. In einer halben Stunde konnte sie gehen. Nicht daß sie in dieser halben Stunde viel schaffen würde. Oder heute überhaupt. Sie war zu nichts zu gebrauchen gewesen, in sich selbst verschlossen, nicht in der Lage, einen zusammenhängenden Gedanken hervorzubringen – geschweige denn eine wohldurchdachte, rational begründete Meinung. Sie hatte ihre Seele in ihrer Wohnung zurückgelassen. Ohne sie war sie ein Roboter.

Das Wochenende war ruhig und zugleich sehr intensiv gewesen. Es war nicht leicht, danach wieder in die Welt zurückzukehren. Menschen, die ein Klosterleben führten, sich für lange Zeit zurückzogen oder wochenlang in den Urwald oder in die Wüste gingen, mußten einen furchtbaren Kulturschock erleben. Sie mußten sich vorkommen, als hätten sie keine Haut mehr. Gar nicht angenehm.

Und sie hatte nicht aufhören können, an Fran zu denken. Es war nichts Besonderes, das ihr durch den Kopf ging, nur Bilder und schnappschußähnliche Erinnerungen. Aber immer wieder kehrten ihre Gedanken zu Sonntagnacht zurück, als Fran geweint hatte und …

Da, schon wieder. Sie fuhr sich grob mit den Händen durchs Haar. Sie hatte noch eine halbe Stunde. In der Zeit konnte sie sich doch sicher genügend konzentrieren, um ein einziges Manuskript zu schaffen.

Shelby griff nach einer Mappe und öffnete sie.

Vielleicht konnte sie sich etwas Nettes für Miss Myers einfallen lassen, als Wiedergutmachung. Vielleicht konnte sie ihr ein kleines Geschenk mitbringen – Blumen oder einen Teller mit Plätzchen –, wie zufällig, als wäre es einfach ein so schöner Tag, daß sie die ganze Welt umarmen könnte und sie ein wenig heller machen wollte.

Viertel vor drei.

Nun mach schon, klemm dich hinter das Manuskript. Das Schlimme war nur, es war einer von diesen eindeutigen Grenzfällen, die man vielleicht für einen ganz mageren Monat aufhob. Nicht daß sie jemals einen ganz mageren Monat hatten. Wahrscheinlich sollte sie es gleich ablehnen, mit einem ermutigenden Schreiben, daß es »nicht unseren gegenwärtigen redaktionellen Bedürfnissen« entspreche. Womit sie beim Problem Nummer zwei war: Es war ein Manuskript, das Penny weitergeleitet hatte. Wenn Shelby es ablehnte, würde zwischen ihnen womöglich wieder diese seltsame und unangenehme angespannte Stimmung entstehen. Aber wenn sie es nur deswegen akzeptierte, um Ruhe zu haben, war das Erpressung. Außerdem feige und unprofessionell.

»Ach, dummes Zeug«, murmelte sie in das leere Büro hinein, als die Zeiger auf drei Uhr zukrochen. »Ich werde morgen darüber nachdenken.«

Leise öffnete sie die Tür zu ihrer Wohnung. Fran lag ausgestreckt auf dem Sofa und schlief. Sie hatte die Decken von sich getreten; sie lagen in einem Haufen auf dem Fußboden. Die Laken waren zu einem weißen Knäuel verdreht. Auf Frans Gesicht lag ein feuchter Glanz.

Shelby schloß die Tür und stellte ihre Sachen ab. Dann ging sie zu Fran und legte ihr die Hand auf die Stirn. Nur ein wenig erhöhte Temperatur. Leichtes Fieber von der Sorte »Du bleibst so lange im Haus, bis du vierundzwanzig Stunden keine Temperatur hattest«, mit dem Ergebnis, daß man sich langweilte und schlecht gelaunt, mißmutig, erschöpft und schwer zu ertragen war.

Shelby öffnete das Fenster ein wenig weiter, um frische Luft ins Zimmer zu lassen, und breitete eine der Decken über Fran.

Fran regte sich ein wenig im Schlaf.

Shelby verließ auf Zehenspitzen den Raum, um die Einkäufe wegzuräumen und sich etwas Bequemes anzuziehen. Sie setzte sich an den Küchentisch und öffnete ihre Post, mit einem Ohr auf Geräusche aus dem Wohnzimmer lauschend. Fran ging es gut, sagte sie sich immer wieder. Es würde alles in Ordnung kommen. Kein Grund zur Sorge.

Reklame für eine neue Zeitschrift. Sie warf den Umschlag ungeöffnet in den Papierkorb.

Aber es lag in ihrer Natur, sich Sorgen zu machen. Das konnte sie am besten.

Ein Spendenaufruf für den United Fund. Sie hatte schon im Büro etwas gegeben.

Wenn Fran doch aufwachen wollte.

Ein *Newsweek*-Heft. Sie fragte sich, warum sie die Zeitschrift bekam. Sie hatte kaum jemals Zeit, sie zu lesen.

Keine Zeit? Vielleicht sollte sie *Time* abonnieren. Haha, war das nicht geistreich?

Verabredung mit Ray an diesem Wochenende. Es war, als hätte sie ihn schon seit Jahren nicht mehr gesehen.

Eine Postkarte von Libby, die sich in Martinique VORZÜGLICH AMÜSIERTE, und ob sie daran gedacht hatte, das neue Brautmagazin anzuschauen?

Sie hatte. Brautkleider, Brautjungfernkleider, silberne Gedecke, Porzellanmuster, Blumenarrangements ... eine Welt, die ihr so fremd war, als lese sie den *National Geographic*.

Blumenarrangements. Bei alltäglichen Ereignissen gab es Blumen. Bei Hochzeiten gab es BLUMENARRANGEMENTS.

Was hatte es mit dieser Heiraterei überhaupt auf sich? Wer hatte sich das ausgedacht? Für manche Frauen war der Tag ihrer Hochzeit der Höhepunkt ihres ganzen Lebens – schon als kleine Mädchen hatten sie angefangen zu planen, sie klebten Zeitungsausschnitte, Erinnerungen und Fotos in Alben ein und sahen sich Amateurfilme von Leuten an, die so gekleidet waren, wie sie sich sonst nie kleideten, und sich so benahmen, wie sie sich sonst nie benahmen. Wozu? Wohl um sich ein einziges Mal im Leben wichtig zu fühlen und im Mittelpunkt der Aufmerksamkeit zu stehen. Aber wenn man für einen Tag ein Star sein wollte, wieso mietete man dann mit dem Geld nicht ein Theater?

Gar keine schlechte Idee. Sie könnten irgendeine alberne Liebeskomödie aufführen. Irgendein Stück von Noel Coward, bei dem die Leute sich gegenseitig durch elegante Hotelbetten jagten.

Ein Katalog. Billige Kleider, häßliche Kunstgegenstände aus Keramik. Wie sie da bloß auf die Versandliste geraten war? Und ob Fran schon aufgewacht war? Ob sich ihre Freundschaft nach der Hochzeit verändern würde?

Natürlich würde sie sich verändern. Sie würde nicht mehr Tür an Tür mit Fran wohnen. Und auch nicht mehr soviel Freizeit haben, wie sie es gewohnt war. In einem Jahr war Fran vielleicht sogar schon mit ihrer Ausbildung fertig und war zu neuen Abenteuern aufgebrochen. Dies war alles, was sie hatten – ihr Jahr, ihre gemeinsame Zeit.

Ihr Magen zog sich zusammen, als sie nur daran dachte.

Sie stand auf, ging ins Wohnzimmer und sah auf ihre Freundin hinunter. Ein Jahr. Sie zupfte an der Decke herum, zog sie über Frans Schultern hoch. Nach diesen vier Tagen war ihr diese Geste vertraut geworden. Ebenso wie der Gute-Nacht-Gruß, wenn sie das Licht löschte. Wie das Lauschen, wenn Fran duschte, um sicher zu sein, daß alles in Ordnung war, und die offenen Türen, wenn sie in ihre eigene Wohnung hinübergehen mußte, um zu telefonieren. Für sie zu kochen, sich Sorgen um sie zu machen. Sie berührte Frans Haar, staunte, wie weich es war, zeichnete eine Welle mit den Fingern nach.

Fran regte sich und murmelte etwas.

Shelby setzte sich an den Couchtisch.

Frans Lider öffneten sich langsam, und das Licht fing sich in diesen wundervollen kornblumenblauen ...

»Hallo«, sagte Shelby.

Fran zog sich hoch, so daß ihr Kopf auf der Armlehne lag. »Hallo.« Sie rieb sich das Gesicht. »Wie spät ist es?«

»Fast vier Uhr.«

»Daß wir nicht *Young Doctor Malone* verpassen. Wenn ich es drei Tage hintereinander nicht sehe, brauche ich eine Ewigkeit, um wieder hineinzukommen.«

»Da sei Gott vor.« Shelby lächelte. Mit der Hand berührte sie Frans Gesicht. »Hast du dieses Fieber schon den ganzen Tag?«

Fran schüttelte den Kopf. »Erst seit ungefähr halb drei. Ich glaube, es kommt jeden Tag ungefähr um die Zeit, oder nicht?«

»Ja, und du gehst erst wieder zur Arbeit, wenn es ganz verschwunden ist.«

»Ich werde vor Langeweile und Selbstmitleid eingehen.«

»Das läßt sich nicht ändern«, sagte Shelby. »Was hier gemacht wird, bestimme ich.« Sie sah auf den Fußboden. Die Abfalltüte, die sie Fran neben das Sofa gestellt hatte, war voller zerknüllter Papiertaschentücher. Entweder hatte sich die Grippe jetzt schwer auf Frans Atemwege gelegt, oder sie hatte geweint. »Ist wirklich alles in Ordnung?«

»Klar, wenn man bedenkt, daß ich dem Tod von der Schippe gesprungen bin«, sagte Fran. Ihre Augen waren rotgerändert und geschwollen. Sie merkte, daß Shelby sie beobachtete, und sah weg.

»Du hast geweint, oder?«

»Nicht richtig.«

»Ein bißchen?« Fran schwieg. Shelby nahm ihre Hand. »Ich wünschte, du könntest mit mir reden.«

»Kann ich aber nicht«, sagte Fran, traurig und wütend zugleich. »Können wir also bitte das Thema wechseln?«

»Entschuldige. Ich sollte dich nicht drängen.«

»Wenn du dir keine Gedanken um mich machen würdest, wäre ich auch nicht glücklich.« Fran lächelte reuevoll. »Gar nicht so leicht, es mir recht zu machen.«

Shelby lachte. »Es ist nicht schwer, es dir recht zu machen. Da habe ich schon ganz andere Kaliber erlebt.«

»Ach ja, die berühmte Libby. Ich will dir ja nicht die Schau stehlen, aber meine Mutter hatte auch so ihre Phasen.«

»Hatte? Lebt deine Mutter nicht mehr?«

»Sie lebt noch«, sagte Fran und trank einen Schluck Wasser. »Aber ich bin für sie gestorben.«

»Ehrlich?«

»Ehrlich.« Sie sah zum Nordfenster hinüber, Shelbys Blick ausweichend. »Sie hat all meine Sachen weggegeben oder verbrannt. Wenn sie gefragt wird, wie viele Kinder sie hat, sagt sie ›Eins.‹ Das hat mir jedenfalls mein Bruder erzählt, und er hat keinen Grund zu lügen.«

»So etwas habe ich noch nie gehört«, sagte Shelby. »Das muß furchtbar sein.«

»Es geht, wenn man sich überlegt, was die Alternativen sind.« Sie warf Shelby einen raschen Blick zu. »Zum Beispiel Libby.«

»Und dein Vater?«

»Er tut, was meine Mutter sagt.« Fran zuckte die Achseln. »Es macht mir nicht viel aus. Jedenfalls jetzt nicht mehr. Damals schon, aber das ist Vergangenheit.«

»Aber was ist denn passiert?« Shelby konnte es nicht fassen. »Daß sie so geworden ist, meine ich. Dir gegenüber.«

»Wir haben uns nicht verstanden.«

»Das hört sich aber nach mehr an.«

»Wir haben uns *überhaupt nicht* verstanden.«

»Hast du deshalb ... neulich nachts ... entschuldige, du hast mich ja gebeten, nicht davon anzufangen.«

Fran lächelte und drückte ihre Hand. »Schon gut. Und nein, es hat mit neulich nachts nur sehr wenig zu tun. Zufrieden?«

»Zufrieden.«

»Machst du jetzt den Fernseher an, oder muß ich meinen fiebergeschüttelten, malträtierten Körper Zentimeter für Zentimeter durchs Zimmer schleppen?«

Hatte sie es schon als seltsam empfunden, wieder in die Redaktion zu kommen, so war es noch seltsamer, Ray wiederzusehen. Er kam zu ihr nach Hause und donnerte gegen die Tür, und als sie öffnete, umfing er sie in einer festen Umarmung und gab ihr einen dicken Kuß. »Schatz«, raunte er ihr ins Ohr, »du hast mir gefehlt.«

»Du mir auch«, sagte sie und war froh, daß er ihr Gesicht nicht sehen konnte.

»Ich habe aber schlechte Nachrichten. Ich habe morgen früh um sechs Uhr Dienst. Hast du etwas dagegen, wenn wir einfach in West Sayer essen gehen und dann hierher zurückkommen und es uns nett machen?«

»Nichts dagegen.« Essen gehen war in Ordnung. Was das »es uns nett machen« betraf, war sie sich nicht so sicher. Komisch. Nachdem sie ihren Verlobten zwei Wochen lang nicht gesehen hatte, auch wenn sie jeden Abend miteinander telefoniert hatten, müßte sie eigentlich darauf aus sein, es sich sogar *sehr* nett mit ihm zu machen. Aber seine Gesten fühlten sich grob an, seine Größe und seine Kraft schüchterten sie ein ...

»Dann komm. Mach dich hübsch; die Kutsche wartet draußen.«

Beim Essen wurde es sogar noch schlimmer. Sie stocherte in ihrem Hummer und versuchte, Ray zuzuhören, aber sie hörte lediglich die Stimmen in ihrem Kopf, die ihm zuriefen: »Hau ab, geh weg!«

Einmal dachte sie sogar, sie hätte es laut ausgesprochen, aber Rays Redefluß brach nicht ab. Jede Woche hatten sie mehr Fälle von Drogenmißbrauch, sagte er, vor allem bei den Collegestudenten. Das machte ihm Sorgen. Er wollte etwas tun, aber er wußte nicht, was. Er hatte mit den Universitätsverwaltungen gesprochen, aber man weigerte sich entweder, das Problem zu sehen, oder wollte nicht zugeben, daß es ein Problem war, und murmelte Klischees über »Lernerfahrungen« und »akademische Freiheit«.

Shelby nickte mitfühlend und sagte sich, daß Ray ein engagierter und warmherziger Mensch war. Ein ehrenhafter Mann, wie es sie heutzutage nur noch allzu selten gab; solche Männer waren fast schon ausgestorben. Sie war dankbar, daß ihm seine Arbeit so wichtig war, vor allem weil er auf diese Weise nicht merkte, daß sie sich so merkwürdig vorkam wie Falschgeld.

Das Restaurant war nicht übermäßig besetzt, aber sämtliche

Umrisse verschwammen, als wäre der Raum voller Qualm oder Nebel. Die anderen Gäste, Ray, die Kellner, die Küche mit den grauen metallenen Schwingtüren, alles schien ganz weit weg. Als sähe sie einen Film. Einen alten Film. Die Farben schienen verwaschen, fast verschwunden. Es war kein schönes Gefühl. Komm zurück, befahl sie sich energisch.

Sie fuhren wieder zu ihrer Wohnung. Ray wollte mit hineinkommen. Shelby sagte, sie sei müde, und das war nicht gelogen. Sie hatte seit Donnerstag nicht geschlafen, seit Fran sich über den Berg und auf dem Wege der Besserung erklärt und gesagt hatte, daß sie keine Betreuung rund um die Uhr mehr brauchte. Shelby war ehrlich froh, daß es Fran besser ging, aber sie fühlte sich einsam und nutzlos dabei, nicht mehr auf Frans Husten oder Niesen zu hören, sondern in ihrer eigenen Wohnung zu schlafen beziehungsweise sich rastlos hin- und herzuwerfen. Der Schlafmangel begann seine Spuren zu hinterlassen. Ein graues Kopfweh hing über ihr. Noch war es weit weg und gedämpft wie ein entferntes Gewittergrollen, aber sie wußte, daß es nur noch eine Frage der Zeit war, bis es über den Horizont herankommen würde. Vielleicht ließ es sich abwenden, wenn sie eine Schlaftablette nahm und etwas Schlaf nachholte.

»Du siehst wirklich erledigt aus«, sagte Ray. »Geh ins Bett. Sofort. Befehl vom Onkel Doktor.«

Sie versprach ihm, ihn am Morgen gleich anzurufen. Er sei der verständnisvollste Mann der Welt und sie die glücklichste Frau auf dem ganzen Planeten und wahnsinnig verliebt. Er küßte sie vor ihrer Tür und ging. Shelby blieb einen Moment stehen und lauschte. Aus Frans Wohnung drang Musik in den Hausflur. Klassische Musik. Brahms.

Sie überlegte, ob sie zu Fran gehen sollte, um sie zu fragen, ob etwas nicht in Ordnung war, ob sie etwas für sie tun konnte. Aber sie wollte Fran nicht bedrängen. Wenn tatsächlich etwas nicht stimmte, mußte sie darauf vertrauen, daß Fran es ihr früher oder später sagen würde. Das war das reife, verantwortungsvolle, respektvolle Verhalten, das angezeigt war. Leider.

Denn irgend etwas war los. In den letzten Tagen war Fran sehr verschlossen gewesen, in sich selbst zurückgezogen. Seit jener Nacht. Es machte Shelby fast verrückt, daß sie nicht ergründen konnte, was dahintersteckte. Dieses Gefühl, ständig gegen eine Wand zu laufen, das kannte sie sonst nicht. Wenn eine ihrer Freundinnen Sorgen hatte, ließ sie sie spüren, daß sie für sie da war. Wenn sie reden wollte, hatte sie ein offenes Ohr. Wenn nicht, nahm sie es niemals persönlich. Wenn sie lieber allein sein wollte, ließ sie sie in Ruhe. Aber diesmal war es anders. Sie konnte weder helfen noch loslassen. Und das Schlimmste war, sie war überzeugt, daß es etwas mit ihr zu tun hatte.

Sie hängte ihr Kleid in den Schrank und zog ihren Schlafanzug an. Nimm eine Schlaftablette. Geh ins Bett. Morgen früh sieht alles anders aus. Vielleicht schlimmer, vielleicht besser, aber auf jeden Fall anders.

Ganz zuletzt, bevor sie ins Bett ging, schlüpfte sie noch einmal hinaus in den Hausflur und lauschte auf die Geräusche aus Frans Wohnung.

Immer noch Musik.

Immer noch Brahms.

Kapitel 12

Mitte Juli hatte Jean Geburtstag. Grund genug für eine Party, wieder ein Grillfest im Hinterhof. Der Sommer hatte inzwischen dauerhaft Einzug gehalten und hielt sie in den Klauen der alljährlichen wochenlangen stickigen Hitzewelle gefangen. Die schwüle Luft war feucht wie ein Schwamm. In den Bilderrahmen wölbten sich die Ecken hoch. Holzkohle fing nur zögernd Feuer, und es kam überall soviel Grillanzünder zum Einsatz, daß die Stadt jeden Abend von fünf bis sieben Uhr wie eine Ölraffinerie aussah. Auf der Haut fühlte sich die Luft unangenehm klamm und warm an. Ahornblätter hingen dunkel herab. Auf den Fliederbüschen lag pudriger Schimmel. Das Gras hörte auf zu wachsen. Jedesmal wenn Shelby eine Kolonne Straßenarbeiter sah, überkam sie das Bedürfnis, ihnen literweise Limonade zu bringen. Hunde lagen hechelnd auf der Seite, die Zunge auf der Erde hängend. Katzen waren keine zu sehen. Die einzigen Lebewesen, die sich bewegten, waren die Spatzen, die in welkenden Gärten Staubbäder nahmen.

Natürlich war die gesamte Kantinenclique einschließlich Begleitern da. Und Libby, die in letzter Minute hereingestürmt war, um Zeitschriften mit potentiellen Brautjungfernkleidern abzuladen. Sie hatte sich selbst zum Bleiben eingeladen. Auf Jeans Bitten hatte Shelby Fran gefragt. »Zuviel Männlein-Weiblein«, hatte Jean gesagt. Ihre »Beziehung« mit Greg war nie richtig in Gang gekommen. »Ich komme mir sonst vor wie eine Aussätzige. Außerdem habe ich sie schon lange nicht mehr gesehen.«

Fran sagte zu. »Jean ist nett«, sagte sie. »Ich würde sie gern näher kennenlernen.« Immer noch mit einem Hauch Förmlichkeit in der Stimme und ohne Shelby in die Augen zu sehen.

»Wunderbar«, sagte Shelby, ihre Unbehaglichkeit hinter Überschwenglichkeit versteckend. »Und wir sollten uns auch mal hinsetzen und unseren Campingausflug planen, bevor der Sommer zu Ende ist.«

»Sobald ich keinen Wochenenddienst mehr habe.« Fran lächelte und zuckte entschuldigend die Achseln. »Du weißt ja, wie es ist.«

Nein, wollte Shelby sagen, ich weiß nicht, wie es ist. Ich weiß überhaupt nicht, wie irgend etwas ist, was los ist oder wo wir stehen. »Ja, sicher«, sagte sie. Sie war nicht einfach frustriert, sie war gekränkt. Fran hatte etwas in ihr Leben gebracht, und nun nahm sie es ihr wieder weg.

Ich habe nichts falsch gemacht, dachte Shelby, und beinahe kamen ihr die Tränen.

Hätte sie in den letzten Wochen nicht die Schlaftabletten gehabt, sie hätte wahrscheinlich überhaupt keinen Schlaf bekommen.

Shelby überlegte, ob sie die Party nach drinnen verlegen sollten, wo es kühler war. Vielleicht würde es sich sogar lohnen, ihr Klimagerät fürs Schlafzimmer aus dem Keller nach oben zu schleppen. Jedes Jahr versuchte sie, den Sommer ohne zu überstehen. Das Brummen störte sie; es gab ihr das Gefühl, von der Welt abgeschnitten zu sein. Die kalte Luft machte sie schläfrig, so daß sie in einer angenehmen, aber unproduktiven Trägheit herumwandelte. Und wenn das Gerät sich nachts ein- und ausschaltete, gab es jedesmal ein so lautes Klacken von sich, daß noch die Nachbarn drei

Häuser weiter davon geweckt wurden. Aber so große Mühe sie sich auch gab, die Hitzewelle im Juli war zuviel. Inversionsschicht nannten sie es im Radio. Feuchtigkeit vom Fluß, zusammen mit Industriesmog und Pollen, gefangen von einem Hochdrucksystem oder einem Tiefdrucksystem oder sonst irgendeinem System, das sich kaum von der Stelle rührte. Vielleicht war es an der Zeit, sich geschlagen zu geben.

Sie ging hinüber, wo Fran stand, ein Bier trank und mit Jean plauderte. »Meint ihr, wir sollten das Klimagerät raufholen?«

»Mich darfst du nicht fragen«, sagte Fran. »Ich habe in Texas gelebt. Bei solchem Wetter fahren wir nach Süden, um uns aufzuwärmen.«

Jean lachte. »Du willst doch nicht den Jungs den Spaß verderben, oder?«

Aus unerfindlichen Gründen schienen menschliche Wesen der männlichen Spezies von dem Zwang besessen, bei mörderischer Hitze draußen Gegenstände durch die Luft zu schleudern und wieder aufzufangen. So auch jetzt. Charlie, Ray, Lisas Wayne und ein anderer Mann, der mit Penny gekommen war und den sie nie zuvor gesehen hatten, warfen einen winzigen Gummiball herum, den das Baby von oben aus seinem Laufstall auf die Terrasse befördert hatte.

»Woher Männer ihre Energie nehmen«, sagte Jean, »ist mir unbegreiflich.«

»Darauf trinke ich.« Fran leerte ihre Flasche. »Was ist eigentlich mit Greg?«

»Greg?«

»Der Typ, mit dem du ausgingst, als wir uns kennenlernten.«

»Das ist längst Vergangenheit«, sagte Jean. »Hält Shelby dich nicht auf dem laufenden?«

Fran sah zu Shelby. »Normalerweise schon. Ich war eine Weile nicht so fit.«

»Und wie geht es dir jetzt?«

»Gut. Abgesehen von gelegentlichen Schlafanfällen.«

»O Gott«, stöhnte Jean. »Die Schlafkrankheit.«

»Ich habe jedesmal Angst, wenn sie Auto fährt«, sagte Shelby leichthin und legte Fran wie zufällig die Hand auf die Schulter. Sie wußte, es war kindisch und albern, aber sie hatte Fran schon so lange nicht mehr angefaßt . . .

Fran lachte. »Sie glaubt, ich würde am Steuer einschlafen.« Sie löste sich von Shelbys Hand. »Ich brauche noch ein Bier. Ihr auch?«

»Gern, danke«, sagte Jean.

Shelby schüttelte den Kopf. Sie fühlte die Röte ins Gesicht steigen, die Verlegenheit. Dann wurde sie wütend. Verdammt, was war denn so schlimm daran, wenn sie Fran die Hand auf die Schulter legte? Es war eine völlig normale, freundschaftliche Geste. Fran brauchte nicht so zu tun, als ob sie . . . Sie wußte nicht, was. Als ob sie . . . irgend etwas. Irgend etwas Ungehöriges. Etwas Niederträchtiges.

»Ich finde sie wirklich nett«, sagte Jean jetzt. »Ihr beide habt bestimmt viel Spaß miteinander.«

O ja, jede Menge Spaß. Jeden Tag rauschende Fröhlichkeit. Jede Minute Gelächter. »Manchmal«, sagte sie. »Wir sehen uns nicht oft. Sie hat so komische Arbeitszeiten.«

»Das hat sie auch gesagt. Wegen ihrer Arbeitszeiten sieht sie dich nicht so oft, wie sie möchte.«

Hat sie dir auch von den Abenden erzählt, an denen sie sich in ihrer Wohnung einschließt und Brahms hört? Hat sie gesagt, daß wir wieder zelten gehen wollten und nie etwas daraus geworden ist? Und hat sie zufällig darüber geredet, was zum Teufel eigentlich los ist? Das würde mich nämlich wirklich interessieren.

Fran kam mit drei Flaschen Bier auf sie zu. »Ich habe dir auch eins mitgebracht«, sagte sie und reichte es Shelby, ohne ihr in die Augen zu schauen. »Du sahst aus, als wäre dir heiß.«

»Danke.« Shelby drehte sich zu Jean um und hob ihr Bier. »Auf dich. Alles Gute zum Geburtstag.«

»Jean!« rief Libby von der anderen Seite der Terrasse. »Komm her und laß dir einen dicken Geburtstagskuß geben.«

Jean winkte ihr zu. Mit gedämpfter Stimme raunte sie: »Muß ich?«

»Natürlich nicht«, sagte Shelby.

Libby rief und gestikulierte ihr zu.

»Oh, doch.« Jean grinste düster. »Ich bringe es wohl besser hinter mich.«

Shelby lehnte sich gegen die Steinmauer und sah von weitem zu, wie Connie zu den beiden stieß. Fröhlichkeit auf allen Seiten. Sie

sollte wohl hinübergehen und Jean zu Hilfe kommen.
»Shelby«, sagte Fran.
»Ja?«
»Bitte entschuldige.«
Shelby sah sie an. »Was denn?«
»Das von vorhin.«
Shelby war innerlich wie verhärtet und unfähig, die Entschuldigung anzunehmen. »Ich habe keine ansteckende Krankheit, weißt du.«
»Ich weiß. Es war . . . kompliziert. Ich erwarte nicht, daß du das verstehst.«
»Das merke ich.«
Fran schwieg einen Augenblick. »Wir entfernen uns immer mehr voneinander, nicht wahr?«
Shelby begann ungewollt aufzutauen. »Meinst du?«
»Ich glaube ja. Und es ist meine Schuld. Ich sitze im Moment irgendwie fest. Ich dachte, ich könnte damit umgehen, aber es geht wohl doch nicht.«
»Ich verstehe überhaupt nichts mehr, Fran.«
»Ja, ich weiß.« Fran seufzte. »Ich glaube, wir müssen miteinander reden.«
»Hört sich gut an. Wenn du mal Zeit hast.«
»Ich nehme mir Zeit.« Fran sah zu Boden. »Du fehlst mir sehr, Shelby.«
Sie berührte Frans Wange. »Du fehlst mir auch.«
Fran räusperte sich. »Du, das hat nichts mit dir zu tun, aber ich habe es nicht so gern, wenn . . .«
Shelby lächelte, weil Fran so wundervoll aussah. Sie nahm ihre Hand weg. »Ich weiß schon. Du magst keine öffentlichen Bezeugungen von Zuneigung.«
»So ähnlich.«
»Hast du Angst, die Leute könnten glauben, wir hätten etwas miteinander?« Sie lachte und begann sich ein wenig übermütig zu fühlen. »Das wäre doch mal etwas Neues. Stoff für sehr interessante Gespräche beim Mittagessen.«
Fran schaute hinüber zu Libby, Connie und Jean, die in ihre Richtung sahen. »Paß auf, was du dir wünschst. Es könnte womöglich in Erfüllung gehen.«

Zeit, das Abendessen zu servieren. Ray versuchte sich im Hintergrund zu halten, damit er nicht helfen mußte. Shelby erklärte ihm, nach der Hochzeit könne er so faul und bequem sein, wie er wolle, aber noch sei die Brautwerbung im Gange, und da erwarte sie, wie eine Königin behandelt zu werden. Er grinste und begann sich nützlich zu machen, aber nachdem er zehn Minuten lang herumgepfuscht hatte, erklärte sie ihn für unbrauchbar und entließ ihn mit der Order, ihr jemand Kompetenteren zu schicken. Lisa zum Beispiel.

Als er gegangen war, gespielt beleidigt, weil sie ihn zurückgewiesen hatte, spürte sie einen Stich in der Magengrube. Ihr wurde bewußt, daß sie in das klassische Rollenklischee verfallen waren – dominante, gehetzte Ehefrau, unfähiger Ehemann. Das war ihnen noch nie passiert. Sie waren unversehens hineingerutscht.

Sie mixte sich einen Gin Tonic.

»Wenn du heimlich trinken willst«, sagte Lisa, durch die Tür hereinwirbelnd, »such dir lieber etwas, das weniger auffällig riecht. Und sich besser mit Bier verträgt.«

Shelby stellte ihr Glas in die Spüle. »Ich werde es mir merken.«

»Nicht daß ich es dir verüble.« Lisa öffnete den Kühlschrank und begann Salat, Tomaten, Zwiebeln, Karotten und Paprika wahllos auf das Abtropfbrett zu werfen.

»Was meinst du damit?«

»Die Atmosphäre ist so angespannt, daß man sie mit dem Messer schneiden könnte.« Sie beugte sich hinunter und durchwühlte das Gemüsefach.

»Wieso das denn?«

»Ich bin mir nicht sicher.« Sie fand ein Bund Radieschen und warf es dazu. »Aber ich habe den Verdacht, daß deine Mutter von deiner Nachbarin nicht gerade begeistert ist.«

»Ach, das ist doch lächerlich.« Shelby nahm eine große Schüssel und fing an, den Kopfsalat in Stücke zu reißen.

»Sie schaut sie immer wieder so fies von der Seite an, ganz auffällig. Vorhin haben sie miteinander geredet. Worüber sich Libby wohl geärgert hat?«

»Es gehört nicht viel dazu, um Libby zu ärgern«, sagte Shelby grob. »Das ist bei ihr ein Dauerzustand.«

»Vielleicht sollte sie sich einen Freund suchen.«

»Hast du schon einmal erlebt, daß Libby keinen Freund hatte?«

Lisa entdeckte ein Glas Oliven. »Dann sollte sie vielleicht wieder heiraten.«

»Sie wird niemals wieder heiraten. Sie würde ihre Unterhaltszahlungen verlieren.«

»Hey, sei etwas vorsichtiger mit dem Salat. Nicht so heftig!«

»Du hast recht.« Shelby hielt inne.

»Es soll ein gemischter Salat werden, kein gemetzelter.«

»Ich war so in Fahrt.« Sie nahm sich ein Schälmesser und begann das Gemüse zu schneiden.

»Das kann ich auch machen«, sagte Lisa. »Ich sollte dir doch helfen.«

Shelby lächelte ihr zu. »Lisa, ich mag dich wirklich sehr, aber deine blutigen Fingerkuppen können wir im Salat nicht gebrauchen.«

»Croutons!« sagte Lisa und begann die Schränke zu durchsuchen. Sie stieß auf eine Schachtel mit Lemon Jello. »Dies hast du Fran zu trinken gegeben, oder?«

»Ja. Hat sie dir das erzählt?«

Lisa nickte. »Sie hat gesagt, du hättest ihr wahrscheinlich das Leben gerettet, aber gut geschmeckt hätte es nicht gerade.«

»Was gut für einen ist, schmeckt meistens nicht besonders.« Shelby nahm ein größeres Messer und schnitt die Zwiebeln in durchscheinend feine Scheiben.

»Du redest wie meine Mutter«, sagte Lisa kichernd.

»Hauptsache nicht wie meine.« Sie stapelte die Zwiebelscheiben aufeinander und nahm sie in der anderen Richtung in Angriff.

Lisa zerteilte den Salat zu Ende. Dann nahm sie das kleinere Messer und machte sich an eine Paprikaschote. »Hast du irgend etwas, Shelby?«

Überrascht sah Shelby hoch. »Nein. Wieso?«

»Ich habe den Eindruck, du bist genervt.«

»Mir geht es gut. Ich sollte beim Zwiebelschneiden wohl besser nicht über meine Mutter reden. Erinnere mich nächstes Mal daran.«

Lisa hielt die Paprikaschote unter fließendes Wasser. »Libby ist ganz in Ordnung.«

»Dir gegenüber ja. Sie mag dich.«

»Dich mag sie auch.«

»Nicht besonders.«

Gleich, als es heraus war, wußte sie, daß es stimmte. Ihre Mutter mochte sie nicht besonders.

»Du spinnst wohl«, sagte Lisa. »Natürlich mag sie dich.«

»Nein, ehrlich nicht.« Shelby erschrak. Ob der Bedeutung dessen, was sie da gerade begriffen hatte. Gleichzeitig wurde sie ganz aufgeregt. »Sie kann mich nicht sehr gut leiden. Fast gar nicht.«

Sie wußte nicht, was sie darüber denken sollte. Sie wußte nicht einmal, *wie* sie darüber nachdenken sollte.

Lisa stieß ein unsicheres kleines Lachen aus. »Du weißt doch, daß das nicht stimmt. Du willst mich schocken.«

»Nein, es ist mir ernst. Ich ...« Ein Blick in Lisas Gesicht zwang sie innezuhalten. Lisa war schockiert. Himmel, jeder wäre darüber schockiert. Sogar sie selbst war ein wenig schockiert. Sie sollte lieber damit aufhören, bevor Lisa vor Verlegenheit sterben würde. Lisa sah aus, als hätte jemand sie beim Lauschen ertappt. Sie war ganz beunruhigt und konnte Shelby nicht in die Augen schauen. »Natürlich ist es mir nicht ernst«, sagte Shelby. »Ich ärgere mich heute abend nur über sie, das ist alles.«

»Das kommt vor«, sagte Lisa unbehaglich und wandte sich wieder den Paprikaschoten zu.

Über solche Dinge redet man nicht, ermahnte Shelby sich selbst. Tabuthemen. Brudermord, Muttermord, Vatermord, Inzucht und daß deine Mutter dich womöglich nicht mag. Mütter lieben ihre Kinder. Sie können nichts dafür, es passiert einfach, wenn sie schwanger sind. Irgendeine Hormonsache. Und Kinder lieben ihre Mütter. Dafür können sie auch nichts. Wahrscheinlich die gleiche Hormonsache. Und trotz all der Spannungen, Streitereien und allem, was schiefläuft – wenn es darauf ankommt, ist deine Mutter deine Mutter und wird ihre Mutterpflichten erfüllen.

Als sie damals im Sommercamp krank geworden war vor Heimweh und Schmerz, weil ihre Eltern sie nicht besuchten, war sie zur Krankenschwester geschickt worden, weil sie nicht essen wollte und immer mehr abnahm, und die hatte es beschwichtigend abgetan und ihr erklärt: »Außer dem Herrn Jesus Christus ist deine Mutter dein bester Freund.«

Das hatte ihr Eindruck gemacht. In dem Alter war sie leicht

durch alles Biblische zu beeindrucken gewesen. Sie hatte immer wieder darüber nachgedacht und zu verstehen versucht, wie ihre Mutter ihr ›bester Freund‹ sein konnte, wenn sie sich weigerte, am Telefon mit ihr zu sprechen. Schließlich hatte sie aufgegeben und sich gedacht, daß das eines von den Dingen sein mußte, die sie verstehen würde, wenn sie erst älter war. Vielleicht wenn sie selbst Kinder hatte und weise geworden war. Um sicherzugehen, hatte sie aber doch ihre Mutter gefragt, ob es stimmte. »Natürlich«, hatte Libby gesagt. Dann hatte sie eine von Shelbys Haarsträhnen in die Hand genommen und durch die Finger gleiten lassen. »Ob du wohl mit einer Dauerwelle besser aussehen würdest?«

Mütter. Mädchen, paß gut auf, wie das geht, ermahnte sie sich. Eines Tages wirst du selbst eine sein.

Sie fragte sich, ob sie wohl eine gute Mutter sein würde, was auch immer das hieß. Sie hoffte es. Unter einer ›guten Mutter‹ stellte sie sich jemanden vor, zu der man laufen konnte, wenn einem etwas wehtat. Die einen in die Arme nehmen und festhalten würde, was auch immer das Problem war und ob man selbst schuld daran war oder nicht. Die auch dann zu einem halten würde, wenn man einen Fehler gemacht hatte. Die ...

»Petersilie?« fragte Lisa.

»Petersilie?«

»Hast du Petersilie?«

»Ach so, ja, klar.« Sie deutete in Richtung der Hintertür. »In dem kleinen Kräutergärtchen neben der Garagenmauer. Wenn ihr die Hitze nicht den Rest gegeben hat.«

Lisa schlüpfte zur Tür hinaus.

Gott sei Dank, einen Moment für sich allein, zum Nachdenken, zum ...

»Shelby, was zum Teufel machst du denn hier drinnen?« Libby war ärgerlich. Man merkte es an der Art, wie die Eiswürfel in ihrem Tom Collins klirrten.

»Das Abendessen«, sagte Shelby, bemüht, nicht defensiv zu klingen, was ihr beinahe auch gelang.

»Na, wie kompliziert kann das schon sein?«

»Ich bin fast fertig. Mach dir doch noch einen Drink.«

Libby machte sich geräuschvoll am Kühlschrank und an der Spüle zu schaffen. Trotz des Geklappers fühlte Shelby sich in Libbys

Schweigen unbehaglich. Man wußte nie, worauf dieses Schweigen hinauslaufen würde. »Ich habe gesehen, daß du dich mit Fran bekannt gemacht hast«, sagte sie, um Konversation zu treiben.

»Ja.« Libby fand den Gin und goß sich einen großzügigen Schuß ein. Wieder herrschte Schweigen.

»Wie fandest du sie?«

Ihre Mutter öffnete eine neue Flasche Sweet&Sour und goß etwas davon in ihren Drink. Dann legte sie nachdenklich einen Finger auf die Lippen. »Ein sonderbares Kind.«

»Kind?« sagte Shelby. »Sie ist älter als ich.«

»Verglichen mit mir, die bald älter ist als Methusalem, ist sie ein Kind. Und du auch.« Sie nahm Shelbys Kinn zwischen Daumen und Zeigefinger. »Und für deine alte Mutter wirst du immer ein Kind bleiben.«

Shelby wich zurück. »Ich kürze dir deine Alkoholration, Libby«, sagte sie leichthin. »Du wirst sentimental.«

»Um Himmels willen!« Libby lehnte sich gegen die Spüle und nippte an ihrem Drink. »Ein ungeschliffener Diamant vielleicht?«

»Wer?«

»Nan ... Jan ...«

»Fran.«

»Sie hat mir erzählt, daß sie beim Militär war.«

»Ja, das stimmt.«

»Na ja, das meine ich mit sonderbar.«

Diesmal konnte sie den defensiven Tonfall nicht verbergen. »Beim Militär zu sein ist nicht illegal und nicht unmoralisch, und es macht auch nicht dick.«

»Nein«, sagte Libby schlicht, »es ist nur sonderbar.«

Allmählich kam ihr die Unterhaltung erschreckend bekannt vor. Gleich würde Libby sagen, sie hätte den Eindruck, daß Fran sie nicht mochte. Dann würde Libby ihrerseits Fran nicht mögen. Und da lag der Hase im Pfeffer. Mit ein paar Collegefreundinnen war es genauso gewesen. Und mit Freundinnen im Graduiertenstudium. Mit Jean noch nicht, aber das würde noch kommen. Jean war dem bisher vermutlich entronnen, weil Libby sie immer mit Connie, Lisa und Penny zusammen sah, die weitaus akzeptabler waren, da sie weitaus mehr Lärm machten. Aber es war nur eine Frage der Zeit. Shelby merkte es an der Art, wie Libby Jean anschaute, das Gesicht so ausdruckslos wie das einer Schaufensterpuppe.

Zum Teufel damit, dachte Shelby. Sie konnte nichts dagegen tun, außer zu versuchen, es zu ignorieren. Was sehr viel einfacher wäre, wenn Libby sich weniger dezidiert über ihre Sympathien und Antipathien äußern würde.

Lisa kam mit der Petersilie zurück. Die Petersilie sah ein bißchen armselig aus, aber es ging noch. Es wäre Shelby egal gewesen, wenn sie Stroh oder getrocknetem Moos geglichen hätte. Sie bot ihr eine willkommene Entschuldigung, sich kopfüber in einen Tatendrang zu stürzen, der keinen Platz für Gespräche ließ.

Fran ging beizeiten und entschuldigte sich damit, daß sie Frühdienst habe. Shelby fragte sich, ob das tatsächlich der Grund war. Fran schien sich im Laufe des Abends immer unwohler zu fühlen. Wahrscheinlich spürte sie Libbys Ablehnung, die jedesmal größer wurde, wenn Shelby ein Wort oder einen Blick in Frans Richtung sandte.

Shelby wurde wütend. Dies war Frans Zuhause ... na ja, zumindest gehörte sie mehr hier ins Haus als Libby ... auf jeden Fall war es Shelbys Zuhause. Und wenn Shelby Fran hier haben wollte, dann hatte Libby sich darauf einzustellen und konnte nicht finster und mißtrauisch über Shelbys Wohnung wachen wie ein Rottweiler über einen frischen Knochen.

Wenn die anderen doch gehen wollten – dann könnte sie Fran noch erwischen, bevor sie ins Bett ging, und sie könnten miteinander reden. Nicht über irgend etwas Weltbewegendes. Sie mußte sich nur vergewissern, daß Libby Fran nicht verscheucht hatte.

Aber dazu würde keine Gelegenheit sein. Sie hatten gerade erst mit Kuchen, Kaffee und Geschenken angefangen. Das würde mindestens noch eine Stunde in Anspruch nehmen. Dann die obligatorische Fahrt mit Ray zu der Imbißbude, die rund um die Uhr geöffnet hatte. Shelby seufzte. Ihr ganzes Leben war in ein Routineschema gepreßt. Wenn sie doch bloß den Mut aufbrächte, gegen die Regeln zu verstoßen. Hätte sie ein Alter Ego, würde diese andere Shelby genau das tun. Die andere Shelby würde aufstehen, in die Hände klatschen und verkünden: »Die Party ist vorbei, Leute. War klasse. Danke fürs Kommen. Ray, nimm jemand anderen mit zur Imbißbude. Du riechst nach Bier, und ich habe etwas Besseres vor.« Aber diese andere Shelby gab es nicht. Nur die gute alte Shelby Camden, freundlich und feige.

Manchmal kam es ihr vor, als würde die ganze Welt durchdrehen und sie vorneweg.

Sie bat Connie, ihre Brautführerin zu werden. Connie schaute sie nur an, als sei sie verrückt geworden, so etwas überhaupt zu fragen. Als wüßten seit Monaten ›alle‹ – auf die bezog sich Connie am liebsten –, daß Connie die Brautführerin sein würde. Als sei in dem Moment, als sie Rays Heiratsantrag angenommen hatte, irgendwo eine Anschlagtafel enthüllt worden, auf der stand: »Brautführerin: Connie Thurmond«.

Die Kantinenclique verfiel neuerdings abrupt in verlegenes Schweigen, wenn Shelby den Raum betrat. Sogar Jean. Shelby hatte versucht, etwas aus ihr herauszubekommen, aber Jean hatte ihr versichert, daß sie lediglich über die Hochzeitsgeschenke sprachen. Shelby hätte ihr geglaubt, wenn Jean dabei nicht so schuldbewußt dreingeschaut hätte.

Wenigstens war Penny immer noch die alte und schwankte wie eh und je ohne erkennbaren Grund zwischen Hü und Hott.

Libby hatte sich in ihrer Hochzeitsplanung in eine hektische Betriebsamkeit hineingesteigert. Jedes Wochenende und manchmal auch unter der Woche abends berief sie Shelby nach Boston, um wieder über irgend etwas zu beschließen, wieder irgendein Porzellan-, Silber- oder Tischwäschemuster auszusuchen oder sich wieder bei irgendeinem Kaufhaus anzumelden. Die Entscheidung, aus welchem Material die Brautjungfernschuhe sein sollten, kam der Entscheidung über den Einsatz der Atombombe gleich. Wenn Ray nicht in Cambridge gewohnt hätte, so daß er sich mit ihr zum Abendessen treffen konnte, hätte sie vergessen, wie er aussah.

Sicher war das bei allen Brautmüttern so. Die meisten verheirateten Frauen in der Redaktion erklärten, es sei die Hölle. Einige behaupteten sogar, sie hätten sich nie davon erholt, und mindestens eine Frau schwor, ihre Beziehung zu ihrer Mutter habe einen irreparablen Schaden davongetragen.

»Warum machen wir es dann?« wollte Shelby immer wieder fragen. Wenn du es gehaßt hast und deine Mutter es bestimmt genauso gehaßt hat, als ihre Mutter *ihre* Hochzeit organisiert hat, und deren Mutter auch schon ...

Sie kam zu dem Schluß, daß eine Hochzeit ein primitives Ritual war, das tiefer in der menschlichen Seele verwurzelt war als Gelübde auf dem Sterbebett und letzte Ölungen.

»Tut mir leid, daß ich von Jeans Party weggelaufen bin«, sagte Fran, als sie sich endlich einmal bei den Briefkästen trafen. »Deine Mutter hat mich nervös gemacht.«

»Das dachte ich mir.«

»Sie ist so wachsam. Wenn ich sie sehe, weiß ich wieder, warum ich von zu Hause weggegangen bin.«

»Du bist weggegangen, weil deine Mutter wachsam war?«

»Die Gründe waren zahlreich und mannigfaltig«, sagte Fran. »Aber das war einer davon.«

»Ach, so ein Mist.«

»Was ist Mist?«

»Ich hatte gehofft, das würde als Grund ausreichen.«

Fran lächelte. »Überlegst du, ob du dich aus dem Staub machen sollst?«

Shelby massierte sich das Gesicht. »Wie schnell kannst du mir beibringen, in der Wildnis zu überleben?«

»Kommt darauf an, wie du über Kannibalismus denkst.«

»Einige meiner besten Freunde sind Kannibalen«, sagte Shelby. »Aber ich würde nicht wollen, daß meine Schwester einen heiratet.«

Fran lehnte sich gegen die Mauer, Werbesendungen unter einen Arm geklemmt, und sah sie an. »Ich mache mir Sorgen um dich«, sagte sie.

Shelby war überrascht. »Um mich?«

»Du hast immer noch Kopfschmerzen. Das sehe ich dir an. Und ich glaube auch nicht, daß du sehr gut schläfst.«

»Mit anderen Worten«, sagte Shelby leichthin, »ich sehe aus wie das blühende Leben.«

»Nimmst du die Schlaftabletten?«

Shelby zuckte die Achseln; sie fühlte sich ertappt und bemuttert, und es gefiel ihr. »Ab und zu.«

»Was tust du sonst noch für dich?«

Ich versuche dich dazu zu bringen, daß du mir sagst, was mit dir los ist. »Mir geht es gut. Es ist nur alles ein bißchen hektisch. Und du?«

Jetzt war die Reihe an Fran, auf den Boden zu schauen. »Was ist mit mir?«

»Das frage ich dich, Fran«, hörte sie sich sagen.

Fran errötete. »Nichts. Mir geht es gut.«

»Auf Jeans Party dachte ich, wir würden endlich miteinander reden.«

Fran lachte, aber es klang nicht aufrichtig. »Du hast ein Gedächtnis wie eine Mausefalle. Wenn man einmal drinsitzt, muß man sich ein Bein abhacken, um wieder rauszukommen.«

»Hör damit auf.«

»Mir geht es gut«, sagte Fran rauh, »es ist alles in Ordnung.«

»Es ist nicht alles in Ordnung«, sagte Shelby. »Seit du krank warst. Willst du mir bitte erklären, was mit uns los ist?«

»Nichts ist mit uns los. Es kann doch gar nichts mit uns los sein.«

»Fran ...«

»Hör zu, laß es ... laß es einfach, okay?« Fran begann sich abzuwenden. Zeitschriften und Prospekte rutschten ihr unter dem Arm weg. Sie fluchte und kniete sich hin, um sie aufzuheben.

Shelby wußte, daß sie ihr helfen müßte, aber sie war zu wütend. Ohne ein Wort ging sie in ihre Wohnung und knallte die Tür zu.

In dieser Nacht hätte sie nicht schlafen können, und wenn es um ihr Leben gegangen wäre. Nicht einmal eine Schlaftablette half. Eine zweite auch nicht. Eine dritte zu nehmen wagte sie nicht, denn sie wollte am nächsten Morgen nicht benebelt und halb im Koma aufwachen. Statt dessen lag sie einfach da und ließ ihren Gefühlen und Gedanken freien Lauf.

Was Fran tat, war nicht fair. Wenn es umgekehrt wäre, würde sie Shelby nicht damit herlassen. Wenn es etwas gab, das Shelby offensichtlich zu schaffen machte, würde Fran darauf bestehen, daß sie darüber redete. Sie würde nicht zulassen, daß Shelby sie im Dunkeln tappen ließ, durcheinander und einsam.

Die Einsamkeit war furchtbar. Früher hatte sie geglaubt, einsam zu sein, aber das war, bevor Fran dafür gesorgt hatte, daß sie sich weniger allein fühlte. Schlimm genug, wenn man nie Verständnis gekannt hatte. Aber es kennengelernt zu haben und dann zu verlieren war noch schlimmer. Einem anderen Menschen so nahe zu sein, sich so offen und geborgen zu fühlen ... und dann hatte Fran ihr die Tür vor der Nase zugeschlagen. Fran hatte ihre Freundschaft verraten.

Moment mal, ermahnte sie sich. Sie hat dir etwas gezeigt, was sie dir nicht zeigen wollte, denn sie war krank und konnte nicht anders. Jetzt kann sie es nicht zurücknehmen und will ihre Privatsphäre wiederherstellen.

Aber es ist doch nicht so, als hätte ich sie ausgelacht oder mich von ihr abgewandt. Ich habe gesehen, wie sehr sie litt, und ich bin sanft und liebevoll damit umgegangen. Und sie dankt es mir mit Schweigen. Und Rückzug. Genausogut könnte sie mich beschimpfen oder mir ins Gesicht spucken.

Verdammt, es war nicht leicht, das durchzustehen, aber ich bin froh, daß ich es getan habe. Es war wie eine Ehre.

Vielleicht konnte Fran nicht anders. Vielleicht litt sie selbst darunter. Vielleicht sollte Shelby es anders anfangen. Keine Antworten verlangen, aber es auch nicht ignorieren. Dranbleiben, aber Fran nicht unter Druck setzen. Entschlossen, aber nicht starr.

Oder vielleicht sollte sie lernen, geduldiger zu sein. Wenn sie dem Gefühl vertraute, das zwischen ihnen gewesen war, dann würde Fran zu ihr kommen, wenn sie soweit war. Sie war verletzt und verwirrt, und sie versuchte allein damit fertigzuwerden.

Wenn es denn so war. Aber wenn Fran in Wirklichkeit ihre Freundschaft beenden wollte und nach einer behutsamen Methode dafür suchte? Es würde Fran ähnlich sehen, behutsam sein zu wollen.

Shelby setzte sich auf und machte das Licht an. Woher wußte sie, was Fran ähnlich sehen würde? Sie kannte sie doch kaum. Sie hatte sie erst im März kennengelernt. April, Mai, Juni, Juli – erst vor viereinhalb Monaten. Sie konnte nicht all ihre Seiten kennen. Womöglich gab es hundert verschiedene Frans, die in alle Richtungen hüpften wie Flöhe.

Aber ich vertraue ihr, verdammt noch mal. Tief im Innern vertraue ich ihr.

Hör jetzt auf damit, befahl sie sich. Wenn du so weitermachst, wirst du geradewegs in der Klapsmühle landen.

Sie gab ihre Einschlafversuche auf und wanderte ins Wohnzimmer. Im Fernsehen kamen nur noch Testbilder. Sogar für die allabendliche Talkshow, die Freundin der Schlaflosen, war es zu spät. Von der Talkshow konnte sie eine Menge lernen. Dort führten sie ein ganzes Gespräch, ohne irgend etwas zu sagen. Das würde Fran bestimmt gefallen.

Sie war versucht, sich in den Hausflur zu stehlen und nachzusehen, ob bei Fran Licht brannte. Nein, jetzt war Schluß damit. Sie hatte keine Lust mehr, wie ein ausgesetzter Welpe hinter ihr herzulaufen. Ihr ging ohnehin genug im Kopf herum; hierauf konnte sie verzichten. Am besten vergaß sie es einfach.

Und was genau wollte sie überhaupt vergessen? Diese Freundschaft, die vielleicht eine war und vielleicht auch nicht? Stell dich doch nicht so an. Stell dich verdammt noch mal nicht so an. Es ist doch lächerlich, sich so den Kopf zu zerbrechen wegen jemandem, den du gerade seit viereinhalb Monaten kennst.

Sie beschloß, es mit warmer Milch zu versuchen. Während sie dastand und dem Topf beim Heißwerden zusah, dachte sie daran zurück, wie sie mit Fran in dieser Küche gesessen hatte, redend, lachend, sich einfach in der Gegenwart der anderen wohlfühlend.

Von ihrem gemeinsamen Jahr waren noch zehneinhalb Monate übrig.

Sie schaltete den Herd ab und begann zu weinen.

Der erste in der Redaktion, der sie darauf ansprach, ob etwas nicht stimmte, war Harry Rosen, einer der Fachredakteure, für die sie arbeitete. Harry war ein ruhiger, gutmütiger Mann mittleren Alters mit einer legendären Nase für gute Literatur. Er hätte es bestimmt zum Ressortleiter bringen können, wenn er gewollt hätte, aber er war mit seiner jetzigen Stelle zufrieden und war nicht machthungrig. Er brauchte Mut und Geschick, um dort bleiben zu können, wo er war. Eine Frau wäre mit der Begründung entlassen worden, sie sei nicht ehrgeizig und habe keinen Konkurrenzgeist. Ein anderer Mann hätte vielleicht dem Druck und der Aussicht auf ein höheres Gehalt nachgegeben. Aber Harry erklärte, er wollte weiterhin das tun, was er am besten konnte, und ein Aufstieg würde ihm nur seine größte Liebe nehmen, nämlich das Lesen und Lektorieren belletristischer Literatur.

Er vermied es, mit seinen Mitarbeitern persönliche Gespräche zu führen. Nicht aus Mangel an Interesse oder Mitgefühl, sondern weil er ein zutiefst schüchterner Mann war. So war Shelby überrascht, als er sie in sein Büro bat und die Tür schloß. »Miss Camden«, sagte er so abrupt, wie Menschen reden, wenn sie Angst haben, etwas auszusprechen, »Sie sehen furchtbar aus.«

Shelby wußte nicht, wie sie reagieren sollte. Sie wußte, daß sie wie der leibhaftige Tod aussah. Ihre Haut war fahl und trocken. Ihre Augen waren vom Schlafmangel geschwollen und hatten tiefe dunkle Ringe. Ihre Freundinnen hatten das natürlich gemerkt, aber sie hatte es lachend auf Kopfweh und Hochzeitsfieber geschoben. Connie und Lisa hatten besorgt gegluckt, Penny war um sie herumgestrichen, Jean hatte sie skeptisch angesehen. Schließlich hatten sie sie in Ruhe gelassen.

»Miss Camden?«

»Entschuldigen Sie. Mir gehen tausend Dinge im Kopf herum.«

»Ich habe gehört, Sie wollen im Frühjahr heiraten.«

»Ja. Im Juni, genauer gesagt.«

Harry fuhr sich mit den Fingern durch sein schütter werdendes Haar. »Verzeihen Sie meine Direktheit, aber Sie sehen aus, als ginge es um eine Scheidung, nicht um eine Hochzeit.«

»Tatsächlich?«

»Und Ihre Arbeit in letzter Zeit ...« Er nahm eine Mappe mit Manuskripten auf, die sie an ihn weitergeleitet hatte. »Offen gesagt, Sie scheinen Ihren Biß verloren zu haben.«

»Es tut mir leid.«

Er nahm ein Manuskript aus der Mappe und studierte es. »Kann ich Ihnen irgendwie helfen?«

Shelby biß sich auf die Lippe. Wenn ihr in letzter Zeit jemand auch nur die beiläufigste Anteilnahme zeigte, war es, als würde sie auseinanderbrechen. Vielleicht sollte sie es einmal darauf ankommen lassen. Vielleicht würde dann irgend etwas aus ihr herausgeflogen kommen, was ihr weiterhelfen würde, ein Körnchen Wahrheit in einem Wirbelsturm von Worten und Tränen. »Es ist einfach soviel ... es sind so viele Entscheidungen zu treffen, Pläne zu machen, Sie wissen schon.«

»Meine Tochter hat letztes Jahr geheiratet«, sagte er mit mitfühlendem Nicken. »Ich dachte, sie und ihre Mutter würden sich gegenseitig umbringen, ehe es soweit war.«

»Das gehört wahrscheinlich dazu.«

Er sah sie an. »So angespannt wie Sie hat sie aber nie ausgesehen.«

Shelby wußte nicht, was sie sagen sollte, also wiederholte sie: »Es tut mir leid.«

»Wieviel Urlaub haben Sie noch?«

»Eine Woche.«

»Vielleicht sollten Sie sie nehmen. Fahren Sie irgendwohin, wo es ruhig ist, und entspannen Sie sich.«

»Meine Mutter und ihre Brautzeitschriften würden mich finden.«

Er lächelte. »Das geht ganz bestimmt vorüber, wissen Sie.« Er lehnte sich vor und räusperte sich. »In der Zwischenzeit, glaube ich, sollten Sie ein paar Tage freinehmen, solange es noch Sommer ist. Fahren Sie ans Meer. In die Berge. Irgendwohin, wo es keine Telefone, keine Mütter und keine Brautzeitschriften gibt.« Er schloß die Mappe, als wollte er sagen »Das wäre geschafft«, und faltete die Hände.

Shelby stand auf. »Danke, daß Sie sich Sorgen um mich gemacht haben. Ich werde versuchen, mich besser zu konzentrieren.« Das klang schrecklich kalt und formell. »Ich weiß Ihr Verständnis wirklich zu schätzen. Wahrscheinlich haben Sie recht, daß mir etwas Abstand gut tun würde.«

Er nickte kurz und vertiefte sich in einen Bericht.

Zurück in ihrem Büro, wurde ihr bewußt, daß es ihr gar nicht recht war, was sie eben gehört hatte. Es war aufgefallen, wie gestreßt sie war. Die Leute sollten nicht denken, daß ihre Hochzeit sie überforderte. Shelby Camden hatte doch alles im Griff.

Außerdem war es nicht die Wahrheit, nicht die ganze Wahrheit. Es ging nicht nur um die Hochzeit, es ging auch um Fran. Jedenfalls wäre die Hochzeit nicht so schlimm, wenn das mit Fran nicht wäre, oder das mit Fran wäre nicht so schlimm, wenn die Hochzeit nicht wäre ...

Was es auch war, sie durfte es nicht mehr zeigen. Das würde sie hinkriegen. Mehr auf ihr Make-up achten. Sich stärker auf die Arbeit konzentrieren. Zum Beispiel jetzt gleich. Sich endlich wie eine Frau benehmen, die erfolgreich im Berufsleben stand.

Als es Feierabend war, hatte sie tatsächlich vier Manuskripte gelesen und kritisiert – hervorragend sogar, fand sie – und drei Lektoren empfangen, die die ganze Woche versucht hatten, einen Termin bei ihr zu bekommen. Sie hatte eine Autorin angerufen, deren Arbeit sie mit großem Zögern abgelehnt hatte, und sie ermutigt, wieder einmal etwas einzureichen. Sie hatte mit ihr über die redaktionellen Bedürfnisse und Maßstäbe der *Zeitschrift für die Frau* gesprochen. Die Autorin hatte sich geschmeichelt gefühlt und war sehr dankbar gewesen. Danach fühlte Shelby sich etwas mehr wie ein vollwertiges Mitglied der menschlichen Gesellschaft. Während sie das schlimmste Durcheinander auf ihrem Schreibtisch beseitigte, dachte sie an den Abend, der vor ihr lag. Sie könnte ins Kino gehen, aber es gab keinen Film, der sie interessierte, und sie hatte niemanden, der mitging. Also konnte sie entweder allein gehen oder in ihrer Wohnung sitzen und sich von drüben Frans verdammte Stereoanlage anhören.

Vielleicht sollte sie beim Militärladen vorbeifahren und sich eine Machete kaufen. Dann könnte sie in Frans Wohnung eindringen und ihr drohen, ihr den Kopf abzuschlagen, wenn sie nicht endlich redete.

Himmel, sie war es so leid. Sie mußte etwas tun, um sich abzulenken. Es war, als sitze sie fest, als sei sie in einer tiefen Grube gefangen und stecke bis zu den Knien im Lehm. Sie mußte herausklettern, aber sie konnte nicht aufhören, nach unten in den Schlamm zu spähen, als könnte sie dort einen Schlüssel finden, mit dem sie sich befreien konnte.

Okay, sagte sie sich, laß endlich die Gegenwart hinter dir und denk an die Zukunft. Sie griff nach dem Telefon und wählte Rays Privatnummer.

Er kam nur zu gern, war froh, daß sie ihn angerufen hatte, freute sich, daß sie in ihm ein Mittel gegen den Katzenjammer sah. Er würde gegen sieben Uhr da sein. Wenn es in der Universität ein Konzert geben würde, konnten sie vorher oder nachher essen gehen. Er liebte sie.

Sie duschte, und dann schlüpfte sie in ein schulterfreies, rückenfreies, beinahe vorderseitenfreies Etwas, das ihre Mutter ihr aus Guadeloupe mitgebracht hatte. So machte man das doch als Frau, oder? Wenn du deprimiert bist, geh einkaufen, zieh dich schick an, geh in ein Musical, genieß das Leben. Mit anderen Worten, tu genau das, wozu du überhaupt keine Lust hast. Die Anstrengung wird dich gleich wieder aufrichten. Na ja, es war besser, als wieder einen Abend mit Grübeln zu verbringen. Und Ray war jedenfalls glücklich. Das half doch bestimmt - den Mann, den man liebte, glücklich zu machen. Das war es, was zählte. Nicht das merkwürdige und verwirrende Verhalten einer Nachbarin, die man erst seit viereinhalb Monaten kannte und wahrscheinlich nie wiedersehen würde.

Als Ray sie abholte, lief sie ihm entgegen, um ihn im Hausflur lautstark zu begrüßen. Wenn Fran zu Hause war, mußte sie es hören. Shelby wußte, daß das billig war, aber sie nahm keine Rücksicht darauf. Sie hatte keine Lust mehr, Rücksicht zu nehmen.

Interessante Konzerte gab es keine. Sie gingen zuerst essen und dann in eine Studentenkneipe, in der ein paar einheimische Folksänger auftraten. Es war dunkel und nicht zu laut, ein guter Ort zum Entspannen und Reden. In der Luft hing der Geruch von Marihuana.

Ray rümpfte die Nase. »Bah, das Zeug finde ich schrecklich.«

»Ich mag den Geruch irgendwie ganz gern«, sagte Shelby. »Hast du es schon mal probiert?«

»Einmal. Danach habe ich mich wie Kartoffelpüree gefühlt.«

Shelby dachte, es könnte durchaus angenehm sein, sich wie Kartoffelpüree zu fühlen. Warm und entspannend. Kartoffelpüree schlief bestimmt sehr gut. Kartoffelpüree ließ sich bestimmt nicht durch das merkwürdige Verhalten von Kartoffelpuffern aus der Fassung bringen.

Ray sah sie fragend an. »Möchtest du lieber woanders hingehen?«

»Nein, nein. Es ist schön hier.« Er hielt ihr den Stuhl. »Ich war nur in Gedanken versunken.«

»Zum Denken ist es doch viel zu heiß«, sagte er und zog sein kariertes Jackett aus.

Shelby beneidete ihn. In seinem kurzärmeligen weißen Hemd und der Baumwollhose sah er aus, als fühle er sich frisch, wohl und mit der Welt im Frieden. Sie sagte es ihm.

Ray lachte. »Frisch, nein. Wohl, ja. Mit der Welt im Frieden?« Er zuckte die Achseln. »Was spricht dagegen?«

Das fand Shelby bemerkenswert. »Stimmt schon, wahrscheinlich nichts.«

Er winkte die Kellnerin heran und bestellte für sich einen Bourbon mit Wasser. Shelby überlegte, ob sie ein Glas Wein trinken sollte. Aber sie brauchte etwas Härteres. Richtigen Alkohol. »Scotch mit Soda«, sagte sie.

Als die Drinks gekommen waren, lehnte sich Ray über den Tisch zu ihr. »Du wirkst in letzter Zeit etwas gereizt, Shel. Willst du darüber reden?«

»Es ist nichts. Ich schlafe nur nicht sehr gut.«

»Das hast du mir gar nicht gesagt.«

Sie tat es mit einem Lachen ab. »Es ist doch nichts Neues.«

»Hör zu«, sagte er und nahm ihre Hand. »Für dich ist es vielleicht nichts Neues, aber du bist die Frau, die ich liebe. Wenn wir verheiratet sind, wirst du mir dann auch Dinge vorenthalten, nur weil sie nichts Neues sind?«

Er hatte recht. In zehn Monaten war er ihr Ehemann, ihr Geliebter, ihr bester Freund.

»Wenn ich ehrlich sein soll«, sagte sie, »ich mache mir ziemliche Gedanken wegen Fran. Sie benimmt sich in letzter Zeit seltsam.«

Ray lächelte. »Sie ist einer der seltsamsten Menschen, die ich je kennengelernt habe.«

Sie sah ihn an. »Was meinst du damit?«

»Ich weiß nicht, seltsam eben.«

Shelby wartete.

»Also gut, kompliziert, würde ich sagen. Sehr kompliziert.«

»Wie kommst du darauf?«

»Es ist nur so ein Gefühl, eine Ahnung. Hey, starr mich nicht so an. Ich bin nicht der einzige, der so denkt.«

»Ich starre nicht«, sagte Shelby und versuchte, nicht zu starren. Sie zwang sich, mit ruhiger Stimme zu sprechen. »Wer denkt denn noch so?«

Er schaute auf den Tisch hinab und sah schuldbewußt aus. »Na ja ... Connie ... und deine Mutter ...«

»Du hast mit meiner Mutter über Fran gesprochen?«

Seine Ohren wurden rot. »Wir haben nicht richtig über sie gesprochen. Es hat sich nur so ergeben. Connie sagte: ›Sie scheint ziemlich kompliziert zu sein, nicht wahr?‹, und ich sagte: ›Ja‹, und Libby sagte: ›Auf jeden Fall‹. Und das war's. Ende des Gesprächs.«

Shelby schüttelte den Kopf. »Das gefällt mir nicht, Ray.«
»Was?«
»Daß du hinter meinem Rücken über mich redest.«
»Es ging nicht um dich, und es war nicht hinter deinem Rücken. Ich hätte zu dir dasselbe gesagt. Habe ich ja gerade auch. Und jetzt guck dir an, wo es hinführt.« Er zwang sich zu einem Lächeln. »Ich kann dir nicht versprechen, daß ich es nie wieder tun werde, aber ich werde dir bestimmt nichts davon erzählen.«
»Das ist ja großartig«, sagte Shelby. »Das ist wirklich großartig.«
»Das sollte ein Witz sein.«
»Es war nicht lustig.« Sie trank ihren Drink aus; dann lenkte sie die Aufmerksamkeit der Kellnerin auf sich und bestellte noch einen.
Ray tat so, als müsse er sich die Stirn abwischen. »Mein Gott, ist es hier drin stechend. Ist das die Hitze, oder hast du deine Tage?«
Sie packte das leere Glas und hätte es am liebsten nach ihm geworfen. »Männer«, brummelte sie. »Wenn es um euch selbst geht, seid ihr voller selbstgerechter Entrüstung, aber wenn eine Frau sich beklagt, hat sie ihre Tage.«
»Shel . . .«
»Nun, ich habe nicht meine Tage, und dies ist mir zufälligerweise sehr wichtig, und ich kann diesen herablassenden Ton nicht leiden.«
»Ich bin nicht herablassend.«
»Doch, bist du.« Die Kellnerin kam mit ihrem Drink. Shelby wartete, bis sie wieder gegangen war. »Bist du«, wiederholte sie.
»Du liebe Güte«, sagte Ray ärgerlich, »was zum Teufel ist bloß mit dir los?«
»Fran ist mit mir los. Sie ist . . . war . . . meine Freundin, und sie behandelt mich wie eine Fremde, und das tut mir sehr weh.«
Er schüttelte den Kopf. »Shel, du kennst sie doch erst seit ein paar Monaten.«
»Na und? Wahrscheinlich kenne ich sie besser als dich. Auf jeden Fall kenne ich sie besser als du mich.«
»Wenn das so ist«, schnappte Ray, »dann solltest du vielleicht *sie* heiraten.«
»Na, das wird ja immer schöner.«
Er streckte die Hände aus. »Hör zu, es tut mir leid. Ich weiß,

daß du gereizt bist. Ich will nicht mit dir streiten. Es tut mir leid, daß deine Freundin dich gekränkt hat. Es tut mir leid, daß ich so unsensibel war. Wenn du darüber reden möchtest ...«

»Ich will nicht darüber reden.« Sie sah auf die winzige Behelfsbühne, auf der ein junger Mann mit einem blonden Bürstenschnitt seine Gitarre stimmte. In seinem kurzärmeligen Hemd mit nach unten geknöpftem Kragen und Längsstreifen erinnerte er sie an einen aus dem Chad Mitchell Trio.

»Dann reden wir über etwas anderes.«

»Ich habe keine Lust zu reden.«

»Auch gut«, sagte Ray steif, »bleiben wir einfach still hier sitzen, bis du dich wieder beruhigt hast.«

Sie zwang sich, ihm nicht zu antworten. Es ging nicht. So wie sich in ihrem Kopf alles drehte, konnte sie nicht garantieren, was herauskommen würde. Sie bestellte noch einen Drink, starrte den Sänger an und tat so, als interessiere sie sich brennend dafür, wie er seine Gitarre stimmte.

»Ist dir schon mal aufgefallen«, sagte sie, ruhiger und um Versöhnung bemüht, aber noch immer sehr empfindlich, »daß es auf der Welt schrecklich viele langweilige Jobs gibt?«

»Wahrscheinlich hast du recht.« Ray nickte in Richtung Bühne. »Zum Beispiel das, was der da macht?«

»Zum Beispiel. Und Kellnern. Sogar ein Barkeeper langweilt sich bestimmt die meiste Zeit.«

»Busfahren ist wahrscheinlich noch schlimmer.«

»Vor allem Schulbusfahren.«

Ray lachte. »Bitte keinen Schulbus.«

»Ist deine Arbeit langweilig?«

»Entweder langweilig oder allzu aufregend. Und deine?«

»Normalerweise nicht.« Sie überlegte. »Manchmal, wenn wir viele ganz schlechte Manuskripte auf einmal bekommen. Aber die werden meistens schon herausgefiltert, bevor sie bei mir landen.«

Er klopfte mit den Fingern auf die Tischplatte, als spielte er auf einer Bongotrommel. »Wirst du es vermissen?«

Shelby erstarrte innerlich. »Ob ich meine Arbeit vermissen werde?«

Ray nickte.

»Ich habe mich noch nicht entschieden, was ich mache.«

Er trank einen Schluck. »Vielleicht findest du eine andere Zeitschrift, bei der du arbeiten kannst, je nachdem, wohin es uns verschlägt.«

»Vielleicht.«

»Vorerst natürlich nicht. Beim Aufbau meiner Praxis werde ich deine ganze Hilfe brauchen.« Er grinste. »Du wirst eine wunderbare Frau Doktor abgeben.«

Sie wußte nicht, was sie darauf erwidern sollte, also sagte sie: »Danke.«

»Und dann werden wir Kinder haben. Aber nach ein paar Jahren ...«

Nach ein paar Jahren werde ich alles vergessen haben, was ich jemals wußte. Die Sprache wird sich verändert haben. Ich werde den Wortschatz einer Kindergärtnerin haben. Ich werde keine Stelle mehr finden. Wir werden in einer guten Wohngegend leben und auf unserer Terrasse Gäste empfangen. Ich werde zuviel Alkohol trinken. Ray wird immer später nach Hause kommen, und dann werde ich noch mehr trinken. Wenn die Kinder endlich auf dem College sind, wird das Trinken mein einziger Lebensinhalt sein. Ich werde eine armselige Affäre mit dem Staubsaugervertreter haben oder mit dem Bürstenverkäufer oder mit dem Collegestudenten, der Lexika anbietet. Das wird so gehen, bis eines Tages Ray nach Hause kommt und uns erwischt, und dann schießt irgend jemand irgend jemandem eine Kugel in den Kopf. Wenn es nicht mein Kopf ist, werde ich meine letzten Lebensjahre in Schimpf und Schande verbringen und schließlich gekrümmt vor Schmerzen an einer grauenvollen Krankheit sterben, bei der ich mein Gedächtnis und die Kontrolle über meine Körperfunktionen verliere. Mit anderen Worten, ein völlig normales Leben.

Zehneinhalb Monate.

Ray schaute sie fragend an. »Sag mal, wo bist du denn mit deinen Gedanken?«

Shelby lachte gequält. »Ich habe mir nur gerade das Eheleben der sechziger Jahre ausgemalt.«

»Und? Wie denkst du darüber?«

»Ich weiß nicht. Ich meine, wir wissen doch nicht, was passieren wird. Alles könnte sich über Nacht ändern.«

Er drückte ihre Hand. »Klar. Du steigst aus der Gesellschaft aus und ziehst mit den Beatniks über die Landstraße.«

»Ja, vielleicht. Das traust du mir bloß nicht zu.«

»Schatz, ich traue dir alles zu.« Er lehnte sich über den Tisch und küßte sie. »Laß uns hier abhauen«, flüsterte er ihr ins Ohr.

Sie wußte, was das bedeutete, und sie merkte, wie sie sich innerlich zusammenzog, bis sie nur noch ein ganz harter Knoten war. Aber das durfte sie ihm nicht zeigen ...

Sie schaute ihn an und hoffte, daß ihr Blick Begeisterung oder wenigstens Zustimmung erkennen ließ. »Ja, komm.«

Ray machte sich auf die Suche nach der Kellnerin und der Rechnung.

Als Kind war sie auf Allergien getestet worden. Jede Woche waren sie nach Boston gefahren, und der Arzt hatte ihr auf dem Rücken und an den Unterarmen Nadeln unter die Haut gestochen. Jede Woche war sie vor Angst gelähmt gewesen, hatte vom Autofenster aus die Landschaft vorbeiziehen sehen und gewußt, daß es wehtun würde, wie sehr der Arzt auch lächelte und ihr zuzwinkerte und die Nadeln ›das kleine Kätzchen‹ nannte. Sie hatte es nicht aufhalten, das Auto nicht wenden können, niemand hatte sie beschützend in die Arme genommen und verlangt, daß diese Grausamkeit sofort aufhörte. Sie hätte am liebsten geweint, aber sie hatte gewußt, daß sie sich über sie lustig machen und sie vielleicht sogar bestrafen würden. Und es hätte sowieso nichts geändert, sie wäre den Nadeln nicht entronnen. Also hatte sie die Landschaft angeschaut, ihre Ängste und Tränen zu Eis werden lassen und sie tief in sich drinnen eingeschlossen, wo niemand sie sehen würde.

So war ihr jetzt manchmal auch zumute. Nur waren es jetzt keine Ärzte und keine Nadeln, die ihr angst machten, sondern das Leben. Niemand beschützte sie vor dem Leben.

Aber gerade darum ging es ja bei dieser Heiraterei, oder? Sie beide, Hand in Hand den Drachen von ihrer Schwelle fernhaltend, Seite an Seite den Stürmen trotzend oder so ähnlich? Geteilte Einsamkeit.

Geteilte Einsamkeit, das gefiel ihr. Es war so wundervoll deprimierend. So existenziell. Voller Angst und Eitelkeit. Zwei Einsamkeiten, jede in ihrer eigenen Plastikblase, in parallelem Spiel.

Wahrscheinlich war es gut, daß sie jetzt gingen. Sie hatte mehr als genug getrunken. In ihrem Kopf hob und senkte es sich wie

Ozeanwellen in einem Sturm. Ray schien ewig wegzubleiben. Oder war ihr Zeitgefühl schon ganz verzerrt? Aus der Form geraten wie nasses Papier. Wie verräterische weiße Ringe auf dem Sofatisch, wo das Glas gestanden hatte. Weiße Ringe, die die Zeit durchlöcherten.

Vielleicht war es falsch, sich jemanden zu wünschen, der sie vor dem Leben beschützte. Vielleicht brauchte sie in Wirklichkeit jemanden, der sie vor der Zeit beschützte. Vor der Zeit mit ihren weißen Ringen. Der Saturnzeit.

Shelby rieb sich die Stirn. Mein Gott, dachte sie, ich bin ja ganz betrunken. Sie schaute hoch und sah Ray aus der Herrentoilette kommen. Das erklärte es. Ihr Zeitgefühl war nicht verzerrt. Ray war lange dort gewesen, war ›in seinen Taucheranzug gestiegen‹, wie er es nannte.

Er war auf Sex aus. Nein, bitte nicht. Nicht heute abend.

Nicht daß sie etwas gegen Sex hatte. Oder gegen vorehelichen Sex. Viele hatten heutzutage Sex, bevor sie heirateten. Sagten sie jedenfalls. Sie hatte auch schon vorehelichen Sex gehabt. Mehr als einmal. Sie müßte allmählich daran gewöhnt sein. Vielleicht würde es ihr eines Tages tatsächlich Spaß machen. Vielleicht würde sie eines Tages nicht mehr wahrnehmen, wie rauh sich sein Fünf-Uhr-Schatten anfühlte, wie verschwitzt die Haare auf seinen Armen waren und wie hart und schwer sich sein Körper gegen den ihren preßte. Wie er zu vergessen schien, wer sie war, sobald er seinen Rhythmus gefunden hatte. Wie sie sich vorkam, als sei sie ein Möbelstück unter ihm. Vielleicht würde sie eines Tages spüren, daß ihm daran gelegen war, es für sie schön zu machen, und er nicht nur seinem eigenen Vergnügen nachkam.

Vielleicht würde sie eines Tages mit ihm schlafen können, ohne daß ihre Gedanken abschweiften.

Er stand am anderen Ende des Raums an der Tür und grinste ihr zu. Wie ein kleiner Junge, wie ein junger Hund.

Shelby stand auf und ging auf ihn zu.

Ich bin zu jung, dachte sie.

Kapitel 13

Es klopfte an der Wohnungstür. Shelby legte das Manuskript hin, das sie gerade auswertete, und ging hin, um zu öffnen. Fran sah aus, als sei alles, was sie anhatte, gebügelt, einschließlich der Unterwäsche. Wie im Militär.

Nur die Augen nicht. Die Augen waren unruhig.

»Kann ich mit dir reden?« fragte sie leise.

»Natürlich.« Shelby lächelte gezwungen. »Komm rein. Ich beiße nicht.«

Fran setzte sich auf die Sofakante, steif und unbehaglich.

»Möchtest du etwas trinken? Kaffee? Sonst irgend etwas?«

»Nein, danke. Ich muß dir nur etwas sagen ...« Sie zuckte die Achseln, in ihrer so liebenswert hilflosen Art.

Endlich war es soweit. Shelby schob ein paar Papiere zur Seite und setzte sich neben sie. Sie merkte, wie ihre eigene Aufregung – und Angst – wuchs. »Jetzt rede schon.«

»Ich wollte dir sagen ... ich wollte nicht, daß du es ...« Fran holte tief Luft. In dem gelben Licht der Leselampe lagen violette Schatten auf ihren Augen. »Ich ziehe aus.«

Shelby wich das Blut aus dem Gesicht. »Was?«

»Ich muß umziehen. Ich muß eine Wohnung finden, bevor die Studenten zurückkommen. Jetzt im Sommer. Ich wollte, daß du es weißt ...«

»Das verstehe ich nicht.«

Fran warf ihr einen raschen Blick zu. »Ich muß näher an meiner Arbeit wohnen ...«

Sie lügt, dachte Shelby. »Es sind doch nur zehn Minuten zu fahren.« Ihre Stimme rutschte höher, wurde enger. »Und du hast ein Auto.«

»Ja, aber im Winter ...«

»Jede Menge Leute überleben hier den Winter. Wir sind hier in New England. Hier überlebt man den Winter.« Sie sagte sich, daß dies nicht echt war. Es war alles ein Witz. Jeden Augenblick würde Fran sie mit diesen kornblumenblauen Augen anschauen und lachen. Dann würde sie sich mit der Hand durch ihre welligen Strähnen fahren und sagen: »Ich bin ja so ein Idiot.« Und ihr erzählen, was wirklich los war. Dann würden sie sich bei einer Tasse Kaffee am Küchentisch zusammensetzen und alles bereinigen und . . .

Fran stand auf. »Entschuldige. Ich muß gehen.«

Beinahe in Panik hielt Shelby sie an der Schulter fest. »Fran . . .«

»Ich muß gehen«, wiederholte Fran.

»Das ergibt doch keinen Sinn.«

»Es tut mir leid.«

»Hier ist doch irgend etwas ganz Absurdes . . .«

Fran drehte sich zu ihr um. »Ich muß umziehen. Das ist alles.«

»Bitte sag mir, was ist eigentlich los?«

»Nichts.«

»Das nehme ich dir nicht ab«, sagte Shelby und schüttelte heftig den Kopf. »Wir waren befreundet. Wir haben uns gut verstanden, wir waren gern zusammen.«

»Shelby . . .«

Sie begann zu verzweifeln. »Jetzt sind wir plötzlich nicht mehr befreundet, du gehst weg, und ich weiß nicht, was ich falsch gemacht habe . . .«

»Du hast gar nichts falsch gemacht. Es liegt an mir.«

Shelby schaute Fran an und fühlte die wohlbekannte Sehnsucht. Sie wollte ihr sagen, wie verletzt sie war. Wie verwirrt. Wie ängstlich. Irgend etwas in ihrem Innern streckte sich nach Fran aus, wollte sie halten, wollte von ihr gehalten, getröstet werden . . .

Fran stand steif da wie beim Appell und sagte in förmlichem Tonfall: »Ich wollte dich nicht mit hineinziehen. Es tut mir leid.«

»Das ist alles? Es tut dir leid?«

»Ja, es tut mir leid.«

Shelby schluckte. An die Stelle von Sehnsucht trat Wut. »Das reicht nicht«, sagte sie kühl. »Ich will wissen, was los ist.«

Fran wandte sich von ihr ab. »Ich muß umziehen, das ist los. Ob du mir meine Begründung abnimmst oder nicht.«

»Deine Begründung ist doch nur vorgeschoben.«

»Vielen Dank.« Sie tat einen Schritt auf die Tür zu.

Shelby hielt sie auf. »Fran . . .« Sie atmete tief durch und zwang sich zur Ruhe. »Wir packen das ganz falsch an.« Fran sah zu Boden. Shelby berührte sie. »Schau mich an. Bitte.«

Fran schüttelte den Kopf. Shelby faßte ihr unters Kinn und hob ihr Gesicht an. In Frans Augen zitterten Tränen. Eine lief heraus und zeichnete eine silbrige Spur auf ihre Wange. In Shelby schmolz alles dahin. »Fran«, sagte sie sacht.

Frans Gesicht verschloß sich wieder. »Ich schaffe das nicht«, sagte sie und drehte sich zur Tür.

»Bitte sag mir doch, was du hast.« Es war beinahe zu spät. »Du kannst nicht einfach so gehen.«

»Es muß sein.«

Ein letzter Versuch. Eine letzte flehentliche Bitte. »Du trägst irgendein riesengroßes furchtbares Geheimnis mit dir herum. Jedesmal, wenn wir uns näherkommen oder auch nur über uns reden, stoße ich dagegen.«

Fran griff nach dem Türknauf.

»Als du krank warst, hast du dir die Seele aus dem Leib geweint, und dann wolltest du mir weismachen, daß es nichts zu bedeuten hatte. Und seitdem behandelst du mich, als hätte ich irgendeine ansteckende Krankheit. Du bist so verdammt höflich und distanziert. Du fehlst mir, und du bist so weit weg, und ich weiß nicht, was ich machen soll.« Sie packte Frans Arm und drehte sie zu sich herum. »Guck mich wenigstens an, verdammt noch mal.«

Fran wich zurück.

»Ich habe dir vertraut. Ich habe dich so nahe an mich herangelassen wie noch niemals jemanden zuvor. Ich dachte, du vertraust mir auch. Wahrscheinlich habe ich mich geirrt.«

»Bitte«, sagte Fran, »so darfst du nicht denken.« Ihre Stimme klang jetzt weich, aber sie schaute Shelby immer noch nicht an.

»Deine Freundschaft bedeutet mir sehr viel. Du fehlst mir so sehr, als hätte ich ein Loch im Herzen. Sag mir nur, was passiert ist. Wir können nicht einfach alles in der Luft hängen lassen.«

»Hör auf!« Fran wirbelte herum und hämmerte mit der Faust gegen die Tür. »Zum Teufel, laß mich in Ruhe!« Sie drehte sich wieder um und stand Shelby gegenüber. In ihrem Gesicht spiegelte sich Wut. »Ich will deine Freundschaft nicht.«

»Ich brauche dich.«

»Du brauchst mich nicht.«

»Du kannst doch nicht . . .«

»Und ich bin nicht dein Eigentum. Wir sind nicht verheiratet, Shelby.«

Das reichte. Jetzt war Shelby gekränkt und von kaltem Zorn erfüllt. Sie wandte sich ab, um Fran nicht ansehen zu müssen. Um den Schmerz nicht zu spüren. »Du müßtest ein Warnschild tragen, weißt du das? ›Gefährlich. Bricht Herzen.‹«

»Das wollte ich nicht.«

Plötzlich war sie ganz eisig und wollte nur noch, daß Fran aus ihrem Leben verschwand. Für immer. Sie wünschte, es hätte Fran nie gegeben. Sie wünschte ... »Ich kenne dich nicht«, hörte sie sich mit gleichmütiger Stimme sagen. »Du kennst mich nicht. Alles, was ich dir je über mich erzählt habe, war gelogen. Da ist nichts zwischen uns, und da ist nie etwas gewesen.«

»Doch, Shelby.«

»Ich habe nur so getan. Es war nicht echt. Es war alles nur ein Spiel.«

»Das glaube ich nicht«, sagte Fran.

»Dann laß es bleiben. Ich wünsche dir alles Gute. Knall nicht mit der Tür, wenn du gehst.«

Fran ging und knallte die Tür zu.

Shelby machte sich einen Drink, dann setzte sie sich an den Küchentisch und wartete, daß die Betäubtheit nachließ. Dann würde es wehtun, wie eine schwere Verbrennung, die man zuerst nicht fühlt, weil die Nerven unter Schock stehen. Aber wenn der Schock nachläßt, setzen die Schmerzen ein und werden immer schlimmer und hören nicht mehr auf, nie mehr.

Wenn sie ganz ruhig dasaß und kaum atmete, sich nicht bewegte, vielleicht würde sie dann nie mehr etwas fühlen müssen. Wenn sie sich nicht bewegte, würde vielleicht die Zeit stillstehen, würde sie einhüllen in eine Gegenwart ohne Vergangenheit und ohne Zukunft, in der es keine Gefühle gab.

Ich halte es nicht aus, dachte sie ruhig, ich überlebe es nicht. Aber es ging. In diesem einen Moment ging es. Wenn sie das auf den nächsten Moment übertragen konnte und dann wieder auf den nächsten ...

Sie beschloß, an etwas Neutrales zu denken. Etwas, bei dem sie nichts fühlen würde und das sie nicht erinnern würde an ...

Das Telefon klingelte. Sie sah auf die Uhr, und die Zeit setzte wieder ein.

Das mußte Libby sein. Nur Libby würde um diese Zeit noch anrufen, außer wenn es ein Notfall war. Bei Libby war alles ein Notfall. Keine Eiswürfel mehr zu haben war ein Notfall. Zu einer zwanglosen Einladung fünf Minuten zu spät zu kommen war ein Notfall. Eines Tages würde Libby aufwachen und sich bewußt werden, daß sie über fünfzig war, und das wäre dann ein *echter* Notfall.

»Shelby«, bellte Libby, bevor sie sie auch nur begrüßen konnte, »was hast du mit den Mustern für die Brautjungfernkleider gemacht?«

»Ich habe sie hier.« Fran ging weg. O Gott, Fran ging weg.

»Und, was meinst du? Das pfirsichfarbene ist hübsch, aber Connie könnte darin zu blaß aussehen. Für sie wäre das hellgrüne fantastisch, aber das paßt nicht zu Jeans unscheinbarem Haar. Ich dachte, vielleicht das hellblaue, aber ich habe Angst, daß der Stoff dann zu . . . na ja, zu wenig stilvoll wirkt.«

»Ich habe sie mir noch nicht richtig angesehen.«

Ein kurzes schockiertes Schweigen. Dann, ungläubig: »Du hast sie dir nicht angesehen.«

»Ich hatte keine Zeit.«

»Zeit«, sagte Libby mit einem verächtlichen Schnauben. »Nun, ich schlage vor, daß du dir die Zeit nimmst. Wir müssen die Hochzeit nämlich auf Ostern vorverlegen.«

»Wie?« fragte Shelby.

»Wir müssen die Hochzeit auf Ostern vorverlegen«, sagte ihre Mutter langsam und deutlich.

Shelby war verwirrt. »Libby . . .«

»Deine Tante Harriet fliegt im Juni nach Europa.«

Shelby stöhnte innerlich. Harriet Camden war Shelbys Großtante, die Tante ihres Vaters, die einzige, die sie aus dieser Generation kannte, was sie nie bedauert hatte. Harriet war die selbsternannte ungekrönte Königin der Familie. Sie hob sämtliche Zeitungsausschnitte über Familienmitglieder auf, die vor Gericht oder sonstwie öffentlich in Erscheinung getreten waren. Sie kannte die Geburts-, Hochzeits- und Sterbedaten aller Camdens in ihrem Zweig der Familie. Sie besaß umfangreiche Fotoalben mit Zeugnissen wichtiger Camden-Anlässe; dabei fotografierte sie niemals selbst, sondern erwartete, Abzüge von allen Fotos zu erhalten, die irgend jemand gemacht hatte. Diese sammelte sie, klebte sie ein und beschriftete sie in der zittrigen, spinnenartigen Handschrift einer alten Dame. Bei Familienfeiern ließ Harriet Camden sich in einem Ohrensessel nieder und beobachtete. Der Rest der Familie versorgte sie mit Getränken, Snacks und Komplimenten. Shelby wurde beinahe schlecht dabei, auch wenn sie genau wie alle anderen lächelte, die gepuderte Wange küßte und katzbuckelte. Der Gedanke an eine Hochzeit *ohne* Tante Harriet Camden war zu wundervoll, um in Worte gefaßt zu werden. Der Gedanke, daß die Hochzeit zwei Monate früher als geplant stattfinden sollte, ließ ihren Kopf vor Angst pochen. »Wir können doch ohne sie feiern«, sagte sie hoffnungsvoll.

»Sei nicht albern«, sagte ihre Mutter.

»Es gibt kein Gesetz ...«

»Aber gute Manieren, gesunden Menschenverstand und Respekt vor der Familie«, sagte Libby scharf. »Das weißt du ganz genau.«

Heute abend ist jedenfalls kein guter Zeitpunkt, dachte sie, und am liebsten hätte sie gesagt: »Hör zu, ich habe gerade eine ganz schlechte Nachricht bekommen. Die Hochzeit ist das letzte, was mich jetzt interessiert.« Immerhin konnte sie schließlich einwenden: »Aber wir haben doch schon alles organisiert.«

»Unsinn. Ich habe im Country Club alles umgebucht. Wir hatten Glück. Und die Einladungen waren noch nicht einmal gedruckt. Wir müssen uns nur ein bißchen mehr ranhalten, das ist alles.«

Jetzt machte sich bei Shelby endgültig Panik breit. »Ich verwende jetzt schon alle Zeit darauf, die ich habe, Libby.«

»Und was machst du mit all deiner kostbaren Zeit? Jedesmal, wenn ich dich anrufe, bist du mit diesem Mädchen von nebenan unterwegs.«

»Das stimmt nicht.«

»In den letzten beiden Wochen mindestens zweimal.«

Shelby wurde rot. Sie hatte das als Ausrede benutzt. Wenn sie gewußt hatte, daß Libby anrufen würde, und sie war zu müde gewesen, zu nervös, zu deprimiert, zu ..., dann hatte sie es klingeln lassen, statt ans Telefon zu gehen, und nachher hatte sie gesagt, sie sei bei Fran gewesen. »Zweimal«, sagte sie.

»Und bei Ray?«

»Was ist mit ihm?«

»Mindestens viermal ...«

»Um Himmels willen, ich war nur für einen Moment weg. Tauscht ihr beide Erfahrungsberichte?«

»Es kommt uns nur recht seltsam vor.«

Eine Welle des Zorns erfaßte sie. »Mir kommt es etwas seltsam vor, daß meine Mutter und mein Verlobter es für angebracht halten, hinter meinem Rücken über mich zu reden.«

»Wann haben wir denn Gelegenheit, dir etwas ins Gesicht zu sagen?«

»Ich arbeite, Libby. Und ich habe einen Verlobten, der in gewissem Umfang meine ungeteilte persönliche Aufmerksamkeit beansprucht. In großem Umfang sogar, auch wenn er sagt, er fühlt sich vernachlässigt. Und ich habe außer Fran auch noch andere Freundinnen.« Sie hielt inne, bevor sie hinzufügen konnte: »Und du rufst mich zu jeder Tages- und Nachtzeit an, um mit mir über diese ... diese *Heiraterei* zu reden.«

»Wie schön, daß du so beliebt bist. Wenn ich das nächste Mal mit dir reden möchte, werde ich mich direkt an Miss Jarvis wenden. Meinst du nun, du könntest es einrichten, morgen mit mir zu Abend zu essen? Damit wir *deine* Hochzeit planen können?«

Sie hätte schreien mögen. Doch noch mehr war ihr daran gelegen, dieses Gespräch zu beenden. »Gut. Morgen abend.«

»Wegen der Uhrzeit sage ich dir noch Bescheid. Bitte überleg dir bis dahin irgend etwas wegen der Brautjungfernkleider, damit wir darüber reden können. Wenn es dir nicht zu viele Umstände macht.«

Shelby merkte, daß sie sich geradezu an den Telefonhörer klammerte. Aus der Handfläche rollte ihr ein Schweißtropfen am Handgelenk hinunter.

»Das werde ich heute abend tun.« Sie zitterte. Heftig. Sie lehnte sich gegen die Wand und wickelte die Telefonschnur um ihre freie Hand.

»Das wäre schön«, sagte Libby in eisigem Ton. »Und versuch dir ein paar Gedanken wegen des Stoffes zu machen, sofern du es so lange ohne deine Nachbarin aushältst.«

Shelby knirschte mit den Zähnen. »Darüber mach dir keine Sorgen. Sie zieht aus.«

»Hoffentlich bald. Man könnte in der Tat meinen, sie bedeute dir mehr als deine eigene Hochzeit.«

Irgend etwas in ihr platzte. »Es ist eine Hochzeit, zum Teufel, keine Krönungsfeier!«

»Oh, ich bitte um Verzeihung ...«

»Ich möchte auch noch ein Leben haben, wenn es dir recht ist.«

»Es ist mir sogar sehr recht«, sagte Libby kühl. »Ich will mit der ganzen Sache nämlich nichts mehr zu tun haben. Du kannst deine Pläne allein machen, und du kannst die Hochzeit so haben, wie du sie willst. Von mir aus kannst du nach Gretna Green durchbrennen.«

Jetzt wurde es zuviel. »Bitte entschuldige«, sagte Shelby. »Ich habe es nicht so gemeint.«

»Du benimmst dich in letzter Zeit sehr merkwürdig. Seit dieses Mädchen bei dir eingezogen ist. Ich weiß nicht, was das alles zu bedeuten hat, und ich will es auch gar nicht wissen. Aber wenn du weißt, was gut für dich ist, solltest du dich ein bißchen zusammenreißen, meine Liebe.«

Shelby knallte den Hörer auf die Gabel und machte sich noch einen Drink. Das Telefon klingelte. Libby hatte noch nicht alles gesagt.

Zum Teufel damit.

Sie ließ es klingeln.

Diesmal hast du ganze Arbeit geleistet, dachte sie, als sie das Glas erneut leerte und nochmals nachgoß. SCHLECHT über die HOCHZEIT REDEN, deiner MUTTER WIDERSPRECHEN, den HÖRER auf die GABEL KNALLEN, NICHT ans TELEFON GEHEN.

Daß sie VERGESSEN hatte, eine FARBE FÜR DIE BRAUTJUNGFERNKLEIDER auszusuchen, war im Vergleich dazu eine läßliche Sünde.

Wenn sie nur mit jemandem reden könnte. Aber es war spät. Und sie wußte nicht, wie sie alles erklären sollte. Bis sie am Morgen ihre Freundinnen sah, hatte sie vielleicht alles genügend geordnet, um darüber reden zu können. Wenigstens mit Jean.

Jean. Moment mal, Jean konnte sie heute abend noch anrufen. Jean blieb lange auf und las. Und Jean verstand auch ohne große Erklärungen. Sie streckte die Hand nach dem Telefon aus.

Und hielt inne. Wenn sie mit Jean redete, würde alles zur Realität werden. Wenn sie mit Jean redete, würden die Gefühle, die sie mit knapper Not im Zaum hielt, beim ersten Anklang von Mitleid aufbrechen. Das ging nicht.

Das Geschirr spülen. Soweit es etwas zu spülen gab. Einen Teller, einen Topf, ein Glas ... Es dauerte fast fünf Minuten. Sie trocknete alles ab und stellte es weg.

Vielleicht sollte sie ein bißchen essen. Sie öffnete die Schranktür.

Weizencracker. Zu knusprig.

Kekse. Die schmeckten bestimmt nicht mehr. Die Packung war den ganzen Juli hindurch offen gewesen.

Lemon Jello.

Eine eiserne Faust umklammerte ihren Magen.

Nein, sagte sie sich.

Sie nippte an ihrem Drink, während sie in ihren Schlafanzug schlüpfte.

Gute Nacht.

Auf dem Weg ins Badezimmer stieß sie an die Ecke der Kommode. Ein stechender Schmerz fuhr durch ihre Hüfte und brachte sie aus dem Gleichgewicht.

Verdammt!

Das würde am Morgen einen wunderschönen blaugrünen Fleck geben.

Vielleicht war das die richtige Farbe für die Brautjungfernkleider.

Sie griff nach ihrem Drink und trank einen Schluck und einen nächsten; dann überlegte sie, ob sie noch einen nehmen sollte, aber sie war offensichtlich schon jetzt nicht mehr ganz nüchtern. Sie stellte den Rest auf den Waschbeckenrand. »Tut mir leid, Kumpel«, sagte sie zu ihrem Spiegelbild. »Scotch und Zahnpasta vertragen sich nicht.«

Im Prinzip hatte sie aber noch alles unter Kontrolle. Alles im Griff.

Außer des immer größer werdenden Klumpens in ihrer Brust.

Sie blickte erneut in den Spiegel, und was sie sah, gefiel ihr gar nicht. Ihr Haar hing kraftlos herab, die Augen waren stumpf. Ihre Haut war spröde wie ein Hornissennest. Sie sah alt und krank aus.

Wenn du erst einmal geschlafen hast, bist du wieder wie neu, sagte sie sich energisch.

Schlüpf jetzt unter die warme Decke und mach die Augen zu,

und dann ab ins Land der Träume.

Ach, sie machte sich doch etwas vor. Es würde Stunden dauern, bis sie einschlafen würde. Falls sie überhaupt schlafen konnte. Falls sie jemals wieder schlafen würde.

Sie nahm ihre Zahnbürste aus dem Halter und schraubte die Zahnpastatube auf.

Eigentlich bin ich doch gar nicht so schlecht dran.

Erstens habe ich einen guten Job. Einen perfekten Job. Ein hervorragendes Arbeitsklima. Besser, als ich es mir je erträumt habe. Natürlich kann ich höchstens noch ein Jahr dort bleiben. Ach nein, richtig, wir müssen den Kündigungstermin jetzt ja ein paar Monate vorverlegen.

Sie drückte zuviel Zahnpasta auf die Borsten, so daß sie herunterglitt und im Waschbecken landete. Sie nahm sie mit der Bürste wieder auf.

Zweitens habe ich einen wundervollen künftigen Ehemann. Daran führt kein Weg vorbei.

Drittens, eine weise Mutter, die in der Sorge um ihre Tochter aufgeht.

Sie schnitt sich im Spiegel eine Grimasse. Und vergiß nicht deinen feinen Sinn für Ironie.

Und Freundinnen, die echte Freundinnen waren.

Der Klumpen in ihrer Brust schwoll an.

Freundinnen, die echte Freundinnen waren.

Und ein paar Freundinnen, die keine mehr waren.

Sie schrubbte wie wild an ihren Zähnen herum.

Sieh's positiv. Du hast jetzt einen eigenen Schlafsack.

Shelby packte die Kanten des Waschbeckens.

Sie zitterte so sehr, daß das Aspirinfläschchen hüpfte.

Ich schaffe es nicht, dachte sie, außer sich. Sie würde auseinanderplatzen, und etwas Heißes und Dunkles würde aus ihr hervorquellen, brennend wie Säure. Das Ende der Zukunft, schwarz und undurchdringlich. Dahinter das Nichts.

Ich muß schlafen. Die Nacht überstehen. Wenn ich diese Nacht überstehe, dann überstehe ich die nächste vielleicht auch. Sie fand ihre Schlaftabletten, schluckte eine und spülte sie mit Scotch und geschmolzenem Eis aus ihrem Glas hinunter.

Eine würde nicht reichen. Eine reichte nie.

Sie nahm noch eine.

Okay. Sie schraubte die Flasche wieder zu. Zwei sind genug, denn ich hatte ja auch noch ein paar Drinks. Da schlafe ich sicher wie ein Baby.

Und wenn ich aufwache?

Ist alles noch ganz genauso wie vorher.

Zum Teufel!

Ihr Magen war so verhärtet, daß sie sich kaum bewegen konnte. Die Angst bohrte sich in sie hinein. Die Enge in ihrer Brust wuchs. Um sie herum war ein graues Vakuum, das sie ins Nichts hineinsog.

Ich schaffe es nicht.

Sie fühlte sich gefangen in einem zu kleinen Raum, in dem sie sich nicht bewegen konnte. Sie wollte um sich schlagen. Es gab nichts, wonach sie schlagen konnte.

Wenn ich am Morgen aufwache, werde ich einen Moment lang noch nicht ganz da sein. Nur im Bett liegen, nicht wissen, was draußen vor sich geht, in Gedanken das Tagesprogramm durchspielen. Und dann wird alles schlagartig zurückkommen ... die Hochzeit, die Arbeit, meine Mutter, Fran ...

Ich stehe das nicht durch.

Sie schnappte sich die übrigen Tabletten, leerte sie sich in die Handfläche, ließ sie sich in den Mund gleiten und spülte sie hinunter.

Sie schloß die Augen, hielt die Luft an und wartete. Wartete, daß ihr Herz aufhören würde zu hämmern, ihre Haut aufhören würde zu kribbeln. Wartete, daß die furchtbare Angst nachlassen würde.

Nach ein paar Minuten öffnete sie die Augen. Dieselben alten kanariengelben Handtücher ordentlich hinter ihr auf der Stange. Derselbe alte Scherenschnitt eingerahmt an der Wand, ein Geschenk von Libby zum Einzug. Wäschekorb, Fußmatte, Seifenschale, Shampooflasche, alles noch dasselbe, und auch ...

Dieselbe alte Shelby.

Verdammt! Sie schleuderte das schwere Trinkglas in den Spiegel. Er zersplitterte in eine Million Sterne.

Na gut, dachte sie ein wenig befriedigt. Na gut.

Sie glitt an der Wand hinab auf den Fußboden, umgeben von

Scherben, innerlich zerbrochen wie der Spiegel.

Alles zerbrochen, dachte sie. Endlich, für immer.

Ich sterbe. Jetzt muß ich nur noch warten.

Ein Gefühl tiefer Ruhe hüllte sie ein. Die Fliesen in ihrem Rükken waren kühl. Loslassen tat gut.

Jemand klopfte an die Wohnungstür.

Tut mir leid, dachte sie träge, dieses Jahr gibt es keine Süßigkeiten für die Pfadfinder.

Und keine Brautjungfernkleider.

Jetzt hämmerte jemand gegen die Tür und rief ihren Namen.

Wie unhöflich, mitten in der Nacht. Manche Leute waren wirklich rücksichtslos. Sie sollte aufstehen und die Tür öffnen, bevor das ganze Haus wach wurde. Sie sollte die Hand ausstrecken, das Waschbecken fassen, sich hochziehen und sich darum kümmern.

Später.

Mit einem Schlag flog die Wohnungstür auf.

Shelby zuckte zusammen.

Bestimmt war die Wand eingedellt. Das würde dem Vermieter gar nicht gefallen.

Schritte durchquerten das Wohnzimmer. Dann stand Fran vor ihr und sah auf das heillose Durcheinander. »Mein Gott, Shelby«, sagte sie.

»Ich nicht. Bestimmt jemand anders.«

Fran fand das leere Tablettenfläschchen und schob es mit einer groben Bewegung zu ihr hin. »Hast du das hier genommen?«

Shelby zuckte die Achseln.

»Wie viele?«

Wieder Achselzucken.

Fran packte ihren Arm und drehte ihn um. »Wie viele?!!«

»Woher soll ich das wissen?« murmelte sie. »Ich habe sie nicht gezählt, ich habe sie nur runtergeschluckt. Laß mich in Ruhe.«

»Verdammt«, sagte Fran. Sie rannte aus dem Badezimmer, dann war zu hören, wie sie im Küchenschrank herumkramte, Wasser laufen ließ und mit einem Löffel in einem Glas rührte.

Alles wurde ganz weich und warm. Shelby versuchte sich zu erinnern, weshalb sie so aufgebracht gewesen war, aber die Gedanken schwebten davon wie Luftballons, die sich selbständig machten.

»Trink das hier«, sagte Fran und hielt ihr ein Glas hin.

Shelby starrte auf die gelblich-trübe Flüssigkeit, die im Glas einen Strudel bildete. Senf. Sie sah auf Frans bloße Füße. »Zieh dir lieber Schuhe an«, sagte sie. »Du schneidest dich noch.«

»Trink.«

»Es sieht eklig aus. Gar nicht wie Lemon Jello.«

»Trink.«

Shelby schüttelte den Kopf. Sie wußte, was passieren würde, wenn sie es trank. Sie würde sich übergeben. Und wenn sie das tat, würde alles wieder von vorn anfangen.

»Hör zu, entweder du trinkst das jetzt, oder ich rufe einen Krankenwagen.«

»Ich will sterben«, sagte Shelby.

»Nicht heute abend. Also?«

»Es war nicht leicht, an die Tabletten ranzukommen. Und sie waren teuer.« Sie grinste dümmlich.

Fran fegte ein paar Spiegelscherben zur Seite und kniete sich neben sie. Mit der freien Hand faßte sie Shelbys Handgelenk wie in einem Schraubstock. »Wenn du das nicht sofort trinkst, breche ich dir den Arm.«

Shelby wandte den Blick ab.

Fran drehte ihr die Hand hinter den Rücken und zog ruckartig daran. Es fühlte sich an, als steche ihr jemand ein Messer ins Schulterblatt. »Ich meine es ernst, Shelby. Eher mache ich dich zum Krüppel, als daß ich dich sterben lasse.«

Mit brennender Schulter langte sie nach dem Glas und trank. Der Senf war bitter und scharf. Er brannte auf ihrer Zunge. Der Magen kehrte sich ihr um.

»War das alles?« fragte Fran, als sie aufgehört hatte, sich zu übergeben.

»Ich glaube ja.« Shelby sackte gegen die Toilette, zu schwach, um sich aufzurichten. Ihre Haut war klamm, ihre Arme und Beine zitterten. Sie fühlte sich, als sei ihr der Magen herausgerissen worden.

Fran hielt ein Tuch unter kaltes Wasser und drückte es ihr aufs Gesicht. »Gut gemacht.«

Shelby stöhnte nur.

Fran strich ihr einen Moment über den Rücken. »Tut mir leid, daß ich dir wehtun mußte.«

Mit schwacher Hand machte Shelby eine abwehrende Bewegung.

»Jetzt komm.«

Unsicher ließ sie sich hochziehen.

Mit einem Handtuch wischte Fran ihr die Glasscherben vom Schlafanzug. »Zieh dich um. Ich mache das hier weg, und dann koche ich Kaffee. Wir haben eine lange Nacht vor uns.«

Shelby stolperte ins Schlafzimmer. Am liebsten hätte sie sich hingelegt. Grenzenlos erschöpft, als sei sie auf Berge gestiegen. Tagelang, wochenlang, ewig. Ihr Körper war schwer wie Blei. Sie konnte kaum das Gewicht ihres Kopfes tragen. Ihr Arm, ihr Rükken, ihre Bauchmuskeln stachen vor Schmerz. Sie wußte, was als nächstes kam – sie würde einen Swimmingpool voller Kaffee trinken müssen, und Fran würde sie anschreien und eine Erklärung verlangen.

Und sobald die Gefahr vorbei war, würde Fran weggehen. Sie würde sie nicht mitten in einer Krise im Stich lassen. Fran war eine gute Soldatin.

Shelby hatte keine Erklärung, nicht einmal sich selbst gegenüber. Zuviel getrunken, zuviel Anspannung, zu viele Enttäuschungen. Das reichte nicht. In Wahrheit war sie einfach müde. Das war alles. Müde bis ins Mark.

Sie setzte sich auf die Bettkante und knöpfte sich die Schlafanzugjacke zu. Fran war bestimmt wütend auf sie. Sie hatte jedes Recht dazu. Das war kindisch gewesen. Dumm und kindisch. Sie hätte dafür sorgen müssen, daß niemand sie aufhalten konnte.

»Nicht hinsetzen«, sagte Fran von der Tür her.

Shelby nickte ergeben und stand auf, gedemütigt, weil sie vor Fran ihren Schmerz gezeigt hatte. »Tut mir leid«, murmelte sie und wollte an Fran vorbei in Richtung Küche gehen.

Fran stellte sich ihr in den Weg. »Nein«, sagte sie sacht, »mir tut es leid.« Sie legte ihre Arme um Shelby und hielt sie fest. Das tat gut.

»Du kannst nichts dafür«, sagte Shelby.

»Vielleicht nicht. Vielleicht doch.«

Bei Shelby drehte sich alles. Ihr war schwindlig, sie wollte nicht reden. Sie ließ den Kopf auf Frans Schulter sinken. Sie wollte sich an sie anlehnen und schlafen. Zwischen ihr und der Dunkelheit war nur ein winziger Faden. Wenn sie ihn losließe . . .

Fran schüttelte sie. »Kaffee«, sagte sie. »Bleib hier bei mir.«

Kurz vor dem Morgengrauen erklärte Fran sie für über den Berg. »Jetzt hast du auch nicht mehr diesen komischen Blick.«

Das mochte sein, aber im Kopf fühlte sie sich immer noch komisch. Alles war voller Watte, die Gedanken weigerten sich entweder zu kommen, oder sie schauten kurz vorbei und waren dann wieder verschwunden, bevor Shelby sie fassen konnte. In gewisser Weise war es schön, nicht denken zu können. Wenn sie dabei nur nicht dieses dröhnende Kopfweh gehabt hätte. Ihr Magen fühlte sich an, als sei er wiederholt mit einem Vorschlaghammer bearbeitet worden. Ihre Eingeweide waren ausgetrocknet und brüchig. Ihre Arm- und Rückenmuskeln waren verkrampft, und ihre Beine brannten vom Stehen und Herumgehen, Stehen und Herumgehen.

»Meinst du, du kannst jetzt schlafen?« fragte Fran.

Shelby nickte.

Fran führte sie zum Bett, half ihr, sich hinzulegen, und deckte sie zu. Sie setzte sich zu ihr und nahm ihre Hand. »Du weißt ja, daß wir darüber reden müssen«, sagte sie leise.

»Nicht heute abend«, sagte Shelby.

»Es ist fast schon morgen früh.«

Shelby stöhnte. »Heute abend gehe ich mit Libby essen.«

»Kaum.«

»Wir müssen die Farben für die Brautjungfernkleider aussuchen.« Es war, als rollten ihr die Augen im Kopf. »Oder den Stoff. Oder beides.«

Fran berührte ihr Gesicht. Ihre Hand war kühl. »Ich glaube nicht, daß du da hingehen kannst. Du wirst dich viel zu elend fühlen.« Sie fuhr ihr über die Stirn, strich das verfilzte Haar zurück. »Shelby, ich weiß, du willst es herunterspielen«, sagte sie behutsam. »So bist du nun einmal. Aber du hast heute versucht, dich umzubringen. Das ist keine Kleinigkeit.«

»Es ist einfach passiert.«

»Nein. Du hast es vielleicht nicht geplant, aber etwas in dir hat dich veranlaßt, dir diese Tabletten in den Mund zu stecken.«

»Ich wollte nur schlafen.«

»Für immer.«

»Wenn ich schon nicht für immer schlafen kann, kann ich dann wenigstens *jetzt* schlafen?«

Fran lächelte. »Soll ich bei dir bleiben?«

»Das wäre schön.« Wenn Fran ihre Hand hielt, war sie vorerst sicher. Wenigstens war Fran jetzt hier. Wenn sie sich daran festhalten könnte ...

»Es wäre sehr schön«, sagte Fran. Ihre Stimme schien weit entfernt. »Schlaf jetzt.«

Plötzlich faßte sie etwas an. »Hey.«

Erschreckt schlug sie um sich, in alle Richtungen. Sie fühlte, wie ihr Arm festgehalten wurde ...

»Shelby, wach auf.«

Sie öffnete die Augen. Die Nachttischlampe brannte. Fran saß auf dem Bett, über sie gebeugt, die Hände sanft auf ihre Arme gelegt. »Schlecht geträumt?«

Shelby versuchte sich zu konzentrieren. Sie konnte sich nicht erinnern. »Wahrscheinlich.« Sie war verwirrt. Irgend etwas war nicht in Ordnung. Ganz und gar nicht in Ordnung.

»Es wird alles gut.« Fran strich ihr mit dem Handrücken übers Gesicht.

Sie versuchte krampfhaft, sich zu erinnern. »Ich wollte mich umbringen ...«, sagte sie plötzlich und war auf einmal wach.

»Entgegen deiner sonstigen Gewohnheit, alles reibungslos und perfekt hinzukriegen, hast du es nicht geschafft.«

Ihr wurde bewußt, wie schrecklich alles war. Ihr Leben. Was sie getan hatte. Was sie jetzt tun mußte. Sie war blind, und sie versank im Schlamm. Sie griff nach Frans Hand.

»Es wird alles gut«, sagte Fran nochmals. »Da ist nichts, was sich nicht wieder in Ordnung bringen ließe, und nichts, was wir heute nacht in Ordnung bringen könnten.«

Shelby klammerte sich an ihre Hand. Sie hatte die Orientierung verloren, als hätte sie ihren Körper verlassen und könnte nicht zurückfinden. Sie schwebte, trieb umher, ihre Zellen entfernten sich voneinander. Durch ihren sich auflösenden Arm hindurch konnte sie die Sterne sehen. Sie war dabei, ins Universum zu entschwinden.

»Shelby. Komm schon, Mädchen.«

Frans Stimme erreichte sie wie eine silberne Kordel, die sie umschlang und zurück auf die Erde zog. Sie wollte Widerstand leisten. Die Erde war hart. Die Erde bedeutete Schmerz. »Hilf mir«, sagte sie.

»Ich bin hier.«

Sie spürte, wie Fran wieder ihr Gesicht berührte, fest, ihre Aufmerksamkeit verlangend.

»Halt durch«, sagte Fran.

Sie war in einer Stadt, die sie schon einmal gesehen hatte, in einem Urlaub mit Freundinnen vom College. Irgendwo zwischen Connecticut und Kentucky, soviel wußte sie noch. Das Stadtzentrum war ein großer runder Platz, wie ein Kompaß, mit Straßen, die aus den vier Himmelsrichtungen heranführten. Eine hübsche Stadt. Hier ließ es sich aushalten ...

»Shelby!«

Diesmal wollte sie nicht, daß Fran sie zurückholte. Wenn sie dablieb, würde nichts von allem weitergehen. Kein Ray, keine Libby, keine Hochzeiten, keine Brautjungfern, keine Fran. Wenn sie einfach zur Seite trat, in eine andere Dimension hinein, konnte sie ein anderer Mensch mit einem anderen Leben werden.

Sie mußte nur loslassen.

Aber Fran hielt sie zu fest. Den Schmerz in ihrem Handgelenk, wo Frans Finger zudrückten, konnte sie nicht ignorieren.

Widerstrebend ließ sie sich an diesem Schmerz entlang zurückgleiten wie an einem Band.

»Ich dachte, du würdest ins Koma fallen«, sagte Fran, als sie die Augen öffnete.

Shelby schüttelte den Kopf. »Es war ganz merkwürdig. Ich war irgendwo anders.«

»Allerdings.«

»Aber es war seltsam, ganz real ...« Sie versuchte vergeblich, die richtigen Worte zu finden.

»Deine Hand war wie tot, Shelby.«

Sie bewegte die Finger. »Fühlt sich jetzt ganz normal an. Vielleicht war sie eingeschlafen, so wie du sie gequetscht hast.«

»Vielleicht. Aber so etwas habe ich noch nie gesehen.«

»Na ja, wie oft hast du das schon gemacht?« Sie rieb sich das

Handgelenk.
»Es tut mir leid. Aber ich hatte Angst.«
»Ich glaube nicht, daß du mir etwas gebrochen hast.«
»Wo warst du denn?«
»Ich weiß nicht genau«, sagte Shelby.
»Möchtest du irgend etwas?«
»Wie wäre es mit einem Drink? Und einer Schlaftablette?«
»Das ist nicht witzig«, sagte Fran knapp.
»Ich weiß. Entschuldige.« Wie empfand sie wirklich? »Ich hatte auch Angst. Was war mit mir, Fran?«
»Du hast es selbst gesagt, du warst irgendwo anders.« Sie strich Shelby übers Haar. »Deine Gefühle sind aus der Spur geraten. Das ist bestimmt eine ganz normale Reaktion auf Panik. Oder vielleicht haben diese Tabletten dich auf einen kleinen Trip in der Geisterbahn geschickt. Jedenfalls bist du jetzt wieder hier. Und du brauchst Ruhe. Willst du versuchen, wieder einzuschlafen?«
Plötzlich drehte sich ihr der Magen um. Ihr Atem ging rasch. Das Gefühl von Gefangensein und Einsamkeit war wieder da. »Ich versuche es«, sagte sie. Ihre Stimme klang unerwartet kleinlaut.
»Soll ich mich zu dir legen? Meinst du, das hilft?«
»Vielleicht.«
Fran streckte die Hand aus und löschte das Licht, und dann schlüpfte sie neben Shelby ins Bett und legte einen Arm um sie. »Wieso hast du hier eigentlich ein Doppelbett? Bei mir drüben stehen zwei Einzelbetten.«
»Libbys Idee.« Es tat gut, ihren Rücken gegen Frans Brust, ihre Hüften in Frans Schoß, Frans Arm um ihre Schulter, ihre Hand in Frans Hand zu spüren. Bei ihr zu sein fühlte sich an wie sonst, sanft, wohl und geborgen. »Alle aufstrebenden jungen Bis-zur-Ehe-Karrierefrauen haben ein Doppelbett. Für den Sex.«
Fran schwieg einen Moment und war ganz still. »Shelby?« sagte sie schließlich.
»Ja?«
»Ich glaube, so genau wollte ich das gar nicht wissen.«

Kapitel 14

Ist doch klar, daß du mörderisches Kopfweh hast«, sagte Fran. »Wahrscheinlich hast du einen Kater.«

»Schimpf nicht mit mir.« Shelby zog die Knie bis an die Brust und schlang ihren Bademantel enger um sich. Trotz des heißen Augustwetters war ihr kalt, der Küchenstuhl war hart, ihr schmerzten Kopf und Magen, alles war ihr peinlich, und sie war überhaupt schlecht gelaunt. »Mir ist elend.«

»Ich weiß.«

»Gar nichts weißt du«, erklärte sie. »Du hast mit Sicherheit noch nie versucht, dich umzubringen.«

Fran ließ zwei Scheiben Toast mit Butter auf einen Teller gleiten und stellte ihn vor Shelby hin. »Das stimmt. Und wenn, dann würde ich es nicht mit Alkohol und Tabletten tun.« Sie schenkte Shelby ein Glas Milch ein. »Ich bin eher der Typ, der von hohen Gebäuden springt oder sich das Gehirn rausbläst. Es macht mehr Dreck, aber die Fehlerquote ist geringer.«

»Das ist nicht komisch.« Sie knabberte an einem Stück Toast und wartete darauf, daß es ihren Magen erreichte. Hoffentlich würde es nicht gleich wieder kehrtmachen.

»Es sollte auch nicht komisch sein. Was hier in den letzten zwölf Stunden passiert ist, ist überhaupt nicht komisch.« Fran brachte ihren Kaffee mit an den Tisch und setzte sich hin. »Kannst du jetzt darüber reden?«

Es war Shelby, als sei sämtliche Energie aus ihr herausgesaugt worden. »Ich will nicht darüber reden.«

»Das kann ich mir vorstellen.« Fran rührte Zucker in ihren Kaffee. »Du mußt aber. Wenn nicht mit mir, dann mit jemand anderem.«

»Ich wußte, daß das kommen würde«, sagte Shelby bitter. Sie trank einen Schluck Milch. Der würde vielleicht drin bleiben. »Shelby Camden ist endgültig übergeschnappt. Bringt sie zum Psychiater.«

»Das habe ich nicht gesagt.«

»Aber gedacht.«

»Nein. Aber ich habe Angst um dich.«

Shelby zuckte die Achseln. »Ich erhole mich schon wieder.« Laß nicht zu, daß ich so bin, bettelte etwas in ihr. Sie bewegte sich nur an der Oberfläche, hielt Abstand von ihrem Leben, Abstand von Fran. »Es ist mir alles zuviel geworden, und ich bin durchgeknallt.«

»Shelby ...«

»Entschuldige. Du warst gestern abend gut zu mir. Ich nehme mal an, du hast mir das Leben gerettet. Ich bin dir dankbar dafür – glaube ich. Bitte entschuldige mein Benehmen.«

»Hör auf«, sagte Fran grob. Sie stand auf und ging zum Fenster, Shelby den Rücken zukehrend. »Ich weiß, ich habe dich in letzter Zeit nicht sehr gut behandelt, und ich will mich nicht in deine Angelegenheiten einmischen. Ich habe kein Recht dazu ...«

»Quatsch.«

Fran ignorierte sie. »Ich muß dir sagen, was ich denke.« Sie holte tief Luft. »Irgend etwas ganz Verrücktes und Gefährliches geht mit dir vor, und ich weiß nicht, ob du nicht weißt, was es ist, oder ob du es weißt und nicht sagen kannst. Aber es frißt dich auf.«

»Dann haben wir ja etwas gemeinsam, oder?« Shelby knabberte an einer Kante Toastbrot. Ihr Kopf dröhnte von Hammerschlägen und brannte von kleinen Messerstichen. Sie wollte vergessen. So tun, als sei nichts geschehen. Sie wollte es nicht ans Licht holen, es war zu groß und zu häßlich ...

»Das war kein Spielzeugtheater gestern abend«, sagte Fran, als hätte sie ihre Bemerkung nicht gehört. Sie kam zurück an den Tisch und setzte sich. »Es war dir ernst.«

»Vermutlich.«

»Du würdest lieber sterben, als dein Leben zu leben. So einfach ist das.«

Shelby zuckte wieder mit den Schultern.

»Also sag mir, was los ist.«

»Mein Leben ist unbewohnbar.«

Fran warf ihr einen scharfen Blick zu.

»Ich *weiß* es nicht.«

»Du weißt es sehr wohl«, sagte Fran. »Du willst es nur nicht wahrhaben.«

Shelby war ärgerlich. Wochenlang hatte diese Frau sie wie ein Möbelstück behandelt, und jetzt wollte sie sich als Sieglinde Freud aufspielen. »Meine derzeitige Situation«, sagte sie, »läßt zu wünschen übrig.«

»Was ist denn? Was stimmt denn nicht?«

Alles in ihr war wie eine große graue Nebelmasse. »Ich kann nicht denken. Ich habe einen Kater.«

»Du kannst etwas ändern.« Frans Stimme klang weich und mitfühlend.

»Wenn ich wüßte, was ich ändern will und wie, und wenn ich wüßte, wie ich es anfangen soll, meinst du nicht, ich täte es?« Etwas blieb ihr im Hals stecken. Ihre Augen und ihre Nase brannten, und sie starrte auf den Tisch, mit den Tränen kämpfend.

Fran berührte ihre Hand. Shelby sah zu ihr hoch. Fran hatte rote Flecken im Gesicht, als hätte sie Ausschlag. »Du weißt, was du willst, Shelby. Und du weißt, was du nicht willst. Es geht nur darum, es rauszulassen.«

Die Wahrheit war, daß es ihr peinlich war und sie sich schämte, wenn sie sich überlegte, was sie getan hatte. Fran hatte zuviel gesehen, hatte gesehen, wie sie am Ende war, hatte gesehen, wie sie aufgegeben hatte. Fran war Zeugin gewesen.

Shelby stählte sich innerlich und lachte. »Du machst das sehr gut.«

»Das funktioniert nicht«, sagte Fran. »Du kannst mich nicht provozieren.«

Das Schlimmste war, daß sie sich die letzte Nacht zurückwünschte. Nicht um zu sterben, sondern um diese frühen Stunden noch einmal zu erleben, als Schmerz und Verzweiflung ans Licht gekommen waren und sie nichts tun mußte, als sich umsorgen zu lassen. Sich umsorgen lassen. Die Worte fühlten sich an wie ein Wunder.

»Entschuldige«, sagte sie.

Aber Fran würde weggehen, und sie würde nie wieder Gelegenheit dazu haben.

»Shelby . . .«

»Was denn?«

»Hörst du mir zu?«

»Immer.«

»Verstehst du, wovon ich rede?«

»Ja, Mutter.«

»Hör damit auf.« Fran drückte ihre Hand. »Dies ist sehr ernst.«

Shelby versuchte, ein entschlossenes Gesicht aufzusetzen.

Fran lehnte sich auf ihrem Stuhl zurück und beobachtete sie. »Du wirst es wieder tun«, sagte sie schließlich.

»Ich habe mich noch nicht entschieden. Dank dir habe ich gewisse Nachschubprobleme.«

»Verdammt!« Fran schlug mit der Handfläche gegen den Tisch und zuckte zusammen.

»Bitte«, sagte Shelby, und ihr Herz hämmerte. »Mir geht es nicht gut.«

Fran massierte sich mit den Fingerspitzen das Gesicht. »Können wir nicht damit aufhören? Bitte. Du hast große Probleme. Mir macht das Angst. Ich will nicht, daß dir etwas passiert.«

»Das kann dir doch egal sein. Du wirst ja nicht mehr da sein, um es zu sehen.« Es kam ihr gemein vor, das zu sagen. Gemein sein tat gut. Besser, als sich zu wünschen, umsorgt zu werden. Besser als dieses Gefühl, den Boden unter den Füßen zu verlieren, das sie jedesmal überkam, wenn sie daran dachte, daß Fran weggehen würde.

»Okay«, sagte Fran leise. Ihre Augen waren nur noch von einem ganz blassen Schieferton. Sie wirkte ausgelaugt. »Du hast mit allem recht.« Sie stand auf, ging wieder zum Fenster und starrte auf die Mülltonnen in der Hofeinfahrt. »Was du tust, geht mich nichts an.«

»Richtig.«

»Aber tu mir einen Gefallen. Versuch zu dir selbst ehrlich zu sein.«

Jetzt war Shelby erst recht zornig. »Halte du mir keinen Vortrag über Ehrlichkeit«, sagte sie und drehte sich so, daß sie gegen Frans Rücken sprach. »Du warst doch vom ersten Tag an nicht ehrlich zu mir.«

»Was?« Fran blickte sich um.

»Du weißt ganz genau, was ich meine.«

Fran lehnte die Stirn gegen die Fensterscheibe.

»Sieh mich wenigstens an.«

»Hier geht es um dich«, sagte Fran. »Du bist es, die verzweifelt ist. Laß mich aus dem Spiel.«

»Ich kann dich nicht aus dem Spiel lassen. Es *geht* um dich.« Sie stand auf und stellte sich hinter Fran. »Teilweise jedenfalls.« Alles drehte sich, das Blut rauschte in ihren Ohren. Sie fühlte sich wagemutig und etwas verwirrt. »Ich hatte mein Leben ganz gut im Griff«, sagte sie und begann schneller zu sprechen. »Ich kam zurecht. Vor allem, nachdem ... nachdem du eingezogen warst. Aber dann hast du mir ins Gesicht gespuckt ...« Sie merkte, daß das unnötig hart klang, und es tat ihr leid. »Entschuldige«, sagte sie und legte eine Hand leicht auf Frans Schulter.

Sie hörte, wie Fran nach Luft schnappte, fühlte, wie sie sich verkrampfte, und plötzlich dachte sie zurück an den Campingausflug, als Fran auf die gleiche beiläufige Geste ebenso reagiert hatte.

Sie begriff.

Und mußte schlucken.

Reflexartig wich sie zurück.

Aber es gab kein Zurück. Nur, wenn sie vergaß, was sie wußte, und ihr war klar, daß das nicht ging.

Sie war in gefährliche Wasser vorgestoßen. Doch hier ergab alles einen Sinn. Sie zwang sich zu bleiben.

»Fran.«

Fran antwortete nicht.

Shelby wartete eine Weile schweigend. Die Feuchtigkeit verdichtete sich zu Tropfen, die tickend aus der Regenrinne fielen, gleichmäßig wie eine Uhr.

»Sprich es aus.«

Fran schüttelte den Kopf.

Shelby legte ihre Hand auf Frans Schulter und drückte sie. Frans Muskeln waren unter ihrer Hand hart wie Stahl. »Es ist gut. Du kannst es aussprechen.«

»Dann ist alles kaputt.«

»Es ist sowieso schon fast kaputt. Sag es.« Shelby wußte, daß sie es richtig machte. Aber alles war so zerbrechlich, sogar die Luft. Alles stand auf dem Spiel. Sie war dabei, in Frans verborgenstes Inneres einzudringen, und wenn sie zu hören bekam, was sie erwartete, wußte sie nicht, wie es ihr damit gehen würde. Oder wie es Fran damit gehen würde. Ob sie es schaffen konnten, Freundinnen zu sein. Vielleicht war es dafür schon zu spät. Aber jetzt hatten sie angefangen, und die einzige Möglichkeit war, es zu Ende zu bringen. Laß es gutgehen, betete sie im stillen. Ich bete ja nicht oft, aber dies ist wirklich wichtig. »Bitte, Fran.«

Fran holte tief Luft, immer noch von ihr abgewandt. Das durchs Fenster hereinströmende Sonnenlicht glänzte in ihrem Haar wie Funken. Es verfing sich in den hellen Spitzen ihrer Wimpern. »Daß ich vom Militär weggegangen bin«, sagte sie ruhig, »lag nicht nur daran, daß ich meine Ausbildung beenden wollte.«

Shelby wartete und wagte nicht zu atmen.

»Ich hatte keine Wahl. Wenn ich nicht gegangen wäre, hätten sie mich vors Militärgericht gestellt.«

»Warum?«

»Weil sie herausgefunden hatten, daß ich . . .« Sie konnte nicht weitersprechen.

Shelby legte ihren Arm um Frans Schultern. Es fühlte sich richtig an, wohlvertraut. »Hab keine Angst. Sprich es aus.«

Frans Körper war so verkrampft, daß Shelby dachte, bei der kleinsten Bewegung würde er zerbrechen wie ein gefrorener Zweig. »Ich bin lesbisch«, sagte Fran.

»Ich weiß.«

Fran drehte sich zu ihr um. Ihre Augen waren dunkel und fragend.

»Es ist mir jetzt klargeworden«, sagte Shelby und zuckte mit den Schultern. »Ich meine, was sonst würde dir so schwer über die Lippen kommen? ›Ich bin eine Massenmörderin‹? ›Ich vergifte aus Spaß kleine Welpen‹?«

»Was . . . denkst du?«

»Ich denke, daß ich mich dir nie näher gefühlt habe als jetzt.« Sie berührte Frans Haar. »Warum konntest du es mir nicht sagen?«

Fran lachte rauh. »Es ist offensichtlich, daß du keine Erfahrung damit hast.«

»Ich möchte es wirklich wissen. Was du durchgemacht hast. Wie es ist. Warum es so schwer ist.«

»Ich hoffe, daß du das nie herausfinden mußt.«

»Hat dein Umzug etwas damit zu tun?«

Fran sah zu Boden und nickte.

Shelby wäre am liebsten in jubelndes Lachen ausgebrochen. »Ich kann es nicht fassen. Du wolltest *ausziehen*, nur damit ich nicht herausbekomme, daß du *lesbisch* bist?«

»Hör zu«, sagte Fran, »oben wohnen Leute. Würde es dir etwas ausmachen, nicht so zu schreien?«

»Du hast mir das Herz gebrochen, damit du ein Geheimnis für dich behalten konntest?«

»Ich habe dir das Herz gebrochen, damit meins nicht brach.«

Shelby sah sie an. Zwischen ihnen lag eine tiefe Stille. »Was meinst du damit?«

»Um all das geht es doch gar nicht.« Fran schob sich vom Fenster weg und ging durch die Küche. »*Du* hast versucht, dich umzubringen, nicht ich.«

»Ach, so ist das.« Also würde doch nichts geklärt werden. Noch immer stand etwas Unausgesprochenes zwischen ihnen. Shelbys Kopf drehte sich, und ihr ganzer Körper tat weh. Sie hätte sich gern hingelegt. Statt dessen sank sie gegen das Fensterbrett. »Fran, bitte. Ich habe eine schlimme Nacht hinter mir. Ich fühle mich elend. Kannst du mir nicht einfach sagen, was los ist, damit ich wieder ins Bett gehen kann?«

Fran sah kurz in ihre Richtung, dann ging sie zum Tisch und setzte sich hin, ohne sie anzuschauen. Sie starrte auf ihre Hände. »Ich habe versucht, mich nicht in dich zu verlieben«, sagte sie.

Shelbys Magen verhärtete sich wie zum Schutz, als hätte jemand gedroht, sie zu schlagen. »Was?«

»Du hast es doch gehört.«

Sie wußte nicht, was sie sagen sollte. In ihren Ohren brummte es dumpf, und in ihrem Kopf war Nebel, der alle Umrisse verschwimmen ließ. »Und hast du ... hast du es geschafft? Das heißt, es nicht zu tun?«

»Nein«, sagte Fran.

»Aber warum?«

»Weil ich wußte, wohin es führen würde.«

»Ich meine ... warum hast du dich in mich verliebt?«

»Es ist Gottes Strafe für mich.«

Shelby fühlte beinahe Hysterie in sich aufsteigen. »Na, das ist ja sehr schmeichelhaft.«

»So habe ich es nicht gemeint.«

Über Frans Gesicht liefen Tränen. Langsam und still. »Ich habe weiß Gott dagegen gekämpft. Monatelang habe ich mir eingeredet, daß wir Freundinnen sein könnten, daß diese anderen Gefühle nicht kommen würden. Aber dann wurde ich krank, und du warst so lieb zu mir, so gut ... Du hast mich angefaßt. Schon lange hatte mich niemand mehr ... Ich konnte nicht anders, ich konnte mir nichts mehr vormachen. Ich habe dieses Etwas in mir gehaßt, aber es war da. Ich glaube, es war seit dem Tag da, als ich dich kennengelernt habe. Ich habe dich geliebt.« Shelby reichte ihr ein Taschentuch. Fran wischte sich über die Augen und putzte sich die Nase. »Ich wußte, daß ich deine Freundschaft verlieren würde.«

»Du hast meine Freundschaft nicht verloren.«

Fran sah zu ihr auf, das Gesicht angespannt vor Angst und Traurigkeit. »Um Himmels willen, Shelby, sag mir, was in dir vorgeht.«

Das ist das Schwierigste, dachte Shelby. Sie wünschte, sie könnte sagen: »Es ist alles in Ordnung, du Dummkopf« oder irgend etwas anderes Leichtherziges. Aber sie wußte nicht, ob alles in Ordnung war. Sie wußte nicht, ob überhaupt etwas in Ordnung war. Sie wußte nur, daß sie sehr behutsam sein mußte. Ein falsches Wort, eine falsche Bewegung ... Wenn nur ihr Gehirn nicht so schwammig wäre.

Sie wußte, was für Gefühle von ihr erwartet wurden. Sie hatte all die häßlichen Schimpfwörter, die verletzenden Witze und das Kichern hinter vorgehaltener Hand gehört. Und sie mußte zugeben, daß sie ein wenig Angst hatte vor ... na ja, vor jemandem, der so *anders* war als alle anderen, die sie kannte.

Aber eigentlich war Fran gar nicht anders. Außer daß sie der verständnisvollste, angenehmste Mensch war, den Shelby je kennengelernt hatte. Sie hatte sie geliebt, vielleicht nicht so, wie Fran es meinte, aber wie eine liebe Freundin, eine Schwester. Und sie liebte sie immer noch, auch wenn in den letzten Wochen alles so wehgetan hatte. Ihr Kopf war es, der sie zum Weglaufen drängte, mit seinem großen Vorrat an gemeinem Geflüster.

»Ich muß verrückt geworden sein«, sagte Fran. Sie begann aufzustehen. »Dir geht es so schlecht, und ich mache alles nur noch schlimmer. Ich erzähle dir all das, und dann verlange ich auch noch von dir ...«

»Nein.« Shelby beugte sich vor und starrte auf das Linoleum. Unter ihren Händen spürte sie die Farbe, die vom Fensterbrett abblätterte. Sag die Wahrheit, befahl sie sich. »Ich weiß nicht, was in mir vorgeht. Vieles. Widersprüchliches.«

»Wenn du willst, daß ich gehe . . .«

»Natürlich nicht.« Sie zwang sich, Fran ins Gesicht zu schauen. Sie war schließlich immer noch Fran. »Ich weiß nicht, was ich denke und fühle«, sagte sie. Sie versuchte ihre Gedanken zu ordnen. »Aber ich weiß, daß du mir wichtig bist, und ich will damit klarkommen, und ich werde alles tun, um damit klarzukommen.«

Eines wußte sie sicher. Was sie nicht haben konnte, nicht haben durfte, nicht hatte, war Angst, Fran zu berühren. Sie nicht berühren zu können wäre schrecklich. Ihr Körper wäre am liebsten geblieben, wo er war, unbeweglich, eine Statue. Wegen des Geflüsters. Aber sich so von ihr abzuwenden . . . das wäre das Grausamste, was sie tun könnte. Diese Frau war kein Monster. Sie war klug, humorvoll, warm, sanft . . .

Sie stand wieder kurz davor, mit übermäßiger Leichtheit zu reagieren, das merkte sie. Es war nicht der richtige Augenblick, um Witze zu machen. Sie zwang sich, zu Fran hinüberzugehen. Sie legte ihrer Freundin die Hand aufs Gesicht. Es war genauso wie die vielen Male zuvor. Als es eine Geste des Wohlwollens und der Zuneigung gewesen war. Aber es konnte eigentlich nicht mehr das gleiche sein. Denn jetzt stand womöglich dieses Etwas zwischen ihnen, und einfache Gesten der Zuneigung würde es vielleicht nie mehr geben. »Ich wünschte, ich könnte etwas dafür tun, daß du damit klarkommst. Ich hoffe, ich schaffe es, damit klarzukommen. Mein Gott, Fran, wenn ich das nicht schaffe . . . wenn all die Gemeinheiten, die ich mein ganzes Leben lang gehört habe, stärker sind als ich, stärker als wir . . . ich glaube, das halte ich nicht aus.«

»Du bist zu seltsam für diese Welt«, sagte Fran und lehnte sich gegen Shelbys Hand. »Ich weiß schon, das muß ich gerade sagen.« Sie seufzte. »Alles, woran mir je wirklich lag, habe ich verloren, weil ich so bin, wie ich bin. Ich habe versucht, nicht so zu sein. Es geht nicht.«

»Es ist schon gut, Fran.«

»Ich will dir nicht wehtun.«

»Zu spät«, sagte Shelby. »Aber es kann nicht schlimmer sein als das große Schweigen.«

Fran vergrub das Gesicht in den Händen.

»Hey, es tut mir leid.« Shelby nahm sie in die Arme. »Ich bin nervös. Dann werde ich taktlos.«

»Allerdings.«

Wenn Fran doch nur loslassen könnte. Ihr Körper war noch immer hart und angespannt. Es war, als hielte Shelby einen Baumstamm. »Entspann dich doch bitte. Es wird alles gut.«

Vorsichtig lockerte Fran sich ein wenig.

»Wovor hast du Angst?« fragte Shelby.

»Vor deinen Augen. Ich habe Angst, daß du mich so leer und kalt anschaust. Wie alle, denen ich es erzähle.«

Shelby kannte diesen Blick nur zu gut. Libby hatte ihn perfektioniert. Er gab einem zu verstehen, daß man tiefster Abschaum war. Wer einen auch nur zur Kenntnis nahm, der würdigte sich schon selbst herab.

Als sei man der letzte Dreck.

»Ich schaue dich nicht leer und kalt an«, sagte sie. »Guck doch.«

Fran sah zu ihr hoch. »O Gott«, sagte sie und wandte sich ab.

»Was ist? Doch leer und kalt?«

»Du bist einfach unglaublich.«

Ihr Herz wollte sich nach Fran ausstrecken und sich buchstäblich um sie wickeln. »Vor allem«, sagte sie, »bin ich erschöpft, und so, wie es mir geht, dürfte ich eigentlich gar nicht am Leben sein.«

»Ich habe dich nicht völlig um den Verstand gebracht?«

»Das einzige Mal, als du mich völlig um den Verstand gebracht hast, wie du es so zartfühlend formulierst, war an dem Tag, als wir uns kennenlernten.«

»Wieso das denn?«

»Du hast dich an mich herangeschlichen und hinter mir herspioniert, als ich ausgerechnet am Holzhacken war und mich, na ja, nicht gerade weiblich-sanft aufgeführt habe.«

»Butch«, sagte Fran. »Du warst eine richtige Butch.«

»Das sehe ich inzwischen auch. Ich werde ein ganz neues Vokabular lernen müssen. Ich würde mich jetzt gern hinlegen.«

»Willst du dich auf den Fußboden legen, oder schaffst du es bis ins Schlafzimmer?«

»Du bist noch nicht entlassen. Vielleicht brauche ich Hilfe.«

Sie schaffte es aus eigener Kraft. Sie ließ sich aufs Bett fallen, dankbar für die weiche Matratze, die sie stützte, dankbar, daß sie sich nicht mehr aufrecht halten mußte.

Fran setzte sich vorsichtig auf die Bettkante. »Ist das in Ordnung?« fragte sie.

»Ist was in Ordnung?«

»Wenn ich mich hier hinsetze.«

»Um Himmels willen, Fran.« Sie sah sie an. »Du bist immer noch du. Ich bin immer noch ich. Es gibt nur diese ... kleine Komplikation.«

»*Kleine Komplikation?*« Frans Augen wurden weit. »Dies ist keine kleine Komplikation, Shelby. Vielen Leuten gefällt es nicht, wie ich bin, und wenn sie mich mit dir in Verbindung bringen, dann werden sie über dich ganz genauso denken.«

»Glaubst du wirklich, daß ich mich darum schere?«

Fran sah sie eine ganze Weile ernst an. »Ja, Shelby, das glaube ich. Und ich glaube auch, daß das ein Teil des Problems ist.«

Shelby stöhnte. »Wenn du hier sitzen und mich analysieren willst, dann übergebe ich mich, und du kriegst alles ab. Und glaub nicht, daß ich das nicht kann, ich stehe nämlich schon kurz davor, und es ist Milch.«

»Schlaf ein bißchen«, sagte Fran mit einem kleinen Lächeln. »Ich rufe bei dir im Büro an, und dann verziehe ich mich in die Küche.«

»Oh, Mist«, sagte Shelby. »Meine Mutter.«

»Ich hätte es nicht treffender ausdrücken können. Zeit für einen deiner praktischen Kopfwehanfälle.« Sie zog die Baumwolldecke höher und deckte Shelby sorgfältig zu. »Kümmere dich später um sie.« Sie schickte sich an, nach nebenan zu gehen.

»Fran.«

»Ja?«

»Bitte zieh nicht aus. Woanders hin.«

»Nein, tue ich nicht.« Sie drehte sich um und sah Shelby an. »Es hätte sowieso nichts geändert. Ich habe mir nur etwas vorgemacht.«

»Wird es dir schwerfallen? In meiner Nähe zu sein? Wo du doch ... du weißt schon ...« Sie lachte verlegen. »Das klingt so verdammt arrogant.«

»Es wird schwer sein. Nicht so schwer, wie es wäre, dich überhaupt nicht zu sehen. Aber du mußt mir versprechen, daß du kein Mitleid mit mir hast.«

»Warum solltest ich Mitleid mit dir haben?«

»Wegen meiner Neigung, mich unglücklich zu verlieben.«

»Du bist unglücklich verliebt, und ich bin unglücklich mit meinem Leben.« Ihr fiel etwas ein, was sie letzte Nacht gesagt hatte. »Was habe ich da bloß zu dir gesagt? Das mit dem Bett und dem Sex?«

»Das war etwas unangenehm, aber ich werde es überleben. Ich habe den Bezug zur Realität nicht völlig verloren. Glaube ich jedenfalls nicht.« Fran lächelte ihr zu. Ihr Gesichtsausdruck war offen und sanft, zum ersten Mal seit Wochen. »Danke für alles, Shelby.«

Shelby winkte ab. »Ach, hör auf . . .«

»Ich rufe jetzt bei dir im Büro an, okay?«

»Okay.« Sie hätte sie am liebsten gebeten, zurückzukommen und sich wieder zu ihr zu legen oder bei ihr sitzen zu bleiben. Aber das war albern. Sie war schließlich kein kleines Kind.

Shelby legte sich auf die Seite und wartete darauf, daß der Schlaf kam.

Schließlich war es Fran, die mit Libby redete. Innerhalb einer halben Stunde hatte Shelby dreimal nach dem Hörer gegriffen, dann war sie in Panik erstarrt und hatte beschlossen, noch ein paar Minuten zu warten.

»Vielleicht sollte ich nicht absagen. Vielleicht sollte ich einfach hingehen.«

Fran schüttelte den Kopf. »Du bist viel zu erledigt. Ganz abgesehen davon, daß du dir die halbe Nacht die Seele aus dem Leib gespuckt hast.«

»Ich esse nur schnell mit ihr zu Abend, und dann gehe ich früh ins Bett.«

»Das wäre dir lieber, als deine Pläne zu ändern?«

»Es wäre weniger kompliziert.«

»Versuchst du etwa, so zu tun, als ob nichts passiert wäre?«

»Wahrscheinlich«, sagte Shelby mit einem Schulterzucken.

»Das funktioniert nicht. Du siehst aus wie bei deiner eigenen Beerdigung. Selbst deine normalerweise nicht sehr aufmerksame Mutter wird sehen, daß etwas nicht stimmt.«

»Meine Mutter ist durchaus aufmerksam. Allzu aufmerksam.«

»Dann solltest du erst recht nicht hingehen. Shelby, meinst du ernsthaft, du wärst dem gewachsen?«

Sie schüttelte den Kopf. Sie wußte nicht weiter.

Sie fühlte sich wieder in die Enge getrieben, genauso wie am Abend zuvor. Auch wenn sie diese Hürde überwand, sie konnte Libby nicht entkommen. Es würde immer ein neues Problem geben und noch eins und noch eins ...

Nachdem sie den Anruf das dritte Mal aufgeschoben hatte, klingelte das Telefon.

Shelby fror plötzlich. Das mußte Libby sein. Zweifellos hatte sie versucht, sie im Büro zu erreichen, um sie an irgendeine unwichtige Kleinigkeit zu erinnern, und dort hatte man ihr gesagt, daß sie zu Hause sei. Sie starrte das Telefon an.

»Willst du nicht rangehen?« fragte Fran.

»Es ist meine Mutter.«

»Um so besser. Dann können wir es hinter uns bringen.« Sie nahm den Hörer ab.

»Ich kann nicht«, bedeutete ihr Shelby lautlos mit den Lippen.

Fran nickte. »Hallo?« sagte sie in die Sprechmuschel.

Shelby wollte nicht einmal zuhören. Am liebsten wäre sie weggegangen. Könnte sie doch einen netten, sicheren Ort finden, an dem keine Libbys an sie herankonnten. Sie wollte aufstehen.

Fran legte ihr energisch die Hand auf die Schulter und drückte sie wieder nach unten. »O ja, guten Tag, Mrs. Camden«, sagte sie mit warmer Stimme ins Telefon. »Hier ist Fran Jarvis ... ja, genau die. Wie geht es Ihnen?«

Trotz ihrer Panik mußte Shelby lächeln. Fran ließ ihren kalifornischen Charme spielen. Sie hatte ihn ihr eines Abends vorgeführt, als sie zusammengesessen und sich gegenseitig aus ihrem Leben erzählt hatten. Fran hatte behauptet, dieser Charme hätte ihr tausend Wege geebnet und ihr hundertmal aus der Patsche geholfen, und auch wenn die Texaner gewußt hatten, daß er so unecht war wie Falschgeld, waren sie zu höflich gewesen, um nicht mitzuspielen.

»Ja, Ma'am, ich habe darüber nachgedacht, näher an den Campus zu ziehen ... Nein, ich suche immer noch ... Das mache ich ganz bestimmt. Sobald ich eingezogen bin, lade ich Sie alle zu einem Willkommenstrunk ein.« Sie sah zu Shelby und verdrehte die Augen. »Wie bitte? ... Ja, Shelby ist da, aber sie schläft gerade ... Ja, es ging ihr heute morgen gar nicht gut. Aber es ist bestimmt nur so eine 24-Stunden-Geschichte ... Ich möchte sie jetzt nicht gern wecken, sie war die ganze Nacht auf ... Sie mußte sich übergeben und so, Sie wissen schon ... Ja, es hat von einer Minute auf die andere angefangen ... Nein, ich glaube wirklich, es ist besser, wenn ich sie jetzt nicht störe ... Warten Sie, ich glaube, ich habe etwas gehört.«

Sie bedeckte die Muschel mit der Hand und sah Shelby fragend an.

Shelby schüttelte den Kopf.

»Es tut mir leid, ich habe mich wohl geirrt. Sie schläft tief und fest. Kein Wunder, so wie sie sich übergeben mußte. Es war ganz schlimm ... Also, wie es aussieht, wird sie Sie heute abend wohl nicht zurückrufen können, aber ich kann ihr gern etwas ausrichten. Einen Augenblick bitte.« Sie tat so, als suche sie Bleistift und Papier. »So, jetzt bin ich wieder da. Was soll ich notieren?«

Sie machte ganz langsame Schreibbewegungen.

»›Wie ... wäre ... der ... rosa Stoff ... in ...‹ Könnten Sie das bitte wiederholen? ›Aquamarin‹. Ist das alles? Und Sie anrufen, wenn sie sich besser fühlt ... Ja, Ma'am, ich fand es auch nett, mit Ihnen zu plaudern. Einen schönen Abend wünsche ich Ihnen.«

Sie legte auf und warf Shelby ein breites Grinsen zu. »Deine Mutter findet mich heute sehr sympathisch. Wahrscheinlich, weil sie denkt, daß ich ausziehe.«

»Ja, darüber ist sie mit Sicherheit froh.«

»Sie ist ziemlich kaltherzig, oder?«

»Kaltherzig?«

»Ich erzähle ihr, daß du dich elend fühlst, und alles, worüber sie reden kann, sind Brautjungfernkleider. Hier, iß.« Fran gab ihr das halbe Erdnußbutterbrot, das Shelby in der Hoffnung liegengelassen hatte, Fran würde es nicht merken.

Sie runzelte die Stirn. »Seit dem letzten Thanksgiving habe ich nicht mehr soviel gegessen.«

»Übergeben hast du dich wahrscheinlich in deinem ganzen Leben noch nicht soviel.« Fran schwieg einen Augenblick. »Deine Mutter mag mich wirklich nicht, oder?«

»Nicht besonders. Nimm es nicht persönlich. Meine Mutter mag die meisten Leute nicht, die ich mag.«

»Na ja, wenn sie wüßte, was du weißt, würde sie mich erst recht nicht mögen.«

»Darauf kannst du wetten.« Shelby biß in das Brot. Es war außen trocken und spröde, innen zu weich und irgendwie schwammig. Wie im Speisewagen in der Eisenbahn.

»Leute wie deine Mutter können gefährlich sein.«

»Mach dir keine Sorgen. Ich werde mit ihr fertig.«

Fran lachte. »Natürlich. Shelby, du gehst ja nicht mal ans Telefon, wenn du glaubst, daß sie es ist.«

Jetzt schmeckte die Erdnußbutter nach gar nichts mehr. »Du hast recht. Ich bin ein Idiot und ein Feigling, und ich verdiene deine Liebe nicht.« Sie merkte, was sie gesagt hatte, und rieb sich das Gesicht. »O Gott, wenn ich etwas nicht aussprechen will, tue ich es erst recht dauernd. Wie wenn man zu einer Beerdigung geht und immer wieder sagt ›Ich dachte, ich sterbe vor Lachen‹ und solches Zeug.«

»So wird es wohl eine Zeitlang sein.« Fran hockte sich auf die Sofalehne und lächelte ihr zu. »Mach dir keine Sorgen deswegen.«

Shelby lehnte sich in die Wärme des Augenblicks. »Du siehst müde aus.«

»Für mich war es auch eine lange Nacht. Du hast mir ehrlich Angst eingejagt.«

»Es tut mir leid.«

»Ich habe immer noch Angst um dich.«

Shelby wandte ihren Blick ab. »Ich weiß. Ich habe auch Angst. Es ist alles ein großes Durcheinander, und ich weiß nicht, was ich machen soll. Es ist alles einfach schrecklich.« Sie weinte beinahe. »Ich kann mich selbst wirklich nicht sehr gut leiden, und ich weiß nicht, warum jemand anders mich mögen sollte.«

Fran streckte die Hand nach ihr aus, dann hielt sie inne.

Shelby ergriff ihre Hand. »Ich weiß, daß es verrückt ist«, fuhr sie fort, »aber ich dachte, ich könnte damit umgehen, solange ich dich habe und du mir das Gefühl gibst, daß ich normal bin. Dann wurde es zwischen uns so komisch, und du sagtest, du würdest weggehen, und es war, als ... als wäre plötzlich alles weg, das mich zusammenhielt.«

»Ich konnte mir nicht vorstellen, daß ich dir so wichtig sein könnte. Das war sehr dumm von mir.« Fran lachte ein wenig. »War dumm, ist dumm, wird wohl immer dumm bleiben.«

Shelby schüttelte den Kopf. »Ich wußte es auch nicht. Ehrlich nicht. Bis gestern abend.« Sie zögerte. »Ich wußte, daß ich dich mag. Ich wußte nicht, wie sehr ich dich brauche.«

»Ich wußte, daß ich dich brauche«, sagte Fran. »Aber wenigstens wollte ich nur das Haus verlassen, nicht gleich die ganze Welt.« Sie warf ihr einen raschen Blick zu. »War das jetzt unsensibel?«

»Nein.« Sie drückte Frans Hand. Selbst eine so kleine Anstrengung brachte ihren Kopf zum Pochen. Ihre Muskeln schmerzten. Obwohl sie fast den ganzen Nachmittag gedöst hatte, war sie so müde, daß sie mitten im Satz hätte einschlafen können. Aber es war egal. Sie waren zusammen.

Eine Million Dinge hatte sie Fran zu erzählen. Ein ganzes Leben – wie sie zum ersten Mal die Schale von einem Rotkehlchenei gesehen hatte, im Gras neben der Einfahrt. Der Abend, als sie in Cape May am Strand spazieren gegangen war und der Sand von Quallen übersät gewesen war, die im Mondlicht glänzten. Wie sie einen Tannenzapfen auseinandergenommen hatte und entdeckt hatte, daß der Zapfen selbst kein Samen war, sondern voller Samen steckte. Das Kind im Lager, das sie angeschrien hatte, weil sie Heimweh hatte. Und die heimliche Genugtuung, als dieses Kind in ein Wespennest getreten war. College. Als sie im Graduiertenstudium zum ersten Mal Gras geraucht hatte und so übermütig geworden war, daß sie und ihre Freundinnen bis zur Morgendämmerung durchs Greenwich Village gewandert waren, mystische Erlebnisse gehabt und Beat-Poesie verfaßt hatten.

Aber vor allem wollte sie hierbleiben, bei Fran, nach den Wochen der Finsternis jetzt diese Ruhe erfahren, die klare und sanfte Luft in sich aufnehmen.

»Hey«, sagte Fran, »wo warst du denn diesmal?«

»Nirgends. Es ist schön so, nicht wahr?«

Fran lächelte. »Sehr schön. Du hast mir sehr gefehlt.«

»Weißt du, was wir sind?« Shelby nahm ihr Wasserglas vom Couchtisch und trank einen Schluck.

»Ich mag gar nicht fragen. Was denn?«

»Dummköpfe.«

»Na ja, das Land braucht ein paar ordentliche Dummköpfe.«

»Wir können nicht auf Zehenspitzen um alles herumschleichen. Weder du noch ich. Wir hätten einfach darüber reden sollen, statt uns unglücklich zu machen.«

»Im nachhinein ist es immer einfacher«, sagte Fran.

Shelby drückte ihre Hand. »Ich weiß.« Dann fuhr sie fort: »Ich muß dich etwas fragen.« Wie sollte sie es ausdrücken? »Ist es tatsächlich so schwer, mit mir zusammen zu sein ... ich meine ... du weißt schon ... wenn du doch so fühlst und es nicht willst?«

»Meinst du, ob ich einen riesengroßen Schmerz mit mir herumtrage, weil meine Liebe nicht erwidert wird? Schmerz ja, aber nicht riesengroß.«

»Die Liebe wird ja erwidert«, sagte Shelby. »Nur anders.«

Fran runzelte die Stirn. »Danke, Frau Professor.«

»Jedenfalls hoffe ich, daß du es mir sagst, wenn ich irgend etwas tue, das dich stört. Zuviel über Ray reden oder so.«

»Du redest doch kaum über Ray«, sagte Fran. »Was ich übrigens interessant finde. Die meisten Mädchen, die ich kenne, reden über nichts anderes als ihren Freund, sogar wenn sie ihn erst am Abend vorher kennengelernt haben.«

»Das stimmt.«

»Warum tust du das nicht?«

Shelby zuckte die Achseln. »Ich fand es immer langweilig. Ich gebe mir sehr viel Mühe, nicht langweilig zu sein.«

»Ich glaube, da besteht keine große Gefahr.«

Sie wurde noch müder. Ihr Kopf funktionierte noch, wenn auch langsam, aber ihr Körper stand kurz vor dem Zusammenbruch, als hätte jemand nasse Sandsäcke auf sie gehäuft.

Fran merkte es. »Du solltest wieder ins Bett gehen.«

»Ich kann es nicht fassen, wie schläfrig ich bin. Vielleicht habe ich immer noch dieses Zeug in mir.«

»Bestimmt nicht, glaub mir. Ich war dabei.«

»Aber reden tut so gut.«

»Wir werden noch viel Zeit zum Reden haben.« Fran hüpfte von der Rückenlehne hinunter. »Ich mache dir etwas zu essen, was nicht so schrecklich ist wie Erdnußbutter. Du ...« Sie lehnte sich hinüber und wuschelte Shelby durchs Haar. »... verschwindest jetzt und legst dich hin.«

Sie zog sich von der Couch hoch. »Sie sind unerbittlich, Fran Jarvis«, knurrte sie.

»Ja, ja.« Fran legte einen Arm um Shelbys Schultern und schob sie in Richtung Schlafzimmer. »Weißt du, was ich denke?«

»Selten.« Sie lehnte sich ganz bewußt in Frans Arm, in ihren reinen Geruch nach Sonne und Luft, in den Klang ihrer Stimme.

»Ich denke, es ist an der Zeit, zelten zu gehen«, sagte Fran.

Kapitel 15

Der Tag, an dem sie wieder ins Büro ging, verlief besser als erwartet. Sie sah schlecht aus, aber nicht viel schlechter als sonst nach einer schlaflosen, kopfwehgeplagten Nacht. Bei der Arbeit war sie nicht gerade produktiv, doch es gelang ihr, den Schein zu wahren, so daß ihre Bürokollegin keinen Verdacht schöpfte. Nicht daß Charlotte May besonders leicht Verdacht schöpfte. Charlotte tat ihre Pflicht und nahm von allen anderen dasselbe an. Wenn sie sah, daß jemand faulenzte, ignorierte sie es, denn sie war überzeugt, daß denjenigen seine Sünden über kurz oder lang einholen würden. Charlottes Motto war: »Sollen sich die Engel drum kümmern.«

Selbst Libby machte keine allzu großen Schwierigkeiten, als Shelby sich erst einmal wortreich entschuldigt und ihr erklärt hatte, daß sie sich deshalb so komisch benommen hatte, weil sie diese Magengeschichte ausbrütete. »Die Bazillen greifen das zentrale Nervensystem an«, sagte sie, »und davon wird man ganz sonderbar.«

Für Bazillen – ob sonderbar oder nicht – interessierte sich Libby nicht im geringsten. Sie interessierte sich für Entschuldigungen und für die Hochzeit.

Auf Frans Vorschlag hatte Shelby ihr erklärt, daß sie den rosa Stoff in Aquamarin für einen Geniestreich hielt. »Dir sind die Brautjungfernkleider doch im Grunde wurscht«, hatte Fran gesagt. »Warum schmierst du ihr nicht ein bißchen Honig um den Bart? Du weißt nie, wann dir das mal nützlich sein kann.«

Es hatte funktioniert. Libby war sehr zufrieden mit sich gewesen und darum auch zufrieden mit Shelby.

Die nächste Herausforderung waren die Einladungen. Shelby hatte vorgeschlagen, die Arbeit aufzuteilen. Sie würde sich um Papier, Schrift und Gestaltung kümmern, und Libby sollte die Gästeliste aufstellen. Libby selbst hatte angeboten, am Wochenende einen Tag mit Ray zu verbringen, um alles zu planen, was den Bräutigam betraf. Leider hatte Ray an diesem Wochenende nur einen Tag frei, und so würde er Shelby nicht sehen können. Shelby seufzte und sagte, sie werde versuchen, es zu überleben. Und wenn Libby dieses Wochenende ohnehin für die ›Nebendarsteller‹ vorgesehen hatte, könnte die Brautmutter doch am Sonntag mit den Brautjungfern das Protokoll und das Beiprogramm besprechen und was Brautjungfern sonst noch alles zu besprechen hatten?

Sie selbst hatte genug zu tun, sagte sie, was sie nur allzu sehr auf Trab halten würde. Die Arbeit hatte sich angesammelt, während sie zu Hause geblieben war, um ihren mysteriösen Bazillus auszukurieren, und wenn sie das jetzt aufholte, würde sie in den nächsten Tagen mehr Zeit haben, sich um die Hochzeit zu kümmern. Sie würde sich in ihrem Büro oder zu Hause vergraben, den Hörer neben das Telefon legen und sich durch die Arbeit wühlen, egal, was sie an Schönem verpaßte.

Fran sagte, Shelby mausere sich zu einer geschickten Lügnerin und Manipulatorin, und sie hätte eine große Karriere als Betrügerin machen können, wenn sie nicht erst so spät damit angefangen hätte.

Shelby bezweifelte das. Sie war die ganze Zeit schrecklich nervös.

Aber es war ihr egal. Sie kam damit durch, und das gab ihr ein leicht euphorisches Gefühl. Eigentlich hatte sie sich seit jener Nacht immer leicht euphorisch gefühlt. Bestimmt weil sie dem Tod ins Auge geschaut hatte. Das verschaffte einem ein richtiges High. Doch das war es nicht. Sondern sie hatte endlich etwas unternommen. Nichts Weltbewegendes, und sie hatte ihre Sache nicht sehr gut gemacht, aber zumindest hatte sie gehandelt.

Und Fran war wieder da.

»Mist.« Fran zog ihren brennenden Marshmallow aus dem Feuer und pustete ihn aus.

»Ich mag sie gern, wenn sie verbrannt sind«, sagte Shelby. »Schmeckt interessant, finde ich.«

»Hier.« Fran tauschte ihren Zweig mit ihr und spießte einen

neuen Marshmallow auf.

Shelby pellte die verkohlte, pappige Schale von dem klebrigen Inneren ab und kaute darauf herum. Den Rest hielt sie wieder ins Feuer.

»Wie ist das eigentlich so?«

»Wie ist was?«

»Mit einer Frau Sex zu haben.«

Frans Gesicht war vom Schein der Flammen bereits rosiggolden. Es wurde noch drei Schattierungen dunkler, und der Marshmallow fiel ins Feuer. »Um Himmels willen, Shelby.«

Shelby versuchte, sich das Lächeln zu verkneifen. Sie wollte nicht, daß Fran dachte, sie mache sich über sie lustig. Aber in letzter Zeit mußte sie immer schon lächeln, wenn sie nur Frans Gesicht sah. »Wir haben doch abgemacht, daß wir über alles reden, wenn wir Fragen haben, oder?«

»Aber dies ist sehr persönlich.«

»Okay.« Sie zuckte die Achseln zum Zeichen von Gleichgültigkeit.

»Also gut«, sagte Fran nach einer Weile. »Aber zuerst mußt du mir sagen, wie es ist, mit einem Mann Sex zu haben.«

»Wie Sex eben«, sagte Shelby. »Und mit einer Frau?«

»Wie Liebe.«

Shelby lächelte. »Willst du mich etwa provozieren?«

»Wie kommst du darauf?«

»Dann sag es mir.«

Fran seufzte resigniert. »Na gut.« Ihr Gesicht war feuerrot vor Verlegenheit. »Wenn man mit einer Frau schläft, dann ... fühlt man etwas, und dann fühlt man noch mehr, und dann fühlt man ganz viel auf einmal, und dann ist man ganz warm und einander nahe. Ist das mit einem Mann auch so?«

»Muß wohl.«

»Du weißt es nicht? Heißt das, du hast es noch nie ausprobiert?«

»Doch«, sagte Shelby. »Ein paarmal. Ich kann mich nur nicht sehr gut daran erinnern. Ich hatte ein bißchen was getrunken.«

»Es soll doch ein einmaliges Erlebnis sein. Tschaikowsky-Ouvertüre mit Pauken, Trompeten und Feuerwerk.«

Das wußte Shelby auch. Sie hatte genug mit ihren Freundinnen darüber geredet und Erfahrungen ausgetauscht. Nur war das, was sie fühlte, weit entfernt von den Pauken und Trompeten, von denen die anderen erzählten. Aber sie hatte so getan, als stimme sie zu. Sie fragte sich, ob die anderen auch nur so taten. »Ich glaube«, sagte sie, »es wird ein bißchen zu sehr hochgespielt.«

»Je besser ich dich kenne«, sagte Fran, »um so mehr machst du mir Angst.«

»Und bei Frauen? Gibt es da ein Feuerwerk?«

»Nur wenn man erwischt wird.«

»Fällt es dir immer noch schwer, darüber zu sprechen?«

»Ja, sicher.«

Shelby sah zu, wie das Feuer Frans Marshmallow verzehrte. »Wieso?«

»*Wieso?*« fragte Fran mit aufgerissenen Augen. »Was glaubst du wohl, wieso?«

»Hey, entschuldige.«

Fran schüttelte den Kopf. »Nein, *ich* muß mich entschuldigen. Ich will dir gegenüber ja offen sein. Aber wir ... reden einfach nicht darüber.«

»Auch mit deinen ... Freundinnen nicht?«

»So viele Freundinnen hatte ich nicht, und wir haben nicht darüber geredet, nein.« Sie schwieg eine Weile. »Du warst der erste Mensch, der mir etwas bedeutet, bei dem ich das Wort laut ausgesprochen habe.«

Shelby war verblüfft. »Du spinnst.«

»Nein, es ist wahr.«

»Findest du es so schrecklich, wenn jemand lesbisch ist?«

»Nicht nur ich, der Rest der Welt auch.«

»Ich nicht.«

»Nein, aber du bist vermutlich nicht ganz richtig im Kopf.«

Shelby fühlte eine tiefe Traurigkeit. Sie nahm einen Marshmallow und hielt ihn über das Feuer, nicht direkt in die Flammen, damit er röstete und nicht verbrannte. »Wärst du gern anders?«

Fran klopfte mit ihrem Zweig rhythmisch gegen einen der Steine, die sie um die Feuerstelle gelegt hatte. »Ich glaube, das wären wir manchmal alle. Oft. Meistens. Es ist schwer, in einer Welt zu leben, die einen für Abschaum hält. Manchmal glaubt man es schon selbst.« Sie schaute hinüber, dann sah sie weg. »Aber, ehrlich gesagt, meistens finde ich es schön, Frauen zu lieben. Nicht wegen dem Sex, der ist nicht das Wichtigste. Sondern sie mit dem Herzen zu lieben. Frauen sind einfach ... na ja, einfach gut.« Sie lachte. »Du hast wahrscheinlich nicht die blasseste Ahnung, wovon ich rede.«

»Doch«, sagte Shelby. »Ehrlich.« Sie drehte den Marshmallow, um die andere Seite zu rösten. »Ich fühle mich mit Frauen wohler als mit Männern. Mit manchen Freundinnen aus dem College und dem Graduiertenstudium. Mit Jean, Lisa und sogar Connie. Und Penny wohl auch. Und dir. Es ist einfacher, mit Frauen zusammen zu sein, vor allem, wenn es einem nicht so gut geht. Frauen verstehen einen. Und sie sind sanfter als Männer.«

Fran warf ihren Zweig ins Feuer und sah zu, wie er brannte.

Der Marshmallow hatte ungefähr die richtige Farbe angenommen. Sie reichte ihn Fran. »Hast du noch Platz für einen?«

»Ist der für mich?« Sie nahm den Zweig. »Danke.«

»Meine Mutter mag keine Frauen«, sagte Shelby.

»Dann müßte sie von mir eigentlich begeistert sein.«

Shelby sah sie an.

»Ich bin keine richtige Frau«, erklärte Fran. »Jedenfalls nach den Maßstäben der meisten Leute nicht.«

»Das ist Quatsch, Fran. Wenn eine Frau, die Frauen liebt, keine Frau ist, wer dann? Eine Frau, die keine Frauen liebt? Ist das die Definition einer Frau?«

Fran zuckte die Achseln und biß in den Marshmallow. Sie kaute eine Weile schweigend.

Im Lichtschein des Feuers sah Shelby, daß sie weinte. Es war kein Schluchzen; nur ein paar kleine Tränen rollten herunter. Sie rückte näher und setzte sich neben sie.

»Entschuldige«, sagte Fran. »So was paßt nicht zu einem Campingausflug.«

»Es paßt sehr gut.« Shelby griff in die Tasche ihrer Shorts und zog ein sauberes, zerknittertes Papiertaschentuch hervor.

»Himmel«, sagte Fran, sich die Augen wischend, »so oft habe ich in den letzten sechs Jahren nicht geweint.«

»Ja«, sagte Shelby, sie sanft aufziehend, »du bist außergewöhnlich hart im Nehmen.«

»Ich wollte nicht wieder damit anfangen. Ich denke gar nicht dauernd darüber nach. Du bist schuld, du hast etwas aufgedeckt, was versiegelt war.«

»Wie unhöflich von mir.« Sie legte einen Arm um Frans Schultern.

Fran wollte ihren Kopf an Shelbys Arm lehnen, aber sie hielt inne. »Vor einer Woche dachte ich noch, ich wäre mir über alles im klaren. Was ich mit dir machen sollte, wie ich leben wollte. Jetzt ist alles durcheinandergeraten.«

»Tut mir leid«, sagte Shelby.

»Erst als du mich gezwungen hast, es auszusprechen, habe ich gemerkt, wie sehr ich mich danach gesehnt habe, es jemandem zu sagen. Ich hatte solche Angst, daß du dich zurückziehen würdest.«

»Ich auch. Ich muß sagen, ich war schwer beeindruckt von mir.«

Fran drückte ihr Knie.

Sie saßen ganz still und beobachteten das Feuer.

»Shelby«, sagte Fran schließlich, »was hatte das neulich abends zu bedeuten?«

Shelby zog sich unwillkürlich in ihr Schneckenhaus zurück. »Ich bin wohl etwas aus der Fassung geraten.«

»Aber warum? Ich meine, wodurch wurde das ausgelöst? Als ich wegging, warst du zornig und eiskalt. Aber du standest nicht kurz vor dem Selbstmord. Oder vielleicht doch, ich weiß es nicht. Und ich weiß, daß du getrunken hast . . .« Sie sah zu Shelby hinüber. »Macht es dir etwas aus, daß ich darüber rede?«

Shelby schüttelte den Kopf, obwohl ihr Magen hart war wie ein Stein. Sie wollte darüber reden, sie wollte es wirklich. Aber sie wußte nicht, was sie sagen sollte, wo sie anfangen sollte und worauf es hinauslaufen würde. Wie Autofahren mit verbundenen Augen. Nur noch schlimmer, denn es ging darum, etwas zu verstehen, und sie war sich nicht sicher, ob sie das wollte.

»Nachdem du weg warst«, sagte sie, »habe ich eine Weile wie gelähmt dagesessen. Dann rief Libby an, um mir zu sagen, daß die Hochzeit schon zu Ostern stattfinden muß und nicht erst im Juni, und ich fühlte mich . . . irgendwie leer und gefangen. In der Leere gefangen.«

Fran holte Luft, um etwas zu sagen, dann überlegte sie es sich anders.

»Schon gut«, sagte Shelby. »Ich weiß, was du denkst: das ist eine komische Einstellung zum Heiraten, und du könntest schreien.«

Sie überlegte einen Moment. »Aber es geht nicht ums Heiraten. Es ist wegen Libby. Hochzeit heißt Libby, und Libby heißt Unglück. Ich kann das nicht richtig auseinanderhalten.«

»Würdest du ohne Hochzeit heiraten, wenn das ginge?«

»Was glaubst du wohl? Keine Brautjungfernkleider, keine Mutter, keine Verwandten, kein Theater, keine Brautführerin, von der ich im Moment nicht mal so genau weiß, ob ich sie mag, aber ich kann keinen guten Grund finden, sie nicht zu fragen, und alle erwarten von mir ...«

»Alle erwarten von dir«, sagte Fran nüchtern.

»Alle außer dir. Oder du auch?«

»Wohl kaum.« Eine Minute lang sagte sie gar nichts. »Und das ist alles?«

»Alles?«

»Das einzige Problem mit der Hochzeit?«

»Das und Lampenfieber.«

Es wurde allmählich dunkel, aber sie wußte, daß Fran sie ansah. Und darauf wartete, daß noch etwas kam.

»Ziemlich dürftige Gründe, mich umzubringen, oder?«

»Ich habe schon bessere gehört.«

»Ich habe immer wieder darüber nachgedacht. Das ist alles, was mir einfällt.« Sie umschlang ihren Körper mit den Armen. »Ehrlich.«

»Das macht mir angst.«

Shelby wurde still. Es machte ihr auch angst. Denn wenn es stimmte, hing sie nur mit einem sehr dünnen Faden am Leben. Wenn sie sich zwang, an jene Nacht zu denken ... und sie mußte sich dazu zwingen, sonst konnte sie es nicht ... wußte sie, daß irgend etwas ganz und gar nicht stimmte. Aber was es auch war, das sie über diese letzte Schwelle gestoßen hatte, es war noch in ihr, immer noch unbekannt und immer noch sehr, sehr gefährlich.

Sie haßte dieses Gefühl. Es war, als lebte sie zwischen zwei Schichten ihrer selbst. Nichts konnte von außen nach innen gelangen und nichts von innen nach außen. Außer Fran. Fran schaffte es manchmal, unerwartet, unvorhersehbar, in sie vorzudringen. Manchmal schwangen ihrer beider Gefühle plötzlich im Einklang, wie mitschwingende Töne auf einer Gitarre. Manchmal blickte Shelby hoch und sah, wie Fran sie anschaute, und sie wußte, daß

Fran geradewegs in ihre Mitte, ihre Seele sah. Gleichzeitig sah auch sie Fran, sah geradewegs in Frans Mitte. Und einen winzigen Augenblick lang ahnte sie, wie es war, nicht einsam zu sein.

Dann war der Augenblick wieder vorüber, als schlösse sich die Blende einer Kamera, und es verblieben nur eine tiefe, fast unerträgliche Sehnsucht und eine Erinnerung, die sich auflöste wie Morgennebel unter heißer Sonne.

Sie konnte diese Augenblicke nicht herbeizwingen. Fran wohl auch nicht. Es waren Zufälle. Geschenke. Segensgaben.

»Ich will nicht sterben wollen«, sagte sie.

»Ich bin froh, das zu hören.«

»Aber manchmal erscheint mir das Leben so ... ich weiß nicht ... kompliziert. Zu schwer.«

»Es ist eine Herausforderung«, stimmte Fran zu. »Für das Leben gibt es keine Gebrauchsanweisung.«

»Und wenn es eine gäbe, dann wäre sie in Japanisch, Suaheli oder Sanskrit.«

»Es sei denn, du würdest nur Japanisch, Suaheli oder Sanskrit verstehen. Dann wäre sie in Englisch.«

»Ich war immer froh, daß ich mit der englischen Sprache aufgewachsen bin«, sagte Shelby. »Ich glaube nicht, daß ich sie jemals lernen könnte.«

»Du meinst, du beherrschst Englisch? Komm mit mir nach Texas. Da versteht kein Mensch, was du sagst, und umgekehrt.«

Doch soweit würde es nie kommen. Sie würde nie mit Fran nach Texas gehen. Denn sie würde heiraten, und verheiratete Frauen fuhren nicht mit lesbischen Frauen nach Texas.

»Was spricht man in Kalifornien?« fragte sie.

»Alles. Gleichzeitig.«

»Ich glaube nicht, daß ich je einen kalifornischen Akzent gehört habe. Gibt es einen?«

»Wie du es an dem Tag, als wir uns kennengelernt haben, so gekonnt formuliert hast – niemand kommt aus Kalifornien. Manchmal kommt jemand aus Kalifornien *zurück*, aber niemand fängt dort an. Außer mir und den Kindern von Filmstars. Aber das ist auch das einzige, was ich mit denen gemeinsam habe.«

»Das bezweifle ich stark.«

»Na ja, einen Swimmingpool hatten wir auch ...«

»Das habe ich nicht gemeint.«

Fran lachte. »Wenn es stimmt, daß die Kinder von Filmstars ... anders sind ... dann ist das eines der bestgehüteten Geheimnisse des Universums.« Sie schaute im Halbdunkel zu Shelby hinüber. »Du willst nicht mehr über dich reden, oder?«

Shelby strich sich mit beiden Händen das Haar zurück. »Ich weiß nicht, was ich sagen soll.« Sie seufzte. »Vielleicht brauche ich professionelle Hilfe.«

»Vielleicht, ja.«

»Ich kann mir ganz genau vorstellen, was Libby dazu sagen würde. Die Camdens waschen ihre schmutzige Wäsche nicht vor fremden Leuten.«

»Sag ihr nichts davon.«

»Sie würde es herausfinden. Sie hat ihre Spione. Mit einigen davon bin ich sogar befreundet.«

»Dann laß sie es doch herausfinden. Es ist dein Leben.«

»Ist es das?«

Fran schwieg eine Weile. »Nun«, sagte sie dann, »das war jetzt sehr inhaltsschwanger.«

»Das fand ich auch.« Shelby zwang sich zu lachen. »Das werde ich eines Tages auch sein. Schwanger.«

»Freust du dich darauf, Kinder zu haben?« fragte Fran.

»Ich habe noch nicht sehr viel darüber nachgedacht.«

»Magst du Kinder?«

»Ich weiß nicht. Außer mir selbst habe ich nicht viele Kinder kennengelernt, und mich mochte ich nicht besonders. Und du?«

»Ich mag Kinder gern.«

»Du wärst bestimmt eine gute Mutter.«

Fran hob einen Stein auf und rieb ihn zwischen Daumen und Zeigefinger. »Dazu wird es kaum kommen.«

»Ich weiß ja nicht viel darüber, wie es ist, lesbisch zu sein«, sagte Shelby und merkte, daß Fran bei dem Wort leicht zusammenzuckte, »aber ich habe nie gehört, daß man davon unfruchtbar wird.«

»Nicht unfruchtbar, aber unbrauchbar.« Fran nahm den Stein in die andere Hand. »Wenn ich ein Kind bekäme, würde meine Familie darüber herfallen wie Heuschrecken über ein Weizenfeld. Wenn es sein müßte, würden sie vor Gericht ziehen, um es mir wegzunehmen. Und sie würden gewinnen. Ich wäre nur die exzentrische Tante Frances, die Karten und Geschenke schickt, aber nie zu Besuch kommt. Das Ironische ist, daß ich vermutlich wirklich eine gute Mutter wäre.«

»Ganz bestimmt«, sagte Shelby.

»Jedenfalls besser als meine.« Fran schnaubte. »Mein Gott, sogar Medea war besser als meine Mutter.«

»Ich verstehe nicht, wie sie dich so ausstoßen konnten.«

Fran warf den Stein weg, in die Schatten hinein. Sie sah zu Shelby. »Was meinst du, was Libby in der Situation tun würde?«

»Sie würde mich nicht ausstoßen.« Sie überlegte. »Sie würde mich einsperren. Und wahrscheinlich dafür sorgen, daß ich Elektroschocks bekäme.«

Fran schauderte. »Einer Frau, die ich im College kannte, ist das tatsächlich passiert. Vielen Dank, da ziehe ich es vor, ausgestoßen worden zu sein. Glaubst du wirklich?«

»Ich könnte es mir schon vorstellen.« Shelby betrachtete das Feuer. »Es erscheint mir so schwer, Fran. Du zu sein. Anders zu sein. Gibt es nichts, das dich für all das Unglück entschädigt?«

»Doch«, sagte Fran. »Frauen.« Sie stand auf und reckte sich. »So, ich habe für heute abend genug über meine Ängste geredet. Und du scheinst über deine nicht reden zu wollen.«

Shelby fühlte sich ertappt und ein wenig verlegen. »Ja, du hast wohl recht.«

»Dann komm, wir ziehen uns unsere Schlafanzüge an, und ich bringe dir Rommé mit Zehn bei.«

Shelby lag still und lauschte auf die Geräusche der Nacht. Das dumpfe Rascheln von Blättern, wenn sich ein Vogel regte. Tropfendes Wasser. Das flüchtige Scharren eines kleinen Tieres, das über den Waldboden huschte. Ein Nachtfalke rief einmal und schwieg dann. Sie versuchte das Atmen der Bäume zu hören, versuchte einen Windhauch auszumachen. Doch es war still. Es war eine schwere, bedrückende Stille, und Shelby wollte rufen, sie brechen, aber sie entzog ihr alle Energie.

In Filmen wurde die Nacht mit Hilfe von Tierschreien, verstohlenen schleichenden Geräuschen und brummenden Insekten als unheimlich dargestellt. Das war alles nicht richtig. Die Stille war es, die unheimlich war. Die Stille war wie ein angehaltener Atem.

Ihr Schlafsack war irgendwie klamm. Hohe Luftfeuchtigkeit. Morgen wird es regnen, dachte sie. Sie schob den oberen Teil zurück, nur die Füße waren noch bedeckt. Der verwaschene Baumwollstoff ihres Schlafanzugs fühlte sich klebrig an. Nicht schlimm, aber unangenehm.

Der staubige Geruch der Zeltplane hing schwer in der Luft.

Neben sich hörte sie Fran flach atmen. Sie schlief sicher nicht tief. Shelby vermutete eher, daß sie wach war, und sah zu ihr hinüber. Fran lag auf dem Rücken, die Arme steif an die Seite gedrückt, die Augen vor dem schwachen Mondlicht geschlossen. Der Anflug eines Stirnrunzelns lag auf ihrem Gesicht. Sie sah ängstlich oder beunruhigt aus; in dem aschefarbenen Licht war es schwer zu erkennen.

Shelby griff zu ihr hinüber und nahm ihre Hand. Fran schlang ihre Finger leicht um Shelbys Daumen. Shelby sah zum Zeltdach hinauf und dachte, ich halte ihre Hand. Ich halte Frans Hand, und es war meine Idee, und sie hat sie nicht weggezogen. Ich halte Frans Hand, und sie ist lesbisch. Ich halte einer lesbischen Frau die Hand.

Ich liege hier händchenhaltend mit einer lesbischen Frau.

Sie wartete ab, was sie wohl fühlen würde. Ekel, Angst, Abkehr. Aber ihr Körper war warm, und ihr Herz fühlte sich geborgen, und ihr Kopf, der sich mit seinem Ärgern und Nörgeln in alles einmischte, hatte sich irgendwohin verzogen, wo er sie nicht stören konnte.

»Sag mir eins«, sagte Fran in die Dunkelheit hinein. »Von allem, was du tust – wieviel davon tust du, weil es von dir erwartet wird?«

»Das meiste.«

Fran schwieg lange. »Mir scheint, als ob da etwas faul wäre«, sagte sie schließlich.

»Ich bin meiner selbst müde. Gute Nacht.« Shelby drückte Frans Hand und schloß die Augen.

Sie erwachte mitten aus einem Traum. An Einzelheiten konnte sie sich nicht erinnern. Ein vertrautes Gefühl von Behaglichkeit und Besorgnis schwang noch nach, gefolgt von einem klaren Gedanken.

Sie rollte sich auf die Seite und rüttelte Fran an der Schulter.

»Was ist?« fragte Fran.

Das Zelt war von einem grauen Licht erfüllt, dem stählernen Schein vor der Morgendämmerung.

»Ich muß dir etwas sagen.«

Fran rappelte sich zum Sitzen hoch. Sie rieb sich die Augen. »Schieß los.«

Shelby holte tief Luft. »Ich glaube, ich will nicht heiraten.«

Fran starrte sie erstaunt an. »Du hast mich geweckt, um mir das zu sagen?«

»Hm.«

Fran ließ sich auf den Schlafsack zurückfallen und stöhnte. »Shelby, das weiß ich schon, solange ich dich kenne. Wie spät ist es?«

Shelby ignorierte sie. »Aber genau das ist es. Das ist es, was faul ist. Ich glaube, ich will nicht heiraten.«

Fran setzte sich wieder auf. »Du klingst verdammt fröhlich dabei.«

»Ich habe es endlich begriffen.«

»Mit dem Schlafen ist es jetzt wohl vorbei«, murmelte Fran. Sie zog ein Paar Shorts über die Boxershorts, in denen sie schlief. »Ich koche besser mal Kaffee.«

Shelbys Euphorie hielt noch genau zwei Sekunden an. »Fran!« rief sie. »Was soll ich denn jetzt machen?«

»Keine Panik. Bleib locker. Trink einen Kaffee.«

Shelby zog sich Shorts und T-Shirt an, zwängte ihre Füße in die abgewetzten Halbschuhe und legte die beiden Schlafsäcke zum Lüften aus.

Dann stolperte sie aus dem Zelt.

»Nur weil ich es nicht will, muß ich es doch nicht bleiben lassen, oder?«

»Nein«, sagte Fran, »aber du solltest vielleicht anfangen, darüber nachzudenken.«

Die ungeheure Bedeutsamkeit all dessen erstickte sie. »Absagen, erklären, meiner Familie gegenübertreten, meinen Freundinnen ...« Shelby massierte sich das Gesicht. »Du hättest mich sterben lassen sollen.«

»Tut mir leid«, sagte Fran. »Das kommt nicht in Frage.« Sie kam zu Shelby, faßte sie bei der Schulter und führte sie zu dem Baumstamm, wo sie sich hinsetzen konnte. »Hör zu, du mußt nicht alles jetzt sofort tun. Du mußt jetzt überhaupt nichts tun. Denk drüber nach, und wenn du reden willst, bin ich hier.«

»Es ist unfaßbar, wie verkorkst alles ist.«

Fran sah auf sie herunter. »Ja, verkorkst ist es. Aber es ist nicht der Dritte Weltkrieg. Bleib ganz ruhig, Shelby. Wir sind hier weit weg von allem, mitten im Wald. Niemand weiß, wo du bist, und es gibt kein Telefon. Also atme erst einmal durch. Du brauchst nichts zu überstürzen.«

»Du hast recht«, sagte Shelby und nickte energisch und ohne Überzeugung. »Völlig recht.« Sie hatte jede Menge Zeit zu überlegen, was sie tun sollte. Jede Menge Zeit, es zu tun. Die Hochzeit war schließlich erst Ostern. Sie hatten weder die Einladungen versandt noch die Brautjungfernkleider anprobiert noch . . .

Vielleicht würde sie sich bis Ostern an den Gedanken gewöhnen.

Daran gewöhnen? *Gewöhnen*? Sie würde sich niemals daran gewöhnen, verheiratet zu sein.

Und sie würde niemals darum herumkommen.

»Shelby«, sagte Fran scharf. Sie stand vor ihr und hielt ihr einen Blechteller mit Eiern, Speck und Tomaten hin. »Iß.« Sie reichte ihr den Teller, stellte die Kaffeetasse neben sie auf den Boden und setzte sich mit ihrem eigenen Frühstück auf den Baumstamm. »Du wirst doch nicht weglaufen, wenn du aus deiner Trance erwachst, oder?«

»Sollte ich vielleicht«, sagte Shelby hoffnungsvoll.

»Du würdest dich für den Rest deines Lebens verachten.« Fran streute Salz und Pfeffer auf ihre Eier. »Glaub mir. Ich kenne dich. Iß.«

Shelby zwang sich, eine Gabelvoll Rührei hinunterzuschlucken. Fran machte das beste Rührei der Welt. Das hier schmeckte wie Talkumpuder.

»Jetzt Speck«, sagte Fran.

Das ging etwas besser.

»Kaffee.«

Um den Kaffee nicht zu schmecken, müßte sie tot sein. »Okay«, sagte sie. »Ich glaube, jetzt bin ich in der Lage, mich selbst zu ernähren.«

»Und vernünftig denken? Geht das auch?«

»Noch nicht.«

Fran lächelte. »Hör zu, Shelby . . .«

Es wirkte beruhigend auf sie, Fran ihren Namen sagen zu hören.

»Du mußt da nicht allein durch. Ich bin bei dir. Ich bin da, wenn du mich brauchst.«

So etwas hatte noch nie jemand zu ihr gesagt. Hinten in ihrem Hals machte sich ein salziger Kloß bemerkbar.

»Das ist ein Versprechen«, sagte Fran.

Shelby hätte beinahe etwas Albernes gesagt wie »Dann werde meine Brautführerin«. Aber ihr war nicht nach Albern zumute. Die Sache war erschreckend ernst.

Sie war es gewohnt, sich allein durchzukämpfen. Sie war jemand, der tätig wurde, sich kümmerte, zugriff und alles wieder richtete. Oder es zumindest versuchte. Etliche Male hatte sie dabei kläglich versagt. So daß sie hilflos und voller Wut erkennen mußte, daß sie eine Versagerin war.

Sie schüttelte sich.

»Was ist?« fragte Fran.

»Entschuldige. Ich habe nachgedacht. Über die vielen Male, wo ich versagt habe.«

»Versagt.« Fran zeichnete einen Kreis in den Sand. »Zum Beispiel?«

»Na ja, zum Beispiel bei dieser Freundin im College, die so komisch geworden ist. Ich habe es nie mehr geschafft, an sie heranzukommen. So sehr ich es auch versucht habe.«

Fran stellte ihren Teller auf den Boden, faltete die Hände und stützte die Ellbogen auf die Knie. »Ist dir je in den Sinn gekommen«, fragte sie, »daß sie sich in dich verliebt haben könnte?«

»*Wie bitte?*« Aber es war ihr durchaus in den Sinn gekommen, nicht als plötzliche Erkenntnis, sondern eher als nagende, plagende Frage. Wie Mäuse auf dem Dachboden. Mäuse, die sie nicht loswurde und zu ignorieren versuchte, aber manchmal trippelten die kleinen Mäusefüße durch ihre Träume. »Es muß doch nicht immer etwas mit Liebe zu tun haben«, sagte sie gereizt. »Vieles, was die Menschen so tun, ständig, jahrelang, hat überhaupt nichts mit Liebe zu tun.«

»Das stimmt.«

»Auch Heiraten muß nichts mit Liebe zu tun haben.«

Fran zog lediglich eine Augenbraue hoch.

Am liebsten hätte sie etwas nach ihr geworfen. »Mein Gott«, sagte sie, »kannst du an nichts anderes denken als an Liebe?«

»Es tut mir leid, daß ich dich irritiert habe.«

»Du hast mich nicht irritiert, es ärgert mich nur. Du reitest auf dem Thema herum, und dabei ist es sterbenslangweilig.«

»Es tut mir leid«, sagte Fran wieder.

Das Gespräch hatte zur Folge, daß sie sich klebrig fühlte, als hätte sich irgend etwas Schleimiges, Grünes, Unangenehmes an ihr festgesetzt. Ein Teichlebewesen, das nicht zu ihr gehörte, aber direkt unter ihrer Haut neue, abstoßende Lebensformen hervorbrachte.

Sie rieb an ihren Unterarmen, als könnte sie es abstreifen.

»Ungeziefer?«

»Dachte ich«, gab sie vor. »Ameisen oder Spinnen, irgend so etwas.«

»Welche gefunden?«

»Nein.«

»Dann war es wohl unsere Unterhaltung.« Fran grinste und hielt schützend die Hände vor sich. »Schlag mich nicht.«

»Du treibst mich in den Wahnsinn«, sagte Shelby.

»Kein sehr langer Weg.«

Was machte sie da? Sie wollte nicht mit Fran streiten. Fran hatte nichts getan. »Entschuldige, daß ich so empfindlich bin.«

»Du hast jedes Recht dazu. Ich bin diejenige, die keine Ruhe gibt«, sagte Fran. »Mea culpa.« Sie bekreuzigte sich.

Shelby stand auf und schenkte Kaffee nach. »Bist du katholisch?« Sie nahm Frans Tasse und füllte sie.

»Großer Gott, nein! Weißt du nicht, was die Kirche über Menschen wie mich sagt?«

»Menschen wie dich.« Shelby setzte sich rittlings auf den Baumstamm. »Du meinst Lesben.«

Fran schnitt eine Grimasse. »Das Wort scheint dir sehr zu gefallen.«

»Ich stelle mich immer wieder auf die Probe. Um zu sehen, ob ich es sagen kann. Um zu sehen, ob es mir angst macht.« Sie sah zu Fran hinüber. »Ich meine nicht, daß *du* mir angst machst. Du nicht. Die Sache an sich auch nicht. Aber das Wort ...«

»Du brauchst mir nichts zu erklären«, sagte Fran. »Du weißt doch, wie es mir damit geht.«

»Du verhältst dich bei dem Thema in der Tat etwas merkwürdig. Aber du bist süß, wenn du verlegen bist.«

Fran vergrub das Gesicht in den Armen.

»Das hätte ich nicht sagen sollen.« Shelby berührte sie an der Schulter.

»Können wir den Tag einfach noch mal von vorn anfangen?« murmelte Fran.

»Das bezweifle ich.«

»Ich schlafe immer noch halb. Wie kann ich deinen verschlungenen Gedanken folgen, wenn ich noch halb schlafe?« Fran sah sie an. »Wir waren gerade dabei, über *dich* zu reden.«

»Ein unglücklich gewähltes Thema.«

»Und übers Heiraten.«

»Noch unglücklicher.«

»Shelby ...«

Shelby fuhr sich mit der Hand vorn durchs Haar. »Ich weiß, ich bin unmöglich.« Es würde schwerer werden, als sie gedacht hatte. Fest stand, daß sie sowohl Fran als auch sich selbst gegenüber offen sein wollte. Aber sie wußte nicht, ob sie das schaffen würde. Oder ob ihr wunderbarer topmoderner Plastikschutzschild schon zu einem Teil ihrer selbst geworden war.

»Ich weiß einfach nicht, was ich fühle«, sagte sie. »Ich bin ganz durcheinander.«

»Immer schön langsam«, sagte Fran. »Rom wurde auch nicht in einem Tag erbaut.«

Shelby hatte eine Ruhestunde ausgerufen. Fran konnte schlafen, lesen, Postkarten nach Hause schreiben oder sich im Wald vergnügen, aber geredet wurde nicht. Sicher war es beim Militär sehr gut gewesen, und Fran hatte dort zweifellos viele nützliche Dinge gelernt, aber sie sollte auch ein bißchen davon erfahren, wie es in einem richtigen Sommercamp war, in dem man sich nicht auf den Krieg vorbereitete. Die schönen Seiten. Die Stille, den Duft von Kiefern und dunkler Erde. Den Frieden, das Gefühl, daß einem alle Zeit der Welt zur Verfügung stand und nichts wirklich Schlimmes passieren konnte. Auch das hatte Shelby damals im Camp erlebt, durch die Niedergeschlagenheit, das Heimweh und die Einsamkeit hindurch. Diese Dinge hatten nichts mit den Menschen dort zu tun gehabt. Die Stille, die Bäume, der Himmel, die Wolken und der glitzernde See. Die Ruhestunde war eine der magischen Zeiten im Camp gewesen, wenn alles still war außer dem Windhauch, wenn sie auf ihrem Feldbett liegen konnte, die groben Kiefernbretter riechen, aus denen die Hütte gebaut war, und sich in ihren Tagträumen vorstellen, daß sie und eine Freundin eines Tages einen magischen Ort wie diesen haben würden.

Sie schaute hinüber zu Fran. Sie hatte gelesen und war eingeschlafen, das Buch offen auf ihrer Brust, und es hob und senkte sich mit ihrem Atem. Shelby sah sie an, sah sie nur an, und alles in ihr wurde warm.

Wenn sie wirklich heiratete ... dann würden sie nie wieder so zusammen sein wie jetzt. Dann würde sie das meiste mit Ray unternehmen. Sie würden vor allem mit anderen Paaren befreundet sein.

Wenn Fran allerdings ihren Märchenprinzen finden würde – in ihrem Fall müßte es natürlich eine Prinzessin sein –, dann wäre auch sie Teil eines Paares.

Aber Mitglied im Country Club würde sie kaum werden können.

Fran öffnete die Augen, lehnte sich zu ihrem Rucksack hinüber und kramte darin herum. Sie holte Bleistift und Papier hervor. »Ich weiß nicht, worüber du nachdenkst«, schrieb sie, »aber es hält mich wach.«

Shelby lächelte und formte mit den Lippen ein »Entschuldigung«. Sie schlüpfte in ihre Schuhe und verließ das Zelt.

Sie setzte sich auf den Baumstamm neben der kalten Asche des Lagerfeuers. Es war ein schwüler Tag, die Luftfeuchtigkeit stieg immer noch, alle Umrisse waren wäßrig und verschwommen. Ein Tag, an dem man das Gefühl der eigenen Haut kaum ertrug. Auch heute abend würde es drückend sein, aber kühl. Ihr Schlafsack würde sich anfühlen, als sei er gewaschen worden und noch nicht ganz trocken. An den Spitzen der Tannennadeln würden sich Tautropfen bilden und in rhythmischen Abständen die ganze Nacht herabfallen.

Selbst die Kinder, die am Seeufer am Strand spielten, waren gedrückter Stimmung; die Hitze machte sie träge und weinerlich. Viele der Mütter waren schwanger.

Lach nicht, ermahnte sie sich. Eines Tages könntest du das sein, die sich mit einer Zeitschrift auf dem einen und einem schreienden Kind auf dem anderen Arm aus einem Liegestuhl wälzt.

Sie konnte es sich nicht vorstellen.

Auf der Straße am See joggte eine Frau. In der Hitze. Verrückt geworden.

Shelby dachte, sie sähe Gespenster, aber es war tatsächlich Penny, die auf ihr Zelt zugelaufen kam. Mit großen Augen blieb sie stehen, als sie Shelby erblickte.

»Hallo«, sagte Shelby.

Penny trottete zu ihr heran. »Das darf ja wohl nicht wahr sein. Und ich dachte, du bist im Büro und schwitzt über einem Manuskript.«

»War ich auch«, sagte Shelby mit einem nur ganz leicht schlechten Gewissen. »Aber dann fand ich, daß ich genausogut hier draußen schwitzen konnte. Und du?«

»Ich brauchte Bewegung.« Penny lief ein paar Schritte auf der Stelle. »Und ich wollte zur Abwechslung richtige Luft atmen. Du weißt schon, voller Schimmelsporen und Pollen.«

Shelby lachte. »Warte ein paar Wochen, dann steht das Traubenkraut in voller Pracht.«

»Ich kann es immer noch nicht fassen. Daß ich dich hier draußen treffe. Toll, was?«

Shelby war sich nicht so sicher, ob sie es toll fand, aber sie nickte. »Möchtest du einen Kaffee oder irgend etwas?«

»Nein, danke. Ich . . .« Penny schaute um sich, und ihr Blick fiel auf die beiden Kaffeetassen, die zum Trocknen auf der Feuerstelle standen. »Ach, doch, warum nicht?«

»Der Kaffee ist schrecklich«, sagte Shelby, als sie ihr eingoß. »Aber er ist heiß und hindert einen am Einschlafen. Genau das richtige zum Arbeiten.«

»Aha.« Penny nahm die Tasse, probierte, verzog das Gesicht. »Du lieber Gott. Ist Jean etwa auch hier?«

»Jean kümmert sich mit Libby um die Brautjungfernsachen. Dies hier ist Frans begnadete Kochkunst.«

Um Pennys Mundwinkel spielte ein kleines Lächeln. Shelby war nicht ganz wohl dabei.

»Wo ist sie denn?«

»Im Zelt. Sie macht ein Nickerchen.«

»Oh!« Penny hielt sich eine Hand auf den Mund. Ganz ohne Zusammenhang stellte Shelby fest, daß sie Nagellack trug. »Dann wecken wir sie lieber nicht auf«, flüsterte Penny.

»Das ist schon in Ordnung.« Shelby hob die Stimme. »Jarvis, hierher.«

Fran steckte ihren Kopf durch die Zeltöffnung. »Hallo, Penny.«

»Hallo«, sagte Penny. »Ich trinke gerade deinen köstlichen Kaffee.«

»Laß dich nicht stören.« Fran setzte sich rittlings auf den Baumstamm. Sie trug Shorts, ein T-Shirt und weder Schuhe noch BH. Nicht, daß sie einen BH brauchte. Fran war, wie sie selbst sagte, flach wie eine Briefmarke.

Sie sah, daß Penny es bemerkte und dann rasch wegschaute.

»Ihr beide macht also blau.«

»Nicht ganz«, sagte Shelby. »Ich habe mir meine Arbeit mitgebracht.«

Fran grinste hinter Pennys Rücken.

»Draußen ist es viel zu schön zum Arbeiten«, sagte Penny.

»Darum tue ich im Moment auch nichts.«

Es folgte ein kurzes, etwas unbehagliches Schweigen.

»Und«, fragte Penny, »was gibt es Neues?«

Fran lächelte. »Nicht viel.«

»So ist das im Wald«, sagte Shelby. »Es passiert nicht viel.«

»Fast gar nichts«, sagte Fran. »Jedenfalls nicht im Zeitraffertempo. Hier draußen fliegt die Zeit nicht, sie fließt langsam und träge.«

Penny trank ihren Kaffee. Fran stand auf und schenkte sich auch eine Tasse ein, nahm einen Schluck, schüttelte sich, wie sie es immer tat, und setzte sich wieder hin.

»Bist du schon bei meinen Texten angekommen?« fragte Penny an Shelby gerichtet. In ihrer Stimme war ein Unterton.

Shelby nickte. Sie wünschte, sie hätte Pennys Manuskripte nicht gelesen oder hätte die Geistesgegenwart gehabt zu lügen. Dies würde wieder einmal ein schwieriges Gespräch werden.

»Wie fandest du sie?«

»Ich muß sie mir noch einmal anschauen . . .«

»Nur so der erste Eindruck.«

»Wenn es dir recht ist«, sagte Shelby, »würde ich lieber im Büro darüber reden. Wir müssen uns ein bißchen Zeit nehmen, um sie im einzelnen durchzugehen, damit wir beide in dieselbe Richtung denken.«

»Das heißt wohl, daß dir meine Auswahl nicht gefallen hat.«

»Das heißt es nicht. Es heißt, daß wir sie in der Redaktion besprechen müssen.«

Penny schob kaum sichtbar die Unterlippe vor.

»Ich dachte, du wärst zum Arbeiten hier.«

»Bin ich auch.«

»Also, ich bin doch Arbeit, oder nicht?«

Und ob, dachte Shelby, und lächelte ein wenig über ihren eigenen Witz. Sie lächelte etwas breiter, um es wie ein Zeichen der Zuneigung erscheinen zu lassen. »Nicht ganz, Penny.«

»Oh, die Arbeit«, sagte Fran fröhlich, »vielgeliebt und vielgehaßt. Kommt, wir spielen Karten.«

»Sie will Rommé mit Zehn spielen«, erklärte Shelby, »weil ich das gestern abend zum ersten Mal gespielt habe und sie glaubt, daß sie mich zum fünfundzwanzigsten Mal hintereinander schlagen kann.«

»Wenn wir zu viert wären«, sagte Penny, »könnten wir Bridge spielen.«

»Mich Bridge spielen zu sehen«, sagte Fran, »ist ein Anblick, den ich dir lieber erspare. Ich glaube, dafür bist du noch zu jung.«

Penny ignorierte sie. »Wenn es mit den Manuskripten ein Problem gibt«, sagte sie zu Shelby, »können wir doch jetzt darüber reden.«

»Nicht jetzt«, sagte Shelby fest. »Ich habe sie nicht bei mir, und ich müßte nachschauen . . .«

»Ich dachte, du hast dir deine Arbeit mitgebracht.«

»Habe ich ja auch. Nur deine Manuskripte habe ich zufälligerweise nicht dabei.«

Penny warf den Kopf nach hinten. »Na ja, wenn es nicht wichtig genug ist . . .«

»Natürlich ist es wichtig.« Shelby wurde allmählich sehr müde.

»Ich geh mal zur Latrine«, sagte Fran. Sie stand auf und klopfte ihre Shorts ab. »Kommt jemand mit?«

Shelby merkte, daß Penny sie beobachtete. »Was ist?« fragte sie.

»Geh ruhig. Ich warte.«

»Ich muß nicht . . .«

»Zur Latrine«, sagte Penny und lächelte.

Shelby schüttelte den Kopf.

»Macht, was ihr wollt«, sagte Fran. »Ihr wißt ja nicht, was euch entgeht.« Sie schlenderte den Weg hinunter.

»Hör zu«, sagte Shelby. »Ich weiß nicht, womit ich dich gekränkt habe, aber es tut mir leid. Können wir es nicht auf sich beruhen lassen?«

»Doch, klar.« Penny grinste.

Shelby fragte sich, warum sie grinste. Da sie einen Augenblick brauchte, um ihr Gleichgewicht wiederzufinden, nahm sie Frans Tasse und spülte sie aus.

»Was ist denn das hier?«

Sie drehte sich um. Penny hielt ein Stück Holz hoch, an dem Fran herumgeschnitzt hatte.

»Noch nichts.«

»Und was soll es werden?«

»Das weiß sie noch nicht.«

»Sie?«

»Fran.«

»Ach so.« Penny stand auf und wanderte über den Lagerplatz. Shelby beobachtete sie. Sie fühlte sich überfallen und ärgerte sich gleichzeitig, daß sie so empfand.

»Was ist das?« Penny zeigte auf den Haufen aus Ästen und Bindfaden, den Shelby an der Zeltecke deponiert hatte.

»Ich mache einen Campinghocker. Mit Bindfäden zusammengebunden.«

»Wow.« Penny starrte auf den Haufen herunter. »Kannst du das wirklich?«

»Nicht besonders gut. Jedenfalls noch nicht. Vielleicht lerne ich es, bis ich fünfzig bin.«

»Hast du ein Buch darüber oder irgend etwas?«

»Fran zeigt es mir.« Sie zeigte auf das Tellerregal, das Fran zwischen zwei Bäumen angebracht hatte. »Siehst du das da? Kein einziger Nagel, und wenn wir gehen, nehmen wir es einfach wieder auseinander und lassen die Äste als Feuerholz für die nächsten zurück.«

»Jedenfalls kommt das Vergnügen bei euch auch nicht zu kurz«, sagte Penny mit einem Lächeln. Sie ließ ihren Blick über den Lagerplatz gleiten. »Fran ist eine richtige Pfadfinderin, nicht wahr?«

Darüber mußte Shelby lachen. Sie konnte sich kaum vorstellen, daß Fran Topflappen häkelte und Sitzkissen bastelte. Sie selbst war als Kind ein Jahr bei den Pfadfinderinnen gewesen, und sie konnte sich nicht erinnern, daß sie dort irgend etwas anderes gemacht hatten. Und Make-up. Sie hatten gelernt, wie man Make-up auflegte. Aber vielleicht war es bei den Pfadfinderinnen dort, wo Fran aufgewachsen war, anders. Vielleicht lernten die Pfadfinderinnen dort tatsächlich, Lagerfeuer zu machen und verirrte Kinder wiederzufinden.

Sie war sich damals selbst wie ein verirrtes Kind vorgekommen. Die anderen Mädchen fanden es schön, Sitzkissen zu basteln, aber Shelby hatte ihre Mutter angebettelt, sie zu den Pfadfinderinnen zu lassen, weil sie dachte, sie würden zelten gehen. Das hatte sie in irgendeinem Buch gesehen. Pfadfinderinnen gingen zelten und lernten Feuer machen, den Umgang mit Kompaß und Messer, Kartenlesen und andere nützliche Dinge. Aber die Pfadfinderinnen vom Trupp 240 der First Congregational Church hatten dazu keine Lust. Zum Glück, denn die Leiterinnen kannten sich damit auch nicht aus.

Sie erzählte Penny davon. Penny lachte und sagte, sie sei nie bei den Pfadfinderinnen gewesen. Nur einmal, als sie in England gelebt hätten. Aber dort hätten sie sich über ihren Akzent lustig gemacht und so getan, als verstünden sie sie nicht.

Sie sannen einige Minuten darüber nach, wie unnötig grausam Kinder sein konnten.

Fran tauchte wieder auf und schüttelte sich mit einer Hand Wasser aus dem Haar. »Das war eine echte Inspiration«, sagte sie. »Und was macht ihr zwei so?«

»Shelby hat mir gezeigt, was du gebaut hast«, sagte Penny fröhlich. »Du bist wirklich toll.«

»Ach, na ja«, sagte Fran.

»Hast du dir die Haare gewaschen?« fragte Shelby.

»Ich habe es versucht.« Fran schüttelte ihr Haar kräftig, so daß Shelby und Penny die Tropfen abbekamen.

»Hey«, sagte Shelby.

»Ein kleines Kunststück, das ich mal von einem Hund gelernt habe«, sagte Fran.

»Aha«, sagte Penny wieder in unverbindlichem Ton, aber die scharfen, abrupten Bewegungen, mit denen sie die Wassertröpfchen von ihrem T-Shirt wischte, drückten ganz eindeutig kein Amüsement aus.

Shelby warf Fran ein Handtuch zu. »Benimm dich.«

»Ja, Mutter.« Fran frottierte sich das Haar, dann schlang sie das Handtuch zu einem Turban.

»Du siehst aus wie jemand aus *South Pacific*«, sagte Shelby.

»Luther Billis?«

»Ich dachte eher an Nellie Forbush.« Sie zog Fran das Handtuch vom Kopf und verwuschelte ihr das feuchte Haar.

Penny beobachtete sie ganz genau.

»Penny«, sagte Fran, zurückweichend, »möchtest du noch etwas von meinem hervorragenden Kaffee?«

»Nein, danke.« Penny stopfte sich das T-Shirt in die Shorts. »Ich muß wieder los.« Sie wandte sich zum Gehen. »Bis Montag, Shel.«

Fran sah ihr nach. »Ich muß Connie recht geben«, sagte sie, als Penny außer Hörweite war. »Die Dame ist in dich verknallt.«

»Sei nicht albern. Sie ist zu alt dafür.«

»Man ist nie«, sagte Fran, »zu alt dafür.«

»Na ja, vielleicht war sie mal in mich verknallt, aber jetzt ist sie bestimmt darüber hinweg.«

Fran schüttelte den Kopf. »Bei weitem nicht.«

»Woran merkst du das?«

»An ihrer Energie. Mir gegenüber. Wenn sie ein Hund wäre, stünde das Fell in ihrem Nacken so steif hoch wie die Stacheln von einem Stachelschwein.«

»Das ist mir nicht aufgefallen«, sagte Shelby. »Ich war mir aber nicht so sicher, was vor sich ging.«

»Darum bin ich zur Toilette gegangen. Ich dachte mir, wenn ich sie nicht ein bißchen mit dir allein lasse, gibt es Ärger.«

»Ich hoffe, es war nicht zu unangenehm für dich.«

»Hey, ich weiß, was sie durchmacht. Ich fand dich selbst schon mehr als einmal begehrenswert.«

Shelby wurde rot.

»Könnte es Schwierigkeiten mit ihr geben?«

»Das glaube ich nicht«, sagte Shelby. »Außerdem, wenn sie so verrückt nach mir ist, würde sie doch nichts tun, was mir schadet, oder?«

Fran schüttelte den Kopf. »Oh, liebe Freundin, ich mache mir ernste Sorgen um dich.«

»Wieso?«

»Unterschätze niemals die Macht der Liebe, wenn es darum geht, Schwierigkeiten zu machen.«

Wieder einmal hatte Fran ihr einen winzigen Blick auf die Narben an ihrem Herzen gewährt. Sie hatte Dinge durchgemacht, von denen sie nicht einmal Shelby erzählt hatte. Das zumindest hatte sie zugegeben. Sie hatte Kränkungen erlebt, die ihr etwas von ihrer Lebensfreude genommen hatten. Wegen etwas, für das sie nichts konnte. Für das niemand etwas konnte. Das einfach nur anders war. Manchmal war sie auch unabsichtlich verletzt worden. Manchmal, vermutete Shelby, hatte Fran es sich sogar selbst schwer gemacht. Zum Beispiel, als sie so unglücklich gewesen war, weil sie Shelby nicht sagen mochte, wer sie wirklich war. Sie hatte sicher viele Menschen geliebt und es nicht gewagt, es sie merken zu lassen.

Shelby sah zu Fran hinüber und hätte sie am liebsten in die Arme genommen, sie festgehalten, um sie vor der Welt zu beschützen. Sie wollte, daß Fran sich geborgen fühlte, daß sie loslassen konnte, daß sie sich in Shelbys Hände lehnen und ausruhen konnte, wenn auch nur für einen Augenblick. Aber sie wußte, daß das nicht ging. Eine einzige Berührung, und Fran würde sich wieder tief in sich selbst zurückziehen wie eine Schildkröte in ihren Panzer. Das hatte sie letzte Nacht gespürt, als sie Frans Hand genommen hatte; Fran hatte ihre Geste ganz leicht erwidert, als wollte sie sagen: »Ich will dich hier bei mir haben, aber ich kann es nicht zulassen.«

»Ist irgend etwas?« fragte Fran.

Shelby schüttelte den Kopf. »Ich war in Gedanken.« Sie war versucht zu sagen: »Liebe muß nicht immer wehtun.« Aber sie war sich nicht hundertprozentig sicher, ob das bei Fran wirklich stimmte. Statt dessen sagte sie: »Komm, wir gehen spazieren.«

Kapitel 16

Bis sie den See umrundet hatten, begann die Sonne hinter den Wolken zu verschwinden, hinter dunklen, unheimlichen Gewitterwolken. Sie überlegten, ob sie zusammenpacken und abfahren sollten, aber eigentlich wollten sie das beide nicht. Fran erzählte, sie sei einmal im August mit »einer Freundin« – dahinter steckte mehr, davon war Shelby überzeugt – zum Zelten in den Glacier National Park gefahren. So wie das Zelt stand, hatten Schnee und Regen eingesetzt. Sie hatten erwogen abzureisen, aber sie konnten nirgends hin, es gab weder Motels noch Hotels, nur Wildnis und Grizzlybären. So hatten sie beschlossen abzuwarten, bis der Sturm abflaute, und dann das Zelt in der Sonne trocknen zu lassen. Drei Tage später hatten sie aufgegeben, frierend, naß, erschöpft und sich die Lunge vor Bronchitis aus dem Leib hustend. Sie hatten das triefende Zelt und die gleichfalls triefenden Schlafsäcke ins Auto geladen und waren auf die kontinentale Wasserscheide zugefahren. Auf der anderen Seite war es heiß und trocken gewesen wie in der Wüste. Ihre Ausrüstung war im Hotel in einer halben Stunde getrocknet. Ihre Lungen hatten ein paar Tage länger gebraucht.

Der Apotheker im Ort, dem sie ihre traurige Geschichte erzählten, hatte das Faß zum Überlaufen gebracht. Statt sie wegen des unerwarteten Schlechtwettereinbruchs zu bedauern, hatte er ihnen ihr verordnetes Penizillin auf den Tresen gestellt und ihnen erklärt: »Mädchen, ihr solltet wissen, daß der Winter dort am 15. August anfängt.«

»Es gibt nichts Schlimmeres«, sagte Fran, »als eine Naturkatastrophe zu überleben und dann herauszufinden, daß es deine eigene Schuld war, daß du überhaupt dort warst.«

»Das ist mir egal«, sagte Shelby. »Ich habe noch nie ein Gewitter im Zelt erlebt. Bitte, bitte.«

Sie verstauten ihre Ausrüstung unter Planen und im Auto, nahmen die Sandwichzutaten mit ins Zelt und machten es sich gemütlich. Wind kam auf und zerrte an den Zeltöffnungen. Die Temperatur sackte in den Keller. Als Fran den Reißverschluß in der Segeltuchtür zuzog, fielen die ersten dicken Regentropfen aufs Dach.

»Wenn es schlimm wird«, sagte sie, »denk daran, daß es deine Idee war.«

»Du kannst ja gehen, wenn du willst.« Shelby strich Mayonnaise auf eine Brotscheibe und kramte in der Kühltasche nach den Pickles und dem Aufschnitt. »Ich bleibe.«

Fran zog sich ein Militär-Sweatshirt über den Kopf. Ein weiteres, mit einem Pioniermotiv darauf, warf sie zu Shelby hinüber. »Sieh zu, daß du nicht erfrierst.«

Shelby machte für sich und für Fran je ein Sandwich fertig. Dann tauschte sie ihre Shorts gegen Jeans und zog sich das Sweatshirt über den Kopf. Es war warm und flauschig und roch nach Fran, und es fühlte sich an wie ein Streicheln auf ihrer Haut. Sie strich es an ihrem Körper glatt.

Fran holte eine Tüte Kartoffelchips aus ihren Vorräten und riß sie auf. »Die müssen wir schnell essen«, sagte sie, ließ sich mit überkreuzten Beinen auf ihren Schlafsack fallen und lächelte zu Shelby hoch. »Sie werden in Sekundenschnelle pappig.«

In der weichen Dunkelheit erschienen ihre Augen kobaltblau. Shelby konnte sich nicht davon losreißen.

»Was ist?«

»Deine Augen. Sie sind . . . hinreißend.«

Fran lachte verlegen und sah zu Boden. »Sie verändern sich«, sagte sie. »Je nach meiner Stimmung.«

»Was bedeutet tiefblau?«

Fran zögerte. Dann sagte sie, ohne Shelby in die Augen zu sehen: »Niemand sollte so glücklich sein dürfen.«

Shelby faßte hinunter und legte Fran die Hand auf den Kopf. »Doch«, sagte sie. »Du.«

Es war ein zorniges Gewitter. Blitze scharf wie Rasierklingen und silbern wie Elritzen. Donner wie Artilleriefeuer. Ihr Lagerplatz war so tief gelegen, daß er vom schlimmsten Sturm verschont wurde, aber das Wasser brach mit der Wucht eines Feuerwehrschlauchs über das Zelt herein. Auf dem Rücken liegend, den Arm um Frans Kopf gelegt, schaute Shelby durch das Netzfenster in der Zeltrückwand in den Regen.

»Ende August gibt es normalerweise nicht viele solche Gewitter«, sagte sie und ließ ihre Hand durch Frans Haar gleiten. »Das muß dieses wohl alles wettmachen.«

Fran nickte gegen ihre Schulter.

»Erinnert dich das an deine Kriegsspiele?«

»Mich an eine Freundin zu kuscheln, während die Welt um mich herum explodiert? Nicht ganz.«

Shelby lächelte und drückte ihre Wange an Frans Scheitel. Frans Haar war warm und weich wie Seide. »Es ist ein schönes Gefühl, oder?«

»Mußt du das fragen?«

»Nein.« Sie wollte Fran etwas versprechen. Dazusein, wann immer sie sie brauchte. Sie zu halten und ihr Sicherheit und Geborgenheit zu geben. Liebe.

Aber das konnte sie nicht versprechen.

Ein scharfes Zischen und Knacken, das Geräusch eines fallenden Baumes, brechende Zweige.

Fran setzte sich auf. »Das war knapp.«

»Du weißt doch, wie es so schön heißt«, sagte Shelby. »Sorgen soll man sich um das machen, was man *nicht* hört. Wenn du schon stehst, holst du mir bitte eine Cola?«

»Immer, wenn ich ans Zelten in Massachusetts denke«, sagte Fran, als sie in der Kühltasche umhertastete, »werde ich an Regen denken.«

Shelby lachte. »Immer, wenn du überhaupt an Massachusetts denkst, solltest du an Regen denken.«

Fran reichte ihr die geöffnete Flasche. Sie zögerte nur einen Augenblick, dann krabbelte sie auf den Schlafsack zurück und legte sich wieder hin, den Kopf an Shelbys Schulter gelehnt.

»So ist es besser«, sagte Shelby.

»Was ist besser?«

»Ich dachte schon, daß ich Körpergeruch habe, weil du dich so scheust, mich zu berühren.«

»Ich scheue mich nicht.«

»Nicht, wenn ich dich zuerst anfasse.«

Fran stemmte sich auf einem Ellbogen hoch. »Ich will nichts tun, was dir wehtut oder dir angst macht.«

»Es tut mir weh und macht mir angst, wenn du mir ausweichst.« Sie strich mit einem Finger über Frans Wange. »Weißt du, es ist schon irgendwie ironisch. Du hattest Angst, mir von dir zu erzählen, weil du Angst hattest, daß ich mich zurückziehe. Aber du hast es mir erzählt, und jetzt ziehst *du* dich zurück.«

»Hm.« Fran griff nach der Cola und nahm einen Schluck. »Ganz schön blöd, was?«

»Sehr blöd.«

Ein entfernter Blitz zuckte. Sie warteten, zählten die Sekunden, bis der Donner grollte.

»Es zieht ab«, sagte Shelby.

Fran legte sich im Dunkeln wieder hin. »Ich weiß nicht, was mit mir los ist. Ich stelle mich an wie in der Pubertät. Ich *fühle* mich wie in der Pubertät. Total unsicher.«

Shelby drückte sie fester an sich. »Schon gut. Ich werde es niemandem erzählen.«

»Du sagst und tust immer das Richtige.«

»Nicht ganz.«

»Wenn es um mich geht, doch. Ich glaube, du kennst mich genauso gut wie ich mich selbst.«

»Stört dich das?«

»Ich mag ja mein Leben nicht im Griff haben«, sagte Fran. »Aber ich bin nicht verrückt.«

Shelby lächelte innerlich. Es stimmte. Wenn sie ihrem Instinkt vertraute, was Fran betraf, lag sie meistens richtig. Bevor das Gewitter losbrach, war sie unten am See zur Toilette gegangen. Als sie zurückkam, hatte Fran nicht nur aufgeräumt, sondern auch die Schlafsäcke gerichtet und war gerade dabei, die Spielkarten hervorzuholen. Der angespannte, traurige Ausdruck, der sich hinter ihrem Lächeln verbarg, hatte Shelby verraten, daß Fran verzweifelt versuchte, so zu tun, als sei alles in Ordnung. Ohne auch nur zu überlegen, hatte sie ihr die Karten weggenommen und sie neben sich auf den Schlafsack gezogen. »Dies ist *mein* Gewitter – Kartenspielen verboten«, hatte sie gesagt und sie in die Arme genommen.

Es war das Richtige gewesen. Sie hatte es daran gemerkt, wie Fran geseufzt, sich entspannt und schließlich »Danke« gesagt hatte.

»Also«, sagte Shelby sacht, »du magst dein Leben nicht im Griff haben, aber dich zu kennen ist ein Privileg und ein Vergnügen.«

Fran seufzte wieder. »Ray hat es gut.«

»Warum?«

»Wenn ihr verheiratet seid, kommt er jeden Abend zu jemandem nach Hause, der so sanft und liebevoll ist wie du.«

Shelby lachte. »Sei nicht albern. So empfinde ich doch nicht für Ray.«

Es öffnete sich die Tür eines Flugzeugs, und sie wurde hinausgestoßen.

Sie sahen einander an.

»Oje«, sagte Fran.

Penny steckte ihren Kopf zur Tür hinein wie eine Figur im Kasperletheater. Anders konnte man es nicht beschreiben; plötzlich war sie da und grinste. »Hallo, Chefin, bist du bereit?«

»Guten Morgen, Sonnenschein.« Nein, sie war nicht bereit für Penny. Sie war für niemanden bereit. Sie wußte nicht einmal, warum und wie sie zur Arbeit gekommen war. Sie funktionierte einfach nur. Sie aß, schlief, putzte sich die Zähne, fuhr Auto, grüßte, wen sie traf, und hatte am Abend zuvor sogar mit Libby telefoniert, Begeisterung gezeigt, wie sich das gehörte.

Im Innern war sie kalt und hart wie ein Stalaktit, der auf seinem Weg irgendwohin ins Unbekannte gefroren war. Seit Samstagabend.

»Schon gut«, hatte Fran gesagt, als sie sich entschuldigte. »Du mußt tun, was richtig für dich ist.«

Sie mußte laufen. Den ganzen Sonntag. Über die steilsten, holprigsten, insektenverseuchtesten Wege, die sie finden konnte. Und Holz hacken. Und den größten Teil des Aufräumens übernehmen. Denn sie mußte sich beschäftigen. Wenn sie sich nicht beschäftigte, wenn sie einen Moment innehielt und sich bewußt wurde, was geschehen war, dann würde sie weglaufen.

Fran hielt sich am Rande, stets wachsam. Sie ließ sie in Ruhe, aber nicht aus den Augen und paßte auf, daß sie aß und daß sie sich nicht mit der Axt verletzte oder in den Wäldern verschwand. Das hätte passieren können, denn sie wußte nicht genau, wo sie war; ganz da war sie jedenfalls nicht.

Wenn sie einen Augenblick anhielt und irgend etwas an sich heranließ, dann kam es in Form von Worten, die sich wie endlose Litaneien wiederholten – o mein Gott, o mein Gott.

Fran verabschiedete sich an der Tür von ihr, aber erst, als sie versprochen hatte, sich von Alkohol und Tabletten fernzuhalten. »Jedenfalls bis sich alles etwas gesetzt hat, ja?«

Shelby nickte.

»Ich lasse meine Tür offen«, sagte Fran. »Und du läßt deine auch offen.«

»Vertraust du mir nicht?«

»Nicht hundertprozentig. Aber vor allem sollst du dich daran erinnern, daß du dies nicht allein durchstehen mußt. Ich lege Musik auf, damit du es nicht vergißt. Hast du einen Wunsch?«

»Nicht Brahms«, brachte Shelby hervor.

Fran lächelte. »Brahms ganz bestimmt nicht.« Sie faßte Shelby bei den Schultern. »Es ist mir ernst, Shelby. Laß dir Zeit. Ich werde ab und zu nach dir schauen. Damit ich selbst beruhigt bin.«

»Ja.«

»Jetzt setz dein bestes Partygesicht auf und ruf Libby an, bevor sie dir zuvorkommt.«

Sie nickte wieder.

Fran wollte schon gehen, da drehte sie sich noch einmal um. »Ich vertraue dir, Shelby. Ist das dumm von mir?«

Shelby schüttelte den Kopf.

»Hey«, sagte Penny jetzt, »brauchst du einen Kaffee oder irgend etwas?«

Mit einem Schlag kehrte Shelby in die Gegenwart zurück. »Ich habe mir gerade einen geholt«, sagte sie und zeigte auf ihren Becher. »Aber vielen Dank.«

Penny lächelte. »Das Wochenende muß ganz schön anstrengend gewesen sein.«

»Was?«

»Du siehst geschafft aus.«

»Das kann gut sein«, sagte Shelby rasch. »Ich habe es am Wochenende zu locker genommen, und deshalb mußte ich gestern fast die ganze Nacht durcharbeiten.«

»Ach je. Sollen wir es auf ein andermal verschieben?«

»Auf keinen Fall. Ich habe dich lange genug warten lassen.« Sie war sogar froh, daß sie etwas zu tun hatte. Vielleicht dachte sie dann nicht soviel an . . . an alles. Sie nahm Pennys Mappe aus ihrer Schreibtischschublade. »Also, fangen wir am Anfang an, und dann immer schön der Reihe nach.«

Penny hüpfte auf den Schreibtisch, so daß sie Shelby gegenübersaß und sie ein wenig überragte. Shelby zog eine der tieferen Schubladen heraus, damit Penny ihre Füße abstellen konnte. Penny sah in ihrem blutroten Tellerrock aus, als sei sie einem Malvenstrauch entsprungen. »Dieses erste ist gar nicht so schlecht. Das meiste, was dir daran gefällt, gefällt mir auch. Ich finde nur, es reicht nicht ganz für uns.«

»Mir gefällt es«, sagte Penny.

»Ich sage ja nicht, daß es mir *nicht* gefällt. Es müßte wohl nur überarbeitet werden. Kannst du es zum Umschreiben zurückschicken?«

Penny seufzte. »Von mir aus.« Sie streckte die Hand nach dem Manuskript aus.

»Bei diesem hier – da sind wir uns ungefähr so uneinig wie die Republikaner und die Demokraten. Am besten gehen wir es im einzelnen durch.« Sie schaute in ihre Notizen.

»Sie hatte keinen BH an«, sagte Penny.

»Was?«

»Sie hatte keinen BH an.«

Shelby blätterte in dem Manuskript. »Ich kann mich nicht erinnern, daß von einem BH die Rede war, ob an oder nicht.«

»Nicht da drin«, sagte Penny gereizt. »Fran.«

»Sie trägt keinen, wenn sie nichts vorhat. Sie braucht eigentlich keinen.«

»Woher beziehst du deine Informationen?«

»Guck sie dir doch an.«

»Also«, sagte Penny beiläufig, »was mich betrifft, ich laufe nicht herum und gucke Frauen auf den Busen.« Sie lächelte.

»Das ist bestimmt auch besser«, sagte Shelby und zwang sich, sich auf das Manuskript zu konzentrieren.

»Es sieht billig aus.«

»Ich dachte, du guckst nicht hin. Wenn du hingeguckt hättest, dann hättest du gesehen, daß Fran keinen BH braucht.«

»Wenn es hier drin 38 Grad warm wäre, fändest du es wahrscheinlich auch in Ordnung, wenn jemand nackt zur Arbeit käme.«

Shelby schüttelte den Kopf. »Wir waren *zelten*, Penny. Sie erwartete niemanden.«

»Du bist doch jemand.«

Sie wurde richtig ärgerlich. »Aber es ist mir egal, was Fran Jarvis anhat. Es ist mir egal, was du anhast. Es ist mir egal, was *irgend jemand* anhat. Das ist doch lächerlich, und ich weiß gar nicht, warum wir überhaupt darüber reden.«

»Es sieht nicht gut aus, ohne BH herumzulaufen.«

Shelby warf die Manuskriptmappe auf den Schreibtisch. »Wir sind nicht hier, um Frans Sinn für Mode zu diskutieren, Penny. Wenn du darüber sprechen möchtest, was die gut angezogene Karrierefrau trägt, laß dir einen Termin bei Charlotte geben.«

Penny schlug die Beine übereinander und wippte mit einem Fuß gefährlich nahe an Shelbys Knie. »Oh, entschuldige. Ich will nicht deine kostbare Zeit verschwenden.«

Shelby holte tief Luft und zwang sich, ruhig zu bleiben. »Du verschwendest nicht meine Zeit, Penny. Ich habe einfach viel zu tun.«

»Klar. Am Wochenende hast du ja auch nicht viel geschafft.«

O Gott, Fran hat recht, dachte Shelby. Penny ist eifersüchtig. Jetzt müßte sie eigentlich besonders lieb zu ihr sein. Eifersucht war ein schreckliches Gefühl und tat weh. Aber sie hatte beim besten Willen keine Kraft dafür. »Penny«, sagte sie, so sanft sie konnte, »ich glaube, ich weiß, was du durchmachst, und ich habe wirklich Verständnis dafür. Aber wir müssen hier weiterkommen.«

Penny wippte mit dem Fuß und zuckte die Achseln. »Dann los.«

Okay, Camden, befahl sich Shelby, sieh über ihre Laune hinweg. Sag, was du zu sagen hast.

»Hör zu, es geht nicht um diese letzten Manuskripte. Nicht nur. Es geht um deine Arbeit insgesamt. Du hast dich zuerst doch so gut geschlagen, aber in letzter Zeit ist dein Urteilsvermögen . . . na ja, es ist nicht mehr so scharf.« Sie zwang sich, Penny in die Augen zu schauen, und sprach mit besorgter Stimme. »Gibt es etwas, das dir zu schaffen macht? Das dich davon abhält, gute Arbeit zu leisten? Du weißt doch hoffentlich, daß du immer mit mir reden kannst . . .«

»Mit mir ist alles in Ordnung. Du bist anspruchsvoller geworden.«

»Das kann ich mir gar nicht vorstellen.«

»Doch. Das merkst du selbst gar nicht. Aber deinen Ansprüchen könnte niemand gerecht werden. Du hast Angst, daß Spurl dich anhand meiner Arbeit beurteilt.«

»Du bist nicht die einzige, die ich betreue, Penny.«

»Nein, aber für mich bist du ganz besonders verantwortlich. Ich wette, mit den anderen springst du nicht so hart um. Es ist nicht fair.«

Jetzt war Shelby mit ihrer Geduld am Ende. »Dann reich doch eine Beschwerde bei der Gewerkschaft ein.«

»Wir haben keine Gewerkschaft«, sagte Penny ruhig. Sie sah auf den Boden hinunter, pendelte mit den Füßen und schmollte. »Und schlecht gelaunt bist du auch die ganze Zeit.«

»Mir geht viel im Kopf herum.«

»Was denn zum Beispiel?«

Sie hatte nie gesehen, daß Penny Kaugummi kaute, aber ihre Haltung und ihr Benehmen schrien nach zerplatzenden Kaugummiblasen. »Die Hochzeit zum Beispiel. Man schnippt eben nicht einfach mit den Fingern und alles ist fertig.«

»Deiner Mutter zufolge glaubst du das.«

Shelby sah sie an.

Penny erwiderte ihren Blick unschuldig und mit großen Augen. »Das sagt Connie jedenfalls.«

Dies war ein Fehler. Alles war ein Fehler. Auf der Welt zu sein war ein Fehler. Sie fühlte sich in der Falle, gelähmt . . .

Das Telefon klingelte. Sie stürzte sich darauf. »Miss Camden.«

»Hallo, Miss Camden.«

Ihr Herz begann wieder zu schlagen. »Fran. Hallo.«

»Störe ich?«

Nein, du rettest mir das Leben. »Nein.«

»Ich wollte sehen, wie es dir geht. Eigentlich wollte ich deine Stimme hören. Nein, ehrlich gesagt, wollte ich fragen, ob du mir auf dem Heimweg ein paar Sachen im Supermarkt besorgen kannst.«

»Klar.« Sie nahm Bleistift und Papier. »Schieß los.«

Penny tippte ihr auf die Schulter.

»Oh, einen Augenblick«, sagte sie ins Telefon.

Penny schüttelte den Kopf. »Leg nicht auf. Ich muß wieder an die Arbeit. Wir können später weitermachen.«

»Danke.«

Mit einem breiten Grinsen verließ Penny das Büro. Sie machte die Tür leise und fest hinter sich zu.

»Entschuldige. Penny ist nur gerade gegangen.«

»Hat sie etwas gesagt wegen Samstag?«

»Sie hat festgestellt, daß du keinen BH anhattest.«

Fran schnappte nach Luft. »Na, so ein unanständiges Mädchen. Geht es dir gut?«

»Es geht jedenfalls«, sagte Shelby. »Ob gut oder nicht, darüber läßt sich streiten. Was soll ich dir denn mitbringen?«

Fran gab ihr die Liste durch. »Du weißt, wo du mich erreichen kannst, wenn du mich brauchst. Du hast doch meine Telefonnummer hier im Dienst, oder?«

»Ja. Ich lasse dich im gesamten Gesundheitsdienst ausrufen, so daß es dir vor Scham die Hosen auszieht.«

Fran lachte. »Erst kein BH, dann keine Hosen. Was kommt als nächstes?«

»Mein Gott, es tut so gut, deine Stimme zu hören.«

»Danke gleichfalls. Paß auf dich auf.«

»Mache ich. Du auch. Fang dir keine unheilbaren Krankheiten ein.«

»Die einzigen Krankheiten auf einem College-Campus«, sagte Fran, »sind hormoneller Art.«

»Also nimm dich davor in acht. Bis heute abend.«

Sie sollte sich jetzt auf die Suche nach Penny machen und ihre Besprechung zu Ende bringen. Die Aussicht schien ihr so reizvoll wie ein Besuch beim Zahnarzt. Aber es mußte sein . . .

Nein, viel dringender mußte sie sich überlegen, wie zum Teufel es jetzt weitergehen sollte. Ray zu heiraten kam nicht mehr in Frage. Wenn sie ihn nicht liebte, ganz und ohne Zögern liebte, konnte sie ihn nicht guten Gewissens heiraten. Also würde sie es als erstes Ray sagen müssen. Dann ihrer Mutter und ihren Freundinnen. Und zwar bald, bevor die Planung weiter vorangeschritten war. Also mußte sie mit Ray anfangen, vermutlich heute abend.

Sie wollte nicht. Sie fühlte sich müde, schwach und ängstlich. Der Gedanke, den Telefonhörer in die Hand zu nehmen, Ray zu sagen, daß sie ihn sehen mußte, es ihm zu erklären . . . wie denn? »Ach je, Ray, es tut mir leid, daß ich dich enttäuschen muß, aber ich habe gerade gemerkt, daß ich für meine Freundinnen mehr empfinde als für dich. Ich wünsche dir alles Gute.«

Beim Gedanken daran kehrte sich ihr der Magen um. Was sie da vorhatte, war keine Kleinigkeit. Nicht irgendeine kleine Unannehmlichkeit wie zum Beispiel ein verregnetes Picknick. Es würde eine große, irreparable Zerstörung anrichten. Ihre Eltern, deren Freunde, ihre Freundinnen, Rays Freunde, der ganze verdammte Camden-Clan ... Es würde tausend Fragen geben und keine akzeptablen Antworten. Tausend Streitereien, denn sie würden versuchen, es ihr auszureden, über ihre Gefühle lachen oder sagen, es sei nur Hochzeitsfieber. Das hatte sie sich schon selbst einzureden versucht. Es hatte nicht funktioniert.

Genausogut hätte sie sich auf einem Ameisenhügel ausstrecken können.

Wenn sie ganz genau darüber nachdachte, wußte sie, daß sie jetzt nicht alles hinschmeißen konnte. Das schaffte sie einfach nicht. Sie wollte nur irgendwo in ein Loch kriechen und dort bleiben, bis alle sie vergessen hatten.

Aber es gab drei gute Gründe, warum das nicht ging. Erstens wußte sie, was sie wußte, und das konnte sie nicht rückgängig machen. Zweitens konnte sie nicht für den Rest ihres Lebens mit einem Mann verheiratet sein, den sie nicht liebte. Sie hatte jahrelang so getan, als ob, und es hatte ihr nur Kopfschmerzen eingebracht. Und drittens wäre es schlicht und einfach moralisch nicht vertretbar.

Sie würden sie bei lebendigem Leibe fressen.

O Gott. Sie beugte sich nach vorn und umschlang ihren brennenden Magen. Wenn sich doch nur alles ändern würde. Wenn ich einmal blinzeln könnte und alles wäre ganz leicht. Wenn ich doch nie so tief hineingeraten wäre. Ich habe getan, was ich sollte. Ich habe getan, was von mir erwartet wurde. Und jetzt bricht alles über mir zusammen, und dabei habe ich doch nur versucht, das Richtige zu tun.

Dies konnte nicht die Realität sein. Es ähnelte viel zu sehr einem Film oder einem ihrer Manuskripte ... oder einem schrecklichen Alptraum. Aber einen so schlimmen Alptraum hatte sie noch nie gehabt. Dies war der Extra-Super-Alptraum im Weltrekordformat.

Was sollte sie sagen? »Eines Morgens wurde ich wach und wußte, daß alles ein Fehler gewesen war«? Es gab Leute, die damit durchkommen mochten. Die dafür bekannt waren, daß sie sich treiben ließen. Lisa zum Beispiel. Penny änderte bestimmt mittendrin ihren Kurs, ohne auch nur darüber nachzudenken. Und selbst bei Connie hatte man schon erlebt, daß sie aus einer Laune heraus plötzlich wegen irgendeiner Kleinigkeit alle Pläne umgeworfen hatte, ohne auf irgend jemanden Rücksicht zu nehmen.

Aber nicht Shelby Camden. Shelby Camden stand zu ihrem Wort, und sie gab ihr Wort niemals, ohne sich ihrer Sache sicher zu sein. Daher konnte man sich absolut und hundertprozentig darauf verlassen, daß sie wußte, was sie tat und warum.

Sie war schon immer so gewesen. Selbst als Kind. Die Lehrer bezeichneten sie als verantwortungsbewußt. Ihre Freunde – selbst Leute, die gar nicht ihre Freunde waren, aber etwas von ihr wollten – wußten, daß sie sich auf sie verlassen konnten. Shelby war der Fels, der eine Mensch, an dem man sich in einer unberechenbaren Welt festhalten konnte. Es herrschte die einhellige Auffassung, daß Shelby wußte, was sie wollte, und daß sie ihre Versprechen ohne Wenn und Aber einhielt.

Niemand hatte je gemerkt, daß dahinter Angst steckte. Die Angst zu mißfallen. Die Angst vor dem Anderssein. Die Angst, daß man ihr auf die Spur kam. Es gab nichts, wovor Shelby keine Angst hatte.

Und jetzt schau dir an, was du davon hast, schalt sie sich. Es hatte eine gewisse poetische Ironie. Nach Jahren der Kompromisse und Vermeidungsstrategien, Jahren des Seiltanzes, steckte sie jetzt in einer ausweglosen Lage.

Sie kam sich vor wie ein Kind.

Sie hätte sich doch umbringen sollen. Aber das konnte sie Fran nicht antun. Sie liebte Fran auf ihre Art ebenfalls. Auf eine gute und richtige Art, die ein wahrhaftiger Ausdruck ihrer selbst war. Bei Fran war sie glücklich. Glücklicher und weniger einsam, als sie es seit langem gewesen war. Dieser Freundschaft konnte sie nicht den Rücken kehren. Sie wollte sich darin aalen, das Gefühl der Wärme und Geborgenheit genießen, das Frans Nähe ihr gab. Sie wollte mit Fran zelten und wandern gehen, Karten spielen oder einfach überhaupt nichts tun.

Vielleicht zog sie voreilige Schlüsse. Vielleicht war es gar nicht so seltsam, daß ihre Gefühle für Fran und für Ray so verschieden waren. Vielleicht war es einfach etwas anderes, ob man eine Freundin oder einen Ehemann liebte, und es hatte nichts zu bedeuten. Vielleicht würde sie mit der Zeit …

Mach dir nichts vor, befahl sie sich grob. Tatsache ist, daß du nicht in Ray verliebt bist und dem nicht ins Auge sehen kannst. Jetzt nimm den Telefonhörer und ruf erst ihn an und dann deine Mutter …

Ihre Hände zitterten so sehr, daß sie keine Nummer wählen konnte. Sie knallte den Hörer zurück auf die Gabel.

Du weißt, daß es nicht leichter wird, ermahnte sie sich. Reiß dich zusammen und tu's.

Sie spürte, wie das Blut in ihren Adern raste. Plötzlich mußte sie raus. Bevor sie erstickte. Bevor ihr das Herz platzte.

Sie griff wieder nach dem Telefon und rief Jean an. »Ich muß mit jemandem reden«, sagte sie. »Können wir uns im Aufenthaltsraum treffen?«

Schon der Anblick einer freundlichen Seele half. Jean schenkte ihnen beiden Kaffee ein und setzte sich neben Shelby auf die Couch. »Herrje«, sagte sie, »du siehst aber mitgenommen aus.«

»Ich bin in Panik«, sagte Shelby. Sie versuchte, ihren Becher ruhig zu halten. »Richtiggehend in Panik.«

»Wegen der Hochzeit?«

»Du kannst es dir gar nicht vorstellen.«

Jean lächelte. »Nein, allerdings nicht.«

Shelby trank einen Schluck Kaffee. »Ich denke nicht …«

Jean wartete darauf, daß sie weitersprach. Sie konnte nicht. »Ich auch nicht«, sagte Jean schließlich, »außer wenn es gar nicht anders geht.«

»Ich denke nicht … daß ich es will.«

»Heiraten?«

Shelby nickte trübsinnig.

»Das ist schon in Ordnung«, sagte Jean.

»*In Ordnung*?« Sie starrte sie an. »Das ist nicht in Ordnung. Es ist überhaupt nicht in Ordnung. Es ist eine Katastrophe.«

»Mir würde es an deiner Stelle genauso gehen. Jedem anderen auch.«

»Das glaube ich nicht.« Jean begriff nicht. »Ich meine, ich habe ernsthafte Zweifel. Ich bin nicht mal sicher, daß ich Ray überhaupt liebe.«

Jean wurde für einen Moment nachdenklich. »Wie kommt das denn, Shelby? Ist etwas passiert?«

»Eigentlich nicht.«

»Hat Ray sich danebenbenommen? Für solche Männer gibt es eine Therapie, weißt du. Wir schicken sie auf einen Schulausflug mit einem Bus voller Drittkläßler, die stundenlang ›Drei Japanesen mit dem Kontrabaß‹ singen.«

Shelby mußte lachen, und es tat ihr gut. »Es ist irgendwie über mich gekommen«, sagte sie. Ihre Stimme stockte. »Am Wochenende.«

Jean nahm ihre Hand und hielt sie fest.

»Vielleicht täusche ich mich ja. Vielleicht ist es Hochzeitsfieber oder irgend etwas anderes, das ich nicht einmal verstehe. Vielleicht geht es vorüber.« Sie fuhr sich mit der freien Hand übers Gesicht. »Manchmal denke ich, es war nur eine alberne Laune, und wieso macht es mir so zu schaffen? Und dann wieder denke ich, wenn es mir so zu schaffen macht, dann war es kein alberne Laune ...«

»Was ist denn passiert?« fragte Jean leise.

»Eigentlich gar nichts.« Penny hatte inzwischen doch sicher alles erzählt. Shelby sah auf Jeans Hand hinunter, die ihre eigene umschloß. »Es war plötzlich da. Ich empfinde für Ray nicht das gleiche wie für meine Freundinnen.«

»Natürlich nicht«, sagte Jean lachend.

»So meine ich das nicht. Ich fühle mich ihm gegenüber nicht so offen ... und ich bin ihm nicht so nah.«

»Wenn ich meiner Mutter glauben darf, dann ist das immer so. Der Unterschied zwischen Männern und Frauen.«

»Dies ist aber ein sehr großer Unterschied.«

Jean rieb mit ihrem Daumen über Shelbys Fingerknöchel, während sie nachdachte. Es tat gut. Irritierend gut ...

»Weißt du«, sagte Jean, »womöglich ist Ray nicht der Richtige für dich. Vielleicht solltest du einen Schritt zurücktreten und noch einmal über alles nachdenken.«

»Vielleicht. Ist dir klar, was das für Konsequenzen haben könnte?«

Jean nickte. »Aber noch schlimmer ist es, wenn du ihn heiratest und es erst nachher merkst, wenn du plötzlich eine wilde, leidenschaftliche Affäre mit dem Postboten anfängst.«

Shelby mußte lachen. »Du hast zu viele schlechte Manuskripte gelesen.«

»Kann schon sein.« Sie schwieg eine Weile. »Wenn du so empfindest, solltest du es vielleicht wirklich abblasen.«

Shelby zwang sich, sie anzuschauen. »Was würdest du dann denken? Über mich?«

»Es würde nur bedeuten, daß du deine Meinung änderst«, sagte Jean sanft, »nicht, daß du einen Mord begehst.«

»Hm.«

»Laß dir jedenfalls Zeit. Und versuch bis dahin, nicht schwanger zu werden.«

Da mußte sie lächeln. »Wenn ich schwanger werde, kann ich mich genausogut gleich hier erschießen.«

»Hier?« Jean sah sich um. »Jetzt hör mir aber zu, Shelby. Nichts kann so schlimm sein, daß man sich deswegen auf einem orangefarbenen Vinylsofa erschießt.« Sie drückte Shelbys Hand. »Darf ich dir einen Rat geben?«

»Ich bitte sogar darum.«

»Wenn du die Hochzeit wirklich absagen willst, warte damit bis nach eurem Familienpicknick.«

»O Gott.« Das hatte sie völlig vergessen. Das Familienfest der Camdens, die alljährliche Pflichtveranstaltung, bei der sie verschiedensten Tanten, Onkeln, Vettern und Kusinen zur Mißbilligung vorgeführt wurde. Dieses Jahr würde es für sie das fünfundzwanzigste Mal sein, wenn man das Jahr nicht mitzählte, in dem sie im Bauch ihrer Mutter daran teilgenommen hatte. Sie war überzeugt, daß sie damals einen Schaden fürs Leben davongetragen hatte. In guten Jahren war es schon schlimm genug. In der Pubertät, als sie ständig entweder unter Schüchternheit und Unsicherheit oder unter – wohlverborgenen – Wutanfällen gelitten hatte, war es die Hölle gewesen.

Dabei waren die Camdens eigentlich gar nicht so schlimm. Sie waren lediglich stolz, alt und äußerst kritisch.

Sogar Libby, die sie überhaupt nicht mochte, schmierte ihnen Honig um den Bart.

Es wurde so erwartet. Die wichtigste Zutat bei allen Familienessen, dachte Shelby, war um den Bart geschmierter Honig.

Nur echte Camdens waren dabei willkommen. Angeheiratete Familienmitglieder sollten kommen und zuschauen, aber möglichst nicht aktiv teilhaben. Sie wurden im wesentlichen ignoriert. Es sei denn, sie waren nicht da; dann wurde über sie hergezogen. Einmal hatte Shelby in einem Anfall solidarischen Aufbegehrens und Mitfühlens versucht, eine der Camden-Schwägerinnen mit einzubeziehen, indem sie mit ihr plauderte. Der Frau war das so unangenehm gewesen, daß sie zehn Minuten lang unbehaglich herumgezappelt und dann erklärt hatte, sie müsse unbedingt nachsehen, ob sie in der Küche gebraucht wurde.

Jahrelang war Shelby bei diesen Familienfesten das einzige Kind gewesen. Camdens mit Kindern kamen nach Möglichkeit nicht. Das wurde unterstützt, denn Kinder galten bei den Camden-Treffen als Störung und machten die Erwachsenen nervös. Doch nicht Shelby. Die war ein *braves* Kind, ruhig, höflich und unsichtbar. Shelby hatte *gute Manieren* für ein Kind. Nie hatte sich jemand gefragt, ob bei einem Kind mit solch guten Manieren womöglich irgend etwas nicht stimmte.

»Hallo?« sagte Jean.

Shelby schüttelte sich. Ihre Gedanken waren abgedriftet, waren für einen Moment von dem großen Problem abgeschweift. »Du hast recht, es ist besser, vor dem Familienfest keine Bombe platzen zu lassen.« Sie lachte. »Wer weiß, in zwei Wochen habe ich mich vielleicht längst beruhigt und verstehe gar nicht mehr, warum ich so eine Staatsaffäre daraus gemacht habe.«

»Wenn nicht, dann steige ich mit dir in den Schützengraben.«

»Danke«, sagte Shelby. Sie war ehrlich gerührt. Sie beschloß, es zu riskieren. »Ich habe wirklich Angst, Jean. Wenn ich es tatsächlich mache ... tatsächlich nicht heirate, meine ich ... du weißt ja, wie furchtbar das wird.«

»Ja, sicher. Aber schau doch mal. Du hast Freundinnen, auf die du dich verlassen kannst, und einen guten Job, der sogar noch besser werden wird. Laß deine Mutter doch an die Decke gehen. Du bist nicht allein auf der Welt.«

»Und Ray?«

»Ray wird gekränkt sein. Und Ray wird darüber hinwegkommen. Er ist erwachsen, Shel.«

»Hm.«

»Und du auch.«

Sie sah auf die Uhr, die an der Wand hing. »Ich sollte wieder an die Arbeit gehen.« Doch statt dessen brach sie kleine Styroporbrösel von ihrem Becher ab und ließ sie hineinfallen. Sie zählte sie. Jean lächelte abwartend. »Sag den anderen nichts, okay?« sagte Shelby schließlich. »Ich könnte es nicht ertragen, irgend etwas erklären zu müssen.«

»Ich schweige wie ein Grab. Hör zu«, sagte Jean, während sie ihre gebrauchten und kaputten Becher einsammelte, »wir gehen heute abend alle ins Kino. Willst du nicht dieses ganze Durcheinander vergessen und mitkommen?«

»Lieber nicht. Ich muß tausend Sachen erledigen, und ich habe seit Freitag nicht mit Ray gesprochen. Wie ging es übrigens meiner geschätzten Ahnin?«

»Libby? Sie war in Hochform. Manisch.«

Shelby stöhnte und stand auf. »Danke für das Mitgefühl, Jean. Es bedeutet mir sehr viel. Sehen wir uns heute mittag?«

»Vielleicht solltest du dir überlegen, ob du zum Mittagessen kommst. Es wird viel über die Hochzeit geredet werden.«

Shelby schüttelte den Kopf. »Es soll keiner merken, daß irgend etwas nicht stimmt. Paß nur auf, daß ich nicht ins Fettnäpfchen trete, ja?«

»Natürlich.« Jean sah sie liebevoll an. »Ich bin sehr gut darin, dich vor dir selber zu beschützen.«

Später, als sie nach dem Mittagessen wieder an ihrem Schreibtisch saß, dachte sie plötzlich, daß vielleicht doch alles gut werden würde. Sie hatte Freundinnen, die sie mochten. Die sich ehrlich um sie sorgten. Jean stand hinter ihr. Und Connie, die ohnehin lieber Glucke spielte als Brautführerin, würde sich zu ihrer Rettung aufschwingen. Lisa würde alles tun, was Connie tat. Selbst Penny würde sich wahrscheinlich anschließen.

Und dann war da noch Fran.

Kapitel 17

Plötzlich standen die drei in der Bürotür, wie die drei Schicksalsschwestern aus Macbeth. Connie und Lisa mit düsterem Gesichtsausdruck, Jean etwas verlegen und ... beschämt?

Shelby fühlte sich einen Moment beklommen und warf Jean einen fragenden Blick zu. Jean schüttelte unmerklich den Kopf. Sie sah schuldbewußt drein.

»Kommt doch rein«, sagte Shelby zu der Troika.

Connie marschierte ins Büro, die anderen schlurften hinter ihr her. »Mach die Tür zu«, befahl Connie Jean, die als letzte hereinkam. Sie wandte sich Shelby zu. »Wir müssen mit dir reden.«

Das gefiel Shelby gar nicht. Alarmiert fragte sie: »Was soll das denn werden? Bridge vor dem Mittagessen? Wo ist Penny?«

»Penny hat nichts damit zu tun«, sagte Connie. Lisa nickte zustimmend. Jean ging hinüber und tat so, als schaue sie aus dem Fenster. Damit war sie auf Shelbys Seite des Schreibtisches, Jean und Connie standen gegenüber.

Shelbys Besorgnis wuchs. Jean wollte sie beschützen. Wovor? »Also, was gibt's?« fragte sie in fröhlichem, unschuldigem Tonfall.

»Also ...« Connie machte es sich auf Charlottes Stuhl hinter Charlottes Schreibtisch bequem. Sie nahm eine von Charlottes Büroklammern aus Charlottes Keramikschale und verbog sie. »Hör zu, wir wissen, daß du gestreßt bist wegen der Hochzeit und so weiter ...«

Shelby wagte nicht, sich zu Jean umzudrehen.

»Ich meine«, fuhr Connie fort, »es ist bestimmt sehr stressig, und manchmal wärst du bestimmt am liebsten möglichst weit weg von allem ...«

Shelby mußte beinahe lachen.

»Aber, ehrlich gesagt, du fehlst uns.«

»Man bekommt nur noch mit«, nahm Lisa den Faden auf, »daß du arbeitest oder die Hochzeit vorbereitest oder mit ... na ja, mit Fran zusammen bist. Mit uns hast du schon seit Wochen nichts mehr unternommen.« Sie kicherte nervös. »Wir fühlen uns irgendwie etwas vernachlässigt.«

Sie hatten recht. Es waren Wochen gewesen. Die Zeit verging

so schnell, daß sie es nicht gemerkt hatte. Vor lauter Selbstmordversuchen und so. »Das tut mir wirklich leid«, sagte sie. »Es hat nichts mit euch zu tun. Es ist nur alles so hektisch.«

»Vielleicht ist es an der Zeit, einmal tief durchzuatmen und deine Prioritäten neu zu ordnen«, sagte Connie und kritzelte mit Charlottes frisch gespitztem Bleistift auf Charlottes makellosem Notizblock herum.

»Laß das«, sagte Shelby. »Charlotte kriegt sonst Zustände.«

»Hoppla. Entschuldigung.« Connie warf den Bleistift hin und brach dabei die Spitze ab. »Also, was hältst du davon?«

»Wovon?«

»Prioritäten.«

Shelby kam sich beinahe vor wie ein achtjähriges Kind, das vor einer großen, kühl dreinschauenden Lehrerin stand. Ihr Kopf war auf einmal leer. »Ja, klar«, sagte sie.

»Was ist klar?«

Das Atmen fiel ihr schwer. Am liebsten hätte sie die Tür geöffnet. Und wäre weggelaufen. »Prioritäten. Gute Idee.«

»Und was ist mit uns?« fragte Lisa.

»Wieso mit euch?«

»Sind wir eine Priorität?«

Shelby zwang sich zu lachen. »Natürlich. Du meine Güte, wißt ihr das denn nicht?«

»Anscheinend nicht«, murmelte Jean.

Was auch immer hier gespielt wurde, Jean war nicht damit einverstanden. Es erinnerte sie zweifellos zu sehr an ihre eigene »kleine Unterhaltung« im März. Shelby warf ihr einen Blick zu und hoffte, daß sie ihre Dankbarkeit und ihre Bitte um Verzeihung verstehen würde.

»Warum sehen wir dann nicht öfter etwas von dir?« bohrte Connie weiter.

»Mir ist die Zeit davongelaufen.«

»Es geht nicht nur darum, daß wir uns vernachlässigt fühlen«, sagte Connie. Sie sah Shelby ausdruckslos an, wie um sie herauszufordern.

Shelby blickte ebenso ausdruckslos zurück. »Aha.«

»Es ist nicht gut für dich.«

»Es ist nicht richtig«, fügte Lisa hinzu.

Shelby wurde rot, ohne zu wissen, warum.

»Du solltest dich nicht vor deinen Freundinnen abschotten. In solchen Zeiten brauchst du uns, Camden.«

»Das weiß ich.«

»Zum Abschalten und Spaßhaben.«

O ja, Spaß ist genau das, was ich jetzt brauche. Jede Menge Spaß. »Es ist lieb, daß ihr euch Gedanken um mich macht«, sagte sie.

»Also, können wir etwas zusammen unternehmen? Zur Abwechslung?«

Connies sarkastischer, mit Mißbilligung gewürzter Ton war nicht zu überhören. Shelby mußte an Libby denken. Stell dich dumm, befahl sie sich und lächelte. »Ja, das wäre schön.«

»Nicht nur *einmal* etwas«, sagte Connie fest. »Machen wir daraus doch gleich eine Verhaltensänderung *überhaupt*.«

Zorn wallte in ihr auf. »Was ist los?« hörte sie sich sagen. »Seid ihr neidisch?«

Connie hob die Augenbrauen an. »Worauf?«

»Auf die Zeit, die ich mit Ray verbringe, auf die Hochzeit?«

»Wohl kaum.« Connie lächelte.

Ein paar Zeilen eines Liedes fielen Shelby ein. Aus »Mackie Messer«. Irgend etwas mit einem Haifisch und seinen Zähnen ...

»Um uns geht es nicht«, fuhr Connie fort. »Wir machen uns Sorgen um dich.«

Plötzlich begriff Shelby. »Es geht um Fran. Es paßt euch nicht, daß ich mit ihr befreundet bin.«

Connie lachte. »Ach komm, Camden.«

Es war, als hätte ihr jemand Säure in den Magen geschüttet. Angst und Wut kämpften miteinander. Die Wut siegte. »Penny hat euch vom Wochenende erzählt«, sagte sie geradeheraus, das Gesicht kalt wie Marmor.

Lisa und Connie wechselten einen Blick. »Was war denn am Wochenende?« fragte Lisa, unschuldig wie ein Hund, der beim Möbelanknabbern erwischt worden war.

»Ja«, fiel Jean energisch ein. »Hat sie.«

»Jean ...«, warnte Connie.

»Sie hat gesagt, daß sie euch getroffen hat. Beim Zelten. Im Staatspark.«

»Nachdem du allen erzählt hattest, daß du arbeiten mußtest«, fügte Lisa hinzu.

»Ich *habe* gearbeitet. Ich habe es Penny doch erklärt.« Entschuldige dich nicht, dachte sie. Es geht sie nichts an, womit du deine Zeit verbringst.

»Es tut uns wirklich weh«, sagte Connie. »Daß du uns anlügst. Das sieht dir gar nicht ähnlich.«

Shelby spürte ein Kribbeln um ihre Lippen. »Ich habe Fran zufällig getroffen. Ich habe ihr erzählt, daß ich arbeiten mußte. Sie hat vorgeschlagen, die Arbeit mit hinaus an den See zu nehmen ...« Sie haßte sich dafür, daß sie sich so in die Defensive drängen ließ. Aber sie konnte nicht aufhören. »Dort konnte ich genauso gut arbeiten. Besser sogar. Ich brauchte einen Tapetenwechsel.«

Jean seufzte.

Ich hätte es ihr sagen müssen. Kein Wunder, daß sie gekränkt ist. Das wäre ich auch. »Es ist sehr kompliziert«, sagte sie zu Jean und streckte die Hand nach ihr aus. Hoffentlich begriff Jean, daß diese Berührung ein Versprechen sein sollte, alles aufzuklären, wenn sie allein waren.

»Ich weiß«, sagte Jean.

Ein enormes Gefühl der Erleichterung durchflutete sie, als habe sie gerade einen Segen empfangen.

Connie starrte sie an.

»Ich habe euch doch gesagt, daß es ein Mißverständnis war«, sagte Jean.

»Ich finde es trotzdem bezeichnend ...«

»Verdammt noch mal!« Jetzt explodierte Shelby. »Ich habe eine Kleinigkeit nicht ganz so gemacht, wie ich es gesagt habe. Das braucht ihr nicht zu einer Staatsaffäre aufzubauschen. Wo sind wir denn hier? Bei den Kommunisten in Rußland?«

Lisa war ganz blaß geworden; sie zitterte und sah aus, als wollte sie jeden Moment weglaufen.

»Es war ein Irrtum«, sagte Jean. »Niemand wollte irgend etwas damit sagen.«

Shelby war immer noch wütend. »Es tut mir leid«, sagte sie knapp. »Ich wollte euch nicht wehtun. Es ist einfach passiert. Okay?«

»Vieles scheint einfach zu passieren ...«, begann Connie.

Jean schnitt ihr das Wort ab. »Ist euch bewußt, wie lächerlich das alles klingt? Schlimmer als in der High School.«

»Stimmt«, sagte Connie und lächelte plötzlich. »Wir sind gekommen, um wieder einmal miteinander zu reden, nicht um zu streiten.«

Aus irgendeinem Grunde fand Shelby dieses Lächeln noch beunruhigender. Sie war versucht, einen Gang zur Toilette vorzuschieben, nur um hier herauszukommen. Aber das würde nicht funktionieren, denn sie würden ihr folgen. Die Damentoilette gewährte lediglich Zuflucht vor den Männern.

»Also vergessen wir es«, sagte Jean, »und unternehmen etwas zusammen.«

»Mir recht«, sagte Shelby rasch. »Woran habt ihr gedacht?«

»Wir gehen heute abend alle ins Kino«, sagte Lisa vorsichtig.

»Komm mit«, verlangte Connie.

Shelby hätte ihr gern gesagt, wohin sie sich ihr Kino stecken konnte, eine Filmspule nach der anderen. »Geht nicht. Ich bin heute abend mit Ray verabredet.« Sie lächelte und hoffte, daß es verlegen aussah. »Wie wäre es am Mittwoch?«

»Okay«, sagte Connie.

»Wir können ins Kino gehen«, sagte Shelby. »Es sei denn, ihr habt dann keine Lust mehr auf Kino. Was läuft eigentlich?«

Connie zuckte die Achseln. »Ist doch egal. Wir können uns zur Frühvorstellung treffen und danach noch essen gehen.«

»Wunderbar.« Es war überhaupt nicht wunderbar.

»Um halb sieben bei mir.«

»Gut.« Es war nicht einmal gut.

Im Gänsemarsch gingen sie hinaus. Wieder war Jean die letzte; sie drehte sich noch einmal um und warf Shelby einen entschuldigenden Blick zu.

Der Abend verlief nicht sehr erfolgreich. Ray war erschöpft und trotzig. Shelby reagierte aus reiner Gewohnheit mit unbarmherziger Fröhlichkeit. Es ermüdete sie und machte die Situation nicht besser. Schließlich schlug sie vor, heute früher zu gehen, da sie beide ein wenig schlecht gelaunt seien. Ray schien das zu überraschen, und er verlangte, daß sie ihm genau erklärte, wie sie darauf komme, er sei schlecht gelaunt. Sie sagte, es sei nichts Konkretes, mehr so ein Gefühl. Woraufhin er herablassend lächelte, als wollte er sagen »Frauen und ihre kleinen Intuitionen«. Woraufhin sie ihn wiederum am liebsten umgebracht hätte. Zu sagen wagte sie nichts. Womöglich würde sie sich verplappern.

Sie hatte schon entschieden, ihre Zweifel nicht zur Sprache zu bringen. Nicht, solange sie sich selbst nicht ganz darüber im klaren war.

»Sieht ganz so aus«, sagte Ray, »als würde hier jemand etwas projizieren.«

»Projizieren« war Rays Lieblingsbegriff, seit er sein Vierteljahr in der Psychiatrie absolviert hatte.

Shelby überlegte, ob sie ihn in die nächste Provinz »projizieren« sollte.

Er legte einen Arm um sie und drückte ihre Schultern ein wenig. »Weißt du was«, sagte er, »machen wir es doch, wie du vorgeschlagen hast, und gehen heute früher nach Hause.« Er gähnte. »Du brauchst offensichtlich ein bißchen Schlaf.«

Sie biß die Zähne zusammen. Wenn sie sich jetzt auf ein Streitgespräch einließ – und jede Faser ihres Körpers strebte danach –, konnte es die ganze Nacht dauern. Wenn sie mitspielte, könnte sie bald nach Hause.

Sie könnte nach Hause. Großartig, so über den geliebten Verlobten zu denken.

»Wahrscheinlich hast du recht«, sagte sie. »Wenn du nicht böse bist . . .«

Ray lachte. »Wie oft soll ich es denn noch sagen, Shel? Wenn wir erst verheiratet sind, haben wir alle Zeit der Welt.«

Die Liste der Dinge, die sie verschieben konnten, bis sie verheiratet waren und eine Ewigkeit zusammen Zeit hatten, wurde jeden Tag länger. Fast kam sie ihr schon wie eine Gefängnisstrafe vor.

Eine halbe Stunde obligatorischen Fummelns und Grapschens, und dann waren sie auf dem Weg zu ihrer Wohnung. Im Licht des Armaturenbretts sah Shelby zu Ray hinüber. Er lächelte, glücklich darüber, daß sie zusammen sein würden, glücklich, daß er jetzt für sie da sein konnte. Schuldgefühle überschwemmten sie. Dieser Mann liebte sie wirklich, hatte sie beinahe vom ersten Moment an geliebt. Sie fragte sich, wie wohl der Rest ihres Lebens verlaufen würde, wenn sie ihn nicht heiratete.

Er fragte nicht einmal, ob er mit hereinkommen konnte, und sie war ihm dankbar dafür. Bei ihrem schlechten Gewissen, der Angst und dem Nebel in ihrem Kopf hätte sie nicht die Kraft gehabt, es ihm zu verweigern. Statt dessen brachte er sie zur Haustür, nahm sie sanft in die Arme und küßte sie. »Gute Nacht, kleine Ehefrau«, murmelte er ihr ins Ohr.

Sie tat, als habe sie es nicht gehört.

Frans Tür stand offen. Das hieß, daß sie nichts gegen einen Besuch einzuwenden hatte, falls Shelby der Sinn danach stünde. Shelby befand, daß ihr der Sinn sogar sehr danach stehen würde, sobald sie ihren Schlafanzug angezogen hatte. Sie spähte in Frans Wohnung und sah Spielkarten auf dem Tisch. »Oje, Solitaire.«

Fran sah zu ihr auf und grinste. »Aber ohne Brahms.«

»Heißt das, du bist nur halb deprimiert?«

»Es heißt, daß ich weiß, daß ich nicht einschlafen kann, wenn ich jetzt ins Bett gehe.«

Shelby lehnte sich gegen den Türpfosten. »Soll ich dir *Amerika – Wesen und Werden einer Kultur* ausleihen?«

»Nein, danke.« Sie rutschte hinüber, um Platz auf der Couch zu machen. »Setzt du dich zu mir?«

»Gleich. Ich will mich erst von einem Mädchen in eine Frau verwandeln.«

»Aha«, sagte Fran.

»Bist du sicher, daß du Gesellschaft willst?«

»Wieso? Wie viele Krawallstifter hast du bei dir?«

»Nur mich.«

»Gut, daß du keine Party willst. Mir ist gerade der Zwiebeldip ausgegangen.«

Shelby lachte. Sie stellte fest, daß sie viel lachte, wenn Fran da war. Einfach, weil sie sich in ihrer Gesellschaft so wohl fühlte. »Soll ich irgend etwas mitbringen?«

»Nein. Nur dein hinreißendes Gesicht.«

Sie beschloß dennoch, Tee zu kochen, während sie ihr Leinenkostüm und die hochhackigen Schuhe gegen ihren Schlafanzug eintauschte. Mit einem erleichterten Seufzer griff sie nach der Bürste und kämmte sich das klebrige Spray aus dem Haar. Der Teekessel pfiff, und sie goß kochendes Wasser über die Teeblätter. Hier zu wohnen, mit Fran gleich nebenan, wo sie einander ohne großen Aufwand zu jeder Tages- und Nachtzeit besuchen konnten ... es war ein bißchen so wie damals im College. Sogar fast genauso, dachte sie, während sie den Tee ziehen ließ und beschloß, daß sie auch mit bloßen Füßen über den Teppich im Hausflur laufen konnte. Fast genauso.

Vielleicht war das ihr Problem. Vielleicht versuchte sie sich an die alten, sicheren, sorgenfreien Collegezeiten zu klammern. Bloß daß die auch nicht ganz sorgenfrei gewesen waren. Irgendwie hatte sie immer alles bis zur letzten Minute aufgeschoben. Also war sie beim Lernen oder Hausarbeitschreiben gewöhnlich in Panik geraten, hatte die Nächte durchgemacht und sich von abgestandenem Kaffee und von Schokoriegeln ernährt. Ihre verquollenen Augen und den metallischen Geschmack im Mund hatte sie allmählich schon für normal gehalten. In ihrem dritten Jahr hatte sie einmal eine hohe Dosis Aufputschmittel genommen, um beim Büffeln für eine Prüfung länger wach bleiben zu können. Wach geblieben war sie durchaus, aber ihre Hände hatten so gezittert, daß sie in der Prüfungsklausur ihre eigene Handschrift nicht mehr lesen konnte.

Es hatte eine ganze Litanei von Dingen gegeben, die ihr Sorgen machten. Würde man sie mögen? Hatte sie in der Unterhaltung eben etwas Falsches gesagt? Hatte sie sich im Chemielabor blamiert?

Bis zum Ende des zweiten Jahres hatte sie diese Quelle der Befangenheit im wesentlichen ausgeschaltet, indem sie eine Gruppe von Freundinnen um sich geschart hatte, bei denen sie sich wohlfühlte. Na ja, jedenfalls fast. Ganz tief im Innern hatte sie sich nie wirklich wohlgefühlt. Nicht, solange es Fehler zu machen gab. Und es gab immer und überall Fehler zu machen. Aber sie wußte, daß ihre Freundinnen sie mochten, und das war schon ein Fortschritt.

Eigentlich war ihr Collegeleben ziemlich normal verlaufen. Sie hatte wie alle anderen im ersten Jahr zehn Pfund zugenommen. Sie hatte das Loch durchlitten und überlebt, in das im zweiten Collegejahr alle fielen. Im dritten Jahr hatte sie den *Fänger im Roggen* gelesen und der Verlogenheit den Krieg erklärt. Und im vierten Jahr hatte sie sogar manchmal, studienmüde wie alle anderen auch, den Unterricht geschwänzt und mit ihren Kommilitoninnen am

Bridgetisch herumgehangen.

Sie nahm das Teegeschirr auf und ging über den Flur zu Fran.

»Wie war es heute abend?«

»Ich habe es überstanden.«

Fran lächelte. »Besonders lustig scheint es aber nicht gewesen zu sein.«

»Ray hatte schlechte Laune, aber er beharrte darauf, daß es an mir lag.«

»Aha«, sagte Fran. »Siehst du jetzt klarer, was die Hochzeit betrifft?«

Shelby schüttelte den Kopf. »Nein. Ich warte immer noch auf die Erleuchtung.« Sie lehnte den Kopf gegen das Rückenteil von Frans Couch. »Ich wünschte, ich könnte einfach einschlafen, und wenn ich wach würde, wäre alles vorbei.« Sie sah zu Fran. »Ich habe wirklich Angst. Es ist, als ob ich die Zündschnur zu einem Berg Dynamit in der Hand halte und weiß, daß ich ihn früher oder später in die Luft jagen muß.«

Fran nickte nur.

»Manchmal erscheint mir alles so irreal. Ich meine, es sieht mir einfach nicht ähnlich, in so eine verkorkste Situation zu geraten. Ich habe mir immer solche Mühe gegeben, keine Fehler zu machen. Sogar wenn ich mir damit selbst geschadet habe.« In ihren Augen standen Tränen. »Es ist nicht fair.«

»Das hier ist bestimmt passiert, als du gerade nicht hingeschaut hast. Es *wird* schrecklich werden. Das läßt sich wohl nicht vermeiden. Aber bitte denk daran, daß du nicht allein bist.«

»Doch«, sagte Shelby. »Letzten Endes schon. Ich bin diejenige, die es ihnen sagen muß. Und zwar bald. Ich habe sogar ein schlechtes Gewissen, daß ich mit dir darüber spreche, bevor ich es Ray gesagt habe. Ich habe Jean erzählt, daß ich Zweifel habe, und dabei ist mir auch nicht wohl.« Sie seufzte. »Oh, Fran, ich habe solchen Mist gebaut.«

Fran drückte ihre Hand. »Nein. Du hast getan, was du zu dem Zeitpunkt für das Beste hieltest. Vielleicht war es sogar das einzige, was du zu dem Zeitpunkt tun *konntest*.« Sie schwieg einen Moment. »Du siehst erschöpft aus.«

»Bin ich auch. Ich kann zur Zeit kein Auge zutun.«

»Bleib heute nacht hier. Vielleicht geht es besser, wenn du nicht allein bist.«

Sie wollte gerade widersprechen, als sie merkte, daß sie sehr, sehr gern bei Fran sein wollte.

»Wenn du Angst hast, daß du dich zuviel im Bett herumwirfst und mich wachhältst«, sagte Fran, »lassen wir hier draußen ein Licht brennen. Dann kannst du dich hierhersetzen und lesen. *Amerika – Wesen und Werden einer Kultur* kann ich dir nicht bieten, aber Charles Dickens funktioniert bei mir auch ganz gut.«

»Danke«, sagte Shelby. »Ich glaube, das wäre schön.«

Sie wurde nur ein einziges Mal wach. Es war kälter geworden, und Fran hatte noch eine Decke über sie gebreitet. Noch im Halbschlaf drehte sie sich auf die Seite und kuschelte sich tiefer ins Bett. Sie fühlte einen sanften, warmen Lufthauch und merkte, daß Fran ihr Haar streichelte.

Sie tat, als schliefe sie, damit sie nicht aufhörte.

»Hey«, rief Fran aus dem Wohnzimmer, »ich höre nicht, daß sich dort drinnen jemand anzieht.«

»Ich will nicht«, rief Shelby zurück.

»*Du* hast gesagt, es muß sein, nicht ich.«

Shelby kam ins Wohnzimmer. »Du hast ja recht.«

Fran hatte es sich in einer Sofaecke bequem gemacht, ein medizinisches Nachschlagewerk auf dem Schoß. »Du weißt auch, daß du dir nicht ewig Zeit lassen kannst. Du hast noch ungefähr sechs Tage.«

»Ich weiß. Vielleicht lasse ich das Familienpicknick ausfallen.«

»Wenn du willst, daß Libbys Zorn über dich hereinbricht.«

»Das wird er über kurz oder lang sowieso tun.«

Fran sah sie ernst an. »Du mußt ja keine große Geschichte daraus machen. Sag ihm einfach, was du denkst.«

»Das ist nicht so leicht. Ich weiß ja selbst nicht, was ich denke.«

»Dann sag ihm das. Um alles weitere kümmern wir uns nach und nach.«

»Wir?«

Fran errötete ein wenig. »Ich weiß, ich mische mich in deine Angelegenheiten ein. Aber sind Freunde nicht dazu da?«

Wunderbar, dachte Shelby. Ich müßte mich für eine Verabredung mit meinem Verlobten fertigmachen, damit ich ihm sagen kann, daß ich ihn vermutlich nicht heiraten will. Und dabei kann ich an nichts anderes denken als daran, zu Hause zu bleiben und mich mit dieser Frau zu unterhalten.

Und sie zu berühren. Sie merkte, daß sie sich danach sehnte, Frans Arme um ihren Körper zu spüren, ihren Kopf an Frans Schulter zu lehnen, ihre Geborgenheit zu fühlen.

Sie hob Frans Buch hoch. »Warum liest du etwas über Sportmedizin?«

»Ich arbeite an einer Universität. Bald ist September. Dann haben Sportverletzungen wieder Hochsaison. Zieh dich jetzt an.«

»Ich glaube, ich gehe so, wie ich bin.« Shelby sah auf ihre Jeans und Halbschuhe herab. »Tragen das nicht alle aufstrebenden jungen Karrierefrauen, wenn sie ihrem Freund das Herz brechen?«

»Nein«, sagte Fran energisch. »Tun sie nicht. Nun mach schon.«

Sie hörte ihn weder vorfahren noch ins Haus kommen. Auf sein Klopfen öffnete Fran die Wohnungstür. Er schien überrascht; er kniff leicht die Augen zusammen, seine Pupillen verengten sich, der Hauch eines Stirnrunzelns wurde sichtbar. »Na«, sagte er über Frans Schulter zu Shelby, »was heckt ihr beide denn hier aus?«

Fran setzte sich und nahm ihr Buch wieder auf. »Ich versuche, wieder denken zu lernen.«

»Beim Militär fault einem das Gehirn, was?« Er nahm Shelbys Mantel vom Haken hinter der Tür und hielt ihn ihr hin, so daß sie hineinschlüpfen konnte.

»Schwerer Wundbrand«, sagte Fran. »Möglicherweise müssen wir amputieren.«

Shelby fädelte ihre Arme in die Mantelärmel. Sie schob ihr Haar aus dem Kragen und tastete nach ihrem Portemonnaie.

Ihr Notgroschen war in seiner kleinen Geheimtasche sicher verstaut. Sie hatte die zwei Dollar und zehn Cents für ein Telefongespräch und ein Taxi noch nie gebraucht. Aber das konnte sich heute ändern. Sie fühlte sich innerlich zittrig und zerbrechlich.

»Also«, sagte sie zu Fran, »wir machen uns dann auf den Weg.« Sie wäre gern zu Hause geblieben. Lieber als alles andere auf der Welt.

»Ich lasse ein Licht brennen, wenn ich gehe«, sagte Fran. »Danke, daß du mich bei dir fernsehen läßt. Einen schönen Abend, ihr beide.«

Sobald sie im Flur waren, zog Ray sie zu sich. »Hallo, kleine Braut«, sagte er und küßte sie.

Sie verkrampfte sich unwillkürlich.

»Was ist?« fragte er.

»Nichts.« Sie ging ihm voraus den Flur hinunter. »Können wir heute abend ins Steakhaus gehen? Wir müssen reden, und dort gibt es abgeteilte Sitzecken.«

Um genau zu sein, dachte sie, als er ihr ins Auto half und die Tür schloß, *ich* muß reden. Ray braucht über dieses Thema überhaupt nicht zu reden. Als er den Motor anließ, lächelte sie ihm zu. Ihre Lippen bebten ein wenig. Hoffentlich merkte er es nicht.

Im Steakhaus roch es nach Zigarettenrauch, Bier und brutzelndem Fleisch. Zu kühl für die Klimaanlage und zu warm für den massiven Kamin aus grauem Feldstein an der gegenüberliegenden Wand. So stand die Luft unbeweglich im Raum. Öllampen auf jedem Tisch. Mit ihrem roten Glasrumpf und dem roten Schirm warfen sie einen leicht satanisch anmutenden Schein und reicherten die Luft noch mit dem schweren Geruch von brennendem Petroleum an.

Sie schlüpften in die Sitzecke mit den roten Plastikkissen, und Ray stürzte sich gleich auf die Speisekarte. »Das war eine grandiose Idee, Schatz, ich könnte einen Moschusochsen verspeisen.«

Die Henkersmahlzeit, dachte sie.

Sie beschloß zu warten, bis sie bestellt hatten. Dann beschloß sie zu warten, bis das Essen serviert worden war. Oder vielleicht sollte sie besser warten, bis sie ein wenig gegessen hatten, bevor sie Ray den Abend verdarb.

Schließlich fielen ihr keine Ausreden mehr ein.

»Ray«, sagte sie und legte ihre Gabel hin, »wir müssen über etwas reden. Ernsthaft.«

Er schob sich eine Gabelvoll Ofenkartoffel mit saurer Sahne in den Mund. »Hmmm?«

Shelby nippte an ihrem Gin Tonic und holte tief Luft. »Ich habe doch über meine ... na ja, Unsicherheit wegen der Hochzeit gesprochen, weißt du noch?«

»Hm.« Er ließ die Kartoffel vorerst liegen und probierte den Salat. Knackige Salathäppchen zerbarsten zwischen seinen Zähnen.

»Also, ich bin mir leider nicht sicherer geworden.«

Er winkte kauend ab. »Schon okay. Geht vorbei.«

»Nein, Ray, das versuche ich dir ja immer wieder zu erklären. Es geht nicht vorbei. Es wird nicht vorbeigehen. Ich glaube wirklich, ich will nicht . . .«

Er ließ seine Gabel auf den Teller sinken und wandte sich ihr mit ungeduldigem Seufzen zu. »Hör zu, Shel, ich kann verstehen, wie dir zumute ist. Lampenfieber. Aber ich habe dir schon zigmal gesagt, daß alles gutgehen wird. Allmählich wird es langweilig. Laß es doch langsam gut sein.«

»Das habe ich ja versucht.« Sie war ebenfalls ein wenig gereizt. Er machte es ihr nicht gerade leichter. Aber wieso sollte er auch? »Ich glaube«, sagte sie mit ruhiger Stimme, »ich möchte, daß wir die Hochzeit abblasen.«

Er wurde für einen Moment blaß. »Wie bitte?«

»Ich glaube, ich möchte, daß wir die Hochzeit abblasen.«

Er nahm sein Besteck auf und begann seinem Steak Gewalt anzutun. Aufspießen, sägen, schieben, kauen, das Fleisch zermalmen, schlucken.

Dann lachte er. »Ich habe ja schon viele nervöse Frauen gesehen, aber du schlägst sie alle. Vielleicht sollte ich dir Miltown besorgen.«

»Ich brauche kein Beruhigungsmittel«, sagte Shelby knapp.

»Das ist jetzt das Neueste, weißt du. Bei über der Hälfte aller Arztbesuche geht es heutzutage um Rückenschmerzen von grantigen Hausfrauen. Miltown hilft.«

»Ich will eben keine grantige Hausfrau werden. Ich will überhaupt keine Hausfrau werden. Ich bin zu jung. Oder zu alt, ich weiß es nicht. Ich weiß nur, daß mir diese Hochzeit mehr und mehr wie eine Katastrophe erscheint.«

»Also«, sagte Ray durch den Bissen Fleisch in seinem Mund hindurch, »wenn dir der neue Termin nicht paßt, dann ändern wir ihn einfach wieder. Was meinst du denn, wieviel mehr Zeit du brauchst?«

Die aufgestaute Frustration platzte in ihrem Kopf wie ein Luftballon. »Es geht nicht um mehr Zeit. Ich will *überhaupt* nicht.«

Er nahm einen Löffel und kratzte in seiner Ofenkartoffel herum. »Iß etwas«, schlug er vor und sah auf ihren Teller, den sie kaum angerührt hatte. »Dann geht es dir besser.«

»Ich will nicht, daß es mir besser geht. Ich will, daß du mir zuhörst.«

Ray legte seinen Löffel betont deutlich nieder und faltete die Hände. »Okay, Schatz, ich bin ganz Ohr.«

»Ich glaube nicht, daß ich heiraten will. Weder jetzt noch zu Ostern noch nächsten Sommer. Nie.«

Er überlegte eine Weile. »Dein Freund kündigt sich an, oder?«

»Was?«

»Dein monatlicher Freund.«

Shelby begann zu kochen. »Ich kriege *nicht* meine Tage. Es hat mit der Menstruation nicht das geringste zu tun.«

Angesichts ihrer unverblümten Ausdrucksweise zuckte Ray ein wenig zusammen. »Dann erklär mir, was es ist.«

»Es ist ... es ist ...« Sie suchte nach Klarheit. »Ich weiß nicht, was es ist. Ich weiß nur, daß diese Hochzeit keine gute Idee ist.«

»Hey«, sagte Ray, »du bist wirklich gestreßt, oder? Sollen wir durchbrennen?«

»Ray, ich will es überhaupt nicht. Gar nicht.«

Er sah sie nur an, schweigend und besorgt.

»Mich belastet das sehr«, fuhr sie fort. »Ich meine, ich stecke so tief drin, und ich weiß nicht, wie ich ...« Tränen schossen ihr in die Augen, und sie konnte nicht weitersprechen.

Ray lehnte sich über den Tisch und nahm ihre Hand. »Es tut mir weh, dich so zu sehen, Shel. Es tut mir sehr weh.«

Verstand er sie? Ein wenig? War er bereit ...

»Du darfst dich da nicht so hineinsteigern. Denk nicht mehr darüber nach. Eines Tages wirst du darauf zurückschauen und lachen.«

Eines Tages, dachte Shelby, werde ich darauf zurückschauen und schreien.

Der kleine Funken Hoffnung, der dem Licht zugestrebt hatte, erstarb. Sie war müde. Erschöpft. In jeder Zelle und jedem Muskel ihres Körpers. Selbst die Knochen fühlten sich müde an. »Sag mal«, sagte sie leise, »warum nimmt mich eigentlich nie jemand ernst?«

Ray schien überrascht. »Alle nehmen dich ernst. Was hast du denn bloß, Schätzchen?«

Sie fand genug Energie, um wütend zu werden. »Daß du dich weigerst, mir zuzuhören. Ray, ich habe ernsthafte Zweifel wegen uns, die mir Angst machen. Und du findest das anscheinend nicht schlimmer, als hätte ich zuviel Kaffee getrunken.«

Er sah verwirrt aus. »Ich weiß nicht, was ich mit dir machen soll, Püppchen. Soll ich dir einen Termin bei dem Arzt besorgen, bei dem ich mein Vierteljahr in der Psychiatrie gemacht habe?«

Sie war trauriger und hilfloser als je zuvor. »Laß uns gehen«, sagte sie.

Aber er bestand zuerst noch auf Nachtisch. Sie versuchte nicht einmal mehr, ihren Teil zum Gespräch beizutragen. Ray schwafelte über die Arbeit. Und über all das, was sie tun würden, wenn sie erst verheiratet wären und alle Zeit der Welt hätten.

Er lehnte sich auf seinem Stuhl zurück, wischte sich den Mund ab und warf seine Serviette neben dem Teller auf den Tisch. »Ich glaube, ich weiß, wo das Problem liegt.«

Shelby sah ihn an.

»Diese Frauenzeitschriften, die du immer liest. Ich habe die Artikel gesehen. Wenn man vorher nicht neurotisch war, dann ist man es spätestens, wenn man sie zur Hälfte durchhat.«

»Das ist sehr interessant«, sagte Shelby, innerlich ganz kalt.

»Also halt dich bis nach der Hochzeit davon fern.«

»Für so eine arbeite ich.« Ihre Lippen fühlten sich an wie ungegerbtes Leder.

»Stimmt, das ist ein Problem. Na ja, bleib bei deiner Belletristik.«

»Belletristik ist auch riskant, weißt du.« Sie fragte sich, ob der Sarkasmus, den sie empfand, in ihrer Stimme zu hören war. »Manches davon ist ein ganz schönes Gejammer.«

»Nimm es nicht ernst. Es ist alles nur erfunden.«

Danke, Ray. Wenn ich noch nicht sicher war, was unsere Heirat betrifft, dann bin ich es jetzt.

Ohne ein Wort stand sie auf und holte ihren Mantel.

Als sie zurückkam, hatte er die Rechnung bezahlt. Sie überlegte, ob sie ihren Notgroschen zum Trinkgeld dazulegen sollte.

Aber das würde er wahrscheinlich als Ausdruck verständnisinniger Zweisamkeit verstehen. Wie die tausend Momente der Zweisamkeit, die sie miteinander erleben würden, wenn sie erst verheiratet wären und alle Zeit der Welt hätten.

Sie war aus dem Auto gestiegen, bevor Ray noch die Tür erreichen konnte, um sie ihr zu öffnen. Sie vermied es, ihm einen Kuß geben zu müssen, und begann den Weg hinaufzugehen.

»Shel«, rief er leise.

Sie blieb stehen, ohne sich zu ihm umzudrehen.

»Ich werde dir Miltown schicken«, sagte er. »Probier es aus. Du hast ja nichts zu verlieren.«

Fran hatte ihr eine Notiz hinterlassen. »*Twilight Zone* war prima. Hoffe, du fühlst dich desgleichen.«

Sie überlegte, ob sie zu Fran hinübergehen und Bericht erstatten sollte. Aber sie war zu müde und zu enttäuscht. Sie beschloß, erst einmal darüber zu schlafen.

»Wie ist es gegangen?« fragte Fran am nächsten Morgen.

»Toll«, sagte Shelby ironisch. »Hervorragend.«

»Er hat keinen Anfall gekriegt?«

»Er hat nichts mitgekriegt. Er hat nicht kapiert, was ich gesagt habe.«

»Wie meinst du das?«

»Er hat mir nicht geglaubt. Er beharrt darauf, daß es nur Lampenfieber ist oder irgendeine dumme Idee, die ich in einer Zeitschrift gelesen habe. Er will mir Miltown schicken.«

»Hoffentlich nicht genug, um dich umzubringen.«

»Die Zeiten sind vorbei.«

»Ganz sicher?« Fran sah sie voller Hoffnung an.

»Ja. Es muß bessere Wege geben, mit diesem Schlamassel fertigzuwerden.« Sie grinste. »Bei denen man sich am nächsten Morgen nicht so elend fühlt.«

»Sehr gut«, sagte Fran. »Sag mal, willst du Frühstück? Orangensaft?« Sie stand auf und ging zum Kühlschrank.

»O ja.«

Ein stickiger Tag Ende August. Sie hatte Lust, blauzumachen und Fran zum Strand zu zaubern.

»Also, was ist passiert?« Fran stellte den Orangensaft vor sie hin und wandte sich dem Herd zu.

»Habe ich doch gesagt. Nichts. Er hat mich gar nicht ernst genommen.«

Fran warf einen Seitenblick auf ihre Hand. »Du hast ihm nicht den Ring zurückgegeben?«

Shelby schüttelte den Kopf.

»So läuft das aber in der Regel, wenn eine Frau mit einem Mann Schluß macht. Dann begreift er es besser.«

Shelby nahm ihren Verlobungsring ab und betrachtete ihn. Sie hatte gestern abend nicht einmal daran gedacht. Sie dachte ohnehin kaum an den Ring. Sie hatte ihn aus ihrem Bewußtsein verbannt, wie eine Wunde, die nur dann wehtat, wenn man darauf achtete. »Vielleicht schwanke ich immer noch ein bißchen.«

»Natürlich schwankst du«, sagte Fran und stellte ihr einen Teller Toast mit Butter hin. »Die Frage ist nur, wie stark.«

Shelby biß in eine Scheibe Toast. »Ziemlich stark, aber mit einer deutlichen Tendenz zum Nein. Ich weiß nur nicht, ob ich den Konsequenzen gewachsen bin.«

Fran legte ein paar Speckscheiben in eine Grillpfanne und schob sie unter das Feuer. Sie hielt einen Karton Eier hoch. »Ist Rührei in Ordnung?«

»Ja, klar. Egal.«

»Im Militär«, sagte Fran, während sie ein paar Eier in eine Schüssel schlug und einen Spritzer Milch hinzugab, »war das Rührei immer aus Pulver. Echtes Rührei wird für mich wohl immer wie ein Geschenk des Himmels sein.«

»Und Omelett?«

»Das Paradies.«

»Das nächste Mal frühstücken wir bei mir«, sagte Shelby, während sie aufstand, um sich Kaffee nachzuschenken, »und dann mache ich dir ein Omelett, das deine wildesten Träume übertrifft.«

»Ehrlich?«

»Ehrlich.« Als sie zu ihrem Stuhl zurückging, drückte sie Frans Schulter. »Nur weil ich Ray nicht heiraten will, muß ich ja nicht allen Hausfrauenkünsten abschwören.«

Fran war sehr still. So still, daß es schien, als denke sie nicht nur nach, sondern sei gar nicht mehr im Raum.

»Ist etwas?« fragte Shelby.

Fran schüttelte den Kopf und atmete tief durch. »Nein. Alles in Ordnung.«

»Nicht schon wieder, Fran, ja?«

»Hast ja recht.« Sie lehnte sich gegen den Rand der Spüle und starrte auf den Boden. »Laß mir nur einen Augenblick Zeit, um es in Worte zu fassen.«

Shelby wartete. Der Speck begann zu brutzeln und zu knallen. Sie stand auf und zog ihn unter dem Grill hervor, drehte ihn um und schob ihn wieder hinein. Dann lehnte sie sich neben Fran an die Spüle; ihre Finger berührten sich. »Nun rede schon«, sagte sie.

»Ich möchte, daß du das bekommst, was du willst«, sagte Fran langsam. »Aber manchmal ... der Gedanke, daß du heiratest ... das ist ganz schön hart.« Sie sah hoch und blickte Shelby an. »Und heiraten wirst du, irgendwann. Das Problem ist, als ich ... als ich dir von mir erzählt habe, da hatte ich Angst, daß dich das abschreckt. Und dann, als das nicht passierte ... ich habe nie geglaubt, daß wir Freundinnen werden würden, und jetzt sind wir es doch. Und das eigentliche Wunder ist, daß du die beste Freundin bist, die ich je hatte.« Sie lachte ein wenig bitter. »Es macht mir angst, Shelby. Wenn ich daran denke, daß ich dich irgendwann nicht mehr wiedersehen soll ... ich weiß, es klingt albern, aber ... es ist, als stirbt etwas in mir.«

Shelby schlang ihre Finger um Frans Hand. »Mir geht es genauso. Wie du vielleicht noch weißt, wenn du an unsere jüngste Vergangenheit zurückdenkst.«

Der Speck begann verbrannt zu riechen; Shelby packte einen Topflappen und zog ihn gerade noch rechtzeitig unter dem Grill hervor. »Fran«, sagte sie, wie sie vor dem Herd stand, die schwelende Pfanne mit Speck in den Händen, »ich heirate nicht. Auch nicht in absehbarer Zeit. Also laß uns bitte nicht zuviel grübeln und es einfach laufen lassen.«

Fran nickte ein wenig unsicher.

»Gibt es jetzt Eier?« fragte Shelby. Sie riß ein Stück Papierhandtuch von der Rolle, um den Speck abzutupfen. »Oder soll ich uns eklige exotische Specksandwiches machen?«

Fran wandte sich wieder ihrem Kochen zu. »Hast du heute abend Zeit?«

»Mist, nein. Ich habe der Clique in der Redaktion versprochen, mit ins Kino zu gehen.« Sie nahm einen Schluck Kaffee und setzte sich hin. »Ich würde ja absagen, aber sie sind sowieso schon alle beleidigt.«

Fran sah sie an. »Wieso?«

»Ich kann es ihnen nicht einmal übelnehmen. Sie sind eifersüchtig, weil ich soviel Zeit mit dir verbringe.«

Fran erstarrte; der Pfannenwender blieb auf halbem Weg im Rührei stecken.

»Was hast du?« fragte Shelby.

»Du mußt heute abend mit ihnen ausgehen.« Frans Stimme klang drängend. »Du mußt dich öfter mit ihnen treffen. Das darf nicht passieren.«

»Was darf nicht passieren?«

»Daß sie eifersüchtig werden, weil wir soviel Zeit miteinander verbringen.«

»Es ist meine Zeit. Ich kann damit machen, was ich will.«

Fran drehte sich mit einem Ruck zu ihr um. Ihre Knöchel waren weiß. »Nein. In diesem Fall nicht. Hör zu«, sagte sie mit großem Ernst, »du vertraust den Menschen, und das liebe ich an dir. Aber eines mußt du begreifen – wenn es um dieses Thema geht, kann man gar nicht paranoid genug sein.«

Es war ein altes Gebäude, ein Opernhaus aus den 90er Jahren des 19. Jahrhunderts. Jenny Lind hatte dort gesungen; das jedenfalls behaupteten die eingerahmten, vergilbenden Zeitungsartikel im Foyer. Der Teppich war von einem dunklen Scharlachrot, einem Rot wie Blut oder wie Rubine im Dämmerlicht. Die Wandverkleidung aus tiefgrünem Samtvelours wurde von dunklen Hartholzfriesen eingerahmt. An der Tür zum Mittelgang des Zuschauerraums stand ein Podest aus weißem Korbgeflecht, darauf ein Plastikfarn, die Sechziger-Jahre-Version des Gummibaums. Neue Filme liefen zuerst in dem chromglänzenden Kino auf der anderen Straßenseite. In diesem hier gab es kein Popcorn, und es war auf Filme spezialisiert, die einen zweiten Blick wert waren.

Shelby hatte *Infam* noch nie gesehen oder gar das Theaterstück gelesen. Sie wußte, daß das Stück von Lillian Hellman war und der Film einigen Wirbel verursacht hatte, als er im Vorjahr herausgekommen war. Er handelte von zwei Lehrerinnen, deren Leben ruiniert war, als ein hinterhältiges Schulkind sie eines abweichenden sexuellen Verhaltens beschuldigte. Das Theaterstück war in den dreißiger Jahren als schockierend empfunden worden. Es war damals unter dem Titel *Infame Lügen* verfilmt worden; der Film hatte mit dem Original jedoch nur wenig zu tun gehabt. In der Neufassung wurden die beiden Lehrerinnen von Audrey Hepburn und der neuen Schauspielerin Shirley McLaine gespielt. Eine potentiell interessante Kombination. Wenigstens, so dachte Shelby, als Penny mit den Eintrittskarten auf sie zugetrippelt kam, würden sie sich nicht langweilen.

In der ersten Viertelstunde fand sie den Film recht vergnüglich. Connie und sie – die beiden ehemaligen Internatsgenossinnen – stießen einander in die Rippen, wenn sie vertraute Szenen wiedererkannten. Uniformen, Stühle mit verschnörkelten Rückenlehnen, Trinkgläser so dick und gewölbt wie Bierfässer. Rasenfeste und grauenhafte Klaviervorspiele. Schmutzige Lektüre, heimlich unter den Schulbänken weitergegeben.

Dann, ohne es zu merken, vergaß sie plötzlich, wo sie war, und ging ganz in dem Film auf. Fasziniert und ein wenig erschrocken. Irgend etwas ging vor, das sich auf einer tieferen Ebene abspielte als die Handlung auf der Leinwand. Eine Spannung, die sie erfaßte und in sich hineinzog. Sie fühlte sich als Teil davon und doch außen vor. Sie wurde völlig mitgerissen, ihr war unbehaglich dabei, und sie spürte eine seltsame Erkenntnis in sich aufkeimen, wie die ersten vorsichtigen Wurzeln einer jungen Pflanze.

Es wurde immer schlimmer, auf dem Bildschirm ebenso wie in Shelbys Innern. Karen erzählte Martha, daß sie heiraten werde, und Martha explodierte. Shelby konnte das nachvollziehen. Sie hatte das Gefühl, immer tiefer und tiefer im Treibsand zu versinken. Die Blicke zwischen den beiden – soviel Sanftheit und Furcht auf Marthas Gesicht, soviel fröhliche Unwissenheit auf Karens. Der Höhepunkt – als Martha ihre Liebe zu Karen eingestand und von Scham und Schuldgefühlen überwältigt wurde – war einer der schmerzhaftesten Augenblicke, die sie je erlebt hatte. Als Martha in ihr Zimmer ging, wußte Shelby, was geschehen würde, kannte die Gründe, empfand das Gefühl der Sackgasse, der Ausweglosigkeit mit. Sie biß die Zähne aufeinander, um nicht laut aufzuschreien: »Tu es nicht, bitte, tu es nicht!« Am Ende war sie ganz benommen, als stünde sie unter Schock. Sie hatte nicht einmal mehr mitbekommen, was in den letzten Minuten, nach dem Selbstmord, geschehen war.

Die Lichter gingen an. Shelby saß auf ihrem Sitz, unfähig zu denken und wie gelähmt, bis Connie sie am Ellbogen packte und lachend sagte: »Komm schon, Camden. Du kannst hier nicht übernachten.«

Anschließend gingen sie in der Nähe irgendwo Sandwiches und Eis essen. Shelby wollte nicht, ertrug kaum den Gedanken an die Lichter und die anderen Menschen in dem Café. Sie wollte weg, nach Hause, allein sein, im Dunkeln.

Aber es gehörte zu ihrem Ritual dazu, daß sie den Film noch einmal Revue passieren ließen. Sie zwängten sich in eine Sitzecke aus dunklem Holz, lehnten sich auf den klebrigen Tisch. Der Geruch von Sahne und Kaffee hing schwer in der Luft. Die Musik aus der Jukebox war zu laut.

Die anderen bestellten etwas zu essen. Shelby war übel von dem Geruch, dem Lärm, dem dumpfen Hämmern in ihren Ohren, dem wühlenden Etwas in ihrem Innern. Sie entschied sich für ein Sorbet. Wahrscheinlich würde sie nicht einmal das essen können.

Natürlich sprachen sie über den Film. Connie erklärte, sie hätte Audrey Hepburn als Karen hinreißend gefunden. Lisa war hin und weg von James Garner. Jean fand es sehr mutig von Shirley McLaine, die Martha zu spielen. Penny machte eine Bemerkung zu der »interessanten Chemie« zwischen den beiden Frauen. Shelby murmelte etwas von »gut besetzt«.

»Hervorragend besetzt«, sagte Jean, »bis dieses Kind alles ruiniert hat.«

»Mary?« fragte Connie.

Jean nickte. »Sie war schrecklich. Sie hat affektiert gespielt, Grimassen geschnitten ... sie war bestimmt die Nichte des Regisseurs.«

Darüber lachten sie alle.

Als das Essen kam, wandten sie sich dem Inhalt des Films zu.

Jean war der Meinung, daß Martha immer schon »so« gewesen war, es aber nicht wahrhaben wollte.

Lisa glaubte, daß sie eigentlich gar nicht »so« war, es sich aber irgendwie in den Kopf gesetzt hatte und nun davon überzeugt war.

Penny fand das Ganze deprimierend.

Connie schien Shelby zu beobachten, um herauszufinden, was sie dachte.

Shelby dachte gar nichts. Aber fühlen konnte sie. Sie spürte, an welchen Stellen ihr Körper den Sitz, den Fußboden, den Tisch berührte. Es war, als würde sie an diesen Punkten schmelzen, als zerfalle sie in Moleküle, die sich mit den übrigen Molekülen der gegenständlichen Welt mischten. Elektrischer Strom kroch über ihren Rücken, ihr Gesicht, ihre Hände, direkt unter ihrer Haut. Die Außenwelt, die Unterhaltung, alles schien immer unwirklicher zu werden. Als seien sie da und gleichzeitig nicht da, wie eine Fernsehsendung, der man nur die halbe Aufmerksamkeit widmet.

Es drängte sie immer noch weg von hier, um Teile des Films in ihrem Kopf wieder und wieder betrachten zu können, bis sie es – das geheimnisvolle Etwas – begriffen hätte.

Sie war wütend auf Karen, aber sie wußte nicht, warum.

Jean hatte das Theaterstück gelesen, aber das Ende hatte ihr im Film besser gefallen. »In dem Theaterstück«, sagte sie, »erschießt sich Martha hinter der Bühne. Die Spannung steigt nicht so an wie im Film.«

»Ich wußte gar nicht, daß du so ein Filmfan bist«, sagte Lisa.

Jean lachte. »Ich weiß nur ganz genau, was mir gefällt und was nicht.«

»Also«, sagte Lisa, »über Filme weiß ich nicht viel, aber ich fand es eine Schande, wie Martha sich verhalten hat.«

Shelby sah sie an. »Ja?«

»Sie hat Karens Leben ruiniert«, sagte Lisa.

»Sie hat sie geliebt.«

»Das war in der Tat die große Liebe«, warf Connie sarkastisch ein. »Eine der größten Lieben aller Zeiten.«

»Wie kann es dein Leben ruinieren, geliebt zu werden?«

»Wenn sie sie wirklich geliebt hätte«, sagte Lisa hartnäckig, »wäre sie weggegangen, bevor irgend etwas passierte.«

»Sie wußte es ja selbst nicht«, sagte Shelby in einem beinahe klagenden Tonfall, der sie selbst überraschte.

»Aber sie hat es vermutet«, wand Connie ein. »Das hat sie doch in dieser Geständnisszene gesagt. Daß sie immer gewußt hätte, daß etwas nicht stimmte. Sie hätte begreifen müssen, daß sie sich heraushalten mußte.«

»Dann hätte es keinen Film gegeben«, bemerkte Jean scharfsinnig.

»Ist es denn wirklich so schlimm«, hörte Shelby sich fragen, »was oder wer sie war? Ich meine, sie war doch offensichtlich eine kluge, warmherzige Frau ...«

»Klapperschlangen sind auch attraktiv. Auf ihre Weise«, sagte Connie.

»Es war doch nur ein Film«, sagte Jean.

»Aber er basiert auf einer wahren Begebenheit«, sagte Penny. »In New Hampshire oder so.«

»Na ja«, sagte Jean, »in New Hampshire ist alles möglich. Da oben gibt es ziemlich furchterregende Zeitgenossen.«

Penny zuckte nur mit den Achseln.

»Ich fand das Ganze jedenfalls widerlich«, sagte Lisa wütend. »Der Film gehört in so ein Pornokino, wo sich schmierige alte Männer in Trenchcoats hinschleichen.«

»Sieh einer an«, neckte Connie, »hat da etwas einen Nerv getroffen? Gibt es etwas, das du uns erzählen möchtest, Lisa?«

»Sei nicht albern. Du glaubst doch nicht, daß ich so eine bin?« Lisa zog eine Grimasse.

»*Bist* du es denn?« fragte Penny kokett.

»Ach, hört doch auf.«

»Ich glaube nicht, daß ich so eine erkennen würde«, sagte Lisa hochmütig, »nicht mal, wenn ich mit der Nase drauf gestoßen würde.«

»Wie ist es«, fragte Connie in die Runde, »hat eine von euch schon mal so jemanden kennengelernt?« Sie lehnte sich zu Shelby hinüber. »Camden?«

»Was?«

»Hast du schon mal so jemanden kennengelernt?«

»Was meinst du?«

»Jemanden, der andersrum war«, sagte Connie, und alle warteten.

»Ja, ich glaube«, zwang Shelby sich zu sagen. »Eine Frau. Im College. Aber ich wußte es damals nicht.«

»Wann hast du es herausgefunden?« fragte Penny.

»Gar nicht. Es erscheint mir nur im nachhinein so.«

»Wie war sie?« fragte Lisa eifrig.

»Sie war sehr nett. Ich mochte sie.«

»Oje«, sagte Lisa. »Gleich und gleich ...«

Shelby wäre am liebsten aufgestanden und hinausgestürmt. Sie wußte, es war das Schlimmste, was sie tun konnte.

»Ich kannte einmal so eine Frau«, sagte Penny. »In Frankreich, wo auch sonst?«

Sämtliche Aufmerksamkeit wandte sich ihr zu.

»Bei irgendeiner Party in der Botschaft. Sie war mindestens zehn Jahre älter als ich, trug Männerkleidung und rauchte Zigarre, und sie sah mich die ganze Zeit über den Rand von ihrem Martini an.«

Lisa schauderte. »Und dann?«

»Als meine Eltern das mitbekamen, haben sie mich nach Hause gebracht. Ich war fuchsteufelswild. Es war eine nette Party, bis diese Frau sie allen verdorben hat.«

»Mein Gott«, sagte Lisa, »das ist einfach widerlich.«

Plötzlich schien sich alles zu beschleunigen. Irgend etwas bedrängte sie, etwas Brennendes. Shelby wußte nicht, was es war, aber sie wußte, daß sie gehen mußte, und zwar sofort.

Die anderen redeten weiter. Sie hörte sie nicht einmal mehr. Mach, daß du hier rauskommst, sagte eine Stimme in ihrem Kopf. Raus hier. Sofort!!

Sie sprang auf und stieß dabei beinahe ihr Wasserglas um. »Entschuldigt«, sagte sie, sich an ihrer Stimme festhaltend. »Ich muß gehen. Es war ein sehr schöner Abend.« Sie zog zwei Dollar aus ihrem Portemonnaie und warf sie auf den Tisch. Die anderen schauten sie ausdruckslos an. »Das müßte für meinen Anteil und fürs Trinkgeld reichen. Wenn nicht, sagt es mir morgen, dann gebe ich es euch zurück.«

Bevor die anderen antworten konnten, drehte sie sich um und lief hinaus.

Als sie zur Wohnungstür hereinkam, klingelte das Telefon. Bestimmt eine von ihren Freundinnen. Oder Ray. Oder ihre Mutter. Das ertrug sie heute abend nicht. Heute abend ertrug sie überhaupt nichts mehr. Heute abend wollte sie nur aus diesen verdammten steifen, kratzenden Sachen heraus. Ihre Füße in den Lederpumps waren feucht und klamm. Sie schleuderte die Schuhe von den Füßen und zog die Nylonstrümpfe aus. Frische Luft strich wie Balsam über ihre Füße und Beine. Sie zog ihr Kleid aus, den Unterrock, den BH und den Strumpfgürtel. Gott, so viele Kleidungsstücke, und jedes einzelne war unbequem, steif oder eng und hatte Druckstellen hinterlassen. Sie stand mitten im Raum, nur mit der Unterhose bekleidet, hob die Faust und rief in bester Scarlett-O'Hara-Manier: »Gott ist mein Zeuge, ich will mich nie wieder unbehaglich fühlen!«

Kein ganzer sauberer Schlafanzug mehr. Eine Hose, keine Jacke. Dafür jede Menge Nachthemden. Dünne, spitzenbesetzte Nachthemden, von Libby genehmigt. Um nichts in der Welt würde sie eins davon anziehen. Sie griff nach der Schlafanzughose und einem alten ausgeleierten T-Shirt und machte sich zum Schlafengehen fertig.

Wieder klingelte das Telefon. Sie wartete, bis es aufgehört hatte, dann legte sie den Hörer neben die Gabel. Heute abend wollte sie mit niemandem mehr reden, nicht einmal mit Fran. Nur ins Bett, Licht aus und darauf warten, daß das, was in ihr herumwühlte, an die Oberfläche kam.

In ihrem Kopf ließ sie noch einmal den Film ablaufen, in der Dunkelheit und Geborgenheit ihres Bettes. Als sie zu der Szene mit dem Zusammenbruch kam, begann sie zu weinen.

Es war noch früh, eine Stunde, bevor der Wecker klingelte. Draußen vor den Fenstern war es noch schwarz. Die Abenddämmerung kam jetzt immer früher, die Morgendämmerung später und später. Ihre kostbaren Tage schwanden. Schwanden, schwanden, schwanden.

Schlafen würde sie nicht mehr, das stand fest, also konnte sie genausogut etwas Sinnvolles tun.

Sie kochte sich einen Kaffee, und dann setzte sie sich, immer noch in Schlafanzughose und T-Shirt, an den Küchentisch, um eine Liste aufzustellen. Mit all den unangenehmen Dingen, die sie hinter sich bringen mußte.

Ray.

Familienpicknick.

Libby.

Hochzeit abblasen.

Freundinnen informieren.

Sie betrachtete die Liste stirnrunzelnd. Schlimmer als ein Horrorfilm. Ein Glück, daß sie früh aufgewacht war. Sie würde doch nicht einen einzigen goldenen Moment eines solchen Tages verpassen wollen. Also gut, Prioritäten aufstellen. Zuerst Ray, das verstand sich von selbst. Sie wußte, was sich gehörte. Familienpicknick. Davor konnte sie sich drücken, ohne Gründe anzugeben; später würde sich alles klären.

Libby. O Gott, Libby. Jesus, Maria, Joseph und alle Heiligen des Himmels, wie ihre Zimmergenossin im dritten Collegejahr immer gesagt hatte. Libby, Libby, Libby. Hey, Libby, altes Haus, weißt du was? Mit einem Schlag werde ich deine Welt zum Einsturz bringen.

Libby würde sie nicht umbringen. Das wäre zu einfach. Libby würde einen Feldzug starten, um sie geradezubiegen, sie zu schikanieren, bis sie sich vorkommen würde wie Zigarettenasche auf dem Teppich. Bei dem Gedanken fühlte sie sich elend und verloren. Am liebsten hätte sie die Liste zerrissen und alles beim alten gelassen.

Und geheiratet und sich das Leben ruiniert und Rays Leben auch, weil sie Angst vor ihrer Mutter hatte?

Du bist fünfundzwanzig Jahre alt, ermahnte sie sich energisch. Du arbeitest und bist sogar dabei, Karriere zu machen. Du stehst seit Jahren auf eigenen Füßen. Da hast du wohl auch das Recht, selbst über dein Leben zu bestimmen.

»Ich habe auch das Recht, Angst vor meiner Mutter zu haben«, murmelte sie laut. »Ich habe es mir verdient.«

Bringen wir das Schlimmste hinter uns, bevor ich richtig wach bin und meinen Schwung und meinen aufgesetzten Mut verliere.

Sie nahm einen gepolsterten Briefumschlag, eine Streichholzschachtel und etwas Watte, und dann fiel ihr nicht mehr ein, wo sie ihren Verlobungsring gelassen hatte. Normalerweise trug sie ihn auch nachts. So machte man das doch, oder? Wenn man unsterblich verliebt war?

Der Ring fand sich schließlich auf dem Waschbeckenrand im Badezimmer, dem Schauplatz vorangegangener Verzweiflungstaten. Den Spiegel hatte sie sofort ersetzt, bevor irgend jemand ihn sehen und Fragen stellen konnte. Aber im Linoleum waren immer noch tiefe Furchen, wo das Glas hingeflogen war und sie es in den Boden getreten hatte. Im Waschbecken war an einer Stelle das Porzellan abgesplittert.

Das war vor Monaten, sagte sie sich streng. Jetzt hast du andere Probleme. Sie nahm den Ring und ging zurück in die Küche.

Es kam ihr kitschig vor, es auf diese Art und Weise zu tun. Aber sie hatte keine Zeit für weitere Versuche, Ray dazu zu bringen, daß er sie ernst nahm. Sie konnte nicht mehr länger um Verständnis betteln. Wenn er hinterher reden wollte, würde sie reden. Jetzt war nur wichtig, die Sache zu beenden.

Sie kritzelte eine Notiz. »Lieber Ray, es tut mir leid, dies tun zu müssen, vor allem auf diese Weise. Aber unsere Heirat wäre für mich ganz sicher nicht das Richtige und für dich letztlich auch nicht. Ich hasse es, dir wehzutun, aber es ist wirklich dringend. Ich will es nicht noch länger hinausschieben, bis die Hochzeit noch näher gerückt ist. Du bist ein wunderbarer Mann, der beste, den ich je kennengelernt habe. Wenn du reden willst, melde dich. Ich bin gern dazu bereit.«

Sie fragte sich, ob sie »Ich liebe dich« darunterschreiben sollte. Oder »In Liebe«. Oder etwas Ähnliches. Sie beschloß, nur ihren Namen zu schreiben.

Der Umschlag war zugeklebt, adressiert und absendebereit.

Jetzt Libby.

Ihre Mutter war um diese Zeit noch nicht aufgestanden, aber sie konnte beim Hausmädchen eine Nachricht hinterlassen. Der Rubikon mußte überschritten werden, und zwar jetzt gleich.

Wie erwartet, nahm Edith das Telefon beim vierten Klingeln ab.

»Guten Morgen, Edith«, sagte Shelby. »Hier ist Shelby. Ist meine Mutter schon auf?«

»Nein«, antwortete das Hausmädchen mit leiser Stimme, obwohl bestimmt fünf Zimmer und eine Treppe sie von der schlafenden Libby trennten. »Soll ich sie wecken?«

Um Himmels willen, nein. Wir sind hier schließlich auf dem Fluchtweg für Feiglinge. »Das ist nicht notwendig. Sagen Sie ihr einfach, daß etwas dazwischengekommen ist und ich nicht zum Familienpicknick kommen kann. Keine große Sache.«

Keine große Sache. Fast hätte sie laut gelacht. Es würde eine riesengroße Sache werden. Nicht nur, weil man so etwas NICHT TAT, sondern weil Libby, die keine Camden war, ihre Legitimierung zur Teilnahme an der Camden-Familienfeier allein über Shelby bezog.

Wie sie Libby kannte, würde sie bestimmt trotzdem hingehen, jedenfalls diesmal. In Zukunft dann ...

Endlich war es Zeit, sich fürs Büro fertigzumachen. Heute hatte sie keine Termine. Sie schlüpfte in Rock und Bluse und Halbschuhe ohne Strümpfe. Das mußte reichen.

Rasch brachte sie eine Nachricht zu Papier, die sie in Frans Briefkasten warf. »Können wir uns heute abend treffen? Die Bombe ist unterwegs. S.«

Wenn sie sich beeilte und nicht zuviel Verkehr war, würde sie es vor der Arbeit noch zum Postamt schaffen.

Womöglich kriege ich es doch hin, dachte sie.

Kapitel 18

Shelby hätte Geld darauf gesetzt, daß Libby nicht bis nach Feierabend warten würde, um sie anzurufen, und sie sollte recht behalten. Sie hatte den Ring ordnungsgemäß versichert und eingeschrieben bei der Post aufgegeben und es bis in ihr Büro geschafft, ohne daß jemand den blassen Streifen an ihrem Finger bemerkte. Charlotte war schon da, aber sie war in die Korrekturfahnen für ihren Artikel über den Pillbox-Hut vertieft, der ein erstaunliches Comeback erlebte, seit Jackie Onassis ihn trug.

Shelby nickte ihr ein »Guten Morgen« zu und hängte ihren Mantel an den Garderobenhaken. Charlotte sah auf. »Sie sehen aus, als seien Sie heute in Hochform, Miss Camden.«

»Ja, das bin ich wohl auch«, sagte Shelby. »Ich weiß allerdings nicht, warum.«

Ihr Telefon läutete. Sie zwang sich zu warten, bis es dreimal geklingelt hatte, dann hob sie ab. »Shelby Camden.«

»Hier ist deine Mutter.«

Shelby sah auf die Uhr. Erst neun. Libby mußte zwischen der ersten und der zweiten Tasse Kaffee anrufen.

»Edith hat mir gerade etwas ausgerichtet, das mich sehr aufgeregt hat«, sagte Libby. »Ich hoffe, du kannst mir sagen, daß es sich um einen Fehler handelt.«

»Das weiß ich erst, wenn du mir sagst, was es ist.« Ihr Magen drehte sich um.

»Daß du nicht zum Familientreffen kommst.«

»Das ist richtig.«

»Einfach so. Keine Diskussion, kein ›Wenn es dir recht ist‹, nichts.«

»Das ist richtig.«

»Und darf ich fragen, was in drei Teufels Namen du dir dabei denkst?«

Shelby wickelte sich die Telefonschnur um die Hand. »Daß ich nicht zum Familientreffen komme.«

»Bist du jetzt völlig übergeschnappt?«

Sie sah, daß Charlotte sie fragend musterte. Sie legte die Hand über die Sprechmuschel und flüsterte tonlos: »Meine Mutter.«

Charlotte verdrehte die Augen, nickte und bot mit einer Kopfbewegung zur Tür an, den Raum zu verlassen.

Shelby schüttelte den Kopf.

»Ich bin völlig in Ordnung. Ich komme nur nicht zum Familientreffen. Verstößt das gegen das Gesetz?«

»Komm mir nicht sarkastisch. Du hast doch sicherlich eine Entschuldigung dafür?«

Wenn sie jemals hatte lügen wollen, dann war jetzt der richtige Zeitpunkt. Aber das würde sie nicht tun. Ab heute würde sie nicht mehr Libbys Fußabtreter spielen, ob Libby das paßte oder nicht. »Keine Entschuldigung. Persönliche Gründe.«

Kurzes, schockiertes Schweigen am anderen Ende. »Etwas sehr Merkwürdiges und Irritierendes geht mit dir vor«, sagte ihre Mutter. »Und es gefällt mir nicht.«

Darauf wußte Shelby nichts zu sagen.

»Hörst du mir zu?«

»Ja.«

»Ich will eine Erklärung für dein Verhalten, und zwar sofort.«

Shelby hockte sich auf den Schreibtischrand. »Ich habe keine Erklärung. Ich lasse einmal in fünfundzwanzig Jahren das Familienpicknick ausfallen. Grüß alle von mir.«

Libby legte auf.

Shelby schüttelte den Kopf und murmelte: »Jetzt bin ich *dran*.«

»Mütter«, brummte Charlotte mitfühlend.

Shelby hatte die ältere Kollegin ganz vergessen. »Sie redet so komisch, irgendwie steif und antiquiert«, sagte sie ohne Zusammenhang. »Eher so, wie andere Leute schreiben.«

Charlotte schob ihre Brille hoch und sah Shelby prüfend an. »Irgend etwas an Ihnen ist heute anders.«

Sie war versucht, es abzutun, aber der Gedanke, mit jemandem zu reden, egal mit wem, war zu verlockend. Charlotte würde es niemandem weitererzählen, nicht in den nächsten vierundzwanzig Stunden, und mehr brauchte sie nicht. »Ich habe gerade meine Verlobung gelöst«, sagte sie und wartete darauf, daß Charlotte entsetzt nach Luft schnappte.

»Es scheint Wunder bei Ihnen gewirkt zu haben«, sagte Charlotte.

»Ja, ich glaube auch. Aber ich komme mir, ehrlich gesagt, etwas rücksichtslos vor.«

»Sehr gut«, sagte Charlotte.

»Gerade vorhin. Auf dem Weg zur Arbeit. Ich will nicht, daß alle davon erfahren, solange Ray es noch nicht weiß. Könnten Sie es ein oder zwei Tage für sich behalten?«

»Haben Sie mich schon mal tratschen sehen?«

Shelby schüttelte den Kopf.

»Also.« Charlotte verschränkte die Arme vor der Brust. »Ihr junger Mann weiß nichts davon?«

»Ich habe versucht, es ihm zu sagen, aber er begreift es einfach nicht. Also habe ich ihm heute morgen den Ring zurückgeschickt.«

»Haben Sie ihn versichert?«

»Ja, habe ich.«

»Nun«, sagte Charlotte, »ich bin froh, daß Sie es endlich eingesehen haben. Seit Sie die Verlobung bekanntgegeben haben, sitzen Sie hier mit einer Jammermiene herum.«

»Tatsächlich?«

»Es geht mich ja nichts an. Aber ich habe immer wieder gedacht ›Das Mädchen will gar nicht heiraten‹.«

Shelby setzte sich auf ihren Schreibtischstuhl. »Tatsächlich?«

»Es war nicht für alle so deutlich sichtbar.« Charlotte piekte mit ihrem Bleistift in ihren Haarknoten. »Aber ich weiß, wie es ist, wenn man nicht heiraten will. Ich habe das dreimal durchgemacht, bis ich endlich so klug war, auf die kleine Stimme in meinem Innern zu hören.«

»Die Stimme kenne ich.«

»Ziehen Sie nie Ihre Zweifel in Zweifel«, sagte Charlotte. »Sie sind die einzige Wahrheit, auf die Sie sich verlassen können.«

Welch seltsame Unterhaltung. Shelby war sich nicht sicher, wie es dazu gekommen war und wie sie damit umgehen sollte. In all den Monaten, in denen sie dieses Büro geteilt hatten, war kaum ein persönliches Wort zwischen ihnen gefallen.

»Gehen Sie jetzt an die Arbeit.« Charlottes Stimme war überraschend sanft, trotz der Spuren, die die Jahre von Zigaretten und Whisky auf ihren Stimmbändern hinterlassen hatten. Sie räusperte sich. »Und übrigens, wenn es hart wird – und glauben Sie mir, das wird es werden –, dann denken Sie daran, daß ich voll und ganz hinter Ihnen stehe.« Daraufhin wandte sie sich mit einer Entschlossenheit, die deutlich machte, daß das Gespräch für den Morgen beendet war, ihren Korrekturfahnen zu.

Shelby bekam es ein wenig mit der Angst. Denn Charlotte hatte Erfahrung und kannte sich offensichtlich besser aus als sie. Aber sie konnte sich nicht vorstellen, was es für Probleme geben sollte, von ihrer unmittelbaren Familie einmal abgesehen. Sie war schließlich nicht die erste Frau der Welt, die eine Verlobung löste.

Sie kam spät nach Hause, zögernd, erschöpft davon, in der Öffentlichkeit die »alte Shelby« zu spielen. Noch einen Tag. Halte noch einen Tag durch.

Unter ihrer Tür lag eine Notiz von Fran. »Was soll das heißen, die Bombe ist unterwegs? Komm sofort zu mir rüber!«

Sie ging über den Flur.

»Gratuliere mir«, sagte sie, als Fran die Tür öffnete. »Ich bin eine freie Frau.«

Fran wurde blaß. »Du hast die Verlobung gelöst?«

»Ja.« Sie streckte ihr die linke Hand hin. »Siehst du? Der Bulle hat keinen Ring mehr durch die Nase.«

»Das glaube ich nicht.«

»Ich habe ihn ihm geschickt. Versichert und eingeschrieben.«

»Irgend etwas stimmt mit dir nicht«, sagte Fran, trat einen Schritt zur Seite und zog sie in die Wohnung. »Was ist passiert?«

Shelby warf sich auf die Couch und streckte sich aus. »Ich habe beschlossen, es hinter mich zu bringen. Ich fühle mich großartig.« Sie lachte. »Morgen wird es mir jämmerlich gehen, aber heute fühle ich mich großartig.«

»Was ist passiert?« wiederholte Fran.

»Wir waren im Kino, die Clique und ich. Wie ich dir gesagt hatte. Wir waren essen. Ich bin nach Hause gekommen und ins Bett gegangen, und als ich heute morgen wach wurde, wußte ich, was ich zu tun hatte, also habe ich es getan.«

»In welchem Film wart ihr?«

»*Infam*.«

Fran sank in den Sessel ihr gegenüber, unter der Stehlampe. »Oh, verdammt«, sagte sie.

»Hast du ihn gesehen? Er ist letztes Jahr herausgekommen.«

»Natürlich habe ich ihn gesehen. Ungefähr fünfundsiebzig Mal. Aber warum seid *ihr* da reingegangen?«

Shelby zuckte die Achseln. »Keine Ahnung. Sie hatten es schon beschlossen, als ich hinkam.«

»Ich wußte, daß es soweit kommt.« Fran vergrub das Gesicht in den Händen. »Das ist eine Katastrophe, Shelby. Eine ganz große Katastrophe. Und dann bist du hingegangen und hast deine Verlobung gelöst.«

»Du wußtest doch, daß ich die Hochzeit nicht wollte. Du hattest sogar die Idee mit dem Ring.«

»Der Zeitpunkt war leider nicht ganz glücklich gewählt.«

Shelby war verwirrt und ein wenig gekränkt. »Ich dachte, du freust dich für mich.«

Fran sah ihr direkt ins Gesicht. »Sie wollten dich warnen.«

»Fran . . .«

»Daß du dich von mir fernhalten sollst.« Mit ernstem Gesicht lehnte sie sich zu Shelby hinüber. »Darum der Film.«

»Es war doch ein schöner Film. Er hat mir gefallen. Es waren ordentliche Leute, die meisten jedenfalls . . .«

»Er war nicht schön!« Fran schrie fast. »Der Film handelt von zwei völlig anständigen Frauen, nur daß sich herausstellt, daß die eine in die andere verliebt ist, und das ruiniert ihrer beider Leben.«

»Aber Martha war doch sehr sympathisch.«

»Sie hat sich umgebracht! Kapierst du denn nicht? Sie mußte

sterben, weil sie war, wie sie war!«

Shelby stand auf und ging zur Küche. »Du bist überreizt. Ich hole dir ein Bier.«

»Wahrscheinlich eine gute Idee«, sagte Fran. Ihre Stimme zitterte. »Ich habe den Film immer wieder gesehen«, rief sie ihr nach, »eben *weil* es anständige Menschen waren, denn ich sehe und lese sonst nicht viel von ... von lesbischen Frauen, die anständige Menschen sind.«

Shelby nahm zwei Flaschen Bier aus dem Kühlschrank, und dann verbrachte sie drei lange, frustrierende Minuten auf der Suche nach dem Flaschenöffner. Schließlich fand sie ihn.

Fran hatte sich nicht von ihrem Sessel weggerührt und starrte ins Nichts. Shelby reichte ihr das Bier, dann setzte sie sich an den Couchtisch, um ihr näher zu sein. »Fran«, sagte sie leise, »sag mir, was hier deiner Meinung nach gespielt wird. Von Anfang an.«

»Unsere Freundschaft paßt ihnen nicht. Die ganze Idee mit dem Kino kam dadurch zustande, daß sie sich vernachlässigt fühlten. Aber den Film haben sie kein bißchen zufällig ausgesucht. Es gibt jede Menge anderer Filme. Ich glaube, sie wissen über mich Bescheid.« Sie hielt inne und nahm einen Schluck Bier. »Es macht mir angst. Nicht um meinetwillen. Mir können sie nichts antun, was ich nicht schon hinter mir habe. Aber dir können sie wehtun. Ich kann mir genau vorstellen, wie es weitergehen wird, und es gefällt mir gar nicht.«

Shelby wartete.

»Sie werden dich beschuldigen, so zu sein wie ich. Du kannst es leugnen, aber die Gerüchte werden erst aufhören, wenn wir uns nicht mehr sehen. Eine von uns beiden wird wohl ausziehen müssen. Dann werden sie dich unter Druck setzen, daß du dich mit Ray versöhnen sollst, oder sie werden dir einen anderen Heiratskandidaten suchen.« Sie trank noch einen Schluck. »Ganz zu schweigen von den Schrecken, die auf dich warten, wenn Libby erst einmal anfängt, ihre wohlmanikürten Krallen in dich zu schlagen.«

»Und wenn ich so tue, als wüßte ich nicht, wovon sie reden?«

»Das werden sie dir nicht abnehmen. Deinen Job und deine Freundinnen kannst du abschreiben. Unser Vermieter kann uns rauswerfen.« Sie lächelte Shelby ironisch zu. »Leute wie wir sind nicht sehr beliebt.«

Shelby lehnte ihren Handrücken gegen Frans Gesicht. »Das ist doch verrückt.«

»Die Welt ist verrückt.« Fran hatte Tränen in den Augen. Sie wischte sie mit einer groben Handbewegung weg. »Jetzt lernst du das wahre Gesicht des Lebens kennen.«

»Kein sehr schöner Anblick.«

»Stimmt.« Fran stand auf und ging zum Kamin. »Darum will ich nicht, daß du etwas damit zu tun bekommst.« Sie wandte sich um und sah Shelby an. »Ich dachte, ich könnte dir das ersparen.« Sie lachte. Ein hartes, scharfes Lachen, wie eine Ohrfeige. »Und ich werfe *dir* vor, naiv zu sein.« Sie wandte sich in Richtung Küche.

Shelby packte sie, als sie an ihr vorüberging. »Ich will nicht, daß du mich aus deiner Welt raushältst. Ich will nicht, daß du mich beschützt. All das andere ist mir egal. Es kommt, wie es kommen soll. Alles, was ich will, ist, dich zur Freundin zu haben. Alles, was ich will, ist . . .« Sie zögerte. ». . . dich zu lieben.«

Fran schloß die Augen. Es war sehr still im Raum. Irgendwo über ihnen im Haus ließ jemand Wasser laufen. Es klang sehr weit weg.

Shelby ließ Frans Ärmel los. »Dies muß aufhören. Ich brauche dich. Aber es geht nicht, daß du dich jedesmal schuldig fühlst, wenn mir etwas passiert. Ich weiß, daß es dir zu schaffen macht. Ich verstehe es, ehrlich. Aber daß du dich für alles verantwortlich fühlst, nur weil . . . Das ist wie in dem Film. Martha wollte nichts Böses, und du willst auch nichts Böses. Du bist, wer du bist. Nämlich meine Freundin, die mir mehr bedeutet als irgend jemand . . .«

»Bitte nicht«, sagte Fran und wandte sich ab. Sie ging zum Fenster. Die Nacht war still und schwer. Nach einer Weile sagte sie: »Du hast recht. Ich muß aufhören, in Selbstmitleid zu versinken.« Mit dem Handballen wischte sie ein paar Tränen weg.

Ich liebe diese Frau, dachte Shelby, als ein warmes Gefühl über sie hereinbrach wie eine Welle. »Okay«, sagte sie. Sie nahm Frans Bier und reichte es ihr. »Du weißt noch nicht alles.«

Fran setzte sich auf die Couch und blickte sie voller Angst an. »Was kommt denn noch?«

»Ich habe Libby gesagt, daß ich nicht zum Familienpicknick

komme.«

Fran schwieg lange. Dann schaute sie Shelby mit ihren tiefblauen Augen an. »Ich habe einen Vorschlag für dich.«

»Toll, was denn?«

»Besorg dir eine Waffe«, sagte Fran.

Shelby lachte. »Ich dachte, du kennst dich mit solchen Horrorgeschichten aus, und dir fällt nichts Besseres ein als ›Besorg dir eine Waffe‹?«

»Es muß eine bessere Lösung geben.« Fran kniff die Augenbrauen zusammen, sah zu Boden und dachte nach.

»Ich habe eine Idee«, sagte Shelby. »Morgen rede ich mit Jean. Mal sehen, ob sie weiß, was wirklich läuft.«

»Meinst du, sie wird dir die Wahrheit sagen?«

»Wenn nicht sie, dann niemand. Jean sagt nicht viel, aber sie ist auf jeden Fall auf meiner Seite.« Sie stellte ihr Bier ab. »Du, ich bin ganz zappelig. Ich warte die ganze Zeit, daß das Telefon klingelt. Sollen wir nicht essen gehen?«

»Gute Idee.« Fran stand auf. »Ich muß mich aber erst etwas aufhübschen.«

Sie hatte das an, was Shelby am liebsten an ihr sah. Jeans, ein altes Militärhemd und Halbschuhe ohne Strümpfe. »Muß das wirklich sein?«

»Ja, es muß wirklich sein.«

Shelby stieß einen tiefen Seufzer aus.

Während Fran sich umzog, trank sie ihr Bier aus und dachte über die Ängste tief in ihrem Innern nach. Solange sie sie nicht beachtete, ging es. Aber sie waren nach wie vor da, an ihr nagend wie Feuerameisen. Ihr wurde schwindlig davon und ein wenig übel. Sie sagte sich, daß sie nicht alles allein durchstehen mußte. Aber letztlich mußte sie es eben doch. Sie mußte mit Ray fertigwerden. Mit ihrer Mutter. Ihren Freundinnen. Wahrscheinlich dem ganzen verdammten Camden-Clan. Das würde ihr niemand abnehmen. Das *konnte* ihr niemand abnehmen. Sie wollte nicht, daß jemand es ihr abnahm.

Wenn doch schon Mitte nächster Woche wäre. Dann wüßte sie wenigstens ...

»Du siehst ganz mitgenommen aus«, sagte Fran. Sie hatte ein weizenfarbenes Kleid mit passenden Schuhen angezogen. Ihre

Sonnenbräune hatte einen weichen Bronzeton.

»Du siehst wundervoll aus.«

»Danke. Was ist los?«

»Die alte Geschichte. Am liebsten würde ich mich zu einer Kugel zusammenrollen und mich unter der Couch verstecken.«

»Hm.« Fran streckte die Hand aus.

Shelby ergriff sie. »Libby ist zu allem fähig. Vielleicht ruft sie an, vielleicht steht sie mitten in der Nacht bei mir auf der Matte. Damit ich ihr nicht entwischen kann.«

»Bleib heute nacht hier. Dann kannst du wenigstens einmal richtig schlafen.«

Ja, sie wollte heute nacht bei Fran sein. Sie hatte das Gefühl, sie würde lange Zeit keinen tiefen Schlaf mehr finden.

Die Parkbank roch nach altem Holz und nach Farbe. Es war einer von diesen Spätsommertagen, an denen nichts zusammenzupassen scheint. Die Sonne war golden, die Schatten waren lang. Das Unkraut war struppig geworden. Die Blätter wurden ledrig. Das Gras war rauh. Und doch waren die Hitze und Schwüle erdrückend.

Shelby schleuderte die Schuhe ab und spürte die warme Erde unter ihren Füßen. Sie bot Jean ihr Sandwich an. Sie mochte nichts. Jean lehnte ab und hielt ihr statt dessen ihr Essen hin. Es bestand aus schlaffen Fäden in grün und hellbeige, die von einer braunen Flüssigkeit bedeckt waren. Shelby hätte schwören können, daß sie sich bewegten.

»Danke«, sagte sie, »aber ich habe wirklich keinen Hunger.«

Jean schenkte ihr ein verschlagenes Lächeln, an dem Shelby erkennen konnte, daß Jean ganz genau wußte, weshalb sie nichts wollte. Ihre Essensgenossinnen anzuekeln war Jeans Markenzeichen geworden.

Shelby suchte nach einem Anfang.

»Also«, sagte Jean, »spuck's schon aus.«

»Leide ich unter Verfolgungswahn, oder habt ihr tatsächlich irgend etwas?«

Jean wickelte ein paar gekochte Fäden um eine Plastikgabel. »Ich nicht. Aber die anderen, ja, die sind ein bißchen unzufrieden.«

»Wieso?«

»Sie fühlen sich vernachlässigt. So fing es jedenfalls an. Ich glaube, es entwickelt sich zu etwas anderem.«

»Zu was?«

Jean stellte ihr Mittagessen hin; dann faltete sie die Hände und betrachtete ihre Knöchel.

Shelby wartete ab.

Ein Eichhörnchen kam zu ihnen gehüpft und bettelte. Shelby warf ihm ein Stück Kruste zu. »Der Film war Absicht, oder?«

Jean nickte. »Connie hatte ihn schon gesehen. Sie wußte, wovon er handelte. Sie wollte sehen, wie du reagierst.« Sie sah zu ihr auf. »Connie glaubt, Fran ist . . . du weißt schon . . . so wie Martha.«

»Lesbisch.«

»Ja. Und sie glaubt, daß sie versucht, dich uns wegzunehmen, und daß sie sich über kurz oder lang zwischen Ray und dich drängen wird.«

Shelbys Magen sank. Bestürzt fuhr sie sich mit der Hand durchs Haar.

»Stimmt das denn? Ist sie lesbisch?«

Was sollte sie darauf antworten? Es stand ihr nicht zu, das zu bejahen oder zu leugnen. Wenn sie es bejahte, nahm sie Fran die Entscheidung aus der Hand. Das durfte sie nicht. Wenn sie es leugnete, war es, als hielte sie es wie alle anderen für etwas Schreckliches. Und das wäre nicht nur illoyal, sondern auch unehrlich.

»Das kann ich nicht beantworten«, sagte sie schließlich. »Das mußt du sie selbst fragen. Wäre es ein Problem für dich?«

»Nur wenn es dich in Schwierigkeiten bringen würde.«

Sie holte tief Luft. »Jean, ich muß dir etwas sagen, und glaub mir bitte, daß es nichts mit dem zu tun hat, worüber wir gerade gesprochen haben.«

Jean musterte sie gespannt.

Sag es, befahl sie sich und öffnete den Mund. »Ich habe gestern meine Verlobung mit Ray gelöst.« Rasch fuhr sie fort: »Du weißt ja, daß ich meine Zweifel hatte. Und dann das Kopfweh und die Schlaflosigkeit. Ich glaube, das war alles ein Teil davon. Ich habe gemerkt, daß es nicht das war, was ich wollte. Es hat nicht gestimmt. Nicht jetzt.«

Jean nickte nur.

»Ich habe versucht, mit Ray über meine Zweifel zu sprechen, über meine Zukunftsängste, aber er nimmt mich nicht ernst.«

»Das sieht ihm ähnlich.«

»Vor ein paar Tagen sind wir abends essen gegangen, und ich habe wieder davon angefangen, habe ihn um Verständnis angefleht. Aber er hat es einfach nicht begriffen. Er hat mir nicht geglaubt. Und da habe ich ihm gestern morgen den Ring zurückgeschickt.«

Jean schwieg einen Augenblick. »Aha«, sagte sie schließlich.

»Mehr fällt dir dazu nicht ein?«

»Ich hoffe, du hast ihn versichert.«

Sie grinste. »Ja, habe ich.«

»Ich will dich nicht unnötig beunruhigen«, sagte Jean, »aber das wird einen enormen Wirbel verursachen.«

»Das fürchte ich auch.« Ob Jean sagte, was sie wirklich dachte? Das war wichtig. Sehr wichtig. »Glaubst du, es war falsch von mir?«

Jean lachte. »Falsch? Natürlich nicht. Falsch wäre, wenn du ihn heiraten würdest, obwohl du ihn nicht liebst.«

»Findest du das wirklich?«

»Unbedingt.« Sie verschloß ihre Plastikdose und öffnete eine Wachspapiertüte mit gebratenen Nudeln. Sie hielt sie Shelby hin. »Aber das wird Folgen haben.«

Shelby knabberte an einer Nudel. »Daran zweifle ich keinen Augenblick, ich kann mir nur noch nicht vorstellen, was für welche.«

Jean warf einem Eichhörnchen eine Nudel hin. Es schnüffelte mißtrauisch daran herum, dann packte es sie und huschte davon.

»Also gut, wovor ich wirklich Angst habe«, sagte Shelby, »ist, daß das irgendwie mit meiner Freundschaft zu Fran in Verbindung gebracht wird.«

»Nur über meine Leiche«, sagte Jean. »Vielleicht solltest du dich in meiner Wohnung verstecken, bis der Sturm vorüber ist und alle wieder zu Verstand gekommen sind.«

Erleichterung strömte durch Shelby hindurch. »Danke. Aber ich glaube, das würde es nur noch schlimmer machen.«

Jean berührte ihre Hand. »Du mußt schreckliche Angst haben.«

»Es ist, als stünde ich wie gelähmt mitten auf den Eisenbahnschienen, ohne zu wissen, wann der Zug kommt.«

»Auf eines kannst du dich verlassen: Kommen wird er.«

Mit solchen Freundinnen, dachte Shelby, kann ich es vielleicht schaffen. »Das ist noch nicht alles. Ich habe mich vom Familienpicknick abgemeldet.«

»O mein Gott!« Jean raufte sich in gespieltem Entsetzen die Haare. »Der Himmel stürzt ein! Das Ende der Welt ist nahe!«

Shelby mußte lachen. Aufrichtig lachen. »Danke, Jean. Für alles.«

Jean winkte ab. »Ich werde aufpassen, was so getratscht wird.« Sie legte Shelby eine Hand auf die Schulter. »Und ich will, daß du mir Bescheid sagst, wenn du etwas brauchst. Egal, was es ist. Jemanden zum Reden, Flugtickets zum Abhauen, falsche Papiere.« Ihre Stimme wurde ernst. »Wirklich, Shelby. Sag es mir. Und ich werde nicht zulassen, daß das wundervolle Dreiergespann dich im Büro schlechtmacht. Versprich, daß du mich helfen läßt.«

»Versprochen«, sagte Shelby dankbar. »Ganz, ganz bestimmt.«

Also gut, dachte sie, als sie wieder in ihrem Büro war. Jean, Charlotte, Fran und ich. Eine unschlagbare Truppe. Her mit dem Feind.

Die Menschen, die sie vor sechs Monaten noch für ihre Freundinnen gehalten hatte, waren jetzt »der Feind«. Das war traurig. Es war, als hätte sie etwas verloren, nicht nur ihre Freundinnen, sondern auch ein Stück ihrer Seele.

Zeit, erwachsen zu werden.

Erwachsen werden bedeutete, herauszuwachsen. Aus Illusionen, aus Hoffnungen, aus diesem leuchtenden Schein, der ihr die Gewähr gab, daß am Ende alles gut werden würde. Sobald sie den richtigen Schlüssel für die richtige Tür gefunden hatte.

Nun, jetzt öffneten sich die Türen, und es bot sich keine sehr schöne Aussicht.

Sie sah auf ihren Schreibtisch herunter, auf das Manuskript, das sie gerade lektorierte. Sie erkannte es fast nicht wieder, obwohl sie den ganzen Vormittag daran gearbeitet hatte. Ihre Kommentare erschienen ihr kaum noch verständlich, und jemand anders würde überhaupt nichts damit anfangen können.

Jetzt litt auch noch ihre Arbeit. Das ging nicht. Vor ihr lag ein langes Wochenende, denn am Montag war Feiertag. Sie schwor sich, daß sie bis Dienstag das Licht am Ende des Tunnels sehen würde.

Am Nachmittag rief niemand an. Ray mußte ihren Brief mittlerweile bekommen haben, und Libby sah es nicht ähnlich, sich so zurückzuhalten. Sie sollte froh sein, ihre Ruhe zu haben. Aber es machte sie nur nervös.

Sie würden sie bestimmt heute abend erwischen, sobald sie nach Hause kam.

Sie rief Fran bei der Arbeit an und bat sie, sich mit ihr im Imbiß zum Abendessen zu treffen, um das Unvermeidliche hinauszuzögern.

Fran erklärte, sie habe es sich zur Berufung gemacht, das Unvermeidliche hinauszuzögern.

Nach dem Essen fuhr Shelby langsam um den Block, nach bekannten Autos Ausschau haltend. Die Luft schien rein. Sie bog in den schmalen Weg ein, wo sie ihre Autos parkten. Frans Wohnung war dunkel. Fran machte noch Besorgungen, kaufte fürs Frühstück ein, bevor der Supermarkt schloß.

In ihrer eigenen Wohnung war natürlich ebenfalls kein Licht. Sie ging über den Rasen und steckte den Schlüssel ins Schloß zur Hintertür. In der Luft hing Zigarettenqualm. Einer der Nachbarn mußte hier den Spätsommerabend genossen haben. Sie schloß die Tür auf und ging in die Wohnung.

Hier war der Tabakgeruch noch stärker. Auf halbem Weg durch die Küche wurde ihr bewußt, daß dies nicht irgendein Zigarettenqualm war. Es war Libbys.

Unter der Tür zwischen Küche und Wohnzimmer schien Licht hervor. Sie schob die Tür auf.

»Das wird aber auch Zeit«, sagte Libby. Sie hatte es sich bequem gemacht. Shelbys Post lag in einem ordentlichen Stapel auf dem Couchtisch; die Sofakissen waren neu verteilt. Die abgekühlte Asche, die Shelby gern auf der Feuerstelle liegen ließ, war in den Kamin gefegt worden.

Eindringling Libby hatte sich einen Manhattan gemixt.

»Hast du es gemütlich?« fragte Shelby zynisch. Sie war wütend, mehr wütend als ängstlich.

»Nicht besonders«, sagte Libby. »Wo warst du?«

»Viel wichtiger ist, was machst du hier, wie bist du hereingekommen, und was willst du?«

»Da du so besorgt fragst, ich warte hier seit über einer Stunde.

Der Vermieter hat mich hereingelassen. Und wir müssen reden.«

Shelby ging zum Fenster und öffnete die Rolläden, die ihre Mutter geschlossen hatte. Sehr clever. So hatte sie sie von der Straße aus unmöglich sehen können. Libby hatte die Überraschung auf ihrer Seite. Frische Luft strömte herein.

»Wo ist dein Auto?«

»Ein paar Blocks weiter. Es war ein so schöner Abend zum Spazierengehen.« Libby drückte ihre Zigarette aus. »Und wo warst du?«

»Essen.« Sie nahm die Post und sah sie durch. Ihr Herz schlug rasch wie eine kleine Trommel.

»Mit wem?«

Nein, sie würde stur bleiben. »Mit einer Freundin.«

»Kenne ich sie?«

»Das bezweifle ich.«

»Na, da bin ich froh. Ich war überzeugt, daß du mit dieser *Frau* ausgegangen bist.« Sie wedelte mit der Hand in die allgemeine Richtung von Frans Tür.

»Was willst du?« hörte Shelby sich sagen. »Du führst doch irgend etwas im Schilde.« Sie warf ihrer Mutter einen Blick zu. »Wie immer.«

»Ja, heute abend tue ich das tatsächlich, wie du so freundlich bemerkst.« Sie lehnte sich bequem in ihrem Sessel zurück und zündete sich eine neue Zigarette an. Laut hörbar sog sie die Luft ein. »Ray hat mich heute angerufen.« Sie wartete auf Shelbys Reaktion.

»Wie geht es ihm?« fragte Shelby nach einer Weile.

»Sehr schlecht, wie du dir vielleicht vorstellen kannst. Er hat heute morgen dein Päckchen bekommen.«

»Gut. Dann kann ich die Versicherungsquittung ja wegwerfen.«

»Meine Güte«, sagte Libby. »Was bist du kaltherzig.«

»Wenn er mit dir gesprochen hat«, sagte Shelby gleichmütig, »dann weißt du, was ich getan habe. Und warum. Das habe ich in meinem Brief ganz deutlich erklärt, und er hat ihn dir ja sicher vorgelesen.«

»Allerdings. Es war ein sehr liebloser Brief.«

»Jedenfalls scheint er seine Aufmerksamkeit erregt zu haben.«

Ihre Mutter lächelte hinterhältig, als wollte sie sagen »Jetzt hab ich dich«. »Also darum geht es. Aufmerksamkeit.«

»Nein, ich brauche nicht noch mehr Aufmerksamkeit von Ray. Ich brauche weniger.« Sie wußte, daß sie Libby provozierte, und das war gefährlich. Aber es war ihr egal. Sie genoß es. Es gab ihr ein Gefühl von Macht. Sie *wollte* geradezu gemein sein. »Ich glaube wirklich nicht, daß es da etwas zu bereden gibt.«

Libby zündete sich noch eine Zigarette an, diesmal am Stummel der letzten. »Mir war nie bewußt, daß du so kaltherzig sein kannst.«

»Das habe ich von dir«, sagte Shelby.

»Nicht sehr attraktiv.«

»Das ist mir auch schon aufgefallen.«

Libby trank aus und zerbiß mit den Zähnen ein Stück Eis. Noch nie zuvor hatte Shelby ihre Mutter so etwas tun sehen. Sie war fasziniert.

»Ich habe eine Entscheidung getroffen«, sagte Libby. »Nachdem ich mit Ray gesprochen hatte.«

»Ach? Wie schön, daß ihr beide gut zusammenarbeitet. Aber so war es ja die ganze Zeit, nicht wahr?«

Ihre Mutter ignorierte sie. »Du kommst mit mir nach Hause. Gleich heute abend. Am Montag gehst du mit mir zum Familientreffen. Am Dienstag gehst du zu einem Psychiater. Wir haben schon einen Termin.«

»Wir? Wer auch immer ›wir‹ ist, kann dort gern hingehen.«

Libby preßte in einer mißbilligenden Grimasse die Lippen aufeinander. Es sah aus, als lutsche sie an einer Zitrone. »*Wir* werden auf jeden Fall hingehen. Du und ich.«

»Nein, danke«, sagte Shelby.

»Wie bitte?«

»Ich sagte ›Nein, danke‹.«

»Das war keine Einladung.«

Shelby verschränkte die Arme und schaute ihre Mutter an, bis sie wegsah. Es war, als hätte sie gerade den Nobelpreis gewonnen.

»Und vor allem . . .«, sagte Libby, die Zigarette im Mundwinkel baumelnd.

Ihre alte Natur bricht wieder durch, dachte Shelby.

». . . wirst du dich nicht mehr mit dieser Frau abgeben. Nie mehr. Hast du mich verstanden?«

»Nein.«

»Mit dieser *Person* da nebenan.«

Ihre Wut baute sich auf wie der Druck in einem Schnellkochtopf. »Falls es dich interessiert, sie heißt Fran Jarvis.«

»Seit sie auf der Bildfläche erschienen ist, gibt es nur noch Ärger. Sie ist schlecht für dich und schlecht für alle um dich herum.«

Durch den festverschlossenen Rand entwich Dampf. Das Druckventil klapperte. »Sie geht dich nichts an.«

»Oh, doch. Du bist auf dem besten Wege, dir dein Leben zu ruinieren. Wie du dir neuerdings deine Freunde aussuchst, ist alles andere als akzeptabel ...«

Shelby merkte, wie sie hochging. »Halt dich aus meinem Leben und aus meinen Freundschaften raus, Mutter. Es scheint dir entgangen zu sein, daß ich fünfundzwanzig Jahre alt bin. Wer meine Freunde sind und wann und wie ich mich mit ihnen treffe, entscheide ich selbst.«

»Du begreifst ja nicht einmal, in was du dich da verstrickst!« Libbys Stimme wurde schrill und laut. »Du bist nicht mehr du selbst, seit du diese Frau kennst. Es ist ungesund.«

»Sie ist meine Freundin«, schrie Shelby zurück. »Sie wird meine Freundin bleiben. Und was ›ungesund‹ betrifft, so ist sie eine ganze Menge weniger giftig als du!«

Als es wieder still war, merkte sie, wie laut sie geschrien hatte. Laut genug, um das ganze Haus und wahrscheinlich halb Bass Falls zu wecken.

Libbys Nasenlöcher wurden weit. Sie ließ Qualm aus ihrem Mund entweichen und sog ihn durch die Nase ein. »Du bringst dich in große Schwierigkeiten, Shelby.«

»Das ist mir ganz einerlei. Ich habe die Schnauze voll von Leuten, die sich mit ihrer hochnäsigen Kleinkrämerei in meine Angelegenheiten mischen.«

»Jetzt bin ich also eine hochnäsige Kleinkrämerin«, schnaubte Libby.

»Ihr seid ein Pack humorloser, selbstgerechter Schnösel. Die Camdens mit ihrem ganzen angeheirateten Clan. Und mein Ex-Verlobter und manche von meinen sogenannten Freundinnen auch.«

»Ach, wirklich?« fragte Libby ironisch.

»Mein Leben lang habe ich versucht, es dir recht zu machen. Nie ist es gut genug. Ich kann nicht mal den Müll rausbringen, ohne daß du mich kritisierst!« Sie wußte, daß sie kreischte, aber sie konnte nicht aufhören. »Ich will mein eigenes Leben leben, Libby! Nicht irgendeine Traumwelt, die du dir ausgedacht hast, wo die Blumen zu deinen Kleidern passen und wo du nicht mal pissen gehen kannst, ohne es mit einer Party im Country Club zu feiern.«

»Ich weiß schon, was du für ein Leben willst. Ganz unten im Dreck mit deinen abgerissenen Kleidern und mit dieser verdorbenen, perversen ...«

Die Tür flog auf, und Fran marschierte herein. »Wenn Sie mir etwas zu sagen haben, Mrs. Camden«, sagte sie, »dann seien Sie so anständig, es mir ins Gesicht zu sagen.«

Libby wandte sich zu ihr um. »Was ›anständig‹ ist und was nicht, damit dürften Sie sich wohl kaum auskennen.«

»Los, sag es!«, schrie Shelby ihre Mutter an. »Sprich das Wort aus. Oder soll ich es für dich tun?«

»Es ist ein häßliches Wort, und ich werde meine Lippen nicht damit beschmutzen.«

»Shelby«, sagte Fran, »du brauchst nicht meine Schlachten für mich zu schlagen.«

»Das Wort heißt ›lesbisch‹«, sagte Shelby. »Zwei Silben. Es fängt mit ›l‹ an und hört mit ›sch‹ auf. Guck mal ins Wörterbuch. Lesbische Liebe: Homosexualität bei Frauen. Lesbos: eine Insel im Ägäischen ...«

»Hör auf, Shelby«, sagte Fran.

Libby lächelte boshaft. »Genau, sagen Sie es ihr. Sie wird alles tun, was *Sie* sagen.« Sie zog an ihrer Zigarette und blies den Qualm beim Sprechen in Frans Richtung. »Ihre Herrschaft ist zu Ende, Miss Queen Bee. Ich habe Sie durchschaut, und ich weiß, worauf Leute wie Sie aus sind. Also bleiben Sie mir aus dem Weg, und halten Sie sich von meiner Tochter fern, wenn Sie wissen, was gut für Sie ist.«

»Laß sie in Ruhe, Libby«, warnte Shelby. Sie bewegte sich näher auf Fran zu.

»Ich habe in meinem Leben schon viele Leute kennengelernt, Mrs. Camden«, sagte Fran. »Aber noch niemanden, der so unverschämt war wie Sie.«

»Es ist charmant«, sagte Libby zu Shelby, »daß sie dir zu Hilfe geeilt kommt wie der Märchenprinz seiner Prinzessin. Aber ich glaube, es ist besser, wenn du deinen Höllenhund jetzt zurückrufst.«

Auf einmal fühlte sich Shelby ganz ruhig und gelassen, und alles war ganz klar. Sie wußte, was sie tun würde. Es war richtig. Sie war sich sicher. »Ich glaube, *du* paßt besser auf, was du sagst. Sonst komme ich am Montag womöglich doch zum Familientreffen. Meinst du nicht ...« Sie ließ ihre Hand in Frans gleiten. »... daß der ganze Clan daran interessiert wäre, die Frau kennenzulernen, die ich liebe?«

Libby starrte sie an. Ihre Lippen waren unter dem schweren Make-up beinahe lila. »Habe ich das jetzt richtig gehört?«

»Allerdings.« Shelby mußte grinsen. Am liebsten wäre sie hoch an die Decke gesprungen. Ihr Kopf und ihre Brust waren voller Helium. »Und wie ich Ray kenne, wäre er an einem Dreier wohl kaum interessiert.«

Sie spürte, wie Frans Hand in der ihren zitterte; ihre Haut war steif und klamm.

»Geh jetzt. Mach damit, was auch immer du mit schlechten Nachrichten machst.« Sie begann sich abzuwenden.

Libby richtete sich zu ihrer vollen Größe auf, ganze 163 Zentimeter. Shelby war nie aufgefallen, daß ihre Mutter so klein war. »Du ahnst ja nicht einmal ...«, murmelte Libby, während sie ihre Sachen einsammelte.

»Nimm deine Kippen mit.« Shelby deutete auf den Aschenbecher.

Libby ignorierte sie und ging zur Tür. »Das wirst du bereuen, Shelby. Ich schlage vor, daß du deine Lage noch einmal überdenkst.« Sie warf einen Blick auf Fran und drehte dann vielsagend den Kopf weg.

»Einen schönen Abend noch«, sagte Fran höflich.

»Sie widern mich an«, sagte Libby und schritt hinaus.

»Geh zum Teufel«, rief Shelby ihr freundlich nach, laut genug, daß sie es hören konnte.

Die Haustür knallte zu.

Fran und Shelby sahen einander an, und ganz langsam kroch das Verstehen in ihnen hoch. »Mein Gott«, sagte Shelby, »was haben wir angerichtet?«

»Die *Titanic* versenkt, fürchte ich.«

Shelby ließ sich auf die Couch sinken, in Hochstimmung und voller Angst zugleich. »Ich finde, es war die Sache wert.«

Fran machte alle Fenster ganz weit auf. »Der Zigarettenqualm von deiner Mutter ist ja schon schlimm genug, aber dazu noch ihr Parfum . . . Soll ich uns einen Drink machen?«

»Ja, bitte. Egal, was. Irgendwas auf Eis.«

Durch die Angst hindurch spürte Shelby, daß sich etwas in ihr veränderte. Mit einem samtigen, raschelnden Geräusch verschob sich etwas. Wie ein Haufen Weizenkörner, der ins Rutschen geriet.

Sie knabberte einen eingerissenen Nagel ab und staunte über sich selbst. So etwas tat sie nie. Wahrscheinlich die ersten Anzeichen eines Nervenzusammenbruchs. Nägelkauen. Danach konnten nur noch Kleptomanie und Halluzinationen folgen, oder sie würde sich plötzlich mitten im Supermarkt sämtlicher Kleider entledigen. Oder im Gasthof von Bass Falls, der zweihundertjährigen Touristenattraktion aus der Kolonialzeit mitten im Ort. Um einiges nobler als der Supermarkt.

Sie mußte kichern.

»Worüber lachst du?« fragte Fran. Sie reichte Shelby einen Scotch.

»Ach, nichts. Ich glaube, ich drehe durch.«

»Dann warte bitte noch ein paar Minuten.« Fran setzte sich mit einem Bourbon mit Wasser neben sie. »Wir müssen überlegen, was wir jetzt machen.«

Shelby nahm einen langsamen Schluck. Die Wärme des Alkohols begann sich in ihrem Magen auszubreiten. Gleich würde sie sich entspannen. Hoffentlich war es bald soweit.

»Also«, sagte Fran, »bis jetzt habe ich mir folgendes überlegt.« Ihr Gesicht war ganz glatt und ruhig. »Als erstes mußt du zurücknehmen, was du zu Libby über mich gesagt hast. Es stimmt nicht, du warst wütend, und du wolltest sie nur ärgern. Das wird sie dir glauben.«

»Nein, das tue ich nicht.«

»Soweit ist es noch einfach. Was den Rest betrifft, weiß ich nicht, wie du einlenken könntest, ohne dich geschlagen zu geben.«

»Ich tue es nicht«, wiederholte Shelby.

Fran sah sie an. »Was tust du nicht?«

»Zurücknehmen, was ich gesagt habe. Was ich für dich empfinde.«

»Du hast den Verstand verloren.«

Shelby lehnte sich nach vorn. »Ich glaube nämlich, es könnte stimmen.«

Fran starrte sie an, als hätte sie gerade den Jüngsten Tag verkündet. »Also gut«, sagte sie beschwichtigend, »du magst mich. Aber für ›Liebe‹ gibt es viele verschiedene Definitionen. Paß auf, daß die Leute das nicht in den falschen Hals kriegen.«

»Weißt du noch, als wir zelten gegangen sind und ich gesagt habe, daß ich für Ray nicht das gleiche empfinde wie für dich?«

Fran nickte. »Das hat dich damals ganz schön erschüttert.«

»Weil ich da zum ersten Mal gemerkt habe, daß ich Ray nicht heiraten will. Aber es geht nicht nur um Ray. Ich will überhaupt nicht heiraten ...«

»Das ist in Ordnung«, sagte Fran. »Du brauchst nicht zu heiraten.«

»... solange ich nicht jemanden finde, für den ich so empfinde wie für *dich*. Begreifst du nicht? Für *dich*.«

Mit steinernem Gesichtsausdruck starrte Fran ins Nichts und drehte ihr Glas in der Hand. Die Eiswürfel klingelten wie Schlittenglöckchen.

Shelby wußte nicht, was für eine Reaktion sie jetzt von Fran erwartete. Würde sie sich freuen? Shelby hoffte das, aber sie ging eigentlich nicht davon aus. Wäre sie erschrocken? Das wäre verständlich. Würde sie sich schuldig fühlen? Das würde Fran ähnlich sehen.

»Hey«, sagte sie schließlich, »was denkst du?«

»Sogar wenn sich herausstellt, daß es stimmt, was du sagst«, sagte Fran leise, »ist es besser, wenn du es leugnest.«

Shelby war tief enttäuscht. »Ich dachte, du freust dich wenigstens, weil doch ...«

Fran schien in der Couch zu versinken. Sie hockte ganz zusammengekauert da, das Gesicht blaß. »Ich freue mich ja«, sagte sie. »Aber ich habe Angst, es zu glauben, und Angst um dich. Wahrscheinlich warte ich noch.«

»Worauf?«
»Auf Sicherheit.«
Das ärgerte Shelby. »Das ist aber wirklich überheblich.«
»Meinst du?«
»Glaubst du, ich bin nicht in der Lage, zu wissen, was ich fühle?«
Zwischen ihnen war Distanz. Shelby schmerzte das Herz. Es wollte sich öffnen wie eine Blüte und Fran ganz in ihre Mitte ziehen, statt daß sie hier saßen und ein so kühles Gespräch führten.

Fran breitete die Hände aus. »Ich weiß nicht, was ich sagen soll. Ich weiß nicht, was ich tun soll. Ich weiß nicht einmal, was ich fühlen soll. Ich glaube nicht an Wunder. Solche Dinge sind einfach nicht . . .«

Shelby fiel ihr ins Wort. »Doch. Sind sie.«

»Shelby«, sagte Fran sanft und fest zugleich, »du hast eine Menge durchgemacht. Alles passiert so schnell. Stürz dich nicht in etwas, das du später bereust. Das *wir* später bereuen.« Sie sah hoch. »Ich komme aus einem Schlamassel auch wieder raus. Das mußte ich schon öfter. Aber du . . . bevor du dir das antust, sei dir bitte, bitte sicher.«

Sie wußte nicht, ob dieses Gefühl Liebe war oder nicht. Sie hatte noch niemals Liebe für eine Frau empfunden, nicht so. Für einen Mann auch nicht. Nicht mit jedem Zentimeter ihres Körpers und ihres Herzens. Wenn es wirklich die Wahrheit war . . .

Dann stand ihnen etwas bevor, das größere Ausmaße hatte als ein Familientreffen.

Und dann würde sie einen Weg einschlagen, über den sie sich noch nie Gedanken gemacht hatte. Wenn man nach Europa geht, dachte sie mit leichtem Schwindelgefühl, hat man wenigstens seine Reiseroute geplant.

»Na gut«, sagte sie. »Aber ich nehme es nicht zurück. Nicht, wenn es womöglich stimmt.«

Fran seufzte verzweifelt auf. »Warum nicht?«
»Weil ich nicht verleugnen will, was ich für dich empfinde.«
»Shelby . . .«
»Nein«, sagte sie fest. Sie streckte die Hände aus. »Steh auf.«
Fran stand auf und ergriff ihre Hände.

Shelby zog sie zu sich und schloß sie in die Arme. Sie schaltete alles aus, wollte nur noch Frans Körper ganz nah an dem ihren spüren. Sie hörte auf zu denken, hörte auf, alles von außen anzusehen. Sie wollte für diesen einen Moment ganz bewußt die Zeit anhalten.

So hatte sie noch niemals zuvor empfunden.

Kapitel 19

Das Wochenende war ruhig, und Shelby hätte es vielleicht genossen, wenn sie nicht die meiste Zeit mit klopfendem Herzen und rasendem Adrenalin darauf gewartet hätte, daß etwas Schreckliches passierte.

Fran mußte an beiden Tagen arbeiten, aber das war nicht schlimm. Jeden Abend, wenn sie nach Hause kam, wanderten sie durch die beinahe leere Stadt. Sie spürten die samtene Nacht und lauschten auf den Klang ihrer eigenen Schritte und auf das gelegentliche verzerrte Gelächter aus einem entfernt hörbaren Fernseher. Sie nahmen den Geruch von frischgemähtem Gras wahr – ein vorletztes Mal, dann würde der Sommer vorbei sein. Die Grillen zirpten noch. Käfer und Motten schwirrten im Licht der Straßenlampen. Fledermäuse schwangen sich auf der Suche nach Nahrung durch das Licht in die Dunkelheit.

Sie erzählten einander von ihrem Tag. Fran sagte, sie bereiteten sich auf den Ansturm von Studenten auf die Krankenstation im College vor. Auf Beulen und Schürfwunden, Alkoholexzesse und ungeplante Schwangerschaften. Gerade hatten sie, Kirche und Staat ignorierend, ihr heimliches Lager mit Kartons von Kondomen und Spiralen aufgestockt. Von Jahr zu Jahr gab es mehr Schwangerschaften. Die Heranwachsenden tobten sich in alarmierendem Ausmaß aus. Einige der Krankenschwestern führten geheime ›Empfehlungslisten‹ von Ärzten, die bereit waren, bei Nacht und Nebel Abtreibungen durchzuführen.

Jetzt, da Shelby wußte, daß Ray den Ring bekommen hatte, war es an der Zeit, ihre Brautführerin anzurufen. Connie nahm es überraschend gelassen auf. Sie hätte sich schon gedacht, daß irgend etwas los sei, sagte sie. Shelby sei einfach nicht mehr die alte gewesen. Sie wisse, daß es eine schwere Entscheidung sei, und ob sie irgendwie helfen könne?

Ehrlich gesagt, ja. Es würde Shelby eine große Last von der Seele nehmen, wenn sie Lisa und Penny für sie anrufen würde.

Und Jean?

Jean würde sie selbst Bescheid sagen.

Shelby konnte nicht fassen, daß es so leicht gewesen war.

Sie beobachtete sich dabei, wie sie auf Fran reagierte. Wenn es an der Zeit war, daß Fran von der Arbeit nach Hause kam, merkte sie, wie sie unruhig und nervös wurde. Wenn Fran das Zimmer betrat, war es, als hätte jemand ein Ameisennest in ihrem Magen aufgescheucht; winzige Nervenimpulse huschten wie wild hin und her. Fran schien sich immer zu freuen, sie zu sehen, und sie erwiderte ihre Berührungen. Aber wenn sie nicht wußte, daß Shelby sie beobachtete, nahm ihr Gesicht einen erschöpften, besorgten Ausdruck an.

Am Sonntagabend war Shelby endgültig von ängstlicher Anspannung erfüllt; sie war sicher, daß etwas in Bewegung geraten würde, sobald Libby anfangen würde herumzutelefonieren. Sie rief Jean an. Jean hatte noch nichts gehört; sie hatte versucht, Connie, Lisa oder Penny zu erreichen, aber es war niemand zu Hause gewesen. Fran schlug vor, am Montag zu dritt draußen zu grillen. Sie selbst mußte trotz des Feiertags arbeiten, so daß sie ihnen nicht viel helfen konnte, aber wenn sie nach Hause kam, würde es immer noch hell genug sein. Jean fand, das sei eine großartige Idee.

Sie saßen da und sahen zu, wie die Kohlen immer schwächer glühten. Jean brachte ihnen Lieder aus dem Pfadfinderlager bei. Fran gab nicht ganz stubenreine Weisen aus dem Militär zum besten. Shelby hatte als Kind ein paar ganz schmutzige Nummern aufgeschnappt, als sie bei Partys ihrer Eltern gelauscht hatte. Sie waren sich einig, daß Volljährigkeit und Geld zu einem schweren Sittenverfall beitrugen.

Mit ihren Bierflaschen anstoßend, gratulierten sie sich gegenseitig dazu, daß sie niemals reich genug sein würden, um völlig dekadent zu werden. Mit dem Camden-Vermögen und Rays künftigem Verdienstpotential hatte Shelby zwar knapp davor gestanden. Aber nach der geplatzten Hochzeit und ihrer Absage beim Familienpicknick konnte sie sich das Vermögen garantiert abschminken.

Jean konnte es kaum glauben, daß ihr Vater sie wegen so etwas enterben würde. Shelby versicherte ihr, er habe ihr mehr als einmal erklärt, daß alles an seine Alma mater gehen würde, wenn »aus ihr nichts würde«. Und daß aus ihr nichts wurde, das sah man ja.

Sie beklagten gemeinsam das Los der Karrierefrau in der heutigen Gesellschaft. Sie fanden, daß sie eine Randgruppe darstellten. Eine Schattenwelt im Schatten der richtigen Welt. Doppelter Schatten. Dazu verdammt, eine alte Jungfer zu werden, wenn sie sich nicht in den nächsten fünf Jahren einen Mann angelten.

»Mir einen Mann angeln?« sagte Jean. »Geht es nicht eher darum, mich mit einem Mann *abzufinden*?«

Darüber lachten sie alle.

Fran stellte fest, daß sie schon ziemlich angesäuselt waren.

Sie tranken auf das Ende des Sommers.

Sie sprachen über die Vor- und Nachteile des Lebens in einer Collegestadt, in der die Bevölkerung jedes Jahr im Juni um die Hälfte sank. Und über den Kulturschock im September, wenn die Studenten zurückkehrten.

Nach einer Weile sprachen sie über gar nichts mehr; sie lehnten sich einfach in ihren Liegestühlen zurück und schauten in die Sterne.

Es wurde spät, und Jean meinte, sie müsse nach Hause. Fran lud sie ein, bei sich zu übernachten, da sie zwei Betten hatte. Jean sagte, sie würde lieber spät heimkommen, als am nächsten Tag in aller Herrgottsfrühe zu ihrer Wohnung fahren zu müssen, um sich fürs Büro umzuziehen. Sie trugen ihr auf, vorsichtig zu fahren und sich vor tollwütigen Waschbären in acht zu nehmen.

Noch immer hatte niemand angerufen.

Fran hatte am Dienstag frei, als Ausgleich fürs Wochenende. Sie versprach, das Aufräumen zu übernehmen.

Shelby ging früh zur Arbeit. Sie wollte vor dem Rest der Kantinenclique dort sein, damit sie schon im Büro saß, wenn die anderen eintrafen. Das erschien ihr einfacher, als mitten in die zu erwartende Kreisch- und Tratschsitzung hineinzuplatzen. Da sie bisher nur mit Connie gesprochen hatte, konnte sie sich vorstellen, welch einen Tumult es geben würde. Jede Menge Diskussionen, Aufregung und Fragen. Vor allem Fragen.

Statt Stille und Einsamkeit fand sie auf ihrem Schreibtisch Blumen. Gelbe Rosen und Nelken in einer dunkelblauen Vase. Auf der Karte erkannte sie Pennys Handschrift. »Wir halten zu dir. Die Kantinenclique.«

Sie war gerührt und überrascht. Sie ging ins Lektoratsbüro hinunter.

Dort wurde sie stürmisch umarmt. »Schön, daß du wieder zu den alten Jungfern zurückkehrst«, sagte Lisa.

»Hey, ihr.« Sie erwiderte die Umarmungen. »So eine Reaktion habe ich gar nicht erwartet. Mögt ihr Ray nicht?«

»Doch, natürlich«, sagte Connie. »Wir dachten, du könntest eine kleine Aufmunterung gebrauchen.«

Shelby lachte und schüttelte den Kopf. »Ihr könnt es euch gar nicht vorstellen. Ray schmollt und schweigt, und Libby ist an die Decke gegangen. Glücklicherweise spricht sie nicht mit mir.«

»Sie ist zäh«, sagte Lisa und gab ihr einen raschen Kuß auf die Wange. »Sie wird darüber hinwegkommen.«

»Penny, vielen, vielen Dank für die Blumen. Das war genau das, was ich brauchte.«

»Sie sind von uns allen«, sagte Penny.

»Ich weiß, und ich danke euch allen, aber man sieht, daß du sie ausgesucht hast.«

Penny wurde rot wie ein Granatapfel. »Gefallen sie dir?«

»Meine Lieblingsblumen.« Sie sah sich um, auf der Suche nach Jean.

»Jean ist noch im Aufenthaltsraum«, sagte Lisa. »Sie hat nicht mitgemacht. Wir konnten sie gestern abend nicht erreichen.«

»Sie war bei mir. Wir haben ein spontanes Picknick veranstaltet.« Sie fügte hinzu: »Ich habe versucht, euch anzurufen, aber ihr wart alle nicht zu Hause.« Das war jedenfalls nicht ganz gelogen.

Sie meinte zu sehen, daß Connie und Lisa einen Blick wechselten.

In der Tür stand Miss Myers.

»Verdrückt euch«, zischte Connie, »die Bullen sind da.«

Sie huschten wieder an ihre Schreibtische.

Es stellte sich heraus, daß Miss Myers nur eine der neuen Lektorinnen suchte. Aber es bot Shelby eine hervorragende Entschuldigung, wieder in ihr Büro zu gehen.

Etwas später kam Charlotte herein, mit einem forschen »Wie geht's?«

»Gut«, sagte Shelby.

Charlotte sagte, Shelby sei eine miserable Lügnerin.

»Es war zu einfach«, sagte Shelby. »Haben Sie irgend etwas gehört?«

»Sie hüten sich zu tratschen, wenn ich in der Nähe bin. Außerdem geht es niemanden einen feuchten Kehricht an, wie Sie Ihre Freizeit verbringen. Vergessen Sie das nicht.«

Shelby lächelte düster. Es ging niemanden etwas an, aber sie hatte so eine Vorahnung, daß sie den feuchten Kehricht schon bald von allen Seiten zu spüren bekommen würde.

Als sie heimkam, fiel alles bereits in tiefes Zwielicht. Es würde jetzt immer früher dunkel werden. Ehe sie sich versah, würde sie nicht nur abends im Dunkeln ins Bett gehen, sondern auch morgens im Dunkeln aufstehen. Die Blätter würden sich bunt färben und sie einmal mehr daran erinnern, weshalb sie in New England lebte. Dann würde der Winter kommen, die Jahreszeit mit dem gefrorenen Schneematsch, in der sie sich für verrückt halten würde. Bis zum Frühling, der sich zuerst durch das Geschwätz der Spatzen ankündigte, sich vertiefte, wenn die Ahornknospen zu mahagonifarbenen Knöpfen schwollen. Eines Tages würden sich die Hügel mit einem ganz zarten Grün überziehen, es würde der Geruch von Erde aufsteigen, und niemand würde sich mehr daran erinnern, daß es ein schlimmer Winter gewesen war.

Daheim hatte Fran alle Brautmagazine zusammengetragen, die Libby in Shelbys Wohnung geschleppt hatte. Sie hatte sie bei der Feuerstelle draußen aufgehäuft und eine Dose Grillanzünder danebengestellt. »Ich dachte, wir könnten ein rituelles Feuer entzünden.«

»Hervorragende Idee. Hat irgend jemand angerufen?«

»Dein Telefon hat einmal geklingelt, aber nach dem vierten Läuten hat es aufgehört. Wahrscheinlich hatte sich jemand verwählt.«

»Bin gleich wieder da.«

Sie ging durch ihre Wohnung zu den Briefkästen und holte ihre Post. Eine Zeitschrift. Flugblätter. Rechnungen. Der Rest Reklame. Sie warf alles auf die Couch und ging sich umziehen.

Als der Scheiterhaufen die letzte Zeitschrift verschlungen hatte, war sie mit Ruß bedeckt und hatte einen Bärenhunger. Fran warf eine ihrer weniger geglückten Gourmetmahlzeiten zusammen. Danach saßen sie zusammen und plauderten über Belangloses, bis Shelby drüben in ihrer Wohnung das Telefon klingeln hörte.

»O nein«, sagte sie, und ihr wurde eiskalt.

»Willst du es klingeln lassen?«

Sie schüttelte den Kopf. »Früher oder später mußte es ja kommen.« Sie lief über den Flur.

»Shel«, sagte Ray, »ich bin froh, daß ich dich zu Hause erwische.«

Sie hätte seine Stimme fast nicht erkannt. Er klang älter. Sie schob ihre Angst für einen Moment beiseite. »Hallo, Ray«, sagte sie, so unverbindlich sie konnte.

»Du, ich habe ein ganz schlechtes Gewissen, daß ich mich jetzt erst melde ...«

»Ich habe gehört, daß du den Ring bekommen hast.«

»Ja. Und was ich sagen wollte ...«

Nein, bitte nicht, dachte sie. Nicht noch ein Streit, nicht schon wieder eine dieser schrecklichen Unterhaltungen.

»... ich finde, du hast vollkommen recht.«

»Was?«

»Du hattest es schon lange begriffen«, sagte er. »Ich weiß, ich habe dich unmöglich behandelt, weil ich dich nicht verstanden habe und so, aber ich glaube ... na ja, ich habe viel darüber nachgedacht, und ich glaube, ich wollte nicht wahrhaben, daß es für mich auch nicht gestimmt hat.«

»Wirklich? Ich meine, wirklich nicht?«

»Ich glaube.« Er lachte. »Vielleicht überlege ich es mir noch hundertmal anders. Aber als ich den Ring sah – ehrlich gesagt, ich war zunächst einmal erleichtert. Ganz eindeutig. Danach wurde ich wütend, aber das legte sich wieder.« Er hielt inne und holte tief Luft. »Weißt du, was ich glaube? Ich glaube, wir können ziemlich gute Freunde sein, aber wir wären kein gutes Ehepaar.«

Endlich wagte sie wieder zu atmen. »Ray, das soll kein Witz sein, oder? Ich könnte es dir ja nicht verübeln, aber mir ist zur Zeit nicht sehr nach Witzen zumute.«

»Es ist kein Witz. Eher eine Szene aus einem ganz schlechten

Film.«

Shelby mußte lachen.

»Hör zu, Shel, ich wollte dich warnen. Libby ist auf dem Kriegspfad. Sie läßt ein paar ziemlich häßliche Sprüche los. Ich weiß nicht, was sie vorhat. Ich versuche sie zu bremsen, so gut ich kann, aber du weißt ja, wie sie ist, wenn sie sich auf etwas versteift hat.«

»Nur zu gut. Ray, können wir uns treffen und über alles reden? Ich meine, ich muß dir sagen, daß ich dir sehr, sehr dankbar bin . . .«

»Wir müssen nicht darüber reden, aber es wäre schön, wenn wir uns bald sehen könnten. Dürfen Freunde zusammen tanzen gehen? Oder ist das Pärchen vorbehalten?«

»Wir werden so tun, als ob.« Es machte nichts, daß sie nicht in diesen Mann verliebt war. Sie mochte ihn. Ehrlich und wahrhaftig. »Danke, Ray. Das ist mir wirklich ernst.«

»Ich rufe dich bald an. Oder du kannst mich anrufen, jetzt, wo wir nicht mehr verbandelt sind.«

»Mache ich«, sagte sie. »Versprochen.«

Fran war genauso verblüfft wie Shelby, als sie davon hörte. »Er ist etwas Besonderes«, sagte sie. »Vielleicht solltest du es dir noch einmal überlegen.«

»Um nichts in der Welt. Es ist ganz in Ordnung so.« Sie streckte sich aus. »Mein Gott, ich merke jetzt erst, wie müde ich bin. Ich glaube, ich nehme ein heißes Bad und gehe dann in die Falle.«

»Gute Idee. Ich muß morgen früh auch frisch und munter sein.«

»Also bis nach Feierabend.« Sie wollte die Arme ausstrecken, um Fran an sich zu drücken, doch dann sah sie, daß ihre Arme und Hände von öligen Rußstreifen überzogen waren. »Ich bin ein Ferkel.«

»Ein ganz süßes«, sagte Fran.

Es war eine alte Badewanne mit Krallenfüßen, Porzellangriffen und hartnäckigen Rostflecken. Shelby ließ dampfend heißes Wasser einlaufen und gab die doppelte empfohlene Menge Schaumbad dazu. Sie sah sich nach etwas zu lesen um, aber alles, was sie gerade las, war entweder zu kompliziert, zu schwer, um es in der Badewanne zu halten, oder *Amerika – Wesen und Werden einer Kultur*.

Sie brauchte etwas Leichtes und Anspruchsloses. Da kam ihr die Post gerade recht, mit Reklame und allem Drum und Dran.

Beim letzten Brief angekommen, war sie beinahe in der Wanne eingeschlafen. Sie überlegte, ob sie ihn gleich wegwerfen sollte, aber dann beschloß sie, ihn doch zu öffnen, um die Sache zum Abschluß gebracht zu haben.

Sie warf einen Blick auf den Umschlag. Die Absenderadresse war kaum zu lesen, anscheinend irgendein Kopierladen. Den Poststempel konnte sie nicht erkennen. Sie riß ihn auf.

Die Kopie einer Fotokopie, ungefähr fünf Seiten lang. Sie sah amtlich aus, war aber hastig und unordentlich kopiert. Ein ausgefülltes Formular, etwas darangeheftet, das aussah wie ein Bericht. So ähnlich wie das, was sie manchmal bei der Zeitschrift bekamen – von irgendeinem privaten Herstellerbetrieb, der sie davon zu überzeugen versuchte, daß sie es sich nicht leisten konnten, nicht über dieses Produkt zu berichten, das jedermanns Probleme ein für allemal lösen würde. Sie gähnte. Zuviel für heute. Sie wollte es gerade auf den Boden fallen lassen, als ihr etwas ins Auge fiel. Ein bekannter Name.

Frances Ellen Jarvis.

Sie las das Formular, auf dem nichts stand, was sie nicht schon wußte, außer daß Fran in einer Kleinstadt geboren war und es bis zum Korporal gebracht hatte.

Der Bericht selbst stammte vom Verteidigungsministerium. Aber der Absender war offensichtlich jemand anders. Shelby versuchte noch einmal, den Poststempel zu entziffern. Kein Glück.

Vielleicht sollte sie den Bericht nicht lesen. Vielleicht war es etwas Persönliches. Aber irgend jemand hatte sich die Mühe gemacht, ihn ihr zu schicken, und sie wollte wissen, warum. Sie könnte Fran holen, und sie könnten ihn zusammen lesen. Aber Fran mußte morgen sehr früh aufstehen. Sie würde ihn ihr gleich morgen abend zeigen.

Sie begann zu lesen.

Zehn Minuten später warf sie ihn gegen die Wand.

Verdammt noch mal!

Es war eine Zusammenfassung von Frans Dienstakte, die auch die Tatsache enthielt, daß Fran ›freiwillig‹ aus dem Dienst ausgeschieden war, als Gegenleistung für eine ehrenvolle Entlassung und um ein Militärgericht wegen ›vermuteter sexueller Perversion‹ zu umgehen.

Wer hatte ihr dieses Zeug geschickt und warum? Um Ärger zu stiften, natürlich. Jemand, der glaubte, daß sie nicht Bescheid wußte. Na ja, das war verlorene Mühe.

Aber es war hinterhältig. Und kompliziert. Derjenige hatte sich Frans Dienstakte beschaffen müssen, was sicher nicht leicht gewesen war. Shelby kannte nicht viele, die boshaft genug waren und die richtigen Beziehungen hatten ...

Libby.

Libby würde sich so einen schmutzigen Trick ausdenken. Und ihr Vater hätte über seine Kanzlei die nötigen Verbindungen. Er hatte bestimmt ein Dutzend Kumpanen aus dem Zweiten Weltkrieg im Pentagon sitzen.

Es war ganz offensichtlich eine Warnung. Ein Hinweis darauf, wie weit Libby gehen konnte.

Voller Wut schlang sie sich ein Handtuch um und ging zum Telefon. Ihre Mutter hob ab.

»Ich will, daß dieses lächerliche Spiel aufhört. Sofort.«

»Wer ist da?« flötete ihre Mutter.

»Du weißt ganz genau, wer hier ist. Ich habe heute deinen niederträchtigen Brief bekommen ...«

»Es tut mir leid«, sagte Libby mit zuckersüßer Stimme. »Sie müssen sich verwählt haben.« Sie legte auf.

Es hatte keinen Zweck, noch einmal anzurufen. Ihre Mutter hatte das schon öfter mit ihr gemacht. Danach pflegte sie den Hörer neben die Gabel zu legen, solange es nötig war.

Am liebsten hätte sie jetzt bei irgend jemandem Dampf abgelassen, aber hierüber konnte man sich nicht bei jemandem auslassen, der nicht Bescheid wußte. Blieb Fran, Hüterin all ihrer Klagen. Und die hatte ihren Schlaf verdient.

Als sie von der Arbeit nach Hause kam, saß Fran auf den Treppenstufen vor dem Eingang. Shelby winkte ihr zu, dann bog sie ab und fuhr hinters Haus. Auf dem gesamten Heimweg hatte sie gegrübelt, wie sie Fran von dem Brief erzählen sollte. Eigentlich hatte sie sogar den ganzen Tag darüber nachgedacht. Als Penny vorbeikam, um sie auf einen Feierabenddrink einzuladen, hatte sie kurz angebunden abgelehnt: »Ich muß nach Hause.« Nachher hatte sie es bereut. Penny hatte ein gekränktes Gesicht gemacht, und dabei wollte Shelby sich dieser Tage doch so große Mühe geben, niemanden zu verärgern oder zu verletzen.

Sie stellte das Auto ab, griff nach ihrer Handtasche und begann den Weg zum Haus hochzugehen. Fran kam ihr auf halber Strecke entgegen.

»Wir müssen reden«, sagte Shelby. »Es ist etwas passiert.«

»Ich weiß.« Fran zog ein Bündel gefalteter und zerknitterter Blätter aus ihrer Hosentasche. »Ich habe netterweise auch eine Kopie bekommen.«

»Fran, es tut mir so schrecklich leid.«

»Du kannst nichts dafür. Los, zieh dir etwas Bequemes an, und dann bring mich in die zwielichtigste und deprimierendste Bar der Stadt. Irgendwo, wo man richtig runtergezogen wird und Selbstmordgedanken bekommt.«

Es war nicht so leicht, einen passenden Ort zu finden. Die meisten Bars waren mit Studenten vollgepackt, selbst an einem Dienstag. Sie sorgten für eine rauhe, optimistische Atmosphäre, die mit wahrer Verzweiflung nicht vereinbar war.

Schließlich erinnerte sich Shelby an *Willy's*, die Bar gegenüber dem Kino, ein wenig hinter der Bibliothek versteckt. Willy's gab es schon seit der Weltwirtschaftskrise. Es hatte zwei separate Eingänge – einen vorn und einen hinten im Schatten der Mülltonnen – und im oberen Stockwerk Zimmer mit zweifelhaftem Verwendungszweck. Drinnen war es dunkel, und schaler Biergeruch hing in der Luft. Sitzecken und Tische waren von Spuren brennender Zigaretten, geschnitzten Initialen und mysteriösen dunklen Flecken übersät. Eine Jukebox, an der nur die Hälfte der Lichter funktionierte, spielte nichts als traurige Country- und Westernmusik. Vor den Fenstern hingen rote Vorhänge und gaben der Bar von außen den Anschein eines Bordells, dessen bessere Zeiten vorbei waren. Ein Ort, an dem sich Einheimische niemals sehen ließen und vor dem Eltern ihre Kinder warnten.

»Das tut's«, sagte Fran.

»Ich finde es hier schon ziemlich schlimm«, sagte Shelby.

»Du hast noch nie die Bars in einer Stadt gesehen, wo es in der Nähe eine Militärbasis gibt.«

Sie rutschten in eine besonders dunkle Sitzecke, in der die Füllung aus den Vinylsitzen quoll. Shelby fragte sich, ob sich Mäuse daran gütlich taten. »Was nimmst du?« fragte Fran.

»Nur Bier, danke. In der Flasche.«

»Okay. Dann wissen wir wenigstens, was wir trinken.« Sie ging zur Theke, um die Getränke zu holen.

Shelby hätte gern gewußt, was Libby denken würde, wenn sie sie hier sähe, in einer dunklen, verruchten Bar mit einer lesbischen Frau, in die sie vermutlich verliebt war.

Verliebt.

Sie sah zur Theke und beobachtete, wie Fran mit dem Barkeeper plauderte. Fran plauderte ständig mit Barkeepern, Kellnerinnen und Verkäuferinnen. Sie sagte, dann fühle sie sich wie ein Mensch und nicht wie irgendein anonymes Wesen, das die anderen nur Energie kostete.

Fran trug ihre weiche beige Cordhose, ein abgetragenes weißes Hemd und Halbschuhe.

Verliebt.

Shelby staunte über sich selbst. Auf einmal war es da, und sie reagierte weder hysterisch noch deprimiert noch angewidert. Sie fühlte nichts von dem, was sie angeblich fühlen sollte.

Es fühlte sich richtig an.

Inmitten von all dem Chaos und Trubel und inmitten der seltsamen Dinge, die passierten oder passieren würden – dies war richtig.

Fran kam zurück und stellte die Bierflaschen hin. »Du zuerst«, sagte sie. »Was glaubst du, was los ist?«

»Also, es ist klar, daß Libby dahintersteckt. Sie hätte die Möglichkeit dazu, und es ist ihr zuzutrauen. Warum, ist auch klar. Nicht klar ist, wie wir damit umgehen sollen, was sie uns damit sagen will und wie es weitergeht.«

»Was sie mir damit sagen will, weiß ich«, sagte Fran. »Ich bin dir auf die Spur gekommen, und ich kann das benutzen, um dein Leben zu ruinieren, also bleib von meiner Tochter weg. Oder so ähnlich.«

»Was könnte sie dir antun?«

»Zum Beispiel dafür sorgen, daß ich meinen Job verliere. Vielleicht auch, daß ich aus der Schule fliege. Und wahrscheinlich Dinge, an die ich bisher nicht einmal im Traum denke. Was meinst du denn, was sie macht?«

Shelby saß einen Moment und dachte nach. »Ich weiß es nicht genau. So etwas habe ich bei ihr noch nie erlebt. Öffentlich wird sie vermutlich nicht viel tun. Aber es gibt bestimmt noch etliche andere Möglichkeiten.«

Fran knibbelte das Etikett von ihrer Bierflasche. »Es wäre wirklich besser, wenn wir uns nicht mehr sehen würden«, sagte sie, ohne hochzuschauen. »Es steht einfach zuviel auf dem Spiel.«

»Nein.«

»Shelby ...«

»Ich habe es dir schon einmal gesagt. Das kommt nicht in Frage. Es sei denn, es geht um deine Sicherheit.«

»Ich weiß nicht, wie es weitergehen soll.« Fran lehnte sich mit dem Rücken gegen das Fenster und stützte einen Fuß auf der Bank ab. »Verdammt, es ist so schrecklich.«

»Ich finde es auch nicht gerade fantastisch.«

»Egal, wie sehr ich mich abmühe, über kurz oder lang bringen mich meine Gefühle in Schwierigkeiten. Jedesmal schwöre ich mir, daß ich mich auf nichts einlassen werde, daß ich einfach durch mein Leben schwebe, ohne alten Ballast mit mir herumzuschleppen ... Jetzt fängt alles wieder von vorn an. Ich wünschte, ich könnte meine Gefühle abtöten.«

»Fran ...«

»Ich wollte dir mit all dem ganz bestimmt nicht wehtun.«

»Du hast mir nicht wehgetan, Fran. *Ich* habe die Verlobung gelöst. *Ich* habe das Familienpicknick geschwänzt. *Ich* war es, die in jeder freien Minute mit dir zusammen sein wollte.«

»Sie haben mir etwas angemerkt.« Fran mußte geweint haben. Sie wischte sich die Augen am Ärmel ab. »Irgend etwas.«

»Und mir auch. Willst du es nicht endlich kapieren? Mir auch.«

»Ja, aber du bist unschuldig.«

»Nicht unschuldiger und nicht schuldiger als du.« Sie lehnte sich über den Tisch. »Fran, du brauchst dich deswegen nicht schuldig zu fühlen. Du bist nun einmal so.«

Fran suchte in ihrer Handtasche nach einem Taschentuch und putzte sich die Nase. Shelby wußte nicht, ob sie zuhörte oder nicht.

»Ich weiß, daß es den Leuten nicht paßt«, fuhr sie fort. »Ich habe den Film gesehen, und ich habe die Bemerkungen gehört. Aber, zum Teufel, es muß doch einen Weg geben, damit zu leben.«

»Du hast es nicht erfahren müssen.« Fran trank einen Schluck. Sie sah sie immer noch nicht an.

»Nein, das stimmt.« Shelby legte ihre Hand auf Frans Handgelenk. »Und vielleicht bin ich darum nicht so niedergedrückt wie du. Vielleicht kann ich alles darum ein bißchen optimistischer sehen, wenn schon nicht klarer.«

Fran deutete mit ihrer Bierflasche in Richtung Fenster. »Ja, und guck mal, wie viele Leute da draußen anstehen und helfen wollen.«

»*Ich* will helfen.« Sie drückte ihre Hand. »Verflixt und zugenäht, kannst du dich bitte zusammenreißen und mir einen Moment zuhören?«

Fran schreckte hoch und sah sie an.

»Ich liebe dich. So wie du mich liebst. Ich will für immer und ewig mit dir zusammen sein. Was auch passiert, ich will bei dir sein, alles mit dir zusammen durchstehen. Begreifst du, was ich sage?«

Fran wurde zuerst ganz blaß, dann rot. Sie nickte.

»Und sag mir nicht, daß ich nicht weiß, worauf ich mich einlasse. Ich weiß es sehr wohl. Es ist mir egal, was sie machen. Ich . . .« Ihr wurde die Luft knapp. ». . . ich will dich lieben. Ich will, daß du mich auch liebst.«

Sie geriet in Panik. Sie spürte, wie ihre Hände feucht wurden und zu zittern begannen. Fran wollte etwas sagen. Shelby gebot ihr Einhalt.

»Ich habe Angst«, sagte sie. »Ich habe Angst davor, was passieren wird. Aber ich habe mehr Angst davor, was du sagst.« Sie lachte trocken. »Ich habe noch nie einer Frau einen Antrag gemacht.«

Fran lächelte. Seit Wochen hatte Shelby sie nicht mehr so lächeln sehen. Es kam von irgendwo tief drinnen und brachte den Raum zum Schweben.

»Ich liebe dich«, sagte Fran.

Sie sahen einander einen langen Moment in die Augen. Schließlich räusperte sich Shelby. »Und was kommt jetzt?«

»Keine Ahnung.« Selbst in den dunklen Schatten der Bar schienen Frans Augen zu funkeln. »Was möchtest du denn?«

»Hier raus, nach Hause und nur mit dir zusammen sein.«

Damals im College war ihre wichtigste Freizeitaktivität die ›Identitätskrise‹ gewesen. Was mache ich hier? Was hat es eigentlich alles für einen Sinn? Ihre ganze Generation hatte sich damit herumgeschlagen. Wenn ich mir alles wegdenke, was ich von Eltern und Lehrern gelernt habe, wenn ich meinen Hintergrund abziehe, wer bin ich? Die Zeitschriften druckten Artikel und Karikaturen darüber. Die Soziologen erforschten es.

Sie wußten, daß sie mehr waren als die Menschen im Fernsehen. Sie waren nicht die mittelständische Kleinfamilie mit ihrem sorgfältig gestutzten Rasen, ihren Grillpartys im Hof und ihren falschen Hawaii-Blütenkränzen. Sie waren von der Kultur der fünfziger Jahre umgeben, aber sie definierten sich nicht über sie. Sie begannen nach Antworten zu suchen, nicht bei ihren Eltern, sondern bei Dichtern, Schriftstellern und Künstlern. Die Beat-Generation begann Gestalt anzunehmen.

Ihre Eltern begriffen das natürlich nicht. Sie hatten den amerikanischen Traum verwirklicht, warum sollten sie sich nun nicht einfach zurücklehnen und ihn genießen? Statt dessen schien es, daß die ›Kids‹ alles ablehnten, wofür ihre Väter ihr Leben riskiert hatten.

Aber ihnen reichte das nicht aus. In ihnen war eine hohle Leere, die sie nicht greifen konnten. Eine Hoffnung, daß zum Leben mehr gehörte, als den Klischees zu genügen. Eine Sehnsucht, herauszufinden, wer sie tief im Innern waren.

Viele ihrer Freunde und Bekannten hatten sich später davon entfernt, hatten sich genau in dem Umfeld niedergelassen, das sie einst für mangelhaft und unecht befunden hatten. Der Alltag hatte seine Ansprüche angemeldet, und sie hatten sich davor gebeugt.

Shelby hatte das nie begreifen können, und sie begriff es auch jetzt nicht. Sie wußte nicht, warum die anderen diesen Weg eingeschlagen hatten, aber jetzt wußte sie wenigstens, warum sie selbst es nicht getan hatte. Es war nicht ihre Welt. Sie lockte sie, aber sie konnte sich nicht in ein Leben einfügen, das mit ihr selbst so wenig zu tun hatte.

Sie sah auf Fran hinunter, die neben ihr schlief. Sie wußte, daß sie Angst haben müßte, und die hatte sie auch. Die Welt war hart und rauh. Wahrscheinlich würden schreckliche Dinge passieren, die sie nicht einmal erahnen konnte. Aber was auch auf sie zukommen würde, es konnte nicht so schlimm sein wie die Traurigkeit und Einsamkeit, die sie abgelegt hatte.

Fran regte sich ein wenig. In dem dämmrig-grauen Licht kurz vor Tagesanbruch sah Shelby ihre Augenlider flattern und lächelte.

»Bist du wach?« fragte Fran.

»Ja.«

»Was ist?«

»Nichts, ich habe nur nachgedacht.« Sie stützte sich auf einen Ellbogen und strich Fran mit einem Finger eine Haarsträhne aus der Stirn.

»Worüber?«

»Das Leben. Und so.«

»Kleinigkeiten.«

Shelby lächelte ihr zu. »Genau.«

»Leg dich hin.« Fran griff Shelby in den Nacken und zog sie zu sich herunter. »Ich will dich in die Arme nehmen.«

Sie legte ihren Kopf auf Frans Brust und fühlte, wie ihre Arme sie umfingen. Die Schlafanzugjacke störte sie, ein Hindernis, das Frans Hände von ihrer Haut fernhielt. Sie wollte sie spüren, wollte spüren, wie ihr ganzer Körper Frans ganzen Körper berührte . . .

»Fran«, flüsterte sie.

»Hm?«

»Meinst du, wir könnten . . . na ja, miteinander schlafen oder so?«

Ein langes Schweigen folgte, dann lachte Fran voller Liebe. »Ich denke, das läßt sich machen.«

Plötzlich fühlte sie sich schrecklich unzulänglich. »Ich weiß nicht, wie.«

Fran drehte sie sacht auf den Rücken, einen Arm in ihrem Nacken. »Paß auf.« Sie strich Shelby übers Haar. »Du läßt mich machen, aber du selber machst nichts.«

Vor Angst und Vorfreude war Shelby plötzlich ganz angespannt.

»Ich will, daß du nicht darüber nachdenkst, wie du es mir schön machen kannst«, sagte Fran und fuhr mit den Fingern über Shelbys Gesicht, berührte ihre Lippen. »Dein erstes Mal ist auch so schon aufregend genug. Hast du Angst?«

»Ein bißchen.«

»Es ist alles gut«, sagte Fran leise. Sie knöpfte Shelbys Schlafanzug auf und fuhr mit der Hand ihren Oberkörper auf und ab. »Wenn dir etwas nicht gefällt, sag es. Wenn du willst, daß ich aufhöre oder langsamer mache, sag es. Ich werde es nicht persönlich nehmen.«

»Das hoffe ich aber doch«, sagte Shelby. »Das hier *ist* persönlich.«

Fran hieß sie schweigen. Ihre Hand war warm, sanft und stark. Shelby konnte die Liebe spüren, die aus Frans Fingerspitzen strömte. Sie entspannte sich, denn sie wußte sich geborgen, und ihr wurde warm.

Fran küßte ihren Scheitel, wie eine Mutter, die ihr Kind küßt, dann ihre Augenlider und die weiche Vertiefung zwischen ihren Augen. Mit der Hand strich sie über Shelbys Brüste.

Elektrischer Strom fuhr durch Shelby hindurch. Sie griff nach oben und umschlang Fran fest mit den Armen. Ihre Beine umklammerten Frans Beine.

»Nein«, sagte Fran und drückte sie sacht wieder nach unten. »Noch nicht.«

Shelby glaubte verrückt zu werden. Fran zog sie aus und strich mit den Händen langsam über ihren Körper. Sie küßte ihre Brüste. Sie drehte sie um und streichelte ihren Rücken. Ihre liebevollen Finger berührten ihre Beine, ihren Po. Sie streichelte Shelbys ganzen Körper von vorn und von hinten mit ihren Händen, ihren Fingerspitzen, der zarten Haut ihrer Unterarme, ihrem Gesicht, ihrem Mund, ihren Brüsten.

Einmal bestand Shelbys Haut aus einer Million winziger Poren, die sich öffneten, um Fran in sich aufzunehmen. Dann wieder war sie so empfindlich, daß sie die Berührung kaum ertrug. Sie wollte sich befreien, wollte weglaufen, und gleichzeitig wollte sie mit Frans Körper verschmelzen. Einmal stand sie in Flammen, und im nächsten Moment liebkoste sie ein tropischer Windhauch.

»Mach schon«, flüsterte sie.

»Nein«, sagte Fran wieder und streichelte sie weiter.

Sie wollte auf einen Berg hinauflaufen und sich vom Gipfel stürzen. Sie würde sterben, wenn dies nicht aufhörte. Aber sie wollte nicht, daß es aufhörte, niemals.

Immer noch ging es weiter. Ihr Hals fühlte sich an, als hätte sie geschrien. Ihre Augen brannten. Sie konnte sich nicht bewegen. Sie versuchte sich zu zwingen, sich zu bewegen, aber es ging nicht. Sie begann zu weinen. Fran küßte ihre Tränen weg.

Fran hatte sie vollständig unter Kontrolle. Alles, was sie fühlte, jede Wahrnehmung, jede Empfindung – ihr Körper war wie eine Pfeifenorgel, auf der Fran spielte. Alle möglichen Arten von Musik. Vertraute Musik, unbekannte Musik. Sie war völlig hilflos, ihr Körper reagierte auf jede von Frans Bewegungen und Berührungen. Es jagte ihr Angst ein und war zugleich das tröstendste Gefühl, das sie je erlebt hatte.

Schließlich, als sie sicher war, daß sie in eine Million Stücke zerbrechen, ihr Körper sich in Atome und schließlich in Funken auflösen würde, ließ Fran die Hand zwischen ihre Schenkel gleiten.

»Also«, sagte Fran, als sie am Morgen das Frühstück richteten, »wir müssen uns wohl keine Gedanken darüber machen, ob dir Sex mit Frauen Spaß macht.«

Shelby goß Kaffee auf. Sie lachte. »Das ist die Untertreibung des Jahres.« Es war, als sei sie aus dem Gleichgewicht geraten, als seien alle Moleküle ihres Körpers in den Weltraum gestoben und ein paar noch nicht zurückgekehrt. »Wo hast du das gelernt?«

Fran wurde rot. »Es ist ein Geschenk vom lieben Gott.«

»Wenn der liebe Gott allen lesbischen Frauen solche Geschenke macht, dann müssen wir das auserwählte Volk sein.«

»Du tust mir gut«, sagte Fran. Sie schnitt einen Muffin auf, toastete ihn und strich Butter auf jede Hälfte. Dann legte sie darauf je eine Scheibe Tomate und ein Spiegelei und gab geriebenen Käse darüber. Sie schob sie unter den Grill, bis der Käse verlief. »Außer dir habe ich noch nie eine Frau kennengelernt, die findet, daß es Spaß macht, lesbisch zu sein.«

»Es *macht* Spaß.« Shelby schenkte ihnen Kaffee ein. Sie mußte ihren Verstand beieinander haben. Niemals würde sie heute arbeiten können. Wenn sie es überhaupt bis in die Redaktion schaffte, wenn sie nicht unterwegs das Auto in einen Graben setzte. »Ich glaube nicht, daß ich heute meine Brötchen wert sein werde.«

»Ich auch nicht. Das war diese Nacht nicht einseitig, weißt du.«

»So bin ich«, sagte Shelby und grinste, »perfektioniertes Nichtstun.«

»Wie geht's dir so?« fragte Connie, als Shelby sich zum Mittagessen zu ihnen an den Tisch setzte.

»Nicht schlecht.« Sie wickelte ihr Besteck aus und faltete die Serviette auseinander.

»Hast du etwas von Ray gehört?«

»Ja. Er findet auch, daß es besser ist, wenn wir nur Freunde sind.«

Connie lehnte sich vor, rieb sich gierig die Hände und fragte neckend: »Heißt das, er ist zu haben?«

Darüber war Shelby ein wenig schockiert. Es erschien ihr irgendwie taktlos, auch wenn es ein Witz sein sollte. Sie versuchte mitzuspielen. »Ich denke schon. Was ist denn mit Charlie?«

»Charlie hat beschlossen, zum Militär zu gehen.« Connie verdrehte die Augen. »Also ehrlich.«

»Wieso?«

»Er sagt, er weiß nicht, was er mit seinem Leben anfangen soll, also will er Soldat werden, um es herauszufinden. Ich finde das dermaßen rücksichtslos. Aber es wird ihm langweilig werden, und dann wird er wieder angekrochen kommen.«

»Und wenn er angekrochen kommt und sieht, daß du mit Ray zusammen bist?«

Connie grinste. »Das wäre doch spannend, oder?«

Das sieht Connie ähnlich, dachte Shelby. Sie behandelt Charlie wie eine Filmfigur.

Im übrigen führt sie sich selbst auch wie eine Filmfigur auf. »Kommst du damit klar?«

Connie lächelte ein wenig zu breit. »Sicher. Die Sonne wird auch morgen wieder aufgehen.«

»Erst Shelby und Ray«, sagte Lisa seufzend. »Jetzt Connie und Charlie. Genau wie die Blätter, die draußen von den Bäumen fallen. Wer wohl als nächstes kommt?«

Penny kicherte. »Myers und Spurl?«

Alle lachten.

Shelby warf einen Blick hinüber zu Jean, die so tat, als ob sie gähnte. Shelby lächelte.

»Ich habe gestern abend versucht, dich anzurufen«, sagte Connie. »Du warst nicht zu Hause.«

»Du mußt mich knapp verpaßt haben«, sagte Shelby. »Fran und ich sind bei Willy's einen trinken gegangen.«

»*Willy's?*« fragte Lisa schaudernd.

»Es war ein angemessener Ort, um meine Rückkehr ins Singledasein zu feiern.«

»Du hättest uns anrufen sollen«, sagte Penny. »Du hättest doch mit *all* deinen Freundinnen feiern können.«

Ja, das wäre ein Anblick gewesen. Und danach hätten sie alle mit zu ihr nach Hause kommen können.

Beinahe hätte sie laut gelacht. »Es war ein spontaner Einfall«, sagte sie. »Wir können später noch größer feiern.«

»Es ist irgendwie nicht richtig«, sagte Lisa, »den Tod von etwas zu feiern.«

Für mich ist es kein Tod, dachte sie. Es ist ein Anfang. Aber gefeiert werden muß es. Richtig gefeiert. Ich könnte Fran heute abend zum Essen einladen. Ganz groß. Vielleicht im Country Club.

Sie kicherte.

»Worüber lachst du?« verlangte Connie zu wissen.

»Ich stehe heute ein bißchen neben mir.«

»Kein Wunder«, sagte Connie mitfühlend. »Du hast in letzter Zeit ganz schön viel mitgemacht.«

»Wie eine Achterbahn, die außer Kontrolle geraten ist«, sagte Shelby. »Aber jetzt sehe ich das Licht am Ende des Tunnels.«

»Ich glaube«, sagte Jean, »wir haben es hier mit einer ernsthaften Geisteskrankheit zu tun.« Sie sah Shelby mit sanftem Blick an. »Vielleicht solltest du Urlaub machen. Oder deine Ernährung umstellen.« Ihre Augen blitzten verschmitzt auf. »Ich hätte da ein paar hervorragende Rezepte . . .«

So lustig war das eigentlich gar nicht, aber Shelby prustete los. Sie begann zu lachen und konnte nicht mehr aufhören. Sie vergrub das Gesicht in den Händen und lachte, bis sie Bauchschmerzen bekam. Dann faßte jemand sie an, und sie merkte, daß sie weinte. Sie weinte laut, genauso laut, wie sie gelacht hatte.

Ein Arm legte sich um ihre Schultern. »Es wird alles wieder gut«, hörte sie Jean murmeln. »Komm, wir gehen in dein Büro.«

Sie nickte, und dann ließ sie sich vom Tisch weg zur Tür führen. Jean faßte sie fester.

»Mach dir keine Sorgen darüber, was die Leute denken«, sagte Jean ruhig. »Du hast gerade deine Verlobung gelöst. Da ist das völlig normal.«

Nein, es war nicht völlig normal, worüber sie weinte. Und sie weinte nicht aus Kummer. Sie weinte vor Erleichterung. Erleichterung, daß sie nach Jahren des Hin- und Hergezerrtwerdens ihre Heimat gefunden hatte.

Jean half ihr, sich hinzusetzen. Die anderen folgten im Gänsemarsch. »Kann ihr eine von euch ein Glas Wasser holen?« fragte Jean.

Jemand hielt es ihr hin. Sie trank. Jean massierte ihren Rücken.

»Besser?«

Shelby nickte.

»Wir lassen dich jetzt ein bißchen allein«, sagte Jean mit einer Endgültigkeit in der Stimme, der niemand zu widersprechen gewagt hätte. »Wenn du irgend etwas brauchst oder wenn du reden willst, kannst du mich jederzeit anrufen.«

»Mich auch«, sagte Penny.

Connie und Lisa machten zustimmende Geräusche.

»Danke«, sagte Shelby. »Ich muß mich nur wieder fassen.«

Jean schob sie alle zur Tür hinaus und drehte sich ganz zuletzt noch einmal zu ihr um. »Okay?«

»Okay.«

Erschöpft lehnte sie sich auf ihrem Stuhl zurück.

Sie müßte eigentlich zu Spurl gehen und ihm sagen, daß die Verlobung geplatzt war. Er wußte es sicher schon, aber er hatte es gern, wenn ihm alles, was seine Angestellten betraf, sofort mitgeteilt wurde, wenn nicht noch früher. Darum nannten sie ihn manchmal auch *Big Daddy*.

Bestimmt war er jetzt in seinem Büro. Andererseits sah sie jetzt garantiert aus wie überfahren und zum Sterben liegengelassen. So griff sie statt dessen nach dem Telefonhörer.

»Büro Mr. Spurl, Miss Myers.«

»Guten Tag«, sagte Shelby. »Hier ist Shelby Camden. Ist er da?«

»Leider nicht, Miss Camden.«

»Hm. Wissen Sie, wann er zurück sein wird?«

»Er trifft sich mit den Leuten von *Redbook*. Es könnte länger dauern.«

Für Miss Myers' Verhältnisse waren das eine ganze Menge Informationen.

»Gut, dann versuche ich es später noch einmal.«

Am anderen Ende der Leitung war ein höfliches Hüsteln zu hören. »Miss Camden?«

»Ja?«

»Stimmt es, daß Sie ...« Sie räusperte sich. »... gezwungen waren, Ihre Verlobung zu lösen?«

Shelby lächelte. »Nun, ja und nein. Ich meine, ich habe die Verlobung gelöst, aber niemand hat mich dazu gezwungen. Es geschah sogar in gegenseitigem Einvernehmen.«

»Ach so.« Es folgte ein langes, spannungsgeladenes Schweigen. »Miss Camden, wenn ich irgend etwas für Sie tun kann ...« Anscheinend wußte sie nicht, was sie noch sagen sollte.

»Danke«, sagte Shelby. »Das weiß ich zu schätzen.«

»Versuchen Sie es morgen noch einmal bei Mr. Spurl«, sagte Miss Myers abrupt und legte auf.

Shelby wurde allmählich nervös. Die Leute nahmen es zu gelassen auf. Sie waren zu nett. Sie konnte sich des Eindrucks nicht erwehren, daß ihr etwas entging.

Aber vielleicht waren die Menschen allgemein netter, als sie dachte, und sie machten sich wirklich Sorgen um sie.

Ein sehr merkwürdiger Gedanke.

Sie ging zur Damentoilette und wusch sich das Gesicht. Ihre Augen waren so verquollen, als hätte jemand Murmeln daruntergesteckt. Die erfolgreiche junge Karrierefrau ...

Es wurde spät. Der Nachmittag war schon halb vorüber, und sie hatte den ganzen Tag über fast ständig in irgendeiner Krise gesteckt. Die Zeitschrift war verrückt, wenn sie sie für das bezahlte, was sie diese Woche geleistet hatte. Sie beschloß, Fran anzurufen, um zu hören, wann sie Feierabend hatte, und sich mit ihr für ein außerplanmäßiges Abendessen zu verabreden.

Die Telefonistin im Gesundheitsdienst ließ sie ein paarmal ausrufen, und dann gab sie es auf. »Entweder ist sie für einen Moment weggegangen, oder sie hat schon Feierabend.«

Komisch. Shelby wußte, daß Fran mindestens bis fünf Uhr

Dienst hatte, vielleicht sogar bis sechs oder sieben. Sie machte nie vorzeitig Feierabend. Sie sagte, es gebe immer etwas aufzuholen oder vorauszuplanen. Eine halbe Stunde extra würde sich später auszahlen.

Trotzdem beschloß sie, es bei Fran zu Hause zu versuchen.

Das Telefon klingelte und klingelte. Nach dem siebten Läuten wollte sie gerade auflegen, als der Hörer abgehoben wurde.

»Hallo?« sagte Fran. Ihre Stimme klang gepreßt und fremd.

»Hallo, hier ist Shelby. Wieso bist du denn zu Hause? Bist du krank?«

»Nein.«

»Du klingst so komisch.«

»Tut mir leid.« Im Hintergrund war Musik zu hören. Klassische Musik. Brahms.

»Fran, was ist los?«

»Ich bin entlassen worden«, sagte Fran.

Kapitel 20

Was ist passiert?« Shelby warf ihre Handtasche bei Fran auf die Couch.

Fran sammelte die Überreste ihrer Patience ein. »Sie haben mich rausgeworfen«, sagte sie achselzuckend.

»Warum?«

»Dreimal darfst du raten.«

Fran sah blaß und erschöpft aus. Passiv und wie erschlagen saß sie da. Shelby setzte sich ihr gegenüber. »Das kannst du nicht zulassen. Du mußt dagegen angehen.«

»Und wie?«

»Sie müssen dir doch einen Grund genannt haben.«

»Ich habe einen schlechten Einfluß auf die Studenten und werfe ein ungünstiges Licht auf den Gesundheitsdienst.«

»Du meine Güte, du verkaufst doch keine Drogen oder führst Abtreibungen durch.«

Fran schüttelte müde den Kopf. »Die Antwort darauf kennst du,

Shelby.«

Shelby nahm die Spielkarten auf. Sie hob die oberste ab, sah sie an und schob sie unter den Stapel. Dann die nächste . . .

»Es war deine Mutter«, sagte Fran leise. »Sie hat ihnen eine Kopie von diesem Bericht geschickt. Sie haben ihn mir gezeigt.«

»Dieses Miststück!« Shelby schleuderte die Karten auf den Tisch, fassungslos. »Fran, das . . .«

»Es ist doch nicht deine Schuld. Weißt du, so was passiert. So ist es nun einmal.«

Shelby ließ den Kopf in die Hände sinken. »Verdammt, verdammt, verdammt.«

»Allerdings.« Fran lächelte gequält. »Immerhin ist nicht alles verloren. Sie haben mir zugesagt, daß es nicht in meine Studienakte kommt, solange ich mich benehme.«

Frans Körper war ganz steif. Shelby fühlte sich an eine Marionette ohne Gelenke erinnert.

»Was kann ich tun?« fragte sie.

»Ich werde es schon schaffen. Ich schaffe es immer.«

»Ich helfe dir, einen neuen Job zu finden«, sagte Shelby.

»Danke«, sagte Fran mit einem knappen, schwachen Lächeln.

»Es *ist* meine Schuld. Wenn ich nicht . . .«

»Wenn du mich nicht kennengelernt hättest, wäre es nicht passiert. Wenn ich dich nicht liebte, wäre es auch nicht passiert. Wenn du mich nicht liebtest . . . Wenn ich nicht hier wohnte. Wenn du nicht hier wohntest. Es gibt tausend ›Wenns‹. Aber es ist nun einmal passiert. Das ist alles.«

Es war ganz ruhig und still im Haus. Im Schlafzimmer hörte Shelby Frans Wecker ticken. Draußen lief ein Eichhörnchen an einem Ahornbaum hoch; seine Krallen machten kleine, immer wieder innehaltende, nervös kratzende Geräusche. Sie sah auf die Uhr. Es war drei. Eine tote Zeit. Ob Tag oder Nacht, um die Zeit hält alles an. Außer den Eichhörnchen. Wenn das Weltall in einem Augenblick stiller Anbetung innehält, dann gilt diese Anbetung einem Gott, an den Eichhörnchen nicht glauben.

Die Schatten der Bäume zogen über den Rasen und wanderten die Häuserwände hoch. Die Sonne ging in herbstfarbenem Gelb unter; der Himmel war von klarem Blau mit Wolkenspuren am Horizont. Nach der Sonne verschwanden die Farben, zuerst die

Rot- und Goldtöne, dann alles, was blau war, und schließlich sogar die Gräser und Blätter. Aus grau wurde schwarz.

Shelby griff hinüber und schaltete die Lampe ein. Ihr Schein warf Lichtinseln zwischen die Schatten.

Sie konnten nicht ewig hier sitzen bleiben, Frans Blick starr auf den Boden, Shelbys Blick starr auf Fran fixiert.

Das hat Libby angerichtet, dachte Shelby. Weil ich nicht getan habe, was sie wollte. Es ist zu spät, um es zurückzunehmen. Dies läßt sich nicht ungeschehen machen.

Wir leben noch. Solange man nicht tot ist, kann man immer etwas unternehmen. Wir können es nicht riskieren, die Schlange zu reizen, aber wir können etwas tun, um zu beweisen, daß wir noch leben.

»Fran«, sagte Shelby, »steh auf.«

Benommen sah Fran zu ihr hoch.

»Wir gehen essen.«

»Was?«

»Ich wollte dich heute zum Essen ausführen, um zu feiern. Und das machen wir jetzt.«

»Nach dem, was passiert ist . . .«

»Was meine Mutter getan hat, hat nichts damit zu tun, wie wir beide füreinander empfinden, außer in ihrer schmutzigen Fantasie. Wenn ich mit dir essen gehen will, dann gibt es nur einen einzigen Menschen, der ein Recht hat, das zu verhindern, und das bist du.«

Fran schloß sekundenlang die Augen. »Ich weiß nicht, worauf du hinauswillst.«

Shelby lehnte sich zu ihr hinüber und nahm ihre Hände. »Bis jetzt habe ich mein ganzes Leben damit verbracht, Angst zu haben. Damit ist jetzt Schluß. Und ich will, daß du auch keine Angst haben mußt.«

»Ich . . .«

»Du wurdest zu Hause rausgeworfen«, sagte Shelby. »Du wurdest aus dem College rausgeworfen, aus dem Militär und jetzt aus deinem Job. Von dummen, niederträchtigen Menschen. Das muß aufhören.« Sie zog sie von ihrem Sitz hoch. »Uns gehört diese Welt auch. Und solange sie uns nicht abknallen, gedenke ich sie zu genießen.«

»Du hattest recht«, sagte Fran. »Mir geht es jetzt wirklich besser.«

Shelby wickelte ein paar Spaghetti um die Gabel. »Wir mußten aus der Wohnung raus.«

»Ich hoffe nur, daß wir niemanden treffen, den du kennst.«

»Darum wollte ich hierher«, sagte Shelby. »Wenn es hier in der Gegend einen Ort gibt, an dem ich mit großer Wahrscheinlichkeit Bekannte treffe, dann hier.«

Das Restaurant war gemütlich und ein wenig gediegen, mit Backsteinwänden, Eichentischen und echten Hängepflanzen. Für die Collegestudenten etwas zu teuer, für die etablierten Reichen von West Sayer etwas zu wenig elegant. Es war hell erleuchtet und ging auf die Hauptstraße hinaus. Shelby hatte auf einem Tisch direkt an dem großen Fenster bestanden.

Der einzige, der vorbeikam, war Connies Charlie. Als er sie von draußen sah, gesellte er sich zu ihnen. Er wollte mit Fran übers Militär reden.

Sie erklärte ihm, daß es ein lockeres Leben sei, solange man vergaß, daß man Wünsche, Meinungen oder eine eigene Persönlichkeit hatte.

Charlie meinte, das sei leicht, das sei er bei Connie jahrelang gewohnt gewesen.

Als sie nach Bass Falls zurückkamen, war es fast elf Uhr. Fran dankte Shelby für den Abend. Sie fühle sich schon viel besser, aber sie müsse noch ein bißchen schmollen, und das würde sie ehrlich gesagt lieber allein tun, wenn es Shelby recht sei. Shelby sagte, ja, es sei ihr recht. Sie sei hundemüde, könne sich nicht erinnern, in der Nacht zuvor auch nur ein Auge zugetan zu haben, und müsse sich ein wenig erholen, bevor sie am anderen Morgen ihre liegengebliebene Arbeit in der Redaktion in Angriff nehme.

Außerdem hatte es sie all ihre Kraft gekostet, Fran nicht merken zu lassen, wieviel Angst sie hatte.

Am nächsten Morgen lag eine Nachricht auf ihrem Schreibtisch. Mr. Spurl konnte sie empfangen, sobald sie im Büro war.

Sie nahm sich kaum Zeit, sich mit dem Kamm durchs Haar zu fahren, und stieg die Treppe zu Spurls Büro hinauf. Miss Myers begrüßte sie mit ernstem, grimmigem Gesicht. Ganz offensichtlich hatte sie eine ausschweifende Nacht voller wilder Leidenschaft hinter sich. Sie sah Shelby an, schüttelte den Kopf in einer Weise, der Shelby nichts entnehmen konnte, und sagte: »Sie können gleich durchgehen.«

Spurl hatte noch sein Jackett an, und seine Krawatte saß ordentlich. Er mußte selbst auch gerade erst angekommen sein. Er bedeutete ihr, sich auf den Stuhl bei seinem Schreibtisch zu setzen, und legte seine Hand auf einen Stapel Aktenmappen, als wolle er den Amtseid schwören.

»Ich bin froh, daß Sie sich Zeit für mich nehmen«, sagte Shelby. »Ich wollte es Ihnen sagen, bevor es sich überall im Haus herumspricht. Ich habe meine Verlobung gelöst.«

»Ja«, sagte er. »Ich habe davon gehört.«

Shelby lächelte. »Wenn man hier irgend etwas für sich behalten will, muß man früh aufstehen.«

»Es war sicher schwer für Sie«, sagte er.

»Im nachhinein ist es in Ordnung. Eine Entscheidung in gegenseitigem Einvernehmen. Wir bleiben Freunde.«

Er räusperte sich.

»Jedenfalls«, fuhr sie fort, »möchte ich mich dafür entschuldigen, daß ich in den letzten Tagen meine Arbeit vernachlässigt habe. Ich verspreche Ihnen, daß ich vor dem Wochenende alles aufholen werde.«

Er räusperte sich erneut. »Ja, Miss Camden, genau darüber wollte ich mit Ihnen sprechen.«

Schlagartig richtete sich ihre gesamte Aufmerksamkeit auf ihn, wie die Ohren eines Hundes, der ein fremdes Geräusch hört.

»Es geht nicht darum, daß Sie zu wenig arbeiten. Aber es gibt da gewisse Qualitätsverluste.«

›Qualitätsverluste‹? Das klang, als habe sie Alterserscheinungen. »Ich konnte mich nicht recht konzentrieren«, sagte sie rasch, »aber ich hatte persönliche Probleme. Das ist jetzt vorbei.« Der Klang ihrer Stimme irritierte sie.

»Es zieht Ihre Arbeit in Mitleidenschaft.« Er senkte den Blick. »Und Ihre Beziehungen im Büro.«

»Beziehungen im Büro?«

Er schien ihr nicht in die Augen sehen zu können. »Ihre Freundinnen sind besorgt.«

Das konnte ja wohl nicht wahr sein. Sie starrte ihn an.

»Sie glauben, daß Sie ... in falsche Gesellschaft geraten sein könnten.«

»Damit sind sie zu Ihnen gekommen?«

Er errötete. »Sie haben es mir zur Kenntnis gebracht. Es scheint Ihre Arbeit zu beeinträchtigen und das Klima in der Belletristikabteilung ebenfalls. Wie ich schon sagte, wir sind besorgt.«

Sie zitterte innerlich wie Treibsand. »Mr. Spurl«, sagte sie so beherrscht und ruhig, wie sie konnte. »Meine Arbeit mag unter meinen persönlichen Problemen gelitten haben. Aber mein Leben gehört allein mir, und ich bin dafür niemandem Rechenschaft schuldig.«

Spurl sah ihr geradewegs ins Gesicht. »Wir sind eine Familienzeitschrift, Miss Camden. Die Öffentlichkeit erwartet von uns, daß wir uns an gewisse Verhaltensregeln halten. Das müssen wir respektieren. Wir sind keine billige Zeitschrift aus dem Supermarkt. Wir sind auf das, was wir sind, genauso stolz wie auf das Erzeugnis, das wir produzieren.«

»Das hört sich an, als sei es der Öffentlichkeit wichtig, was wir zum Frühstück essen.«

»Nein, aber es ist ihr wichtig, mit wem.«

Wenn sie sich nicht in den nächsten drei Sekunden bewegte, würde sie sich nie mehr bewegen können. Sie stand auf. »Ich glaube nicht, daß Sie sich einen Teufel darum scheren, was der Öffentlichkeit wichtig ist. Sie selbst haben ein Problem damit.«

»Ja, das stimmt. Und Ihre Kollegen auch.« Er strich sich über die Krawatte. »Miss Camden, Sie sind jung und talentiert. Das ganze Leben liegt noch vor Ihnen. Sie sollten eine vorübergehende Besessenheit . . .«

»Mr. Spurl . . .«

»Lassen Sie mich etwas deutlicher werden. Ich fühle mich persönlich unwohl dabei, so etwas in meinem Büro zu haben. Ich muß Sie leider bitten, sich zu entscheiden, was Ihnen mehr bedeutet, Ihre Stelle hier oder . . . na ja, Ihre Feierabendunterhaltung.«

Shelby machte auf dem Absatz kehrt, marschierte aus dem Raum und knallte die Tür hinter sich zu. Von Miss Myers kam ein winziges erschrockenes Quietschen.

Shelby wünschte, sie könnte zum Lektoratsbüro hinuntergehen und ihre Wut so lange herausschreien, bis der Putz von den Wänden fiel. Oder unter ihren Schreibtisch kriechen und niemals mehr hervorkommen, sich hinter zugezogenen Gardinen verstecken und so tun, als existiere nichts außer dem, was sie durch ein nadelstichgroßes Loch im Gewebe sehen konnte.

Schließlich beschloß sie, Jean anzurufen. Zunächst zögerte sie, als sie sich vorstellte, wie die anderen an ihren Schreibtischen saßen und taten, als arbeiteten sie, obwohl sie ganz genau wußten, wo sie gewesen war, und auf ein Klingeln des Telefons warteten. Und wie sie, wenn es dann tatsächlich klingelte, einander süffisante Blicke zuwerfen würden. Aber sie mußte jetzt mit jemandem reden. Sie wählte Jeans Nummer.

»Hör zu«, sagte sie, als Jean sich meldete, »hier ist eine ganz gemeine Sache im Gang.«

»Ja, ich weiß«, sagte Jean.

»Du steckst doch nicht etwa mit dahinter, oder?«

»Natürlich nicht. Um Himmels willen. Ich habe gerade erst davon gehört.«

»Ich muß mit dir reden. Allein.«

»Treffen wir uns bei *Friendly's* zum Mittagessen.«

»Gut. Bis dann.«

Sie hatte keinen Hunger, aber sie bestellte ein überbackenes Käsesandwich und Kaffee. Dann kam Jean, ein wenig außer Atem, und ließ sich einen Hamburger mit Pommes frites kommen.

Shelby hob die Augenbrauen. »Was ist das denn?«

»Heute ist kein Tag, um den Schein zu wahren.« Jean fischte ein Pillendöschen aus ihrer Handtasche und durchsuchte das Durcheinander von Farben und Größen. »Vitamine«, erklärte sie. »Möchtest du auch?«

»Hast du irgendwas gegen drohende Nervenzusammenbrüche?«

»B.« Jean fand eine runde weiße Tablette und gab sie ihr. Sie musterte Shelby sorgfältig. »Nimm lieber zwei«, sagte sie dann und suchte noch eine heraus.

»Danke.« Shelby schluckte die Tabletten mit Wasser hinunter. »Jean, was ist in der Redaktion los?«

Jean schüttelte den Kopf. »Wenn ich das bloß wüßte. Connie, Lisa und Penny waren gestern bei Spurl. Mich haben sie da rausgehalten. In letzter Zeit haben sie mich aus fast allem rausgehalten.«

»Sie wissen, daß du zu mir gehst, wenn du irgend etwas erfährst.«

»Ganz genau. Ich bin jetzt die Klatschtante.«

Die Kellnerin brachte das Essen, und sie warteten, bis sie wieder weg war. Shelby nahm ihr Sandwich in die Hand. »Hast du irgendeine Ahnung, was dahintersteckt?«

Jean häufte sich Ketchup auf ihren Hamburger. »Soweit ich es verstehe, paßt ihnen deine Freundschaft mit Fran nicht.« Sie fügte eine Zwiebelscheibe, Salat, Shelbys Tomate und ein paar Pommes frites hinzu.

»Das sieht ziemlich tödlich aus«, sagte Shelby.

»Hm.« Jean biß hinein. »Die Zeiten sind hart.«

»Was sollten sie gegen meine Freundschaft mit Fran einzuwenden haben?«

»Sie finden, daß du dich veränderst. Und die Richtung gefällt ihnen nicht.«

Shelby dachte nach. »Ja, kann schon sein. Bridge hat seine Faszination verloren.«

»Für mich nicht«, sagte Jean. »Es kann nicht verlieren, was es nie hatte.«

Shelby hatte sich etwas entspannt; es tat gut, mit ihrer normalen Alltagsfreundin ein normales Alltagsgespräch über Bridge zu führen. Sie schaffte es, ein Stück Sandwich zu essen und sogar zu schmecken. »Ich glaube, bei dieser kleinen Besprechung mit Spurl ging es um Fran und mich.«

Jean starrte sie an. »Du spinnst ja.«

»Nein. Er hat zu mir gesagt, ich müßte mich entscheiden ...« Sie atmete tief durch. »Letzten Endes zwischen Fran und meinem Job.«

»Dazu hat er überhaupt kein Recht.«

»Das habe ich ihm auch gesagt. Und dann habe ich die Tür zugeknallt. Miss Myers hat sich zu Tode erschrocken.«

Jean grinste. »Das war ziemlich verrückt von dir, aber ich bin froh, daß du es getan hast.«

»Es ist nur ...« Shelby rührte einen Löffel Zucker in ihren Kaffee. »Die ganze Geschichte ist sehr heikel und gefährlich. Ich weiß, daß Libby dahintersteckt. Sie hat Informationen über Fran aus dem Militär in die Hände bekommen, und sie hat sie überall herumgeschickt. Fran hat schon ihre Stelle verloren. Ich weiß nicht, worauf Libby es anlegt und wie weit sie gehen wird.«

Jean sah sie geschockt und verblüfft an. »Du glaubst, daß sie hinter deinem Rücken intrigiert?«

»Ja. Ich glaube, daß sie die anderen auf ihre Seite gezogen hat. Sie sind wild entschlossen, mich von Fran wegzuzerren, und ich weiß nicht, was ich dagegen machen soll. Hast du irgendeine Idee?«

»Hm.« Jean kaute wieder an einem Bissen Hamburger. »Zunächst einmal mußt du alles ableugnen. Alles.«

»Auch wenn es stimmt?«

Jean legte ihren Hamburger hin. Sie fingerte am Tellerrand herum. »Was stimmt?«

»Fran ist lesbisch.«

»Das habe ich mir gedacht«, sagte Jean. Ihre Stimme bebte ein wenig.

»Das ist doch kein Problem für dich, oder?«

»Natürlich nicht.« Die Antwort kam zu schnell.

»Oder?«

Jean sah aus, als würde sie am liebsten auf Stecknadellänge schrumpfen und sich unter den Pommes frites auf ihrem Teller verstecken. »Nein, nein, es ist in Ordnung. Ich meine, es ist in *Ordnung* . . .«

»Aber?«

»Es ist in Ordnung.«

Shelby lehnte sich über den Tisch und berührte Jeans Hand. »Du mußt ehrlich zu mir sein, Jean. Die Situation ist sehr ernst. Ich muß sicher sein, daß ich dir vertrauen kann.«

»Also gut.« Jean zog ihre Hand aus Shelbys und wischte sich das Fett von den Fingern. »Ich *will*, daß es in Ordnung ist. Um deinetwillen und auch wegen Fran. Ich mag sie. Ich will nicht, daß ihr irgend etwas Schlimmes passiert.« Sie senkte den Kopf. »Aber es ist nicht völlig in Ordnung, nein.« Eine Sekunde lang schaute sie auf. »Ich will nicht so denken. Es ist falsch und unfair, und ich verstehe es nicht. Aber so empfinde ich nun einmal.«

»Ach so.« Shelby fühlte sich, als sei sie zu Beton erstarrt. Alles war kalt und hart. In ihr, um sie herum, überall. »Und wenn ich dir sagen würde, daß Fran und ich ein Liebespaar sind?«

»Seid ihr das denn?«

»Ja.«

Jean schwieg einen Augenblick, dann brach sie in Tränen aus.

Shelby beobachtete sie.

»Das wollte ich nicht hören«, sagte Jean.

»Es ist die Wahrheit.« Sie wollte Mitleid mit Jean haben, aber sie konnte nicht.

»Denn es ist nicht . . . du bist das nicht.« Jean weinte lauter. »Du bist nicht so. Das weiß ich.«

»Dann kennst du mich wohl nicht so gut, wie du dachtest.«

»Das stimmt nicht.« Jetzt schluchzte Jean wie ein Kind, mit verzerrtem Gesicht, den Mund weit offen. »Du hast dich verändert, das ist alles. Du kannst dich wieder zurückändern. Du kannst wieder so werden wie vorher.«

Shelby empfand gar nichts.

Die Kellnerin hielt sich abwartend im Hintergrund. Ihr Blick begegnete Shelbys. »Kann ich irgendwie helfen?«

»Ich habe ihr gerade gesagt, daß ich lesbisch bin«, sagte Shelby laut. »Sie kommt damit nicht so gut zurecht.«

Die Kellnerin starrte sie ausdruckslos an, und dann schien sie sich zu erinnern, daß sie dringend in der Küche gebraucht wurde.

»Wieso hast du das gesagt?«

Der Käfig, in dem ihre Wut gefangen war, zerbarst. »Weil es wahr ist! Es stimmt alles, und ich bin es leid, daß die Leute mir sagen, ich soll so tun, als ob es nicht stimmt. Und daß sie mir drohen. Und fiese kleine Bemerkungen und Anspielungen machen. Sogar Fran will, daß ich mich verstelle. Aber, verdammt noch mal, es ist das Beste, das mir je passiert ist, und das werde ich nicht verleugnen. Und wenn alle anderen auf dieser ganzen engstirnigen Welt es als Tragödie ansehen, dann können sie das gern tun, aber haltet mich da raus.«

»Es tut mir leid«, begann Jean.

»Davon will ich nichts hören. Zum ersten Mal in meinem Leben weiß ich wirklich und wahrhaftig, wer ich bin. Ich wünschte, die Leute, die mich angeblich gern haben, könnten sich für mich freuen. Aber das geht anscheinend nicht. Also können sie mich mal, Jean. Und du kannst mich auch.«

Sie stand auf und griff nach der Rechnung.

Jean nahm sie ihr weg. »Darum kümmere ich mich. Das bin ich dir schuldig.«

Shelby war zu wütend und gekränkt, um zu widersprechen. Ohne noch ein Wort zu sagen, faßte sie nach ihrer Handtasche und verließ das Restaurant.

»Ich kann mir nicht helfen«, sagte Fran später. »Sie tut mir leid.«

Shelby knurrte nur.

»Doch, wirklich. Jean hat dich sehr gern. Wie würde es dir ergehen, wenn du jemanden liebtest, und eines Tages könntest du das einfach nicht mehr? Das ist kein schönes Gefühl, Shelby.«

»Nein, wahrscheinlich nicht«, gab sie zu. »Aber ich bin immer noch wütend.«

»Laß dir ein bißchen Zeit. Aber laß Jean auch ein bißchen Zeit.«

Shelby zupfte sich einen Grashalm von den Jeans.

»Ich weiß, daß Libby dahintersteckt. Vielleicht hat sie Spurl nichts gesagt, aber sie hat es zu jemandem gesagt, der dann zu Spurl gegangen ist.«

»Nicht unbedingt«, sagte Fran. »Manchmal liegt ein Virus in der Luft, und alle stecken sich gleichzeitig damit an.«

Shelby sah zu ihr hinüber. »Mußt du mir ständig widersprechen?«

»Wahrscheinlich.« Sie streckte die Hand aus und berührte Shelbys Wange. »Ich liebe dich.«

»Ich liebe dich auch.« Sie hielt Frans Hand fest.

Fran streichelte ihre Knöchel. »Du willst Jeans Freundschaft doch nicht wegwerfen, oder?«

»Sie scheint meine wegwerfen zu wollen.«

»Nein, nein. Sie kennt sich mit sich selbst nicht mehr aus, das ist alles. Und wenn sie es schafft, sich in den Griff zu bekommen, dann wirst du ihr hoffentlich verzeihen können.«

Shelby sah zu Fran, sah die Güte in ihrem Gesicht und fühlte Tränen in sich aufsteigen. »Es tut weh«, sagte sie.

»Hm.«

Sie starrten eine Weile in den Hof hinaus.

»Es muß doch einen Ausweg geben«, sagte Shelby.

Fran pulte die abgesplitterte Farbe vom Verandagitter. »Du kannst höchstens versuchen«, sagte sie, »an deine Mutter heranzukommen.«

Shelby rieb sich den Nacken. »Sie ist entschlossen, uns auseinanderzubringen. Sie will, daß ich Ray heirate. Sie will, daß alles wieder so ist wie vorher.«

»Hätte es Sinn, mit ihr zu reden?«

»Keine Ahnung«, sagte Shelby. Alles in ihr sträubte sich dagegen. Sie wollte ihre Mutter nicht sehen, nie mehr. Nicht diesem Zorn und diesem Sarkasmus begegnen, der sie zutiefst in der Seele quälte. Sich nicht wie der minderwertige Wurm vorkommen, als der sie sich in solchen Situationen immer fühlte. »Aber mir bleibt wohl nichts anderes übrig, was?«

Fran antwortete nicht, sondern nahm nur ihre Hand.

Es wurde fast schon dunkel. Ein paar letzte Heuschrecken zirpten faul in den Bäumen. Zwei Grillen gesellten sich dazu.

»Irgendwie schön, so ein trockener Sommer«, sagte Fran, ohne irgendeinen Zusammenhang. »Keine Mücken.«

»Hast du genausoviel Angst wie ich?« fragte Shelby.

»Mindestens.«

»Ich habe dir ganz schön etwas eingebrockt, was?«

»Ich dachte, ich wäre diejenige, die dir etwas eingebrockt hat.«

Shelby drückte Frans Hand. »Wir sind ein gutes Team.«

Als Shelby schließlich ihre Mutter anrief, legte Libby diesmal nicht auf. Sie klang sogar freundlich. Sie sagte zu, Shelby am Freitag – nein, warte, das geht nicht, Sitzung vom Bibliotheksausschuß – am Samstag im Gasthof von Bass Falls zum Abendessen zu treffen. Ja, sie mußten reden, es war alles ein wenig außer Kontrolle geraten, nicht wahr? Es war an der Zeit, es wieder in den Griff zu bekommen. Um sieben Uhr, Schatz, Küßchen.

In den nächsten Tagen hatte Shelby kaum Zeit, darüber nachzudenken. Spurl sollte auf keinen Fall ihre Arbeit als Ausrede benutzen können, um in ihrem Privatleben herumzuschnüffeln. Wenn er sie entlassen wollte, sollte er es tun. Sie kam früh ins Büro und ging spät. Charlotte war immer wieder einmal da und fragte, ob irgend etwas los sei, weil Shelby so eine hektische Betriebsamkeit an den Tag legte. Shelby erklärte, sie versuche einiges aufzuholen, und ging jeder weiteren Unterhaltung aus dem Weg.

Am ersten Tag tat sie, was sie schon am Tag davor hätte tun sollen: Sie nahm die Blumen, die ihre Freundinnen ihr geschenkt hatten, und hinterließ sie zusammen mit der Karte auf Pennys Schreibtisch, bevor jemand ins Büro kam. Sie hatte nicht damit gerechnet, beim Anblick von Jeans Schreibtisch viel zu empfinden, aber sie irrte sich. Es war, als würde ihr Herz von einer eisernen Faust umklammert. So schnell sie konnte, verließ sie den Raum wieder.

Niemand meldete sich. Niemand sprach sie auf die Blumen an. Einmal traf sie im Aufenthaltsraum unerwartet auf Jean. Jean vergrub den Kopf in einer Zeitschrift. Shelby wandte sich ab, holte sich einen Kaffee und ging wieder. Sie zwang sich, ihre gesamte Aufmerksamkeit auf ihre Arbeit zu konzentrieren.

Fran fand problemlos Arbeit in der Buchhandlung. Als das College wieder begann, standen die billigen Sommerarbeitskräfte nicht mehr zur Verfügung, und es gab jede Menge freie Stellen. Ohne Schwierigkeiten schrieb sie sich für ihre Kurse ein. Abends lernte sie. Shelby saß mit ihrer eigenen Arbeit bei ihr.

Sie versuchten, nicht über den Samstag zu reden.

Aber er hing die ganze Zeit in der Luft, still wie die Pause zwischen Blitz und Donner. Manchmal hoffte Shelby, daß Libby es sich überlegt hatte. Sie würde sich dafür entschuldigen, was sie angerichtet hatte, Shelby würde sich dafür entschuldigen, daß sie sie provoziert hatte, und alles wäre wieder gut.

Dann wieder wurde ihr bewußt, daß es in ihrem ganzen Leben niemals so gewesen war. Und auch nie so sein würde. Sie ärgerte sich über sich selbst, daß sie so gefühlsduselig war.

Fran ließ keinen Zweifel daran, was sie erwartete. Es sei alles eine abgekartete Sache.

Am Samstagabend bestand sie darauf, Shelby mit dem Auto zum Gasthof zu bringen, obwohl sie in zwanzig Minuten zu Fuß dort gewesen wäre. Sie sagte, sie hätte keine Ruhe und wollte sich überzeugen, daß die Sache einen guten Anfang nahm. Dann würde sie zum Buchladen hinübergehen und versuchen, etwas über das Geschäft zu lernen. Sie würde sich wohler fühlen, wenn sie in der Nähe war.

Shelby lachte und fragte, ob Fran damit rechne, daß ihre Mutter eine Damenpistole mit Perlmuttgriff aus der Tasche ziehen und sie in der Gasthausdiele erschießen würde, wie in einem Film aus den vierziger Jahren. Fran sagte, sie traue grundsätzlich jedem alles zu, und sie wisse, daß auch Shelby imstande sei, etwas Wahnsinniges zu tun.

Den Samstag verbrachte Fran damit, ihr Kabriolett zu waschen und vollzutanken und den Reifendruck zu prüfen. Shelby sagte, es sehe allmählich aus, als bereite sie das Fluchtauto vor.

Fran sagte, so falsch sei das gar nicht, und tat einen kleinen, bebenden Atemzug. Shelby begann sich wieder Gedanken zu machen, was sie anziehen sollte.

Eines wußte sie sicher, nämlich daß sie keinen Alkohol trinken würde, bevor sie ihre Mutter traf. Sie mußte ihren Verstand beisammen haben.

Sie holte alles aus dem Kleiderschrank heraus, breitete es auf dem Bett aus und überlegte, was Libby bei Laune halten würde, ohne daß sie selbst sich wie verkleidet vorkam.

Leichter gesagt als getan. Ihr fiel auf, wie viele ihrer Kleidungsstücke auf Libbys Geschmack ausgerichtet waren. Sogar die Kleider, die sie zur Arbeit trug – Libby fand Röcke und Blusen zu leger –, waren nach Libbys Ansprüchen ausgewählt.

Shelby setzte sich auf den Boden. So war ihr ganzes Leben verlaufen, mit Libbys Genehmigung versehen. Nicht einmal die Nächte bei den Beat-Poeten in Greenwich Village waren wirkliches Aufbegehren gewesen. Libby hatte sie auf schräge Weise ›süß‹ gefunden.

Daß Shelby in Bass Falls wohnte und bei der *Zeitschrift für die Frau* arbeitete, dagegen hatte Libby nichts. Sie hätte etwas dagegen gehabt, wenn Shelby zu einer Zeitung im mittleren Westen gegangen wäre. Das hatte Shelby nicht getan.

Warum nicht? Weil Libby so einschüchternd wirkte? Ja, das auch. Aber es steckte noch mehr dahinter.

Traurigkeit stieg in ihr auf.

Und Wut.

Sie schlug mit der Hand auf den Boden. Verdammt!

Sie hatte gewollt, daß Libby sie liebte.

Eine Träne rann ihr übers Gesicht. Dann noch eine. Sie ließ sie rinnen. Es war, als sei sie zwölf Jahre alt, ein Geflecht aus Widersprüchen.

Wenn man zwölf Jahre alt und verwirrt ist, dann darf man weinen. Man darf sich die Augen am Ärmel abwischen und braucht sich nicht die Nase zu putzen.

Fran kam herein und sah sie dort sitzen. »Hey«, sagte sie, »was ist denn los?«

»Mir ist nur gerade etwas sentimental zumute«, sagte Shelby. Sie suchte nach einem Taschentuch.

Fran reichte ihr eines und fragte behutsam: »Weswegen?«

Shelbys Augen füllten sich wieder. »Wegen meiner Mutter. Meiner blöden Mutter. Ich weine, weil ich will, daß meine blöde Mutter mich liebt, und das ist erst recht blöd von mir.«

»Das ist nicht blöd.« Fran setzte sich neben sie. »Ich könnte dir da so einiges erzählen.« Sie strich Shelby übers Haar. »Das Schlimme ist, sie kriegen uns, wenn wir ganz klein sind, und danach kommen wir nicht mehr dagegen an.«

»Hm.« Sie fühlte sich ein wenig besser; es tat gut, nicht allein zu sein.

Fran blieb eine Weile bei ihr, bis sie aufgehört hatte zu weinen. »Du solltest nicht zu spät kommen«, sagte sie sacht.

»Um Himmels willen, nein.« Shelby stand auf und ordnete sich das Haar. »Aber ich weiß einfach nicht, was ich anziehen soll. Such du etwas aus.«

Fran fand ein weiches, schlicht beigefarbenes Kleid und eine passende Kaschmir-Strickjacke. »Hier. Damit siehst du aus wie eine Matrone und kommst dir vor wie Nancy Drew.«

»Ach«, sagte Shelby, »wenn ich das gewußt hätte, hätte ich meine festen Schuhe geputzt.« Sie sah Fran an. »Du siehst gut aus.«

»Danke.«

»Willst du mitkommen?«

Fran lachte. »Deine Mutter und ich sind fertig miteinander. Sie hat ihren besten Schuß abgefeuert, und ich bin nicht in die Knie gegangen. Jetzt müssen wir nur noch die Bedingungen für ihre Kapitulation aushandeln.«

Die Nächte wurden kühler. Shelby war froh, daß Fran ihr eine Strickjacke herausgesucht hatte. Vielleicht war es aber auch nur die Angst, die ihr die Hände klamm werden ließ und ihr den Atem abschnürte.

Die eine Meile bis zum Gasthof fuhren sie schweigend.

»Also«, sagte Fran, »da wären wir.«

Shelby sah zu den Fenstern des Restaurants hinüber und hoffte, daß sie die erste war.

War sie nicht. Libby und ein Mann, den Shelby noch nie gesehen hatte, saßen an einem Tisch, Getränke vor sich. Libby kannte den Mann sicher auch nicht. Sie nahm gern Drinks von unbekannten Männern an. Nicht, daß sie sie abschleppte. Sie lernte sie kennen, bezauberte sie mit ihrem Charme und ging wieder ihres Weges. Ein harmloses Vergnügen, das ihr Ego stärkte.

Shelby öffnete die Autotür. Das Herz klopfte ihr hart in der Brust.

»Vergiß nicht«, sagte Fran, »ich bin nur auf der anderen Straßenseite. Komm rüber, wenn du fertig bist, egal, wie es gegangen ist. Und tu nichts Überstürztes.«

»Ist gut.« Sie schloß die Autotür und wollte den Weg hochgehen. Nur ein paar Meter ... Sie bekam kaum die Beine voreinander. Libby und der Mann lachten zusammen.

»Shelby!«

Fran rannte auf sie zu und packte sie beim Arm. »Schnell, komm wieder ins Auto!«

»Was ist denn?«

»Steig ein!« Sie schob Shelby auf den Beifahrersitz und lief ums Auto herum zur Fahrertür. Der Motor lief noch. Sie rammte den Gang hinein und fuhr an, daß der Schotter flog.

Sie sah, wie sich Libby zum Fenster drehte und aufzustehen begann.

Shelby hielt sich an der Armlehne fest, um das Gleichgewicht nicht zu verlieren. »Was ist denn los?«

Fran antwortete nicht. Sie schlitterte um eine Kurve, dann die nächste.

»Wo fahren wir hin?«

»Weg von hier.«

Sie waren auf dem Land. Der unbefestigte Weg wand sich durch Getreidefelder. Trockene Halme standen in krassem Kontrast im Mondlicht. Fran bremste den Wagen ab, dann hielt sie an. Das Getreide raschelte in der Brise des Fahrtwindes. Der Staub setzte sich; in den Rücklichtern des Wagens erschien er rot.

Frans Hände hielten das Lenkrad umklammert. »Ich kenne den Mann«, sagte sie.

»Welchen Mann?«

»Der bei deiner Mutter saß. Im Gasthof. Mein Gott, Shelby, womöglich steckst du ganz tief in der Tinte.«

»Ich verstehe kein Wort.«

Fran holte tief Luft und wandte sich ihr zu. »Er hat bei einer Informationsveranstaltung im Gesundheitsdienst gesprochen. Er ist Psychiater. In Harvard. Er leitet eine Abteilung in einer psychiatrischen Klinik und ist angeblich darauf spezialisiert, Homosexualität zu ›heilen‹.«

Sie begriff immer noch nicht. »Und?«

»Deine Mutter hat dieses Essen mit dir arrangiert, damit sie dich in eine Klinik einweisen lassen kann. Darum war sie so liebenswürdig.«

»Eine psychiatrische Klinik?«

»Genau.«

»Warum?«

»Damit du geheilt wirst.« Fran fuhr sich mit der Hand durchs Haar. »Ich weiß, es klingt verrückt, aber Freundinnen von mir haben das mitgemacht. Es passiert oft. Dieser Typ arbeitet vor allem mit Elektroschocks.«

»Das hat meine Mutter vor? Mit mir?«

»Anscheinend.«

»Aber sie würde vor Scham vergehen, wenn ich in eine psychiatrische Klinik käme.«

»Er ist sehr diskret«, sagte Fran. »Wahrscheinlich findet sie, daß es das Risiko wert ist.«

Langsam begann Shelby zu verstehen. In ihr verhärtete sich alles. »Und was soll ich machen?«

»Du kannst heute abend auf keinen Fall nach Hause. Sie suchen dich sicher schon. In ein Motel können wir auch nicht. Deine Mutter kennt mein Auto. Wenn wir beide nicht da sind, holen sie bestimmt die Polizei. Ich muß zurück und sehen, was los ist.«

»Aber was soll ich machen?« fragte Shelby wieder, völlig hilflos.

»Eine Idee habe ich«, sagte Fran. »Sie wird dir allerdings nicht gefallen.«

»Was denn?«

Schweigend ließ Fran den Motor an und fuhr los. Sie kamen auf eine befestigte Straße und hielten auf die Lichter von West Sayer zu. Neben einer Bankfiliale an der Auffahrt zum State Highway war eine Telefonzelle. Fran hielt an und stieg aus.

»Und jetzt?« fragte Shelby.

Fran winkte sie aus dem Auto heraus und in die Telefonzelle. Sie steckte eine Münze hinein und wählte eine Nummer; dann gab sie Shelby den Hörer.

»Was machst du?« fragte Shelby.

Fran ließ sie allein.

»Hallo?« Sie erkannte die Stimme am anderen Ende. Am liebsten hätte sie aufgelegt, aber sie sah ein, daß Fran recht hatte.

»Jean? Hier ist Shelby. Es gibt ein Problem.«

Sie hörte, daß Jean nach Luft schnappte. »Wo bist du?«

»In der Telefonzelle vor der First Bank an der Route 12.«

»Ist alles in Ordnung?«

»Bis jetzt noch. Ich brauche ein Versteck.«

»Soll ich dich abholen, oder kannst du hierherkommen?«

»Ich könnte zu dir kommen ...« Sie zögerte, doch es ging nicht anders. »... aber womöglich würden sie Frans Auto erkennen.«

»Das klingt aber spannend.«

»Ich erkläre es dir dann.«

»Okay«, sagte Jean. »Ich bin in zehn Minuten da.«

»Wir stehen mit dem Auto hinter der Bank. Man kann uns von der Straße aus nicht sehen.«

»Ist gut. Du, Shelby, das mit neulich tut mir wirklich leid.«

»Mir auch«, sagte Shelby.

»Wir reden dann. Bis gleich.« Jean legte auf.

Shelby lehnte sich gegen die Wand der Telefonzelle, schwach vor Erleichterung.

Sie ging zum Auto zurück.

»Und?« fragte Fran.

»Sie ist unterwegs.«

»Ich wußte es.«

Shelby glitt auf den Beifahrersitz. »Woher?«

»Ich kenne Jean, und ich kenne dich. Der Streit konnte nicht lange dauern.« Fran wirkte sehr mit sich zufrieden.

»Brauchst gar nicht so stolz zu grinsen«, sagte Shelby und schlug ihr spielerisch auf den Arm.

»Wohl.«

Shelby rückte näher zu ihr hin und lehnte sich an ihre Schulter. »Ich ziehe immer mehr Leute mit in diese Geschichte hinein.«

»Es ist für eine gute Sache. Jetzt sei still. Wir dürfen keine Aufmerksamkeit auf uns ziehen.«

Shelby dachte darüber nach, wie sich ihr Leben verändert hatte. Noch vor knapp einer Woche hatte sie fast alles richtig gemacht, und jetzt war sie auf der Flucht vor ihrer Mutter, die sie in die Klapsmühle stecken wollte. Wie in einem schlechten Film. Aber es war die Wirklichkeit, und es war ihr Leben. Falls sie irgendeinen Zweifel daran hatte, belehrte die brennende Angst in ihrem Magen sie eines anderen.

So kriegt man also Magengeschwüre, dachte sie.

In ihre Wohnung konnte sie nicht. Libby würde sie sofort finden. Und in der Redaktion? War sie dort sicher? Was zum Teufel sollte sie jetzt tun?

Die Scheinwerfer von Jeans Auto fluteten über den Parkplatz. Fran blendete kurz auf, und Jean parkte neben ihnen. Sie stieg aus und lehnte sich in Frans Fenster. »Was ist denn los?«

Fran erklärte es ihr so knapp wie möglich. »Sie muß die nächsten Tage irgendwo untertauchen, bis wir entschieden haben, was wir machen.«

»Kein Problem. Ich habe genügend Platz. Und was ist mit dir?«

»Jemand muß das Haus beobachten. Wir können nicht beide zusammen verschwinden. Ich werde mich bedeckt halten und mich dumm stellen.«

»Was ist, wenn sie versuchen, dich mitzunehmen?« fragte Jean.

»Eine Frau, die ich kaum kenne, und ein Mann, der mir noch nie vorgestellt wurde? Dann rufe ich aber ganz schnell die Polizei.«

Jean lehnte sich zu Shelby hinüber. »Shel, wie geht es dir?«

»Ganz gut.«

»Es geht ihr nicht ganz gut«, korrigierte Fran. »Es ist eine Menge passiert. Damit muß sie erst fertigwerden.«

Jean lachte. »Das kenne ich doch irgendwoher.«

Fran nahm Shelbys Hand. »Ständig gerät sie in Schwierigkeiten.«

»Wem sagst du das.« Jeans Stimme war warm und ihr Tonfall leicht neckend. »Ich bin froh, daß *du* mit ihr zusammen bist und nicht ich.«

Shelby erkannte die Unterhaltung als das, was sie war: Jeans

Versuch, sich bei Fran zu entschuldigen und alles nicht noch komplizierter zu machen. Sie war ihr immens dankbar dafür.

»Fahr jetzt mit ihr mit«, sagte Fran zu Shelby. »Morgen früh bringe ich dir ein paar Sachen. Dann sehen wir weiter.«

Shelby stieg aus, froh, daß jemand anders die Entscheidungen traf. Neben Jean stehend, sah sie zu, wie Frans Auto in der Dunkelheit verschwand.

Jean legte einen Arm um sie und sagte: »Schön, dich wiederzuhaben.«

Kapitel 21

Als Shelby am nächsten Morgen ins Wohnzimmer stolperte, saßen Fran und Jean dort schon bei Kaffee und Doughnuts. Gähnend sagte sie: »Hättet ihr mich doch gerufen.« Dann wühlte sie zwischen den Tellern, Servietten und Verpackungen herum, bis sie ein Doughnut mit Vanillecreme gefunden hatte.

»Du brauchtest Schlaf«, sagte Jean.

Fran scheuchte sie weg. »Mach uns noch eine Kanne Kaffee. Und versuch *bitte*, den Puderzucker nicht überall zu verteilen.«

Shelby knurrte und verschwand in der Küche.

»Paß auf, wir haben uns etwas überlegt«, sagte Fran, als sie mit dem Kaffee zurückkam. Sie war inzwischen um einiges wacher, wünschte aber dennoch, sie schliefe noch und hätte nicht solche Angst.

»Hm«, sagte sie.

»Hier können wir nicht bleiben. In dieser Gegend, meine ich. Sie waren die ganze Nacht vor deiner Wohnung. Sie werden nicht aufgeben. Wir müssen von hier weg. Irgendwohin, wo deine Mutter uns nicht findet. Mitnehmen, was wir brauchen, und ganz von vorn anfangen. Dein Auto und alles lassen wir hier. Dann haben wir einen kleinen Vorsprung. Sie werden erst in ein paar Tagen begreifen, daß du tatsächlich weg bist.«

»Von hier weg?«

»Du gibst mir deine Wohnungsschlüssel«, nahm Jean den Faden

auf, »und ich werde dafür sorgen, daß es so aussieht, als wärst du zu Hause. Ab und zu ein Licht brennen lassen, die Post reinholen. Vielleicht sogar auf dem Herd etwas anbrennen lassen, damit es die Nachbarn oben riechen.«

»Das funktioniert nicht«, sagte Fran. »Sie läßt nie etwas anbrennen. Mach das in meiner Wohnung.«

In Shelbys Kopf rotierte es. Einfach zusammenpacken und verschwinden? »Moment mal. Kann ich das etwas langsamer haben?«

»Wenn ihr wißt, wo ihr bleibt«, erklärte ihr Jean, »löse ich deine Wohnung auf und verkaufe alles, was du mir sagst. Ihr werdet in der ersten Zeit das Geld brauchen. Den Rest behalte ich, bis du entschieden hast, was damit geschehen soll.«

»Am besten gibst du Jean eine Vollmacht, damit sie nicht verhaftet wird. Und heb dein ganzes Geld von der Bank ab. Ich werde es auch so machen. All das können wir morgen regeln. Ich persönlich fände Kalifornien gut. Dort ist alles lockerer; es ist leichter, in der Menge unterzutauchen. Aber das können wir entscheiden, wenn es soweit ist. Wir fahren durchs Land, und wenn es uns irgendwo wirklich gefällt, bleiben wir dort.«

»Nein«, sagte Shelby hektisch. »Das ist mein Leben, von dem ihr da redet.«

»Genau«, sagte Fran. »Es ist dein Leben, und deine Mutter hat es darauf abgesehen. Und mit Vampiren darf man sich unter keinen Umständen einlassen.«

»Ich muß erst einmal völlig umdenken. In jeder Hinsicht. Ihr verlangt etwas von mir, worüber ich noch nicht einmal nachgedacht habe.«

»Ich weiß«, sagte Fran ernst. »Aber wir müssen hier weg. Du kannst nachdenken, wenn wir unterwegs sind. Es tut mir leid. Ich weiß, daß es schwer ist, aber ...«

»Und ob es schwer ist. Außerdem könnte es ein Fehler sein.«

Fran kam ganz nahe zu ihr und kniete sich neben sie. »Hör zu, es ist nichts endgültig. Wenn du merkst, daß es nicht das Richtige für dich ist, sorge ich dafür, daß du hierher zurückkommst, egal, wo wir gerade sind. Du kannst ihnen dann sagen, ich hätte dich unter Druck gesetzt.«

Sie wußte, daß Fran recht hatte, aber es erschien ihr so unwirklich. Es war, als würden ihr die Füße weggerissen, als sie es am wenigsten erwartete. Es war, als ...

»Es muß sein«, sagte Fran drängend. »Die Lage ist sehr, sehr ernst.«

Shelby sah hinunter in Frans Gesicht, so offen und so voller Angst.

Sie berührte sie. »Ich begreife es ja. Es ist nur ... dies ist nicht gerade eine Kleinigkeit.«

»Es wird alles gut«, sagte Fran. »Ich verspreche es dir.«

»Also«, sagte Jean geschäftig, »am Montag gehen wir zum Anwalt und zur Bank. Und dann sehe ich zu, ob ich dir in der Redaktion ein anständiges Empfehlungsschreiben besorgen kann. Meinst du, wir können Charlotte trauen?«

Shelby nickte. »Sie scheint ziemlich verständnisvoll zu sein. Ich weiß nur nicht, wie es mit dieser ... dieser lesbischen Geschichte ist.«

»Was ist los?« fragte Fran grinsend. »Kannst du das Wort nicht aussprechen?«

»Los ist«, sagte Shelby beleidigt, »daß ihr beide erheblich mehr Zucker und Koffein zu euch genommen habt als ich, und außerdem macht euch das alles viel zuviel Spaß.« Sie trank einen Schluck Kaffee. »Zum einen, wer sagt, daß ich weg muß? Und zum anderen, wer sagt, daß du etwas damit zu tun haben mußt?«

»Na ja«, sagte Fran, »wir haben es von allen Seiten und immer wieder diskutiert, und es scheint der einzige Ausweg für dich zu sein. Du kannst weder in Bass Falls noch in West Sayer bleiben, Libby würde über dich herfallen wie ein Bussardschwarm. In deinem Job sieht es auch nicht gerade rosig aus – abgesehen davon, daß du dann immer noch hier festsäßest –, also ist es vielleicht an der Zeit, zu neuen Ufern aufzubrechen.«

»Deine Mutter will dich einsperren«, fuhr Jean fort. »Du bist nicht mehr verlobt. Und deine Freundinnen haben sich gegen dich gewandt. Wozu solltest du hierbleiben?«

»Ich weiß es nicht.« Shelby rieb sich mit dem Handballen die Stirn. »Es erscheint mir so extrem.«

»Hör du auf, von extrem zu reden«, sagte Jean. »Erst bist du verlobt, dann löst du die Verlobung, und eine Woche später schläfst du mit einer Frau. Oder hast du damit schon früher angefangen?«

»Nicht mit mir«, sagte Fran und hob eine Hand wie zum Pfadfinderschwur. »Ich bin keine Schlampe.«

»Aber . . .«

»Tatsache ist«, sagte Fran ernst, »daß dir gar nichts anderes übrigbleibt. Glaub mir, ich kannte Frauen, die in so einer Anstalt waren. Man kommt dort nicht heil heraus. Eine Bekannte von mir haben sie zur Lobotomie gezwungen. Und der Herr Doktor, mit dem deine Mutter dort am Tisch saß, ist auch nicht gerade gegen eine solche ›Behandlung‹.«

»So etwas habe ich noch nie gemacht. Weglaufen . . .«

»In deinem Alter«, sagte Jean, »bist du überfällig. Komm schon, du hast dich dein ganzes Leben lang angepaßt und verbogen. Es ist an der Zeit, flügge zu werden.«

Shelby sah Fran an. »Ich kann nicht von dir verlangen, daß du dein ganzes Leben für mich umkrempelst.«

»Es wäre mir ein großes Vergnügen.« Die Sonne berührte Frans Kopf. Ihr Haar schimmerte. Ihre Augen strahlten. Ihr Lächeln durchdrang die tiefsten Schatten.

»Na gut«, sagte Shelby, »einverstanden. Aber bitte, bevor ich Gelegenheit habe, noch länger darüber nachzudenken.«

Sie zog die Bluse und die bequeme Hose an, die Fran ihr mitgebracht hatte. Den größten Teil des Tages verbrachten sie mit Pläneschmieden. Als Fran die Straßenkarten hervorholte, machte sich bei Shelby allmählich Vorfreude bemerkbar. Sie hatte immer schon das Land sehen wollen. Über Ebenen, Wüsten und Berge fahren. Orte kennenlernen, von denen sie bisher nur gelesen hatte. Sehen, wie andere Menschen lebten. Manchmal hatte sie sich eine Busfahrt ins Unbekannte ausgemalt, mit Zwischenstopps in Kleinstädten, in denen es Coffeehouses und Waschsalons gab. Manchmal hatte sie darüber nachgedacht, sich einen Rucksack auf den Rücken zu schnallen und an den Eisenbahnschienen entlang nach Westen zu ziehen.

Diese Tagträume hatte sie schon lange nicht mehr gehabt. Sie begrüßte sie wie einen alten Freund. »Meinen Rucksack«, sagte sie zu Fran, die eine Liste von Dingen aufstellte, die sie brauchten. »Und mein Taschenmesser und den Schlafsack.«

»Gute Idee. Es kann sein, daß wir unter den Tischen von Rastplätzen schlafen müssen.«

Sie merkte, daß Fran das ernst meinte, und sie wurde noch aufgeregter. Unterwegs durch Amerika, wie es Steinbeck beschrieben hatte. Wo es ihnen gefiel, wohin es sie zog. Sie konnten unbefestigte Straßen hinunterwandern, wenn sie meinten, am Ende irgend etwas zu finden. Wenn sie einen Ort sahen, der auf der Touristenkarte rot eingezeichnet war, konnten sie hinfahren und ihn sich anschauen. Sie konnten in Pekanhainen nach Nüssen stöbern. Und sich in Imbißbuden herumtreiben, wo sich die Einheimischen mittags auf ein Schwätzchen trafen.

»Eins mußt du dir merken«, sagte Fran, »wenn uns jemand fragt, sind wir Schwestern oder Lehrerinnen. Anscheinend wundert sich niemand darüber, wenn Schwestern oder Lehrerinnen ohne männliche Begleitung gemeinsam reisen.«

»Du meinst, so wie Nonnen?«

»Sagt ruhig, daß ihr Nonnen seid«, sagte Jean. »Mit den Gelübden müßt ihr es ja nicht so genau nehmen.«

Fran grinste.

Bis zum Abend hatten sie ihre Flucht in Listen und Pläne gefaßt. Jean ging hinaus und holte Unmengen von chinesischem Essen. Sie spielten mit dem Gedanken, ins Kino zu gehen. Jean schlug *Infam* vor. Sie drohten ihr, sie zu erdrosseln. Fran fuhr lieber nach Hause. Sie hatte unter dem Schutz der Dunkelheit eine Menge zu packen. Daheim angekommen, rief sie an, um ihnen zu sagen, daß alles in Ordnung zu sein schien; niemand hatte sich gewaltsam Eintritt verschafft.

Shelby wurde sich bewußt, daß sie taten, als sei alles nur ein Spiel. So konnten sie ihre Angst besser in Schach halten. So konnten sie auch schnell leichtsinnig werden.

»Wie denkst du wirklich darüber?« fragte sie Jean, als sie beide ihre Schlafanzüge angezogen hatten.

»Ich glaube, es muß sein«, sagte Jean traurig. »Aber ich werde dich furchtbar vermissen.«

»Ich dich auch. Du warst mir eine wunderbare Freundin, und ich . . . na ja, ich mag dich einfach.«

Jean schwieg einen Moment. Der vorbeifließende Verkehr auf der Straße rauschte wie der Wind in einem Pinienhain. »Ehrlich gesagt«, sagte sie, »ich habe dich sehr, sehr gern.« Sie sah rasch auf. »Nicht so, wie du Fran gern hast. Und sie dich.« Sie lächelte. »Mensch, die hat es ganz schön erwischt. Aber ... ich weiß nicht, du bist einfach in meinem Herzen und wirst es auch immer bleiben.«

»So geht es mir auch«, sagte Shelby.

»Es tut mir leid, wie ich reagiert habe, als du es mir gesagt hast. Ich war so durcheinander.«

»Ich kann dich schon verstehen.«

»Ich hatte Angst, daß du anders werden würdest. Daß du nicht mehr die Shelby sein würdest, die ich kannte. Als wärst du gestorben, und jemand, der so aussieht wie du, hätte deinen Platz eingenommen.«

»Und ich dachte dasselbe von dir.«

Jean lehnte ihren Kopf an Shelbys Schulter. Shelby legte einen Arm um sie.

»Es wird schrecklich einsam werden, wenn du weg bist«, sagte Jean.

»Für mich wird es auch einsam sein, ohne dich.«

»Vielleicht breche ich eines Tages hier aus und suche euch.«

»Du wirst immer wissen, wo ich bin«, sagte Shelby.

»Das wäre etwas ganz Neues. Ich weiß nicht einmal immer, wo *ich* bin.« Jean setzte sich auf. »Wenn wir nicht bald aufhören, werde ich euch nie gehen lassen können. Ich werde mich vor euer Auto werfen.«

»Hm. Wir haben morgen einen schweren Tag vor uns. Wahrscheinlich sollten wir besser ins Bett gehen.«

»Ja, wahrscheinlich.«

Aber sie blieben noch eine Stunde sitzen und hielten einander schweigend bei den Händen.

Am nächsten Tag lief alles wie am Schnürchen. Jean ging früh in die Redaktion und spürte Charlotte May auf. Charlotte sagte, sie werde nicht nur ein Empfehlungsschreiben verfassen, sondern sogar noch eins draufsetzen. Mehr wollte sie nicht verraten und sagte Jean, sie solle sich abends wieder bei ihr melden.

Shelby traf sich mit Jean bei der Bank. Zusammen machten sie einen Anwalt ausfindig, der Zeit für sie hatte, und verfaßten eine Vollmacht für Jean.

Danach ging Jean zurück in die Redaktion.

Fran rief an und sagte, Libby habe herumgeschnüffelt und es sogar gewagt, sie in ihrer Wohnung zur Rede zu stellen. Sie hatte so getan, als wüßte sie nicht, wovon Libby sprach.

»Ich glaube, sie hatte etwas von deinem Scotch getrunken«, sagte sie. »So roch sie jedenfalls.«

»Na, wunderbar«, sagte Shelby. »Ich bin bis sechs Uhr fertig. Und du?«

»Kein Problem. Ich hole dich dann ab.«

»Kommt es dir eigentlich auch so vor, als wären wir hier bei den Nazis?«

»Sind wir doch«, sagte Fran.

Jean kehrte mit einem glühenden Empfehlungsschreiben von Charlotte zurück und brachte auch eines von Spurl. Shelby sah verwirrt darauf herab. »Wie hast du das denn geschafft?«

»Du wirst es nicht glauben. Charlotte ist zu Myers gegangen, und sie hat es aufgesetzt und Spurl mit einem Stapel Briefe zum Unterschreiben untergeschoben. Er unterschreibt immer alles, ohne hinzuschauen.«

»Miss *Myers*?«

Jean nickte. »Ich soll dir von Charlotte ausrichten, Grace Myers habe verborgene Tiefen.«

Sie quietschte unwillkürlich auf. »Mein Gott, Miss Myers? Und Charlotte bestimmt auch.«

»Es sah mir ganz danach aus.« Jean grinste. Es klopfte an der Tür. Shelby sank der Magen in die Kniekehlen.

»Es ist Zeit«, sagte Fran. »Bist du fertig?«

»Fertiger werde ich nicht.« Sie griff nach ihren Papieren.

Jean sah aus, als würde sie jeden Moment zusammenbrechen. Shelby ging zu ihr. »Danke«, sagte sie. »Für alles.«

»Ich wünsche euch ...« Jeans Stimme versagte.

Shelby nahm sie in die Arme und drückte sie lange an sich.

Um sie herum herrschte tiefe Dunkelheit, die nur durch die Lichtkegel ihrer Scheinwerfer gebrochen wurde. Hier und da leuchtete neben der Straße knapp über dem Boden ein Paar Augen auf und verschwand wieder. Es war mitten in der Nacht.

Shelby Camden, die einstmals aufstrebende Karrierefrau, stahl sich in der Dunkelheit durch das weite, eintönige Iowa.

In Indiana hatte sie aufgehört, in den Rückspiegel zu schauen, ständig in der Erwartung, einen Polizeiwagen oder gar Libbys Cadillac hinter sich zu sehen, der sie verfolgte. Noch ein Stück weiter westlich, in Illinois, war das Gefühl von ihr abgefallen, vor ihrem Leben davonzulaufen, und sie hatte begonnen, ihrer Zukunft entgegenzugehen. Sie würde noch viel trauern, vieles an Verrat beklagen müssen. Sie würde Jean vermissen – und sogar ihre alten Freundinnen, aus der Zeit, als sie noch Freundinnen gewesen waren. Sie würde Ray vermissen und die Freundschaft, zu der sie es hätten bringen können.

Aber jetzt lag erst einmal das Abenteuer vor ihnen. Mit vielen Sackgassen und unübersichtlichen Einmündungen. Neben ihr regte sich Fran. Ihr Gesicht sah in dem grünen Licht des Armaturenbretts gespenstisch aus. »Shel?«

»Hm.«

»Alles in Ordnung?«

»Es geht. Ich habe ein bißchen Angst.«

Fran streckte die Hand nach ihr aus und berührte sie. »Es wird alles gut.«

»Ich weiß«, sagte sie ohne Überzeugung.

»Und wenn nicht, dann sind wir wenigstens zusammen.«

Ja, dachte sie, wir sind zusammen. Zusammen.

»Du, Shelby?«

»Was denn?«

»Magst du eigentlich Hunde?«

Shelby lächelte. »Wahnsinnig gern.«

»Was für welche?«

»Verlotterte Köter aus dem Tierheim.«

»Gott sei Dank. Ich hatte schon Angst, daß ich einen riesengroßen Fehler gemacht habe.« Sie setzte sich zurecht und lehnte den Kopf gegen das Fenster.

Shelby warf ihr einen raschen Blick zu, und dann konzentrierte sie sich aufs Fahren, denn schließlich hatte sie eine kostbare Fracht an Bord. Sie blickte in den Rückspiegel und hielt Ausschau nach Anzeichen der Morgendämmerung. Doch nur der rote Schein ihrer eigenen Rücklichter erleuchtete die Dunkelheit.

Hier im Auto waren sie sicher. Jenseits von Zeit und Raum. Sie beschleunigte auf über 100 Stundenkilometer, dann 110, 120, vom Windschatten der Nacht getragen. Morgen würden sie weitersuchen, wie schon in den letzten beiden Tagen. Ist diese Stadt groß genug, um Arbeit zu finden? Oder gibt es hier zu viele konservative Kirchen? Wie sind die Menschen? Was passiert, wenn sie es herausfinden? Sollen wir Richtung Kalifornien weiterfahren? Fragen. Beobachtungen. Überlegungen.

Aber heute nacht waren da nur die Straße und die Dunkelheit. Das tiefe, tröstende Brummen der Reifen auf dem Asphalt. Das Glimmen der Lämpchen am Armaturenbrett.

Nur sie beide, miteinander, in ihrem nächtlichen Kokon geborgen.

Weitere Bücher der édition el!es

Ruth Gogoll: Eine Insel für zwei

Erotischer Liebesroman

Neunzehn Jahre alt und auf der Suche nach der großen Liebe: Das ist Andy, als sie Danielle kennenlernt, Besitzerin einer Werbeagentur. Danielle hält Liebe für eine Illusion. Sie lädt Andy zu einer Reise durch die Ägäis ein, doch fordert dafür einen hohen Preis.
Andy läßt sich darauf ein, weil sie Danielle liebt und hofft, daß Danielle auch lernen wird zu lieben. Fast scheint es, als hätte Andys Liebe eine Chance, doch da geschieht etwas Unvorhergesehenes ...

Ruth Gogoll: Tizianrot

Erotischer Liebesroman

Tanita schwärmt unsterblich für ihre Mathematiklehrerin Diana. Nach Tanitas Abitur verlieren sie sich aus den Augen. Zufällig treffen sie sich Monate später wieder, und die Überraschung ist perfekt, als sich herausstellt, daß auch Diana Interesse an Tanita hat. Schnell kommen sie sich näher, die Erfüllung aller Träume scheint nah, doch da tauchen unerwartete Schwierigkeiten auf.

Alexandra Liebert: Der Schlüssel zum Glück

Liebesgeschichten

Geschichten rund um das Verlieben: Ob gewollt oder ungewollt, überraschend oder nicht – Alexandra Liebert versteht es, ihre Heldinnen in kleinen, unbeschwerten Geschichten auf spannende Art zusammenzubringen. Da sucht Cathy nur nach einem Job und findet die Liebe, Lisa sucht erholsame Ferien in San Francisco – und findet die Liebe, Carmen und Maria haben sich mit dem Auto verfahren, suchen den richtigen Weg und finden: die Liebe.
Sie wollen jetzt wissen, wer noch alles die Liebe findet? Und welche Hürden dabei zu überwinden sind? Wir haben da einen kleinen Tip für Sie: Kaufen Sie doch einfach dieses Buch ...

Alexandra Liebert: Träume aus der Ferne

Liebesgeschichten

Geschichten rund um das Verlieben: »Viele Wege führen nach Rom, aber keiner führt an den Geschichten von Alexandra Liebert vorbei – wenn frau romantische Liebesgeschichten schätzt. In ihrer ganz eigenen, feinfühligen Art beschreibt die Autorin das Suchen und schließlich auch das Finden der Liebe, die verschiedene Gesichter haben kann und darum auch auf unterschiedlichen Wegen erkämpft, erwartet oder erkannt werden will.« (Victoria Pearl)

Julia Arden: Das Lächeln in deinen Augen

Roman

Beate sieht in Cornelia Mertens, ihrer neuen Chefin, zunächst nur das, was alle sehen: die kühle, distanzierte Geschäftsfrau. Liebe ist etwas für Träumer – aus dieser ihrer Meinung macht Cornelia kein Geheimnis.
Nach und nach lernt Beate aber eine ganz andere Seite an Cornelia kennen. Cornelia überrascht sie mit unerwarteter Fürsorge, Verständnis und einer seltsamen Mischung aus Heiterkeit und Ernst. Also doch harte Schale, weicher Kern? fragt sich Beate. Ist das äußere Erscheinungsbild nur Fassade für all die, die sich nicht die Mühe machen dahinterzuschauen? Oder sind Sanftmut und Charme nur Trick, Teil eines Planes? Nämlich dem, sie zu verführen? Letzteres wäre fatal für Beate, denn so oder so – sie hat sich in Cornelia verliebt.

Julia Arden: Laß mich in dein Herz

Liebesroman

Vor vier Jahren verlor Andrea ihre Lebensgefährtin Maren durch einen Autounfall. Seitdem lebt sie ausschließlich für ihren Beruf als Richterin, bis Gina in ihr Leben tritt und ihre Gefühle durcheinanderbringt. Aber sie will keine Beziehung eingehen, ihr Herz hängt nach wie vor an Maren. Also versucht sie Gina zu vergessen, doch dann kommt es zu einem unverhofften Wiedersehen – und Andrea braucht Ginas Hilfe, weil der Beruf sie in Gefahr bringt . . .

Victoria Pearl: Sonnenaufgang in deinen Armen

Erotischer Liebesroman

Luisa lernt in der Firma, in der sie arbeitet, Ingeborg kennen und fühlt sich sofort zu ihr hingezogen. Sie verläßt den Mann, mit dem sie seit sechs Jahren zusammenlebt, und versucht sich Ingeborg vorsichtig zu nähern. Ingeborg jedoch lehnt dies stets schroff ab. Als das Chorsingen sie beide ins Schweizerische Bergell verschlägt – gemeinsames Hotelzimmer mit Doppelbett – schlägt Luisas Stunde: Kann sie Ingeborgs Zuneigung gewinnen?

Kingsley Stevens: Liebe mich

Erotischer Liebesroman

Amy Flanagan und Morgan Holdsworth treffen sich, als Amy versucht einen Großauftrag von Morgan, Eigentümerin eines Kosmetikkonzerns, für die Werbeagentur zu erhalten, für die Amy arbeitet. Obwohl Amy Geschäft und Privates auseinanderhalten will, verliebt sie sich in Morgan. Sie beginnen eine Affäre, doch Morgan scheint wenig Interesse an einer Vertiefung ihrer Beziehung zu haben, während Amy sich wünscht, Morgan näherkommen zu können.

Trix Niederhauser: Halt mich fest

Liebesroman

Wie sag ich's meinen Eltern? Früher oder später kommt jede Lesbe an diesen Punkt, auch Chris, die rockende Gitarristin mit Hang zu Unfällen. Tina tritt in ihr Leben, und alles ist anders: Das Coming-out, die verschollen geglaubte Großmutter, die Ex mit dem dritten Auge und vieles mehr machen der Heldin das Leben schwer. Tapfer erträgt sie die putzende Mutter, den pubertierenden Neffen und den schweigenden Vater. Nur daß Tina rothaarige Frauen küßt, macht ihr zu schaffen ...

Behrens – Spors – Doll:
Mia
Liebe mit Umwegen
In heißem Wüstensand

Liebesgeschichten

MIA
Wie sag' ich's meiner Lehrerin? Mia ist verliebt, aber sie traut sich nicht. Ist die Angebetete nun lesbisch oder nicht? Könnte sie die Gefühle erwidern? Janina Behrens gelingt es, diese Schülerin/Lehrerin-Geschichte auf humorvolle Weise darzustellen.

LIEBE MIT UMWEGEN
Was passiert, wenn die vermeintlich Richtige doch die Falsche ist? Wenn die Falsche am Ende die Richtige ist? Irrungen und Wirrungen der Liebe werden von Julia Spors schließlich entwirrt.

IN HEIßEM WÜSTENSAND
Eine Agypten-Reise von den Eltern geschenkt – kann das gutgehen? Widerwillig tritt Connie die Reise an, die mit einigen Schwierigkeiten und Hindernissen beginnt. Doch unter afrikanischer Sonne sieht vieles dann ganz anders aus, und aus ungeliebten Menschen können plötzlich geliebte Menschen werden ...

Augenblicke der Liebe

Erotische Geschichten

Bereits seit dem Jahre 2001 besteht auf der Internetseite der édition el!es die Möglichkeit, jeden Monat eine neue »Erotische Geschichte des Monats« zu lesen. Diese Geschichten werden in der Reihe »Augenblicke der Liebe« in loser Folge veröffentlicht.

Kay Rivers: Küsse voller Zärtlichkeit

Roman

Michelle Carver hat als Managerin von Disney World in Florida einen anstrengenden Job. Für ein Privatleben hat sie kaum Zeit, deshalb beschränkt sie sich auf gelegentliche Affären. Liebe kommt in ihrem Wortschatz nicht vor.
Cindy Claybourne ist Studentin und hat einen Ferienjob in Disney World. Sie merkt, daß sie sich zu Michelle hingezogen fühlt, daß sie hinter ihre harte Schale schauen möchte. Aber Michelle läßt das nicht so einfach zu. Doch Cindy gibt nicht auf und kämpft für ihre Liebe zu Michelle. Wird Michelle endlich einsehen, daß Cindy die richtige für sie ist?

Melissa Good: Sturm im Paradies

Liebesroman

Melissa Good, Drehbuchautorin verschiedener Episoden der beliebten TV-Serie »Xena – Die Kriegerprinzessin«, bei el!es!
Firmen aufkaufen und ohne Rücksicht auf Verluste sanieren – Dar Roberts, Vizepräsidentin einer großen Gesellschaft, liebt ihren Job und erledigt ihn gründlich. Bei einem kleinen Unternehmen trifft sie jedoch auf unerwarteten Widerstand: Kerry Stuart, die junge Leiterin der Supportabteilung, kämpft engagiert für die Erhaltung der Arbeitsplätze. Gleichzeitig fühlt Kerry sich angezogen von dieser großen, starken, dunkelhaarigen Frau, in der mehr zu schlummern scheint als kalter Geschäftssinn. Zaghaft kommen sich die beiden näher . . .

Diana Lee: Die Geliebte der Wölfin

Die lesbische Robin Hood

Die schöne Lady Gwendolyn wird auf dem nächtlichen Heimweg überfallen. Rettung naht in Gestalt der attraktiven Ritterin Sir Blaidd, die in geheimer Mission eine Verschwörung gegen die Königin aufdecken soll. Gwendolyn verliert ihr Herz an die tapfere Heldin, gemeinsam versuchen sie nun mit ihren Freunden den Verschwörern zuvorzukommen. Doch die Feinde sind mächtig, mittels dunkler Rituale versuchen sie, ihre Kräfte zum entscheidenden Schlag zu bündeln. Auch Gwendolyn gerät in Gefahr. Kann Sir Blaidd sie mit ihrem Mut und ihrem geschickten Schwert aus der tödlichen Falle befreien?

Shari J. Berman: Hawaiianische Träume

Liebesroman

Die attraktive Freddie hofft, bei einem Urlaub auf Hawaii ihren Ex-Mann endlich zu vergessen. Unter dem Sternenhimmel der Südsee läßt sie ihr altes Leben hinter sich. Hals über Kopf stürzt sie sich in eine heftige Liebesbeziehung mit der Fotografin Stephanie. Doch nach dem ersten Liebestaumel drohen Zweifel und Konflikte: Freddie hat Probleme mit ihrem Coming-out und weiß nicht, ob sie ihre lesbische Liebe leben kann und will. Und trotz allem Verständnis für die Geliebte stößt auch Stephanie irgendwann an die Grenzen ihrer Geduld . . .

Ruth Gogoll: Ich liebe dich

Erotischer Liebesroman

Ira ist eigentlich viel zu schön, um Bankmanagerin zu sein, und Elisabeth will nur eine Hypothek von ihr: Da schlägt die Liebe zu wie ein Blitz. Zuerst einmal erscheint Elisabeths Liebe aussichtslos, doch dann ergibt sich eine unverhoffte Begegnung, und bald sind die beiden ein Paar. Doch das Schicksal hält noch etliche Schläge für sie bereit. Piet, Iras ehemalige Lebensgefährtin, taucht plötzlich wieder auf. Und Ira erhält unerwartet eine berufliche Chance, die sie nicht ablehnen will. Die räumliche Entfernung schürt die ohnehin vorhandene Eifersucht noch.

Victoria Pearl: Zärtliche Hände

Erotischer Liebesroman

Eine große, schweigsame Frau mit graublauen Augen – eine Taxifahrerin, die sie in einer fremden Stadt zum Hotel fährt – beeindruckt Olivia tief. In heißen Träumen wünscht sie sich in ihre Arme, aber es scheint aussichtslos, sie wiederzusehen, denn Olivia kennt nicht einmal ihren Namen. Dafür tauchen andere Frauen in Olivias Leben auf, die sie nicht trösten können. Wird die geheimnisvolle Fremde einmal aus ihren Träumen auferstehen und in Fleisch und Blut zu ihr kommen? Das Rätsel scheint unlösbar, doch eine Frau gibt nicht auf – auch, wenn sich immer neue Schwierigkeiten ergeben . . .

Victoria Pearl: 4 Herzen 12 Beine

Erotischer Liebesroman

Im Darkroom für Lesben kommt es zu heißem Sex zwischen Doris und Lucy – dann verlieren sie sich wieder aus den Augen. Zufällig entdecken jedoch die beiden Hundeliebhaberinnen die Chatrooms, wo sie sich begegnen, ohne sich zu erkennen. Nach einigen Abstechern und One-night-stands mit anderen Frauen finden Doris und Lucy doch noch zueinander, nein, die beiden Hunde sind es, die ihre Frauchen zusammenführen. Allerdings müssen die Zweibeinerinnen noch einige Abenteuer durchstehen, ehe sie das Happy End erreicht . . .

Victoria Pearl: Die Liebe hat dein Gesicht

Erotischer Liebesroman

Renate hat noch nie mit einer Frau geschlafen, und sie hatte es eigentlich auch gar nicht vor, bis ihr Marlene über den Weg läuft. Die Doktorsgattin verführt Renate nach allen Regeln der Kunst und stiftet so ein ziemliches Chaos der Gefühle in der Fahrradmechanikerin. Lange währt diese Affäre allerdings nicht, denn Frau Doktor bleibt ihrem Gatten trotz allem treu. Kein Grund jedoch für Renates erneutes Singledasein – die neue Nachbarin ist sehr attraktiv und deren Mutter erst ... die wahre Liebe wartet derweil in Renates Träumen darauf, endlich verwirklicht zu werden ...

Victoria Pearl: Ungeahnte Nebenwirkungen

Erotischer Liebesroman

Was geschieht, wenn sich die attraktive Zahnärztin auf einmal nicht nur für deine Zähne interessiert? Sie steht eines nachts vor deiner Tür und will hemmungslosen Sex. Doch der Morgen danach fühlt sich an wie ein Zahnarztbesuch, denn die Traumfrau ist nicht mehr da. Es beginnt eine Odyssee der Liebe, Verzweiflung, Eifersucht ... denn immer neue Überraschungen aus der Vergangenheit der Ärztin kommen ans Licht ...

Antje Küchler: Der Abgrund

Lesbisches Abenteuer

Nach dem Verlust ihrer Lebensgefährtin Andrea, einer Schriftstellerin, gibt sich Laura dem Alkohol und Depressionen hin. Nach Monaten der Trauer taucht überraschend die Germanistikstudentin Anja auf, die eigentlich nach Andrea suchte – und sich in Laura verliebt. Es könnte eine harmonische Beziehung werden, doch Laura überredet Anja zu einer Reise nach Rußland, wo das Abenteuer beginnt: Laura wird entführt, und Anja macht sich im kalten und weiten Sibirien auf die Suche nach der geliebten Freundin. Kann sie es schaffen, die Entführte zu retten?

Ruth Gogoll: Taxi nach Paris

Der lesbische Erotikbestseller

Sie begegnet ihrer Traumfrau, aber viel zu schnell landen beide im Bett – während sie sich verliebt hat, geht die andere nur ihrem Gewerbe nach. Jedoch sie ist sich sicher, das Herz der Angebeteten erobern zu können. Wird die Liebe stärker sein als die Zerreißproben und die beiden Frauen in der Stadt des Lichts zusammenführen?

Shari J. Berman: Tanzende Steine

Liebesroman

Sally lernt Ricki als Kind im Sommer 1978 auf einem Campingplatz kennen, während sie Steine über das Wasser tanzen läßt. Die beiden Mädchen mögen sich auf Anhieb. 18 Jahre später sehen sie sich wieder, mittlerweile sind beide mit anderen Frauen liiert. Doch die Liebe, die sie als Kinder noch nicht benennen konnten, erfaßt sie erneut. Ob es nun aber wirklich Liebe ist oder nur Sex, das müssen sie erst einmal herausfinden ...

Ruth Gogoll: Eine romantische Geschichte

Erotischer Liebesroman

Esther ist Anwältin und eine Traumfrau – für alle Frauen, die nur an Sex interessiert sind. Wenn frau sich in sie verliebt, ist es jedoch die Hölle ... wie es Alex leidvoll erfahren muß. Sie verfällt Esther mit Haut und Haar und kann sich nicht mehr von der schönen Juristin lösen. Wird Yvonne mit ihrer Liebe Alex von dieser Besessenheit heilen können?

Brenda Miller: Bitte verzeih mir

Liebesroman

Veronica, Chefin des familieneigenen Konzerns, überfährt mit ihrem Porsche die Aushilfskassiererin Rose, die sich mit Gelegenheitsjobs über Wasser hält. Veronica läßt Rose mit bester medizinischer Versorgung gesundpflegen, und aus anfänglicher Freundschaft entsteht sehr bald Liebe ... doch Veronica hat Rose bisher noch nicht gestanden, daß sie damals den Porsche fuhr ...

Brenda Miller: Court of Love

Liebesroman

Die Basketballspielerin Chris hat sich bei einem Spiel schwer verletzt und kommt ins Krankenhaus. Dort wird sie während der Rekonvaleszenz von der Physiotherapeutin Beth betreut. Die beiden verlieben sich ineinander. Beth hat sich vor kurzem von ihrer Freundin getrennt, für Chris gab es bis jetzt nur Basketball und das College. Sie weiß noch nicht, ob sie sich für Männer oder Frauen interessiert, und sie hat noch nie mit jemandem geschlafen ...

Kingsley Stevens: Sündige Episoden (Band 1)

Erotische Geschichten

Der *Reigen* von Arthur Schnitzler wurde schon oft adaptiert, und nun liefert die Autorin Kingsley Stevens eine lesbische Variante: Ineinander verwobene Geschichten, leidenschaftlich und lustvoll, in denen es nur um »das Eine« geht. Die **Sündigen Episoden** sind das wohl frivolste el!es-Buch, das es je gab.

Ruth Gogoll: Die Schauspielerin

Erotischer Liebesroman

Als ihre Jugendliebe Simone, mittlerweile eine berühmte Schauspielerin, neuerlich in Pias Leben tritt, flammt längst erloschen geglaubte Leidenschaft wieder auf. Doch die Angebetete ist in ihrer Scheinwelt aus Glanz und Glamour gefangen, im Teufelskreis zwischen Ruhm und Untergang. Auf der Leinwand zeigt sie große Gefühle, im wahren Leben hingegen scheinen ihr diese Empfindungen fremd zu sein.
Überwältigt von Simones Charme und Schönheit verwirft Pia ihre Bedenken, daß Simone ihr ein zweites Mal das Herz brechen könnte. Während Simone ihre Probleme im Alkohol zu ertränken versucht, beginnt Pia um ihre Liebe zu kämpfen ...

Ruth Gogoll: Simone

Erotischer Liebesroman

Der zweite Teil der »Schauspielerin«.
Simone bemüht sich um einen Neuanfang mit Pia, doch ihre Vergangenheit holt sie wieder ein. Der Alkohol, den sie schon überwunden glaubte, gefährdet ihre Beziehung ebenso wie ihre neue Karriere in Amerika. Zum letzten Mal verbringen Simone und Pia eine schöne Zeit gemeinsam in Wien auf dem Opernball, doch am Tag danach kommt es zum Eklat – Pia ist tief enttäuscht und glaubt nicht daran, daß sie Simone je wiedersehen wird. Und im weit entfernten Amerika sitzt Simone einsam und trinkt ... da führt sie ein erneutes Filmangebot wieder nach Europa ...

Ruth Gogoll: Die Liebe meiner Träume

Erotischer Liebesroman

»Ich stehe nicht auf Frauen« verkündet Vanessa, doch die nachfolgende Liebesnacht mit Anouk spricht eine andere Sprache. Allerdings soll es zunächst auch bei dieser Nacht bleiben: Beide kehren in ihr Leben zurück, Anouk in die Einsamkeit, Vanessa zu ihrer Familie mit Mann und Sohn. Die Spuren, die die Liebesnacht hinterläßt, graben sich tief in die Herzen beider Frauen ein – bis sie sich unvermittelt wiedersehen ...

Anna Regine Jeck: Toni Ella Nick

Liebesroman

Durch Zufall fährt die 17jährige Toni mit ihrem Fahrrad in das Auto der um einiges älteren Nicole, genannt Nick, hinein, ohne sie jedoch näher kennenzulernen. Jahre später kreuzen sich ihre Wege erneut aufgrund ihrer gemeinsamen Leidenschaft für Pferde. Toni verliebt sich in Nick, aber das scheint nicht auf Gegenseitigkeit zu beruhen. Und vielleicht ist Nick ja auch mit der Lehrerin Ella zusammen ...

Ruth Gogoll: Computerspiele

Lesbenkrimi

Der erste Fall für Kommissarin Renni:
Ihre Schulfreundin und Jugendliebe Nora wird in einen Mordfall verwickelt. Nora verliebt sich Hals über Kopf in die schöne und leidenschaftliche Ellen. Sie verbringen eine berauschende Woche, dann fährt Ellen nach Köln, und wenige Tage später wird ihre ehemalige Lebensgefährtin Loretta tot aufgefunden. Ellen steht unter Mordverdacht. In ihrer Not wendet Nora sich an Kommissarin Renni, die die Ermittlungen aufnimmt. Ellen wird vom Mordverdacht befreit. Doch damit beginnt das Rätsel: Wer war Loretta wirklich? Wer hatte ein Interesse, sie zu ermorden? Sie surfte viel im Internet, hat sie dort vielleicht ihren Mörder kennengelernt? Und was hat Ellen mit der Sache zu tun?

Ruth Gogoll: Tödliche Liebesspiele

Lesbenkrimi

Die Fortsetzung des Krimis Computerspiele.
Kommissarin Renni hat wieder einen neuen Fall zu lösen: Wer ist die tote Frau auf dem Parkplatz? Die Ermit-tlungen erweisen sich als schwie-riger als zunächst angenommen, und darüber hinaus geht es auch in ihrem Privatleben drunter und drüber: Obwohl immer noch ver-liebt in Nora, beginnt sie eine Affäre mit der Pathologin, mit der zusammen sie an der Aufklärung des Mordes arbeitet. Probleme über Pro-bleme für Renni – schafft sie es diesmal, alle zu meistern?

Ruth Gogoll: Mord im Frauenhaus

Lesbenkrimi

Diesmal darf sich Kommissarin Renni ein wenig wie Hercule Poirot fühlen: In einem Frauenhaus wird eine Leiche gefunden, und die Zahl der Verdächtigen beschränkt sich auf einen kleinen Kreis. Doch damit nicht genug – Renni hat außerdem alle Hände voll zu tun, eine Prostituierte vorm rachsüchtigen Zuhälter zu beschützen, und dann ist da noch Monika, die sich nie sicher sein kann, ob Renni tatsächlich nur ihre Arbeit macht . . .

aleks. Jähnich: Sullys Tod

Kriminalroman

Terry Stein, Fotografin bei einer Freiburger Zeitung, wird vom Selbstmord ihrer Ex-Geliebten Sully benachrichtigt. Im sommerheißen Stuttgart forscht sie nach den Hintergründen dieser Tragödie und findet heraus, daß es lebensgefährlich ist, sich mit Wirtschaftskriminellen anzulegen. Als es eine weitere Tote gibt, fällt der Verdacht auf Terry. Zum Glück sind da noch Nickel, Terrys Geliebte, Carola, Chris – und eine attraktive Kommissarin . . .

Leseprobe aus

Ich kämpfe um dich

von

Ruth Gogoll

Ich setzte mich in den Sessel. Etwas anderes kam überhaupt nicht in Frage. Sie wirkte sehr selbstbewußt. Niemals hätte ich mich ihrer Anordnung widersetzen können. Jedenfalls nicht in meinem verwirrten Zustand.

»Ein Glas Wasser wäre nett. Ja, danke.«

Sie nickte und ging wieder in die Küche. Eine Minute später kam sie mit dem Wasser zurück. Für sich hatte sie eine Kaffeetasse mitgebracht.

Sie setzte sich mir gegenüber in einen zweiten Sessel. »Nun? Was kann ich für Sie tun?«

»Ich hoffe, ich belästige Sie nicht.«

»Da haben Sie mal keine Bedenken, mein Kind. Dann säßen Sie nicht hier. Dann hätte ich Sie gar nicht erst hereingelassen.« Sie lächelte.

Ich wußte nicht, wie ich anfangen sollte. Ich saß nur da und starrte vor mich auf den Boden, in dem verzweifelten Versuch, im Knäuel meiner Gedanken den Ansatz des Fadens zu finden.

Sie sah mich eine Weile an und fragte dann: »Ist es das gleiche Problem wie letztes Mal? Ihre Frau?«

Ich blickte etwas überrascht hoch. »Sie erinnern sich noch daran?«

»Aber sicher.« Sie lächelte freundlich. »Ich vergesse so gut wie nie etwas. Jedenfalls kein Gespräch.«

Ich nickte. »Ja. Es geht um Sina.« Ich blickte erklärend in ihre Richtung. »So heißt sie.«

Sie nickte ebenfalls. »Das dachte ich mir schon. Konnten Sie

Ihre Zweifel, die Sie letztes Mal mir gegenüber äußerten, nicht überwinden?« Sie formulierte perfekt, und ihre Aussprache war akzentfrei. Eine Ausnahme hier im süddeutschen Raum, wo alle irgendeinen Dialekt zu sprechen schienen. Ich fragte mich, woher sie stammte.

Ich schüttelte den Kopf. »Nein. Das wäre jetzt wirklich das geringste Problem.« Ich lachte kurz auf. »In der Tat. Völlig unbedeutend.«

Sie sah mich ruhig an. »Mhm-m. Was ist es dann? Was ist seit letztem Mal passiert, das soviel bedeutender ist?«

Ich hob ratlos die Achseln. Was eigentlich passiert war, wußte ich ja gar nicht. »Sie hat eine Freundin. Eine alte Freundin.« Das zumindest war eine ziemlich eindeutige Tatsache. »Und die ist wieder aufgetaucht.«

»Und nun kann sie sich nicht entscheiden?« Die Frage lag nahe. Ich hätte sie auch gestellt.

»So einfach ist es leider nicht.« Ich seufzte. Sie bewies ausgesprochen viel Geduld. Ich war zu ihr gekommen, ich wollte mit ihr sprechen, und nun mußte sie mir jedes Wort aus der Nase ziehen.

»Was ist das schwierige daran?« Sie sah mir ernst in die Augen.

Ich konnte mich dem blauen Blick nicht entziehen. »Das schwierige ist –« Es gab so vieles, was schwierig war für mich an dieser Situation. Zuerst, sie zu verstehen. Zu verstehen, daß es so etwas überhaupt gab. Und dann damit umzugehen. Mein Bild von Sina, unsere Liebe damit in irgendeine Beziehung zu setzen. »Ich weiß auch nicht. Ich dachte, Liebe überwindet alles«, erklärte ich hilflos.

Sie drehte leicht den Kopf und schaute auf die wunderschönen Rosen in der Vase. Dann blickte sie wieder zu mir zurück. »Das ist ein Irrtum«, sagte sie. »Ein Irrtum, dem viele Leute anhängen und den sie dann für all ihre Fehler verantwortlich machen. Liebe ist der Teil unseres Lebens, den wir leben sollten, ohne ihn zu hinterfragen. Sobald wir anfangen, Liebe als etwas zu betrachten, was sich mit Fakten in Verbindung bringen läßt, was sich eventuell sogar messen läßt, auf das wir ein Anrecht haben oder sogar eine Garantie, was sich erklären läßt: Sobald wir sie funktionalisieren, ist die Liebe verschwunden – oder sie war nie da. Liebe ist keine Buchhaltung. Man kann sie nicht abrechnen. Ein Pfund Liebe von mir gegen ein Pfund Liebe von dir. Und bitte genau abgewogen.«

Sie beendete ihren Vortrag und lächelte wieder.

»Ich überschütte Sie hier mit Weisheiten, die Sie gar nicht hören wollen. Sie sollten mir wirklich erst einmal erzählen, was passiert ist. Wollen Sie?«

Ich wollte schon, aber mir fehlte der Einstieg. Ich räusperte mich. »Also diese Freundin, die wieder aufgetaucht ist . . . sie heißt Jeanne . . . sie trinkt und sie hat eine Pistole –«

»Sie hat eine Waffe? Was tut sie damit?« Nun wirkte die alte Dame doch etwas alarmiert.

»Ich weiß es nicht recht. Sie verkehrt anscheinend in Kreisen, wo sie sie braucht. So hat Sina es mir jedenfalls erklärt. Kriminelle Kreise anscheinend.« Ich grinste hilflos. »Ich kenne mich mit so etwas nicht aus.«

Die alte Dame lächelte verständnisvoll. »Das glaube ich Ihnen sofort.« Dann wurde sie wieder ernst. »Und wie paßt Ihre Freundin da hinein?«

»Nun ja. Auch das weiß ich nicht so genau. Ich weiß nur, daß sie Jeanne vor ein paar Jahren kennengelernt hat und seitdem nicht mehr von ihr loskommt. Obwohl ich mir nicht erklären kann, warum. Sie könnte gehen. Meines Erachtens hätte sie das schon oft gekonnt. Aber sie tut es nicht. Und sie läßt alles mögliche mit sich machen von dieser Frau.« Ich schauderte ein bißchen. »Sie hat anscheinend keinen eigenen Willen mehr, wenn sie mit ihr zusammen ist. Ich verstehe das nicht.« Ich brach ab, weil ich glaubte, daß sie es auch nicht verstehen würde. Aber da hatte ich mich geirrt.

»Wenn Sie mit Ihnen zusammen ist – oder eben ohne diese Frau –, ist sie ganz vernünftig, nicht wahr? Sie können mit ihr reden, und sie versteht alles. Ist es so?« Sie blickte mich fragend an.

Ich war erstaunt. Sie war doch nicht dabei gewesen. Wie konnte sie die Situation mit solcher Sicherheit und so genau richtig beschreiben? »Ja. Genauso ist es. Als ich sie kennenlernte und bevor Jeanne auftauchte, war alles ganz . . . normal.« Ich benutzte dieses Wort nicht gern. Es hatte so einen spießigen Klang. »Damals dachte ich eigentlich, daß eher *ich* das Problem wäre. Meine Ängste und Unsicherheiten. Sie wissen ja . . .«

»Ja, ich weiß.« Sie bestätigte nur kurz und blickte dann wieder auf die Rosen. Eine ganze Weile lang. Als ihr Blick zu mir zurückkehrte, hatte er sich verändert. »Sagt Ihnen der Begriff ›Psychische Abhängigkeit‹ etwas?«

Ich wollte erst mit dem Kopf schütteln, doch dann fiel mir ein, was Beate gesagt hatte. »Ja und nein. Eigentlich kann ich nichts damit anfangen, aber eine Bekannte von Sina behauptete einmal, daß sie von Jeanne abhängig sei. Aber ich kann mir nicht so richtig etwas darunter vorstellen.« Ich blickte fragend in ihre Richtung.

Sie nickte. »Es ist gegenseitig. Die eine ist abhängig von der anderen und ebenso umgekehrt. Manchmal, wenn es sich um Alkohol handelt zum Beispiel, spricht man auch von Abhängigkeit und Co-Abhängigkeit. Das haben Sie vielleicht schon mal gehört.« Sie seufzte ein wenig. »Es bedeutet, daß die eine von einem Suchtmittel abhängig ist und die andere – obwohl sie es vielleicht nicht ist und es von außen vielleicht sogar so aussieht, als ob sie sie davon abbringen wollte – sie dabei unterstützt. Indem sie ihr zum Beispiel irgendwelche Verantwortungen abnimmt. Die Zeche in der Kneipe bezahlt, sie entschuldigt, wenn andere es nicht mehr tun, sie nicht verläßt. Das ist die klassische Co-Abhängigkeit.« Sie lächelte ironisch. »Wie kennen ja alle das Bild der Ehefrau, die ihren schwer besoffenen Mann aus der Kneipe holt. Die vielleicht sogar auf ihn schimpft, ihm sagt, daß er aufhören soll. Es sieht so aus, als ob sie gegen ihn wäre. Aber in Wirklichkeit unterstützt sie ihn. Sie ist co-abhängig.«

Ich saß da und staunte. So hatte ich das noch nie gehört. Daß es einen Begriff dafür gab.

ENDE DER LESEPROBE